W0217701

Pet Sematary

СТИВЕН КИНГ

Stephen King

КлаТбище домашних жЫвотных

Издательство АСТ
Москва

УДК 821.111-313.2(73)
ББК 84 (7Сое)-44
К41

Серия «Кинг: книжная полка»

Stephen King
PET SEMATARY

Перевод с английского Т. Покидаевой

Оформление и компьютерный дизайн А .Ферез

Печатается с разрешения автора и литературных агентств
The Lotts Agency и Andrew Nurnberg.

Кинг, Стивен.

К41 Клатбище домашних жывотных : [роман] / Стивен Кинг ; [перевод с английского Т. Покидаевой]. — Москва : Издательство АСТ, 2022. — 416 с. — (Кинг: книжная полка).

ISBN 978-5-17-118359-2

Казалось бы, семейство Крид — это настоящее воплощение «американской мечты»: отец — преуспевающий врач, красавица мать, прелестные дети. Для полной идиллии им не хватает лишь большого старинного дома, куда они вскоре и переезжают.

Но идиллия вдруг стала превращаться в кошмар. Потому что в окружающих их новое жилище вековых лесах скрывается НЕЧТО, более ужасное, чем сама смерть и... более могущественное.dsasda

УДК 821.111-313.2(73)
ББК 84 (7Сое)-44

© Stephen King, 1983
© Перевод. Т. Покидаева, 2015
© Издание на русском языке AST Publishers, 2022

СОДЕРЖАНИЕ

Посвящается Керби Макколи

Большое спасибо Рассу Дорру и Стиву Уэнтуорту из Бриджтона, штат Мэн. Рассу — за информацию по медицине, а Стиву — за информацию по американским погребальным обычаям и за то, что помог понять природу скорби.

Стивен Кинг

Вот некоторые из людей, написавших книги о том, что они сделали и почему:

Джон Дин. Генри Киссинджер. Адольф Гитлер. Кэрил Чессман. Джеб Магрудер. Наполеон. Талейран. Дизраэли. Роберт Циммерман, также известный как Боб Дилан. Локк. Чарлтон Хестон. Эррол Флинн. Аятолла Хомейни. Ганди. Чарльз Олсон. Чарльз Колсон. Викторианский джентльмен. Доктор Икс.

Также многие верят, что Бог написал Книгу или несколько Книг, в которых рассказал нам о том, что Он сделал, и — хотя бы отчасти — объяснил, почему Он так сделал. А поскольку многие верят и в то, что Бог сотворил человека по образу и подобию Своему, значит, и Бога можно считать человеком... или, точнее, Человеком.

А вот некоторые из людей, не писавших книги о том, что они сделали... и что видели:

Человек, хоронивший Гитлера. Человек, делавший вскрытие Джона Уилкса Бута. Человек, бальзамировавший Элвиса Пресли. Человек, подготовивший к погребению — и подготовивший весьма посредственно, по словам большинства гробовщиков, — папу Иоанна XXIII. Четыре десятка рабочих из похоронных бригад, которые очищали Джонстаун, таскали мешки с телами, отгоняли мух, протыкали бумажные стаканчики острыми палками, как у смотрителей городских парков. Человек, кремировавший Уильяма Холдена. Человек, оправивший в золото тело Александра Македонского, чтобы оно не разлагалось. Люди, которые мумифицировали фараонов.

Смерть — загадка, похороны — таинство.

ПРЕДИСЛОВИЕ

Когда меня спрашивают (а спрашивают меня часто), какая из моих книг мне самому кажется самой страшной, я не задумываясь отвечаю: «Клатбище домашних жывотных». Возможно, читатели считают иначе — судя по письмам, больше всего их пугает «Сияние», — но все люди разные, каждого из нас смешат и пугают совершенно разные вещи. Я знаю только, что в свое время спрятал подальше рукопись «Клатбища», понимая, что меня все-таки занесло и я слишком далеко зашел. Как потом оказалось, не так уж и далеко — по крайней мере в том, что приемлемо для читателей. Но в том, что касается моих личных переживаний, это действительно было слишком. Проще сказать, меня самого ужаснуло то, что я написал и к каким заключениям пришел в этой книге. Я уже неоднократно рассказывал историю создания «Клатбища», но, наверное, можно ее повторить еще раз; последнее слово дороже любого.

В конце 1970-х меня пригласили на целый учебный год в мою alma mater, Мэнский университет, в качестве преподающего литературу писателя, также там я вел специальный курс фантастической литературы (заметки для лекций к этому курсу легли в основу книги «Пляска смерти», вышедшей в свет двумя годами позже). Мы с женой сняли дом в Оррингтоне, милях в двадцати от кампуса. Замечательный дом в замечательном крошечном городке провинциального Мэна. Если нам что и не нравилось, так это дорога, проходившая перед домом. На ней было очень оживленное движение и постоянно ездили грузовики и цистерны от химического завода, стоявшего неподалеку.

Хулио Десанктис, хозяин магазинчика напротив нашего дома, сразу предупредил нас с женой, что надо хорошенько следить, чтобы дети и домашние животные не выбегали на дорогу. «Это плохая дорога. На ней гибнет много животных», — сказал нам Хулио, и эту фразу я потом перенес в книгу. Подтверждением его слов служило кладбище, которое располагалось в лесу за нашим домом, а точнее, за полем на соседнем участке. На дощечке, прибитой к дереву у входа на этот маленький трогательный погост, было написано: «КЛАТБИЩЕ ДОМАШНИХ ЖЫВОТНЫХ». Эта надпись — именно такая, с орфографическими ошибками — не только вошла в мою книгу, но и стала ее названием. Там были похоронены собаки и кошки, несколько птиц, даже одна коза.

У моей дочки, тогда восьмилетней, был кот по имени Смаки, которого она обожала, но вскоре после переезда в Оррингтон я нашел его мертвым на лужайке у дома через дорогу. Кот моей дочери тоже погиб на плохой дороге, на шоссе номер 5. Мы похоронили его на кладбище домашних животных. Дочка сама соорудила надгробие и написала на нем: «СМАКИ: ОН БЫЛ ПОСЛУШНЫМ». (Разумеется, Смаки не был послушным; он был котом!)

Все вроде бы было нормально, пока в какой-то из вечеров я не услышал топот, доносившийся из гаража и сопровождавшийся плачем и странными хлопками, похожими на взрывы крошечных хлопушек. Я пошел посмотреть, что происходит, и обнаружил в гараже свою дочь, разъяренную и прекрасную в горе. Она нашла несколько больших листов пупырчатой пленки, которую используют для упаковки хрупких предметов, расстелила их на полу и давила пузырьки ногами с криками: «Это был *мой* кот! Пусть Бог заведет своего кота! А Смаки был *мой*!» Я считаю, что подобная ярость — самая правильная реакция думающего, восприимчивого человека на настоящее, большое горе. И я всегда восхищался дочерью за ее дерзкий выкрик: *Пусть Бог заведет своего кота!* Все верно, малышка, все верно.

Наш младший сын, которому тогда не исполнилось и двух лет, еще только учился ходить, но уже вовсю упражнялся в беге. В один не самый прекрасный день, вскоре после гибели Смаки, когда мы с соседями запускали воздушного змея у них во дворе, нашему малышу взбрело в голову побежать к дороге. Я рванул следом за ним и уже на бегу услышал, как по шоссе грохочет приближающийся грузовик «Чанбро» (в романе — «Оринко»). Я до сих пор не уверен, что именно произошло: либо я поймал сына и сбил его с ног, либо он упал сам. Когда тебе по-настоящему страшно, память нередко подводит. Я знаю только, что сын жив-здоров, он уже не ребенок, а молодой человек. Но где-то на самом краю сознания непрестанно маячит это кошмарное *а что, если*. Что, если бы я не успел его перехватить? Что, если бы он упал на дорогу, а не на обочину?

Думаю, теперь вам понятно, почему книга, возникшая из этих переживаний, так меня беспокоит. Я взял за основу реальные события и добавил к ним это ужасное *а что, если*. Иными словами, неожиданно для себя самого я не только помыслил немыслимое — я его записал.

В нашем оррингтонском доме было не так много места, но в магазине Хулио очень кстати имелась свободная комната, где я и писал «Клатбище домашних жывотных». День за днем я работал над книгой и наслаждался процессом; я понимал, что сочиняю «забористую» историю, которая захватила мое внимание и непременно захватит внимание читателей, но когда работаешь день за днем, перестаешь видеть лес и только считаешь деревья. Закончив книгу, я дал ей отлежаться месяца полтора — я всегда так работаю, — а потом перечитал на свежую голову. Результат был настолько ошеломляющим и пугающим, что я убрал рукопись в дальний ящик стола, убежденный, что эту книгу не напечатают никогда. По крайней мере при жизни автора.

Но обстоятельства сложились так, что ее все-таки напечатали. Я прекратил сотрудничество с издательством «Даблдей», где выходили мои первые книги, однако по условиям контракта, чтобы закрыть все счета, я должен был им еще одну, последнюю книгу. У меня в наличии имелась только одна «свободная» книга, и это было «Клатбище домашних жывотных». Я посоветовался с женой, к которой всегда обращаюсь, когда не знаю, как поступить, и она сказала, что книгу надо опубликовать. Она считала, что это хорошая книга. Страшная, да — но слишком хорошая, чтобы прятать ее от мира.

Билл Томпсон, мой первый редактор в «Даблдей», тогда уже перешел в другое издательство (кстати, в «Эверест-хаус»; именно

Билл предложил мне написать «Пляску смерти», а потом отредактировал ее и выпустил в свет), и я отослал рукопись Сэму Вону, одному из лучших редакторов того времени. Именно Сэм принял окончательное решение: он захотел сделать книгу. Он отредактировал «Клатбище» сам, уделив особенно пристальное внимание окончанию истории, и благодаря его вкладу изначально хорошая книга стала еще лучше. Я всегда буду благодарен ему за вдохновенную редактуру, и я ни разу не пожалел, что опубликовал эту книгу, хотя лично мне она до сих пор представляется жуткой и противоречивой.

Мне никак не дает покоя самая пронзительная фраза книги, произнесенная стариком Джадом Крэндаллом, соседом Луиса Крида. «Иногда смерть — не самое худшее». Я всем сердцем надеюсь, что это неправда, однако в кошмарном контексте «Клатбища домашних жывотных» все именно так и есть. И, быть может, это неплохо. Быть может, «иногда смерть — не самое худшее» — это последний урок, который мы извлекаем из настоящего горя, когда устаем топтать ногами пупырчатую пленку и кричать Богу, чтобы завел себе собственного кота (или собственного ребенка), а наших не трогал. Быть может, это подсказка от мироздания: в конечном итоге мы обретаем покой в нашей человеческой жизни, только когда принимаем волю Вселенной. Возможно, это напоминает дурацкий эзотерический бред, но альтернатива видится мне беспросветной тьмой, настолько жуткой и тягостной, что мы, смертные существа, ее просто не вынесем.

20 сентября 2000 г.

Часть первая

КЛАТБИЩЕ ДОМАШНИХ ЖЫВОТНЫХ

Иисус сказал им: «Лазарь, друг наш, уснул, но Я иду разбудить его».

Ученики переглянулись, и некоторые заулыбались, ибо не знали они, что Иисус говорил метафорически. «Господи, если уснул, то выздоровеет».

Тогда Иисус сказал им прямо: «Лазарь умер, да... но все равно пойдем к нему».

Евангелие от Иоанна (парафраз)

1

Луис Крид, потерявший отца в три года и вовсе не знавший деда, не ожидал обрести нового отца уже будучи в зрелом возрасте, но именно так и произошло... хотя он называл этого человека другом, как и пристало взрослому мужчине, который внезапно находит второго отца. Луис встретил его в тот вечер, когда вместе с женой и двумя детьми въехал в большой белый дом в Ладлоу. С ними приехал и Уинстон Черчилль. Черч был котом его дочери Эйлин.

Кадровая комиссия в университете работала медленно, поиски жилья поближе к работе напоминали кошмарный сон, и к тому времени, когда все семейство почти добралось до места, где должен был находиться дом — *ориентиры вроде бы верные... как знамения на небесах в ночь перед убийством Цезаря*, мрачно подумал Луис, — они все устали и были взвинчены до предела. У Гейджа резались зубы, и он куксился всю дорогу. Никак не желал засыпать, сколько бы Рэйчел его ни укачивала. Она дала ему грудь, хотя время кормления еще не пришло. Гейдж знал обеденное расписание не хуже — а может, и лучше — матери и незамедлительно укусил ее своими новенькими зубами. Рэйчел, все еще сомневавшаяся насчет переезда в Мэн из Чикаго, где она прожила всю жизнь, расплакалась. К ней тут же присоединилась Эйлин. Черч продолжал беспокойно метаться в задней части микроавтобуса, как и все трое суток пути из Чикаго. Истошные вопли из кошачьей переноски были невыносимы, но эти метания по салону, когда его все-таки выпустили на волю, раздражали не меньше.

Луис и сам чуть не плакал. Ему в голову вдруг пришла одна мысль, дикая, но заманчивая: а не предложить ли семейству вернуться в Бангор — что-нибудь перекусить в ожидании фургона с вещами, — и как только трое его самых близких людей выберутся из машины, втопить педаль газа в пол и умчаться прочь не оглядываясь. Умчаться на полной скорости, скармливая дорогущий бензин огромному четырехкамерному карбюратору микроавтобуса. Он мог бы поехать на юг, в Орландо, штат Флорида, и устроиться там врачом в Диснейуорлд под новым именем. Но прежде чем вырулить на шоссе — старую добрую магистраль 95, — он остановился бы у обочины и выкинул окаянного кота.

Но тут они свернули за последний поворот, и впереди показался дом, который прежде видел только Луис. Он прилетал сюда один и осмотрел все семь вариантов, которые они подобрали по фотографиям, когда стало понятно, что должность в Мэнском университете точно достанется ему, и выбрал именно этот: большой старый дом в колониальном стиле (но отремонтированный и отделанный заново; стоимость отопления, хоть и довольно высокая, все же не была запредельной), три большие комнаты внизу, еще четыре — наверху, длинный сарай, который со временем можно будет переоборудовать под жилое помещение, а вокруг простираются совершенно роскошные луга, сочно-зеленые даже в августовскую жару.

За домом располагалось огромное поле, где могли играть дети, а за полем — лес, протянувшийся чуть ли не в бесконечность. Участок граничил с государственными землями, объяснил агент по продаже недвижимости, и в обозримом будущем никаких новых застроек здесь не предвидится. Индейское племя микмаков предъявило права на почти восемь тысяч акров земли в Ладлоу и в других городах к востоку от Ладлоу, но там все очень запутанно, так что их тяжба с федеральными властями и правительством штата вполне может растянуться до следующего столетия.

Рэйчел вдруг прекратила плакать и резко выпрямилась.

— Это и есть...

— Да, это он, — сказал Луис. Ему было тревожно... нет, ему было *страшно*. На самом деле его охватил ужас. На выплату по закладной уйдет двенадцать лет жизни; к тому времени Эйлин исполнится семнадцать.

Он сглотнул слюну.

— Ну как тебе? Что скажешь?

— Скажу, что мне *нравится*, — ответила Рэйчел, и у Луиса словно камень с души свалился. Он видел, что она говорит правду, видел по ее глазам; как только они свернули на асфальтированную подъездную дорожку, Рэйчел принялась изучать пустые окна. В мыслях она уже развешивала занавески, подбирала клеенку для полок буфета и делала бог знает что еще.

— Папа? — позвала Эйлин с заднего сиденья. Она тоже перестала плакать. Даже Гейдж прекратил хныкать. Луис наслаждался тишиной.

— Что, солнышко?

Ее глаза в зеркале заднего вида, карие под русой челкой, тоже рассматривали дом, лужайку, крышу еще одного дома далеко слева и огромное поле, что протянулось до самого леса.

— Это наш дом?

— Будет наш, моя радость.

— *Ура!* — закричала она так, что у Луиса зазвенело в ушах. И хотя временами Эйлин изрядно его раздражала, теперь он решил, что совсем не расстроится, если никогда в жизни не увидит Диснейуорлд в Орландо.

Он поставил машину перед сараем и заглушил двигатель.

Мотор пощелкивал, остывая. В предвечерней тишине, казавшейся невероятной после Чикаго и шума Стейт-стрит, пела птица.

— Наш дом, — тихо проговорила Рэйчел, не сводя взгляда с белого здания.

— Дом, — с довольным видом произнес Гейдж у нее на коленях.

Луис и Рэйчел переглянулись. В зеркале заднего вида глаза Эйлин расширились.

— Ты...

— Он...

— Что...

Они все заговорили одновременно, а потом рассмеялись. Гейдж не обращал на них внимания; он продолжал сосать палец. Он уже почти месяц назад научился говорить «ма» и пару раз пробовал произносить что-то похожее на «па-а», если Луис, конечно, не выдавал желаемое за действительное.

Но это — пусть даже случайно или из-за простого звукоподражания — было самое что ни на есть настоящее слово. *Дом.*

Луис взял сына с колен жены и крепко его обнял.

Так они приехали в Ладлоу.

2

В памяти Луиса Крида это мгновение навсегда запечатлелось исполненным волшебства и покоя — отчасти, наверное, потому, что оно и *вправду* было волшебным, но в основном потому, что вечер закончился совершенно безумно. В следующие три часа ни о каком волшебстве и покое не было и речи.

Ключи от дома Луис аккуратно (Луис Крид всегда был весьма обстоятельным и аккуратным) убрал в маленький плотный конверт и подписал его: «Дом в Ладлоу — ключи получены 29 июня». Он положил конверт в бардачок. Он был абсолютно в этом уверен. Но конверта там не оказалось.

Пока Луис искал ключи, чувствуя нарастающее раздражение, Рэйчел взяла Гейджа на руки и пошла следом за Эйлин к одинокому дереву посреди поля. Луис уже в третий раз шарил рукой под сиденьем, когда дочь завопила, а потом разревелась в голос.

— Луис! — крикнула Рэйчел. — Она поранилась!

Эйлин упала с качелей, сделанных из старой автопокрышки, и разбила коленку о камень. Ранка была неглубокой, но Эйлин вопила так, словно ей оторвали ногу, подумал Луис (да, немного цинично). Он поглядел на дом через дорогу, где в окнах гостиной горел свет.

— Хватит, Эйлин. Перестань, — сказал он. — А то соседи подумают, что здесь кого-то убивают.

— *Но мне же бо-о-о-о-о-льно!*

Поборов раздражение, Луис молча вернулся к микроавтобусу. Ключи исчезли, но аптечка по-прежнему лежала в бардачке. Он взял ее и пошел обратно. Эйлин увидела, что у него в руках, и завопила еще громче.

— Нет! Оно жжется! Я не хочу, чтобы жглось! Папа! Не надо...

— Эйлин, это всего лишь меркурохром, он не жжется...

— Будь большой девочкой, — сказала Рэйчел. — Это просто...

— Нет, нет, нет, нет...

— Прекрати! — вспылил Луис. — А то сейчас будет жечься на попе.

— Она устала, Лу, — тихо проговорила Рэйчел.

— Да, знакомое чувство. Подержи ей ногу.

Рэйчел опустила Гейджа на землю и держала ногу Эйлин, пока Луис мазал ее меркурохромом, невзирая на истерические вопли дочери.

— Кто-то вышел на крыльцо. В том доме, через улицу, — сказала Рэйчел и подхватила на руки Гейджа, который уже пополз прочь по траве.

— Прекрасно, — пробормотал Луис.

— Лу, она просто...

— Устала, я знаю. — Он закрыл пузырек с меркурохромом и мрачно взглянул на дочь. — Вот. И вовсе не больно. Ну, сознавайся, Элли.

— Нет, больно! Больно! Бо-о-о...

Луису хотелось ее отшлепать, и он убрал руку за спину — от греха подальше.

— Нашел ключи? — спросила Рэйчел.

— Еще нет, — ответил Луис, закрывая аптечку и выпрямляясь. — Я...

Гейдж заорал. Он не хныкал, не плакал, а истошно кричал, извиваясь в руках у Рэйчел.

— Что с ним?! — воскликнула Рэйчел, тут же передавая сына Луису. Он подумал, что это один из тех плюсов, которые получаешь, выходя замуж за врача: всегда можно вручить ребенка мужу, когда с ребенком творится неладное. — Луис! Что...

Малыш орал, хватая себя за шею. Луис перевернул его и увидел, что сбоку на шее наливается белая шишка. А на лямке комбинезончика вяло копошилось что-то мохнатое с крыльями.

Эйлин, которая уже начала успокаиваться, опять закричала:

— Пчела! Пчела! ПЧЕЛА-А-А-А!

Она отскочила назад, споткнулась о тот же камень, о который разбила коленку, шлепнулась мягким местом на землю и снова расплакалась от боли, изумления и страха.

Я схожу с ума, удивленно подумал Луис. *Ура-а-а-а!*

— Сделай что-нибудь, Луис! Надо же что-то делать!

— Надо вытащить жало, — медленно проговорил кто-то у них за спиной. — В этом вся штука. Надо вытащить жало и приложить туда соду. Шишка быстро сойдет.

Человек говорил с новоанглийским акцентом, что поначалу усталый, растерянный разум Луиса вообще отказался перевести эту речь на нормальный язык: *На-а-до вы-ы-тащить жа-а-ло и приложи-и-ть туда со-о-ду.*

Он обернулся и увидел старика лет семидесяти — здорового и крепкого, одетого в комбинезон поверх синей хлопчатобумажной рубашки, распахнутый ворот которой открывал морщинистую шею. Лицо старика было загорелым, и он курил сигарету без фильтра. Пока Луис смотрел на него, старик затушил сигарету пальцами и аккуратно убрал в карман. Протянул руки и застенчиво улыбнулся — Луису сразу понравилась эта улыбка, а он был не из тех, кто легко заводит знакомства.

— Только не думайте, будто я учу вас делать вашу работу, док, — сказал он. Так Луис познакомился с Джадсоном Крэндаллом, которому следовало бы быть его отцом.

3

Крэндалл видел в окно, как они подъезжали, и пришел посмотреть, не нужна ли им помощь, когда ему показалось, что у них там, как он выразился, «стало чуток туговато».

Луис держал ребенка на руках, а Крэндалл подошел ближе, осмотрел шишку на шее Гейджа и протянул к нему скрюченную, пятнистую руку. Рэйчел открыла рот, пытаясь возразить — рука старика казалась ужасно корявой, и грубой, и почти такой же большой, как голова Гейджа, — но не успела сказать ни слова. Пальцы старика совершили уверенное движение, проворно и ловко, как пальцы фокусника, — и вот жало уже лежало у него на ладони.

— Большое, — заметил он. — На первый приз не потянет, но на второй — очень даже.

Луис расхохотался.

Крэндалл улыбнулся ему своей застенчивой, слегка кривоватой улыбкой и сказал:

— Да, такой вот курьез.

— Мама, что он сказал? — спросила Эйлин, и Рэйчел тоже рассмеялась. Да, это было ужасно невежливо, но старик вроде бы не обиделся. Он достал из кармана пачку «Честерфилда», сунул в рот новую сигарету, добродушно кивнул в ответ на смех — даже Гейдж захихикал, несмотря на боль от пчелиного укуса — и зажег спичку о ноготь большого пальца. *У стариков свои хитрости*, подумал Луис. *Хитрости мелкие, но хорошие.*

Он прекратил смеяться и протянул свободную руку — ту, которая не поддерживала Гейджа под пятую точку, кстати, уже ощутимо мокрую.

— Рад познакомиться, мистер...

— Джад Крэндалл, — сказал старик, пожимая ему руку. — А вы, значит, доктор.

— Да. Луис Крид. Это моя жена Рэйчел, моя дочь Элли, а парень, которого укусила пчела, — это Гейдж.

— Рад познакомиться с вами со всеми.

— Я смеялся вовсе не потому, что... мы смеялись не потому... просто мы все... немного устали.

Это явное преуменьшение снова его рассмешило. Он чувствовал себя выжатым как лимон.

Крэндалл кивнул.

— Да уж, конечно. — Он взглянул на Рэйчел. — Почему бы вам не завести на минуточку к нам вашего малыша и вашу дочурку, миссис Крид? Сделаем ему примочку из соды. Моя жена будет рада с вами познакомиться. Она почти не выходит из дома. Артрит совсем уж замучил в последние годы.

Рэйчел взглянула на Луиса, и тот кивнул.

— Вы очень добры, мистер Крэндалл.

— Ой, зовите меня просто Джад.

Внезапно раздался гудок, послышался рокот сбавляющего обороты мотора, и на подъездную дорожку медленно вырулил синий грузовой фургон.

— О Боже, а ключи-то так и не нашлись, — сказал Луис.

— Ничего страшного, — отозвался Крэндалл. — У меня есть запасные. Мистер и миссис Кливленд… они жили тут раньше… дали мне запасные ключи, уж лет четырнадцать или пятнадцать тому как. Они долго здесь жили. Джоан Кливленд была лучшей подругой моей жены. Она умерла два года назад. Билл перебрался в дом престарелых в Оррингтоне. Я сейчас их принесу. Все равно они теперь ваши.

— Вы очень добры, мистер Крэндалл, — повторила Рэйчел.

— Вовсе нет, — сказал он. — Просто мне радостно, что тут опять будут детки. — *Де-е-е-тки.* Для Луиса и Рэйчел, привыкших к среднезападному произношению, говор Крэндалла звучал почти как иностранный язык. — Вы только следите, чтобы они не подходили к дороге, миссис Крид. Слишком уж тут много грузовиков.

Хлопнула дверца машины. Грузчики выбрались из кабины и теперь направлялись к ним.

Элли, отошедшая чуть в сторонку, вдруг спросила:

— Папа, а что это?

Луис, который уже собирался идти встречать грузчиков, обернулся. На краю поля, где кончалась лужайка и начиналась высокая летняя трава, виднелась тропинка шириной фута четыре. Она поднималась на холм, вилась среди низких кустов и терялась в березовой роще.

— Вроде какая-то тропинка, — ответил Луис.

— Ага, — улыбнулся Крэндалл. — Как-нибудь я тебе про нее расскажу, малышка. Ну что, пойдем лечить братика?

— Пойдем, — сказала Элли и добавила с явной надеждой: — А сода жжется?

4

Крэндалл принес ключи, но к тому времени Луис уже нашел свой комплект. Наверху в бардачке была щель, и маленький конверт провалился туда, к проводам. Луис выудил его и впустил грузчиков в дом. Крэндалл отдал ему запасные ключи. Они висели на старом, потускневшем брелоке. Луис поблагодарил старика и рассеянно сунул ключи в карман, наблюдая за тем, как грузчики вносят внутрь мебель и коробки с вещами, накопившимися у них за десять лет семейной жизни. Сейчас, вне привычного окружения, вещи казались какими-то мелкими, обесцененными. *Обыкновенное барахло, рассованное по коробкам*, подумал Луис, и его вдруг охватила печаль и какое-то гнетущее чувство — наверное, та самая ностальгия.

— Вырвали с корнем и пересадили в новую почву, — сказал Крэндалл, внезапно возникший рядом, и Луис даже вздрогнул от неожиданности.

— Вы явно знаете в этом толк.

— На самом деле нет. — Крэндалл достал сигарету и чиркнул спичкой. Ее огонек ярко вспыхнул в ранних вечерних сумерках. — Мой отец выстроил этот дом через дорогу. Привел в него жену, и здесь же она родила ребенка, то есть меня, аккурат в тысяча девятисотом.

— Так вам сейчас...

— Восемьдесят три, — закончил Крэндалл, и Луис тихо порадовался про себя, что старик не добавил: «Еще в самом соку». Эту фразу он люто ненавидел.

— А выглядите вы моложе.

Крэндалл пожал плечами.

— В общем, я здесь родился и прожил всю жизнь. Когда началась Первая мировая, я пошел добровольцем, но до Европы так и не добрался. В Байонне побывал, но только в Нью-Джерси. Мерзопакостное местечко. Даже в семнадцатом году. Так что я был очень доволен, когда вернулся домой. Женился на Норме, отработал свое на железной дороге, и мы как жили тут всю жизнь, так до сих пор и живем. Но я немало всего повидал и в Ладлоу. Уж поверьте мне на слово.

Грузчики с пружинной сеткой от большой двуспальной кровати замешкались у входа в сарай.

— Это куда, мистер Крид?

— Наверх... сейчас я вам покажу. — Луис шагнул было к ним, но остановился и обернулся к Крэндаллу.

— Идите-идите, — улыбнулся старик. — И я тоже пойду, не буду мешать. Но переезд — штука такая... натаскаешься, а потом жажда мучит. Обычно около девяти вечера я сижу у себя на крыльце и пью пиво. Если погода хорошая, то засиживаюсь допоздна. Иногда Норма тоже выходит составить мне компанию. Будет желание — заходите.

— Может быть, и зайду, — ответил Луис, вовсе не собираясь этого делать. После подобного приглашения непременно последует просьба осмотреть Норму с ее артритом — попросту, по-соседски (и, конечно, бесплатно). Ему нравился Крэндалл, нравилась его застенчивая улыбка, его манера говорить, его акцент янки, вовсе не резкий, а наоборот — мягкий, почти певучий. Хороший человек, подумал Луис, но люди быстро начинают хитрить с врачами. Как ни прискорбно, рано или поздно даже лучшие друзья обращаются к тебе за врачебной консультацией. А со стариками этому вообще нет конца. — Только особенно меня не ждите, у нас был чертовски тяжелый день.

— Ну, приходите потом, можно без приглашения, — проговорил Крэндалл с улыбкой, и что-то в этой улыбке подсказало Луису, что старик понял, о чем он думает.

Луис проводил Крэндалла взглядом. Он шел легкой походкой, с прямой спиной, как будто ему шестьдесят, а не за восемьдесят. Луис почувствовал, как в его сердце пробиваются первые ростки симпатии.

5

К девяти вечера грузчики уехали. Элли и Гейдж, оба уставшие до предела, спали в своих новых комнатах. Гейдж — в детской кроватке, Элли — прямо на полу, на матрасе, в окружении горы коробок с ее миллиардами цветных мелков, целых, сломанных и затупившихся; с ее плакатами с «Улицей Сезам»; с ее книжками, с ее одеждой и бог знает с чем еще. Черч спал вместе с ней, хрипло урча во сне. Это глухое урчание заменяло зверюге мурлыканье.

До этого Рэйчел с Гейджем на руках беспокойно металась по дому, перепроверяла все места, куда Луис просил грузчиков ставить вещи, и заставляла их переставлять все по-своему. Чек Луис не потерял — он лежал в нагрудном кармане вместе с пятью десятидолларовыми банкнотами для чаевых. Когда парни закончили разгружать фургон, Луис отдал им чек вместе с наличными, кивнул в ответ на их благодарности, подписал квитанцию и остался стоять на крыльце, глядя, как они уезжают. По дороге они наверняка завернут в Бангор и выпьют пива в честь окончания рабочего дня. Кстати, от пива он бы и сам не отказался. Тут он снова подумал о Джаде Крэндалле.

Они с Рэйчел сидели на кухне, и Луис заметил темные круги под глазами жены.

— Шла бы ты спать, — сказал он.

— Предписание врача? — улыбнулась она.

— Ага.

— Ладно, — согласилась она, вставая. — Что-то я умоталась. И Гейдж точно разбудит посреди ночи. Ты идешь?

Он замялся.

— Пока нет, наверное. Этот старик через улицу...

— Через дорогу. Здесь, в деревне, не улицы, а дороги. Или, как говорит Джадсон Крэндалл, *да-а-роги*.

— Хорошо, через *да-а-рогу*. Он приглашал меня на пиво. Думаю, что поймаю его на слове. Я устал, но спать пока не могу. Слишком взвинчен.

Рэйчел улыбнулась.

— И все закончится тем, что Норма Крэндалл станет рассказывать, где у нее что болит и на каком она спит матрасе.

Луис рассмеялся, думая о том, как это забавно и даже слегка жутковато, что со временем жены учатся читать мысли своих мужей.

— Он был рядом, когда мы в нем нуждались, — сказал он. — Наверное, надо и для него что-то сделать.

— Ты — мне, я — тебе?

Луис пожал плечами, не зная, как объяснить жене, что Крэндалл ему сразу понравился.

— Как тебе его жена?

— Очень хорошая женщина, — ответила Рэйчел. — Гейдж сидел у нее на коленях. Я удивилась, ведь у него был тяжелый день, а ты сам знаешь, как настороженно он относится к новым людям даже в нормальной обстановке. И у нее была кукла, и она разрешила Эйлин с ней поиграть.

— А что там с ее артритом? Все очень плохо?

— Я бы сказала, что очень.

— Вплоть до инвалидной коляски?

— Нет... но она очень медленно ходит, и ее пальцы... — Рэйчел скрючила свои тонкие пальцы, чтобы показать. Луис кивнул. — Ты только недолго, Лу, ладно? В чужих домах мне всегда страшновато.

— Очень скоро он станет не чужим, — ответил Луис и поцеловал жену.

6

Луис вернулся домой пристыженным. Никто не просил его осматривать Норму Крэндалл; когда он перешел через улицу (через *да-а-рогу*, напомнил он себе с улыбкой), леди уже легла спать. Смутный силуэт Джада вырисовывался сквозь оконные сетки крыльца. Кресло-качалка уютно поскрипывало на старом линолеуме. Луис постучал в дверь с проволочной сеткой, и та приветливо загрохотала в раме. Огонек сигареты Крэндалла мерцал, как мирный большой светлячок в летней ночи. Из радиоприемника, выставленного на минимальную громкость, доносился голос комментатора с матча «Ред сокс», и все это вместе создавало у Луиса странное ощущение, что он вернулся домой.

— Док, — сказал Крэндалл. — Я так и думал, что это вы.

— Надеюсь, вы не шутили насчет пива? — спросил Луис, заходя внутрь.

— Я никогда не обманываю насчет пива, — ответил Крэндалл. — Человек, врущий о пиве, наживает себе врагов. Присаживайтесь, док. Я как раз положил на лед пару лишних жестянок, на всякий случай.

Крыльцо было длинным и узким, меблированным плетеными креслами и диванчиками. Луис сел в кресло и удивился, какое оно удобное. По левую руку стояло жестяное ведро с кубиками льда и несколькими банками пива «Блэк лейбл». Луис взял одну.

— Спасибо, — сказал он, открывая банку. Первые два глотка показались ему восхитительными.

— Не за что, — отозвался Крэндалл. — Надеюсь, вам здесь будет радостно и хорошо, док.

— Аминь, — сказал Луис.

— Поистине! Кстати, если хотите крекеров или еще чего, то могу принести. Вот «крысиная радость» уже созрела.

— *Что* созрело?

— «Крысиная радость». Сыр чеддер. — Крэндалл, кажется, удивился, что Луис не знает таких элементарных понятий.

— Да нет, спасибо. Мне хватит и одного пива.

— Вот и славно. — Крэндалл удовлетворенно рыгнул.

— Ваша жена уже спит? — спросил Луис, удивляясь тому, что сам завел этот разговор.

— Ага. Иногда она сидит со мной, иногда идет спать пораньше.

— Ее очень мучают боли?

— А вы хоть раз наблюдали артрит без болей? — спросил Крэндалл. Луис покачал головой. — Думаю, боли еще терпимы. Она ведь не любит жаловаться, моя Норма. Хорошая она девчонка. — В его голосе звучали искренняя теплота и любовь. По шоссе номер 15 проехала автоцистерна, такая огромная и длинная, что на мгновение закрыла из виду дом Луиса через дорогу. В последних лучах заходящего солнца можно было прочесть надпись на боку цистерны: «ОРИНКО».

— Неслабый грузовик, — заметил Луис.

— «Оринко» рядом с Оррингтоном, — сказал Крэндалл. — Завод химических удобрений. Вот они и ездят туда-сюда. И цистерны с горючим, и мусоровозы, и люди, которым с утра на работу в Бангор или Брюэр, а вечером, значит, обратно домой. — Он покачал головой. — Всем хорош Ладлоу, но одно мне не нравится. Эта чертова дорога. Ни житья от нее, ни покоя. Ездят и ездят и днем, и ночью. Иногда будят Норму. Черт, иногда будят даже *меня*, а я сплю как бревно.

Луис, которому тишина мэнского захолустья казалась почти сверхъестественной после непрестанного шума Чикаго, только молча кивнул.

— Вот скоро арабы закроют лавочку, и можно будет фиалки выращивать на дороге, — сказал Крэндалл.

— Возможно, вы правы. — Луис поднес банку ко рту и с удивлением обнаружил, что она пустая.

Крэндалл рассмеялся:

— Берите еще, док. Гулять так гулять.

Луис замялся, потом сказал:

— Ладно, но только одну. Мне надо вернуться домой пораньше.

— Да, конечно. Переезд — утомительная штука!

— Это да, — согласился Луис, и некоторое время они оба молчали. Молчание было уютным, как будто они знали друг друга уже очень давно. Об этом чувстве Луис читал в книгах, но сам никогда его не испытывал — до этого дня. Он устыдился своих недавних мыслей о бесплатной медицинской консультации.

По дороге прогрохотала фура, ее фары мерцали, как упавшие с неба звезды.

— Поганая все же дорога, — проговорил Крэндалл задумчиво, почти рассеянно, а потом вновь повернулся к Луису. Его морщинистые губы скривились в еле заметной улыбке. Старик сунул в рот сигарету и зажег спичку о ноготь большого пальца. — Помните эту тропинку, которую заметила ваша дочка?

Луис не сразу сообразил, о чем говорит Крэндалл; Элли много чего замечала, пока не свалилась спать. Но потом он вспомнил. Широкая тропа, что поднималась на холм и терялась среди деревьев.

— Да, помню. Вы обещали что-то о ней рассказать.

— Обещал и расскажу, — кивнул Крэндалл. — Эта тропа углубляется в лес мили на полторы. Местные ребятишки с пятнадцатого шоссе и Миддл-драйв за ней следят, потому что пользуются постоянно. Детишки сменяются, кто-то уедет, кто-то приедет... Сейчас все не так, как тогда, когда я был мальчишкой, людям уже не сидится на месте, а в мое время никто особенно не разъезжал. Но, похоже, они рассказывают друг другу, и каждую весну здешние дети выкашивают тропинку. И все лето за ней ухаживают, чтобы не зарастала. Не все взрослые в городе знают про это место — многие знают, конечно, но далеко не все, — а вот дети знают. Могу поспорить.

— И что там такое?

— Кладбище домашних животных, — ответил Крэндалл.

— Кладбище домашних животных, — озадаченно повторил Луис.

— Это не так странно, как кажется. — Крэндалл курил, раскачиваясь в кресле-качалке. — Все дело в дороге. Это плохая дорога. На ней гибнет много животных. По большей части собаки и кошки, но не только они. Один из этих грузовиков «Оринко» сбил ручного енота, которого завели дети Райдеров. Это было... кажется, в семьдесят третьем, а может, и раньше. Еще до того, как в домах запретили держать енотов и даже скунсов с удаленными пахучими железами.

— А почему запретили?

— Из-за бешенства, — сказал Крэндалл. — Много случаев бешенства в Мэне в последние годы. Вот буквально пару лет назад один огроменный сенбернар взбесился и убил четырех человек. Скандал был ужасный. Как оказалось, от бешенства песика не прививали. Если бы его идиоты-хозяева сделали псу все положенные прививки, ничего бы не случилось. А скунсов или енотов можно колоть хоть по два раза в год, и все равно неизвестно, возьмет или нет. Но енот у мальчишек Райдеров и вправду был славным. Как говорят старики, «просто душечкой». Ходил вперевалку, был круглым, как шар, лез ласкаться, облизывал тебе лицо, как собака. Их отец даже возил его к ветеринару, чтобы кастрировать и обрезать когти. Пришлось мужику раскошелиться! Райдер работал на «Ай-би-эм» в Бангоре. Они переехали в Колорадо пять лет назад... или, может быть, шесть. Мальчишки уже совсем взрослые стали, даже не верится, что когда-то были мелкими. Расстроились ли они из-за енота? Думаю, да. Мэтти Райдер так плакал, что мать напугалась и даже хотела вести его к доктору. Теперь-то уже все прошло, но они не забыли. Когда такой славный зверек гибнет под колесами на дороге, дети этого не забывают.

Луис подумал об Элли, спящей сейчас в новом доме с урчащим в ногах Черчем.

— У моей дочки есть кот, — сказал он. — Уинстон Черчилль. Мы сокращенно зовем его Черч.

— Ему есть чем позвякивать при ходьбе?

— Прошу прощения? — Луис не понял вопроса.

— Яйца при нем, или он у вас кастрированный?

— Нет, — ответил Луис. — Он не кастрированный.

На самом деле они едва не поссорились с Рэйчел на этой почве еще в Чикаго. Она хотела кастрировать Черча и записала его к ветеринару. Луис отменил запись. Даже сейчас он и сам толком не понимал почему. Вовсе не из мужской солидарности — он еще не дошел до такого идиотизма, чтобы отождествлять свое мужское достоинство с достоинством кота дочери, — и вовсе не потому, что ему претила мысль о том, что Черча надо кастрировать, чтобы их толстой соседке не приходилось завинчивать крышки на мусорных баках. То есть отчасти поэтому, да. Но в основном — из-за не очень понятного, однако сильного чувства, что после кастрации Черч лишится чего-то такого, чем дорожил сам Луис. Ему не хотелось, чтобы в зеленых кошачьих глазах погас огонек независимого «а идите все к черту». Наконец он сказал Рэйчел, что они переезжают в деревню, так что проблема снимается сама собой. И вот теперь Джадсон Крэндалл говорит, что сквозь эту конкретную деревню проходит шоссе номер 15, и спрашивает, кастрированный ли у них кот. Добавьте немного иронии, доктор Крид, — очень способствует нормализации кровяного давления.

— Я бы его кастрировал, — сказал Крэндалл, загасив окурок пальцами. — Кастрированные коты не особенно расхаживают по округе. А если он будет вечно носиться туда-сюда через дорогу, то рано или поздно с ним приключится та же беда, что с енотом Райдеров, и спаниелем маленького Тимми Десслера, и попугайчиком миссис Брэдли. Попугая, как вы понимаете, не переехали. Он тихо сдох сам по себе.

— Я подумаю, — пообещал Луис.

— Да уж, подумайте. — Крэндалл поднялся на ноги. — Как там пиво, нормально идет? А я все же схожу закушу ломтиком «крысиной радости».

— Пиво уже все вышло. — Луис тоже поднялся. — И мне тоже пора уходить. Завтра будет тяжелый день.

— Трудовые будни в университете?

Луис кивнул.

— Студентов не будет еще две недели, но мне пока надо освоиться и понять, где там что, верно?

— Это да, если не будете знать, где какие таблетки лежат, неприятностей не оберетесь. — Крэндалл протянул руку, и Луис осторожно пожал ее, памятуя о том, какие хрупкие кости у стариков. — Заходите еще, в любой день. Познакомлю вас с моей Нормой. Думаю, вы ей понравитесь.

— Непременно зайду, — сказал Луис. — Рад был познакомиться с вами, Джад.

— Взаимно. Вы здесь освоитесь, обживетесь. Может быть, и задержитесь на какое-то время.

— Надеюсь, что да.

Луис прошел по мощенной камнями садовой дорожке и остановился на обочине шоссе, пропуская очередной грузовик и пять легковушек, ехавших в сторону Бакспорта. Потом еще раз помахал старику на прощание, пересек улицу (*да-а-рогу*, снова напомнил он себе) и вошел в свой новый дом.

Там было тихо, все спали. Элли, похоже, вообще не шелохнулась во сне, а Гейдж посапывал в своей кроватке в обычной позе, раскинувшись на спине, с бутылочкой под рукой. Луис смотрел на сына, и его сердце переполняла такая пронзительная любовь, что это казалось жутковатым. Наверное, отчасти это была просто тоска по дому, по всем знакомым местам и лицам в Чикаго, которые остались далеко-далеко, словно в какой-то другой жизни. *Сейчас все не так, как было прежде... людям уже не сидится на месте, а раньше никто особенно не разъезжал.* В этом есть доля правды.

Он подошел к сыну и, поскольку никто — даже Рэйчел — его не видел, поцеловал кончики пальцев и легонько коснулся щеки Гейджа, просунув руку сквозь прутья кроватки.

Гейдж запыхтел и перевернулся на бок.

— Спокойной ночи, малыш, — произнес Луис.

Он тихонько разделся и лег на свой край двуспальной кровати, которая пока что представляла собой два матраса, сдвинутых на полу. Почувствовал, как дневное напряжение постепенно проходит. Рэйчел даже не пошевелилась. Нераспакованные коробки громоздились призрачными тенями.

Перед тем как заснуть, Луис приподнялся на локте и посмотрел в окно. Окно их спальни выходило на шоссе, прямо на дом Крэндаллов. Было слишком темно, чтобы различить очертания фигуры — ночь выдалась безлунной, — но во мраке мерцал огонек сигареты. *Так и сидит*, подумал Луис. *И может сидеть еще долго. Старики вообще плохо спят. Как будто стоят на страже.*

Кого они охраняют? И от чего?

Луис думал об этом, когда заснул. Ему приснилось, что он разъезжает по Диснейуорлду в ослепительно белом микроавтобусе с красным крестом на боку. Гейдж сидел рядом с ним, и во сне ему было лет десять, не меньше. На приборной доске возлежал Черч, глядя на Луиса ярко-зелеными глазами, а на Мэйн-стрит у вокзала 1890-х годов Микки-Маус пожимал руки столпившимся вокруг детишкам, их доверчивые маленькие ладошки тонули в его огромных мультяшных перчатках.

7

Следующие две недели у всех выдались хлопотными. Луис мало-помалу вникал в новую работу (хотя в начале семестра, когда после летних каникул в университет съедутся десять тысяч студентов, одни — уже законченные алкоголики и наркоманы, другие — с дурными болезнями, третьи — с тревожным расстройством из-за оценок или депрессией из-за того, что впервые уехали так далеко от дома, и наверняка найдется десяток анорексичных девиц с тараканами в голове… в общем, когда они все соберутся в кампусе, это будет уже совершенно другая история). А пока Луис разбирался со всеми тонкостями своей новой должности главврача университетской клиники, Рэйчел начала обустраивать дом.

Гейдж был занят знакомством с новым окружением, что неизбежно подразумевало многочисленные синяки и шишки, и в первое время его ночной сон выбился из режима, но к середине их второй недели в Ладлоу все пришло в норму. И только Элли, которой уже совсем скоро предстояло пойти в новый садик, оставалась перевозбужденной и взвинченной до предела. Безудержные приступы смеха сменялись периодами почти климактерических депрессий или вспышками гнева, причем на пустом месте. Рэйчел говорила, что это пройдет, когда Элли увидит, что садик совсем не так страшен, как она нафантазировала, и Луис с ней соглашался. Большую часть времени Элли была такой же, как раньше: прелесть, а не ребенок.

Вечерние посиделки с пивом в компании Джада Крэндалла уже стали доброй традицией. Когда у Гейджа наладился ночной сон, Луис начал приходить на каждый второй или третий вечер — со своей собственной упаковкой. Он познакомился с Нормой Крэндалл, очень приятной пожилой женщиной с ревматоидным артритом — с тем самым старым недобрым ревматоидным артритом, что убивает столь многих стариков, которые в остальном совершенно здоровы и могли бы прожить еще долго. Однако Норма держалась отлично. Она не сдавалась боли, не выбрасывала белый флаг. Пусть болезнь одолеет ее, если сможет. Луис подумал, что она проживет еще пять или даже семь лет полноценной, хотя и не особенно легкой жизни.

Вопреки своим собственным правилам и убеждениям он сам предложил ее осмотреть, расспросил, что назначил лечащий врач, и полностью согласился с его рекомендациями. Его слегка раздосадовало, что он ничем не может помочь, однако доктор Уэйбридж держал болезнь под контролем, насколько это вообще было возможно в случае с Нормой Крэндалл; внезапное резкое ухудшение не исключалось, но его все равно никогда не предвидишь заранее. Надо уметь принимать жизнь такой, какая она есть, иначе точно окажешься в маленькой комнатке с мягкими стенами и будешь писать письма домой восковыми мелками.

Рэйчел тоже понравилась Норма, и они скрепили свою дружбу обменом рецептами, как детишки меняются бейсбольными вкладышами, начав с шарлотки от Нормы Крэндалл за бефстроганов от Рэйчел. Норма отлично поладила и с детьми Кридов, особенно с Элли, которая, как она говорила, вырастет настоящей красавицей — просто очаровашкой. «Хорошо еще, Норма не называет ее «просто душечкой», как того енота», — сказал Луис Рэйчел в тот вечер в постели. Рэйчел так хохотала, что испортила воздух, после чего они смеялись уже на пару. Их громкий смех разбудил Гейджа за стеной.

И вот настал первый день Элли в садике. Луис, уже освоившийся и в лазарете, и в поликлинике, взял выходной. (Тем более что на данный момент лазарет пустовал; последняя пациентка, слушательница летних курсов, сломавшая ногу на лестнице, выписалась неделю назад.) Он стоял на лужайке рядом с Рэйчел, держал на руках Гейджа и смотрел, как большой желтый автобус сворачивает с Миддл-драйв и подъезжает к их дому. Автобус остановился, передняя дверь открылась; наружу вырвался гул множества детских голосов.

Элли оглянулась через плечо, бросив на родителей странный, беззащитный взгляд, словно хотела спросить: может быть, еще не поздно отменить неизбежное? — но по их лицам поняла, что время упущено и все, что последует за сегодняшним, первым днем, уже неотвратимо, как развитие артрита Нормы Крэндалл. Отвернулась и поднялась по ступенькам автобуса. Двери сомкнулись у нее за спиной, как зубы дракона. Автобус отъехал. Рэйчел расплакалась.

— Ради Бога, не плачь, — сказал Луис. Он сам чуть не плакал. — Это всего на полдня.

— Полдня — это много, — буркнула Рэйчел и расплакалась еще сильнее. Луис обнял ее, а Гейдж с довольным видом обхватил обоих родителей за шею. Обычно, когда Рэйчел плакала, Гейдж тоже куксился. Но не в этот раз. *Он заполучил нас обоих в свое полное распоряжение,* подумал Луис. *И он, черт возьми, это знает.*

Они с беспокойством ждали возвращения Элли, пили слишком много кофе и рассуждали о том, как проходит ее первый день в новом детском саду. Луис ушел в дальнюю комнату, где собирался устроить свой кабинет, и сидел там без дела, перекладывая бумаги с места на место. Рэйчел слишком рано начала готовить обед.

Когда в четверть одиннадцатого зазвонил телефон, Рэйчел схватила трубку после первого же звонка. Луис встал в дверях между кухней и кабинетом, уверенный, что это звонит воспитатель Элли, чтобы сообщить, что девочка им не подходит; желудок дошкольного образования не смог ее переварить и извергает обратно. Но это была Норма Крэндалл. Она сказала, что Джад собрал последнюю кукурузу и что они могут ею поделиться. Луис отправился к Крэндаллам с хозяйственной сумкой и попенял Джаду, что тот не обратился за помощью.

— Да она все равно большей частью дерьмовая, — отмахнулся Джад.

— Пожалуйста, не выражайся при мне, — сказала Норма. Она вышла на крыльцо с холодным чаем на старинном подносе с рекламой «Кока-Колы».

— Прости, любимая. Мне так стыдно.

— Ни капельки ему не стыдно, — сообщила Норма Луису и присела, поморщившись от боли.

— Видел, как Элли садится в автобус, — сказал Джад, закуривая «Честерфилд».

— С ней все будет в порядке, — добавила Норма. — Почти всегда так и бывает.

Почти, мрачно подумал Луис.

Но с Элли и *вправду* все было в порядке. Она вернулась домой ровно в полдень, сияющая, с улыбкой до ушей, ее нарядное синее платье «на первый день в садике» развевалось над исцарапанными коленками (на одной из которых красовалась свежая ссадина), в руке она сжимала рисунок с двумя то ли детьми, то ли подъемными кранами на ножках, одна ее туфля расстегнулась, одна лента для волос бесследно исчезла. Элли выскочила из автобуса с криком:

— Мы пели «У старика Макдональда была ферма»! Мама! Папа! Мы пели «У старика Макдональда была ферма»! Как в старом садике!

Рэйчел посмотрела на Луиса, который сидел у окна, держа на коленях Гейджа. Малыш почти уснул. Во взгляде Рэйчел было что-то печальное, и хотя она тут же отвернулась, Луис испытал острый приступ паники. *А ведь мы и вправду когда-нибудь постареем,* подумал он. *Такова жизнь. Для нас не сделают исключения. Дети взрослеют... а мы стареем.*

Элли подбежала к нему, пытаясь продемонстрировать картинку и свежую ссадину на коленке, а также рассказать про «У старика Макдональда была ферма» и про миссис Берримен, и все это одновременно. Черч терся о ее ноги, и она не упала только чудом.

— Тише, — сказал Луис, целуя дочь. Гейдж заснул, не обращая внимания на суматоху и шум. — Сейчас я его уложу, и ты мне все расскажешь.

Он понес Гейджа наверх — по лестнице, освещенной косыми лучами теплого сентябрьского солнца, — но на верхней площадке его вдруг пронзило дурное предчувствие. Луиса как будто накрыло волной темного ужаса. Он резко остановился и в изумлении огляделся, не понимая, что это вдруг на него нашло. Еще крепче прижал к себе сына, сдавил его так, что тот недовольно зашевелился. По рукам и спине Луиса пробежали мурашки.

Что такое? — подумал он в страхе и растерянности. Сердце бешено колотилось; волосы на голове едва не шевелились; он почувствовал, как к глазам приливает адреналин. Будучи врачом, Луис знал, что когда человек испытывает сильный страх, его глаза действительно вылезают из орбит; не просто широко открываются, а *выпучиваются* из-за резкого скачка кровяного и внутричерепного давления. *Что за черт? Привидения? Господи, мне и вправду почудилось, будто что-то прошло совсем рядом и едва меня не задело. Я его почти видел.*

Внизу скрипнула входная дверь.

Луис Крид подскочил и с трудом сдержал крик, а потом рассмеялся. Это выверты психики: внезапный страх, беспричинный озноб. Кратковременное помутнение сознания. Такое бывает — и тут же проходит. Что там говорил Скрудж призраку Джейкоба Марли? *Почем я знаю, может быть, вы — это вовсе не вы, а непрожаренная картофелина. Может быть, вы явились не из царства духов, а из духовки.* Чарлз Диккенс, возможно, и не догадывался, насколько это верно — и с психологической, и с физиологической точки зрения. Призраков не существует, во всяком случае, Луису они не встречались. За свою врачебную практику он засвидетельствовал смерть двух дюжин человек, однако ни разу не видел, как душа покидает тело.

Он отнес Гейджа в детскую и уложил в кроватку. Но когда укрывал сына одеяльцем, у него по спине вновь пробежал холодок, а перед мысленным взором внезапно возник «выставочный зал» дяди Карла. В том зале не было ни новых автомобилей, ни телевизоров самых последних моделей, ни посудомоечных машин со стеклянной передней панелью, чтобы наблюдать за волшебным процессом пенообразования. Там были только гробы с поднятыми крышками, подсвеченные тщательно скрытыми лампами. Брат его отца был владельцем похоронного бюро.

Господи Боже, зачем эти страсти? Гони их прочь!

Луис поцеловал сына и спустился вниз послушать рассказ Элли о ее первом дне в новом садике.

8

В ту субботу, когда у Элли закончилась первая неделя в подготовительной группе, как раз в последние выходные перед тем, как студенты вернутся в кампус, Джад Крэндалл перешел дорогу и направился прямиком к семейству Кридов, сидевших на лужайке возле дома. Элли только что слезла с велосипеда и теперь пила холодный чай. Гейдж ползал в траве, изучая жуков и, возможно, пробуя их на зуб; он был не особо разборчив в источниках питательного белка.

— Джад, — сказал Луис, поднимаясь на ноги. — Пойду принесу вам стул.

— Не надо. — Джад был в джинсах, рубашке с расстегнутым воротом и резиновых сапогах. Он посмотрел на Элли. — Ты еще хочешь узнать, куда ведет та тропинка, а, Элли?

— Да! — Элли тут же вскочила. Ее глаза загорелись. — Джордж Бак из садика мне говорил, что там есть кладбище домашних животных, и я рассказала маме, но она сказала, что надо дождаться тебя, потому что ты знаешь, как туда идти.

— Я знаю, да, — кивнул Джад. — Можно прямо сейчас и сходить, если твои мама с папой не против. Только надень резиновые сапоги. Земля там местами болотистая.

Элли умчалась в дом.

Джад с добродушной улыбкой посмотрел ей вслед.

— Луис, может, вы тоже хотите пойти?

— Почему ж не сходить? — Луис взглянул на Рэйчел. — Ты пойдешь, дорогая?

— А как же Гейдж? Насколько я понимаю, там идти больше мили.

— Я посажу его в рюкзак.

Рэйчел рассмеялась.

— Ну ладно... тащить-то тебе.

Они вышли через десять минут. Все, кроме Гейджа, надели резиновые сапоги. Гейдж сидел в рюкзаке за спиной у Луиса и смотрел по сторонам, смешно тараща глазенки. Элли постоянно убегала вперед, гоняясь за бабочками и срывая цветы.

Трава на дальнем конце поля доходила почти до пояса. Там же рос золотарник — этот дерзкий насмешник, расцветающий в конце лета, чтобы подразнить приходящую осень. Впрочем, в тот день осенью даже не пахло; солнышко припекало, как в августе, хотя август закончился почти две недели назад. Когда они добрались до вершины первого холма, шагая друг за другом по выкошенной тропинке, у Луиса под мышками образовались огромные пятна от пота.

Джад остановился. Сначала Луис подумал, что старик запыхался и хочет передохнуть, но потом огляделся по сторонам и понял, в чем дело. Вид с холма открывался просто потрясающий.

— А здесь вполне симпатично, — сообщил Джад, зажимая зубами травинку. Луис подумал, что это типичное для янки преуменьшение.

— Здесь *волшебно*! — выдохнула Рэйчел и повернулась к Луису: — И ты ничего мне не сказал!

— Да я сам не знал, — отозвался Луис, слегка пристыженный. Это был их участок, но до сегодняшнего дня он так и не выбрал время подняться на холм за домом.

Элли убежала далеко вперед, но теперь вернулась и тоже с восторгом смотрела по сторонам. У нее под ногами вертелся Черч.

Холм был невысоким, но здесь это было не так важно. Густой лес закрывал обзор на востоке, но на западе до самого горизонта простиралась речная долина, погруженная в золотистую дрему позднего лета. Повсюду покой, тишина, мягкая дымка. Даже шоссе в этот час было пустынным и тихим: ни одного громыхающего грузовика, ни одной цистерны «Оринко».

Разумеется, они смотрели на долину реки Пенобскот, по которой лесорубы когда-то сплавляли лес в Бангор и Дерри. Но они находились южнее Бангора и чуть севернее Дерри. Река в этом месте была широкой и несла свои воды неторопливо и тихо, словно сама погруженная в глубокий сон. Луис различал вдалеке Хэмпден и Уинтерпорт, и ему представлялось, что отсюда видна даже темная лента шоссе номер 15, протянувшаяся вдоль реки до самого Бакспорта. Они смотрели на реку, лес, поля, дороги. Шпиль баптистской церкви Норт-Ладлоу возвышался над пологом старых вязов, а справа виднелось кирпичное здание школы, где располагался и садик Элли.

Белые облака медленно плыли по небу цвета вылинявшей джинсовой ткани. И повсюду простирались поля, уже истощенные, спящие, но не умершие, невероятного рыжевато-коричневого оттенка.

— Волшебно — очень верное слово, — наконец произнес Луис.

— Раньше его называли Смотровым холмом, — сказал Джад. Он сунул в рот сигарету, но так и не закурил. — И до сих пор называют — те, кто еще не забыл. Но сейчас в город приехало столько новых людей, и они-то, конечно, не знают. Сюда мало кто ходит. Наверное, думают: что тут увидишь с такого маленького холма? Но отсюда... — Он взмахнул рукой и замолчал.

— Отсюда видно все, — тихо проговорила Рэйчел с трепетом в голосе. Она повернулась к Луису: — Дорогой, это *наше*?

Прежде чем Луис успел ответить, Джад сказал:

— Холм на вашем участке, что правда, то правда.

Но это не совсем одно и то же, подумал Луис.

В лесу было заметно прохладнее, градусов на восемь-десять. Тропинку, все еще широкую, покрывал ковер высохшей хвои. Кое-где стояли цветы (преимущественно увядшие) в горшках или банках из-под кофе. Они прошли с четверть мили — под гору идти стало легче, — и тут Джад окликнул Элли, вновь убежавшую далеко вперед, и сказал:

— Это хорошее место для маленькой девочки, но обещай маме с папой, что если будешь гулять здесь одна, то никогда не сойдешь с тропинки.

— Да, обещаю, — тут же отозвалась Элли. — А почему?

Джад посмотрел на Луиса, который остановился передохнуть. Тащить на себе рюкзак с Гейджем, даже в тени старых сосен и елей, было тяжеловато.

— Вы знаете, где мы? — спросил старик.

Луис на секунду задумался и решил, что ни один из ответов — в Ладлоу, в Норт-Ладлоу, за нашим домом, между шоссе номер 15 и Миддл-драйв — тут не подойдет. Он покачал головой.

Джад ткнул большим пальцем себе за спину.

— В той стороне город. А в той — сплошной лес миль этак на пятьдесят, если не больше. Здесь его называют лесом Норт-Ладлоу, но он проходит и по небольшой части Оррингтона, тянется дальше до самого Рокфорда и примыкает к тем федеральным землям, о которых я вам говорил. Это их индейцы хотят себе вернуть. Ваш дом у шоссе, уютный дом с электричеством, телефоном, кабельным телевидением и всем прочим, стоит на самом краю цивилизации. Я понимаю, что это звучит забавно, но так оно и есть. — Он опять обратился к Элли: — Вот я тебе, Элли, и говорю, чтобы ты не бродила по этим лесам. А то собьешься с тропинки, и только Бог знает, куда тебя занесет.

— Я не буду бродить по лесам, мистер Крэндалл, — пообещала Элли.

Луис видел, что слова старика произвели на нее впечатление, но ни капельки не напугали. А вот Рэйчел смотрела на Джада с явным беспокойством, да и ему самому стало как-то не по себе. Луис подумал, что это почти врожденный страх горожанина, оказавшегося в чаще леса. Он не держал в руках компас с бойскаутских времен, то есть уже двадцать лет, и совершенно не помнил, как определять стороны света по Полярной звезде или по мху на стволах деревьев (все это давно забылось, вместе с умением вязать колышки, полуштыки и прочие морские узлы).

Джад посмотрел на них и улыбнулся.

— Да нет, в этих лесах никто не терялся с тридцать четвертого года, — сказал он. — По крайней мере никто из местных. Последним был Уилл Джеппсон... невелика потеря. После Стэнни Бушара Уилл был самым горьким пропойцей по эту сторону от Бакспорта.

— Вы сказали, никто из местных, — заметила Рэйчел с явной тревогой в голосе, и Луис как будто прочел ее мысли: *Но мы-то не местные*. Пока еще нет.

Джад секунду помедлил и кивнул.

— Раз в два-три года тут теряется кто-нибудь из туристов, которые думают, что нельзя заблудиться так близко от шоссе. Но их потом находят, еще никто не терялся совсем. Не беспокойтесь, миссис.

— А здесь есть лоси? — с опаской спросила Рэйчел, и Луис улыбнулся. Рэйчел всегда найдет повод для беспокойства.

— Иной раз встречаются, да, — ответил Джад. — Но они ничего вам не сделают, Рэйчел. Во время гона они становятся беспокойными, а так даже близко к вам не подойдут. Хотя почему-то не любят приезжих из Массачусетса. Не знаю уж почему, но не любят. — Луис подумал, что старик шутит, но тот говорил совершенно серьезно, без тени улыбки. — Я сам сколько раз наблюдал. Какой-нибудь парень из Согуса, Милтона или Уэстона сидит на дереве и орет благим матом, а внизу топчется стадо лосей, здоровенных, как жилой прицеп. Лоси как будто *чуют* массачусетсцев. Или их раздражает запах новой одежды из «Л.Л. Бина», не знаю. Вот бы кто-то из ваших студентов-зоологов из колледжа изучил этот вопрос, написал бы статью. Но, похоже, никто так и не соберется.

— А что такое время гона? — спросила Элли.

— Да так, ерунда, — сказала Рэйчел. — Я не хочу, чтобы ты ходила сюда одна, Элли. Только со взрослыми, поняла?

Она шагнула ближе к Луису.

Джад огорчился.

— Я не хотел напугать вас, Рэйчел. Ни вас, ни вашу дочурку. В этом лесу вам нечего бояться. И это хорошая тропа. Весной ее, правда, развозит, да и вообще тут сыровато, кроме как разве что в пятьдесят пятом, когда выдалось самое жаркое на моей памяти лето... но, черт... здесь даже нет ядовитого плюща, сумаха, как на дворе за школой. Вот к нему, Элли, лучше не подходить, если не хочешь потом отмокать три недели в ванне с крахмалом. — Элли хихикнула, прикрыв рот ладошкой. — На тропе *безопасно*, — убедительно повторил Джад, обращаясь к Рэйчел, которая, похоже, продолжала сомневаться. — Да по ней прошел бы даже Гейдж, и, как я уже говорил, здешние ребятишки ходят сюда постоянно. Они поддерживают здесь порядок. Их никто не просит, они сами. Мне не хотелось бы, чтобы у Элли испортилось впечатление. — Он наклонился к ней и подмигнул. — В жизни так часто бывает, Элли. Идешь по тропинке — и все хорошо. Сойдешь с тропинки — и собьешься с пути, если не повезет. Заплутаешь в лесу, и кому-то придется тебя искать.

Они пошли дальше. У Луиса, который нес Гейджа в рюкзаке, уже разболелась спина. Время от времени Гейдж радостно хватал отца за волосы и тянул со всей силы или бодро пинал его прямо по почкам. Перед лицом и у шеи с раздражающим писком кружили поздние комары.

Тропинка спускалась по склону, петляя между стволами древних елей, а дальше ныряла в колючий густой подлесок. Здесь было по-настоящему сыро, под сапогами Луиса хлюпали жидкая грязь и вода. В одном месте пришлось переходить маленькое болотце — по кочкам, поросшим жесткой травой. Это была самая сложная часть пути. Затем тропинка опять пошла в гору, кустарник снова сменился деревьями. Ощущение было такое, будто Гейдж, словно по волшебству, прибавил фунтов этак десять, и то же самое волшебство нагрело воздух на десять градусов. По лицу Луиса струился пот.

— Ты там как, дорогой? — спросила Рэйчел. — Давай, я немного его понесу?

— Да нет, я в порядке, — ответил Луис, и это была правда, хотя сердце билось в груди явно чаще, чем следовало. Он сам не особенно рьяно занимался физическими упражнениями, а больше предписывал их пациентам.

Джад шагал впереди рядом с Элли; ее лимонно-желтые брючки и красная кофта выделялись яркими пятнами в тенистом буро-зеленом полумраке.

— Лу, а он точно знает, куда идет? — спросила Рэйчел встревоженным шепотом.

— Точно, — ответил Луис.

Джад обернулся к ним и радостно объявил:

— Еще немного, и мы на месте... Вы не устали, Луис?

Боже правый, подумал Луис, *человеку уже хорошо за восемьдесят, а он даже не запыхался.*

— Нет, — отозвался он слегка резковато. Гордость не позволила бы ему ответить иначе, даже если бы дело шло к инфаркту. Он улыбнулся, поправил лямки рюкзака и пошел дальше.

Они поднялись на вершину второго холма, откуда тропинка спускалась сквозь заросли высоких, в человеческий рост, кустов и густого подлеска. Тропа потихоньку сужалась, а потом Луис увидел, как шагавшие впереди Элли и Джад прошли под аркой из старых, потемневших от времени и непогоды досок. Приглядевшись, он разобрал едва заметную, выцветшую надпись: «КЛАТБИЩЕ ДОМАШНИХ ЖЫВОТНЫХ».

Луис и Рэйчел озадаченно переглянулись и прошли под аркой, инстинктивно взявшись за руки, словно жених и невеста на свадьбе.

Уже второй раз за это утро Луис был поражен до глубины души.

Здесь не было ковра из хвои. Поляна представляла собой почти идеальный круг скошенной травы диаметром около сорока футов. С трех сторон ее ограничивал густой подлесок, а с четвертой — огромная куча валежника, нагромождение упавших деревьев, зловещее и опасное с виду. *Если кто-то захочет через него перелезть, ему надо будет сначала разжиться стальным суспензорием,* подумал Луис. Поляна была сплошь заставлена импровизированными надгробиями, явно сделанными детьми из материалов, которые им удалось выпросить или стащить: старых ящиков, дощечек, кусков жести. И все-таки, если смотреть с самого края поляны, где низкий кустарник и корявые деревца боролись за жизненное пространство и солнечный свет, и если принять во внимание, что все это было сделано человеческими руками — сделано неумело, но с явным старанием, — начинало казаться, что в расположении надгробий присутствует некая система. Окружающий лес придавал месту какую-то чарующую глубину, только не христианскую, а языческую.

— Мило, — сказала Рэйчел, но как-то неубедительно.

— *Ух ты!* — воскликнула Элли.

Луис снял с плеч рюкзак, вытащил Гейджа и пустил его ползать по скошенной траве. Луис почувствовал долгожданное облегчение в спине.

Элли носилась от одного памятника к другому, и для каждого у нее находилось восторженное восклицание. Луис пошел следом за ней, а Рэйчел осталась присматривать за малышом. Джад уселся на землю, привалился спиной к выступавшему из земли валуну и закурил.

Луис заметил, что в расположении надгробий *и вправду* присутствовала система. Они располагались не как попало, а грубыми концентрическими кругами.

«КОТИК СМАКИ, — было написано на надгробии из деревянного ящика. Почерком детским, но аккуратным. — ОН БЫЛ ПОСЛУШНЫМ». И ниже: «1971–1974». Чуть подальше, тоже во внешнем круге, Луис обнаружил кусок шифера с выцветшей, но вполне четкой надписью красной краской: «БИФФЕР». Под ней был стишок: «БИФФЕР, БИФФЕР, ХОРОШИЙ ПЕС / СТОЛЬКО РАДОСТИ ТЫ НАМ ПРИНЕС».

— Биффер — кокер-спаниель Десслеров, — пояснил Джад. Он продавил в земле ямку и аккуратно стряхивал туда пепел. — Попал под мусоровоз в прошлом году. Хороший стих сочинили, да?

— Да, — согласился Луис.

На некоторых могилах лежали цветы, иногда свежие, но в основном старые, давно увядшие. Больше половины надписей, сделанных краской или карандашом, выцвели настолько, что Луис не смог их прочесть. Встречались и вовсе безымянные надгробия, и Луис подумал, что, наверное, надписи были, но их сделали мелком.

— Мама! — крикнула Элли. — Тут золотая рыбка! Иди посмотри!

— Не хочу, — отозвалась Рэйчел, и Луис взглянул на нее. Она стояла на самом краю поляны, за пределами внешнего круга надгробий, и вид у нее был потерянный и несчастный. Луис подумал: *Ей не по себе даже здесь.* Рэйчел всегда очень болезненно воспринимала все, что было связано со смертью (хотя вряд ли кто-либо относится к смерти легко). Возможно, из-за сестры. Ее сестра умерла очень юной, и пережитое потрясение оставило в душе Рэйчел глубокую рану — рану, которую лучше не бередить, о чем Луис узнал еще в самом начале их совместной жизни. Сестру звали Зельда, и она умерла от цереброспинального менингита. Вероятно, болезнь была долгой, мучительной и тяжелой, а Рэйчел в то время находилась в самом впечатлительном возрасте. Вряд ли можно винить ее в том, что ей хочется это забыть.

Луис подмигнул жене, и та с благодарностью улыбнулась в ответ.

Луис огляделся по сторонам. Это была естественная поляна, чем, видимо, и объяснялся буйный рост травы; солнце беспрепятственно освещало землю. Но все равно за поляной ухаживали и заботливо ее поливали. А значит, дети таскали сюда банки с водой или даже канистры, которые будут потяжелее Гейджа в рюкзаке. Странно, что здешним детишкам это не надоедает, подумал Луис. Если судить по его собственным детским воспоминаниям, подкрепленным общением с Элли, энтузиазм у детей вспыхивает мгновенно, горит жарким пламенем и быстро гаснет.

Ближе к центру располагались более старые могилы; здесь многие надписи не читались вообще, а те, что можно было прочесть, уводили все дальше и дальше в прошлое. Там покоился ТРИКСИ, который ПАГИБ НА ШОССЕ 15 СЕНТ. 1968. В том же ряду Луис приметил широкую доску, вкопанную глубоко в землю. За годы она покоробилась и накренилась, но Луис сумел разобрать слова: «ПАМЯТИ МАРТЫ, НАШЕЙ ЛЮБИМОЙ КРАЛЬЧИХИ, УМИРШЕЙ 1 МАРТА 1965». В следующем круге обрели вечный покой ГЕНЕРАЛ ПАТТОН («НАШ! СЛАВНЫЙ! ПЕС!» — кричала надпись), умерший в 1958-м, и ПОЛИНЕЗИЯ (видимо, попугайчик, если Луис еще что-то помнил из «Доктора Дулиттла»), выдавшая свое последнее «Полли хочет крекер» летом 1953-го. В следующих двух рядах надписей не осталось вообще, а потом — все еще далеко от центра — Луис увидел кусок песчаника с неумело выбитыми на нем словами: «ХАННА, САМАЯ ЛУЧШАЯ СОБАКА НА СВЕТЕ 1929–1939». Конечно, песчаник — относительно мягкий камень, что было видно даже по самой эпитафии, напоминавшей скорее след от надписи, нежели собственно надпись, но Луис все равно поразился, представив, сколько часов понадобилось ребенку, чтобы вырезать в камне эти шесть слов и две даты. В них было вложено столько любви и скорби, что это казалось почти запредельным; люди не делают такого даже для собственных родителей, даже для собственных детей, если те умирают раньше.

— Так, значит, оно тут давно, — сказал Луис Джаду, который уже докурил и теперь подошел к нему.

Старик кивнул.

— Пойдемте, Луис. Я вам кое-что покажу.

Они подошли к третьему от центра ряду. Круговое расположение могил, которое на внешних рядах казалось скорее случайным совпадением, здесь уже было явным. Джад остановился перед небольшим куском шифера, упавшим на землю. Осторожно опустился на колени и поставил шифер на место.

— Здесь раньше были слова, — сказал он. — Я их сам вырезал, но они давно стерлись. Здесь я похоронил своего первого пса, моего Спота. Он умер от старости в тысяча девятьсот четырнадцатом, в тот же год, когда началась Первая мировая.

Сраженный мыслью о том, что это кладбище намного старше многих кладбищ для людей, Луис прошел в центр и осмотрел некоторые могилы. Надписи на них не читались, большинство надгробий почти целиком ушло в землю. Одна из могил совсем заросла травой, и когда Луис ставил на место поваленную плиту, земля отозвалась протестующим звуком рвущихся стебельков. На открывшемся пятачке копошились слепые жуки. Луис почувствовал, как по спине пробежал холодок, и подумал: *Погост для животных. Все-таки мне здесь не особенно нравится.*

— И давно здесь это кладбище?

— Я не знаю, — ответил Джад, засунув руки в карманы. — Оно уже было, когда умер Спот. Ну, это понятно. Тогда у меня была куча друзей. Они помогали мне вырыть могилу для Спота. Копать тут непросто, скажу вам... земля каменистая, твердая. Я тоже им помогал. — Он указал заскорузлым мозолистым пальцем на одну из могил. — Вон там лежит пес Пита Лавассе, если я правильно помню, а там — все три кошки Альбиона Гротли, рядком друг за другом. Старик Фритчи держал почтовых голубей. Мы с Элом Гротли и Карлом Ханной похоронили тут голубя, которого загрызла собака. Вон там он лежит. — Джад на секунду умолк. — Я последний из той компании. Все уже умерли. Никого нет.

Луис ничего не сказал, просто стоял и смотрел на могилы животных, засунув руки в карманы.

— Земля каменистая, твердая, — повторил Джад. — Только вот на погост и годится.

Гейдж пискляво захныкал, и Рэйчел взяла его на руки.

— Он голодный, — сказала она. — По-моему, пора возвращаться, Лу.

Пойдем уже, да? — спрашивал ее взгляд.

— Да, конечно. — Луис надел рюкзак и повернулся спиной к Рэйчел, чтобы ей было удобнее засунуть внутрь Гейджа. — Элли! Элли, ты где?

— Вон она. — Рэйчел указала на кучу валежника. Элли карабкалась на него, как на лесенку в школьном дворе.

— Эй, малышка, слезай оттуда! — встревоженно крикнул Джад. — Попадет нога не в ту дырку, эти стволы-ветки сдвинутся, и сломаешь себе лодыжку.

Элли спрыгнула вниз.

— Ой! — Она подошла к ним, потирая бедро. На коже царапины не было, но сухая колючая ветка разорвала Элли брючки.

— Вот я о том и толкую. — Джад потрепал ее по голове. — На такой старый валежник лучше не лезть. Даже тот, кто хорошо знает лес, никогда на него не полезет, если можно его обойти. Понимаешь, упавшие деревья, когда они валятся в кучу, становятся злыми. И даже могут тебя укусить.

— Правда? — спросила Элли.

— Чистая правда. Смотри, они навалены, как солома. Наступишь куда-нибудь не туда, и они все обрушатся лавиной.

Элли посмотрела на Луиса:

— Это правда, папа?

— Думаю, да.

— Фу! — Она обернулась к валежнику и крикнула во весь голос: — Вы порвали мне брючки, гадкие деревья!

Трое взрослых рассмеялись. Валежник молчал. Он просто был. Лежал, выгорая на солнце, там же, где и всегда — все последние десятки лет. Луис подумал, что валежник похож на скелет какого-то древнего чудища, возможно, убитого честным и благородным рыцарем. Кости дракона, сложенные в гигантский курган.

Уже тогда Луис решил, что в этом валежнике есть что-то странное. Как-то уж очень кстати он расположился между кладбищем домашних животных и чащей леса — того самого леса, который Джад Крэндалл потом несколько раз назовет по рассеянности «индейским». Беспорядочное нагромождение стволов и ветвей было каким-то чересчур искусным, чересчур хитроумным для случайной игры природы. Оно было...

Но тут Гейдж схватил его за ухо и дернул, радостно гукая, и Луис забыл и о валежнике, и о лесах по ту сторону кладбища домашних животных. Пришла пора возвращаться домой.

9

На следующий день Элли пришла к нему грустная и встревоженная. Луис сидел у себя в кабинете и клеил модель. «Роллс-ройс “Серебряный призрак”» 1917 года выпуска: 680 деталей, более 50 подвижных частей. Модель была почти готова, и Луису прямо-таки виделся одетый в ливрею шофер, прямой потомок английских кучеров восемнадцатого-девятнадцатого столетий, гордо сидящий за рулем.

Он увлекался моделями с десяти лет. Все началось с истребителя времен Первой мировой войны, который ему подарил дядя Карл. Луис собрал почти все самолеты от «Ревелла», а годам к двадцати перешел к более крупным и сложным моделям. У него был период кораблей в бутылке, и период военной техники, и даже период огнестрельного оружия, причем эти «кольты», «винчестеры» и «люггеры» получались настолько реалистичными, что даже не верилось, что они ненастоящие. Последние пять лет Луис собирал большие круизные лайнеры. Модели «Лузитании» и «Титаника» стояли на полках в его университетском кабинете, а «Андреа Дориа», законченный перед самым отъездом из Чикаго, красовался на каминной полке в гостиной. Сейчас Луис перешел к классическим автомобилям, и если уже заведенный порядок останется в силе, то автомобильный период продлится четыре-пять лет, а потом сменится чем-то другим. Рэйчел относилась к его единственному настоящему хобби со свойственной женщинам снисходительностью и, как казалось Луису, с некоторым презрением; даже после десяти лет брака она, наверное, думала, что когда-нибудь он это перерастет. Возможно, причина отчасти заключалась в ее отце, который с самого начала считал — и не изменил свое мнение до сих пор, — что его дочь вышла замуж за полное ничтожество.

Может быть, подумал он, *Рэйчел права. Может быть, лет в тридцать семь я проснусь как-нибудь поутру, отнесу на чердак все модели и займусь дельтапланеризмом.*

Элли была очень серьезной и сосредоточенной.

Где-то вдалеке звонили воскресные колокола, созывавшие прихожан в церковь.

— Привет, папа, — сказала Элли.

— Привет, солнышко. Что-то случилось?

— Ничего, — отмахнулась она, но ее вид говорил о другом: что-то все же случилось, причем явно что-то серьезное. Ее только что вымытые волосы падали на плечи. Волосы у Элли уже начинали темнеть, но при таком освещении казались почти такими же светлыми, как раньше. Она была в платье, и Луис вдруг понял, что его дочь почти всегда надевает платье по воскресеньям, хотя в церковь они не ходят. — А что ты клеишь?

Аккуратно прилаживая на место брызговик, Луис принялся объяснять.

— Вот, посмотри. — Он бережно вручил Элли крошечный колпак колеса. — Видишь эти буковки «R»? Пустячок, а приятно, да? Если мы поедем в Чикаго на День благодарения, то полетим на «эл десять-одиннадцать», и там на двигателях будут точно такие же буковки «R».

— Подумаешь, буковки. — Элли отдала ему колпак.

— Не «подумаешь, буковки», а эмблема «Роллс-Ройса», — сказал Луис. — Вот когда у тебя будет достаточно денег, чтобы позволить себе «роллс-ройс», тогда можно будет немного поважничать. Я вот решил, что когда заработаю второй миллион, то непременно куплю «роллс-ройс». И если Гейджа будет укачивать, пусть его рвет на натуральную кожу.

И кстати, Элли, что у тебя на уме? Но с Элли такое обычно не проходило. Она только замкнется, если задать вопрос в лоб. Она вообще не любила рассказывать о своих чувствах. И Луису нравилась эта черта характера.

— А мы богатые, папа?

— Нет, — ответил он. — Но голодать мы точно не будем.

— Майкл Бернс в садике говорит, что все врачи богатые.

— Ну, скажи Майклу Бернсу, что многие врачи *могут* разбогатеть, но на это уходит лет двадцать... а в университетской поликлинике вряд ли разбогатеешь, даже если ты там начальник. Разбогатеть можно, если ты узкий специалист. Гинеколог, ортопед или невролог. Вот они богатеют быстрее. А такие обыкновенные терапевты, как я, — помедленнее.

— Тогда почему ты не стал узким специалистом, папа?

Луис снова подумал о своих моделях, о том, что в какой-то момент ему попросту надоело строить военные самолеты, а затем надоели и танки, и орудийные установки; он подумал о том, как однажды решил (причем решил буквально в одночасье, как казалось теперь, по прошествии времени), что собирать корабли в бутылках — занятие совершенно дурацкое; а потом он подумал о том, каково было бы всю жизнь осматривать детские ноги на предмет искривления пальцев или, надев латексные перчатки, шарить профессиональной, узкоспециализированной рукой в женских влагалищах на предмет выявления повреждений и опухолей.

— Мне это было неинтересно, — ответил он.

Черч вошел в кабинет, постоял, изучая обстановку своими ярко-зелеными глазами. Потом бесшумно запрыгнул на подоконник и, кажется, сразу заснул.

Взглянув на кота, Элли нахмурилась, и Луис подумал, что это странно. Обычно она смотрела на Черча с пронзительной, почти болезненной любовью. Она принялась ходить по кабинету, разглядывая модели, и вдруг сказала, как бы между прочим:

— А там было много могил, да? На кладбище домашних животных.

Так вот в чем дело, подумал Луис, но не оторвался от своей модели: сверившись с инструкцией, он принялся прилаживать к кузову фары.

— Да, — ответил он. — Больше сотни, я думаю.

— Папа, почему животные живут так мало? Не так долго, как люди?

— Ну, некоторые живут так же долго, а некоторые еще дольше, — сказал Луис. — Слоны, например, живут очень долго. И некоторые из морских черепах. Им так много лет, что люди даже не знают *сколько*... или, может быть, знают, но не могут поверить.

Элли сразу же раскусила хитрость.

— Слоны и черепахи, они не *домашние*. А *домашние* живут *совсем мало*. Майкл Бернс говорит, что один год жизни собаки равен девяти человеческим.

— Семи, — машинально поправил Луис. — Я понимаю, о чем ты, солнышко, и в этом есть доля правды. Собака, которой двенадцать лет, уже старая. Видишь ли, в любом организме происходит обмен веществ... Это называется *метаболизм,* и он как раз отвечает за продолжительность жизни. И еще много за что отвечает. Одни люди могут есть сколько угодно и все равно оставаться худыми, как твоя мама. Такой у них метаболизм. А другие — вот я, например — сразу же начинают толстеть, если много едят. У нас просто разный метаболизм, вот и все. Но все же главная задача метаболизма — отсчитывать время. У собак он очень быстрый, у людей — относительно медленный. Мы живем в среднем семьдесят два года. И поверь мне, это очень долго.

Луис видел, что Элли сильно расстроена, и очень надеялся, что его речь прозвучала искренне и не выдала его собственных переживаний. Ему было тридцать пять лет, и эти годы, казалось, промчались в мгновение ока.

— У морских черепах метаболизм еще медле...

— А у кошек? — спросила Элли, снова взглянув на Черча.

— Кошки живут столько же, сколько собаки, — ответил Луис. — Ну, в большинстве случаев. — Тут он соврал. Жизнь у кошек опасная, а смерть — часто кровавая и жестокая, просто люди обычно этого не видят. Взять даже Черча: вот он дремлет на солнышке (или просто делает вид), их домашний кот Черч, который каждую ночь мирно спит на кровати у Элли; кот, который был таким милым котенком и так уморительно прыгал за мячиком на веревке. Но Луис видел, как Черч подкрадывался к птице с перебитым крылом, и его зеленые глаза горели любопытством и — да, Луис мог бы поклясться — холодным восторгом. Черч редко когда убивал добычу, за одним достопамятным исключением: однажды он притащил домой здоровенную крысу, которую поймал где-то на улице. *Эту* добычу Черч уделал в мясо. Крыса была вся в крови, и Рэйчел — в то время беременная Гейджем, на шестом месяце — еле успела добежать до ванной, где ее и стошнило. Жестокая жизнь, жестокая смерть. Кошек убивают собаки, не просто гоняют их, как неуклюжие, глуповатые псы из мультфильмов, а рвут зубами в клочки; кошки гибнут в драках друг с другом, гибнут от ядовитых приманок, гибнут под колесами автомобилей. Кошки — гангстеры животного мира, они живут вне закона и так же и умирают. Очень многие не доживают до старости.

Но об этом, наверное, не стоит рассказывать своей пятилетней дочке, которая впервые задумалась о смерти.

— Вот смотри, — сказал он. — Сейчас Черчу только три года, а тебе пять. Он наверняка будет еще жив, когда тебе исполнится пятнадцать и ты пойдешь в старшие классы. Это еще долго.

— И вовсе не долго, — возразила Элли, и теперь ее голос дрожал. — *Совсем* не долго.

Луис прекратил делать вид, что занимается своей моделью, и поманил дочь к себе. Элли уселась к нему на колени, и он в который раз поразился тому, какая она красавица, причем огорчение вовсе не портило, а только подчеркивало ее красоту. Элли была смуглой, почти как левантийка. Тони Бертон, один из врачей, с которыми Луис работал в Чикаго, называл ее индийской принцессой.

— Солнышко, — сказал он, — будь моя воля, Черч жил бы сто лет. Но это решаю не я.

— А кто? — спросила она и сама же ответила, с совершенно недетским презрением в голосе: — Наверное, Бог.

Луис подавил желание рассмеяться. Все было слишком серьезно.

— Бог или кто-то еще. Часы идут, а в какой-то момент останавливаются — вот все, что я знаю. И их уже не починишь, солнышко.

— Я не хочу, чтобы Черч стал таким же, как эти мертвые питомцы на кладбище! — выкрикнула она со слезами и яростью в голосе. — Я не хочу, чтобы Черч умирал! Это мой кот! Мой, а не Бога! Пусть Бог заведет своего кота! Пусть заведет себе сколько угодно котов и всех их убивает! А Черч *мой*!

Из кухни донеслись шаги, и в кабинет заглянула испуганная Рэйчел. Элли рыдала на груди у Луиса. Ужас озвучили, выпустили наружу; он предстал перед нею во всей красе. И теперь, даже если нельзя ничего изменить, можно было хотя бы поплакать.

— Элли, — успокаивал ее Луис. — Элли, Черч же не умер, вот он спит.

— Но он *может* умереть, — рыдала она. — *Может* в любую минуту.

Луис укачивал дочь на руках и думал, что, кажется, знает, из-за чего она плачет: из-за неотвратимости смерти, ее жестокой непредсказуемости, ее глухоты ко всем доводам и слезам маленьких девочек; Элли плакала из-за потрясающей и одновременно ужасающей способности человека переводить символы в выводы, либо прекрасные и благородные, либо убийственно страшные. Если все эти животные умерли и оказались на кладбище, то и Черч тоже мог умереть

(в любую минуту!)

и оказаться на кладбище; а если такое может случиться с Черчем, то может случиться и с мамой, и с папой, и с маленьким братиком. И с ней самой. Смерть была отвлеченным понятием; кладбище домашних животных было реальным. В этих грубых надгробиях заключалась суровая правда, которую мог почувствовать даже ребенок.

Сейчас он мог бы солгать, как солгал чуть раньше, когда говорил о продолжительности жизни кошек. Но ложь запомнится и, возможно, потом попадет в досье, которое каждый ребенок заводит у себя в голове на родителей. Давным-давно мама солгала Луису, сказав, что детей находят в капусте. Это был вполне безобидный обман, но Луис так никогда и не простил мать за то, что она солгала, как не простил и себя самого — за то, что в это поверил.

— Солнышко, — сказал он. — Тут ничего не поделаешь. Это часть жизни.

— Это *плохая* часть! — выкрикнула она. — Очень *плохая*!

Он не знал, что на это ответить. Элли плакала. Но в конце концов слезы высохнут. Это был неизбежный и необходимый первый шаг на пути к нелегкому примирению с правдой, от которой тебе все равно никуда не деться.

Он прижимал к себе дочку, слушал звон утренних воскресных колоколов, плывший над сентябрьскими полями, и даже не сразу заметил, что Элли перестала плакать и заснула у него на руках.

Он отнес Элли в кровать и спустился в кухню, где Рэйчел как-то уж слишком рьяно взбивала тесто для кексов. Луис выразил удивление, что Элли отключилась в столь раннее время; это было на нее не похоже.

— Не похоже, — отозвалась Рэйчел, с грохотом ставя миску на стол. — Но, по-моему, она не спала всю ночь. Я слышала, как она возится, около трех. И Черч орал, чтобы его выпустили. А он просится выйти, только когда она нервничает.

— Но с чего бы ей...

— А то ты не знаешь! — сердито воскликнула Рэйчел. — Из-за этого треклятого кладбища домашних животных! Она расстроилась, Лу. Девочка в первый раз в жизни увидела кладбище и просто... расстроилась. Большое спасибо за эту прогулку твоему другу Джаду Крэндаллу, хотя вряд ли я буду писать ему благодарственное письмо.

Вот он уже и мой друг, подумал Луис, одновременно подавленный и смущенный.

— Рэйчел...

— И я не хочу, чтобы Элли туда ходила.

— Рэйчел, Джад сказал правду насчет тропинки.

— Я сейчас не о *тропинке*, и ты это знаешь. — Рэйчел схватила миску и принялась взбивать тесто с удвоенной яростью. — Я об этом проклятом *месте*. Это же ненормально. Дети ходят туда, ухаживают за могилами, содержат в порядке тропинку... это какая-то чертова *патология*. Если здешние дети все поголовно больны, я не хочу, чтобы Элли от них заразилась.

Луис оторопело смотрел на жену. Он всегда считал, что в то время как браки друзей и знакомых распадаются один за другим, их с Рэйчел брак держится столько лет благодаря тому, что они оба знают секрет: когда возникают какие-то принципиальные противоречия, тут *уже нет* ни семьи, ни супружеского единения, а есть только два совершенно разных человека, и каждый сам по себе, и каждый упорно противоречит здравому смыслу. Такой вот секрет. Тебе может казаться, что ты хорошо знаешь партнера, но время от времени он все равно будет преподносить тебе сюрпризы. А иногда (слава Богу, нечасто) ты будешь попадать в самую настоящую полосу отчуждения, как авиалайнер — в полосу турбулентности. Партнер будет открываться с неожиданной стороны, о которой ты даже не подозревал, и его поведение покажется настолько странным (во всяком случае, тебе), что ты начнешь всерьез опасаться за его психику. И если ты ценишь ваш брак и свое собственное душевное спокойствие, то будешь действовать осторожно, постоянно напоминая себе о том, что из-за подобных открытий злятся лишь дураки, искренне верящие, будто один человек способен по-настоящему понять другого.

— Дорогая, это всего лишь кладбище домашних животных, — сказал он.

— Если судить по тому, как она сейчас плакала, — Рэйчел указала в сторону кабинета ложкой, испачканной в тесте, — для нее это *не просто* кладбище домашних животных. Как бы это не стало травмой на всю жизнь. Нет. Она больше туда не пойдет. Я говорю не о тропинке, я говорю об этом *месте*. Она уже думает, что Черч умрет.

На мгновение у Луиса возникло безумное ощущение, что он все еще говорит с Элли, которая просто встала на ходули, надела мамино платье и очень похожую, очень реалистичную маску Рэйчел. Даже выражение лица было точно таким же, сердитым, но в глубине души она была уязвлена.

Он попытался найти правильные слова, потому что ему вдруг показалось, что это серьезный вопрос, требующий обсуждения, а вовсе не то, о чем можно молчать из уважения к тому секрету… или к тому внутреннему одиночеству. Он попытался найти правильные слова, потому что ему показалось, что она упускает нечто по-настоящему важное, нечто такое, что заполняет собой весь мир, и не увидеть это огромное «нечто» можно, только нарочно зажмурив глаза.

— Рэйчел, *когда-нибудь* Черч умрет.

Она сердито посмотрела на него.

— Дело не в этом, — сказала она, четко выговаривая каждое слово, будто обращалась к умственно отсталому ребенку. — Черч умрет не сегодня и не завтра…

— Я пытался ей это сказать...

— И не *послезавтра*, и не через *год*...

— Дорогая, мы не можем быть твердо уверены...

— Нет, *можем*! — закричала она. — Мы о нем хорошо заботимся, он *не умрет*, здесь никто не умрет, и зачем было расстраивать девочку и объяснять ей то, до чего она еще не доросла?

— Рэйчел, послушай...

Но Рэйчел не хотела ничего слушать. Она была в ярости.

— Человеку и так непросто смириться со смертью... питомца, друга или кого-то из родственников... и зачем превращать это в какой-то... в какой-то проклятый аттракцион... в Ф-Ф-Форест-лаун для ж-ж-животных... — У нее по щекам текли слезы.

— Рэйчел. — Луис попытался приобнять ее за плечи, но она сердито стряхнула его руку.

— Оставь! — резко проговорила она. — Ты даже не понимаешь, о чем я сейчас говорю.

Он вздохнул.

— У меня такое ощущение, будто я провалился в бетономешалку, — сказал он, надеясь, что Рэйчел улыбнется. Но она не улыбнулась. Ее глаза полыхали огнем. Луис вдруг понял, что она взбешена. Не просто рассержена, а именно взбешена. — Рэйчел. — Он и сам еще толком не знал, что скажет дальше. — А как *ты* сегодня спала?

— О Боже. — Рэйчел скривилась и отвернулась, но Луис все же успел заметить обиду в ее глазах. — Это ты хорошо придумал, *очень* хорошо придумал. Ты никогда не меняешься, Луис. Если что-то идет не так, во всем виновата Рэйчел. У Рэйчел опять шалят нервы, Рэйчел слишком эмоционально на все реагирует.

— Я этого не говорил.

— Да? — Она опять грохнула миску на стол, взяла форму для кексов и принялась смазывать ее маслом, крепко сжав губы.

Луис терпеливо проговорил:

— Нет ничего страшного в том, что ребенок узнает о смерти, Рэйчел. На самом деле это необходимо. Реакция Элли — ее слезы — это вполне естественно. Это...

— Да, это *очень* естественно, — оборвала его Рэйчел. — Очень естественно слышать, как твоя дочь рыдает, оплакивая смерть кота, который еще и не думал умирать.

— Перестань, — сказал Луис. — Давай поговорим как разумные люди.

— Я не хочу обсуждать эту тему.

— Да, но мы все же ее обсудим. — Луис тоже начал закипать. — Ты уже высказалась, теперь моя очередь.

— Она больше туда не пойдет. И все, тема закрыта.

— Элли с прошлого года знает, откуда берутся дети, — медленно проговорил Луис. — Мы показали ей книжку Майерса и все ей рассказали, помнишь? Мы с тобой согласились, что детям следует знать, откуда они берутся.

— Это здесь ни при чем...

— Очень даже при чем! — рявкнул Луис. — Когда я говорил с Элли о Черче, я думал о моей матери, которая, когда я спросил, откуда берутся дети, скормила мне старую сказочку про капусту. Я не забыл эту ложь. Если родители говорят детям неправду, дети этого не забывают.

— То, откуда берутся дети, совершенно не связано с этим проклятым кладбищем! — выкрикнула Рэйчел, и ее взгляд говорил: *Болтай хоть до ночи, болтай, пока не посинеешь, Луис, ты все равно меня не убедишь.*

И все-таки он попытался.

— Она знает, откуда берутся дети, а это место в лесу пробудило в ней желание узнать кое-что и о другой стороне жизни. Это естественно. На самом деле, я думаю, это самая естественная вещь на свете...

— *Замолчи!* — закричала Рэйчел. Действительно *закричала*, так, что Луис испуганно отшатнулся и случайно задел локтем открытый пакет с мукой, стоявший на разделочном столике. Пакет упал на пол и лопнул. Мука белым облаком поднялась в воздух.

— Черт, — понуро проговорил Луис.

Наверху заплакал Гейдж.

— Прекрасно, — сказала Рэйчел, тоже расплакавшись. — Ты еще и его разбудил. Спасибо тебе за чудесное тихое воскресное утро.

Она шагнула к двери, но Луис схватил ее за руку.

— Хочу тебя кое о чем спросить, потому что знаю, что с живым существом может случиться все, что угодно. Действительно *все, что угодно.* Мне как врачу это известно. Ты хочешь ей объяснять, что случилось, если ее кот вдруг заболеет чумкой или лейкемией — у кошек, знаешь ли, сильная предрасположенность к лейкемии, — или если он попадет под машину? Ты правда хочешь ей все объяснять, если это случится, Рэйчел?

— Пусти, — почти прошипела она. Но злость в ее голосе никак не могла сравниться с пронзительной болью и страхом в глазах. *Я не хочу говорить об этом, Луис, и ты не можешь меня заставить*, говорил ее взгляд. — Пусти, надо бежать к Гейджу, пока он не вывалился из крова...

— Потому что когда-нибудь тебе *придется* ей все объяснить, — продолжал Луис. — Можешь сказать ей, что мы это не обсуждаем, приличные люди не обсуждают подобное, и пусть мертвые сами хоронят своих мертвецов... хотя нет, про «хоронят» и «мертвецов» лучше не надо, а то вдруг привьешь ей комплекс.

— *Я тебя ненавижу!* — закричала Рэйчел, вырываясь.

Конечно, Луис уже пожалел о сказанном. И, конечно, было уже поздно.

— Рэйчел...

Она бросилась к двери, глотая слезы.

— Оставь меня. Ты и так постарался на славу.

Однако в дверях она остановилась и обернулась к нему.

— Я не хочу обсуждать эту тему при Элли, Лу. Я не шучу. В смерти нет ничего естественного. *Ничего.* И ты, как врач, *должен* это знать.

Она ушла, а Луис остался один в пустой кухне, где все пространство, казалось, дрожало эхом их рассерженных голосов. Какое-то время он просто стоял, а потом взял из кладовки метлу и принялся подметать пол. Последние слова Рэйчел никак не шли у него из головы. Его поразила эта принципиальная разница во мнениях, открывшаяся только теперь, после стольких лет совместной жизни. Потому что, как врач, он знал, что смерть — самая естественная вещь на свете, не считая, может быть, рождения. Налоги, личные и общественные конфликты, успехи и банкротства — все это по большому счету не важно. В конечном итоге есть только часы, отмеряющие время, и надгробные камни, с которых с годами стираются имена, а потом и сами они крошатся в пыль.

Даже морские черепахи и гигантские секвойи когда-нибудь умирают.

— Зельда, — произнес он вслух. — Господи, что же ей пришлось пережить?

Вопрос только в том, что делать дальше: спустить проблему на тормозах или все же попробовать как-то ее решить?

Он наклонил совок над мусорным ведром, и мука с тихим шелестом высыпалась на пустые картонные пакеты и банки.

10

— Надеюсь, Элли не очень расстроилась, — сказал Джад Крэндалл. Уже не в первый раз Луис подумал, что старик обладает поистине исключительной — и, честно сказать, малоприятной — способностью легко касаться самых больных мест.

Сегодня вечером к ним вышла Норма, так что они сидели на крыльце Крэндаллов втроем и пили холодный чай вместо пива. На шоссе номер 15 было много машин. Люди возвращались домой после выходных. Луис подумал, что сейчас, в конце лета, каждые погожие выходные могли стать последними. Завтра ему предстоял первый по-настоящему рабочий день в поликлинике при Мэнском университете. Студенты уже прибывали — и вчера, и сегодня, — расселялись по съемным квартирам в Ороно или по комнатам в общежитии в кампусе, застилали постели, возобновляли знакомства и, несомненно, ворчали насчет еды в университетской столовой и первой пары, начинавшейся в восемь утра. Весь день Рэйчел держалась холодно, хотя «холодно» — это еще мягко сказано, и Луис знал, что когда вернется домой от Крэндаллов, она уже ляжет спать, и скорее всего Гейдж будет спать вместе с ней, и они оба будут лежать на самом краешке кровати, рискуя свалиться. Его собственная половина кровати вырастет до двух третей и станет похожа на большую стерильную пустыню.

— Я говорю, что надеюсь...

— Прошу прощения, — сказал Луис. — Что-то я замечтался. Элли немного расстроилась, да. А как вы догадались?

— Так мы сколько детишек повидали. — Джад улыбнулся жене и бережно взял ее за руку. — Да, дорогая?

— Повидали немало, — кивнула Норма Крэндалл. — Мы любим детей.

— Бывает, что кладбище домашних животных — это их первая встреча со смертью, лицом к лицу, — продолжал Джад. — Да, они видят смерть по телевизору, но знают, что это всего лишь игра, как в старых вестернах, что раньше крутили у нас в кинотеатре субботними вечерами. В вестернах и в телевизоре люди просто хватаются за живот или за грудь и падают наземь. А это кладбище на холме — настоящее. Оно реальнее, чем все телефильмы и кинокартины, вместе взятые.

Луис кивнул и подумал: *Расскажи это моей жене.*

— На каких-то детишек это и вовсе не действует, во всяком случае, так, чтобы сразу было заметно, хотя, наверное, многие... как бы это сказать... прячут свои впечатления в карман и разглядывают их потом, вместе с остальными сокровищами, которые собирают и тащат домой. В основном они воспринимают все это нормально. Но есть и такие... Норма, помнишь того мальца, Холлоуэя?

Норма кивнула. Лед тихонько позвякивал в стакане, который она держала в руке. Ее очки висели у нее на груди, цепочка блеснула в свете фар проехавшей машины.

— Ему снились *такие* кошмары, — сказала она. — Мертвецы, выходящие из могил, и даже не знаю, что еще. А потом у него умерла собака. Кажется, съела отравленную приманку, да, Джад?

— Да, отравленную приманку, — кивнул Джад. — Ну, так говорили в городе. Это было в двадцать пятом. Билли Холлоуэю было тогда лет, наверное, десять. Он потом стал сенатором от штата. Выдвигал свою кандидатуру в палату представителей, но не прошел. Это было как раз перед самым началом войны в Корее.

— Они с друзьями устроили настоящие похороны для собаки, — вспоминала Норма. — Это была самая обыкновенная дворняжка, но он ее очень любил. Помню, его родители были против похорон... из-за тех самых кошмаров. Но все прошло хорошо. Двое старших ребят смастерили гроб, да, Джад?

Джад кивнул и допил остатки холодного чая.

— Дин и Дана Холлы, — сказал он. — И еще этот парнишка, приятель Билли. Не помню, как его звали, но точно кто-то из ребятишек Боуи. Норма, помнишь Боуи? Они жили на Миддл-драйв, в большом старом доме.

— Да! — воскликнула Норма с таким оживлением, словно речь шла о чем-то, что случилось буквально вчера... и, возможно, ей так и казалось. — Это был Боуи! Алан или Барт...

— Или, может быть, Кендалл, — сказал Джад. — Как бы там ни было, помнится, они крепко поспорили, кому нести гроб. Песик-то был совсем мелким, двоим унести — и то тесно. Братья Холлы кричали, что понесут гроб они, потому что они его делали, и еще потому, что они близнецы — вроде как чтобы один к одному, без разнобоя. А Билли кричал, что им нельзя нести гроб, потому что они недостаточно хорошо знали Дизеля. Дизель — так звали собачку. Билли кричал: «Мой отец говорит, что нести гроб можно лишь близким друзьям, а не просто любому *плотнику*». — Тут Джад с Нормой рассмеялись, а Луис улыбнулся. — Они чуть не подрались, и, наверное, точно дошло бы до драки, но тут Мэнди Холлоуэй, сестренка Билли, притащила какой-то там том «Британники», — продолжал Джад. — В те времена их отец, Стивен Холлоуэй, был единственным доктором на всю округу, по эту сторону от Бангора и по ту сторону от Бакспорта. Во всем Ладлоу только они и могли себе позволить эту энциклопедию.

— И они первыми провели в дом электричество, — вставила Норма.

— В общем, выбегает к ним Мэнди на всех парах. Этакая восьмилетняя кнопка, нос кверху, хвост пистолетом, юбки развеваются, в руках — огромная книжища. Билли и тот малец Боуи... кажется, его все-таки звали Кендалл, он потом разбился в Пенсаколе, где в начале сорок второго тренировали летчиков-истребителей... так вот, они уже готовы были наброситься на близнецов с кулаками. За право нести этого бедного песика на погост. — Луис фыркнул, потом расхохотался в голос. Он буквально чувствовал, как отпускает напряжение, оставшееся после ссоры с Рэйчел. — И вот она говорит: «Погодите! Смотрите, что я нашла!» И они обступают ее и смотрят. И черт меня раздери, эта малявка...

— Джад! — возмущенно воскликнула Норма.

— Прости, дорогая. Ты же знаешь, меня иногда заносит.

— Да уж знаю, — отозвалась она.

— В общем, эта малявка раскрывает книгу на статье «ПОХОРОНЫ», и там есть фотография: королеву Викторию провожают в последний путь, *bon voyage* и все дела, и вокруг ее гроба толпятся люди, по полсотни с каждой стороны. Кто-то потеет и силится удержать гроб, а кто-то просто стоит в темных траурных одеяниях, с пышными воротниками, и вид у них такой, будто они ждут сигнала к началу скачек. И Мэнди говорит: «Тут написано, что на торжественных королевских похоронах гроб могут нести хоть сто человек!»

— И что, это решило спор? — спросил Луис.

— Решило в лучшем виде. В конечном итоге собралось около дюжины ребятишек, и будь я проклят, если все это не походило на ту фотографию, которую Мэнди нашла в «Британнике», разве что у детишек не было цилиндров и пышных воротников. Мэнди всем заправляла. Выставила всех рядком и дала каждому по цветочку: одуванчик, ромашку, какой-нибудь василек. Так они и пошли. Кстати, я всегда думал, что страна многое потеряла от того, что Мэнди Холлоуэй не избрали в конгресс. — Джад рассмеялся и покачал головой. — Как бы там ни было, после тех похорон Билли больше не мучили кошмары о кладбище домашних животных. Он оплакал свою собаку, превозмог свое горе и стал жить дальше. Как и мы все.

Луис снова подумал о Рэйчел, едва не бившейся в истерике.

— Она успокоится, ваша Элли, и все будет хорошо, — сказала Норма. — Луис, вы, наверное, думаете, что мы здесь только о смерти и говорим. Конечно, мы с Джадом уже совсем старые, но, надеюсь, еще не дошли до той стадии, когда все разговоры лишь о кладбищах да о могилках...

— Что вы! Конечно, нет! — горячо возразил Луис.

— Но мне кажется, нет ничего плохого в том, чтобы дети знали о смерти. Сейчас время такое... я даже не знаю... никто не хочет об этом говорить. Даже думать об этом не хочет. По телевизору запретили показывать сцены со смертью, чтобы они не травмировали детей... и люди все чаще и чаще хоронят близких в закрытых гробах, чтобы не смотреть на покойных и не прощаться с ними в последний раз... как будто стремятся забыть о смерти.

— Зато повсюду проводят кабельное телевидение и крутят фильмы, в которых прямо так и показано... — Джад покосился на Норму и откашлялся. — Показано, чем обычно занимаются люди, задернув шторы, — закончил он. — Странно, как все меняется от поколения к поколению, да?

— Да, наверное, — ответил Луис.

— Мы жили в другое время, — проговорил Джад чуть ли не извиняющимся голосом. — И со смертью мы были, что называется, на короткой ноге. После Первой мировой войны была эпидемия гриппа, и женщины умирали при родах, и дети умирали от лихорадки и всяких инфекций, а доктора если кого и лечили, то только чудом. Когда мы с Нормой были молодыми, рак означал верную смерть. В двадцатых годах никто и не слышал ни о какой лучевой терапии! Две войны, убийства, самоубийства...

Джад ненадолго умолк.

— Мы знали смерть и как врага, и как друга, — наконец сказал он. — Мой брат Пит умер от аппендицита в тысяча девятьсот двенадцатом, когда президентом был Тафт. Питу было четырнадцать, и он отлично играл в бейсбол, лучше всех в городе. В те времена смерть еще не изучали в колледжах, да и не было в том нужды. В те времена смерть запросто заявлялась к тебе домой, мол, «привет, вот и я», иной раз садилась с тобой за стол, а иной раз ты прямо-таки чувствовал, как она хватает тебя за яйца.

На этот раз Норма не сделала ему замечание, а только молча кивнула.

Луис встал и потянулся.

— Пора домой, — сказал он. — Завтра будет тяжелый день.

— Да, завтра у вас начинается канитель. — Джад поднялся на ноги. Увидел, что Норма тоже пытается встать, и протянул ей руку. Она поднялась, морщась от боли.

— Плохо сегодня? — спросил Луис.

— Не очень, — ответила она.

— Когда ляжете спать, приложите грелку.

— Да, я всегда так и делаю, — сказала Норма. — И, Луис... не волнуйтесь за Элли. У нее сейчас много других впечатлений. Новое место, новые друзья… Вряд ли она станет так сильно переживать из-за какого-то старого кладбища. Может, когда-нибудь они все вместе сходят туда, подправят надгробия, повыдергивают сорняки или польют цветы. Иногда дети ходят туда, когда у них возникает такое желание. И постепенно она успокоится и поймет, что ничего страшного в этом нет.

Вряд ли это понравится моей жене.

— Будет возможность, заходите завтра вечерком. Расскажете про первый день на работе, — предложил Джад. — Я вас сделаю в криббедж.

— А может быть, я вас сперва напою, а потом обыграю вчистую.

— Док, — произнес Джад с искренним возмущением, — в тот день, когда я проиграю кому-то в криббедж, я пойму, что пришло время сдаться на милость таким шарлатанам, как вы.

Старики рассмеялись, а Луис спустился с крыльца, перешел дорогу и направился к своему дому.

Рэйчел спала с Гейджем, свернувшись калачиком, словно пыталась закрыться и спрятаться от мира. Луис очень надеялся, что она успокоится и они помирятся — у них и раньше случались размолвки и напряженные периоды, хотя эта ссора была чуть ли не худшей из всех. Он чувствовал себя несчастным и вместе с тем был раздосадован и зол. Он хотел все исправить, но не знал как и даже не был уверен, что первый шаг к примирению должен сделать именно он. Все получилось так глупо — легкое дуновение ветерка, раздутое до масштабов убийственного урагана из-за каких-то там вывертов психики. Да, у них бывали размолвки и споры, но эта ссора из-за слез Элли и ее вопросов вышла уж слишком ожесточенной. Луис подумал, что лучше бы с ними случалось поменьше таких ударов, иначе их брак не выдержит, и с ними произойдет то, о чем они только читали в газетах или в письмах от друзей. («Знаешь, Лу, я тут подумал, что лучше скажу тебе сам, пока не сказал кто-то из общих знакомых; мы с Мэгги разводимся».)

Он тихо разделся и поставил будильник на шесть утра. Потом пошел в душ, вымыл голову, побрился и, перед тем как почистить зубы, принял таблетку. Из-за холодного чая Нормы у него началась изжога. Или, быть может, из-за того, что, вернувшись домой, он увидел, как Рэйчел спит на своей половине кровати, на самом краешке, как можно дальше от его половины. Своя территория — превыше всего. Кажется, Луис что-то такое читал в университетском учебнике по истории?

Все дела сделаны, день прошел, можно ложиться спать... вот только Луису не спалось. Что-то никак не давало ему покоя. Слушая тихое дыхание Рэйчел и Гейджа, он все прокручивал и прокручивал в голове события последних двух дней. ГЕНЕРАЛ ПАТТОН... ХАННА, САМАЯ ЛУЧШАЯ СОБАКА НА СВЕТЕ... ПАМЯТИ МАРТЫ, НАШЕЙ ЛЮБИМОЙ КРАЛЬЧИХИ... Разъяренная Элли. *Я не хочу, чтобы Черч умирал! Это мой кот! Мой, а не Бога! Пусть Бог заведет своего кота!* Разъяренная Рэйчел. *Ты, как врач, должен знать...* Норма Крэндалл: *Люди как будто стремятся забыть о смерти...* И голос Джада, исполненный устрашающей убежденности, голос из другого времени: *Иной раз садилась с тобой за стол, а иной раз ты прямо-таки чувствовал, как она хватает тебя за яйца.*

И этот голос сливался с голосом матери Луиса, которая солгала ему в четыре года насчет секса, но сказала правду о смерти в двенадцать лет, когда его двоюродная сестра Рути погибла в нелепой автомобильной аварии. Она ехала на отцовской машине, и в нее врезался какой-то мальчишка на ковшовом погрузчике, принадлежавшем муниципальному строительному управлению. Водитель погрузчика оставил ключи в замке зажигания, парень это заметил и решил прокатиться, а потом обнаружил, что не знает, как тормозить. Сам мальчишка отделался лишь небольшими царапинами и ушибами; автомобиль дяди Карла расплющило в лепешку. *Она не могла умереть*, ответил Луис, когда мать сообщила ему о случившемся. Он слышал слова, но не понимал их смысла. *Что значит, ее больше нет? Ты о чем говоришь?* А потом вдруг пришла запоздалая мысль: *А кто будет ее хоронить?* Хотя отец Рути владел похоронным бюро, Луис совершенно не представлял, как дядя Карл станет организовывать похороны собственной дочери. В своем замешательстве и нараставшем страхе Луис вцепился в этот вопрос, который вдруг показался ему невероятно важным. Это была неразрешимая головоломка, вроде «Кто стрижет городского парикмахера?».

Наверное, Донни Донахью возьмет все на себя, ответила мать. Ее глаза покраснели от слез; она выглядела изможденной и словно больной от усталости. *Он партнер твоего дяди и его лучший друг. Ох, Луис... Бедная Рути... У меня никак в голове не укладывается... Помолись со мной, Луис. Помолись со мной за Рути. Мне нужна твоя помощь.*

Они оба встали на колени прямо на кухне и принялись молиться, и только тогда Луис окончательно осознал, что случилось; если мать молится за упокой *души* Рути Крид, значит, *тела* Рути больше нет. Перед мысленным взором Луиса встала кошмарная картина: Рути приходит к нему на его тринадцатый день рождения, ее разлагающиеся глаза вывалились из орбит, рыжие волосы покрывает белесая плесень — эта картина вызвала у него приступ не только дикого ужаса, но и пугающей, обреченной любви.

Такой боли Луис не испытывал никогда в жизни. Он закричал: *Она не могла умереть! МАМА, ОНА НЕ МОГЛА УМЕРЕТЬ! Я ЛЮБЛЮ ЕЕ!*

Мать ответила, и в ее бледном, невыразительном голосе было так много всего: мертвые поля под ноябрьским небом, увядшие лепестки роз, побуревшие по краям, пересыхающие водоемы, заросшие тиной, плесень, гниль, прах: *Она умерла, дорогой. Мне очень жаль, но ее больше нет. Рути больше нет с нами.*

Луис дрожал. В голове билась мысль: *Умерла — значит, умерла. Что еще тебе надо?*

Внезапно он вспомнил, что забыл сделать и что мешает ему заснуть перед первым рабочим днем на новом месте, что заставляет ворочаться с боку на бок, перебирая в памяти старые горести.

Он встал и направился к лестнице, но вдруг развернулся и прошел в дальний конец коридора, к двери в комнату Элли. Она мирно спала, с открытым ртом, одетая в голубую «кукольную» пижамку, из которой уже выросла. *Господи, Элли,* подумал он, *ты растешь не по дням, а по часам.* Черч лежал у нее в ногах, тоже мертвый для мира. *Прошу прощения за каламбур.*

Внизу в прихожей над столиком с телефоном висела доска, куда Луис и Рэйчел прикалывали квитанции, счета и записки с напоминаниями. По верху доски шла надпись аккуратным почерком Рэйчел: «ЧТО НУЖНО СДЕЛАТЬ СЕГОДНЯ, НО ЛУЧШЕ ОТЛОЖИТЬ НА

ЗАВТРА». Луис открыл телефонную книгу, отыскал нужный номер и записал его на отрывном листочке. А под номером добавил: *Ветеринар Квентин Л. Джоландер — записать Черча, — если Дж. сам не кастрирует животных, наверняка он кого-то порекомендует.*

Он посмотрел на записку, размышляя, надо ли это делать, хотя уже знал, что надо. Все смутные тревоги и дурные предчувствия материализовались во что-то конкретное, и сегодня в какой-то момент Луис решил — хотя понял это только теперь, — что сделает все возможное, чтобы Черч больше не бегал через дорогу.

Ему по-прежнему претила мысль о кастрации Черча, о том, что кот превратится в ленивого толстого тюфяка, которому ничего в жизни не нужно, кроме как дрыхнуть на батарее в перерывах между кормежками. Ему не хотелось, чтобы Черч менялся. Черч ему нравился таким как есть.

В темноте за окном, выходившим на шоссе, прогрохотал грузовик, и это решило дело. Луис приколол записку к доске и пошел спать.

11

На следующее утро Элли заметила на доске новую записку и спросила за завтраком, что это значит.

— Это значит, что Черчу сделают маленькую операцию, — ответил Луис. — Возможно, ему придется остаться в ветеринарной клинике на одну ночь. А когда он вернется домой, то будет сидеть во дворе и не захочет никуда убегать.

— И через дорогу тоже не захочет? — спросила Элли.

Ей всего пять, подумал Луис, *но она очень смышленая.*

— И через дорогу тоже, — согласился он.

— Ура! — воскликнула Элли, и на этом тема была закрыта.

Луис морально готовился к натиску яростных возражений на грани истерики, и его удивила та легкость, с которой дочь согласилась отпустить Черча из дома даже всего на одну ночь. Он понял, как сильно она переживает. Возможно, Рэйчел была права насчет воздействия на Элли этого кладбища домашних животных.

Сама Рэйчел, кормившая Гейджа омлетом, одарила его благодарным и одобрительным взглядом, и Луис почувствовал, как у него отлегло от сердца. Ее взгляд говорил, что лед тает; топор этой конкретной войны зарыт в землю. Луис очень надеялся, что навсегда.

Чуть позже, когда большой желтый автобус увез Элли в садик, Рэйчел подошла к Луису, обняла за шею и нежно поцеловала.

— Ты молодец, — сказала она. — И прости, я была такой стервой.

Луис ответил на ее поцелуй, однако ему все равно было как-то не очень уютно. Это «Прости, я была такой стервой» он слышал от Рэйчел не часто, но и не впервые. Обычно оно означало, что она добилась, чего хотела.

Тем временем Гейдж приковылял к входной двери и уставился через стекло на пустую дорогу.

— Тобус, — сказал он, невозмутимо подтянув обвисший подгузник. — Элли-тобус.

— Как быстро он растет, — заметил Луис.

Рэйчел кивнула.

— На мой взгляд, слишком быстро.

— Ладно, пусть пока растет, — сказал Луис. — Вот вырастет из подгузников и тогда может остановиться.

Она рассмеялась, и между ними все снова стало хорошо — по-настоящему хорошо. Рэйчел отступила на шаг, поправила ему галстук и окинула его критическим взглядом.

— Ну что, сержант? — спросил он. — Годен?

— Выглядишь очень даже прилично.

— Да, я знаю. Но я похож на кардиохирурга? На человека, получающего двести тысяч в год?

— Да нет, вроде все тот же Лу Крид. — Рэйчел хихикнула. — Рок-н-ролльная зверюга.

Луис взглянул на часы:

— Рок-н-ролльной зверюге пора бежать на работу.

— Волнуешься?

— Есть немножко.

— Не волнуйся, — сказала она. — Шестьдесят семь тысяч в год — очень даже неплохо за то, чтобы накладывать эластичные бинты, назначать препараты от гриппа и похмелья, выдавать девушкам противозачаточные таблетки...

— И средства от вшей, — улыбнулся Луис. Еще когда он осматривал университетскую клинику в первый раз, его поразили совершенно немыслимые запасы лосьонов и мазей от педикулеза, необходимые разве что на какой-нибудь военной базе, но уж никак не в кампусе университета средних размеров.

Мисс Чарлтон, старшая медсестра, тогда пояснила с циничной усмешкой: «В съемных квартирах за пределами кампуса как-то не очень блюдут санитарные нормы. Вы еще убедитесь».

Да, похоже, придется.

— Удачи. — Рэйчел снова поцеловала его. Не просто чмокнула в щечку, а поцеловала по-настоящему. Но когда она отстранилась, в ее глазах плясали смешинки. — И ради Бога, не забывай, что ты *главврач*, а не интерн и не стажер.

— Да, доктор, — смиренно ответил Луис, и они опять рассмеялись. Ему хотелось спросить: *Это все из-за Зельды? Это из-за нее ты тогда психанула? Оно никак тебя не отпускает? Зельда и то, как она умерла?* Но, разумеется, он не стал задавать эти вопросы. Как врач, он знал *много всего*, например, что смерть столь же естественна, как и деторождение, и хотя это знание было, наверное, самым важным, Луис также знал, что не стоит бередить рану, которая наконец начала потихоньку затягиваться.

Так что он просто поцеловал жену еще раз и вышел.

Это было хорошее начало дня, да и сам день выдался чудесным. В штате Мэн будто снова наступило лето: в голубом небе ни облачка, на улице уже не жарко, но еще достаточно тепло. Выезжая со двора на шоссе, Луис подумал о том, что листья на деревьях еще даже не начали желтеть. И хотя ему очень хотелось увидеть осеннее буйство красок — предполагалось, что это будет волшебное зрелище, — он решил, что может и подождать.

Он развернул «хонду-сивик», их вторую машину, в сторону университета и нажал педаль газа. Сегодня Рэйчел позвонит ветеринару, договорится насчет Черча, и можно будет выбросить из головы и глупые мысли о кладбищах домашних животных (вернее, *клатбищах домашних жывотных*; забавно, как это неправильное написание въелось в мозг и стало казаться единственно правильным), и страхи смерти. Ни к чему думать о смерти в такое прекрасное сентябрьское утро.

Луис включил радио и крутил ручку настройки, пока не наткнулся на «Ramones» с их «Rockaway Beach». Он прибавил звук и принялся им подпевать — фальшиво, но зато с большим воодушевлением.

12

Первым, что он заметил, когда въехал на территорию кампуса, было то, как резко оживилось движение. Автомобили, велосипеды, десятки бегунов, трусивших прямо по проезжей части. Он едва успел притормозить, чтобы не сбить пару таких спортсменов, выскочивших из-за поворота. Так резко ударил по тормозам, что ремень безопасности больно впился ему в плечо. Луиса всегда раздражали эти бегуны (кстати, такая же мерзопакостная привычка была и у велосипедистов), которые почему-то считали, что как только они стронулись с места, все сразу должны уступать им дорогу. Они же как-никак занимаются спортом! Луис посигналил им, и один из бегунов показал ему средний палец, даже не обернувшись. Луис вздохнул и поехал дальше.

Второй неожиданностью стало отсутствие машины «скорой помощи» на маленькой стоянке перед поликлиникой. Это очень ему не понравилось. Университетская клиника была оборудована всем необходимым для лечения болезней и оказания первой помощи при травмах; там было три смотровых и процедурных кабинета, выходивших в большое фойе, и две палаты стационара на пятнадцать коек каждая. Но операционной там не было, ничего похожего. Если случалось что-то серьезное, пациента везли на «скорой» в окружную больницу Восточного Мэна. Стив Мастертон, здешний фельдшер, когда знакомил Луиса с его будущим местом работы, не без гордости показал регистрационный журнал за два последних учебных года; за эти два года «скорая» выезжала всего тридцать восемь раз... очень неплохо, если учесть, что здесь учится более десяти тысяч студентов, а общее «население» университета составляет почти семнадцать тысяч человек.

И надо же было такому случиться, чтобы в его первый день на работе «скорой» не оказалось на стоянке.

Он поставил машину на место с новенькой табличкой «ДОКТОР КРИД» и поспешил внутрь.

В первом смотровом кабинете он обнаружил сестру Чарлтон, седеющую, но стройную и энергичную женщину лет пятидесяти. Она мерила температуру какой-то девице в джинсах и топе на бретельках. Луис заметил, что девица не так давно хорошо обгорела на солнце; кожа на плечах слезала лохмотьями.

— Доброе утро, Джоан, — сказал он. — А где «скорая»?

— О, у нас тут трагедия, — ответила мисс Чарлтон, вынимая термометр изо рта пациентки. — Стив Мастертон пришел на работу к семи утра и увидел огромную лужу под капотом нашей старушки. Радиатор потек. Пришлось отогнать ее в ремонт.

— Печально, — заметил Луис, но у него отлегло от сердца. Он-то боялся, что машина на вызове. — И когда мы получим ее обратно?

Джоан Чарлтон рассмеялась.

— Зная наших университетских механиков, я бы сказала, что где-то в двадцатых числах декабря, с рождественской ленточкой на боку. — Она повернулась к студентке. — У вас небольшая температура. Примите две таблетки аспирина и воздержитесь от походов по барам и прогулок по темным улицам.

Бросив на Луиса быстрый оценивающий взгляд, девица направилась к выходу.

— Наша первая пациентка в новом семестре, — кисло проговорила Чарлтон и резко встряхнула термометр.

— Кажется, вы ей не рады.

— Я знаю таких, как она, — сказала Чарлтон. — Есть еще спортсмены-герои, которые продолжают играть даже с легкими переломами и поврежденными сухожилиями, потому что ну как же им сесть на скамью запасных, они же крепкие парни и не хотят подводить команду, даже с риском для будущей профессиональной спортивной карьеры. И есть вот такие мисс Небольшая Температура... — Чарлтон кивнула на окно. Луис посмотрел туда и увидел девицу с обгоревшими плечами, которая шла в сторону общежития. В кабинете она изображала умирающего лебедя, который держится из последних сил, а теперь вышагивала вполне бодро, игриво покачивая бедрами и явно наслаждаясь вниманием окружающих. — Типичный случай студенческой ипохондрии. — Чарлтон положила термометр в стерилизатор. — В этом учебном году мы с ней еще не раз удивимся. Особенно перед сессией. Где-то за неделю до начала экзаменов она непременно убедит себя, что у нее тяжелейшая пневмония. Или острый бронхит. Получит освобождение от половины тестов — на тех предметах, где преподы тюфяки, как их называют студенты, — и на пересдаче ее будут не так сильно мучить. Подобные ей всегда резко заболевают, если известно, что экзамен пройдет в форме контрольного теста, а не свободного сочинения.

— Сегодня утром вы как-то особенно циничны. — Луис даже слегка растерялся.

Она подмигнула ему, и он улыбнулся.

— Я не принимаю все это близко к сердцу, доктор. И вам не советую.

— А где Стивен?

— У вас в кабинете. Отвечает на письма и пытается разгрести гору бюрократических бумажек от медицинской ассоциации.

Луис пошел к себе в кабинет. Несмотря на цинизм сестры Чарлтон, работать с ней было легко и приятно.

Вспоминая все это впоследствии, Луис приходил к мысли — когда вообще был в состоянии об этом думать, — что кошмар начался именно в тот день, около десяти утра, когда в клинику принесли умирающего студента Виктора Паскоу.

До этого все было спокойно. Ровно в девять, через полчаса после прихода Луиса, явились две медсестры, работавшие с девяти до трех. Две молоденькие волонтерки в полосатых красно-белых нарядах. Луис выдал каждой по пончику и чашке кофе и беседовал с ними около четверти часа, разъясняя им их обязанности: что надо делать и, самое главное, чего делать не надо. Потом за них взялась Чарлтон. Когда она уводила их из кабинета, Луис услышал, как она спросила:

— У вас нет аллергии на экскременты и рвотные массы? Тут вы на это насмотритесь.

— О Боже, — пробормотал Луис, закрывая лицо ладонью. Но он улыбался. На таких вот суровых и грубоватых женщинах, как Чарлтон, и держится вся практическая медицина.

Луис принялся заполнять бланки отчетов для медицинской ассоциации, в основном инвентарные ведомости с перечислением всех наличествующих лекарств и медицинского оборудования («Каждый год одно и то же! — ворчал Стив Мастертон. — Может, напишете: *Полный комплект оборудования для пересадки сердца, примерная стоимость — восемь миллионов долларов*, — а, Луис? То-то они удивятся!»), совершенно зарылся в бумаги, и даже мысли о кофе, который явно пришелся бы кстати, маячили только на краю сознания, но тут из приемной донесся крик Мастертона:

— *Луис! Эй, Луис, идите сюда! У нас тут такое!*

Явная паника в голосе Мастертона заставила Луиса поторопиться. Он сорвался с места, словно подсознательно ждал чего-то подобного. Из приемной донесся пронзительный визг, тонкий и острый, как осколок стекла, а за ним — звук пощечины и голос Чарлтон:

— Замолчи или убирайся отсюда к чертям! Замолчи *сейчас же*!

Луис ворвался в приемную и поначалу увидел лишь кровь — море крови. Одна из медсестер рыдала. Другая, бледная как мел, прижимала кулаки к уголкам рта, отчего ее губы растянулись в кошмарной ухмылке. Мастертон стоял на коленях, пытаясь поддерживать голову распростертого на полу парня.

Стив поднял на Луиса глаза — потрясенные, широко открытые, полные страха глаза. Он попытался что-то сказать, но не смог.

Люди толпились у широких стеклянных входных дверей, старались заглянуть внутрь, прижимались лицами к стеклу, приставляли ладони, чтобы не отсвечивало. Перед мысленным взором Луиса встала картина, совершенно безумная, но весьма подходящая: раннее утро, ему шесть лет, мама скоро уйдет на работу, а пока она не ушла, они вместе смотрят телевизор. Старую программу «Сегодня» с Дейвом Гарроуэем. Люди на улице глазеют на Дейва, Фрэнка, Блэра, и Дж. Фреда Маггса. Луис обвел взглядом приемную и увидел, что и у окон толпятся люди. Если с зеваками у дверей ничего сделать было нельзя, то...

— Закройте шторы, — рявкнул он кричащей медсестре.

Та не сдвинулась с места, и Чарлтон шлепнула ее по заду:

— Шевелись, девочка!

Это придало ей ускорение. Не прошло и минуты, как зеленые шторы на окнах были задернуты. Чарлтон и Стив Мастертон бессознательно встали так, чтобы закрыть собой лежавшего на полу парня от зрителей у дверей.

— Носилки, доктор? — спросила Чарлтон.

— Если надо, несите, — ответил Луис, садясь на корточки рядом с Мастертоном. — Я еще даже не видел, что с ним.

— Беги за носилками, — обратилась Чарлтон к девушке, закрывавшей шторы. Та вновь прижала кулаки к губам, растянув их в жуткую ухмылку. Посмотрела на Чарлтон и простонала:

— О-ой...

— Да, именно *ой*. Шевелись. — Чарлтон резко дернула девушку за руку, заставив сдвинуться с места. Медсестра умчалась прочь, шелестя красно-белой юбкой.

Луис склонился над своим первым пациентом в Мэнском университете в Ороно.

Это был молодой человек лет двадцати, и Луис поставил ему диагноз за три секунды: молодой человек умирал. Полголовы было раздавлено в кашу. Шея была сломана. Правая ключица прорвала кожу и торчала наружу. Из раны на голове текла кровь и желтая, похожая на гной жидкость. Через дыру в черепе проглядывал мозг, беловато-серая пульсирующая масса. Как будто смотришь сквозь разбитое окно. Дыра была около пяти сантиметров в диаметре; будь у парня в голове ребенок, он мог бы родить, словно Зевс. Невероятно, что он до сих пор был жив. Луису вдруг вспомнились слова Джада Крэндалла: *Иной раз ты прямо-таки чувствовал, как смерть хватает тебя за яйца.* И слова матери: *Умерла — значит, умерла.* Его охватило безумное желание рассмеяться. Умерла — значит, умерла, все верно. Точно подмечено, приятель.

— Вызывай «скорую», — велел он Мастертону. — Мы...

— Луис, «скорая»...

— О *Господи*. — Луис хлопнул себя по лбу. Поглядел на Чарлтон. — Джоан, что вы делаете в таких случаях? Звоните в местную службу охраны или в окружную больницу?

Джоан выглядела встревоженной и растерянной — состояние, явно ей не свойственное. Но ее голос звучал спокойно:

— Доктор, я не знаю. Пока я здесь работаю, таких случаев у нас еще не было.

Луис принялся лихорадочно соображать.

— Вызывайте полицию кампуса. У нас нет времени дожидаться «скорой» из больницы. Если что, пусть везут его в Бангор на пожарной машине. По крайней мере на ней есть сирена, мигалки... Займитесь этим, Джоан.

Она быстро вышла, но Луис все же успел заметить ее печальный, сочувствующий взгляд. И он понимал, в чем причина. Этот молодой человек, загорелый и мускулистый — возможно, летом он подрабатывал маляром, или дорожным рабочим, или теннисным тренером, — одетый лишь в красные спортивные трусы с белыми лампасами, умрет в любом случае, что бы они ни предприняли. Даже если бы их «скорая» была на ходу и ждала бы с уже прогретым двигателем, она все равно не довезла бы его до больницы.

Невероятно, но умирающий двигался. Его глаза распахнулись. Голубые глаза, налитые кровью. Невидящий взгляд слепо блуждал вокруг. Молодой человек попытался повернуть голову, но Луис его удержал, памятуя о сломанной шее. Черепно-мозговая травма не исключала возможности болевых ощущений.

Дыра у него в голове, Господи Боже, дыра у него в голове.

— Что с ним случилось? — спросил он у Стива, хорошо понимая, что в сложившихся обстоятельствах это был совершенно бессмысленный, идиотский вопрос. Вопрос стороннего наблюдателя. Но дыра в голове парня не оставляла сомнений: ничего сделать нельзя, можно лишь наблюдать. — Его привезла полиция?

— Какие-то студенты принесли его на одеяле. Я не знаю, что там произошло.

Надо было подумать о том, что делать дальше. Это тоже входило в его обязанности.

— Найдите их, — сказал Луис. — Приведите сюда, но через другую дверь. Мне нужно будет с ними поговорить, но я не хочу, чтобы они это видели, им и так уже хватит.

Мастертон, явно обрадованный возможностью оказаться подальше отсюда, бросился к двери и открыл ее, впустив внутрь гул взволнованных, любопытных, испуганных голосов. Луис услышал вой полицейской сирены. Служба охраны кампуса уже подъезжала. Он испытал несказанное облегчение.

Умирающий парень издал какой-то булькающий звук. Он пытался что-то сказать. Луис различал отдельные звуки, но слов было не разобрать.

Он склонился над парнем:

— Все будет хорошо, дружище.

При этом он почему-то подумал о Рэйчел и Элли, и у него внутри все оборвалось. Он зажал рот рукой, подавляя отрыжку.

— Ка-а-а-а, — сказал молодой человек. — *Га-а-а-а-а...*

Луис огляделся и увидел, что остался один на один с умирающим. Откуда-то издалека доносился голос Джоан Чарлтон, оравшей медсестрам, что носилки лежат в кладовой у второго процедурного кабинета. Луис очень сомневался, что девочки отличат кладовую у второго процедурного кабинета от жабьих гонад; сегодня они работали первый день. Хорошенькое знакомство с миром медицины! Зеленый ковер в приемной насквозь пропитался кровью в том месте, где лежала разбитая голова парня; хорошо хоть, внутричерепная жидкость больше не вытекала.

— Кладбище домашних животных, — прохрипел молодой человек... и растянул губы в ухмылке, поразительно схожей с истерической, невеселой ухмылкой медсестры, что закрывала шторы.

Луис уставился на него, не поверив своим ушам. Потом решил, что это была слуховая галлюцинация. *Он произнес несколько бессвязных звуков, а мое подсознание сложило из них слова, подогнав эти звуки под то, чем в последнее время заняты все мои мысли.* Но произошло нечто другое, и уже в следующую секунду Луис был вынужден это признать. Его охватил совершенно безумный страх, по спине побежали мурашки — именно *побежали*, почти в прямом смысле, — все внутри перевернулось... однако даже тогда он категорически не желал верить своим ушам. Да, окровавленные губы парня вылепили слова, которые услышал Луис, но это значило лишь то, что галлюцинация была не только слуховой, но и зрительной.

— Что ты сказал? — прошептал он.

На этот раз слова прозвучали отчетливо, словно речь говорящего попугая:

— Это ненастоящее кладбище.

Налитые кровью глаза были безжизненными и пустыми; губы застыли в ухмылке, напоминавшей оскал дохлой рыбины.

От ужаса сердце Луиса сжалось, словно его сдавила невидимая ледяная рука. Он вдруг почувствовал себя слабым и маленьким. Ему захотелось бежать отсюда, бежать от этой окровавленной, изуродованной говорящей головы на полу. Луис всегда был далек от религии и не имел склонности к оккультизму и прочим потусторонним вещам. Он был совсем не готов к тому... к тому, что сейчас происходило.

Борясь с желанием пуститься в бегство, он заставил себя наклониться еще ближе к парню.

— Что ты сказал? — повторил он.

Эта ухмылка была скверной.

— Земля в человеческом сердце, она еще тверже, Луис, — прошептал умирающий. — Человек растит что может и заботится о посевах.

Луис, подумал он, уже не слушая, что было дальше. *О Боже, он назвал меня по имени.*

— Кто ты? — спросил Луис ломким, дрожащим голосом. — Кто ты?

— Индеец приносит мне рыбу.

— Откуда ты знаешь, как меня...

— Держись подальше. Знай...

— Ты...

— *Ка-а-а*, — сказал молодой человек, и теперь Луису показалось, что в его дыхании чувствуется запах смерти, внутренних повреждений, сбоя сердечных ритмов, обрыва, конца.

— Что? — Его охватило безумное желание хорошенько встряхнуть умирающего.

— *Га-а-а-а-а-а-а...*

Молодой человек в красных спортивных трусах забился в конвульсиях, а затем вдруг напрягся, словно все мышцы разом свело судорогой. На мгновение его пустые глаза прояснились, и, кажется, он поймал взгляд Луиса. А потом все закончилось. Пахнуло зловонием. Луис подумал, что он снова заговорит, должен заговорить. Но его взгляд опять стал пустым, и глаза начали стекленеть. Парень был мертв.

Луис выпрямился, смутно осознавая, что одежда прилипла к телу; он был весь мокрый от пота. Перед глазами разлилась тьма, расправила мягкие черные крылья, мир закружился и начал заваливаться на сторону. Луис понял, что происходит. Он отвернулся от мертвеца, опустил голову между коленями и надавил двумя пальцами на десны. Надавил сильно, ногтями — до крови.

Через пару секунд все опять пришло в норму.

13

А потом помещение как-то сразу наполнилось людьми, словно все они были актерами, ожидавшими сигнала, чтобы выйти на сцену. Это лишь усугубило ощущение дезориентации и нереальности происходящего — сила этих ощущений, которые Луис изучал на семинарах по психологии, но никогда не испытывал сам, изрядно его напугала. Он подумал, что, наверное, именно так себя чувствует человек, принявший немалую дозу ЛСД.

Словно это спектакль, затеянный ради меня одного. Сначала все очень кстати очистили сцену, чтобы умирающая Сивилла изрекла непонятное пророчество, предназначенное исключительно для моих ушей, и как только она умерла, все вернулись.

Молоденькие медсестры притащили жесткие носилки, которые использовались для транспортировки больных с травмами спины или шеи. За ними вошла Чарлтон и сообщила, что полиция кампуса уже приступила к расследованию. Молодого человека сбила машина, когда он совершал пробежку. Луис вспомнил двух бегунов, которых сам едва не переехал сегодня утром, и ему стало дурно.

Следом за Чарлтон пришел Стив Мастертон с двумя полицейскими из университетской службы охраны.

— Луис, те ребята, которые принесли Паскоу... — Он резко умолк и спросил: — Луис, вам плохо?

— Все нормально, — ответил Луис, поднимаясь на ноги. Его опять охватила слабость, но через пару секунд все прошло. — Его звали Паскоу?

Один из полицейских сказал:

— Виктор Паскоу. По словам девушки, с которой они вместе бегали.

Луис взглянул на часы и отнял две минуты. Из кабинета, куда Мастертон отвел тех ребят, которые принесли Паскоу, доносились пронзительные девичьи рыдания. С возвращением в школу, леди, подумал он. Приятного вам семестра.

— Мистер Паскоу умер в десять ноль девять, — сказал он.

Один из полицейских вытер рот тыльной стороной ладони.

— Луис, вы точно в порядке? — снова спросил Мастертон. — Вид у вас просто *ужасный*.

Луис открыл рот, чтобы ответить, но тут одна из медсестер бросила носилки и метнулась к выходу. Не добежала. Ее вырвало прямо на бегу. Зазвонил телефон. Девушка, рыдавшая в кабинете, принялась выкрикивать имя покойного: «Вик! Вик! Вик!» Снова и снова. Бедлам. Дурдом. Один из полицейских спросил, можно ли получить одеяло, чтобы прикрыть тело, а Чарлтон ответила, что она не имеет права распоряжаться собственностью поликлиники, и Луису вдруг вспомнилась строчка из Мориса Сендака: «А теперь мы устроим чудовищный тарарам!»

Он все же сумел подавить противный смешок, подступивший к горлу. Этот Паскоу и вправду произнес слова «кладбище домашних животных»? Этот Паскоу и вправду назвал его по имени? Вопросы сводили с ума, выбивали из колеи. Но его разум уже оборачивал воспоминания о тех мгновениях защитной пленкой — вылепливал заново, изменял, разъединял. Разумеется, Паскоу сказал что-то другое (если вообще что-нибудь говорил), а Луис все понял неправильно, потому что был в шоке. Скорее всего Паскоу просто издавал бессвязные звуки, как он и подумал в самом начале.

Луис взял себя в руки, призвав на помощь все качества, из-за которых администрация университета отдала эту работу ему, а не кому-то другому из остальных пятидесяти трех претендентов.

Кто-то должен был навести здесь порядок; люди потерянно слонялись туда-сюда, не зная, что делать дальше.

— Стив, дайте девочке успокоительное, — распорядился он и сразу почувствовал себя лучше. Словно был пилотом космического корабля, который на миг потерял управление, но теперь снова выправил курс. Миг, когда корабль вышел из-под контроля, — это, конечно, был тот иррациональный момент, когда Паскоу заговорил. Луиса пригласили сюда для того, чтобы он принял командование на себя, чем он сейчас и собирался заняться.

— Джоан, выдайте им одеяло.

— Доктор, мы еще не проводили инвентаризацию...

— Все равно выдайте им одеяло. И проверьте, что с той медсестрой. — Он взглянул на вторую медсестру, которая все еще держала свой край носилок. Она застыла на месте и смотрела на останки Паскоу как зачарованная. — Сестра! — резко произнес Луис, и ее взгляд оторвался от тела.

— Ч-ч-что...

— Как зовут ту, другую?

— К-кого?

— Ту, которая блеванула, — пояснил он с намеренной грубостью.

— Дж-Дж-Джуди. Джуди Делессьо.

— А вас как зовут?

— Карла. — Теперь ее голос звучал чуть тверже.

— Карла, проверьте, что с Джуди. И принесите одеяло. Они хранятся в подсобке рядом с первым смотровым кабинетом. Так, коллеги, давайте займемся делом. Я ко всем обращаюсь.

Все сдвинулось с мертвой точки. Крики в соседней комнате вскоре затихли. Замолчавший было телефон снова начал трезвонить. Луис нажал кнопку удержания вызова, не снимая трубку.

Старший из полицейских выглядел более собранным, и Луис обратился к нему:

— Кого следует уведомить о случившемся? Можете предоставить мне список?

Полицейский кивнул и сказал:

— Первый случай за последние шесть лет. Не самое лучшее начало семестра.

— Это да. — Луис поднял трубку и отпустил кнопку на телефоне.

— Алло! Кто это… — начал взволнованный голос, но Луис оборвал связь и принялся сам набирать номер.

14

Все более-менее успокоилось лишь к четырем часам дня, после того как Луис и Ричард Ирвин, начальник службы охраны кампуса, сделали заявление для прессы. Молодой человек, Виктор Паскоу, совершал утреннюю пробежку в компании приятеля и невесты. Тремонт Уитерс, двадцатитрехлетний житель Хейвена, штат Мэн, ехал на автомобиле с превышением скорости, направляясь от Ленгильской женской гимназии к центру кампуса. Машина Уитерса сбила Паскоу, и тот ударился головой о дерево. Друзья Паскоу и двое прохожих доставили его в клинику. Через несколько минут он скончался. Уитерс был задержан по обвинению в неосторожном вождении, в управлении автомобилем в состоянии алкогольного опьянения и в непредумышленном убийстве.

Редактор университетской газеты спросил, можно ли написать, что Паскоу умер от черепно-мозговой травмы. Луис, думая о разбитом окне, сквозь которое проглядывал мозг, ответил, что лучше дождаться, когда окружной коронер официально объявит причину смерти. Тогда редактор спросил, могло ли так получиться, что четверо молодых людей, принесших Паскоу на одеяле, непреднамеренно усугубили возможность летального исхода.

— Нет, — ответил Луис. — Ни в коем случае. По моему мнению, мистер Паскоу получил смертельную травму в момент удара.

Были еще и другие вопросы, но именно этот ответ завершил пресс-конференцию. Теперь Луис сидел у себя в кабинете (Стив Мастертон умчался домой час назад, сразу после пресс-конференции, чтобы успеть посмотреть на себя в вечерних новостях, как подозревал Луис) и пытался хоть как-то собраться с мыслями и склеить осколки разбитого дня. Или если не склеить, то хотя бы спрятать случившееся под тонким слоем рутины. Они с Чарлтон просматривали медицинские карты «передового отряда учебного фронта» — студентов, упорно продолжавших учиться, несмотря на тяжелые недуги. Там было двадцать три диабетика, пятнадцать эпилептиков, четырнадцать человек с параличом нижних конечностей, а также несколько с лейкемией, церебральным параличом и мышечной дистрофией; слепые студенты, двое немых и один случай серповидноклеточной анемии, с которой Луис никогда прежде не сталкивался.

Возможно, он справился бы и сам, но его подкосила записка на розовом листочке, которую Чарлтон положила ему на стол сразу после ухода Мастертона: *Ковер из Бангора. Привезут завтра в 09:00.*

— Ковер? — озадаченно спросил он.

— Его придется заменить, — сказала Чарлтон чуть ли не извиняющимся тоном. — Это пятно уже не отмыть, доктор.

Да, конечно. После этого Луис пошел в пункт выдачи медикаментов и принял туинал — тот самый туинал, который его однокурсник и первый сосед по общежитию при медицинском колледже называл чудесатыми колесами. «А давай-ка прокатимся на чудесатых колесах, Луис, — предлагал он. — Врубим «Creedence», побалдеем». Луис чаще отказывался, чем соглашался, и, наверное, правильно делал; того однокурсника исключили из колледжа в третьем семестре, и он укатил на чудесатых колесах прямиком во Вьетнам в качестве госпитального санитара. Луис иногда представлял его там, на войне, упоротого по самые уши и балдеющего под «Run Through the Jungle» в исполнении «Creedence».

Но сейчас он нуждался в чем-то таком. Если ему предстоит наблюдать эту розовую записку насчет ковра всякий раз, когда он отрывает взгляд от разложенных на столе медицинских карт, требовалось хоть как-то себя поддержать.

Дела шли вполне неплохо, когда миссис Баллингс, ночная сиделка, заглянула к нему в кабинет и сказала:

— Звонит ваша жена, мистер Крид. На первой линии.

Луис посмотрел на часы и увидел, что уже половина шестого; он должен был уйти с работы полтора часа назад.

— Хорошо, Нэнси. Спасибо.

Он пододвинул к себе телефон, поднял трубку и включил первую линию.

— Привет, дорогая. Я уже еду…

— Луис, с тобой все в порядке?

— Да, все хорошо.

— Я все знаю, Лу. Слышала в новостях. Мне так жаль. — Она на мгновение умолкла. — Я по радио слышала. И тебя тоже слышала. Ты отвечал на какой-то вопрос. Хорошо отвечал, твердо.

— Да? Это радует.

— Ты правда в порядке?

— Да, Рэйчел.

— Езжай домой, — сказала она.

— Уже еду, — отозвался Луис.

Домой. Это была хорошая идея.

15

Она встретила его в дверях, и у него отвисла челюсть. Она была в кружевном бюстгальтере, который всегда ему нравился, и в полупрозрачных трусиках. И больше на ней не было ничего.

— Потрясающе выглядишь, — сказал он. — А где дети?

— Их забрала Мисси Дандридж. Мы одни до восьми тридцати… то есть у нас два с половиной часа. Не будем зря тратить время.

Она прижалась к нему. Он почувствовал легкий, приятный аромат — наверное, розовое масло? Сначала он обнял ее за талию, потом его руки легли на ее ягодицы; ее язык игриво скользнул по его губам и проник к нему в рот.

Когда они наконец оторвались друг от друга, он хрипло спросил:

— Ужинать будем?

— Только десерт. — Она принялась тереться низом живота о его пах, медленно и сладострастно вращая бедрами. — Но обещаю, что тебе понравится.

Он потянулся к ней, но она выскользнула из его объятий и взяла его за руку.

— Сначала наверх, — сказала она.

Она приготовила ему горячую ванну, медленно раздела его и заставила забраться в воду. Потом взяла жесткую мочалку-варежку, которая обычно висела без дела на головке душа, бережно намылила его и смыла пену. Он чувствовал, как напряжение этого дня — кошмарного первого рабочего дня — постепенно отпускает. Рэйчел вымокла сама, трусики облегали ее, как вторая кожа.

Луис попытался выбраться из ванны, но Рэйчел мягко толкнула его обратно.

— Что...

Она осторожно сжала его мочалкой — осторожно, но твердо — и принялась медленно двигать рукой вверх-вниз. Это было приятно и в то же время почти невыносимо.

— Рэйчел... — Его бросило в жар, и не только из-за горячей воды.

— Тс-с.

Все это длилось целую вечность: как только Луису начинало казаться, что он дошел до предела, Рейчел замедляла движения рукой почти до полной остановки. Но не останавливалась, а сжимала, потом отпускала и снова сжимала, пока он не кончил с такой силой, что у него зазвенело в ушах.

— Господи, — выдохнул он, когда снова смог говорить. — Где ты этому научилась?

— В герлскаутах, — отозвалась она строгим голосом.

Она приготовила бефстроганов, томившийся на медленном огне, пока они были в ванной, и Луис, который еще пару часов назад был уверен, что в следующий раз ему захочется есть не раньше Хэллоуина, попросил добавку.

Потом она снова увела его наверх.

— Вот теперь, — сказала она, — покажи, что ты можешь сделать для *меня*.

С учетом всего, что случилось сегодня, Луис справился очень даже неплохо.

Потом Рэйчел надела свою старую голубую пижаму, а Луис натянул фланелевую рубашку и почти бесформенные вельветовые штаны — Рэйчел называла их его рубищем — и поехал за детьми.

Мисси Дандридж принялась расспрашивать его об утреннем происшествии, и он кое-что ей рассказал, не вдаваясь в подробности, — рассказал даже меньше, чем она, вероятно, назавтра прочтет в бангорской «Дейли ньюс». Он чувствовал себя грязным сплетником, но Мисси не брала денег за то, что сидела с детьми, и ему хотелось хоть как-то отблагодарить ее за восхитительный вечер, который они с Рэйчел провели наедине.

Гейдж заснул еще прежде, чем Луис доехал до дома, а ехать было всего одну милю. Даже Элли зевала и сидела с совершенно остекленевшим взглядом. Луис сменил Гейджу подгузник, упаковал малыша в спальный комбинезон и уложил в кроватку. Потом почитал Элли книжку. Как обычно, она потребовала «Там, где живут чудовища», сама будучи опытным чудовищем. Но Луис все-таки уговорил ее на «Кота в шляпе». Она заснула через пять минут после того, как они с Рэйчел уложили ее в постель.

Когда Луис снова спустился вниз, Рэйчел сидела в гостиной со стаканом молока и раскрытым на коленях детективом Дороти Сэйерс.

— Луис, ты правда в порядке?

— Да, дорогая, — ответил он. — И спасибо тебе. За все.

— Все для вас, — проговорила она с озорной улыбкой. — Пойдешь сегодня пить пиво с Джадом?

Он покачал головой:

— Сегодня нет. Я и так еле стою на ногах.

— Надеюсь, я тоже этому поспособствовала.

— Похоже на то.

— Тогда, доктор, выпейте на ночь стакан молока, и пойдем спать.

Луис думал, что долго не сможет заснуть, как это случалось в особо тяжелые дни в его бытность интерном, когда он часами ворочался с боку на бок, вновь и вновь переживая события прошедшего дня. Но соскользнул в сон легко и плавно, словно скатился по гладкой горке. Он где-то читал, что человек засыпает в среднем за семь минут. Всего семь минут нужно на то, чтобы отключиться от всех переживаний. Семь минут — чтобы сознание и подсознание поменялись местами, подобно изображениям на вращающейся стене в комнате ужасов в парке развлечений. Было в этом что-то жутковатое.

Он уже почти заснул, когда услышал голос Рэйчел, доносившийся словно издалека:

— ...послезавтра.

— А?

— Джоландер. Ветеринар. Он записал Черча на послезавтра.

— Ага.

Черч. *Скоро, старик, ты лишишься самого дорогого.* А потом Луис заснул, словно провалился в яму, и спал крепко, без сновидений.

16

Посреди ночи его разбудил какой-то грохот. Луис сел на постели, пытаясь понять, что это было: то ли Элли упала на пол, то ли сломалась кроватка Гейджа. А потом луна вышла из-за облаков, залив комнату холодным белым сиянием, и Луис увидел Виктора Паскоу, стоявшего в дверном проеме. Луиса разбудил грохот распахнувшейся двери.

Череп Паскоу был проломлен. Кровь на лице засохла бордовыми полосами, и он стал похож на индейца в боевой раскраске. Сломанная ключица торчала наружу. Он ухмылялся.

— Вставай, доктор, — сказал Паскоу. — Нам надо кое-куда сходить.

Луис оглянулся. Жена крепко спала, свернувшись калачиком под желтым одеялом. Он повернулся к Паскоу, который умер, но почему-то явился сюда как живой. Однако Луис не испугался. И почти сразу сообразил, в чем причина.

Это сон, подумал он с облегчением — и только по этому облегчению понял, что ему все-таки было страшно. *Мертвые не возвращаются; это физиологически невозможно. Этот молодой человек сейчас лежит в выдвижном ящике в бангорском морге, с зашитым Y-образным разрезом на теле. Возможно, патологоанатом, бравший образцы тканей, поместил его мозг в грудную полость, а черепную коробку набил бумагой — это проще, чем запихивать мозг обратно в череп.* Дядя Карл, отец злосчастной Рути, рассказывал, что патологоанатомы так делают. Он рассказывал много такого, от чего Рэйчел с ее болезненным страхом смерти точно бросило бы в дрожь. Но Паскоу здесь нет — ни в коем разе, мой зайчик. Паскоу лежит в холодильной камере с биркой на пальце ноги. *И вряд ли он там лежит в этих красных спортивных трусах.*

И все-таки побуждение встать было сильным. Паскоу смотрел на него в упор.

Он откинул одеяло и спустил ноги на пол. Тряпичный ковер, свадебный подарок от бабушки Рэйчел, вдавился в пятки холодными узелками. Сон был невероятно реальным. Настолько реальным, что Луис пошел за Паскоу, только когда тот повернулся к нему спиной и начал спускаться по лестнице. Да, побуждение идти было сильным, но даже во сне Луис не хотел, чтобы к нему прикасался ходячий мертвец.

Но он *пошел*. Спортивные трусы Паскоу тускло мерцали впереди.

Они прошли через гостиную, через столовую, через кухню. Луис решил, что сейчас Паскоу откроет дверь между кухней и пристройкой, служившей гаражом для микроавтобуса и «сивика», но Паскоу не стал открывать дверь. Он просто прошел сквозь нее. И Луис, глядя на это, подумал с тихим изумлением: *Вот как это делается! Замечательно! Так может* каждый*!*

Он попробовал сам — и слегка удивился, наткнувшись на твердую деревянную преграду. Очевидно, он был непробиваемым реалистом, даже во сне. Луис повернул ручку, поднял засов и прошел в гараж. Паскоу там не было. Возможно, тот просто исчез и уже не появится. Во снах так бывает. Вот ты стоишь у бассейна голышом, с мощной эрекцией, и обсуждаешь возможность группового секса с обменом партнерами, ну, допустим, с Роджером и Мисси Дандридж, а потом раз! — и ты вдруг карабкаешься по склону какого-нибудь гавайского вулкана. Может быть, Паскоу исчез потому, что сейчас начиналось второе действие.

Но когда Луис вышел из гаража, он снова увидел Паскоу, стоявшего в бледном свете луны на краю лужайки — там, где начиналась тропинка.

Вот теперь ему стало по-настоящему страшно. Страх мягко просачивался через кожу и заполнял все пустоты внутри черным дымом. Ему не хотелось туда идти. Он замер на месте.

Паскоу оглянулся через плечо, в лунном свете его глаза отливали серебром. Сердце Луиса сжалось от безысходного ужаса. Эта торчащая наружу кость, эти сгустки запекшейся крови... Но нечего было и думать о том, чтобы сопротивляться этому взгляду. Очевидно, это был сон о бессилии, о подавлении воли... о том, что ты ничего не изменишь и не отменишь, как наяву он не смог отменить смерть Паскоу. Учись хоть двадцать лет — все равно не сумеешь спасти человека с проломленной головой. С тем же успехом можно обратиться за помощью к водопроводчику, шаману с бубном или дяденьке из рекламы мусорных пакетов.

Все эти мысли пронеслись у него в голове, когда он ступил на тропинку и пошел вслед за Паскоу в красных спортивных трусах, которые в бледном свете луны казались темно-бордовыми, как засохшая кровь на его лице.

Ему не нравился этот сон. Очень не нравился. Он был слишком реальным. Холодные узелки ковра, неспособность пройти сквозь дверь, хотя в любом уважающем себя сне человек запросто может (и должен) проходить сквозь стены и закрытые двери... и вот теперь — прохладная роса под босыми ногами, и легкий ночной ветерок, овевающий кожу. Луис вышел из дома практически голым, в одних трусах. Зайдя под деревья, он почувствовал под ногами сухие сосновые иглы... еще одна маленькая деталь, слишком реалистичная для сновидения.

Не бери в голову. Ничего этого нет. Я сейчас дома, в своей постели. Это всего лишь сон, и не важно, насколько он реалистичный; как и все остальные сны, завтра утром он покажется мне смешным. Мой бодрствующий разум сразу выявит все его неувязки.

Тонкая сухая ветка вонзилась в плечо, и Луис поморщился. Шагавший впереди Паскоу казался неясной тенью, и теперь страх Луиса выкристаллизовался в одну очень ясную мысль: *Я иду в лес следом за мертвецом, я иду следом за мертвецом на кладбище домашних животных, и это не сон. Господи, миленький,* это не сон. *Это все происходит* на самом деле.

Они прошли первый лесистый холм. Тропинка петляла среди деревьев, а потом нырнула в подлесок. Сейчас резиновые сапоги были бы очень кстати. Земля под ногами расползалась холодным студнем, липла к ступням и отпускала весьма неохотно. Все это сопровождалось противными чавкающими звуками. Луис чувствовал, как грязь просачивалась между пальцами, словно пытаясь их разъединить.

Он отчаянно цеплялся за мысль, что это все-таки сон.

Но у него не особенно получалось.

Они добрались до поляны. Луна снова вышла из-за облаков и теперь омывала кладбище своим призрачным светом. Покосившиеся надгробия — доски, куски шиферных плит, старые жестянки, разрезанные отцовскими ножницами по металлу и кое-как выпрямленные молотком, — вырисовывались особенно четко, отбрасывая безукоризненно черные, резкие тени.

Паскоу остановился возле КОТИКА СМАКИ, ОН БЫЛ ПОСЛУШНЫМ и обернулся к Луису. Страх, ужас... они разрастались внутри, грозя разорвать его тело своим мягким, но неумолимым давлением. Паскоу улыбался. Окровавленные губы растянулись, обнажив зубы. В мертвенно-бедном свете луны его загорелая кожа приобрела белизну трупа, который вот-вот зашьют в саван.

Паскоу поднял руку и указал куда-то в сторону. Луис посмотрел туда и застонал. Его глаза широко распахнулись, и он зажал рукой рот. Щекам вдруг стало холодно, и Луис осознал, что плачет от ужаса.

Куча валежника, насчет которой так сильно встревожился Джад Крэндалл, когда Элли туда полезла, теперь превратилась в груду костей. И они шевелились. Кости стучали, шуршали, терлись друг о друга: челюсти, бедренные и локтевые кости, резцы и коренные зубы; Луис видел оскаленные черепа людей и животных. Фаланги пальцев щелкали. Останки ноги разминали бесцветные суставы.

Да, они шевелились; они *подкрадывались*...

Паскоу подошел к нему, окровавленное лицо мертвеца, выбеленное лунным светом, было сосредоточенным и суровым. Сознание у Луиса помутилось, в голове, словно заевшая пластинка, вертелась лишь одна мысль: *Надо закричать, чтобы проснуться, и не важно, что ты напугаешь Рэйчел, Элли и Гейджа, что ты перебудишь весь дом, всех соседей, надо закричать, чтобы проснуться закричатьчтобыпроснутьсязакричатьчтобыпроснутьсязакричатьчтобы...*

Но вместо крика получился лишь тоненький выдох. Как у ребенка, который пытается научиться свистеть.

Паскоу подошел еще ближе и заговорил.

— Нельзя открывать эту дверь, — сказал он, глядя на Луиса сверху вниз, потому что Луис упал на колени. Паскоу смотрел на него с выражением, которое Луис поначалу принял за сочувствие. Но это было отнюдь не сочувствие, а убийственная терпеливость. Паскоу опять указал на груду копошащихся костей. — Не ходи на ту сторону, как бы тебе этого ни хотелось, док. Граница проложена не для того, чтобы ее нарушать. Запомни: там больше силы, чем ты в состоянии себе представить. Эта древняя сила не знает покоя. Запомни.

Луис вновь попытался закричать. И не смог.

— Я пришел как друг, — сказал Паскоу... но действительно ли он произнес слово «друг»? Луису казалось, что нет. Ощущение было такое, что Паскоу говорил на иностранном языке, и Луис понимал его только благодаря волшебству сновидения... а его бедный разум подобрал слово «друг» потому, что оно оказалось наиболее близким незнакомому слову, которое употребил Паскоу. — Твоя погибель и гибель всех, кого ты любишь, уже надвигается, доктор.

Паскоу наклонился так близко к Луису, что тот чувствовал запах смерти.

Паскоу, тянущий к нему руку.

Тихий, сводящий с ума стук костей.

Отклоняясь назад, подальше от этой руки, Луис начал терять равновесие. Его собственная рука задела ближайшее надгробие и повалила его на землю. Лицо Паскоу придвинулось ближе, заслонив собой небо.

— Доктор... *запомни.*

Луис попытался закричать, и мир завертелся волчком — но он все равно слышал стук шевелящихся костей в освещенном луной склепе ночи.

17

Человек засыпает в среднем за семь минут, а на то, чтобы проснуться, согласно «Физиологии человека» Хенда, уходит пятнадцать-двадцать минут. Как будто сон — это омут: легко провалиться, но трудно выбраться. Человек просыпается постепенно, переходя от глубокого сна к неглубокому, а далее — к так называемому «бодрствующему сну», когда спящий уже слышит звуки и даже может отвечать на вопросы, хотя сам потом об этом не помнит... или помнит, но считает это обрывками сновидений.

Луис слышал перестук костей, однако постепенно звук становился более резким, более металлическим. Какой-то грохот. Какой-то крик. Потом опять металлическое дребезжание... что-то катилось? *Ну да,* сонно отозвалось в голове. *Покатились косточки.*

Он услышал крик дочери:

— Беги за ней, Гейдж! Беги!

После чего раздался восторженный вопль Гейджа, от которого Луис открыл глаза и увидел потолок собственной спальни.

Он лежал неподвижно и ждал, пока явь — прекрасная явь, *благословенная* явь — не восстановится полностью.

Это был сон. Пусть ужасный, пусть реалистичный, но это был только сон. Странные выверты подсознания.

Вновь раздался металлический лязг. Это по коридору катилась одна из машинок Гейджа.

— Беги за ней, Гейдж!

— Беги! — завопил Гейдж. — Беги-беги-беги!

Топ-топ-топ. Маленькие босые ножки Гейджа протопали по ковровой дорожке, расстеленной в коридоре. Гейдж и Элли заливались смехом.

Луис посмотрел направо. Рэйчел нет, одеяло откинуто. Солнце стоит высоко в небе. Он взглянул на часы и увидел, что уже почти восемь. Рэйчел не разбудила его, дала проспать... скорее всего нарочно.

В другой день это его рассердило бы, но не сегодня. Луис сделал глубокий вдох и медленно выдохнул, глядя на то, как в окно льется солнечный свет, и вбирая в себя ощущения, несомненно, реального мира. В косом луче света плясали пылинки.

Рэйчел крикнула снизу:

— Иди завтракать, Эл, а то скоро приедет автобус.

— Иду! — Громкий топот. — Держи машинку, Гейдж. Мне пора в садик.

Гейдж возмущенно завопил. И хотя слов было не разобрать — кроме *машинка, Гейдж, беги* и *Элли-тобус*, — смысл был понятен: Элли надо остаться. На сегодня дошкольное образование можно задвинуть.

Опять голос Рэйчел:

— И разбуди папу, Эл.

Элли ворвалась в спальню. Она была в красном платьице, с волосами, собранными в хвостик.

— Я уже не сплю, солнышко, — сказал Луис. — Иди кушать.

— Да, папа. — Она подбежала к нему, поцеловала в небритую щеку и умчалась вниз.

Сон начал таять, стираться. И это было чертовски здорово.

— Гейдж! — позвал Луис. — Иди поцелуй папу!

Гейдж пропустил это мимо ушей. Он несся следом за Элли и вопил во весь голос: «Беги! Беги-беги-беги-БЕГИ!» Луис только и видел, как сын пробежал мимо двери в одних клеенчатых штанишках, надетых поверх подгузника.

Рэйчел крикнула снизу:

— Луис, это ты? Ты проснулся?

— Да. — Он сел на постели.

— Я же сказала, что он проснулся! — воскликнула Элли. — Все, я пошла. Всем пока!

Хлопнула входная дверь. Гейдж обиженно заревел.

— Тебе одно яйцо или два? — спросила Рэйчел.

Луис откинул одеяло и спустил ноги на тряпичный ковер, уже приготовившись крикнуть, что не нужно яиц, он обойдется овсяными хлопьями, и ему пора бежать на работу… но слова застряли в горле.

Его ноги были облеплены грязью и хвоей.

Сердце подпрыгнуло к горлу, как обезумевший чертик из табакерки. Глаза полезли на лоб. Луис прикусил язык, но не почувствовал боли. Он быстро поднял одеяло. Вся постель в ногах кровати была усыпана сосновыми иглами. На простыне расплылись пятна грязи.

— Луис?

Он увидел несколько сосновых иголок у себя на коленях и резко повернул голову, чтобы посмотреть на свое правое плечо. Там красовалась свежая царапина, в том самом месте, где сухая ветка вонзилась в кожу... во сне.

Я сейчас закричу. Я уже чувствую.

Да, он уже чувствовал, как внутри разрастается огромный, холодный страх. Реальность вдруг замерцала, грозя отключиться. *Настоящей* реальностью были вот эти иголки, эта грязь на постели, эта кровоточащая царапина на плече.

Я сейчас закричу, а потом сойду с ума, и мне больше не придется тревожиться ни о чем...

— Луис? — Рэйчел начала подниматься по лестнице. — Луис, ты там опять заснул?

Эти две-три секунды Луис боролся с собой за себя; он упорно боролся за свой рассудок, гнал прочь страх и растерянность, как это было вчера, когда в клинику принесли умирающего Паскоу. И он победил. Решающим фактором этой победы стала мысль о том, что жена не должна увидеть его таким, она не должна увидеть его грязные ноги, сброшенное на пол одеяло, испачканную постель.

— Я не сплю, — бодро отозвался Луис. Язык он прикусил сильно — во рту чувствовался привкус крови. В голове все плыло, а где-то в глубинах сознания, вдали от происходящего, брезжила смутная мысль, что, может быть, это иррациональное безумие всегда было рядом, просто он его не замечал.

— Тебе одно яйцо или два? — Рэйчел остановилась на второй или третьей ступеньке. Слава Богу.

— Два, — ответил Луис, едва сознавая, что именно он говорит. — Сделай яичницу.

— Хорошо, — сказала она и пошла обратно вниз.

Луис вздохнул с облегчением и на секунду закрыл глаза. Но в темноте ему привиделся серебряный взгляд Паскоу. Луис тут же открыл глаза. Теперь надо действовать быстро, а все размышления отложить на потом. Он сорвал с кровати простыню. Осмотрел одеяло: оно было чистым. Скомкал простыню, вынес ее в коридор и запихнул в желоб, по которому грязное белье спускалось в прачечную в подвале.

Затем почти бегом бросился в ванную, включил душ, встал под струю воды, даже не замечая, что она была обжигающе горячей, и смыл с ног грязь.

Теперь он почувствовал себя лучше, увереннее. Выбрался из душа и взял полотенце. Ему вдруг пришло в голову, что, наверное, нечто похожее чувствуют убийцы, когда им кажется, что они избавились от всех улик. Это его рассмешило. Он вытирался и хохотал, не в силах остановиться.

— Эй, наверху! — крикнула Рэйчел. — Что смешного?

— Да так, вспомнился один случай, — выдавил Луис сквозь смех. Ему было страшно, но он все равно продолжал смеяться. Смех вырывался откуда-то из живота, твердого, как каменная стена. Ему вдруг пришло в голову, что он очень правильно сделал, запихнув грязную простыню в желоб для белья. Мисси Дандридж приходила к ним пять раз в неделю, мыла полы, пылесосила... и стирала белье. В следующий раз Рэйчел увидит ту простыню, когда будет стелить ее на кровать... уже чистую. Возможно, Мисси что-то и скажет Рэйчел, но это вряд ли. Разве что шепотом сообщит мужу о странных сексуальных забавах Кридов с применением грязи и сосновых иголок вместо красок для тела.

От этой мысли Луис рассмеялся еще сильнее.

Последние смешки стихли, когда он уже одевался. Луис вдруг осознал, что ему стало легче. Он не понимал, как такое возможно, но ему действительно стало легче. Комната выглядела абсолютно нормальной, разве что кровать с оголенным матрасом смотрелась немного странно. Он избавился от яда. Возможно, здесь следовало употребить слово «улики», но Луису казалось, что это яд.

Может быть, именно так люди и поступают с необъяснимым, подумал он. *С иррациональным, никак не желающим помещаться в нормальные рамки причинно-следственных связей, что управляют нашим западным миром.* Может быть, именно так человеческий разум справляется с летающей тарелкой, неподвижно зависшей над полем за домом; с дождем из лягушек; с рукой, которая посреди ночи высовывается из-под кровати и гладит тебя по ноге. Можно смеяться, можно рыдать... но раз оно непостижимо и неподвластно нам и мы все равно ничего с ним не сделаем, лучше не трогать его вообще. И тогда, может быть, ужас исчезнет сам по себе. Выйдет, как почечный камень.

* * *

Гейдж сидел на высоком стульчике, ел шоколадные хлопья в виде крошечных медвежат, украшал ими стол и размазывал их себе по волосам.

Рэйчел вышла из кухни с яичницей и чашкой кофе.

— Что тебя так рассмешило? Ты смеялся как ненормальный. Я даже слегка испугалась.

Луис открыл рот, совершенно не представляя, что ответить, но потом вспомнил один анекдот, недавно услышанный в магазине. Анекдот про еврея-портного, который купил попугая, умевшего говорить всего одну фразу: «Ариэль Шарон дрочит».

Когда он закончил, Рэйчел тоже смеялась. Смеялся и Гейдж.

Отлично. Наш герой позаботился обо всех уликах, как то: грязная простыня и безумный смех в ванной. А сейчас наш герой будет читать утреннюю газету — или просто смотреть в нее с умным видом, — чтобы закрепить это утро печатью нормальности.

С этими мыслями Луис развернул газету.

Да, именно так и надо справляться, подумал он с несказанным облегчением. *Выведем камень из почек и благополучно об этом забудем... и вспомним разве что ночью в лесу у костра, когда воет ветер, а вы с друзьями сидите, глядите на пламя, и разговор вдруг заходит о необъяснимых явлениях. Потому что ночью в лесу у костра, когда воет ветер, всем словам грош цена.*

Он съел яичницу. Поцеловал Рэйчел и Гейджа. На белый квадратный бак для грязного белья у подножия желоба он взглянул только мельком, когда уже выходил. Все было нормально. Утро вновь выдалось просто чудесным. Лето на прощание расстаралось вовсю, и все было нормально. Выезжая из гаража, Луис посмотрел на тропинку, но и там тоже все было нормально. Он даже бровью не повел. Кажется, камень вышел из почек.

Все было нормально, пока Луис не отъехал от дома миль на десять, а потом его так затрясло, что он был вынужден свернуть с дороги на пустую по случаю утреннего затишья стоянку у китайского ресторанчика неподалеку от окружной больницы Восточного Мэна... куда вчера увезли тело Паскоу. В смысле, в морг при больнице, а не в ресторанчик. Вику Паскоу больше не доведется отведать здесь порцию му-гу-гай-пана, ха-ха.

Дрожь сотрясала его, рвала на части, делала с ним что хотела. Луис ощущал себя абсолютно беспомощным. Ему было страшно — его ужасало не сверхъестественное, в этот ясный солнечный день ни о чем таком даже не думалось, — но ему было страшно от мысли, что он, возможно, сходит с ума. В голову словно вкручивалась спираль из невидимой тонкой проволоки.

— Хватит, — сказал он вслух. — Больше не надо.

Он включил радио и попал на Джоан Баэз, певшую об алмазах и ржавчине. Ее мелодичный, чистый голос успокоил его, и когда песня закончилась, Луис смог ехать дальше.

Приехав в клинику, он поздоровался с Чарлтон и сразу помчался в туалет, в полной уверенности, что выглядит совершенно ужасно. Но нет. Под глазами виднелись легкие синяки, однако их не заметила даже Рэйчел. Он плеснул в лицо холодной водой, вытерся, причесался и пошел к себе в кабинет.

Там сидели Стив Мастертон и врач-индиец Суррендра Харду, пили кофе и разбирали медицинские карты «передового отряда».

— Доброе утро, Лу, — поприветствовал его Стив.

— Доброе утро.

— Будем надеяться, что оно будет добрым, а не таким, как вчера, — сказал Харду.

— Да уж, вы пропустили все веселье.

— Суррендра ночью и сам изрядно повеселился, — усмехнулся Мастертон. — Расскажи ему, Суррендра.

Харду протер очки и улыбнулся.

— Примерно в час ночи двое парней притащили свою подружку. Она была пьяная вдрызг, они отмечали начало учебного года. Она где-то порезала бедро, причем очень сильно. Я сказал: чтобы не было шрама, надо зашить. «Шейте», — сказала она, и я наклонился вот так... — Харду продемонстрировал, как это было, склонившись над воображаемым бедром. Луис тоже заулыбался, уже понимая, к чему все идет. — И пока я накладывал швы, ее стошнило прямо мне на голову.

Мастертон расхохотался. И Луис тоже. Харду улыбался спокойно и безмятежно, словно подобное происходило с ними тысячи раз в тысячах жизней.

— Суррендра, а вы давно на дежурстве? — спросил Луис, отсмеявшись.

— Заступил в полночь, — ответил Харду. — Я уже ухожу. Просто хотел вас дождаться и поздороваться еще раз.

— Значит, здравствуйте, — сказал Луис, сердечно пожимая маленькую смуглую руку индийца. — А теперь идите домой и ложитесь спать.

— Мы почти закончили с нашим «передовым отрядом», — сказал Мастертон. — Воспоем хвалу Господу. Да, Суррендра?

— Я не могу, — улыбнулся Харду. — Я не христианин.

— Тогда воспой что-то другое. «Мгновенную карму», к примеру.

— Сияйте вы оба, — произнес Харду, по-прежнему улыбаясь, и выскользнул за дверь.

Луис и Стив Мастертон проводили его взглядом, потом уставились друг на друга и рассмеялись. Для Луиса этот смех был спасением, такой прекрасный *нормальный* смех.

— Хорошо, что мы разобрались с медкартами, — заметил Стив. — А то сегодня у нас день открытых дверей. Ждем нашествия наркодилеров.

Луис кивнул. Наркодилерами Мастертон называл торговых представителей фармацевтических компаний, и обычно они начинали съезжаться уже с десяти утра. Стив любил пошутить, что если среда — день спагетти «Принц», то вторник в Мэнском университете — день «Д». «Д» означало всеми любимый дарвон.

— Послушайте добрый совет, о великий босс, — сказал Стив. — Не знаю, как было у вас в Чикаго, но здесь эти ребята не остановятся ни перед чем. Будут вам предлагать всякое-разное, от приглашения на ноябрьскую охоту в Аллагаш до бесплатного абонемента в бангорский боулинг-центр. Однажды мне попытались всучить надувную бабу. Мне! А я всего лишь фельдшер! Даже если у них не получится что-нибудь впарить, легкий психоз вам все равно обеспечат.

— А что ж вы не взяли ту надувную бабу?

— Она была рыжая. Не в моем вкусе.

— Я согласен с Суррендрой, — сказал Луис. — Все, что угодно, лишь бы не так, как вчера.

18

Когда представитель компании «Апджон» не явился ровно в десять, Луис не выдержал, позвонил в канцелярию и попросил миссис Стейплтон как можно скорее передать ему копию личного дела Виктора Паскоу. Стоило ему повесить трубку, как прибыл человек из «Апджона». Он не пытался продать Луису лекарства, а только спросил, не интересует ли его сезонный билет на матчи «Патриотов Новой Англии» с большой скидкой.

— Не интересует, — ответил Луис.

— Я так и думал, — хмуро проворчал человек из «Апджона» и тут же откланялся.

В полдень Луис сходил в кафе и взял сандвич с тунцом и кока-колу. Он решил, что пообедает у себя в кабинете, пока будет просматривать личное дело Паскоу. Он искал связь между Паскоу и собой или Норт-Ладлоу, где располагалось кладбище домашних животных... смутно надеясь, что даже такому безумному происшествию должно быть какое-то рациональное объяснение. Может быть, парень вырос в Ладлоу... может быть, даже похоронил на том кладбище кошку или собаку.

Но никакой связи не обнаружилось. Паскоу был родом из Бергенфилда, штат Нью-Джерси. В Мэнском университете он изучал электротехнику. Луис внимательно просмотрел все материалы личного дела и не нашел никакой связи между собой и молодым человеком, умершим в приемной университетской клиники, — за тем исключением, что Паскоу скончался у него на руках.

Луис допил кока-колу, скребя соломинкой по дну бумажного стаканчика, потом собрал со стола весь мусор и выбросил его в ведро. Обед был легким, но Луис съел его с аппетитом. Он чувствовал себя на удивление неплохо. Дрожь больше не возвращалась, и даже утренние страхи воспринимались теперь как не очень удачная, скверная шутка, скорее похожая на сон.

Луис побарабанил пальцами по столу, пожал плечами и снова взялся за телефонную трубку. Он набрал номер окружной больницы Восточного Мэна и попросил соединить его с моргом.

Когда его соединили с дежурным патологоанатомом, Луис представился и сказал:

— У вас там наш студент, Виктор Паскоу...

— Уже нет, — ответил голос в трубке. — У нас его нет.

У Луиса перехватило дыхание. Наконец он сумел выдавить:

— Что?

— Тело отправили самолетом к родителям, еще прошлой ночью. Приехал парень из похоронной конторы и все устроил. Его увезли рейсом «Дельты»... — Шелест бумаг. — Рейс номер сто девять. А вы что подумали? Что он сбежал на дискотеку?

— Нет, — ответил Луис. — Конечно, нет. Просто...

Что «просто»? Зачем он вообще стал куда-то звонить? Тому, с чем он столкнулся, все равно нет разумного объяснения. Лучше об этом забыть, выбросить из головы. Лучше это не трогать, чтобы не сделалось еще хуже. — Просто как-то все быстро, — нескладно закончил он.

— Ну, вскрытие было вчера. — Снова тихое шуршание бумаг. — Около трех двадцати. Вскрытие проводил доктор Риджвик. К тому времени отец покойного уже обо всем договорился. Думаю, к двум часам ночи тело прибыло в Ньюарк.

— Хорошо, в таком случае...

— Если, конечно, его не отправили по ошибке в другое место, — радостно произнес голос в трубке. — Такое случается. Хотя справедливости ради замечу, не с «Дельтой». «Дельта» работает как часы. Помню, был у нас парень, погиб на рыбалке в округе Арустук, у какого-то крошечного городишки из тех, что даже на картах не обозначают. Так вот, этот дятел глушил пиво из банки, а колечко на крышке оторвалось и попало ему в дыхательное горло. Так он и задохнулся. Пока его друзья-приятели выбирались из той глуши, прошло двое суток, а вы сами знаете, что на таких сроках нельзя дать гарантии, как себя поведет бальзамирующий препарат: возьмется он или нет. Но они все равно закачали в него что положено, в надежде на лучшее. В общем, отправили парня домой в Гранд-Фоллс, штат Миннесота. В багажном отсеке какого-то авиалайнера. Но что-то там напутали. Сначала его привезли в Майами, потом — в Де-Мойн, потом — в Фарго в Северной Дакоте. Наконец кто-то смекнул, что к чему, но к тому времени прошло еще трое суток. Препараты, как выяснилось, не взялись. С тем же успехом в него можно было закачать какой-нибудь лимонад. Парень весь почернел и вонял, как протухшая свинина. Я сам не присутствовал, но мне рассказали. Шестерым носильщикам стало плохо.

На том конце линии раздался веселый смех.

Луис закрыл глаза и сказал:

— Ладно, спасибо...

— Если хотите, могу дать вам домашний телефон доктора Риджвика, но по утрам он обычно играет в гольф в Ороно.

— Да нет, спасибо. Не надо. — И Луис повесил трубку.

Вот на этом давай и закончим, подумал он. *Когда тебе снился тот бредовый сон — или что это было, не знаю, — тело Паскоу лежало в бергенфилдском похоронном бюро. Все, тема закрыта, и больше мы к этому не возвращаемся.*

По дороге домой ему в голову наконец пришло простое и внятное объяснение грязным следам на постели, и Луис вздохнул с облегчением.

Это был единичный случай сомнамбулизма, или снохождения, вызванный потрясением от трагической смерти студента у него на руках в первый же рабочий день на новом месте.

Это объясняло все. Сон казался таким реалистичным, потому что большая его часть и была реальной: узелки ковра под ногами, холодная роса, сухая ветка, оцарапавшая плечо. Это объясняло, почему Паскоу смог пройти сквозь закрытую дверь, а сам Луис не смог.

Он представил себе картину: Рэйчел ночью спускается в кухню и видит, как он бьется в закрытую дверь в лунатическом трансе. Подумав об этом, Луис усмехнулся. Рэйчел, наверное, перепугалась бы не на шутку.

Гипотеза о снохождении изрядно его успокоила, теперь он мог проанализировать причины ночного происшествия — чем немедленно и занялся. Он пошел на кладбище домашних животных, потому что в его сознании оно было связано с другим сильным стрессом. Оно было причиной серьезной ссоры с женой... вдобавок к тому, рассуждал Луис с нарастающим возбуждением, оно ассоциировалось у него с непростым разговором с дочерью, когда та впервые столкнулась с идеей смерти, а вчера вечером его собственное подсознание тоже было захвачено этой идеей.

Мне еще повезло, что я благополучно добрался до дома — даже не помню, как это было. Наверное, дошел на автопилоте.

И хорошо, что дошел. Ему страшно было представить, как он проснулся бы утром на могиле котика Смаки, растерянный, мокрый от росы и, вероятно, напуганный до полусмерти... а уж как бы перепугалась Рэйчел!

Но теперь все закончилось.

И все, можно об этом забыть, подумал Луис с несказанным облегчением. *Да, а как же слова, которые он произнес перед смертью?* — отозвалось у него в голове, но Луис быстро прогнал эту мысль.

Вечером, когда Рэйчел гладила белье, а Элли с Гейджем смотрели по телевизору «Маппет-шоу», сидя рядышком в одном кресле, Луис сказал Рэйчел, что хочет пройтись, подышать свежим воздухом.

— Но ты вернешься, когда я буду укладывать Гейджа? — спросила Рэйчел, не отрываясь от глажки. — Ты же знаешь, он быстрее засыпает, когда ты рядом.

— Да, конечно, — ответил он.

— Ты куда, папа? — поинтересовалась Элли, не отрываясь от телевизора, где мисс Пигги как раз собиралась засветить в глаз лягушонку Кермиту.

— Просто пойду погуляю, солнышко.

Луис вышел из дома.

Через пятнадцать минут он уже стоял на кладбище домашних животных, с любопытством оглядываясь и борясь с сильным ощущением дежа-вю. Вне всяких сомнений, он побывал здесь ночью: надгробие котика Смаки было повалено. Луис его свалил, когда к нему приблизился призрак Паскоу, в самом конце той части сна, которую он запомнил. Луис рассеянно поправил упавшую плиту и подошел к куче валежника.

Ему не нравился этот валежник. От воспоминаний о том, как эти выбеленные непогодой сухие деревья превратились в груду костей, его по-прежнему бросало в дрожь. Он заставил себя протянуть руку и потрогать одну из веток, лежавших сверху. Толстая ветка с неожиданной легкостью сдвинулась и обрушилась вниз. Луис едва успел отскочить, чтобы она не задела его по ноге.

Он прошелся вдоль кучи валежника, сначала влево, потом вправо. С обеих сторон к ней примыкал густой, непроходимый подлесок. Сквозь эти кусты просто так не проломиться, подумал Луис. Если, конечно, ты не совсем идиот. У самой земли сплошным ковром расстилался ядовитый плющ (Луис не раз слышал, как люди хвалились, будто невосприимчивы к его яду, но знал, что на самом деле таких почти нет), а дальше, опять сплошной стеной, стояли колючие заросли терновника.

Луис вернулся к центру кучи валежника. Он стоял и смотрел на нее, засунув руки в задние карманы джинсов.

Ты же не собираешься на нее лезть, да, дружище?

Только не я, босс. Я же не идиот.

Вот и славно. А то я уже испугался, Лу. Это прямая дорога в родную клинику со сломанной ногой.

Это да! И к тому же уже темнеет.

Уверенный в собственном благоразумии, Луис начал взбираться на кучу валежника.

Он был уже на полпути наверх, когда стволы под ногами сдвинулись с громким треском.

Покатились косточки, док.

Когда валежник снова просел под ногами, Луис полез обратно. Подол его рубашки выбился из-под пояса джинсов.

Луис благополучно спустился на землю, отряхнул ладони от крошек сухой коры и пошел к началу тропинки, что приведет его к дому: к детям, ждавшим от него сказки на ночь, к Черчу, который завтра лишится членства в мужском клубе дамских угодников, к вечернему чаю с женой на кухне, когда дети улягутся спать.

Он еще раз обвел взглядом поляну, пораженный ее зеленым безмолвием. Клочья тумана, возникшего словно из ниоткуда, расползлись по земле, обвивая надгробия. Эти концентрические круги... словно, даже не подозревая об этом, поколения детишек Норт-Ладлоу сооружали уменьшенную копию Стоунхенджа.

Но точно ли это все, Луис?

Хотя он успел только мельком заглянуть за кучу валежника, прежде чем занервничал из-за проседающих стволов и спустился обратно, Луис мог бы поклясться, что с той стороны тоже была тропинка, уходившая дальше в лес.

Это тебя не касается, Луис. И больше мы к этому не возвращаемся, мы же договорились.

Как скажешь, босс.

Луис повернулся и пошел домой.

Он долго не ложился спать. Рэйчел поднялась в спальню еще час назад, а Луис сидел в кабинете при кухне и просматривал давно прочитанные медицинские журналы, не желая признаться себе, что его пугает сама мысль о том, чтобы лечь — чтобы заснуть. Раньше он не страдал сомнамбулизмом, и вчерашняя ночь могла оказаться вовсе не единичным случаем... но откуда ему было знать, так это или не так.

Он услышал, как Рэйчел встала с кровати, вышла в коридор и тихонько позвала:

— Лу? Дорогой? Ты идешь?

— Уже иду. — Он выключил лампу и поднялся из-за стола.

В ту ночь он засыпал значительно дольше семи минут. Он лежал в темноте, слушая ровное, глубокое дыхание спящей Рэйчел, и призрак Паскоу казался все меньше похожим на сон. Стоило только закрыть глаза, и Луису очень живо представлялось, как распахивается дверь спальни и на пороге появляется специальный гость нашей программы, Виктор Паскоу, в красных спортивных трусах, мертвенно-бледный под летним загаром, с торчащей наружу ключицей.

Луис соскальзывал в сон, размышляя о том, каково было бы сейчас оказаться на Клатбище домашних жывотных, не в сновидении, а наяву, каково было бы смотреть на эти неровные концентрические круги, залитые лунным светом, а потом возвращаться домой по тропинке в ночном лесу. Луис думал об этом и немедленно просыпался.

Он заснул уже после полуночи, и в этот раз ему ничего не приснилось. Он проснулся ровно в семь тридцать под звуки холодного осеннего дождя, бьющегося в окно. Не без опасений поднял одеяло. Простыня в ногах постели была безукоризненно чистой. Ни один уважающий себя пурист не назвал бы безукоризненными его ноги с кольцами мозолей на пятках, но они тоже были чистыми.

Луис поймал себя на том, что насвистывает в ду́ше.

19

Мисси Дандридж присматривала за Гейджем, пока Рэйчел отвозила Уинстона Черчилля к ветеринару. В ту ночь Элли заснула только в двенадцатом часу. Она капризничала весь вечер, жаловалась, что не может спать без Черча, и постоянно просила пить. В конце концов Луис сказал, что больше не даст ей воды, опасаясь, что ночью она описается. Элли ударилась в слезы и рыдала так горько, что Луис с Рэйчел тупо уставились друг на друга.

— Она боится за Черча, — сказала Рэйчел. — Ей надо выплакаться, Лу.

— Долго так продолжаться не может, — отозвался Луис. — Она скоро устанет и успокоится. Я надеюсь.

И он был прав. Уже очень скоро хриплые, яростные рыдания Элли обернулись сдавленными всхлипами и стонами, а потом и вовсе затихли. Когда Луис заглянул в детскую, он увидел, что Элли спит на полу в обнимку с кошачьей корзинкой, в которой сам Черч еще ни разу не соизволил заснуть.

Луис уложил дочь в кровать, ласково убрал волосы с ее мокрого лба и поцеловал. По внезапному наитию он сходил в маленькую комнатушку, служившую кабинетом Рэйчел, взял лист бумаги, написал на нем крупными печатными буквами: «БУДУ ЗАВТРА, ЛЮБЛЮ ТЕБЯ, ЧЕРЧ» — и оставил листок на подушке в кошачьей корзинке. Потом пошел искать Рэйчел. Она уже лежала в постели. Они занялись любовью и заснули в объятиях друг друга.

* * *

Черч вернулся домой в пятницу, под конец первой рабочей недели Луиса. Элли окружила его вниманием, потратила часть своих карманных денег на большую упаковку кошачьих лакомств и едва не ударила Гейджа, когда тот попытался схватить кота. Гейдж расплакался так, как никогда не ревел, получив нагоняй от родителей. Выговор от Элли был для него равносилен выговору от самого Господа Бога.

Луис смотрел на Черча, и ему было грустно. Он сам понимал, как это нелепо, но ему все равно было грустно. От былой дерзкой удали Черча не осталось и следа. Он уже не расхаживал с видом лихого бандита; его походка сделалась медленной и осторожной, как у выздоравливающего больного. Он брал корм из рук Элли. Он не проявлял желания выйти из дома, даже в гараж. Он изменился. Может быть, и к лучшему.

Ни Рэйчел, ни Элли, кажется, ничего не заметили.

20

Бабье лето пришло и ушло. Деревья вспыхнули буйством красок, но краски быстро поблекли. После одного холодного ливня в середине октября листья начали опадать. Элли возвращалась из садика, нагруженная хэллоуинскими украшениями, которые делала на занятиях. Однажды она рассказала Гейджу историю о всаднике без головы, и весь вечер Гейдж радостно лопотал о каком-то дяденьке по имени Икабод Хрень. Рэйчел смеялась до слез. Это было хорошее время для них всех — та ранняя осень.

На работе у Луиса все шло своим чередом, он постепенно свыкался с подчас изнурительным, но не лишенным приятности распорядком. Он осматривал пациентов, ходил на собрания университетского совета, писал добровольно-принудительные статьи в студенческую газету, в которых предостерегал учащихся от самолечения венерических заболеваний и советовал делать прививки от гриппа, поскольку зимой вновь ожидалась эпидемия. Присутствовал на совещаниях. Председательствовал на совещаниях. Во вторую неделю октября поехал в Провиденс на конференцию работников университетской медицины Новой Англии, где выступил с докладом о юридических последствиях медицинского обслуживания студентов. Виктор Паскоу упоминался в докладе под вымышленным именем «Генри Монтес». Доклад приняли хорошо. Луис начал составлять бюджет университетской клиники на следующий учебный год.

Вечера тоже вошли в привычную колею: игры с детьми после ужина, пиво с Джадом Крэндаллом перед сном. Иногда Рэйчел тоже ходила с ним, если Мисси соглашалась часок посидеть с детьми, иногда к ним присоединялась Норма, но обычно Луис с Джадом сидели вдвоем. Старик казался Луису уютным, как домашние тапочки, он знал историю Ладлоу за последние триста лет и рассказывал о ней так, словно видел все это своими глазами. Он говорил много, но интересно. Луису никогда не бывало скучно, хотя он не раз замечал, как Рэйчел зевает, прикрыв рот рукой.

Обычно Луис возвращался домой около десяти, и почти каждый вечер они с Рэйчел занимались любовью. После первого года брака они еще никогда не любили друг друга так часто, с таким пылом и удовольствием. Рэйчел считала, что дело в здешней воде из артезианских скважин; Луис грешил на мэнский воздух.

Страшная смерть Виктора Паскоу в первый день осеннего семестра постепенно стиралась из памяти и студенческой братии, и самого Луиса, хотя родные Паскоу, без сомнения, еще горевали. Луис разговаривал по телефону с отцом Паскоу — скорбным и, к счастью, безликим голосом; отец хотел лишь одного: услышать от Луиса, что тот сделал все возможное, чтобы спасти его сына. Луис уверил его, что так и было. Он не стал говорить о смятении и страхе, о кровавом пятне, расползавшемся по ковру, о том, что его сын уже умирал, когда его принесли в клинику — о тех подробностях, которые сам Луис, как ему представлялось, не забудет до конца своих дней. Но для всех остальных смерть Паскоу уже стерлась из памяти.

Луис еще помнил свой сон и связанный с ним случай сомнамбулизма, но теперь все это казалось далеким и смутным, словно произошло с кем-то другим, с каким-нибудь дальним знакомым или героем старой телепередачи. Точно так же ему вспоминался его единственный в жизни визит к проститутке в Чикаго шесть лет назад: совершенно незначимый, эпизодический случай, кратковременное отклонение от маршрута, отдающееся мнимым эхом, словно звуки в эхо-камере.

Он совершенно не думал о том, что сказал или не сказал умирающий Паскоу.

В ночь Хэллоуина изрядно похолодало. Луис и Элли начали с Крэндаллов. Хохоча во все горло, Элли проехалась на метле по кухне Нормы и получила положенную похвалу.

— Самая милая ведьма из всех, что мне доводилось видеть... да, Джад?

Джад согласился с женой и закурил.

— Луис, а где Гейдж? Думал, вы и его нарядите.

Они собирались взять Гейджа с собой — Рэйчел особенно не терпелось его нарядить, потому что они с Мисси Дандридж смастерили ему что-то вроде костюма жука с усиками из перекрученных металлических вешалок, обернутых гофрированной бумагой, — но Гейдж простудился и кашлял. Луис прослушал его легкие (в них были хрипы), взглянул на термометр за окном (всего сорок градусов по Фаренгейту* в шесть часов вечера) и объявил, что Гейдж остается дома. Рэйчел немного расстроилась, но спорить не стала.

Элли обещала принести Гейджу конфет, однако ее преувеличенное сочувствие наводило на мысли, что она даже рада, что Гейдж никуда не пойдет и не будет ее задерживать... и не помешает ей оставаться в центре внимания.

— Бедный Гейдж, — сокрушалась она тоном, какой обычно приберегают для смертельно больных. Гейдж, не знавший о том, что ему предстоит пропустить, сидел на диване и смотрел мультики по телевизору. Рядом с ним дремал Черч.

— Элли-ведьма, — ответил Гейдж без особого интереса и снова уставился в телевизор.

— Бедный Гейдж, — повторила она еще раз с тяжелым вздохом.

Луис подумал о крокодиловых слезах и улыбнулся. Элли схватила его за руку и потянула к двери:

— Папа, пойдем. Ну пойдем же, пойдем.

---

* 4,4°C. — *Здесь и далее, кроме особо оговоренных случаев, примеч. пер.*

* * *

— Гейдж что-то раскашлялся, — сказал Луис Джаду.

— Как жалко, — заметила Норма. — Ну ничего. В следующий раз ему будет еще интереснее. Подставляй свой мешок, Элли... ой!

Она взяла из большой вазы на столе яблоко и «Сникерс», но не удержала их в руке. Луис даже поразился тому, какой слабой и скрюченной была эта рука. Он наклонился и поднял яблоко с пола. Джад подобрал «Сникерс» и бросил его в мешок Элли.

— Возьми лучше другое яблоко, милая, — предложила Норма. — А то это побилось.

— Ничего страшного, — возразил Луис, пытаясь положить яблоко в мешок Элли, но та сделала шаг назад и прижала к себе мешок.

— Я не хочу битое яблоко, папа, — сказала она, глядя на отца как на ненормального. — На нем будут темные пятна... *фу*!

— Элли, это невежливо!

— Не ругайте ее за правду, Луис, — попросила Норма. — Только дети говорят то, что думают. На то они и дети. Темные пятна — это и вправду *фу*.

— Спасибо, миссис Крэндалл, — произнесла Элли с победоносным видом.

— На здоровье, моя хорошая, — отозвалась Норма.

Джад проводил их на крыльцо. К дому как раз подошли два маленьких привидения, в которых Элли узнала друзей по садику. Она увела их обратно на кухню, и на какое-то время Луис с Джадом остались вдвоем на крыльце.

— Ей стало хуже, — сказал Луис. — С артритом.

Джад кивнул и загасил окурок.

— Да. Осенью и зимой ей всегда хуже, но в этом году совсем плохо.

— Что говорит ее врач?

— Да ничего. Что он может сказать, если она к нему не обращается?

— Что? Почему?

Джад посмотрел на Луиса, и в свете фар микроавтобуса, дожидавшегося привидений у въезда во двор, лицо старика казалось растерянным и беззащитным.

— Я хотел попросить тебя об этом в более подходящее время, Луис, но раз уж собираюсь злоупотребить нашей дружбой, то, наверное, всякое время будет неподходящим. Ты ее не посмотришь?

Из кухни опять донеслись завывания привидений и ведьминский смех — Элли его репетировала всю неделю. Веселые хэллоуинские звуки.

— С Нормой что-то не так? Что-то кроме артрита? — спросил Луис. — Она боится чего-то еще, Джад?

— У нее боли в груди, — тихо проговорил Джад. — Она не хочет обращаться к доктору Уэйбриджу. Я немного волнуюсь.

— А Норма волнуется?

Джад на секунду замялся.

— Мне кажется, она боится. Наверное, поэтому и не хочет обращаться к врачу. Одна из ее старых подруг, Бетти Кослоу, умерла в больнице. Совсем недавно, в прошлом месяце. Рак. Они с Нормой ровесницы. Она боится.

— Конечно, я ее посмотрю, — пообещал Луис. — Без проблем.

— Спасибо, Луис, — произнес Джад с искренней благодарностью в голосе. — Когда соберемся опять попить пива и она выйдет посидеть с нами, вот тут ты ее и отловишь...

Он резко умолк и склонил голову набок, словно к чему-то прислушиваясь.

Позже Луис не смог припомнить, в какой именно миг все изменилось. Когда он начинал думать об этом, у него кружилась голова. Он помнил только, что в какой-то момент его охватило дурное предчувствие: где-то что-то случилось. Они с Джадом встревоженно переглянулись. Это было мгновение, когда ты уже понимаешь, что случилась беда, но еще не представляешь, что надо делать.

— *У-у-у-у-у-у-у-у-у*, — завывали на кухне хэллоуинские призраки. — *У-у-у-у-у-у-у*. — Потом завывания вдруг превратились в жуткое: — *О-о-о-о-о-О-О-О-О-О...*

А затем одно из привидений пронзительно завопило.

— *Папа!* — раздался звенящий, встревоженный голос Элли. — *Папа! Миссис Крэндалл упала!*

— О Боже, — почти простонал Луис.

На крыльцо выскочила Элли в развевающемся черном платье. Она сжимала в руке метлу. Ее зеленое личико, вытянувшееся от испуга, сейчас походило на лицо карлика-алкаша на последней стадии алкогольного отравления. Следом за ней бежали два рыдающих привидения.

Джад бросился в дом с поразительной для своих лет быстротой и проворством. На бегу он выкрикивал имя жены.

Луис наклонился и положил руки на плечи Элли.

— Стой здесь, на крыльце. Никуда не уходи. Поняла, Элли?

— Папа, мне страшно, — прошептала она.

Гремя конфетами в сумках, два привидения со всех ног мчались к микроавтобусу и звали маму.

Луис побежал в кухню, не обращая внимания на крики Элли, которая звала его и просила вернуться.

Норма лежала на полу у стола среди рассыпавшихся яблок и «Сникерсов». Видимо, падая, она задела рукой вазу, которая валялась посреди кухни, напоминая крошечную стеклянную летающую тарелку. Джад держал жену за руку и растирал ей запястье. Он обернулся к Луису. Лицо старика было бледным и напряженным.

— Помоги мне, Луис, — сказал он. — Помоги Норме. По-моему, она умирает.

— Подвиньтесь немного, — велел Луис. Не глядя под ноги, встал на колени и раздавил одно яблоко. Почувствовал, как липкий сок пропитывает ткань старых вельветовых штанов. Кухня внезапно наполнилась ароматом легкого яблочного сидра.

Ну вот, снова Паскоу, подумал Луис, но тут же прогнал эту мысль.

Первым делом он нащупал пульс. Пульс был, но едва различимый, частый, неровный и слабый — не удары, а спазмы. Сильно выраженная аритмия, за которой явно должна была последовать остановка сердца. *Норма, давайте не будем играть в Элвиса Пресли,* подумал Луис.

Он расстегнул ее платье, под которым обнаружилась кремово-желтая шелковая комбинация. Двигаясь в собственном ритме, повернул голову Нормы набок и приступил к непрямому массажу сердца.

— Джад, слушайте меня, — сказал он. Нижняя часть левой ладони лежит на грудине, на четыре сантиметра выше мечевидного отростка. Правая рука сжимает левое запястье, удерживая его и обеспечивая давление. *Нажимай твердо, но не дави слишком сильно, чтобы не сломать старые ребра. Паниковать еще рано. И ради Бога, не повреди ей легкие.*

— Да, — отозвался Джад.

— Возьмите Элли и идите к нам. Осторожнее на дороге, не попадите под машину. Расскажите Рэйчел, что случилось. Скажите, что мне нужна моя сумка. Не та, которая в кабинете, а та, которая в ванной, на верхней полке. Рэйчел знает. Скажите ей, пусть позвонит в бангорскую больницу и вызовет «скорую».

— Бакспорт ближе, — заметил Джад.

— Из Бангора приедет быстрее. Идите. Сами не звоните, пусть Рэйчел звонит. Мне нужна моя сумка.

Когда Рэйчел узнает, что здесь происходит, добавил он про себя, *она вряд ли примчится сюда, чтобы скорее передать мне лекарства*.

Джад ушел. Луис слышал, как хлопнула входная дверь. Он остался наедине с Нормой Крэндалл и запахом яблок. Из гостиной доносилось мерное тиканье часов.

И тут Норма сделала долгий, хрипящий вдох. Ее веки затрепетали. Луис вдруг преисполнился леденящей, жуткой уверенности.

Сейчас она откроет глаза... О Боже, сейчас она откроет глаза и заговорит о кладбище домашних животных.

Но она лишь посмотрела на Луиса мутным взглядом и вроде бы даже его узнала, а потом ее глаза снова закрылись. Луису сделалось стыдно за свой глупый, нерациональный страх. Однако он испытал облегчение. У него появилась надежда. В глазах старой женщины была боль, но не предсмертная агония. Похоже, на этот раз все обошлось.

Луис уже выбивался из сил. Он тяжело дышал, обливаясь потом. Непрямой массаж сердца дается легко только врачам из телесериалов. Хороший, действенный НМС сжигает много калорий, и Луис уже знал, что назавтра у него будут болеть руки и плечи.

— Я могу чем-то помочь?

Луис оглянулся. В дверях стояла женщина в брюках и коричневом свитере. Она нерешительно переминалась с ноги на ногу, прижимая к груди сжатую в кулак руку. *Мама тех двух привидений*, подумал Луис.

— Нет, — ответил он, потом добавил: — Да. Намочите, пожалуйста, тряпку. Отожмите как следует. И положите ей на лоб.

Женщина прошла к раковине. Луис посмотрел вниз и увидел, что Норма снова открыла глаза.

— Луис, я упала, — прошептала она. — Кажется, я потеряла сознание.

— У вас был сердечный приступ, — сказал Луис. — Вроде бы ничего серьезного. Расслабьтесь, Норма, и молчите. Вам нельзя разговаривать.

Он передохнул пару секунд и снова проверил ее пульс. Слишком быстрое сердцебиение. Пульс напоминал азбуку Морзе: сердце билось ровно, потом вдруг ускорялось почти до мерцательной аритмии, затем опять билось ровно. Тук-тук-тук, ТК-ТК-ТК, тук-тук-тук-тук. Это было нехорошо, но все же значительно лучше, чем прежде.

Женщина подошла, положила влажную тряпку на лоб Нормы и неуверенно отступила на пару шагов. Вернулся Джад с сумкой Луиса.

— Луис?

— С ней все будет хорошо. — Луис смотрел на Джада, но говорил для Нормы. — «Скорая» едет?

— Твоя жена им звонит, — сказал Джад. — Я не стал дожидаться.

— Не надо... в больницу, — прошептала Норма.

— В больницу надо, — твердо возразил Луис. — Пять дней под наблюдением врачей, медикаментозная терапия, и вернетесь домой в лучшем виде. А если скажете еще хоть слово, я заставлю вас съесть все эти яблоки. Вместе с огрызками.

Норма слабо улыбнулась и снова закрыла глаза.

Луис открыл сумку, нашел исодил и вытряхнул на ладонь крошечную таблетку, которая легко уместилась бы в лунке ногтя. Закрыл пузырек и зажал таблетку в пальцах.

— Норма, вы меня слышите?

— Да.

— Откройте рот. Напасти вы нам уже устроили, а теперь получите сласти. Я положу таблетку вам под язык. Такую маленькую таблеточку. Держите ее, пока она не рассосется. Она горьковатая, но ничего. Потерпите. Хорошо?

Норма открыла рот. Вместе с дыханием наружу вырвался дурной запах зубных протезов, и Луис вдруг испытал острую жалость к этой старухе, лежавшей на полу своей кухни среди рассыпавшихся яблок и шоколадных батончиков. Он подумал, что когда-то ей было семнадцать и все соседские парни с большим интересом пялились на ее грудь, и все зубы были своими, и сердце работало как часы.

Он положил таблетку ей под язык. Норма слегка поморщилась. Да, лекарство горчило, тут ничего не поделаешь. Но Норма Крэндалл — это не Виктор Паскоу, ей можно помочь, ее можно спасти. Луис подумал, что Норма еще поживет. Норма еще повоюет. Она слабо взмахнула рукой, и Джад ласково взял ее руку в ладони.

Луис поднялся, подобрал с пола вазу и принялся собирать рассыпавшееся угощение. Женщина, представившаяся как миссис Баддингер, соседка с той же улицы, помогла ему и сказала, что ей пора. Ее мальчики ждут в машине. Они страшно перепугались.

— Спасибо за помощь, миссис Баддингер, — сказал Луис.

— Так я же ничего не сделала, — отозвалась она. — Но сегодня я буду молиться и на коленях благодарить Бога за то, что здесь оказались вы, доктор Крид.

Луис смущенно махнул рукой.

— А уж как я буду благодарить, — подхватил Джад, глядя Луису прямо в глаза. Взгляд старика был спокойным: он уже взял себя в руки. Страх и смятение прошли. — Я твой должник, Луис.

— Да бросьте вы, — ответил Луис и помахал на прощание миссис Баддингер. Та улыбнулась и помахала в ответ. Луис взял яблоко. Оно оказалось настолько сладким, что все вкусовые сосочки на языке на мгновение онемели... но это было приятное ощущение. *Сегодня ты заслужил вкусненькое, Лу*, подумал он, вгрызаясь в яблоко. Он вдруг понял, что страшно проголодался.

— И все-таки, если тебе потребуется помощь, — сказал ему Джад, — сразу же обращайся ко мне.

— Хорошо, — согласился Луис.

«Скорая» из бангорской больницы приехала через двадцать минут. Когда Луис вышел во двор следом за санитарами, грузившими Норму в машину, он увидел, что Рэйчел стоит у окна в гостиной и наблюдает за происходящим. Он помахал ей. Она помахала в ответ.

Они с Джадом остались стоять на крыльце, глядя вслед «скорой», которая отъехала с включенной мигалкой, но без сирены.

— Наверное, мне надо ехать в больницу, — сказал Джад.

— Сегодня вас к ней все равно не пустят. Сейчас ей сделают ЭКГ и положат в реанимацию. Первые двенадцать часов — никаких посетителей.

— Она же поправится, да, Луис? С ней все будет хорошо?

Луис пожал плечами:

— Гарантии никто не даст. Это был сердечный приступ. Насколько я могу судить, с ней все будет нормально. Может быть, даже лучше, чем было, поскольку ее там подлечат.

— Ага, — отозвался Джад, закуривая «Честерфилд».

Луис улыбнулся, посмотрел на часы и удивился. Было всего лишь без десяти восемь. Ему казалось, что времени прошло гораздо больше.

— Джад, мне надо идти. Мы с Элли еще успеем собрать угощения.

— Да, конечно, иди. И передай Элли, чтобы набрала побольше сластей. Думаю, страстей с нее уже хватит.

— Обязательно передам, — сказал Луис.

Когда Луис пришел домой, Элли еще не сняла свой костюм ведьмы. Рэйчел пыталась уговорить ее переодеться в пижаму, но Элли упрямилась, надеясь, что игра, прерванная сердечным приступом, может продолжиться. Когда Луис сказал, чтобы она надевала пальто, Элли радостно завопила и захлопала в ладоши.

— Луис, уже поздно, — возразила Рэйчел. — Ей скоро спать.

— Мы возьмем машину. Пусть ребенок порадуется. Она готовилась к этому дню целый месяц.

— Ну ладно... — Рэйчел улыбнулась. Увидев это, Элли снова радостно завопила и побежала в прихожую за пальто. — С Нормой все хорошо?

— Думаю, да. — Луис чувствовал себя превосходно. Он, конечно, устал, но настроение было отличным. — Это был легкий приступ. Ей надо будет себя поберечь, но в семьдесят пять лет человек обычно понимает, что здоровье уже не то.

— Как удачно, что ты оказался рядом. Прямо как по Божьему промыслу.

— Я согласен и на простую удачу. — Луис улыбнулся Элли, которая вернулась в гостиную уже в пальтишке. — Ты готова, ведьмочка?

— Я готова! — воскликнула Элли. — Пойдем-пойдем-пойдем!

Через час, по дороге домой с мешком, наполовину заполненным конфетами (когда Луис сказал, что пора закругляться, Элли запротестовала, но как-то вяло — она устала), дочь ошарашила его вопросом:

— Папа, это из-за меня у миссис Крэндалл случился сердечный приступ? Из-за того, что я не взяла битое яблоко?

Луис удивленно взглянул на дочь, задаваясь вопросом, откуда у детей берутся такие странные суеверия. На трещину наступишь — маму свою погубишь. Любит — не любит, плюнет — поцелует. Если в полночь улыбнешься, папа утром не проснется. Это снова навело его на мысли о Клатбище домашних жывотных с неровными концентрическими кругами. Он хотел улыбнуться, но почему-то не смог.

— Нет, солнышко, — ответил он. — Когда ты была на кухне с теми двумя привидениями...

— Это не привидения, а просто близнецы Баддингеры.

— В общем, пока вы были на кухне, мистер Крэндалл рассказал мне, что у его жены начались боли в груди. На самом деле ты спасла ей жизнь. Во всяком случае, помогла избежать худшего.

Теперь пришла очередь Элли удивленно уставиться на него.

Луис кивнул:

— Да, малышка. Ей нужен был врач. Я врач, но я оказался там лишь потому, что ты пошла собирать хэллоуинские угощения.

Элли надолго задумалась, а потом кивнула.

— Но, наверное, она все равно умрет, — сказала она совершенно спокойным голосом. — После сердечного приступа люди всегда умирают. Даже если они живут, у них скоро случается еще один приступ, и еще один, и еще, а потом... *бац*!

— Могу я спросить, где ты выучилась этой мудрости?

Элли только пожала плечами. В этом жесте Луис узнал себя. Все-таки дочь была очень на него похожа.

Она разрешила ему внести в дом ее мешок с конфетами — свидетельство почти беспрецедентного доверия, — а Луис размышлял над их разговором. При мысли о смерти Черча дочь ударилась в истерику. Но мысль о смерти старенькой Нормы Крэндалл восприняла совершенно спокойно. Как нечто само собой разумеющееся. Как она там говорила? Еще один приступ, и еще один, и еще, а потом... *бац*!

В кухне никого не было, но Луис слышал, как Рэйчел ходит наверху. Он положил на стол мешок с конфетами, доверенный ему Элли, и сказал:

— Бывает по-разному, Элли. У Нормы был очень слабый сердечный приступ, и мне удалось сразу оказать ей помощь. Не думаю, что ее сердце пострадало. Просто она...

— Да, я знаю, — чуть ли не весело перебила Элли. — Но она уже старая и все равно скоро умрет. И мистер Крэндалл тоже. Папа, можно мне съесть яблоко перед сном?

— Нет, — сказал Луис, задумчиво глядя на дочь. — Иди чистить зубы, малышка.

Неужели кто-то и вправду считает, что понимает детей? — подумал он.

Когда Луис с Рэйчел уложили детей и сами легли в постель, Рэйчел тихо спросила:

— Элли тяжело это перенесла? Она расстроилась, Лу?

Нет, подумал он. *Она знает, что старики периодически умирают, как знает, что надо выпустить из рук кузнечика, когда он начинает стрекотать, и что если, прыгая через скакалку, собьешься на тринадцатом прыжке, твоя лучшая подруга умрет... как знает, что могилы на кладбище домашних животных нужно располагать концентрическими кругами.*

— Нет, — сказал он. — Она держалась молодцом. Давай спать, Рэйчел, ладно?

В ту ночь, когда они спали у себя дома, а Джад не спал у себя, снова ударил мороз. Ближе к утру поднялся сильный ветер и сдул с деревьев почти все оставшиеся листья — уже совсем бурые, неинтересные.

Ветер разбудил Луиса, он приподнялся, опираясь на локти, сонный и плохо соображающий. Со стороны лестницы доносились шаги... медленные, шаркающие шаги. Паскоу вернулся. Только теперь, подумал Луис, прошло два месяца. Когда откроется дверь, его взору предстанет разлагающийся кошмар в заплесневелых спортивных трусах, с огромными дырами на тех местах, где от костей отвалилась плоть, с мозгом, превратившимся в кашу. И только глаза будут живыми... яркими и живыми. На этот раз Паскоу не скажет ни слова — сгнившие голосовые связки уже не способны производить звуки. Но глаза... Паскоу позовет его взглядом.

— Нет, — выдохнул Луис, и шаги стихли.

Он встал с кровати, подошел к двери, открыл ее, оскалился, чувствуя одновременно страх и решимость. По спине пробежал холодок. Сейчас он увидит Паскоу, застывшего перед дверью с поднятыми руками, словно мертвый дирижер, готовый дать сигнал к первым грохочущим тактам «Вальпургиевой ночи».

Ничего похожего, как сказал бы Джад. В коридоре было пусто... и тихо. Слышался только вой ветра с улицы. Луис вернулся в постель и заснул.

21

На следующий день Луис позвонил в реанимационное отделение окружной больницы Восточного Мэна. Ему сказали, что состояние у Нормы по-прежнему критическое; но так всегда говорят обо всех пациентах в первые сутки после сердечного приступа.

Однако доктор Уэйбридж, лечащий врач Нормы, выразил Луису искреннюю признательность.

— Все шло к инфаркту, но обошлось, — сказал он. — Рубцов нет. Теперь она ваша должница, доктор Крид.

В конце недели Луис заехал в больницу с букетом цветов и обнаружил, что Норму уже перевели в обычную двухместную палату — хороший знак. Ее как раз навещал Джад.

Норма обрадовалась цветам и попросила сестру принести вазу. Потом велела Джаду налить воды, поставить в вазу цветы — причем не как-нибудь, а красиво — и разместить их на столике в углу.

— Мамочка явно чувствует себя лучше, — пробурчал Джад, в третий раз меняя местами цветы в букете.

— Не умничай, Джадсон, — сказала Норма.

— Да, мэм.

Наконец Норма повернулась к Луису.

— Хочу сказать вам спасибо за все, что вы сделали, — застенчиво проговорила она. Эта застенчивость была очень искренней и оттого вдвойне трогательной. — Джад говорит, вы спасли мне жизнь.

Луис тоже смутился.

— Джад преувеличивает.

— И вовсе я не преувеличиваю. — Джад прищурился, глядя на Луиса, и почти улыбнулся. — Луис, а мама тебя не учила, что нехорошо отмахиваться, когда тебе говорят спасибо?

Мама ему ничего такого не говорила, во всяком случае, Луис не помнил, но однажды она сказала, что ложная скромность — это полпути к гордыне.

— Норма, — сказал он, — ничего особенного я не сделал, просто выполнил свой долг врача.

— Вы хороший человек, — ответила Норма. — А теперь сделайте милость, уведите отсюда это чудовище, и пусть он угостит вас пивом. Мне опять хочется спать, а я никак не могу его выгнать.

Джад тут же вскочил со стула.

— Черт возьми! Луис, быстрее пойдем. Пока она не передумала.

Первый снег выпал за неделю до Дня благодарения. Двадцать второго ноября опять был сильный снегопад, но накануне праздника небо очистилось, день выдался холодным и ясным. Луис отвез семью в бангорский аэропорт: Рэйчел с детьми летела в Чикаго, навестить своих родителей.

— Это неправильно, — сказала Рэйчел уже, наверное, в сотый раз с тех пор, как они начали обсуждать этот вопрос еще месяц назад. — Мне не нравится, что ты остаешься совсем один на День благодарения, Луис. Все-таки это семейный праздник.

Луис пересадил Гейджа с одной руки на другую. В своем первом «взрослом» пуховике сынишка казался каким-то уж очень большим. Элли смотрела в огромное окно, как взлетает военный вертолет.

— Я не собираюсь сидеть в одиночестве и рыдать в кружку пива, — заверил Луис. — Джад и Норма пригласили меня на индейку. Черт, это я чувствую себя виноватым. Я вообще не люблю все эти праздники с затяжными семейными посиделками. Сидишь, пялишься в телевизор, смотришь какой-то футбольный матч, начинаешь пить уже с трех часов дня, в семь засыпаешь, а наутро просыпаешься с таким чувством, будто у тебя в голове скачут чирлидерши «Ковбоев Далласа» и вопят во весь голос: «Давай! Давай!» Мне просто не нравится отправлять тебя одну с двумя детьми.

— Я справлюсь, — заверила Рэйчел. — Лечу первым классом, чувствую себя принцессой. И Гейдж наверняка будет спать всю дорогу от Бостона до Чикаго.

— Надейся, надейся, — ответил Луис, и они оба рассмеялись.

Объявили посадку, и Элли тут же сорвалась с места.

— Это наш, мама. Пойдем, пойдем, ну пойдем же. А то самолет улетит без нас!

— Не улетит, — сказала Рэйчел. Она сжимала в руке три розовых посадочных талона. На ней была шуба из искусственного темно-коричневого меха... видимо, предполагалось, что это ондатра, подумал Луис. Но что бы *это* ни было, *она* в этой шубе смотрелась просто очаровательно.

Возможно, чувства отразились в его глазах, потому что Рэйчел порывисто обняла мужа, чуть не зажав Гейджа между ними. Тот, кажется, удивился, но вовсе не огорчился.

— Луис Крид, я тебя люблю, — сказала она.

— Мама-а-а, — протянула Элли, подпрыгивая от нетерпения. — Пойдем-пойдем-пойдем.

— Да, идем, — отозвалась Рэйчел. — Будь умницей, Луис. Веди себя хорошо.

— Я постараюсь, — улыбнулся он. — Честное слово. Передавай привет родителям, Рэйчел.

— Да ну тебя. — Рэйчел сморщила нос. Она не дала себя одурачить; она прекрасно понимала, почему Луис не едет с ними в Чикаго. — Не смешно.

Он смотрел, как они вошли в посадочный «рукав»... и пропали из виду на всю ближайшую неделю. Луис уже начал по ним скучать. Он подошел к окну, в которое прежде смотрела Элли, и принялся наблюдать, как в самолет грузят багаж.

Правда была проста. Мистер и миссис Гольдман из Лейк-Фореста невзлюбили Луиса с самого начала. Он был человеком другого круга и не имел ни гроша за душой, но это было не самое страшное. Хуже того, он посмел предположить, что их дочь станет терпеть лишения и всячески его поддерживать, пока он будет учиться в медицинском колледже, откуда его наверняка очень скоро отчислят за неуспеваемость.

Луис мог бы со всем этим справиться и, в общем, неплохо справлялся. Но потом кое-что произошло. Рэйчел об этом не знала и никогда не узнает... во всяком случае, от Луиса. Ирвин Гольдман предложил оплатить весь курс учебы Луиса в медицинском колледже. В обмен на эту «дотацию» (слово Гольдмана) Луис должен был прекратить все отношения с Рэйчел.

Луис Крид был не в том возрасте, чтобы правильно реагировать на подобные оскорбительные предложения (или подкупы, если называть вещи своими именами), но людям в *том* возрасте — лет этак в восемьдесят пять — такие предложения никто не делает. Начать с того, что он страшно устал. Восемнадцать часов в неделю он ходил на занятия, двадцать часов корпел над учебниками и пятнадцать часов подрабатывал официантом в пиццерии рядом с отелем «Уайтхолл». Плюс к тому он разнервничался. Необычная приветливость мистера Гольдмана в тот вечер была совсем не похожа на его обычную холодность, и когда мистер Гольдман пригласил его в кабинет выкурить сигару, Луису показалось, что он заметил, как тот быстро переглянулся с женой. Позже — значительно позже, когда Луис уже успокоился и смог осмыслить случившееся — он подумал, что подобное смутное беспокойство, наверное, чувствуют дикие лошади, почуяв дым от пожара в прерии. Он ждал, что Гольдман объявит о том, что ему все известно. Известно, что Луис спит с его дочерью.

Когда вместо этого Гольдман сделал неслыханное предложение — и даже достал из кармана чековую книжку, словно какой-нибудь толстосум в фарсах Ноэла Коуарда, — Луис взорвался. Он обвинил Гольдмана в том, что тот относится к дочери как к музейному экспонату, что ему наплевать на всех, кроме себя самого, и что он отвратительный, самодовольный мерзавец. Уже гораздо позже Луис признался себе, что его ярость отчасти происходила из чувства облегчения.

Все эти проникновенные замечания о характере Ирвина Гольдмана были, возможно, правдивыми, но уж никак не способствовали цивилизованному общению. Всякое сходство с Ноэлом Коуардом исчезло; если в дальнейшей беседе и присутствовал юмор, то лишь вульгарного свойства. Гольдман велел Луису убираться и заявил, что если тот еще раз явится к ним на порог, он его лично пристрелит, как бешеную собаку. Луис ответил, что Гольдман может засунуть чековую книжку себе в задницу. Гольдман сказал, что в любом опустившемся бомже больше потенциала, чем в некоем Луисе Криде. Луис сказал, что Гольдман может засунуть свои золотые кредитки туда же, куда и чековую книжку.

Понятно, что это был не лучший задел к установлению теплых, дружеских отношений с будущим тестем.

В конце концов Рэйчел их примирила (уже после того, как оба успели остыть и пожалеть о сказанном, хотя их мнение друг о друге осталось прежним). Не было никаких мелодрам, никаких угнетающе-напыщенных сцен «с этого дня у меня больше нет дочери». Чтобы Гольдман отказался от дочери, ей надо было бы выйти замуж за Тварь из Черной лагуны. Однако на свадьбу Луиса и Рэйчел он явился в траурном черном костюме, и его лицо как-то уж слишком напоминало лица, высеченные на египетских саркофагах. В качестве свадебного подарка он преподнес им фарфоровый сервиз на шесть персон и микроволновую печь. Никаких денег. Пока Луис учился в колледже, Рэйчел работала продавщицей в магазине готового платья. И по сегодняшний день она знала только, что у Луиса всегда были несколько «напряженные» отношения с ее родителями... особенно с ее отцом.

Луис мог бы поехать в Чикаго с семьей, хотя ему пришлось бы вернуться в университетскую клинику на три дня раньше, чем Рэйчел с детьми. Это было бы несложно. С другой стороны, четыре дня с Имхотепом и его женой Сфинкс — это чересчур.

Дети, как это часто бывает, смягчили их отношения. Луис подозревал, что он мог бы достичь окончательного примирения, просто сделав вид, что забыл ту некрасивую сцену в кабинете Гольдмана. Пусть даже все понимали бы, что он притворяется. Но дело в том (и у Луиса хотя бы хватало смелости признаться в этом себе самому), что он не хотел примирения. Десять лет — долгий срок, но он не забыл мерзкий привкус, вдруг возникший во рту, когда Гольдман достал из кармана чековую книжку. Да, Луис тогда испытал несказанное облегчение от того, что старик не знал о ночах — всего их было пять, — которые они с Рэйчел провели на его узкой, продавленной кровати, но омерзение было настолько пронзительным, что не забылось до сих пор.

Луис мог бы поехать в Чикаго, однако предпочел отправить тестю его внуков, его дочь и привет.

Самолет тронулся с места и начал выруливать на взлетно-посадочную полосу... в одном из иллюминаторов Луис увидел Элли, бешено машущую рукой. Он улыбнулся и помахал ей в ответ. А потом Рэйчел — а может, и Элли — поднесла к иллюминатору Гейджа. Луис помахал ему, и Гейдж помахал тоже — то ли и вправду увидев его, то ли просто подражая Элли.

— Доставь их в целости и сохранности, — пробормотал Луис, застегнул куртку и вышел на стоянку. На улице был сильный ветер, который едва не сдул с Луиса кепку. Пришлось придержать ее за козырек, чтобы она не слетала. Уже садясь в машину, он увидел, как над зданием аэропорта взлетел самолет, устремив нос в безоблачное голубое небо.

Луис вновь помахал рукой, вдруг почувствовав себя брошенным и одиноким — почти до слез.

Унылое настроение не прошло даже под вечер, когда он вернулся домой после пива у Джада и Нормы Крэндалл. Норма выпила бокал вина, что было не запрещено, а даже рекомендовано доктором Уэйбриджем. Сегодня они сидели в кухне — погода не располагала к посиделкам на крыльце.

Джад затопил маленькую дровяную печку, и они все уселись вокруг нее, в тепле и довольстве, с холодным пивом, и Джад рассказал, как двести лет назад индейцы микмаки прогнали англичан из Макиаса. В то время микмаки были изрядно воинственными, сказал он и добавил, что их и теперь считают таковыми некоторые юристы, занимающиеся вопросами федерального землевладения.

Это был бы прекрасный вечер, если бы Луис все время не думал о ждущем его пустом доме. Пересекая лужайку и чувствуя, как под ногами хрустит трава, схваченная морозом, он услышал, как в доме зазвонил телефон. Он пулей влетел в прихожую, промчался через гостиную (сбив по пути подставку для газет), проехался через всю кухню — подошвы ботинок скользили по гладкому линолеуму — и схватил трубку.

— Алло!

— Луис? — Голос Рэйчел, далекий, но бодрый. — Мы на месте. Долетели нормально.

— Отлично! — Он уселся на стул и подумал: *Господи, как мне вас не хватает.*

22

Праздничный стол у Джада с Нормой оказался отменным. После обеда Луис пошел домой, объевшийся и сонный. Наслаждаясь тишиной и покоем, он поднялся в спальню, сбросил туфли и прилег на кровать. Было только начало четвертого; за окном светило по-зимнему бледное солнце.

Я только немного вздремну, подумал он и заснул.

Его разбудил телефонный звонок. Луис схватил трубку, еще до конца не проснувшийся и сбитый с толку тем обстоятельством, что уже почти стемнело. На улице выл ветер, где-то в доме гудела печка.

— Алло, — сказал он. Это, наверное, Рэйчел звонит из Чикаго, чтобы поздравить его с Днем благодарения. Потом она передаст трубку Элли, и Элли с ним поговорит, а затем трубку отдадут Гейджу, и Гейдж тоже что-нибудь скажет, и, может быть, Луис даже его поймет... и как его угораздило проспать весь день, когда он собирался смотреть футбол?..

Но это была не Рэйчел. Это был Джад.

— Луис? Боюсь, я тебя огорчу.

Луис поднялся с кровати, все еще в полусне.

— Джад? Что случилось?

— Ну, тут у меня мертвый кот на лужайке, — объяснил Джад. — По-моему, твоей дочурки котяра.

— Черч? — У Луиса все оборвалось внутри. — Вы уверены, Джад?

— Нет, на сто процентов не уверен. Но очень похож.

— Вот черт. Я сейчас приду, Джад.

— Да, Луис.

Луис повесил трубку и минуту просто сидел, тупо глядя в пространство. Потом сходил в туалет, надел туфли и спустился вниз.

Может быть, это не Черч. Джад сам сказал, что не уверен на сто процентов. Господи, этот кот и наверх уже не поднимается, если кто-то его не отнесет... с чего бы его понесло через дорогу?

Но сердцем он чуял, что это Черч... и если вечером позвонит Рэйчел, а она наверняка позвонит, что он скажет Элли?

Ему вспомнились его собственные слова, сказанные в разговоре с Рэйчел. *Потому что я знаю, что с живым существом может случиться все, что угодно. Действительно, все, что угодно. Мне, как врачу, это известно. И ты хочешь ей объяснять, что случилось, если ее кот вдруг попадет под машину?* Но ведь он сам не верил, что с Черчем может случиться что-то плохое.

Он вспомнил, как один из его приятелей по покеру, Викс Салливан, однажды спросил, почему он возбуждается на жену, но не возбуждается на голых женщин, которых осматривает в поликлинике. Луис попытался ему объяснить, что настоящий прием у врача вряд ли тянет на зажигательную эротическую фантазию: женщина, приходящая к доктору, чтобы сдать мазок шейки матки или узнать, как самостоятельно пальпировать грудь на предмет уплотнений, не роняет на пол простыню, чтобы внезапно предстать обнаженной, влекущей Венерой. Ты видишь грудь, зад, влагалище. Все остальное закрыто простыней. И в кабинете во время приема всегда присутствует медсестра — скорее чтобы защитить репутацию врача. Вики ему не поверил. Сиськи есть сиськи, таково было его убеждение, а штуковина между ног и есть штуковина между ног. Либо ты возбуждаешься всегда, либо не возбуждаешься вообще. Луис возразил, что сиськи жены — это *совсем другое*.

И твоя семья — тоже совсем другое, размышлял он теперь. Черч просто не мог погибнуть, потому что находился внутри магического круга, защищавшего семью. Вики тогда никак не мог уразуметь, что врачи, как и люди всех остальных профессий, разделяют работу и личную жизнь. Сиськи становятся сиськами, когда это сиськи твоей жены. А в поликлинике это история болезни. Одно дело — изучать статистику случаев лейкемии у детей и совершенно другое — узнать, что лейкемией страдает твой собственный ребенок. В это трудно поверить. Мой ребенок? Пусть даже кот моего ребенка? Доктор, вы шутите.

Подожди паниковать. Может, и нет причин для беспокойства.

Но не беспокоиться было сложно. Особенно когда Луис вспомнил истерику Элли из-за того, что Черч когда-нибудь умрет.

Чертов кот, и зачем мы вообще завели кота? Чтоб ему яйца отрезало!

Так ему их и отрезали. Именно для того, чтобы уберечь от несчастья.

— Черч? — позвал Луис. В ответ — тишина. Только печка гудела, сжигая доллары и превращая их в тепло. Диван в гостиной, откуда в последнее время Черч практически не слезал, был пуст. На батареях кота тоже не обнаружилось. Луис погремел кошачьей миской, что гарантировало мгновенное появление Черча в кухне, если он находился в пределах слышимости, но кот не пришел... и Луис опасался, что уже никогда не придет.

Он надел куртку и кепку и собрался выходить. Потом вернулся в кухню. Повинуясь тому, что подсказывало сердце, открыл шкафчик под раковиной, где лежали два рулона полиэтиленовых пакетов. Маленькие белые для домашнего мусорного ведра и большие зеленые для уличных контейнеров. Луис оторвал один зеленый пакет. С тех пор как Черчу сделали операцию, тот изрядно прибавил в весе.

Луис засунул пакет в карман куртки — прикасаться к скользкому холодному полиэтилену было неприятно. Потом он вышел на улицу и направился к дому Джада.

Было около половины шестого. Уже почти стемнело. Окружающий мир казался застывшим и мертвым. От лучей заходящего солнца осталась лишь яркая оранжевая полоса у самого горизонта за рекой. Ветер дул вдоль шоссе номер 15, холодил щеки Луиса и уносил прочь белые облачка пара от его дыхания. Луис поежился, но не от холода. Его знобило от чувства пронзительного одиночества, очень сильного и неотвязного. Это чувство нельзя было определить, нельзя было конкретизировать даже с помощью метафоры. Оно было безликим и безымянным. Как будто Луис остался один в целом мире, всеми заброшенный и забросивший всех.

Через дорогу он видел Джада, закутанного в теплое зеленое пальто. Лицо старика скрывалось в тени капюшона с меховой опушкой. Стоя посреди замерзшей лужайки, он напоминал статую — еще один мертвый объект в этом сумеречном безмолвном пейзаже.

Луис уже собрался перейти дорогу, но тут Джад шевельнулся и махнул ему рукой — мол, давай назад. Старик что-то крикнул, но из-за воя ветра Луис не смог разобрать слов. Он шагнул назад и вдруг понял, что вой ветра сделался громче. А еще через секунду раздался гудок и мимо промчался грузовик «Оринко», причем так близко, что всколыхнулись полы куртки. Луиса прошиб холодный пот. Он едва не выскочил на дорогу прямо перед грузовиком!

На этот раз он посмотрел в обе стороны, прежде чем переходить. Но увидел лишь задние фонари проехавшего грузовика, тускло мерцавшие в сумерках.

— Я уж испугался, что ты угодишь под колеса! — сказал Джад. — Осторожнее надо, Луис.

Даже теперь, подойдя совсем близко, Луис не видел лица старика, и у него возникло неприятное чувство, что это мог быть кто угодно... вообще *кто угодно.*

— А где Норма? — спросил он, по-прежнему не глядя на покрытое мехом тельце, распростертое у ног Джада.

— Пошла в церковь. Думаю, останется на ужин, хотя вряд ли она там наестся. Придет голодная. — Внезапный порыв ветра сдул с головы старика капюшон, и Луи увидел, что это действительно Джад... да и кто еще это мог быть? — Одно слово «ужин», просто повод собрать девичник. Они там вообще ничего не едят после полуденной трапезы, только сандвичи. Она вернется около восьми.

Луис опустился на колени, чтобы взглянуть на кота. *Пусть это будет не Черч,* мысленно умолял он, аккуратно поворачивая голову кота рукой, одетой в перчатку. *Пусть это будет чей-нибудь чужой кот, ведь мог же Джад ошибиться!*

Но это, конечно, был Черч. Не переломанный и не изувеченный — по нему не проехался один из огромных грузовиков, что вечно катаются туда-сюда по шоссе номер 15 (*кстати, а что грузовик «Оринко» делал здесь в День благодарения?* — мимоходом подумал Луис). Полуоткрытые глаза Черча были похожи на два зеленых стеклянных шарика. Из открытого рта вытекла тоненькая струйка крови. Совсем немного; она лишь чуть запачкала его белую манишку на груди.

— Твой, Луис?

— Мой, — ответил он и вздохнул.

Он вдруг осознал — в первый раз, — что любил Черча. Может быть, не так исступленно, как Элли, но все же по-своему любил. После кастрации Черч изменился, растолстел, стал медлительным, передвигался по одному и тому же маршруту между кроватью Элли, диваном в гостиной и миской в кухне и почти не выходил из дома. Но мертвый, он опять стал похож на прежнего Черча. Маленький окровавленный рот с острыми, как иголки, зубами застыл в бандитском оскале. Мертвые глаза казались налитыми яростью. Как будто после короткого периода тихой и глупой жизни кастрата Черч в смерти вновь обрел свою истинную природу.

— Да, это Черч, — сказал Луис. — И я, черт возьми, совершенно не представляю, как сообщить об этом Элли.

У него вдруг появилась идея. Он похоронит Черча на КЛАТБИЩЕ ДОМАШНИХ ЖЫВОТНЫХ, без всяких надгробий и прочих глупостей. Он ничего не скажет Элли по телефону сегодня вечером; завтра вскользь заметит, что не видел Черча весь день; послезавтра предположит, что, может быть, Черч сбежал. Коты иногда убегают из дома. Элли, конечно, расстроится, но в исчезновении Черча не будет трагической завершенности... не будет повторения категорического нежелания Рэйчел иметь дело со смертью... Черч просто сбежит.

Трус, объявил внутренний голос.

Да... я не спорю. Но кому нужно столько расстройства?

— Она очень любит этого кота, да? — спросил Джад.

— Да, — рассеянно отозвался Луис. Он опять повернул голову Черча. Кот уже начал костенеть, но голова двигалась легче, чем следовало. У него сломана шея. Точно. Луис подумал, что может восстановить картину произошедшего. Черч переходил дорогу — бог знает зачем, — и его сбила машина, сломала ему шею и отбросила на лужайку Джада Крэндалла. Или, может быть, кот сломал шею, когда ударился о замерзшую землю. Это уже не имело значения. В любом случае Черч был мертв.

Луис поднял взгляд на Джада, собираясь поделиться с ним своими умозаключениями, но тот смотрел вдаль, на бледнеющую оранжевую полосу света на горизонте. Капюшон сдвинулся на затылок, и лицо старика казалось задумчивым и серьезным... даже суровым.

Луис достал из кармана зеленый мусорный пакет и развернул его, крепко держа за уголки, чтобы не унес ветер. Резкий треск полиэтилена на ветру вернул Джада к действительности.

— Да, наверное, она его очень любит, — сказал Джад. Он употребил настоящее время, и в этом было что-то жутковатое... Вообще вся обстановка — бледнеющий свет, холод, пронзительный ветер — выглядела жуткой и мрачной.

Вот Хитклифф на пустынных болотах, подумал Луис, морщась от холода. *Готовится запихнуть домашнего питомца в пакет для мусора. Такие дела.*

Он взял Черча за хвост, открыл пакет и поднял кота с земли. Тот успел примерзнуть к покрытой инеем траве и оторвался от нее с тихим, но явственным звуком, от которого Луис невольно поморщился. Кот казался невероятно тяжелым, словно смерть, поселившаяся в его тельце, добавила ему веса. *Господи, он как ведро с песком.*

Джад взялся за пакет с другой стороны, и Луис уронил туда Черча, желая как можно скорее избавиться от этой странной, неприятной тяжести.

— Что теперь будешь с ним делать? — спросил Джад.

— Пока положу в гараже, — ответил Луис. — А утром похороню.

— На кладбище домашних животных?

Луис пожал плечами:

— Наверное.

— Скажешь Элли?

— Я... Мне надо подумать.

Джад помолчал, а потом, кажется, принял решение.

— Подожди пару минут, Луис. Я сейчас.

Старик пошел к дому, явно не подумав о том, что Луис, может быть, и не захочет ждать его на морозе. Он шел уверенно, с легкостью, необычной для человека в его возрасте. Луис ничего не сказал, да и сказать было нечего. Он чувствовал себя как-то странно. Смотрел вслед старику, словно был всем доволен, словно был готов стоять и ждать.

Когда Джад вошел в дом и закрыл за собой дверь, Луис поднял голову, подставляя лицо студеному ветру. Мешок с телом Черча шуршал у его ног.

Доволен.

Да, это правда. В первый раз после их переезда в Мэн Луис почувствовал себя на своем месте, почувствовал себя *дома*. Он стоял на лужайке у дома Джада, совсем один в сгущавшихся сумерках, на пороге зимы, ему было грустно и плохо, и в то же время его переполняло странное веселье и ощущение собственной целостности — ощущение, которое он не испытывал очень давно, с самого детства.

Сейчас что-то случится, братишка. Что-то странное, как мне кажется.

Он запрокинул голову и увидел холодные зимние звезды на темнеющем небе.

Он не знал, сколько так простоял, хотя вряд ли долго, если считать в минутах. Потом свет зажегся на крыльце, качнулся, приблизился к двери и спустился по ступенькам. Это был Джад с большим фонариком на четырех батарейках. В другой руке он держал что-то, что Луис поначалу принял за большой косой крест... но, присмотревшись, увидел, что это кирка и лопата.

Старик передал лопату Луису, и тот взял ее свободной рукой.

— Джад, что за черт? Что вы задумали? Мы же не можем похоронить его прямо сейчас!

— Можем. И похороним. — Лица Джада было не видно за слепящим кругом света.

— Джад, уже поздно. Темно и холодно...

— Пойдем, — сказал Джад. — Сделаем, что положено.

Луис покачал головой и снова попробовал возразить, но слова приходили с трудом — разумные слова. Они казались бессмысленными и пустыми в глухом завывании ветра, под усеянным звездами черным небом.

— Это может подождать до завтра, когда будет светло...

— Она любит этого кота?

— Да, но...

Джад сказал тихо и как-то очень последовательно:

— А ты ее любишь?

— Конечно, люблю, она же моя до...

— Тогда пойдем.

И Луис пошел.

Дважды — может быть, трижды — по пути на кладбище домашних животных в тот вечер Луис пытался заговорить с Джадом, но старик не отвечал. В конце концов Луис сдался. Ощущение довольства, странное при сложившихся обстоятельствах, никуда не делось и даже усилилось. Казалось, оно исходит отовсюду. Тупая боль в мышцах обеих рук (в одной Луис держал мешок с Черчем, в другой — лопату) была частью этого ощущения. Холодный ветер, обжигавший открытые участки кожи и завывавший среди ветвей, тоже был частью этого ощущения. Пляшущий свет фонаря в руках Джада был частью этого ощущения. В лесу, под деревьями, почти не было снега. Луис ощущал настойчивое, всеобъемлющее, магнетическое присутствие тайны. Какой-то мрачной тайны.

Тени расступились, открывая поляну в бледном снежном мерцании.

— Здесь отдохнем, — сказал Джад. Луис положил пакет на землю и вытер пот со лба. Здесь *отдохнем*? Но они уже *здесь*. В дрожащем свете фонаря он ясно видел надгробия. Джад уселся прямо на снег и обхватил голову руками.

— Джад? Вам плохо?

— Все нормально. Просто надо слегка отдышаться.

Луис сел рядом с ним и сделал несколько глубоких вдохов.

— Знаете, — сказал он, — я себя чувствую лучше, чем за все последние шесть лет. Я понимаю, что это безумие, когда хоронишь кота своей дочери, но так и есть. Я себя чувствую на удивление хорошо.

Джад тоже сделал глубокий вдох.

— Да, я знаю, — ответил он. — Иногда так бывает. Ты себя чувствуешь хорошо, когда должен чувствовать плохо, по всем статьям. Мы не выбираем свое настроение, точно так же, как не выбираем его для других. И это место... оно тоже влияет. Хотя ему лучше не доверять. Наркоманам хорошо, когда они колют героин себе в вены, но в то же время он их отравляет. Отравляет и тело, и мысли. Так же дело обстоит и с этим местом, Луис, и об этом нельзя забывать. Я очень надеюсь, что поступаю правильно. Мне кажется, что да, но я не могу быть уверен. Иногда у меня в голове все плывет. Видимо, старческий маразм.

— Я не понимаю, о чем вы.

— В этом месте заключена сила, Луис. Не здесь, а в том месте, куда мы идем.

— Джад...

— Пойдем, — сказал он, поднимаясь на ноги. Луч фонарика осветил кучу валежника. Джад шагал прямо к ней. Луис вдруг вспомнил сцену из своего сна. Что там говорил Паскоу?

Не ходи на ту сторону, как бы тебе этого ни хотелось, док. Граница проложена не для того, чтобы ее нарушать.

Но сейчас этот сон — или предостережение, или что это было? — казался далеким, как будто с тех пор прошли не месяцы, а годы. Луис чувствовал странное воодушевление, он был бодрым и бесшабашным, готовым справиться с чем угодно, и в то же время его переполняло ощущение чуда. Ему вдруг пришло в голову, что *все это* очень похоже на сон.

А потом Джад обернулся к нему, и Луису показалось, что под капюшоном опять нет лица, одна лишь непроглядная чернота. На мгновение ему представилось, что перед ним снова стоит Паскоу и что если сейчас свет фонарика сдвинется, его взору откроется оскаленный череп в обрамлении меха. Страх вернулся, нахлынул ледяной волной.

— Джад, — сказал он, — нам нельзя туда лезть. Мы тут переломаем ноги и замерзнем до смерти, пытаясь выбраться обратно.

— Просто иди за мной, — ответил Джад. — Иди следом за мной и не смотри вниз. Не сомневайся, ни о чем не думай и не смотри вниз. Я знаю, как здесь пройти, но действовать надо быстро и уверенно.

Луис снова подумал, что это сон. Он прилег после обеда и, похоже, еще не проснулся. *Будь это не сон*, размышлял он, *я бы и близко не подошел к этой куче валежника, точно так же, как не стал бы прыгать с парашютом в нетрезвом виде. Но я собираюсь через нее перелезть. Я действительно собираюсь через нее перелезть. Значит, мне это снится. Правильно?*

Джад сдвинулся чуть влево. Луч фонарика высветил беспорядочное нагромождение

(*костей*)

сухих стволов и ветвей. Когда они подошли ближе, круг света сделался меньше и ярче. Без промедления, даже не взглянув под ноги, чтобы посмотреть, куда ступает, Джад двинулся вверх. Он не карабкался, не цеплялся руками за ветви, не пригибался, как это бывает, когда поднимаешься по каменистому или песчаному склону холма. Он просто шел вверх, как по лестнице. Он шел как человек, который хорошо знает дорогу.

Луис двинулся следом за ним.

Он не смотрел вниз, не выбирал, куда ставить ногу. Он вдруг преисполнился странной уверенности, что валежник не причинит ему вреда, если он сам этого не позволит. Разумеется, эта была полная чушь, вроде глупой уверенности, что медальон со святым Христофором убережет тебя от автомобильной аварии, даже если ты сядешь за руль пьяный в хлам.

Но оно действовало.

Не было треска сухих веток, ломающихся под ногами, не было провалов между стволами, ощетинившихся острыми щепками, готовыми вонзаться, рвать и калечить. Его туфли (мокасины «Хашпаппис» — лучшая обувь для лазания по валежнику) не скользили по сухому мху, которым поросли многие поваленные стволы. Его не бросало ни вперед, ни назад. Только ветер дико завывал среди сосен.

Луис увидел Джада, стоявшего на вершине кучи валежника, но уже в следующую секунду старик начал спускаться. Сначала из виду исчезли его икры, потом — колени, потом — бедра. Свет фонарика высвечивал качавшиеся на ветру ветви деревьев на той стороне… барьера. Да, именно так. К чему отрицать очевидное? Это было не что иное, как барьер на границе.

Добравшись до вершины, Луис на секунду остановился, поставив правую ногу на ствол, торчавший под углом тридцать пять градусов, а левую — на что-то мягкое и пружинистое… на кучку старых сосновых веток? Он не стал смотреть вниз, только переложил тяжелый пакет с Черчем из правой руки в левую, а легкую лопату — из левой в правую. Поднял голову, подставляя лицо ветру, такому холодному, чистому и… *неизменному*.

Ступая беспечно, как на прогулке, Луис начал спускаться. Один раз у него под ногой с громким хрустом сломалась ветка — судя по ощущениям, достаточно толстая, — но он воспринял это совершенно спокойно, и его нога твердо встала на другую, еще более толстую ветку четырьмя дюймами ниже. Луис даже не покачнулся. Теперь он понимал, как во время Первой мировой войны командиры расхаживали над траншеями под градом вражеских пуль, насвистывая «Долог путь до Типперери». Это было безумие, но именно из безумства и рождалось опьяняющее веселье.

Он спускался, глядя прямо вперед, на яркий круг света от фонарика Джада. Джад уже ждал его внизу. Когда Луис ступил на землю, веселье вспыхнуло, как тлеющие угли, на которые плеснули горючую жидкость.

— У нас получилось! — воскликнул он. Воткнул в землю лопату и хлопнул Джада по плечу. Он вспомнил, как в детстве забирался на самую верхушку яблони, что раскачивалась на ветру, как корабельная мачта. Таким энергичным и молодым Луис не чувствовал себя уже лет двадцать. — Джад, у нас получилось!

— А ты думал, что не получится? — спросил Джад.

Луис уже открыл рот, чтобы ответить: *Думал, что не получится?! Да мы просто чудом не убились!* — но тут же закрыл. На самом деле он вообще не задумывался об этом с той самой секунды, как Джад подошел к куче валежника. И совершенно не волновался насчет обратного пути.

— Да нет, не думал, — ответил он.

— Пойдем. Нам еще идти и идти. Мили три, если не больше.

И они пошли. Тропа действительно продолжалась за кучей валежника, уводя дальше в лес. Местами она казалась очень широкой, хотя на ходу в свете фонарика разглядеть что-либо было трудно; просто вдруг возникало ощущение пространства, словно деревья расступились. Пару раз Луис поднимал голову и видел звезды, мерцавшие в просветах между ветвями. Один раз тропу перебежал какой-то зверек, свет фонаря на миг отразился в зеленых глазах... и зверек тут же исчез.

Местами тропа сужалась настолько, что жесткие ветви подлеска царапали плечи Луиса. Теперь он чаще перекладывал пакет и лопату из руки в руку, но боль была постоянной. Он вошел в ритм ходьбы — ритм почти гипнотический. Да, здесь была сила, он это чувствовал. Ему вспомнился один случай из юности, когда он учился в выпускном классе. Он со своей девушкой и еще одной парочкой пошел гулять на окраину города, и они забрели в тупик грунтовой дороги возле электростанции. Они пробыли там совсем недолго, обнимаясь и целуясь, а потом девушка Луиса вдруг объявила, что хочет уйти домой или куда-то в другое место, потому что у нее разболелись все зубы (по крайней мере все зубы с пломбами, каких было подавляющее большинство). Луису и самому хотелось поскорее уйти оттуда. Воздух вокруг электростанции заставлял его нервничать и придавал мыслям какую-то странную, почти пугающую ясность. Здесь ощущение было такое же, только сильнее. Сильное, но не неприятное. Оно было...

Джад резко остановился у подножия пологого склона. Луис налетел на него.

Джад обернулся к нему.

— Мы почти пришли, — сказал он спокойно. — Дальше будет участок вроде того валежника. Идти нужно уверенно, твердым шагом. Следуй за мной и не смотри вниз. Ты заметил, что мы шли под гору?

— Да.

— Мы сейчас на границе болота, микмаки называли его Ду́ховой топью. А торговцы пушниной называли его Мертвой трясиной, и те из них, кто проходил здесь и возвращался, второй раз сюда не совались.

— Там что, зыбучие пески?

— Ну да. Сплошные зыбучие пески. Подземные воды просачиваются наверх сквозь кварцевые отложения, оставленные ледником. Мы зовем их кварцевым песком, хотя, наверное, у него есть какое-то правильное название.

Джад посмотрел на Луиса, и тому показалось, что в глазах старика мелькнуло что-то лихорадочное и не слишком приятное.

Потом Джад опустил фонарик, и ощущение исчезло.

— Это странное место, Луис. Воздух здесь плотный... наэлектризованный... не знаю, как описать. — Луис вздрогнул. — Что с тобой?

— Ничего, — ответил Луис, вспоминая тот вечер в тупике возле электростанции.

— Может быть, ты увидишь огни святого Эльма, моряки называют их огнями духов. Они иногда принимают необычную форму, но бояться не надо. Если вдруг станет не по себе, просто не смотри на них, и все. Еще тебе могут послышаться голоса, звуки, похожие на голоса... но это всего лишь гагары летят на юг. Звуки разносятся далеко. Так что не обращай внимания.

— Гагары? — с сомнением переспросил Луис. — В это время года?

— Ну да, — снова произнес Джад ровным, совершенно невыразительным голосом. Луису вдруг отчаянно захотелось увидеть лицо старика. Ему никак не давал покоя тот взгляд...

— Джад, куда мы идем? Какого черта мы здесь забыли, в этих диких дебрях?

— Все расскажу, когда придем на место. — Джад отвернулся. — Шагай по кочкам.

Они снова пошли вперед, перешагивая с одной широкой кочки на другую. Луис даже не нащупывал их. Его ноги как будто знали, куда ступать — безо всякого участия разума. Только однажды он оступился, левая нога соскользнула, пробила тоненькую корочку льда и погрузилась по щиколотку в холодную склизкую воду. Луис быстро вытащил ногу и поспешил за пляшущим светом фонарика Джада. Этот свет, плывущий по лесной чаще, воскрешал в памяти истории о пиратах, которые Луис обожал в детстве. Злодеи зарывают в землю золотые дублоны безлунной ночью... и непременно бросают в яму поверх сундука кого-то из своих товарищей с пулей в сердце, потому что верят — во всяком случае, так утверждают авторы тех мрачных историй, — что дух мертвеца будет охранять клад.

Только мы будем закапывать не сокровища. А всего лишь кастрированного кота моей дочери.

Луиса обуял приступ дикого смеха, но он сдержался.

Он не слышал никаких «звуков, похожих на голоса», не наблюдал никаких огней святого Эльма, но в какой-то момент глянул вниз и увидел, что его ноги почти до середины бедер скрылись в тумане — густом, белом и непрозрачном. Словно он шел сквозь невесомую, легчайшую снежную поземку.

Воздух как будто сделался светлее, и определенно потеплело. Луис ясно различал фигуру Джада, шагавшего впереди с киркой на плече. Кирка только усиливала впечатление, что они идут закапывать сокровища.

Ощущение безумного, опьяняющего веселья сохранялось, и Луис вдруг подумал, что, может быть, Рэйчел сейчас пытается ему дозвониться; в доме звонит телефон, все звонит и звонит, и это так прозаично, так рационально. Может быть...

Он снова едва не наткнулся на Джада. Старик замер на месте и склонил голову набок, словно к чему-то прислушиваясь. Его плотно сжатые губы выдавали напряжение.

— Джад? Что...

— Тсс!

Луис умолк и беспокойно огляделся по сторонам. Здесь туман у земли был уже не таким густым, но Луис все равно не видел своих ботинок. А потом он услышал треск ломающихся веток. Что-то двигалось в чаще леса — что-то большое.

Он открыл рот, чтобы спросить у Джада, не лось ли это (*медведь*, вот о чем он подумал на самом деле), но тут же закрыл. *Звуки разносятся далеко*, говорил Джад.

Луис тоже наклонил голову, безотчетно подражая Джаду, и прислушался. Сперва звук казался далеким, потом — очень близким; он то отдалялся, то угрожающе приближался. Луис почувствовал, как струйки пота стекают со лба и щекочут обветренные щеки. Он переложил пакет с телом Черча из одной руки в другую. Ладонь была влажной, а пакет вдруг стал скользким и чуть не выпал. Неизвестное существо приблизилось настолько, что Луис уже не сомневался: сейчас он увидит это огромное, лохматое, немыслимое *нечто*, возможно, стоящее на двух ногах; сейчас оно выступит из теней и заслонит собой небо.

Он больше не думал, что это медведь.

Теперь он и сам толком не знал, *что* думал.

А потом оно двинулось прочь и пропало.

Луис опять открыл рот и уже собирался спросить: *Что это было?* Но тут из темноты донесся безумный хохот, то затихавший, то нараставший в истерических приступах — громкий, пронзительный, пробирающий до костей. Луису показалось, что каждая жилка в его теле застыла, а само тело вдруг отяжелело настолько, что если сейчас развернуться и броситься бежать, то наверняка сразу грохнешься наземь и сгинешь в этом болоте.

Хохот все нарастал, а потом вдруг рассыпался на сухие смешки, словно крошащийся камень на линии геологического разлома; он захлебнулся пронзительным воплем, затем превратился в глухое гортанное хихиканье, почти похожее на рыдание, и внезапно затих.

Где-то журчала вода, вверху жалобно завывал ветер, подобный незримой реке, протекавшей по небесному руслу. Все другие звуки на болоте умолкли.

Луиса начало трясти. Ощущение было такое, что по всему телу бегут мурашки. Да, в прямом смысле «мурашки» — тысячи крошечных насекомых. Во рту пересохло. Там как будто вообще не осталось слюны. Но радостное возбуждение все равно не проходило. Это было какое-то неотвязное безумие.

— Господи, что это было? — хрипло прошептал он.

Джад обернулся к нему, и в тусклом свете Луису показалось, что тот состарился еще лет на сорок. В его глазах на осунувшемся лице уже не было странного, мерцающего блеска. В них застыл ужас. Но когда старик заговорил, его голос звучал спокойно.

— Просто гагара, — сказал он. — Пойдем. Уже близко.

И они пошли. Болото закончилось, земля стала твердой. В какой-то момент у Луиса возникло стойкое ощущение открытого пространства, хотя странное тусклое свечение в воздухе уже померкло, и он с трудом различал спину Джада в трех шагах впереди. Под ногами потрескивала замерзшая невысокая трава. При каждом шаге она ломалась, как стекло. А потом они снова вошли под деревья. Луис чувствовал запах хвои. Чувствовал, как ветви задевают рукава его куртки.

Он потерял всякое представление о времени и направлении, но вскоре Джад снова остановился и обернулся к нему.

— Здесь ступеньки, — сказал он. — Вырубленные в скале. Сорок две или сорок четыре, я точно не помню. Просто иди за мной. Поднимемся на вершину, и мы на месте.

Он начал подниматься, и Луис двинулся следом.

Каменные ступени оказались довольно широкими, но ощущение подъема, когда земля круто уходит вниз и отдаляется с каждым шагом, было не самым приятным. Временами ноги проскальзывали на россыпи мелких камешков.

двенадцать... тринадцать... четырнадцать...

Ветер стал резче и холоднее. Лицо вмиг онемело. *Мы что, поднялись над уровнем деревьев?* — подумал Луис. Он поднял голову и увидел миллиард звезд, холодных огоньков в темноте. Никогда в жизни он не чувствовал себя таким крошечным и ничтожным под звездным небом. В который раз Луис задался вопросом, есть ли разумная жизнь на других планетах, но теперь вместо обычного трепетного изумления эта мысль вызвала холодок ужаса, словно он спрашивал себя, каково будет съесть горсть живых, копошащихся насекомых.

двадцать шесть... двадцать семь... двадцать восемь...

Интересно, кто вырубил эти ступени? Индейцы? Микмаки? У них же имелись орудия труда? Надо будет спросить у Джада. Фраза «у индейцев имелись орудия труда» показалась ему забавной, почти как «у пушных зверей имеется ценный мех». Мысль о зверях напомнила о том загадочном существе, что прошло мимо них на болоте. Нога соскользнула, и Луис ухватился за скалу, чтобы удержать равновесие. Даже сквозь ткань перчатки он почувствовал, каким шероховатым и старым был камень. *Словно сухая, потрескавшаяся кожа,* подумал он.

— Ты в порядке, Луис? — пробормотал Джад.

— Я в порядке, — ответил он, хотя почти задыхался и мышцы болели от тяжести пакета с Черчем.

сорок два... сорок три... сорок четыре...

— Сорок пять, — сказал Джад. — Я и забыл. Не был здесь лет двенадцать, наверное. Даже не думал, что придется подняться сюда еще раз. Ну-ка... лезем, лезем и долезем.

Он схватил Луиса за руку и помог преодолеть последнюю ступеньку.

— Мы пришли, — сказал Джад.

Луис огляделся по сторонам. Бледное мерцание звезд давало достаточно света. Они с Джадом стояли на каменистой площадке, выдвигавшейся из земли наподобие черного языка. С другой стороны виднелись верхушки хвойных деревьев, через которые они прошли на пути к ступеням. Очевидно, они поднялись на вершину какого-то странного плато — геологической аномалии, уместной скорее где-нибудь в Аризоне или Нью-Мексико. Деревья здесь не росли — на этом плоском холме, или столовой горе, или как оно правильно называется, — поэтому солнце растопило снег. Повернувшись к Джаду, Луис увидел сухую траву, сгибавшуюся под холодным ветром, который теперь дул прямо в лицо. Увидел, что все-таки это был холм, а не отдельно стоящая гора. Впереди рельеф вновь поднимался лесистым склоном. Однако эта площадка была какой-то уж слишком ровной и необычной для Новой Англии с ее низкими, покатыми холмами...

У индейцев имелись орудия труда, подсказал внутренний голос.

— Пойдем, — сказал Джад и повел его к лесистому склону. Ветер как будто усилился, но давал ощущение свежести и чистоты. Луис разглядел какие-то непонятные силуэты под сенью деревьев, да и сами деревья поражали воображение — он в жизни не видел таких старых, высоченных елей. В целом это странное, одинокое место производило впечатление пустоты — но пустоты, заключавшей в себе трепет жизни.

Темные силуэты оказались пирамидами из камней.

— Микмаки стесали вершину холма, — сказал Джад. — Никто не знает, каким образом. Как никто не знает, каким образом майя строили пирамиды. Даже сами микмаки и майя забыли.

— Зачем? Для чего?

— Это был их могильник, место для погребения мертвых, — ответил Джад. — Я привел тебя сюда, чтобы ты похоронил кота Элли. Микмаки не делали различий. Они хоронили домашних животных прямо рядом с хозяевами.

Луис подумал о древних египтянах, которые поступали еще круче: убивали принадлежавших царям животных, чтобы их души сопровождали души хозяев в загробном царстве. Он где-то читал, что вместе с дочерью какого-то там фараона похоронили больше десяти тысяч домашних животных, включая шестьсот свиней и две тысячи павлинов. Свиней умастили розовым маслом — любимым ароматом усопшей, — прежде чем перерезать им глотки.

И они тоже строили пирамиды. Никто не знает, зачем их строили майя — кто-то считает, что для наблюдений за звездами и счета времени, как Стоунхендж, — но назначение древнеегипетских пирамид известно всем... это памятники умершим, самые большие в мире надгробия. «Здесь покоится Рамзес Второй. Он был послушным», подумал Луис и пронзительно, беспомощно хихикнул.

Джад посмотрел на него без всякого удивления.

— Давай хорони свое животное, — сказал он. — Я пока покурю. Я бы помог, но ты должен все сделать сам. Каждый сам хоронит своих мертвецов. Как в прежние времена.

— Джад, что все это значит? Почему вы привели меня сюда?

— Потому что ты спас Норме жизнь, — сказал Джад, и хотя слова прозвучали искренне — во всяком случае, Луис не сомневался, что старик сам в это верит, — у него вдруг появилось стойкое подозрение, что Джад лжет... или что его самого обманули, и теперь он, сам того не желая, обманывает Луиса. Ему вспомнился странный взгляд старика по дороге сюда.

Но здесь, наверху, это уже не имело значения. Здесь большее значение имел ветер, плотный студеный поток, обтекавший его со всех сторон и развевавший волосы.

Джад уселся на землю, привалившись спиной к одному из древесных стволов, зажег спичку, пряча ее в ладонях, и закурил.

— Не хочешь немного передохнуть?

— Да нет, я в порядке, — сказал Луис. Он мог бы задать Джаду кучу вопросов, однако вдруг понял, что ему не хочется ни о чем спрашивать. Все казалось странным и ненормальным, но вместе с тем — очень правильным, и Луис решил, что на этом пока можно и успокоиться. Он хотел знать лишь одно.

— А я смогу выкопать здесь могилу? Почва вроде бы неглубокая.

Луис указал взглядом на камни, торчавшие из земли на краю площадки у самых ступеней.

Джад медленно кивнул.

— Да, неглубокая. Но трава тут растет, а значит, ее глубины хватит и на могилу, Луис. Здесь издревле хоронили людей. Хотя копать будет непросто. Сейчас поймешь.

И Луис понял. Земля была твердой и каменистой, и очень скоро стало ясно, что одной лопатой тут не управишься — нужна кирка. Сначала долбишь землю киркой, а потом убираешь лопатой все, что надолбил. У него разболелись руки. Но зато он опять разогрелся. Ему почему-то хотелось выполнить эту работу на совесть. Он принялся напевать себе под нос, как иногда делал, зашивая раны. Время от времени кирка натыкалась на слишком твердый камень, высекая искру, и деревянная рукоятка дрожала в его руках.

Луис чувствовал, как на ладонях вызревают волдыри, но его это совсем не тревожило, хотя обычно, как все врачи, он следил за руками и старался их беречь. Ветер вокруг выпевал свою заунывную песню.

Сквозь песню ветра Луис расслышал тихий стук камня о камень. Оглянувшись, он увидел, что Джад, сидя на корточках, отбирает самые большие камни, которые Луис выкопал из земли, и складывает их в кучку.

— Тебе для пирамиды, — пояснил он, заметив, что Луис на него смотрит.

— Ага, — кивнул Луис и вернулся к работе.

Он вырыл могилу шириной фута два и длиной фута три — *проклятый кот разместится с комфортом*, подумал он, — и когда ее глубина достигла тридцати дюймов, а кирка начала высекать искры почти при каждом ударе, спросил Джада, не пора ли остановиться.

Тот подошел и бегло глянул на яму:

— Вроде нормально. Но тут я тебе не советчик. Ты сам должен решить.

— Теперь вы мне можете сказать, для чего мы все это затеяли?

Джад улыбнулся едва заметной улыбкой.

— Микмаки верили, что это волшебное место, — сказал он. — И этот холм, и весь лес от болота на севере и востоке. Они устроили здесь могильник и хоронили своих мертвецов, вдали от всего. Другие племена держались отсюда подальше... пенобскоты всегда говорили, что в этих лесах обитают духи. А потом то же самое говорили и торговцы пушниной. Думаю, кто-то из них видел огни на болоте и принял их за духов. — Джад улыбнулся, и Луис подумал: *Это совсем не то, о чем ты сейчас думаешь.* — А потом даже сами микмаки перестали сюда приходить. Один из них утверждал, что видел здесь вендиго и что земля испортилась. Они тогда устроили по этому поводу большое шаманское заклинание... то есть так мне рассказывал старый пьяница Стэнни Би, как мы все называли Стэнни Бушара, а Стэнни Би любил приврать. Чего не знал, то выдумывал.

Луис, помнивший только, что вендиго — это какой-то дух северной страны, спросил:

— А земля правда испортилась? Вы сами как думаете?

Джад улыбнулся — во всяком случае, его губы слегка скривились.

— Я думаю, это опасное место, — тихо проговорил он. — Но не для кошек и собак. И не для хомячков. Давай, Луис. Похорони свое животное.

Луис опустил в яму пакет с телом Черча и медленно забросал его землей. Теперь он чувствовал усталость. Ему было тревожно и зябко. Стук комьев земли о полиэтилен звучал угнетающе, и хотя Луис не жалел о том, что пришел сюда, ощущение душевного подъема пошло на убыль, и ему хотелось, чтобы все поскорее закончилось. Им еще предстояла долгая дорога домой.

Стук земли становился все глуше, а потом и вовсе затих — теперь комья ложились поверх других комьев с глухими, мягкими хлопками. Луис бросил в яму последнюю порцию земли (*никогда не хватает*, вспомнились ему слова дяди, владельца похоронного бюро, сказанные, наверное, тысячу лет назад, *вынутой из ямы земли никогда не хватает, чтобы засыпать могилу полностью*) и повернулся к Джаду.

— Теперь сложи пирамиду, — сказал старик.

— Послушайте, Джад, я устал и...

— Это же кот Элли. — Голос Джада был тихим, но непреклонным. — Она хотела бы, чтобы ты все сделал правильно.

Луис вздохнул:

— Да, наверное.

Сооружение надгробия из камней, которые Джад передавал Луису по одному, заняло еще десять минут. Когда все было готово, над могилой Черча стояла низенькая коническая пирамида, и Луис почувствовал вполне ощутимое удовлетворение от проделанной работы. Маленькая каменная пирамида среди других пирамид в лунном свете — это казалось единственно правильным. Скорее всего Элли никогда ее не увидит — Рэйчел хватил бы удар при одной только мысли о том, чтобы вести дочь на старое индейское кладбище, да еще через болото с зыбучими песками, — но сам он ее видел, он ее сделал, и это было хорошо.

— Они почти все развалились, — сказал он Джаду, поднимаясь и отряхивая колени. Теперь ему удалось разглядеть, что повсюду валяются кучки камней от рассыпавшихся пирамид. Но Джад проследил за тем, чтобы он построил свою пирамиду только из тех камней, которые сам выкопал из земли, когда рыл могилу.

— Ну да, — отозвался старик. — Я же тебе говорил: место старое.

— Теперь все? Мы закончили?

— Да. — Джад похлопал Луиса по плечу. — Ты все сделал как надо, Луис. Я знал, что ты справишься. Пойдем домой.

— Джад... — снова начал Луис, но Джад лишь подхватил кирку и направился к ступеням. Луис взял лопату и поспешил за стариком — не бегом, а быстрым шагом, чтобы сберечь дыхание. Он оглянулся лишь раз, однако каменная пирамида, под которой покоился кот его дочери Уинстон Черчилль, уже растворилась в сумраке, и Луис не смог ее разглядеть.

Мы просто прокрутили пленку назад, устало подумал он, когда какое-то время спустя они вышли из леса на поле за его собственным домом. Луис не знал, сколько сейчас времени; он снял часы, когда прилег вздремнуть днем, и они так и остались на подоконнике у кровати. Он знал только, что совершенно измотан, убит, выжат как лимон. Такой усталости он не испытывал с тех самых пор, когда работал мусорщиком в Чикаго — в старших классах, во время летних каникул лет шестнадцать-семнадцать назад.

Они вернулись той же дорогой, что шли туда, но у Луиса стерлись почти все воспоминания об этом походе. Помнил, что споткнулся на куче валежника, в голове мелькнула безумная мысль о Питере Пэне — *о Боже, я растерял все счастливые мысли и сейчас упаду*, — но его поддержала надежная, твердая рука Джада, а через пару секунд они прошли мимо места упокоения котика Смаки, и Трикси, и Марты-Нашей-Любимой-Кральчихи и вышли на тропу в той части леса, где Луис бывал не только с Джадом, но и со всем своим семейством.

Еще он помнил, что размышлял по дороге о сновидении с участием Виктора Паскоу, во время которого ходил по лесу, но никак не мог уловить связь между тем ночным походом и этим, сегодняшним. Еще он думал о том, что это было опасное приключение: не в мелодраматическом смысле романов Уилки Коллинза, а в очень даже реальном. То, что он насажал на ладони волдыри в состоянии, *близком* к снохождению, — это еще полбеды. Ведь он мог убиться на том валежнике. И Джад тоже. Такие поступки никак не вяжутся со здравым смыслом. Смертельно уставший Луис объяснял это растерянностью и огорчением по поводу смерти питомца, которого любила вся семья.

И уже скоро они были дома.

Они молча прошли через поле и остановились у подъездной дорожки к дому Луиса. Ветер выл и стонал. Луис молча протянул Джаду лопату.

— Пойду-ка я тоже домой, — наконец сказал Джад. — А то Луэлла Биссон или Рути Паркс привезут Норму, и она удивится, где меня черти носят.

— А сколько времени? — спросил Луис, изумленный, что Нормы еще нет дома; судя по его состоянию, сейчас должно было быть далеко за полночь. — У вас есть часы?

— Все свое ношу с собой. — Джад достал из кармана штанов часы, открыл крышку и глянул на циферблат. — Половина девятого. — Он захлопнул крышку и убрал часы обратно в карман.

— Половина девятого? — тупо переспросил Луис. — Всего-то?

— А ты думал, сколько?

— Я думал, больше.

— Ну, до завтра, Луис, — сказал Джад, направляясь к своему дому.

— Джад? — Старик обернулся к Луису и вопросительно посмотрел. — Джад, что мы сейчас сделали?

— Похоронили кота твоей дочки.

— И это *все*?

— Это все, — ответил Джад. — Хороший ты человек, Луис, но задаешь слишком много вопросов. Иногда люди делают что-то, что кажется правильным. В смысле, сердце подсказывает, что так надо. А потом, когда дело сделано, им вдруг начинает казаться, что что-то не так, и они сомневаются, задаются вопросами... ну как будто у них несварение, но не в желудке, а в голове... и они думают, что совершили ошибку. Понимаешь, о чем я?

— Да.

Луис подумал, что Джад, наверное, прочел его мысли, когда они шли через поле к дому.

— А вот о чем они точно не думают, так это о том, что, может быть, стоило бы усомниться в своих сомнениях, а не в подсказках собственного сердца, — сказал Джад, пристально глядя на Луиса. — Как считаешь, Луис?

— Я считаю, — медленно проговорил Луис, — что, возможно, вы правы.

— А то, о чем знает сердце... словами не выразишь, так?

— Ну...

— Да, именно так, — кивнул Джад, словно Луис с ним согласился. А потом добавил голосом тихим, но настолько уверенным и не терпящим возражений, что Луису даже стало не по себе: — То, что в сердце, — великая тайна. Говорят, многие тайны известны женщинам, и, наверное, это правда, но всякая мудрая женщина тебе скажет, что ей неведомо, что скрывается в человеческом сердце. Сердце, оно каменистое, Луис... как земля на том старом микмакском кладбище. Тонкий слой почвы, а дальше — скала. Человек растит что может... и заботится о посевах.

— Джад...

— Не спрашивай ни о чем, Луис. Прими то, что сделано, и слушай свое сердце.

— Но...

— Никаких «но». Прими то, что сделано, Луис, и слушай свое сердце. На этот раз мы поступили правильно... по крайней мере я очень на это надеюсь. В другой раз могли бы и совершить ошибку... ужасную ошибку.

— Вы можете ответить хотя бы на один вопрос?

— Сначала задай свой вопрос, а уж там будет видно.

— Откуда вы знаете про это место?

Этот вопрос возник у Луиса уже на обратном пути, вместе с подозрением, что в жилах самого Джада течет кровь микмаков, хотя старик был совсем не похож на индейца — он был похож на стопроцентного, чистокровного белого американца.

— От Стэнни Би, — удивленно отозвался Джад.

— Он просто вам рассказал?

— Нет. Это не такое место, о котором можно просто рассказывать. Когда мне было десять, я похоронил там своего пса Спота. Он гнался за кроликом и напоролся на ржавую колючую проволоку. Раны воспалились, и он издох.

Что-то было не так, что-то не совпадало с предыдущими словами Джада, но Луис слишком устал, чтобы разбираться в несоответствиях. Больше Джад ничего не сказал, только смотрел на него загадочным стариковским взглядом.

— Спокойной ночи, Джад, — произнес Луис.

— Спокойной ночи.

Старик перешел дорогу, неся в руках кирку и лопату.

— Спасибо! — зачем-то крикнул Луис.

Джад не обернулся, лишь поднял руку, давая понять, что услышал.

И тут в доме вдруг зазвонил телефон.

Луис побежал, морщась от боли в ногах и пояснице, но пока он добрался до теплой кухни, телефон прозвонил уже шесть или семь раз. И умолк именно в тот момент, когда Луис протянул к нему руку. Он все равно поднял трубку и сказал: «Алло», — но услышал лишь длинный гудок.

Это Рэйчел, подумал он. *Сейчас я ей перезвоню.*

Однако вдруг ему показалось, что это будет чересчур утомительно: набирать номер, неловко раскланиваться с ее матерью — или, хуже того, с отцом, потрясающим чековой книжкой, — говорить с Рэйчел... а потом с Элли. Элли точно еще не спит — время в Чикаго отстает на час. Элли спросит, как Черч.

С ним все хорошо. Его сбил грузовик. Почему-то мне кажется, что это был грузовик «Оринко». Будь это какой-то другой грузовик, не получилось бы драматической завершенности, если ты понимаешь, о чем я. Не понимаешь? Ну ладно, не страшно. Грузовик его убил, но не искалечил. Мы с Джадом похоронили его на старом микмакском кладбище. Это вроде как приложение к кладбищу домашних животных, если ты понимаешь, о чем я. Прогулка была восхитительная. Мы как-нибудь сходим туда и положим цветы на его могилу... то есть на пирамиду. Да, обязательно сходим. Когда зыбучие пески замерзнут, а медведи залягут в зимнюю спячку.

Луис повесил трубку, подошел к раковине и наполнил ее горячей водой. Снял рубашку и быстро вымылся до пояса. Несмотря на холод, он вспотел как свинья, и пахло от него соответственно.

В холодильнике обнаружились остатки мясного рулета. Луис нарезал его на ломтики, положил на хлеб и добавил два толстых кружочка лука. На секунду задумался, но все же полил всю конструкцию кетчупом и накрыл вторым куском хлеба. Будь здесь Рэйчел и Элли, они бы одинаково сморщили носы от отвращения: фу, ну и гадость.

Но вас здесь нет, дамы, подумал Луис не без некоторого удовольствия и вгрызся в сандвич. Было вкусно. *Конфуций сказал: кто пахнет как свинья, тот ест как волк,* подумал он и улыбнулся. Запил сандвич молоком прямо из пакета — эту его привычку Рэйчел тоже категорически не одобряла, — потом поднялся наверх, разделся и рухнул в постель, даже не почистив зубы. Все его боли слились в одно тихое ноющее ощущение во всем теле, которое было почти приятным.

Часы лежали там же, где он их оставил. Луис посмотрел, сколько времени. Десять минут десятого. Невероятно.

Он выключил свет, повернулся на бок и заснул.

Луис проснулся в начале четвертого утра и в полусне добрел до туалета. Пока мочился, щурясь в ярком свете флуоресцентной лампы, вдруг понял, в чем было несоответствие, и его глаза широко распахнулись — словно два кусочка, которые по идее должны были идеально соединиться, просто ударились друг о друга и разлетелись в разные стороны.

Сегодня вечером Джад сказал, что его пес умер, когда ему было десять, — сдох от инфекции после того, как напоролся на ржавую колючую проволоку. Но в тот летний день, когда они все вместе ходили на Клатбище домашних жывотных, Джад говорил, что его пес умер от старости и похоронен на том самом кладбище, — и даже показал могилу, хотя за столько лет надпись стерлась.

Луис спустил воду, погасил свет в ванной и вернулся в постель. Что-то еще было не так… и через секунду он понял, что именно.

Джад был ровесником века, и в тот день на кладбище домашних животных он сказал, что его пес умер в первый год Первой мировой войны. То есть самому Джаду тогда было четырнадцать, если он имел в виду год начала войны в Европе. Или даже семнадцать, если говорил о годе, когда в войну вступила Америка.

Но сегодня вечером он сказал, что Спот умер, когда ему — в смысле, самому Джаду — было десять.

Ладно, он же старик, а стариков часто подводит память, подумал Луис с некоторым беспокойством. *Он сам говорил, что иногда забывает имена и адреса, которые всегда помнил раньше, и что иной раз с утра не помнит, что планировал сделать с вечера. Для своих лет у него очень ясная голова... старческим маразмом он не страдает, а забывчивость — это нормально, в таком-то возрасте. Ничего удивительного, что он забыл, когда умерла его собака. Тем более что с тех пор прошло семьдесят лет. И когда умерла, и при каких обстоятельствах. Не забивай себе голову, Луис.*

Но он еще долго не мог заснуть; он лежал в темноте, очень остро осознавая, что в доме пусто, а за окном воет ветер.

В какой-то момент он все же заснул — наверное, заснул, и во сне ему показалось, что он слышит звук медленных шагов на лестнице. Он подумал: *Оставь меня в покое, Паскоу, оставь меня в покое, что сделано, то сделано, умерло — значит, умерло*, — и шаги стихли.

И хотя до конца года произошло еще много необъяснимого, призрак Виктора Паскоу больше ни разу не побеспокоил Луиса, ни во сне, ни наяву.

23

Он проснулся в девять утра. В окна, выходившие на восток, лился яркий солнечный свет. Звонил телефон. Луис схватил трубку.

— Алло?

— Привет! — сказала Рэйчел. — Надеюсь, я тебя разбудила!

— Разбудила, стервозина.

— Он еще и обзывается, гадкий мальчишка, — отозвалась Рэйчел. — Я звонила тебе вчера вечером. Ты был у Джада?

Он замялся всего лишь на долю секунды.

— Да, у него. Пили пиво. Норма устроила праздничный пир. Я собирался тебе позвонить, но... сама понимаешь.

Они поболтали немного о том о сем. Рэйчел рассказала, что нового у родителей. Луису это было совершенно неинтересно, хотя он почувствовал легкое злорадное удовольствие, когда узнал, что его тесть быстро лысеет.

— Хочешь поговорить с Гейджем? — спросила Рэйчел.

Луис улыбнулся.

— Да, пожалуй. Только не давай ему повесить трубку, как в прошлый раз.

На другом конце линии что-то завозилось. Луис услышал, как Рэйчел уговаривает малыша сказать: «Привет, папа».

Наконец Гейдж произнес:

— Пливет, папа.

— Привет, Гейдж, — весело проговорил Луис. — Как живешь? Как дела? Ты опять сбросил на пол коллекцию дедушкиных трубок? Очень надеюсь, что да. Может быть, на этот раз ты доберешься и до его коллекции марок.

Секунд тридцать Гейдж что-то радостно лопотал, перемежая поток неразборчивых звуков более-менее ясными словами из его быстро растущего словаря: *мама, Элли, деда, баба, машина* (произносимая в лучших традициях янки — *ма-ашина*, — что весьма позабавило Луиса), *глузовик* и *кака*.

Наконец Рэйчел отобрала у него трубку, к вящему неудовольствию самого Гейджа и явному облегчению Луиса. Он любил сына и очень по нему скучал, но разговаривать по телефону с ребенком, которому еще не исполнилось и двух лет, — все равно что играть в криббедж с клиническим психом: карты разлетаются во все стороны, а колышки ходят не вперед, а назад.

— Как там у тебя? — спросила Рэйчел.

— У меня все в порядке, — ответил Луис без колебаний. Однако он хорошо понимал, что переступил черту, когда сказал Рэйчел, что вчера вечером был у Джада. Ему вдруг вспомнились слова старика: *Сердце, оно каменистое, Луис... Человек растит что может... и заботится о посевах.* — Ну, если честно, без вас как-то скучно.

— Ты хочешь сказать, что тебя не радует возможность отдохнуть от этого цирка?

— Ну, я люблю тишину и покой, — сказал Луис. — Но уже через сутки это надоедает.

— Дай мне папу! — Голос Элли на заднем плане.

— Луис? Элли хочет с тобой поговорить.

— Да, конечно. Давай.

Он говорил с Элли почти пять минут. Она щебетала о кукле, которую ей подарила бабушка, о том, как они с дедушкой ездили на скотный двор («Папа, там так *воняет*», — сказала Элли, и Луис подумал: *Твой дед, солнышко, тоже пахнет не розами*), о том, как она помогала печь хлеб и как Гейдж убежал от Рэйчел, когда та его переодевала, и накакал прямо под дверью дедушкиного кабинета. (*Отлично, Гейдж!* — подумал Луис с улыбкой.)

Он уже начал надеяться, что все обойдется — по крайней мере сегодня утром, — и собирался попросить Элли передать трубку маме, но тут дочка спросила:

— Папа, а как там Черч? Он по мне скучает?

Улыбка Луиса тут же погасла, но ответил он сразу и вполне бодро:

— Думаю, с ним все в порядке. Вчера вечером я его накормил остатками мясного рагу. А сегодня утром еще не видел, я только проснулся.

Господи, из тебя получился бы отличный убийца — хладнокровный, спокойный как слон. Доктор Крид, когда вы в последний раз видели покойного? Он вчера заходил к нам на ужин. Навернул целую тарелку мясного рагу. И с тех пор я его больше не видел.

— Ты там его поцелуй за меня.

— Фу, сама целуйся со своим котом, — сказал Луис, и Элли хихикнула.

— Хочешь еще поговорить с мамой, пап?

— Да, конечно. Дай ей трубку.

На этом все и закончилось. Луис поговорил с Рэйчел еще пару минут; о Черче речь больше не заходила. Попрощался с женой и повесил трубку.

— Вот такие дела, — сказал он пустой, залитой солнечным светом комнате, и, наверное, самым поганым во всей ситуации было то, что он совершенно не чувствовал себя виноватым.

24

Около половины десятого позвонил Стив Мастертон и спросил Луиса, не хочет ли тот приехать в университет и сыграть в ракетбол; в кампусе ни души, радостно сообщил он, и они могут занять спортзал хоть на весь день.

Луис понимал его радость — в учебное время на площадку для ракетбола иногда приходилось записываться за два дня, — но все равно отказался, сказав Стиву, что ему надо работать над статьей для «Журнала университетской медицины».

— Ты уверен? — спросил Стив. — Отдыхать тоже надо. От работы, знаешь ли, кони дохнут.

— Позвони мне попозже, — предложил Луис. — Может быть, и надумаю.

Стив сказал, что еще позвонит, и повесил трубку. На этот раз Луис соврал только наполовину: он действительно собирался писать статью о лечении инфекционных заболеваний вроде ветряной оспы или мононуклеоза в условиях студенческих поликлиник, но не поехал играть в ракетбол главным образом потому, что у него все болело. Он понял это, когда закончил разговаривать с Рэйчел и пошел в ванную чистить зубы. Поясницу ломило, плечи ныли после того, как он таскал кота в этом проклятом пакете, подколенные сухожилия казались гитарными струнами, натянутыми на три октавы выше положенного. *Боже*, подумал он, *и ты еще был уверен, что пребываешь в хорошей физической форме*. Да, он бы отлично смотрелся на ракетбольной площадке, кряхтя и ползая, как старикашка с артритом.

Кстати, о стариках. Вчера Луис бродил по лесам не один, а с человеком, которому скоро исполнится восемьдесят пять. Интересно, как себя чувствует Джад?

Луис сидел над статьей полтора часа, но работа не шла. Тишина в пустом доме начала действовать ему на нервы, и в конечном итоге он убрал блокноты со своими заметками и распечатки статей, заказанных в Университете Джонса Хопкинса, на полку над пишущей машинкой, надел куртку, вышел на улицу и перешел дорогу.

Джада с Нормой не было дома, но на входной двери Луис нашел приколотый кнопкой конверт с его именем. Он снял конверт и достал из него записку.

Луис,

мы со старухой рванули в Бакспорт за покупками и посмотреть на буфет, к которому Норма приглядывается уже лет сто, как мне кажется. Может быть, мы пообедаем там в «Маклеонде» и вернемся домой ближе к вечеру. Если хочешь, заходи вечерком выпить пива.

Твоя семья — это твоя семья. Я не лезу с непрошеными советами, но если бы Элли была моей дочкой, я бы пока не стал ей говорить, что ее кота задавил грузовик — зачем портить девочке праздник?

Кстати, Луис, я бы не стал никому говорить о том, что мы сделали вчера вечером, никому в Норт-Ладлоу. В городе есть еще люди, которые знают про старый микмакский могильник и похоронили там своих животных... можно сказать, это вроде как отдельный участок Клатбища домашних жывотных. Ты не поверишь, но там хоронили даже быка! Старина Лестер Морган, живший на Стэкпол-роуд, похоронил на микмакском кладбище своего призового быка Ханратти в 1967-м или 68-м году. Ха! Когда он мне рассказал, как они с сыновьями тащили туда бычару, я чуть не лопнул от смеха! Но местные не любят об этом говорить и не любят, когда те, кто считается здесь чужаками, узнают про это место. И не из-за каких-то старых суеверий, которым уже триста лет (хотя и из-за них тоже), а из-за того, что они сами в них верят и им кажется, что чужаки будут над ними смеяться. Ты понимаешь, о чем я? Наверное, не понимаешь, но все именно так и есть. Так что уважь старика и держи рот на замке, хорошо?

Мы еще это обсудим, может быть, даже сегодня вечером, и ты начнешь понимать, что к чему, а пока скажу только, что ты молодец. Впрочем, я в тебе не сомневался.

Джад.

P. S. Норма не знает, о чем я пишу — я ей что-то наплел, — и я тебя очень прошу, не говори ей ничего. За пятьдесят восемь лет семейной жизни я не раз и не два лгал жене, и, думается, я такой не один. Многие врут своим женам, но знаешь... большинству из нас не в чем каяться перед Богом.

В общем, заходи вечером, выпьем пива.

Дж.

Луис стоял на верхней ступеньке перед крыльцом Джада и Нормы — теперь опустевшим, удобную плетеную мебель убрали до весны, — и хмурился. Не говорить Элли о том, что ее кот погиб? Так он ей и не сказал. Другие животные, похороненные на индейском кладбище? Суеверия, которым уже триста лет?

... и ты начнешь понимать, что к чему.

Он провел пальцем по этой строке и впервые со вчерашнего вечера позволил себе мысленно вернуться к тому, что случилось. Воспоминания уже побледнели: все казалось каким-то ватным и нереальным, словно произошло во сне или в наркотическом дурмане. Луис помнил, как взбирался на кучу валежника, помнил, что свет на болоте казался ярче — и что там было гораздо теплее, чем в лесу, — но это напоминало разговор с анестезиологом, прежде чем отключиться под действием наркоза.

...многие врут своим женам...

Не только женам, но и дочерям, подумал Луис. Однако это было так странно... Джад словно знал, что происходило сегодня утром: и в телефонном разговоре, и в мыслях Луиса.

Он медленно сложил записку, написанную на листе школьной линованной бумаги, и убрал ее обратно в конверт. Потом сунул конверт в карман джинсов и пошел домой.

25

Около часа дня Черч вернулся, как тот кот из детского стишка. Луис был в гараже, где последние полтора месяца с переменным успехом трудился над сооружением полок; на эти полки он собирался убрать все опасные острые инструменты, а также бутылки со стеклоочистителем и антифризом, чтобы до них не добрался Гейдж. Он как раз забивал очередной гвоздь, когда в гараж вошел Черч — хвост трубой. Луис не уронил молоток и даже не стукнул себя по пальцу, сердце екнуло, но не выпрыгнуло из груди. На мгновение его обдало жаром, словно в животе ярко вспыхнула лампочка, а потом сразу перегорела и вмиг остыла. Позже Луис подумал, что как будто предчувствовал, что так будет; словно все это утро он ждал возвращения Черча, в глубине души зная, что означал их вчерашний поход на микмакское кладбище.

Он осторожно отложил молоток, выплюнул на ладонь гвозди, которые держал во рту, и рассовал их по карманам рабочего фартука. Потом подошел к Черчу и взял его на руки.

Живой вес, подумал он с каким-то болезненным возбуждением. *Он весит столько же, сколько раньше, пока его не сбил грузовик. Это его живой вес. В пакете он был тяжелее. Он был тяжелее, когда был мертвым.*

На этот раз сердце действительно чуть не выпрыгнуло из груди, и на мгновение все поплыло перед глазами.

Черч прижал уши, но не стал вырываться, позволяя Луису держать себя на руках. Луис вынес его на свет и уселся на ступеньках у задней двери. Кот попытался сбежать, но Луис погладил его и удержал у себя на коленях. Сердце бешено колотилось в груди.

Он осторожно прощупал густой мех на загривке Черча, вспомнив о том, как неестественно и страшно была вывернута голова на сломанной шее. Но шея оказалась целой. Луис приподнял кота, чтобы рассмотреть его морду поближе. То, что он увидел, заставило его уронить Черча на траву, крепко зажмуриться и закрыть лицо рукой. Перед глазами снова все поплыло, голова закружилась, и его затошнило — то же самое чувствуешь, когда перепьешь и тебя сейчас вырвет.

На морде Черча запеклась кровь, к длинным усам прилипли крошечные кусочки зеленого пластика. От мусорного пакета.

Мы еще это обсудим, и ты начнешь понимать, что к чему.

Господи, он уже понял больше, чем нужно.

Ну ничего. Дайте срок, и я пойму все-все-все, подумал Луис. *В ближайшем дурдоме.*

* * *

Он впустил Черча в дом, достал синюю миску и открыл банку кошачьих консервов с печенью и тунцом. Пока он вытряхивал в миску серо-бурую массу, Черч неритмично урчал и терся о его ноги. От прикосновений кота Луиса бросало в дрожь, ему приходилось стискивать зубы, чтобы сдержаться и не пнуть Черча. Его бока были какими-то слишком плотными, слишком гладкими — одним словом, противными. Луис подумал, что ему больше уже никогда не захочется прикасаться к коту.

Когда он поставил миску на пол и Черч бросился к ней, Луис явственно ощутил шедший от кота запах сырой земли.

Он стоял и смотрел, как кот ест. Тот громко чавкал — чавкал ли он так же раньше? Может быть, да. Может быть, Луис просто этого не замечал. Как бы там ни было, это был неприятный звук. *Фу, гадость*, как сказала бы Элли.

Луис резко развернулся и поднялся по лестнице на второй этаж. Сначала он просто шел, но на последних ступеньках уже почти бежал. Он разделся и бросил одежду в люк для грязного белья, хотя только сегодня утром оделся во все чистое. Наполнил ванну горячей водой — настолько горячей, насколько вообще можно выдержать, — и залез в нее.

От воды поднимался пар. Луис чувствовал, как под действием тепла расслабляются напряженные мышцы. В голове потихонечку прояснялось. К тому времени, когда вода начала остывать, Луис уже окончательно успокоился, и на него навалилась сонливость.

Кот вернулся, как кот из детского стишка. Подумаешь, большое дело!

Они просто ошиблись. Ведь он вчера сразу подумал, что для животного, сбитого грузовиком, Черч выглядит на удивление целым и невредимым.

Вспомни всех этих сурков, кошек и собак, которых ты видел сбитыми на шоссе, сказал он себе. *Размазанных по асфальту, с кишками наружу. «Ужас в цвете», как поет Лаудон Уэйнрайт в своей песне про мертвого скунса.*

Теперь все стало ясно. Черча сбила машина, и он потерял сознание. Вчера они с Джадом закопали на старом микмакском кладбище оглушенного, а не мертвого кота. Ведь говорят же, что у кошки девять жизней. Слава Богу, он ничего не сказал Элли! Она никогда даже и не узнает, как близко от смерти был Черч.

Кровь на морде и в пасти... неестественно вывернутая шея.

Но он же врач, а не ветеринар. Он просто ошибся с диагнозом, вот и все. Лужайка у дома Джада, на ветру и морозе, — не самое подходящее место для медицинского освидетельствования, тем более что уже почти стемнело. И он сам был в перчатках. Так что...

На стене ванной возникла огромная тень странной формы, похожая на голову небольшого дракона или какого-то чудовищного змея; что-то легонько коснулось голого плеча Луиса. Луис резко дернулся, расплескав воду из ванны на коврик. Он повернул голову, съежившись от испуга, и увидел прямо перед собой мутные желто-зеленые глаза кота его дочери, сидевшего на закрытой крышке унитаза.

Черч медленно покачивался взад-вперед, словно пьяный. Луис смотрел на него, содрогаясь от отвращения, и стискивал зубы, чтобы не закричать. Черч никогда не был таким, он никогда не *раскачивался*, как змея, гипнотизирующая добычу, — ни до кастрации, ни после. В первый и последний раз Луис подумал, что, может быть, это какой-то другой кот, просто очень похожий на кота Элли, который забрел к нему в гараж, пока он сколачивал полки, а настоящий Черч так и лежит под пирамидой из камней на холме в лесу. Но расположение пятен... и надорванное ухо... и немного сплющенная лапа... Элли случайно прищемила ему лапу дверью, когда он был еще котенком.

Это был Черч, точно Черч.

— А ну брысь, — хрипло прошептал Луис.

Черч смотрел на него еще пару секунд — Господи, у него были другие глаза, совершенно другие, — а потом спрыгнул с сиденья унитаза. Только он приземлился не с обычной кошачьей грацией. Он тяжело плюхнулся на пол, задев ванну задними лапами, и медленно вышел. Неуклюжий, как будто кастрированный.

Так он же кастрированный, ты забыл? — подумал Луис.

Он вылез из ванны, схватил полотенце и принялся судорожно вытираться. Успел побриться и почти оделся, когда опять зазвонил телефон — такой пронзительно-громкий в пустом доме. Луис резко обернулся на звук и вскинул руки. Потом медленно опустил. Сердце бешено колотилось в груди. Он буквально чувствовал, как его мышцы мгновенно наполнились адреналином.

Это звонил Стив Мастертон, снова спрашивал про ракетбол, и Луис сказал, что приедет в спортзал через час. На самом деле он не располагал временем на развлечения и сейчас ему было явно не до ракетбола, но ему требовалось куда-то выйти. Сбежать из дома — от этого проклятого кота, которого здесь вообще не должно быть.

Он быстро заправил рубашку в джинсы, запихнул в сумку шорты, футболку и полотенце и побежал вниз по лестнице.

Черч лежал на четвертой снизу ступеньке. Луис споткнулся об него и чуть не упал, но все же сумел схватиться за перила и избежать падения, которое могло закончиться очень плачевно.

Он остановился у подножия лестницы, хватая ртом воздух. Сердце колотилось как ненормальное. Кровь бурлила адреналином — ощущение не из приятных.

Черч встал, потянулся... и, кажется, усмехнулся, глядя на Луиса.

Луис ушел. Умом он понимал, что надо выставить Черча из дома. Но в ту минуту просто не смог бы заставить себя прикоснуться к коту.

26

Джад прикурил от большой хозяйственной спички, задул ее и швырнул в жестяную пепельницу с едва различимой рекламой «Джим Бим» на донце.

— Ну так вот. Про это место мне рассказал Стэнни Бушар. — Он задумчиво умолк.

На клетчатой клеенке, покрывавшей кухонный стол, стояли практически нетронутые стаканы с пивом. Закрепленная на стене бочка с керосином трижды булькнула и умолкла. Ближе к вечеру Луис перекусил в кампусе вместе со Стивом, взял пару сандвичей в полупустой «Берлоге». Подкрепившись, он начал как-то спокойнее воспринимать возвращение Черча, и его уже не трясло от одной только мысли об этом, но ему все равно не хотелось возвращаться в пустой, темный дом, где этот кот — скажем прямо, ребята, — мог выскочить откуда угодно.

Вечером Норма немножко посидела с ними, поглядывая в телевизор и вышивая картинку, маленькую сельскую церквушку на фоне заката. Крест на шпиле церквушки выделялся четким черным силуэтом в лучах заходящего солнца. Норма сказала, что вышивка предназначается для рождественского благотворительного базара в их местной церкви. Всегда большое событие. Пальцы Нормы двигались совершенно нормально, ловко управляясь с иголкой. Сегодня вечером ее артрит почти не давал о себе знать. Луис подумал, что это, наверное, из-за погоды, холодной, но сухой. Норма уже оправилась после сердечного приступа, и в тот вечер — меньше чем за три месяца до инсульта, который ее убьет — Луис подумал, что она выглядит менее изможденной и даже помолодевшей. В тот вечер он мог разглядеть в ней ту девушку, которой она была когда-то.

Без четверти десять Норма ушла спать, и Луис с Джадом остались вдвоем. Старик молчал и сосредоточенно разглядывал дым от своей сигареты, как ребенок, который рассматривает полосатый столб у парикмахерской, чтобы понять, куда исчезают полоски вверху.

— Стэнни Би, — тихо подсказал Луис.

Джад моргнул, выходя из задумчивости.

— А, да, — сказал он. — Все в Ладлоу — и, думается, в Бакспорте, Проспекте и Оррингтоне — звали его попросту Стэнни Би. В том году, когда умер мой пес Спот — в смысле, в тысяча девятьсот десятом, когда он умер в *первый* раз, — Стэнни был уже стариком, причем явно выжившим из ума. Были и другие, кто знал про микмакское кладбище, но мне о нем рассказал Стэнни Би. Он сам узнал о нем от отца, а тот — от своего отца. То еще было семейство — французы, как они есть. — Джад рассмеялся и отхлебнул пива. — Я до сих пор слышу, как он изъяснялся на своем ломаном английском. Он нашел меня на задворках платной конюшни, что раньше стояла на пятнадцатом шоссе — только тогда это было еще не шоссе, а столбовая дорога Бангор — Бакспорт, — примерно там, где сейчас стоит завод «Оринко». Спот еще не умер, но был уже совсем плох, и отец отправил меня купить корма для кур, который тогда продавал старый Йорки. Этот корм был нам нужен, как корове седло, и я сразу понял, зачем он отослал меня из дома.

— Он собирался прикончить пса?

— Он знал, как сильно я любил Спота, и подумал, что мне лучше этого не видеть. Я зашел к старому Йорки, и пока тот отмерял зерно, отправился на задний двор, уселся на старый жернов и расплакался в голос.

Джад медленно покачал головой, все еще улыбаясь одними уголками губ.

— И тут ко мне подошел Стэнни Би. Половина жителей города считала его тихим и безобидным психом, а половина — опасным и буйным. Его дед был известным траппером и торговцем пушниной в начале прошлого века, изъездил все побережье от Приморских провинций до Бангора и Дерри, добирался даже до Скаухигана, а это совсем далеко на юге... скупал там шкуры, ну то есть мне так говорили. У него был большой фургон, обтянутый сыромятной кожей, прямо как в каком-нибудь бродячем цирке. Фургон был весь разрисован крестами, поскольку дед Стэнни Би был добрым христианином и, когда напивался, проповедовал о Воскресении Христовом. Так говорил Стэнни Би, он вообще много рассказывал про своего деда. Однако фургон был разрисован не только крестами, но и разными индейскими знаками, потому что дед Стэнни Би верил, что все индейцы — не важно, какого племени, — это потомки одного народа, потерянного колена Израилева, о котором сказано в Библии. Он говорил, что все они попадут в ад, но их магия действует, потому что они все равно христиане, пусть и идущие извращенным, проклятым путем.

Дед Стэнни Би покупал у микмаков шкуры и вел с индейцами дела еще долго после того, как остальные трапперы и торговцы либо махнули на них рукой, либо ушли дальше на запад. Он не обманывал микмаков, предлагал хорошую цену. И еще, как рассказывал Стэнни, он знал всю Библию наизусть, а индейцам нравилось слушать рассказы, которыми их забавляли миссионеры до того, как в эти земли пришли трапперы и лесорубы.

Джад опять замолчал. Луис ждал.

— Микмаки рассказали деду Стэнни о кладбище, которым они больше не пользуются, потому что вендиго испортил землю, и о Духовой топи, и о ступенях в скале, и обо всем остальном.

Истории о вендиго тогда ходили повсюду в северных краях. Эти истории были необходимы индейцам точно так же, как нам необходимы некоторые из наших библейских историй. Норма меня проклянет, если услышит, скажет, что я богохульствую, но это правда, Луис. В холодные долгие зимы, когда было нечего есть, кое-кто из индейцев на севере доходил до той точки, когда ты либо умрешь от голода, либо... либо сделаешь что-то очень плохое.

— Каннибализм?

Джад пожал плечами:

— Может быть. Возможно, они выбирали кого-то, кто был уже стар и дряхл, и тогда все остальные на время спасались от голода. И сочиняли историю, что вендиго прошел через их поселение, пока все спали, и дотронулся до них. А согласно легенде, если вендиго дотронется до человека, у того разовьется вкус к плоти своих сородичей.

Луис кивнул:

— Бес попутал.

— Вот именно. Думаю, что и микмакам из здешних мест тоже приходилось делать нечто подобное, и кости тех, кого съели — одного, или двух, или дюжины, — они хоронили на своем кладбище.

— А потом решили, что земля испортилась, — пробормотал Луис.

— И вот, стало быть, Стэнни Би пришел на конюшню, я так понимаю, чтобы прикупить виски с черного хода, — продолжал Джад. — Уже изрядно подвыпивши. Его дед скопил за жизнь миллион долларов — ну, так говорили люди, — а Стэнни Би был совсем нищим. Он спросил меня, что случилось, и я ему рассказал. Он видел, как мне плохо, и сказал, что этому горю можно помочь, если очень захотеть и не бояться.

Я сказал, что готов все отдать, лишь бы Спот снова выздоровел, и спросил, не знает ли он хорошего ветеринара. «Ветеринара не знаю, — ответил Стэнни, — но я знаю, как помочь твоему псу, малыш. Сейчас иди домой и скажи отцу, чтобы сунул пса в мешок, но не зарывай его, нет. Оттащи его на кладбище домашних животных и спрячь у валежника. Потом возвращайся домой и скажи, что ты его похоронил».

Я спросил его, что это даст, а он велел мне не спать этой ночью и выйти на улицу, когда он бросит камешек в мое окошко. «Это будет около полуночи, — сказал он. — И если ты, парень, забудешь про Стэнни Би и заснешь, то и Стэнни Би забудет про тебя, и тогда прощай, пес, отправляйся прямиком в ад!»

Джад посмотрел на Луиса и закурил еще одну сигарету.

— Все прошло как по писаному. Когда я вернулся домой, отец сказал, что пристрелил Спота, чтобы тот не мучился. Мне даже не пришлось ничего говорить о кладбище домашних животных; отец сам попросил, чтобы я похоронил Спота там. В общем, я отнес туда своего пса в мешке. Отец спросил, не нужна ли мне помощь, и я ответил, что нет, не нужна, памятуя о том, что сказал Стэнни Би.

В ту ночь я не спал, кажется, целую вечность. Ну, знаешь, как время тянется у детей, когда отчаянно чего-то ждешь. Мне казалось, что уже близится утро, а часы пробили всего лишь десять или одиннадцать. Пару раз я едва не задремал, но каждый раз просыпался. Словно кто-то тряс меня за плечо и говорил: «Не спи, Джад! Не спи!» Словно что-то хотело, чтобы я не заснул.

Луис удивленно приподнял брови, и Джад пожал плечами.

— Когда часы в коридоре пробили двенадцать, я сел на постели, полностью одетый. В окно светила луна. Потом пробило полпервого, потом — час, а Стэнни все не было. Я подумал, что этот чертов француз обо мне забыл, и уже хотел раздеваться и спать, но тут в окно вдруг ударились два камешка, причем так неслабо ударились, чуть его не разбили. На самом деле стекло все-таки треснуло в одном месте, но я это заметил лишь на следующее утро. А мама и вовсе заметила только зимой, но подумала, что стекло треснуло от мороза.

Я подлетел к окну и поднял его. Рама трещала и громыхала, казалось, на всю округу, ну, как это бывает, когда тебе десять лет и ты пытаешься потихоньку выбраться из дома посреди ночи...

Луис рассмеялся, хотя не помнил, чтобы у него хоть раз возникало желание сбежать из дома посреди ночи, когда ему было десять. Впрочем, он ни капельки не сомневался, что если бы ему захотелось потихоньку выбраться на улицу, окно, которое днем даже не скрипело, ночью и вправду загромыхало бы на всю округу.

— Я испугался, что родители услышат и решат, будто в дом лезут грабители, но когда мое бешеное сердцебиение чуть унялось, понял, что отец по-прежнему храпит в спальне внизу. Я глянул на улицу и увидел, что под домом стоит Стэнни Би и шатается, словно от сильного ветра, хотя ветра не было. Удивительно, как он вообще смог прийти, но, думаю, он был пьян уже до такой степени, когда просто не можешь спать, как сова с диареей, и тебе море по колено. Он увидел меня и заорал во весь голос, хотя сам, похоже, считал, что шепчет: «Ты сам спустишься, парень, или мне за тобой подняться?» «Тсс!» — шикнул я, до смерти перепугавшись, что отец сейчас проснется и попросту меня убьет. «Что ты там шепчешь?» — заорал Стэнни Би еще громче. Если бы спальня родителей выходила на ту сторону, я мог бы уже попрощаться с жизнью. Но они спали в той комнате, где сейчас спим мы с Нормой. С окнами на реку.

— Не сомневаюсь, что вы слетели вниз как ошпаренный, — сказал Луис. — А можно мне еще пива, Джад? — Он уже выпил больше обычного, но сегодня это было простительно. Сегодня это было почти обязательно.

— Пива можно. Ты знаешь, где оно стоит, — ответил Джад, закуривая очередную сигарету. Дождался, пока Луис сядет обратно за стол, и продолжил: — Я не решился спускаться по лестнице. Пришлось бы пройти мимо родительской спальни. Я вылез через окно, спустился по решетке для плюща. Было страшно, признаюсь честно. Но отца я боялся больше. Он бы точно меня прибил, если бы узнал, куда я собрался посреди ночи в компании Стэнни Би. — Джад затушил сигарету в пепельнице. — В общем, пошли мы на кладбище домашних животных, и Стэнни Би по дороге упал раз десять. Он был сильно пьян, и несло от него, как из помойки. Один раз он едва не напоролся на сук, когда падал, чуть горло себе не проткнул. Но он тащил с собой кирку и лопату. Когда мы пришли на кладбище, я подумал, что сейчас он отдаст мне лопату с киркой, а сам отрубится.

Но он, кажется, даже чуток протрезвел. Сказал, что мы пойдем дальше, за валежник, в глубь леса, где есть еще одно кладбище.

Я посмотрел на Стэнни, который едва стоял на ногах, потом посмотрел на валежник и сказал: «Стэнни Би, вы на него не залезете. Вы шею свернете». А он ответил: «Ничего я себе не сверну, и ты ничего не свернешь. Я пройду в лучшем виде, а ты пронесешь своего пса». И он сказал правду. Он перешел через кучу валежника на удивление легко, даже не глядя под ноги, а я тащил Спота, хотя он весил фунтов тридцать пять, а я сам — около девяноста. Кстати, Луис, на следующий день после той ночи у меня все болело. Ты сам как себя чувствуешь после вчерашнего?

Луис ничего не сказал, только кивнул.

— Мы шли и шли, — продолжал Джад. — Мне казалось, что мы идем целую вечность. В те времена лес был совсем диким. Птицы кричали в ветвях, и ты даже не знал, что это за птицы такие. В чаще бродили звери. По большей части олени, но были и лоси, и медведи, и рыси. Я тащил Спота. Через какое-то время мне в голову пришла совершенно безумная мысль, что Стэнни Би превратился в индейца и уже совсем скоро он обернется ко мне, черноглазый и ухмыляющийся, лицо раскрашено этой вонючей краской, которую они делают из медвежьего жира, что в руках у него томагавк, острый камень, прикрученный к палке ремнями из сыромятной кожи, и он подскочит ко мне, схватит за волосы и снимет скальп. Стэнни уже не шатался и не падал, он шел вперед твердым шагом с высоко поднятой головой, и это лишь укрепляло мои подозрения. Но когда мы добрались до края Духовой топи и он обернулся ко мне, я увидел, что это все тот же Стэнни, а не шатался он потому, что был напуган до полусмерти. Так напуган, что аж протрезвел.

Он сказал мне то же самое, что я говорил тебе вчера вечером. Про гагар, про огни святого Эльма и чтобы я не обращал внимания на то, что увижу или услышу. И самое главное, сказал он, не отвечать, если с тобой кто-нибудь или что-нибудь заговорит. А потом мы пошли через болото. И я кое-что видел. Не скажу, что именно, но с тех пор я бывал там раз пять и больше не видел ничего подобного. И уже не увижу, Луис, потому что вчера был мой последний поход на микмакский могильник.

Ведь я же не верю во все эти сказки? — спросил себя Луис. Три пива очень способствуют беседе с самим собой. *Я же не верю в эти россказни про старых французов, индейские кладбища, какого-то там вендиго и животных, которые воскресают из мертвых? Боже правый, кота всего-навсего оглушило — его ударила машина, и он отрубился. Ничего сверхъестественного в этом нет. А стариковские байки — они и есть стариковские байки.*

Только он знал, что это никакие не байки, и три пива — или тридцать три — не отменяли это знание.

Во-первых, Черч был мертвым. Во-вторых, теперь он жив. И в-третьих, он изменился, с ним что-то не так. Что-то произошло. Джад показал ему это место в благодарность за то, что считал неоценимой услугой, но магия, обитавшая на старом микмакском кладбище, возможно, была не такой уж и доброй, и что-то в глазах Джада подсказывало Луису, что Джад это знал. Луис вспомнил, что вчера ему тоже не понравился взгляд старика. Вспомнил странное, едва ли не радостное возбуждение в его глазах. Вспомнил свою безумную мысль о том, что Джад повел его хоронить кота Элли в то конкретное место не совсем по своей воле.

Но если не по своей, то по чьей? А поскольку ответа на данный вопрос Луис не знал, он поспешил отогнать эту тревожную мысль.

— Я закопал Спота и сложил пирамиду, — продолжал Джад ровным, невыразительным голосом. — К тому времени как я закончил, Стэнни Би уже храпел. Пришлось изрядно его потрясти, чтобы он проснулся, но когда мы спустились по этим сорока четырем ступенькам...

— По сорока пяти, — пробормотал Луис.

Джад кивнул:

— Да, все верно, их сорок пять. Когда мы спустились по этим сорока пяти ступенькам, он как будто опять протрезвел. Мы вернулись тем же путем, через болото и лес. Перелезли через валежник, наконец перешли дорогу, и я увидел свой дом. Мне казалось, прошло часов десять, но еще даже не начало светать.

«И что теперь?» — спросил я у Стэнни Би. «Теперь подожди и увидишь, что будет», — ответил он и пошел восвояси, снова шатаясь и еле держась на ногах. Думается мне, в ту ночь он спал на задворках конюшни, и как потом оказалось, мой пес Спот пережил Стэнни Би на два года. Печень его подвела, протравила его насквозь, и четвертого июля тысяча девятьсот двенадцатого года двое детишек нашли его на дороге, уже остывшего.

А в ту ночь я просто залез по решетке обратно, забрался в постель и заснул, как только голова коснулась подушки. На следующее утро я проснулся почти в девять. Мать меня позвала. Отец работал на железной дороге и уходил в шесть. — Джад на секунду умолк, задумавшись. — Мать не просто звала меня, Луис. Она *кричала как резаная*.

Джад подошел к холодильнику, достал бутылку пива и открыл ее о ручку кухонной тумбы под хлебницей и тостером. В свете электрической лампы его лицо было желтым, цвета никотина. Старик одним глотком осушил половину бутылки, громко рыгнул, глянул в сторону коридора, ведущего в комнату, где спала Норма. Потом обернулся к Луису.

— Мне трудно об этом говорить, — сказал он. — Мысленно я постоянно к этому возвращаюсь, уже столько лет, но никогда никому не рассказывал. Другие знали, что произошло, но никогда не говорили об этом со мной. Это как с сексом, наверное. Но тебе, Луис, я расскажу. Потому что твой кот стал другим. Не обязательно опасным, но... другим. Ты согласен?

Луис вспомнил, как Черч неуклюже спрыгнул с унитаза, задев задними лапами ванну, вспомнил его тусклый взгляд, не то чтобы тупой, но мутный.

Наконец он кивнул.

— Когда я спустился, мать забилась в угол кладовки между холодильником и буфетом. На полу лежала куча чего-то белого — занавески, которые она собиралась повесить. А в дверях кладовой стоял Спот, мой пес. Он был весь в грязи. Шерсть на брюхе свалялась, была вся в колтунах. Он просто стоял — не рычал, ничего, — но было ясно, что это он загнал ее в угол, может, сам того не желая. Она была в ужасе, Луис. Не знаю, как ты относишься к своим родителям, но я своих очень любил. Поэтому и не особо обрадовался, увидев Спота. Это ведь из-за меня мама так напугалась, из-за того, что я сделал. А я даже и не удивился, что Спот вернулся.

— Понимаю, — сказал Луис. — Когда я утром увидел Черча, я просто... мне показалось, что это... — Он секунду помедлил.

Естественно? Это слово первым пришло на ум, но оно было неправильным. — Что так и *должно быть.*

— Да, — согласился Джад. Он опять закурил. Его руки слегка дрожали. — Мать увидела меня, а я прибежал неодетый, в одних трусах, и крикнула: «Покорми своего пса, Джад! Его надо покормить! И забери его отсюда, пока он не испачкал занавески!»

Я собрал в миску объедки и позвал Спота. Сперва он не шел, как будто не узнавал свое имя, и я даже подумал, что это не Спот, а другой пес, просто *очень похожий...*

— *Да!* — воскликнул Луис.

Джад кивнул.

— Но на второй или третий раз он пошел. Вроде как *дернулся* в мою сторону, а когда я выводил его на крыльцо, он врезался боком в дверной косяк и чуть не упал. Но поесть он поел, смел подчистую все, что было в миске. К тому времени я уже справился с первым испугом и начал понимать, что случилось. Я встал на колени и обнял его, я был так рад его видеть. А потом он облизал мне лицо...

Джад вздрогнул и допил пиво.

— Луис, его язык был *холодным.* Как будто тебе в лицо тычут дохлой рыбой.

Они помолчали, а потом Луис спросил:

— И что дальше?

— Он поел, и когда он закончил, я принес старый чан, который мы держали специально для него под задним крыльцом, и вымыл его. Спот всегда ненавидел купаться; обычно мы его мыли вдвоем с отцом, и под конец этого дела были мокрые оба с головы до ног, и отец чертыхался, а Спот делал вид, что ему стыдно — собаки это умеют. А после купания он сразу бежал изваляться в грязи, а потом обязательно отряхивался рядом с бельем, которое мать вывешивала сушиться во дворе, и она орала на нас обоих и грозилась пристрелить несносного пса.

Но в тот день Спот стоял в чане смирно и дал мне себя вымыть. Он вообще не шевелился. Мне это не понравилось. Как будто моешь... кусок мяса. Потом я взял старое полотенце и вытер его. Я рассмотрел те места, где его зацепила проволока. Там не было шерсти, а на коже виднелись ямки. Так выглядят старые раны лет через пять или больше.

Луис кивнул. По роду занятий ему иногда приходилось видеть подобое. Такие раны никогда не затягиваются целиком. Луис задумался о могилах, о своих ученических днях в похоронном бюро дяди и о том, что вынутой из ямы земли никогда не хватает, чтобы засыпать могилу полностью.

— Потом я увидел, что у него на голове. Тоже ямка, но над ней шерсть отросла. Маленьким белым кружком, рядом с ухом.

— Там, куда выстрелил ваш отец, — сказал Луис. Джад кивнул. — Убить человека или животное выстрелом в голову не так уж просто, Джад. Многие незадачливые самоубийцы не знают, что пуля может удариться о черепную кость, пройти полукругом и выйти с другой стороны, даже не задев мозг. Я сам наблюдал один случай, когда парень выстрелил себе в правое ухо и умер от того, что пуля обошла вокруг головы и пробила яремную вену слева. След от нее походил на дорожную карту.

Джад улыбнулся и кивнул.

— Помню, я что-то такое читал в одной из газет Нормы, в «Стар» или «Инквайер». Но раз мой отец сказал, что Спота больше нет, значит, Луис, так оно и было.

— Хорошо, — отозвался Луис. — Раз вы так говорите, значит, так оно и есть.

— Кот твоей дочери был мертв?

— Мне казалось, что да.

— Ты должен был сразу понять. Ты же врач.

— Вас послушать, так «Ты должен был сразу понять, ты же Господь Бог». Я не Господь Бог. Было темно...

— Да, было темно, и его голова крутилась на шее, словно на подшипнике, а когда ты его поднимал, он примерз, и пришлось его *отдирать* от травы, Луис... звук был такой, как будто от бумаги отодрали липкую ленту. С живыми так не бывает. Когда ты живой, иней под тобой тает.

В соседней комнате часы пробили половину одиннадцатого.

— И что сказал ваш отец, когда вернулся домой и увидел пса? — спросил Луис.

— Я был во дворе, кидал камешки в лужу, вроде как ждал его. Я себя чувствовал виноватым, как и всегда, когда делал что-то не то и боялся, что мне влетит. Он вернулся около восьми вечера, в этой своей рабочей робе и кепке... ты когда-нибудь видел такие?

Луис кивнул и прикрыл рот рукой, чтобы спрятать зевок.

— Да, уже поздно, — проговорил Джад. — Пора закругляться.

— И вовсе не поздно, — ответил Луис. — Просто я выпил больше обычного. Продолжайте, Джад. Не спешите. Мне интересно послушать.

— Отец носил с собой обеды в жестянке из-под топленого жира — вроде ведерка с ручкой. И вот он входит во двор, размахивая этой пустой жестянкой и что-то насвистывая себе под нос. Уже вечерело, но он увидел меня в сумерках и сказал: «Привет, Джадкинс! — Он так меня называл. — А где твоя...»

Договорить он не успел. Из темноты вышел Спот, именно вышел, не примчался на всех парах, не стал радостно наскакивать на отца, а просто вышел, виляя хвостом, и отец выронил свою жестянку и попятился. Не знаю, может быть, он развернулся бы и побежал, но он пятился, пятился, ударился спиной о забор и замер на месте, глядя на пса. А когда Спот все-таки прыгнул на него, отец схватил его за передние лапы и просто держал их, как руки барышни, с которой собирался танцевать. Он долго-долго смотрел на пса, потом повернулся ко мне и сказал: «Надо его искупать, Джад. От него пахнет могильной землей». А потом он пошел в дом.

— И что вы сделали? — спросил Луис.

— Вымыл его еще раз. Он опять стоял смирно и не шевелился, пока я его купал. А когда я вернулся в дом, мама уже легла спать, хотя еще не было и девяти. Отец сказал: «Нам надо поговорить, Джадкинс». Я уселся напротив него, и он в первый раз в жизни заговорил со мной как с мужчиной, и от дома через дорогу — теперь это твой дом — шел запах жимолости, а из нашего сада шел запах шиповника. — Джад Крэндалл вздохнул. — Мне всегда хотелось, чтобы отец разговаривал со мной как со взрослым. Я представлял себе, как это будет прекрасно. Но было совсем не прекрасно. Совсем. И наш сегодняшний разговор, Луис... как будто смотришь в зеркало, напротив которого стоит другое, и видишь свои бесконечные отражения в коридоре зеркал. Интересно, сколько раз эту историю передавали от одного человека к другому? История все та же, меняются лишь имена. Совсем как с сексом, да?

— Ваш отец знал о кладбище.

— Да. «Кто тебя туда отвел, Джад?» — спросил он, и я все ему рассказал. Он только кивал, словно чего-то подобного и ожидал. Впрочем, может, и ожидал, хотя потом я узнал, что в то время в Ладлоу еще человек шесть или восемь знали про это место и могли бы показать его мне. Но отец, думается, понимал, что лишь Стэнни Би был настолько безумным, чтобы и вправду туда пойти.

— А вы не спросили его, почему он *сам* не отвел вас в это место?

— Спросил, — сказал Джад. — Разговор вышел долгим, так что я и об этом спросил. И он ответил, что это нехорошее место, в общем и целом, и что чаще всего от него не бывает добра ни людям, потерявшим своих животных, ни самим животным. Он спросил, нравится ли мне Спот, каким он стал теперь, и знаешь, Луис, мне было очень непросто ответить на этот вопрос... Я говорю тебе о своих переживаниях и чувствах, потому что рано или поздно ты меня спросишь, почему я повел тебя с котом дочери на тот холм, если это плохое место. Понимаешь?

Луис кивнул. Что подумает Элли о Черче, когда вернется? Эта мысль не давала ему покоя весь день, пока они со Стивом Мастертоном играли в ракетбол.

— Может быть, я это сделал по той причине, что детям все-таки надо знать, что иногда смерть — это не самое худшее, — сказал Джад, с трудом подбирая слова. — А твоя Элли не знает, и есть у меня подозрение, что не знает она потому, что об этом не знает твоя жена. Скажи мне, если я не прав, и оставим этот разговор.

Луис открыл рот и тут же закрыл.

Джад продолжил рассказ. Теперь он говорил очень медленно, перебираясь от слова к слову, как вчера они перебирались с кочки на кочку в Духовой топи.

— За столько лет я не раз видел, как это бывает. По-моему, я уже тебе говорил, что Лестер Морган схоронил там своего призового быка. Черного ангуса по кличке Ханратти. Дурацкое имечко для быка, да? Умер от какой-то внутренней язвы, и Лестер оттащил его на холм на санях. Уж не знаю, как он это сделал — как перенес его через валежник, — но ведь говорят же, что если захочешь, то сможешь все. И в этом есть доля правды. По крайней мере когда речь идет о том старом индейском могильнике.

В общем, Ханратти вернулся домой, но спустя две недели Лестер его застрелил. Бык сделался злобным, по-настоящему злобным. Но это был единственный случай, о котором я знаю. Обычно-то звери не злобятся. Просто становятся чуточку туповатыми… чуточку заторможенными… чуточку…

— Чуточку мертвыми?

— Да, — согласился Джад. — Чуточку мертвыми. Как будто они побывали… где-то… вернулись обратно… но не совсем. Впрочем, твоя дочь, Луис, этого не узнает. Что ее кота сбила машина и что он умер, а потом вернулся. Ребенок вряд ли усвоит урок, если не знает, что его чему-то учат. Хотя иногда…

— Иногда все же усвоит, — сказал Луис скорее себе, чем Джаду.

— Да, — согласился Джад. — Иногда — да. Может быть, она что-то поймет о смерти, поймет, что это такое на самом деле. Где кончается боль и начинается добрая память. Это не конец жизни, а конец боли. Но ты ей этого не говори, она поймет все сама. И если она хоть немного похожа на меня, она по-прежнему будет любить своего кота. Он не озлобится, не станет кусаться, ничего в таком духе. Она будет его любить… но кое-что сообразит… и вздохнет с облегчением, когда он умрет.

— Так вот почему вы отвели меня туда, — сказал Луис. Ему стало легче. Он получил объяснение. Пусть совершенно безумное, не укладывающееся в рамки логики и здравого смысла, но хотя бы какое-то объяснение. Значит, теперь можно забыть о том взгляде Джада в лесу — взгляде, исполненном темного, шального веселья. — Ясно, это…

Джад вдруг резко закрыл лицо ладонями. Сначала Луис подумал, что у старика внезапный приступ боли, и встревоженно приподнялся со стула, но потом увидел, как судорожно вздымается его грудь, и понял, что тот пытался удержать слезы.

— Да, но не только поэтому, — сдавленно проговорил Джад. — Я сделал это по той же причине, что и Стэнни Би, и Лестер Морган.

Лестер отвел туда Линду Лейвскью, когда ее собаку сбила машина. Причем отвел уже после того, как прикончил своего проклятого быка, когда тот совсем озверел и начал гоняться за детьми. Но он все равно это сделал, Луис, он *все равно* это сделал, — почти простонал Джад. — *Господи*, и вот как к этому относиться?!

— О чем вы говорите, Джад? — спросил Луис, встревожившись.

— Лестер и Стэнни сделали это по той же причине, что и я. Потому что оно тебя не отпускает. Это кладбище — тайное место, и тебе хочется поделиться с кем-нибудь этой тайной, и ты ищешь причины, которые кажутся убедительными и правильными, и ты... — Джад убрал руки от лица и посмотрел на Луиса. В глазах старика словно поселилась вековая усталость. — Ты берешь и делаешь. Ты выдумываешь причины... они кажутся правильными... но основная причина в том, что тебе хочется это сделать. Или приходится сделать. Отец не отвел меня в это место, потому что он про него слышал, но никогда там *не бывал*. Стэнни Би там бывал... и привел туда меня... и вот прошло семьдесят лет... и как-то вдруг, сразу... — Джад покачал головой и сухо откашлялся, прикрыв рот ладонью. — Послушай. Послушай, Луис. На моей памяти бык Лестера был единственным животным, которое стало по-настоящему злобным. Насколько я знаю, чау-чау миссис Лейвскью один раз укусил почтальона, уже потом, после... и я слышал еще о нескольких случаях... когда животные безобразничали... но Спот всегда был хорошим псом. От него постоянно пахло землей — сколько бы его ни мыли, от него постоянно пахло землей, — но он был хорошим и добрым псом. Мать больше ни разу к нему не притрагивалась, но он все равно был хорошим. Хотя, Луис, если ты сегодня вернешься домой и убьешь своего кота, я ни слова тебе не скажу.

Это место... оно тебя не отпускает... и ты выдумываешь самые что ни на есть убедительные причины... но, возможно, я сделал что-то не то, Луис. Вот я о чем говорю. Я мог ошибиться. Лестер мог ошибиться. Стэнни Би мог ошибиться. Черт, я тоже не Господь Бог. Но возвращать мертвых к жизни... не значит ли это воображать себя Богом?

И вновь Луис открыл рот и тут же закрыл. То, что он собирался сказать, прозвучало бы очень неправильно, очень неправильно и очень грубо: *Джад, я прошел через все это не для того, чтобы снова убить этого проклятого кота.*

Джад допил пиво и аккуратно поставил пустую бутылку к другим.

— Да, пожалуй, что так, — проговорил он. — В общем, я все сказал.

— Можно задать вам один вопрос? — спросил Луис.

— Ну давай, — сказал Джад.

— А там когда-нибудь хоронили людей?

Рука Джада судорожно дернулась; две пустые бутылки упали со стола, и одна из них разбилась.

— Боже правый! — воскликнул он. — *Нет!* Кому бы такое могло прийти в голову? Даже не заводи разговор о подобных вещах, Луис!

— Я просто поинтересовался, — смущенно пробормотал Луис.

— Некоторыми вещами лучше не интересоваться вообще, — отрезал Джад Крэндалл, и Луис Крид подумал, что никогда раньше тот не казался ему таким старым и дряхлым, словно и сам был уже на краю могилы.

А потом, уже дома, ему вдруг пришло в голову, что Джад и вправду выглядел как-то странно.

У него был такой вид, будто он лгал.

27

Луис понял, насколько он пьян, только когда зашел в гараж.

На улице светили звезды и холодная долька луны. Недостаточно света, чтобы отбрасывать тень, но хватает, чтобы видеть дорогу. Войдя в гараж, Луис как будто ослеп. Где-то был выключатель, но он не мог вспомнить где. Он осторожно пошел вперед, не отрывая стоп от пола. Голова кружилась. Он боялся удариться обо что-то или наткнуться на какую-нибудь игрушку, опрокинуть ее, испугаться грохота и грохнуться самому. Велосипед Элли. Ходунки Гейджа.

Где же кот? Он что, оставил его в доме?

Каким-то образом он сбился с курса и налетел на стену. В ладонь вонзилась тонкая щепка, Луис крикнул: «Черт!» — но даже на его собственный слух возглас вышел скорее испуганным, чем раздраженным. Гараж, кажется, тихо повернулся вокруг невидимой оси. Теперь Луис не мог отыскать не только выключатель, но и вообще *ничего*, включая дверь в кухню.

Он снова пошел вперед, медленно и осторожно. Ладонь саднило. *Так вот каково быть слепым,* подумал он и вспомнил концерт Стиви Уандера, на который они с Рэйчел ходили... когда? Шесть лет назад? Как бы невероятно это ни звучало, но да. Рэйчел тогда была беременна Элли. Двое парней подвели Уандера к синтезатору, следя за тем, чтобы он не споткнулся о кабели, змеившиеся по сцене. А потом, когда он стал танцевать с одной из певиц, она бережно вывела его на свободный участок. Танцевал он хорошо, Луис это отметил еще тогда. Танцевал он прекрасно, но нужна была рука, которая вывела бы его туда, где он мог это делать.

Вот бы и мне сейчас руку, которая вывела бы меня к двери в кухню, подумал Луис... и вздрогнул.

Если сейчас из темноты вдруг появится чья-то рука, он заорет во весь голос.

Он остановился, чувствуя, как колотится сердце. *А ну перестань*, сказал он себе. *Что еще за идиотские мысли?*

Где этот чертов кот?

Он все же ударился обо что-то, о задний бампер микроавтобуса, боль, пронзившая ногу, прошла волной по всему телу, на глаза навернулись слезы. Он схватился за пострадавшую голень и принялся растирать ее, стоя, как цапля, на одной ноге, но зато теперь он знал, где находится, и вновь ориентировался в собственном гараже. Плюс к тому глаза начали привыкать к темноте. В голове чуть прояснилось. Луис вспомнил, что оставил кота в доме, потому что ему не хотелось дотрагиваться до него, брать на руки, и выносить, и...

И тут горячее, пушистое тело Черча скользнуло по его ноге, словно маленький водоворот на мелководье, отвратительный хвост змеей обернулся вокруг голени, и Луис закричал: широко открыл рот и заорал во весь голос.

28

— Папа! — крикнула Элли.

Она бежала к нему через зал прилета, лавируя между пассажирами, как нападающий на игровом поле. Большинство людей уступали ей дорогу, улыбаясь. Луис был немного смущен ее пылом, но все равно чувствовал, как на лице расплывается широкая, глуповатая улыбка.

Рэйчел держала Гейджа на руках, и он тоже увидел Луиса, когда услышал вопль Элли.

— *Папа*! — восторженно завопил он и принялся вырываться из рук Рэйчел. Та улыбнулась (немного устало, отметил Луис) и поставила сына на ноги. Он побежал следом за Элли, деловито топоча ножками. — *Папа! Папа!*

У Луиса было время заметить, что на Гейдже новый свитер — похоже, дед раскошелился. И тут к нему подскочила Элли и вскарабкалась на него, как на дерево.

— Привет, папа! — Она радостно чмокнула его в щеку.

— Привет, солнышко, — сказал он и наклонился подхватить Гейджа. Усадил его на сгиб руки и обнял обоих детей. — Я так рад, что вы вернулись.

К ним подошла Рэйчел с дорожной сумкой и книжкой в одной руке и сумкой для подгузников Гейджа — в другой. На боку этой сумки красовалась надпись «Я СКОРО СТАНУ БОЛЬШИМ», призванная подбодрить скорее родителей, чем самого малыша, носящего подгузники. Рэйчел была похожа на профессионального фотографа, вернувшегося из долгой, изнурительной командировки.

Луис шагнул к ней и поцеловал в губы.

— Привет.

— Привет, док, — улыбнулась она.

— Вид у тебя усталый.

— Так я и *устала*. До Бостона долетели нормально. Пересадка тоже прошла нормально. Взлет — без проблем. Но когда самолет делал круг над городом, Гейдж посмотрел вниз, сказал «класота», и его стошнило так, что он весь изгваздался.

— О Боже.

— Пришлось переодевать его в туалете. Не думаю, что это вирус или что-то такое. Просто его укачало.

— Поехали домой, — сказал Луис. — Я приготовил чили.

— *Чили! Чили!* — радостно завопила Элли прямо в ухо Луису.

— *Чиви! Чиви!* — завопил Гейдж в его другое ухо, что хотя бы уравновесило звон в ушах.

— Пойдемте, — сказал Луис. — Забираем багаж и рвем когти.

— Папа, а как там Черч? — спросила Элли, когда Луис поставил ее на ноги. Он ждал этого вопроса, но совершенно не ждал, что у Элли будет такое встревоженное лицо и такой напряженный взгляд. Луис нахмурился и взглянул на Рэйчел.

— Она в субботу проснулась с криком, — тихо проговорила Рэйчел. — Ей приснился кошмар.

— Мне приснилось, что Черча сбила машина, — пояснила Элли.

— Я так думаю, это переедание. Слишком много сандвичей с индейкой, — сказала Рэйчел. — У нее был понос. Успокой ее, Луис, и поедем домой. За эту неделю я так насмотрелась на аэропорты, что мне хватит на следующие пять лет.

— С Черчем все хорошо, солнышко, — медленно проговорил Луис.

Да, с ним все хорошо. Он целый день лежит в доме и смотрит на меня своими странными, мутными глазами — словно видел что-то такое, что напрочь выжгло ему весь разум, какой вообще есть у котов. С ним все в порядке. На ночь я выгоняю его метлой, потому что мне противно к нему прикасаться. Не то чтобы я прямо его выметаю — так, легонько подталкиваю метлой, и он сам выходит. А сегодня, когда я вошел в гараж, там валялась дохлая мышь — вернее, то, что от нее осталось. Он ее распотрошил и позавтракал ее кишками. А я вот сегодня не завтракал, кстати сказать. Что-то не было аппетита. Но в остальном...

— С ним все хорошо.

— Ага, — сказала Элли, и ее нахмуренный лоб разгладился. — Это прекрасно. Когда мне приснился тот сон, я была уверена, что Черч умер.

— Да? — спросил Луис с улыбкой. — Сны бывают совершенно бредовые, правда?

— *Сны-ы-ы!* — закричал Гейдж во весь голос. Он сейчас проходил попугайский этап, который в свое время был и у Элли. — *Сны-ы-ы!* — И от души дернул Луиса за волосы.

— Ладно, бандиты, пойдемте, — сказал Луис, и они все направились в зал получения багажа.

Когда они уже походили к машине, Гейдж забормотал: «Station, класота», — странным, икающим голосом. На этот раз его стошнило прямо на Луиса, который по случаю встречи семейства надел новые брюки. Очевидно, *класота* была у Гейджа кодовым словом, обозначавшим: *Меня сейчас вырвет, прошу прощения, отойдите в сторонку.*

Оказалось, что это все-таки вирус.

Они как раз подъезжали к дому, когда у Гейджа начался жар, и он заснул беспокойным, болезненным сном. Загоняя микроавтобус в гараж, Луис краем глаза заметил Черча. Тот крался вдоль стены, задрав хвост, и смотрел на машину своим странным, пустым взглядом. Потом он растворился в предвечерних сумерках, и Луис увидел распотрошенную мышь, лежавшую рядом с четырьмя летними шинами (пока семья была в отъезде, Луис сменил шины на зимние). Вывалившиеся внутренности влажно поблескивали в полумраке.

Луис быстро выскочил из машины и специально врезался в пирамиду из шин. Две верхние шины упали и закрыли мертвую мышь.

— Ой, — сказал он.

— Папа, ты недотепа, — весело откликнулась Элли.

— Что есть, то есть, — преувеличенно бодро отозвался Луис. На самом деле ему хотелось сказать: *Класота, класота*, — и потихоньку блевануть в уголке. — Папа у вас недотепа.

Насколько он помнил, до кастрации Черч лишь однажды убил крысу; иногда он ловил мышей и играл с ними в жестокую кошачью игру, которая обычно кончается смертоубийством, но всякий раз Луис, Рэйчел или Элли успевали вмешаться и не дать ему довести дело до конца. А после кастрации он вообще не смотрел на мышей, как это почти всегда и бывает с кастрированными котами — во всяком случае, если их хорошо кормят.

— Ты так и будешь стоять, погрузившись в мечтания, или все же поможешь мне с Гейджем? — спросила Рэйчел. — Возвращайтесь с планеты Монго, доктор Крид. Вы нужны людям Земли. — У нее был усталый, раздраженный голос.

— Прости, малышка.

Луис взял на руки Гейджа, горячего, как раскаленная печка.

Так что в тот вечер они ели знаменитое южное чили Луиса только втроем; Гейджа, вялого и больного, уложили на диване в гостиной, вручили ему бутылочку с теплым куриным бульоном и включили мультики по телевизору.

После ужина Элли подошла к двери в гараж и позвала Черча. Луис, который мыл посуду, пока Рэйчел разбирала чемодан наверху, очень надеялся, что кот не придет. Но тот пришел — медленно приковылял своей новой нетвердой походкой, — причем пришел почти сразу, словно сидел, затаившись, прямо за дверью. *Затаившись*. Это слово первым пришло на ум.

— Черч! — воскликнула Элли. — Привет, Черч!

Она подхватила кота и прижала к себе. Луис наблюдал за ней краем глаза; его руки застыли над раковиной с посудой. Он увидел, как радость на лице дочери сменяется растерянностью. Кот смирно лежал у нее на руках: уши прижаты, глаза смотрят прямо на Элли.

Через какое-то время — Луису оно показалось невероятно *долгим* — она опустила Черча на пол. Кот поплелся в сторону столовой, даже не оглянувшись. *Истребитель мышей*, подумал Луис, вспомнив сегодняшнюю находку. *Господи, что же мы сделали в тот вечер?*

Он честно пытался вспомнить, но те события уже казались смутными и далекими, как отвратительная смерть Виктора Паскоу на полу в приемной студенческой поликлиники. Он помнил только порывы ветра и мерцание снега на поле возле леса. И больше ничего.

— Папа? — позвала Элли глухим, тихим голосом.

— Что, Элли?

— От Черча странно пахнет.

— Правда? — спросил Луис, старательно сохраняя нейтральный тон.

— Да! — Элли явно была расстроена. — От него пахнет! От него никогда так не пахло! А теперь пахнет, как будто... как будто *какашками!*

— Ну, может, он где-то испачкался, солнышко, — предположил Луис. — Чем бы там от него ни пахло, это скоро пройдет.

— Очень *надеюсь*, — отозвалась Элли голосом вдовствующей королевы и вышла из кухни.

Луис нащупал на дне раковины последнюю вилку, вымыл ее и вынул затычку. Он стоял, глядя в темноту за окном, пока мыльная вода с глухим бульканьем утекала в сливное отверстие.

Когда вся вода утекла и перестала булькать, Луис расслышал свист ветра на улице, тонкий пронзительный свист северного ветра, приносящего зиму. Он вдруг понял, что ему страшно — просто страшно, без всякой причины, как иной раз становится страшно, когда тучи вдруг закрывают солнце и вдалеке слышится странное, необъяснимое тиканье.

— *Сто три?** — переспросила Рэйчел. — Господи, Лу! Ты уверен?

— Это вирус, — отозвался Луис. Он пытался не раздражаться из-за голоса Рэйчел, в котором слышалось чуть ли не обвинение. Она устала. У нее выдался тяжелый день, она пересекла полстраны вместе с двумя маленькими детьми. Было уже одиннадцать, а день все не кончался. Элли спала у себя в комнате. Гейдж лежал на их кровати в состоянии, которое можно было бы определить как полубессознательное. Час назад Луис дал ему ликвиприн. — Аспирин к утру собьет температуру.

— А ты не дашь ему ампициллин или что-то подобное?

Луис терпеливо проговорил:

— Если бы у него было какое-то воспаление или стрептококковая инфекция, я бы дал ему антибиотик. Но от вирусов антибиотики не помогают. От них у него просто будет понос, а значит, обезвоживание организма.

— А ты *уверен*, что это вирус?

— Вообще-то я врач, если ты вдруг забыла, — огрызнулся Луис.

— Не ори на меня! — крикнула Рэйчел.

— Я не ору! — крикнул Луис в ответ.

---

* 39,4°C.

— Нет, орешь. Ты ор-ор-орешь... — У нее задрожали губы, и она прикрыла лицо рукой. Луис увидел темные круги у нее под глазами, и ему стало стыдно.

— Прости, — сказал он, садясь рядом с ней. — Господи, даже не знаю, что на меня нашло. Прости меня, Рэйчел.

— «Никогда не извиняйся и никогда не оправдывайся», — произнесла она с бледной улыбкой. — Ты сам так однажды сказал. Паршивая была поездка. И я боялась, что ты психанешь, когда заглянешь в шкаф Гейджа. Наверное, лучше сказать об этом прямо сейчас, пока ты себя чувствуешь виноватым.

— С чего бы мне вдруг психовать?

Она улыбнулась все той же бледной, вымученной улыбкой.

— Мама с папой купили ему десять новых нарядов. Сегодня он был в одном из них.

— Я заметил, что у него новый свитер, — сухо отозвался Луис.

— Я заметила, что ты заметил. — Рэйчел изобразила сердитый взгляд, и Луис рассмеялся, хотя смеяться ему не хотелось. — И шесть новых платьев для Элли.

— Шесть платьев! — повторил Луис, очень стараясь не повышать голос. Он вдруг разозлился — нехорошо разозлился — и почувствовал жгучую, необъяснимую обиду. — Рэйчел, *зачем*? Почему ты ему разрешила? Нам не нужно... мы сами можем купить...

Он умолк, лишившись от ярости дара речи. На мгновение ему очень живо вспомнилось, как он тащил по лесу мертвого кота Элли, как перекладывал тяжеленный пакет из руки в руку... а тем временем Ирвин Гольдман, этот старый козел из Лейк-Фореста, пытался купить любовь его дочери посредством своей достопамятной чековой книжки.

Он чуть было не закричал: *Он купил ей шесть платьев, а я вернул из мертвых ее проклятого кота, так кто из нас больше ее любит?!*

Но он проглотил эти слова. Никогда в жизни он не скажет ничего подобного. *Никогда в жизни.*

Рэйчел ласково прикоснулась к его шее.

— Луис, это не только отец, мама тоже. Пожалуйста, попытайся понять. *Я тебя очень прошу.* Они любят детей и так редко их видят. И они *стареют*. Луис, ты бы сейчас не узнал моего отца. Правда.

— Узнал бы, — пробормотал Луис.

— Пожалуйста, милый. Попытайся понять. Попытайся быть чуть добрее. Ведь это не трудно.

Он долго смотрел на нее.

— Все-таки трудно, — сказал он наконец. — Наверное, так не должно быть, и тем не менее...

Она открыла рот, чтобы ответить, но тут из детской раздался крик Элли:

— *Папа! Мама! Кто-нибудь!*

Рэйчел попыталась встать, но Луис усадил ее обратно.

— Ты лучше останься с Гейджем. Я сам схожу.

Ему казалось, он знает, в чем дело. Но он же выгнал кота, черт возьми; когда Элли легла, он нашел Черча в кухне возле его миски и выставил из дома. Ему не хотелось, чтобы кот спал с Элли. Теперь лучше не надо. Когда он думал о том, что Черч будет спать с Элли, в голову лезли странные мысли о болезнях вкупе с воспоминаниями о похоронном бюро дяди Карла.

Она поймет, что что-то не так и что раньше Черч был лучше.

Да, он выгнал кота, но когда он вошел в спальню Элли, та сидела на кровати, сонно моргая, а Черч лежал, растянувшись на покрывале этакой тенью летучей мыши. Открытые глаза кота тупо таращились в пространство, мерцая в свете, шедшем из коридора.

— Папа, забери его, — почти простонала Элли. — Он так *воняет*.

— Тише, Элли, спи. — Луис сам поразился тому, как спокойно звучал его голос. Ему вспомнилось утро после того ночного сножождения, на следующий день после смерти Паскоу. Луис тогда приехал на работу и сразу помчался в уборную к зеркалу, уверенный, что у него жуткий вид. Но он выглядел совершенно нормально. Что заставляет задуматься о том, какие мрачные тайны многие люди скрывают за внешним спокойствием.

Черт возьми, это не мрачная тайна! Это всего-навсего кот!

Но Элли была права. Воняло от Черча изрядно.

Он забрал кота и отнес его вниз, стараясь дышать через рот. Бывают запахи и похуже; запах говна, например, если говорить проще. Месяц назад к ним приезжали ассенизаторы, чтобы вычистить выгребную яму, и Джад, пришедший посмотреть, что происходит, заметил: «Да, это вам не “Шанель номер пять”». Запах гангренозных ран — один профессор в медицинском колледже называл их «протухшим мясом» — тоже гораздо противнее. Равно как и запах каталитического дожигателя выхлопных газов, когда «сивик» долго стоит в гараже с включенным двигателем.

Но и от Черча воняло неслабо. И кстати, как он пробрался в дом? Луис же выгнал его метлой, пока все трое — его семейство — были наверху. Сегодня впервые почти за неделю он взял кота на руки. Кот был горячим и вялым, как воплощение болезни, и Луис подумал: *Где ты нашел лазейку, уродец?*

Ему вдруг вспомнился тот давний сон, в котором Паскоу просто прошел сквозь дверь из кухни в гараж.

Может, и нет никакой лазейки? Может, кот просто прошел сквозь дверь, как призрак?

— Что за бред? — прошептал он вслух хриплым голосом.

Луис вдруг преисполнился странной уверенности, что сейчас кот начнет вырываться и исцарапает ему все руки. Но Черч лежал неподвижно, источая жар и зловоние, и смотрел на Луиса так, словно читал его мысли.

Луис открыл дверь и швырнул Черча в гараж, может быть, слишком сильно.

— Иди, — сказал он. — Убей еще одну мышь или кого там еще.

Черч неуклюже шлепнулся на пол, его задние лапы подогнулись, и он чуть не упал. Кот бросил на Луиса взгляд, полный, как тому показалось, ненависти и злобы. Потом, пошатываясь, пошел прочь.

Господи, Джад, подумал Луис, *лучше бы ты сохранил свой секрет при себе.*

Он подошел к раковине и вымыл руки до локтей так тщательно, словно готовился к операции. *Это тайное место... оно тебя не отпускает... Ты выдумываешь причины... они кажутся правильными... но основная причина в том, что тебе хочется это сделать. Или приходится сделать. Это твое место, оно в тебе навсегда... и ты ищешь причины, самые что ни на есть убедительные причины...*

Нет, нельзя винить Джада. Он пошел туда по своей воле, так что нельзя винить Джада.

Луис выключил воду, взял полотенце и принялся вытирать руки. Его взгляд упал на окно над раковиной, и на мгновение Луис застыл, глядя в кусочек ночи за оконной рамой.

Так, получается, это теперь и мое место?

Нет. Если я не захочу, чтобы оно было моим, то оно и не будет.

Он повесил полотенце на место и поднялся наверх.

Рэйчел лежала под одеялом, а рядом с ней сопел Гейдж. Она виновато посмотрела на Луиса.

— Дорогой, ты не обидишься? Всего на одну ночь? Пусть он сегодня побудет со мной. Он такой *горячий*.

— Ладно, — ответил Луис. — Пойду разложу диван в гостиной.

— Ты правда не обидишься?

— Нет. Гейджу это не повредит, а тебе будет спокойнее. — Он умолк и улыбнулся. — Хотя ты можешь от него заразиться. Почти наверняка заразишься. Но, как я понимаю, ты все равно не передумаешь.

Она улыбнулась в ответ и покачала головой.

— А что там Элли кричала?

— Она попросила меня забрать Черча.

— *Элли* попросила *забрать* Черча? Это что-то небывалое.

— Да, — согласился Луис и добавил: — Она сказала, что от него плохо пахнет, и он и вправду пованивал. Наверное, во что-то вляпался.

— Все равно странно, — сказала Рэйчел, переворачиваясь на бок. — Мне казалось, что Элли скучала по Черчу не меньше, чем по тебе.

— Ага. — Луис наклонился и легонько поцеловал ее в губы. — Спи, Рэйчел.

— Я люблю тебя, Лу. Я рада, что вернулась домой. И прости за диван.

— Ничего, все нормально, — заверил Луис и выключил свет.

Луис спустился в гостиную и разложил диван, морально готовясь к тому, что ему предстоит спать на тонком матрасе, сквозь который прямо под поясницей выпирает металлический каркас. Хорошо хоть на выдвижном ложе уже были простыни, так что ему не пришлось застилать постель. Он сходил в прихожую, взял из шкафа два одеяла и разложил их на кровати. Потом начал раздеваться, но сразу остановился.

Думаешь, Черч опять проник в дом? Ладно. Пройдись по дому и посмотри. Как ты сказал Рэйчел, вреда не будет. Может быть, будет даже какая-то польза. Тем более что, проверяя, заперты ли двери, ты уж точно не заразишься.

Он прошелся по всему нижнему этажу, проверяя замки на дверях и окнах. Все было заперто, Черча нигде не наблюдалось.

— Ну вот, — сказал Луис вслух. — Попробуй теперь просочиться в дом, тупой кот.

При этом он мысленно пожелал Черчу отморозить яйца. Хотя их кот уже лишился и так.

Луис выключил свет и лег. Диванный каркас под матрасом почти сразу начал давить на спину. Луис подумал, что не заснет до утра, и тут же уснул. Он уснул, лежа на боку на неудобном раскладном диване, а когда проснулся, то оказался...

...опять на том старом микмакском кладбище. Но теперь он был один. Он сам убил Черча и зачем-то решил оживить его во второй раз. Бог знает зачем; сам Луис не знал. На этот раз он закопал Черча глубже, чтобы тот не смог вылезти. Он слышал, как кот кричит под землей, и эти крики были похожи на детский плач. Звук выходил из пор в земле, поднимался сквозь каменистую твердь — звук и запах, отвратительный, тошнотворно-сладковатый запах разлагающейся плоти. Даже дышать стало трудно, словно что-то тяжелое давило на грудь.

Крики, похожие на детский плач...

... они все еще были слышны...

... и что-то по-прежнему давило на грудь.

— *Луис!* — Встревоженный голос Рэйчел. — *Луис, иди сюда!*

Нет, не просто встревоженный, а испуганный. Детский плач был надрывным, отчаянным. Плакал Гейдж.

Луис открыл глаза и уставился прямо в желто-зеленые глаза Черча. Буквально в четырех дюймах от его лица. Кот лежал у него на груди, аккуратно свернувшись калачиком, как существо из суеверий о тварях, крадущих у человека дыхание. Невыносимая вонь исходила от него медленными, отравляющими волнами. Он тихонько урчал.

Луис вскрикнул от отвращения и резко выставил вперед руки, словно отражая удар. Черч свалился с кровати, приземлился на бок, медленно встал и ушел прочь своей нетвердой, шатающейся походкой.

Господи! Господи Боже! Он лежал прямо на мне!

Его мутило от отвращения, словно ему в рот забрался паук. На мгновение Луису показалось, что его и вправду сейчас стошнит.

— *Луис!*

Он скинул одеяло и бросился к лестнице. Бледный свет просачивался в коридор из их спальни. Рэйчел в ночной рубашке стояла на верхней ступеньке лестницы.

— Луис, его снова тошнит... и он давится рвотой... Я боюсь.

— Я здесь, — сказал он, поднимаясь к ней и думая: *Он проник в дом. Каким-то образом он проник в дом. Наверное, через подвал. Может быть, там разбито окно. Да, скорее всего. Завтра схожу проверю, как только вернусь с работы. Нет, еще до того, как уйду на работу. Я...*

Гейдж перестал плакать и издал такой звук, словно ему не хватало воздуха.

— *Луис!* — крикнула Рэйчел.

Луис ворвался в спальню. Гейдж лежал на боку, и рвота текла у него изо рта тонкой струйкой на старое полотенце, которое Рэйчел положила на постель. Его рвало, но недостаточно. Большая часть рвотных масс оставалась внутри, и Гейдж задыхался.

Луис подхватил сына под мышки — тот был ужасно горячим, это чувствовалось даже сквозь ткань пижамы — и перекинул его через плечо, как делают с грудными младенцами, когда им надо срыгнуть. Потом он резко дернулся назад, так, чтобы Гейдж дернулся вместе с ним. Голова малыша безвольно мотнулась на шее. Он издал громкий звук, нечто среднее между отрыжкой и кашлем, у него изо рта вырвался сгусток почти твердой рвоты и упал на пол, забрызгав стоявший рядом комод. Гейдж снова заплакал, и этот отчаянный плач прозвучал для Луиса как музыка. Чтобы так горько плакать, нужно иметь беспрепятственный доступ кислорода в легкие.

У Рэйчел подогнулись колени, и она упала на кровать. Ее била крупная дрожь.

— Он чуть не умер, да, Луис? Он чуть не задохну... не задо... *о Боже...*

Луис кругами ходил по комнате, держа сына на руках. Надрывный плач Гейджа перешел в тихие всхлипы; малыш уже засыпал.

— Пятьдесят к одному, что он прокашлялся бы сам, Рэйчел. Я просто ему помог.

— Но он мог умереть, — сказала она, и ее взгляд был исполнен неверия и потрясения. — *Он мог умереть.*

Луис вдруг вспомнил, как она кричала ему в залитой солнечным светом кухне: *Он не умрет, здесь никто не умрет...*

— Дорогая, — сказал Луис. — Мы все можем умереть. В любую минуту.

Его почти наверняка вырвало от молока. Рэйчел сказала, что Гейдж проснулся около полуночи, через час после того, как заснул Луис, — проснулся со своими обычными «голодными воплями», и Рэйчел дала ему бутылочку. Пока он пил, она задремала. А через час у него началась рвота.

Молока пока не давать, сказал Луис, и Рэйчел согласилась, почти смиренно. Молока не давать.

Луис спустился вниз в четверть второго и еще минут пятнадцать искал кота. Во время поисков он обнаружил, что дверь из кухни в подвал была приоткрыта, как он и подозревал. Он вспомнил, как мама рассказывала об одной кошке, научившейся открывать защелки старого образца типа той, что стояла у них на двери в подвал. Кошка взбиралась по двери и била лапой по ручке, пока дверь не открывалась. Ловкий трюк, подумал Луис, но надо проследить, чтобы Черч не проделывал его слишком часто. В конце концов, на двери есть замок. Он нашел Черча дремлющим под плитой и без церемоний выгнал его через переднюю дверь. Возвращаясь к себе на диван, он закрыл дверь в подвал.

И запер ее на замок.

29

Наутро Гейдж проснулся с почти нормальной температурой. Его щеки еще горели лихорадочным румянцем, но в остальном он был вполне бодр и весел. Как-то разом, буквально за одну неделю, бессвязный лепет Гейджа превратился в набор четких слов; теперь он повторял почти все, что слышал. Элли хотела, чтобы он говорил «какашка».

— Скажи «какашка», Гейдж, — попросила она за завтраком.

— Какашка-Гейдж, — охотно отозвался Гейдж над тарелкой с овсянкой. Луис разрешил дать ему кашу, но при условии, что сахара в ней будет совсем чуть-чуть. Как обычно, Гейдж не столько ел, сколько размазывал кашу по волосам и мордашке.

Элли захихикала.

— Скажи «пук», Гейдж.

— Пук-Гейдж, — произнес Гейдж, улыбаясь сквозь слой размазанной по лицу каши. — Пук-какашка.

Элли и Луис рассмеялись.

Но Рэйчел было не смешно.

— Так, лимит плохих слов на сегодня исчерпан, — сказала она, подавая Луису яичницу.

— Пук-какашка, пук-какашка, — радостно произнес Гейдж нараспев. Элли хихикнула, прикрыв рот ладошкой. Рэйчел скривила губы, а Луис подумал, что она выглядит замечательно, несмотря на недосып. Наверное, все дело в том, что у нее отлегло от сердца. Гейдж явно шел на поправку, и она была дома.

— Не надо так говорить, Гейдж, — сказала Рэйчел.

— Класота, — отозвался Гейдж, и его стошнило прямо в миску с кашей.

— Фу, *гадость*! — воскликнула Элли и выскочила из-за стола.

Луис расхохотался. Просто не смог удержаться. Он смеялся до слез, потом отплакался и засмеялся опять. Рэйчел с Гейджем смотрели на него как на ненормального.

Нет, мог бы сказать им Луис. *Я чуть было не спятил, но теперь у меня с головой все нормально. Мне правда кажется, что нормально.*

Он не знал, так ли это на самом деле, но *чувствовал*, что да. И этого было достаточно.

По крайней мере сейчас.

30

Через неделю от вируса Гейджа не осталось и следа. А еще через неделю он свалился с бронхитом. Следом за ним слегла Элли, а потом и Рэйчел, перед самым Рождеством. Все трое кашляли, словно старые собаки, страдающие одышкой. Не заболел только Луис, и Рэйчел, похоже, даже обиделась на него за это.

Последняя учебная неделя в университете выдалась суматошной для Луиса, Стива, Суррендры и Чарлтон. Эпидемии гриппа не было — по крайней мере пока, — но многие заболели бронхитом. Нашлось и несколько случаев мононуклеоза и легкой пневмонии. За два дня до рождественских каникул в медпункт заявились шестеро стонущих, пьяных студентов в сопровождении встревоженных друзей. Крики и суета в приемной неприятно напомнили Луису тот жуткий день, когда умер Паскоу. Эти придурки уселись вшестером на один тобогган (шестой взгромоздился на плечи того, кто сидел самым последним, насколько Луис сумел понять из путаных объяснений) и скатились с холма возле электростанции. Было весело. Только вот тобогган, набрав скорость, съехал с трассы и врезался в одну из пушек времен Гражданской войны. В результате имелось: два перелома рук, одно сломанное запястье, семь сломанных ребер, сотрясение мозга и многочисленные ушибы. Не пострадал только тот, кто сидел на плечах у приятеля. Когда тобогган врезался в пушку, этот везунчик перелетел через нее и упал головой в сугроб. Это было совсем не смешно, и Луис, не стесняясь в выражениях, сообщил ребятам все, что о них думает, пока накладывал шины и швы и проверял зрачки, но дома, рассказывая об этом Рэйчел, он смеялся до слез. Рэйчел смотрела на него странно, не понимая, что тут смешного, и Луис не мог ей объяснить, что это был совершенно дурацкий несчастный случай, что люди пострадали, но, в общем, легко отделались. Он смеялся от облегчения, а еще от радости — сегодня был его день.

Бронхит в их семействе начал проходить как раз к шестнадцатому декабря, когда садик Элли закрылся на рождественские каникулы, и все четверо Кридов готовились весело встретить праздник — по-домашнему, по-деревенски. Дом в Норт-Ладлоу, который в августе, в день их приезда, казался таким чужим (и даже враждебным, когда Элли поранила ногу, а Гейджа укусила пчела), теперь стал для них родным.

Когда в сочельник дети наконец улеглись спать, Луис и Рэйчел тихонько, как воры, прокрались вниз, чтобы положить под елку яркие разноцветные коробки: набор гоночных автомобильчиков для Гейджа, который недавно открыл для себя счастье в виде игрушечных машинок, Барби и Кен для Элли, детская педальная машина, трехколесный велосипед, кукольные наряды, игрушечная плита с электрической лампочкой внутри и еще много всего.

Они сидели бок о бок у сияющей елки и вместе раскладывали коробки с подарками, Рэйчел — в шелковой пижаме, Луис — в домашнем халате. Это был замечательный вечер — наверное, один из лучших у них с Рэйчел. В камине горел огонь, и то и дело кто-то из них вставал, чтобы подбросить дров.

Уинстон Черчилль прошел под елкой, задев Луиса боком, и тот отпихнул кота с почти рассеянным отвращением — из-за запаха. Чуть позже он заметил, что Черч пытается улечься рядом с ногой Рэйчел, и она тоже отпихнула кота с раздраженным «Брысь!». Потом она вытерла ладонь о штанину, как будто притронулась к чему-то грязному или заразному. Луису показалось, что она даже не осознавала, что делает.

Черч неуклюже плюхнулся на пол перед камином. Похоже, у кота совсем не осталось былой грации; он утратил ее в тот вечер, о котором Луис очень редко позволял себе думать. И Черч утратил кое-что еще. Луис сразу заметил, что что-то не так, но лишь через месяц сообразил, что именно. Теперь кот не урчал, хотя раньше урчал, как трактор, особенно во сне. Иной раз случались ночи, когда Луису приходилось вставать и закрывать дверь в комнату Элли, иначе он просто не мог заснуть.

Теперь кот спал как убитый. Спал мертвым сном.

Нет, напомнил себе Луис, было одно исключение. Та ночь, когда он спал на раскладном диване в гостиной, а Черч лежал у него на груди, как вонючее одеяло... В ту ночь Черч урчал. По крайней мере издавал какие-то звуки.

Однако, как и сказал Джад Крэндалл, все было не так уж плохо. Луис обнаружил в подвале разбитое окно, и когда стекольщик его заделал, это сэкономило им кучу денег за отопление. Если бы не Черч, Луис мог бы еще очень долго не знать о разбитом окне — так что, наверное, надо было поблагодарить кота.

Да, Элли больше не хотела, чтобы Черч спал с ней в кровати, но иногда, сидя перед телевизором, она позволяла коту забираться к ней на колени. Впрочем, размышлял Луис, собирая для Элли игрушечный мотоцикл Бэтмена и пытаясь понять, куда крепятся все эти пластиковые детали, каждый раз она сгоняла его уже через пару минут со словами: «Черч, уйди, от тебя воняет». Но она регулярно его кормила, заботливо и с любовью, и даже Гейдж иной раз не чурался того, чтобы от души дернуть старину Черча за хвост... не по злобе, а только из дружеских побуждений, как считал Луис; он был похож на маленького монашка, тянущего за пушистую колокольную веревку. В таких случаях Черч вяло отползал и забивался под батарею, куда Гейдж не мог дотянуться.

Будь это собака, мы бы заметили разницу, подумал Луис. *Но кошки — животные независимые. Независимые и странные. Даже какие-то потусторонние*. Его вовсе не удивляло, что древнеегипетские фараоны хотели, чтобы их хоронили вместе с мумифицированными кошками, дабы те служили им проводниками в загробное царство. Кошки — загадочные существа.

— Ну что, как там Бэтцикл? — спросила Рэйчел.

Луис поднял над головой собранную игрушку.

— Та-дам!

Рэйчел указала на коробку, где еще оставалось три или четыре пластиковые детали:

— А это что?

— Запчасти, — отозвался Луис с виноватой улыбкой.

— Будем надеяться, что запчасти. А то мотоцикл развалится на ходу и ребенок сломает шею.

— Это будет еще не скоро, — мрачно пошутил Луис. — Когда ей будет двенадцать и она станет выпендриваться перед друзьями на своем новом скейтборде.

Рэйчел застонала:

— Дурак ты, доктор, и шутки у тебя дурацкие.

Луис поднялся на ноги и выгнул спину, держась руками за поясницу. Позвоночник хрустнул.

— Ну вот, все игрушки готовы и ждут.

— Хорошо, что они почти все неразборные. Помнишь, что было в прошлом году? — Рэйчел хихикнула, а Луис улыбнулся. В прошлом году почти все игрушки, купленные для детей, оказались в разобранном виде, и в канун Рождества Луис с Рэйчел собирали их до четырех утра и легли спать усталыми и раздраженными. А на следующий день, ближе к вечеру, Элли решила, что коробки значительно интереснее самих игрушек.

— *Фу, гадость!* — сказал Луис, подражая Элли.

— Ладно, пойдем в постель, — отозвалась Рэйчел, — и я тебе подарю подарок.

— Женщина, — произнес Луис, выпрямляясь в полный рост, — ты и так вся моя по праву.

— Мечтать не вредно, — фыркнула она и рассмеялась, прикрыв рот ладонью. В это мгновение она удивительно походила на Элли... и на Гейджа.

— Подожди минутку, — сказал Луис. — Есть еще одно дело.

Он сбегал в прихожую, достал из шкафа один свой ботинок и притащил его в гостиную. Потом отодвинул экран перед камином, где догорал огонь.

— Луис, что ты де...

— Сейчас увидишь.

С одной стороны огонь уже догорел, оставив толстый слой серого рыхлого пепла. Луис вдавил в пепел ботинок, чтобы получился глубокий след. Потом прижал к кирпичной стенке камина подошву, словно большую резиновую печать.

— Вот, — сказал он, убрав ботинок обратно в шкаф. — Как тебе?

Рэйчел снова смеялась.

— Луис, Элли *обалдеет.*

Где-то за две недели до начала каникул Элли услышала в садике тревожные слухи, что Санта-Клауса не существует. Что подарки под елку кладут родители. Эту мысль подкрепила и встреча с весьма худосочным Сантой, которого Элли увидела в кафе в торговом центре. Тот сидел на табурете у барной стойки и ел чизбургер, сдвинув бороду набок. Элли это ужасно расстроило (причем даже не столько фальшивая борода, сколько этот несчастный чизбургер), хотя Рэйчел пыталась ее уверить, что Санта-Клаусы в торговых центрах и на улицах города — это «помощники» настоящего Санты, который всегда очень занят перед Рождеством, ведь ему надо готовить подарки для всех детей, и читать множество писем, и ничего не перепутать.

Луис аккуратно поставил на место каминный экран. В камине остались два четких следа, один — на пепле, другой — на стенке. Оба «смотрели» в сторону елки, как будто Санта спустился в камин, приземлился одной ногой и тут же направился к елке, чтобы положить там подарки, предназначенные для детишек Кридов. Иллюзия была полной, если не принимать во внимание, что оба следа принадлежали ботинку на левую ногу... впрочем, Луис сомневался, что Элли заметит такую тонкость.

— Луис Крид, я тебя люблю, — сказала Рэйчел и поцеловала его.

— Ты вышла замуж за победителя, детка, — улыбнулся он. — Будь со мной, и я сделаю тебя звездой.

Они направились к лестнице. Луис указал на низенький столик, который Элли поставила перед телевизором. Там лежало овсяное печенье и два шоколадных бисквита. И стояла банка с пивом. «ЭТО ТИБЕ, САНТА», — сообщала записка, написанная по-детски корявым почерком Элли большими печатными буквами.

— Тебе печенюшку или бисквит?

— Мне бисквит, — сказала Рэйчел и откусила половину.

Луис открыл банку с пивом.

— Пиво на ночь — наутро изжога, — заметил он.

— Чушь, — отмахнулась Рэйчел с улыбкой. — Давай, док. Вперед.

Луис поставил банку на столик и вдруг схватился за карман халата, словно совсем забыл про то, что там лежало, — хотя на самом деле помнил об этом весь вечер.

— Вот, — сказал он. — Это тебе. Можешь открыть прямо сейчас. Полночь уже миновала. С Рождеством, милая.

Она повертела в руках маленькую коробочку, завернутую в серебристую бумагу и перевязанную синей атласной лентой.

— Луис, что это?

Он пожал плечами:

— Мыло. Пробник шампуня. Не помню.

Она развернула подарок на лестнице, увидела футляр от Тиффани и ахнула. Потом заглянула внутрь и застыла на месте с приоткрытым ртом.

— Ну как? — спросил Луис встревоженно. Он действительно нервничал, потому что еще никогда не дарил жене настоящих драгоценностей. — Нравится?

Рэйчел вытащила из коробочки тонкую золотую цепочку и подняла поближе к свету подвеску с крошечным сапфиром. Подвеска медленно вертелась, испуская прохладные голубые лучи.

— Ой, Луис, как красиво...

Луис увидел, что она тихо плачет. Он был тронут и одновременно встревожен.

— Не плачь, солнце мое, — сказал он. — Надень.

— Луис, мы не можем себе позволить... ты не можешь себе позволить...

— Тсс... Я начал откладывать деньги еще с прошлого Рождества... и вот накопил... Да оно в общем-то не такое уж и дорогое.

— Сколько ты за него отдал?

— Не скажу, — твердо заявил он. — Не скажу даже под пытками. Две тысячи долларов.

— *Две тысячи?!* — Она обняла его так внезапно и крепко, что он едва не свалился с лестницы. — Луис, ты *ненормальный*!

— Надень, — повторил он.

Рэйчел надела цепочку на шею. Он помог ей с застежкой, и она обернулась лицом к нему.

— Хочу скорее посмотреться в зеркало, — сказала она. — Хочу *покрасоваться*.

— Давай красуйся, — ответил Луис. — А я пока выгоню кота и выключу свет.

— Когда мы ляжем в постель, — Рэйчел смотрела ему прямо в глаза, — я сниму с себя все, кроме твоего подарка.

— Тогда красуйся быстрее, — сказал Луис, и она рассмеялась.

Он подхватил Черча и перекинул его через руку — в последнее время он вполне обходился и без метлы. Видимо, несмотря ни на что, он снова почти привык к коту. Луис пошел в кухню, по пути выключая свет. Когда он открыл дверь между кухней и гаражом, по ногам потянуло холодом.

— Счастливого Рождества, Че...

Он осекся на полуслове. На коврике у порога лежала мертвая ворона. Голова вся искорежена. Одно оторванное крыло валялось рядом, как лист обуглившейся бумаги. Черч тут же выскользнул из рук Луиса и принялся рьяно обнюхивать замерзший труп. Луис не успел отвернуться и видел, как Черч резко выбросил голову вперед, прижав уши, и вырвал у вороны мутный, остекленевший глаз.

Черч снова наносит удар, подумал Луис, борясь с тошнотой, и все-таки отвернулся. Но не раньше, чем его взгляд зацепил зияющую окровавленную дыру в том месте, где раньше был вороний глаз. *Меня не должно волновать что-то подобное. Я видал кое-что и похуже, да, вот Паскоу, например, с Паскоу все было хуже, намного хуже...*

Но он все-таки разволновался. В желудке все перевернулось. Сексуальное возбуждение разом сошло на нет. *Господи, эта птица размером чуть ли не с него самого. Как он вообще смог ее изловить? Наверное, она потеряла бдительность. Совсем потеряла.*

Это надо было убрать. Никого не обрадует такой подарочек на Рождество. И убирать придется ему, а кому же еще? Это теперь его новая обязанность. На подсознательном уровне он это понял еще в тот вечер, когда привез семью из аэропорта и нарочно уронил шины на растерзанный трупик мыши, убитой Черчем.

Земля в человеческом сердце, она еще тверже, Луис.

Мысль была такой четкой, такой явственной и ощутимой, что Луис даже вздрогнул, как будто Джад материализовался у него за спиной и произнес это вслух.

Человек растит что может... и заботится о посевах.

Черч по-прежнему алчно вгрызался в мертвую птицу. Теперь он отрывал ей второе крыло. Холодные перья жутковато шуршали. Она никогда не взлетит, Орвилл. Все верно, Уилбер, чертова птица мертва, как собачье дерьмо, так что можно скормить ее котику...

Внезапно Луис пнул Черча, причем пнул сильно, так, что задние лапы кота оторвались от пола. Черч заковылял прочь, бросив на Луиса очередной желто-зеленый взгляд, исполненный злобы.

— Ты мне еще посмотри, — по-кошачьи прошипел Луис.

— Луис? — донесся из спальни голос Рэйчел. — Ты идешь?

— Уже иду! — крикнул он в ответ. *Только сперва уберу это маленькое безобразие, ладно, Рэйчел? Потому что это мое безобразие.* Он пошарил по стене и включил свет в гараже. Метнулся обратно в кухню и взял из-под раковины зеленый пакет для мусора. Вернувшись в гараж, снял со стены лопату, подцепил ею ворону и засунул в пакет. Туда же отправилось и оторванное крыло. Потом Луис завязал пакет и опустил его в мусорный бак в дальнем углу гаража. К тому времени как он закончил с уборкой, у него онемели ноги.

Черч стоял у двери в гараж. Луис угрожающе замахнулся на кота лопатой, и тот исчез, растворившись в темноте черной текучей тенью.

Рэйчел лежала в постели, и на ней была только цепочка с сапфиром... как и было обещано. Она улыбнулась Луису томной улыбкой.

— Что ты так долго?

— Лампочка над раковиной перегорела, — ответил он. — Я ее заменил.

— Иди сюда. — Она ласково притянула его к себе, но не за руку. — Сегодня придет Санта-Клаус, — тихо пропела она, улыбаясь одними уголками губ. — Он знает, спишь ты или нет... ой, Луис, что это у тебя?

— Точно не знаю, но оно явно не спит, — сказал Луис, сбрасывая халат. — Может быть, если мы постараемся, у нас получится уложить его спать до того, как придет Санта-Клаус, как думаешь?

Она приподнялась на локте; он чувствовал ее теплое, вкусное дыхание.

— Он знает, вел ты себя хорошо или плохо... так что веди себя хорошо... Ты хорошо себя вел, Луис?

— Ну да, — ответил он не совсем твердым голосом.

— Давай-ка посмотрим, на что способны хорошие мальчики, — сказала она.

Секс был хорош, но Луис не заснул сразу по окончании, как это обычно бывает после хорошего секса, когда ты просто отключаешься от всего — от себя самого, от жены, от жизни. Этой рождественской ночью он лежал в темноте, слушал глубокое и ровное дыхание Рэйчел и думал о мертвой птице на пороге — об этом подарке, который Черч преподнес ему на Рождество.

Не забывай обо мне, доктор Крид. Я был живым, потом мертвым, и вот я снова живой. Я описал полный круг и пришел, чтобы сказать тебе, что когда возвращаешься с той стороны, у тебя ломается урчалка, но появляется вкус к охоте; я пришел, чтобы сказать, что человек растит что может и заботится о посевах. Не забывай, доктор Крид, я тоже расту в твоем сердце, у тебя есть жена, дочь и сын... и есть я. Помни о тайне и ухаживай за своим садом как следует.

В какой-то момент Луис заснул.

31

Зимние праздники шли своим чередом. Вера Элли в Санта-Клауса была восстановлена — по крайней мере на время — следами в камине. Гейдж радостно разворачивал подарки, периодически отвлекаясь на то, чтобы сжевать особенно вкусный на вид кусок оберточной бумаги. В этом году под конец дня уже оба ребенка решили, что коробки гораздо интереснее новых игрушек.

На Новый год к ним зашли Крэндаллы, и Луис постоянно ловил себя на том, что присматривается к Норме, мысленно оценивая ее состояние. Она была бледной, какой-то почти прозрачной и вообще выглядела неважно. Его бабушка сказала бы, что Норма начала «сдавать», и в данном случае это соответствовало действительности. Руки Нормы, обезображенные артритом, сплошь покрылись пигментными пятнами. Волосы потускнели и, кажется, поредели. Крэндаллы ушли домой около десяти, так что Криды встретили Новый год вдвоем, сидя перед телевизором. В тот вечер Норма была у них в гостях в последний раз.

Рождественские каникулы выдались слякотными и дождливыми. Конечно, внезапная оттепель значительно сократила расходы на отопление, но такая совсем не январская погода навевала тоску и уныние. Луис работал по дому, делал книжные полки и посудные шкафчики для Рэйчел и модель «порше» для себя. Занятия в университете возобновились двадцать третьего января, и Луис был рад вернуться на работу.

Эпидемия гриппа все-таки грянула — буквально через неделю после начала семестра, — так что работы хватало с избытком. Луис проводил в поликлинике по десять, иногда по двенадцать часов в день и возвращался домой совершенно измотанный, но его это совсем не расстраивало.

Зима вернулась двадцать девятого января. В тот день пошел снег, была жуткая метель, температура резко упала ниже нуля, и потом всю неделю стояли морозы. Луис был в процедурной, проверял, как срастается сломанная рука молодого человека, который очень надеялся — напрасно, по мнению Луиса, — что весной уже сможет играть в бейсбол, и тут одна из медсестер просунула голову в дверь и позвала его к телефону. Сказала, что звонит жена.

Луис пошел в кабинет и взял трубку. Рэйчел плакала, и он сразу встревожился. *Элли*, подумал он. *Упала с санок и сломала руку. Или разбила голову*. Ему сразу вспомнились те ненормальные парни на тобоггане.

— Что-то с детьми? — спросил он. — Рэйчел?

— Нет, нет, — проговорила она и расплакалась еще сильнее. — С детьми все хорошо. Это Норма, Лу. Норма Крэндалл. Она умерла сегодня утром. Около восьми, сразу после завтрака, как сказал Джад. Он заходил, спрашивал, дома ты или нет, а ты уже полчаса как уехал. Он... ой, Луис... он казался таким ошеломленным, таким растерянным... таким *старым*... слава Богу, что Элли не было дома, а Гейдж еще маленький и не понимает...

Луис нахмурился. Несмотря на ужасную новость, сейчас его больше всего беспокоила сама Рэйчел. Беспокоило ее отношение. Все то же самое. Что бы ни происходило, главное — чтобы дети ничего не узнали. Смерть — ужас, смерть — тайна, которую надо хранить от детей, точно так же, как викторианские леди и джентльмены ограждали детей от любых знаний о сексе, ведь детям незачем знать неприглядную, гадкую правду.

— Господи, — сказал он. — Сердце?

— Не знаю. — Рэйчел уже не плакала, но ее голос был хриплым и сдавленным. — Ты приедешь, Луис? Ты его друг. Мне кажется, ты ему нужен.

Ты его друг.

А ведь правда, понял Луис с некоторым удивлением. *Никогда не думал, что моим другом будет восьмидесятилетний старик, но, похоже, так и есть.* А затем ему вдруг пришло в голову, что им с Джадом действительно лучше бы быть друзьями — с учетом того, что между ними произошло. Кстати, о произошедшем. Джад, кажется, понял, что они друзья, гораздо раньше Луиса. Поэтому он ему и помог. И несмотря на все, что случилось потом, несмотря на растерзанных птиц и мышей, Луис чувствовал, что решение Джада все-таки было правильным... а если неправильным, то хотя бы проникнутым сочувствием. И теперь Луис сделает для Джада все, что будет в его силах, — все, что вообще можно сделать для человека, у которого только что умерла жена.

— Уже еду, — сказал он и повесил трубку.

32

Это был не сердечный приступ. Это был инсульт — все произошло быстро и, вероятно, безболезненно. Когда Луис днем позвонил Стиву Мастертону и рассказал, что случилось, тот заметил, что это хороший конец, и он сам бы не отказался уйти точно так же.

— Иногда Бог тянет резину, — сказал Стив, — а иногда просто тыкает в тебя пальцем и говорит: «Все, твое время вышло».

Рэйчел вообще не хотела это обсуждать и пресекала все попытки Луиса завести разговор на эту тему.

Элли была не столько расстроена, сколько удивлена и заинтересована — Луис подумал, что это здоровая, естественная реакция для пятилетнего ребенка. Она спросила, как умерла миссис Крэндалл, с закрытыми или открытыми глазами. Луис сказал, что не знает.

Джад держался как мог. Держался прямо-таки молодцом, если учесть, что он прожил с этой женщиной почти шестьдесят лет. Когда Луис пришел к старику — а в тот день Джад действительно выглядел старым, на все свои восемьдесят три года, — тот сидел за кухонным столом, курил «Честерфилд», пил пиво и невидящим взором смотрел на открытую дверь в гостиную.

Когда Луис вошел, Джад взглянул на него и сказал:

— Вот ее и не стало, Луис.

Он сказал это так просто и прозаично, что Луис даже подумал, что старик еще до конца не осознал произошедшее. А потом губы Джада задрожали, и он прикрыл глаза рукой. Луис подошел и обнял его за плечи. Тут Джад не выдержал и заплакал. Он все понимал. Понимал очень четко. Его жена умерла.

— Ничего, — сказал Луис. — Это нормально, Джад. Думаю, она бы хотела, чтобы вы немного поплакали. Она бы, наверное, разозлилась, если бы вы не плакали совсем.

Луис и сам заплакал. Джад крепко обнял его, а Луис обнял его в ответ.

Джад плакал минут десять, потом успокоился и начал рассказывать. Луис очень внимательно слушал — слушал как врач и как друг. Слушал, чтобы понять, не заговаривается ли старик, не путает ли он *времена* (насчет *места* можно было не беспокоиться; Джад Крэндалл прожил всю жизнь в Ладлоу, штат Мэн) и, самое главное, не употребляет ли он настоящее время, когда говорит о Норме. Но Джад отлично владел собой и не терял связь с реальностью. Как врач, Луис знал, что старые люди, прожившие вместе всю жизнь, часто уходят практически друг за другом: с разрывом в месяц, неделю, даже день. Вероятно, из-за сильного потрясения или даже подспудного стремления поскорее догнать ушедшего, чтобы снова быть вместе (до случая с Черчем его бы точно не посетили подобные мысли; Луис стал замечать, что в последнее время его представления о потустороннем и сверхъестественном претерпели значительные изменения). Наблюдая за Джадом, он заключил, что тот сильно горюет, но пребывает в здравом уме и твердой памяти. Джад не проявлял никаких признаков старческой дряхлости, которые Луис заметил у Нормы на Новый год, когда Крэндаллы приходили к ним в гости.

Джад достал из холодильника пиво. Лицо старика все еще было красным от слез.

— Еще рановато, конечно, — сказал он. — Но где-то в мире уже вечереет, и при сложившихся обстоятельствах...

— Ни слова больше! — Луис открыл бутылку. — Давайте лучше выпьем за нее.

— Давай выпьем, да. Эх, Луис, видел бы ты ее в шестнадцать лет, когда она шла из церкви в расстегнутой кофте... такой красоты свет не видывал. Она и самого черта могла заставить в трезвенники записаться. Слава Богу, она не пыталась заставить меня.

Луис кивнул и поднял бутылку:

— За Норму.

Джад чокнулся с ним своей бутылкой. Он снова плакал, но при этом улыбался.

— Пусть она обретет мир и покой, и пусть там не будет этого проклятого артрита. Там, где она сейчас.

— Аминь, — сказал Луис, и они выпили.

Впервые в жизни Луис видел Джада в изрядном подпитии, но даже в таком состоянии старик сохранял ясность ума. Он пустился в воспоминания: живописные, четкие, добрые и забавные, а иногда и вовсе захватывающие. А между историями о прошлом Джад справлялся с настоящим с такой силой духа, что Луис испытывал искреннее восхищение. Он сам вряд ли держался бы и вполовину так хорошо, если бы Рэйчел вдруг умерла за завтраком, не доев кашу и не допив грейпфрутовый сок.

Джад позвонил в похоронное бюро Брукингса и Смита в Бангоре, договорился обо всем, о чем можно договориться по телефону, и сказал, что завтра приедет, и они обсудят все остальное. Да, пусть ее набальзамируют; он хочет, чтобы ее нарядили в платье, которое он привезет; да, он привезет и нижнее белье; нет, он не хочет, чтобы на нее надевали казенные туфли, туфли он тоже выберет сам. «Ей вымоют голову?» — спросил он. Она мыла голову в понедельник, значит, когда она умерла, ее волосы были грязными. Он выслушал ответ, и Луис, чей дядя был владельцем похоронной конторы, знал, что сотрудник бюро сейчас объясняет Джаду, что мытье и укладка волос входят в стоимость базовых услуг. Джад кивнул, поблагодарил своего собеседника, потом снова стал слушать. Да, сказал он, макияж нужен, но легкий.

— Она умерла, и все это знают, — сказал он, закуривая сигарету. — К чему ей наводить марафет?

В день похорон гроб пусть будет закрыт, но накануне, во время прощания, — открыт. Ее похоронят на кладбище Горней надежды, где они купили себе участки в тысяча девятьсот пятьдесят первом году. Джад взял бумаги и назвал сотруднику бюро номер участка, чтобы там все приготовили заранее: Н-101. Позже он сказал Луису, что у него самого был участок под номером Н-102.

Он повесил трубку и повернулся к Луису:

— Насколько я знаю, самое красивое в мире кладбище — здесь у нас, в Бангоре. Если хочешь, возьми еще пива, Луис. Похоже, это затянется.

Луис хотел отказаться — он и так уже опьянел, — но тут у него перед глазами встала нелепая картина: Джад несет тело Нормы на старое индейское кладбище, на микмакский могильник в лесу за Клатбищем домашних жывотных.

Эта картина подействовала на него как пощечина. Не говоря ни слова, он встал и вынул из холодильника еще одну бутылку. Джад кивнул и снова взялся за телефон. К трем часам пополудни, когда Луис вернулся домой, чтобы съесть суп и сандвич, Джад уже почти завершил подготовку похорон своей жены; он обзвонил всех, кого нужно, как человек, планирующий очень важный званый обед. Он позвонил в Методистскую церковь Норт-Ладлоу, где пройдет отпевание, и в дирекцию кладбища Горней надежды. Сотрудники похоронной конторы Брукингса и Смита будут звонить туда сами, но Джад позвонил первым — в порядке вежливости. Очень немногие скорбящие, только что потерявшие близкого человека, способны подумать о таких «мелочах»... а даже если способны *подумать*, то не способны заставить себя взять и сделать. А Джад подумал и сделал. Луис восхищался им все больше и больше. Потом Джад обзвонил всех ныне здравствующих родственников Нормы, справляясь по старой, истрепанной записной книжке в кожаном переплете. В перерывах между звонками он пил пиво и вспоминал о былом.

Луис чувствовал искреннее восхищение и... любовь?

Да, подтвердило его сердце. И любовь.

Когда Элли вечером спустилась вниз, чтобы ее поцеловали перед сном, она спросила Луиса, попадет ли миссис Крэндалл на небеса. Она почти прошептала Луису этот вопрос, как будто чувствуя, что никто не должен услышать, о чем они говорят. Рэйчел была в кухне — пекла пирог с курицей, который собиралась завтра отнести Джаду.

На другой стороне улицы в доме Крэндаллов свет горел во всех окнах. На подъездной дорожке у дома стояли машины, как и на обочине шоссе на сотню футов в обоих направлениях. Официальное прощание будет завтра, но сегодня люди съезжались к Джаду, чтобы утешить его, помочь ему вспомнить все, что было хорошего, и погоревать вместе с ним. Между двумя домами дул студеный февральский ветер. На дороге темнели участки черного льда. Наступила самая холодная пора мэнской зимы.

— Честно сказать, я не знаю, солнышко, — ответил Луис, усадив Элли к себе на колени. В телевизоре стреляли. Человек пошатнулся и упал, но ни Луис, ни Элли этого не заметили. Луис осознавал — и его это тревожило, — что Элли, наверное, больше знает о Рональде Макдональде, Человеке-Пауке и «Бургер-Кинге», чем о Моисее, Иисусе и святом Павле. Она была дочерью нерелигиозной еврейки и отошедшего от церкви методиста, и Луис подозревал, что ее представления о *spiritus mundi*, мире духовном настолько расплывчаты и туманны, что это даже не мифы и грезы, а лишь отголоски какого-то смутного эха мифов и грез. *Уже поздно*, подумал он. *Ей всего пять, но уже поздно. Господи Боже, как быстро все проходит.*

Но Элли смотрела на него, и надо было хоть что-то ответить.

— У людей есть самые разные представления о том, что с нами случается после смерти, — сказал он. — Кто-то верит, что мы попадаем в рай или в ад. Кто-то верит, что мы рождаемся заново и снова приходим в мир маленькими детьми...

— Знаю, это рикарнация. Как с Одри Роуз в том фильме.

— Ты же его не смотрела!

Луис подумал, что Рэйчел точно хватит удар, если она узнает, что Элли видела «Чужую дочь».

— Мне Мэри рассказывала, в садике, — пояснила Элли.

Мэри была самопровозглашенной лучшей подругой Элли, грязной, худющей девчонкой, всегда выглядевшей нездоровой, как будто у нее вот-вот проявится дерматит, или стригущий лишай, или даже цинга. Луис и Рэйчел не запрещали девочкам дружить, даже наоборот, но Рэйчел однажды призналась Луису, что когда Мэри уходит, она с трудом подавляет желание проверить голову Элли на предмет гнид и вшей. Луис рассмеялся и кивнул.

— Мама Мэри разрешает ей смотреть *все* передачи. — В словах дочери прозвучал явный упрек, который Луис предпочел пропустить мимо ушей.

— Да, *реин*карнация. Перерождение. Католики верят в рай и ад, и еще в чистилище, такое место между раем и адом. Индусы и буддисты верят в нирвану...

На стене столовой возникла тень. Рэйчел. Слушает.

Луис продолжил, медленно подбирая слова:

— Есть и другие поверья, их очень много. Но как оно происходит на самом деле, не знает никто, Элли. Люди *говорят*, что знают, но верить и знать — это разные вещи. Ты знаешь, что такое вера?

— Ну...

— Ну, вот мы с тобой сидим на стуле, — сказал Луис. — Как ты считаешь, этот стул будет здесь завтра?

— Конечно, будет.

— Значит, ты в это веришь. И я тоже, кстати сказать. Вера — это когда мы уверены, что что-то есть или будет. Понятно?

— Да.

— Но мы не *знаем*, точно ли стул будет здесь завтра. Вполне может быть, что какой-нибудь ненормальный похититель стульев заберется ночью к нам в дом и украдет этот стул, правильно? — Элли хихикнула. Луис улыбнулся. — Мы просто верим, что этого не случится. Вера — великая вещь, и по-настоящему религиозные люди хотят убедить всех и каждого, что вера и знание — одно и то же, но сам я в это не верю. Потому что в мире слишком много религий, и у каждой из них — своя вера и своя правда. Точно можно сказать лишь одно: когда мы умираем, происходит одно из двух. Либо мы сохраняем душу и все наши мысли, либо не сохраняем. Если да — перед нами открывается множество разных возможностей. Если нет — значит, нет. Ничего больше не будет. Конец.

— Как будто просто заснешь?

Луис на секунду задумался.

— Скорее как будто заснешь под наркозом.

— А во что ты веришь, папа?

Тень на стене шелохнулась и вновь замерла.

Почти всю сознательную жизнь (начиная с колледжа) Луис верил, что смерть — это конец. Он не раз видел, как умирают люди, но ни разу не чувствовал, чтобы чья-то душа пронеслась мимо него на пути... ну, куда там направляются души, когда покидают тела; кстати, та же самая мысль пришла ему в голову, когда у него на руках умер Виктор Паскоу. Луис был согласен со своим преподавателем психологии: все переживания, связанные с жизнью после смерти, все эти тоннели и свет, описанные в научных журналах и растиражированные «желтой прессой», вероятно, свидетельствуют о последней, отчаянной попытке сознания противостоять натиску смерти: бесконечно изобретательный человеческий разум даже в самом конце сдерживает безумие, создавая иллюзию бессмертия. Также он был согласен с одним из своих сокурсников, который однажды сказал, что в Библии как-то уж подозрительно много чудес, почти полностью прекратившихся в наш век разума. (Сперва он сказал «полностью прекратившихся», но потом все же поправился, когда другие вполне справедливо указали ему, что в мире по-прежнему происходит много странного и необъяснимого; взять, к примеру, Туринскую плащаницу, которую сколько раз объявляли подделкой, но никто так и не смог разоблачить это чудо, подкрепив данное разоблачение неопровержимыми научными доказательствами.) «Вот в Библии написано, что Иисус воскресил Лазаря, — говорил тот сокурсник, впоследствии ставший весьма уважаемым акушером-гинекологом в Дирборне, штат Мичиган. — Ладно, не спорю. Если мне нужно в это поверить, черт с ним, поверю. В смысле, мне же приходится принять на веру, что зародыш одного близнеца может поглотить зародыш другого *in utero*, словно какой-то еще не рожденный каннибал, а потом, спустя двадцать или тридцать лет, у него в яичках или в легких вдруг обнаружатся «посторонние» зубы, как доказательство его людоедства в материнской утробе. Если я верю в такое, я могу поверить во что угодно. Но мне хотелось бы увидеть свидетельство о смерти, если вы понимаете, что я имею в виду. Он восстал из могилы — прекрасно, я очень за него рад. Но мне хотелось бы посмотреть на свидетельство о смерти. Я как апостол Фома, который сказал, что не поверит в воскресение Христа, пока не увидит у него на руках ран от гвоздей и не вложит руки в его ребра. А насколько я знаю, во всей этой апостольской братии настоящим лекарем был Фома, а не Лука».

Нет, Луис никогда не верил в загробную жизнь. По крайней мере до Черча.

— Я верю, что мы продолжаем жить, — медленно проговорил он. — Но как это будет, я не знаю. Может, для разных людей все происходит по-разному. Возможно, мы получаем то, во что верили всю жизнь. Но я верю, что мы продолжаем жить, и я верю, что миссис Крэндалл сейчас оказалась в каком-то прекрасном мире, где она счастлива.

— Ты в это веришь, — отозвалась Элли. Это был не вопрос. В ее голосе звучало благоговение.

Луис улыбнулся, довольный и немного смущенный.

— Да, наверное. И еще я верю в то, что тебе пора спать. Уже десять минут как.

Он поцеловал ее дважды, в губы и в кончик носа.

— А животные тоже продолжают жить?

— Да, — ответил он не раздумывая и чуть было не добавил: *Особенно кошки*. Слова почти сорвались с языка, и Луис похолодел.

— Хорошо, — сказала Элли, слезая с его колен. — Пойду поцелую маму.

— Это правильно.

Он смотрел ей вслед. Уже в дверях она обернулась к нему:

— Я тогда повела себя глупо, да? В тот день, когда плакала из-за Черча.

— Нет, солнышко, — ответил Луис. — Ты повела себя вовсе не глупо.

— Если он умрет сейчас, я смогу с этим смириться, — проговорила она и как будто сама удивилась тому, что сказала. На секунду задумалась и добавила, словно согласившись с собой: — Да, смогу.

И пошла искать Рэйчел.

Потом, уже в постели, Рэйчел сказала:

— Я слышала, о чем ты с ней говорил.

— И ты этого не одобряешь? — спросил Луис, решив, что, наверное, лучше сразу пойти на открытый конфликт, если Рэйчел этого хочет.

— Нет, — ответила Рэйчел с сомнением, что было на нее не похоже. — Нет, Луис, дело не в этом. Просто я... испугалась. А ты меня знаешь. Если мне страшно, я начинаю обороняться.

Луис ни разу не слышал, чтобы Рэйчел говорила с таким трудом, и внезапно он понял, что сейчас надо быть осторожным. Еще осторожнее, чем с Элли. У него было такое чувство, что он идет по минному полю.

— Чего ты боишься? Смерти?

— Не *своей*. Сейчас я об этом почти не думаю... уже не думаю. Но когда я была маленькой, я постоянно об этом думала. Даже спать не могла. Мне снилось, что ко мне приходят чудовища и хотят меня съесть, и все они были похожи на мою сестру Зельду.

Да, подумал Луис. *Вот оно. Сколько лет мы женаты, и только теперь она заговорила об этом.*

— Ты почти ничего про нее не рассказываешь, — сказал он.

Рэйчел улыбнулась и прикоснулась к его лицу.

— Ты такой славный, Луис. Я вообще ничего про нее не рассказываю. И стараюсь даже не думать о ней.

— Я был уверен, что на то есть причины.

— Да, есть.

Она умолкла, задумавшись.

— Я знаю, что она умерла... от цереброспинального менингита...

— От цереброспинального менингита, — повторила Рэйчел. — В доме родителей нет ни одной ее фотографии.

— Есть одна фотография в кабинете твоего...

— Да, в папином кабинете. Я о ней забыла. И мама, насколько я знаю, до сих пор носит в бумажнике ее фотокарточку. Она была старше меня на два года. Она заболела... и ее поселили в заднюю комнату... ее спрятали в задней комнате, Луис, словно какой-то постыдный секрет, она там умирала... моя сестра умирала в задней комнате... и это тоже был грязный секрет... моя сестра — грязный секрет!

Рэйчел не выдержала и разрыдалась. Луис почувствовал в ее плаче нотки истерики и мгновенно встревожился. Он положил руку ей на плечо, но она ее сбросила.

— Рэйчел... малышка... не надо...

— Не надо меня успокаивать, — проговорила она сквозь слезы. — И не надо меня останавливать, Луис. Мне хватит смелости рассказать об этом только один раз. И больше к этому не возвращаться. Все равно я сегодня уже не засну, если не расскажу.

— Это было так страшно? — спросил он, хотя уже знал ответ. Это многое объясняло, даже вещи, казалось бы, совершенно не связанные со смертью. Луис вдруг понял, что она никогда не ходила с ним на похороны — даже на похороны Эла Локка, который разбился, врезавшись на мотоцикле в автобус. Луис с Элом вместе учились, Эл часто бывал у них дома, и Рэйчел он всегда нравился. И все же она не пошла на его похороны.

В тот день она заболела, внезапно вспомнил Луис. *Слегла с гриппом или ОРВИ. Всерьез. Но на следующий день все прошло.*

После похорон *все прошло*, мысленно поправился он. Ему вспомнилось, что он еще тогда подумал, что это было что-то психосоматическое.

— Да, это было ужасно. Ты даже не представляешь, насколько ужасно. Луис, ей с каждым днем становилось все хуже и хуже, и мы ничего не могли сделать. Ее постоянно мучили боли. Ее тело как будто ссыхалось... втягивалось в себя... плечи сгорбились, лицо заострилось и стало похожим на маску. Ее руки были как птичьи лапки. Иногда мне приходилось ее кормить. Я ненавидела эти минуты, но я никогда не отказывалась, никогда даже не морщилась. Когда боли усилились, ей стали давать обезболивающее... наркотики... сначала слабые, а потом и такие, что она сделалась бы наркоманкой, если бы выжила. Но, конечно, все знали, что она не выживет. Наверное, поэтому она и была... нашей тайной. Потому что мы *хотели*, чтобы она умерла, Луис, мы *желали* ей смерти, и не только для того, чтобы *она* больше не мучилась, но и чтобы *мы сами* больше не мучились, она выглядела как чудовище и сама *становилась* чудовищем... Господи, я понимаю, что это звучит ужасно...

Она закрыла лицо руками.

Луис осторожно притронулся к ее плечу.

— Рэйчел, это звучит не ужасно...

— Нет, ужасно! — воскликнула она. — *Ужасно!*

— Это чистая правда, — сказал Луис. — После долгой болезни люди действительно превращаются в мерзких, придирчивых чудовищ. Образ святого великомученика-пациента — это романтический вымысел. К тому времени, когда на заднице лежачего больного появляются первые пролежни, он... или она... превращается в настоящего монстра, отравляющего жизнь всем вокруг. Они не нарочно, они просто не могут иначе. Но окружающим от этого не легче.

Она посмотрела на него с удивлением... почти с надеждой. Но потом недоверчиво прищурилась.

— Ты все это выдумываешь.

Он невесело улыбнулся.

— Показать тебе учебники по медицине? Или статистику самоубийств? Хочешь посмотреть? В семьях, где за неизлечимыми больными ухаживали дома, процент самоубийств взлетает до небес в первые полгода после кончины пациента.

— *Самоубийств?!*

— Люди глотают таблетки, травятся угарным газом, вышибают себе мозги. Их ненависть... их усталость... отвращение и горе... — Луис пожал плечами и свел сжатые кулаки, тихонько стукнув одним о другой. — Оставшиеся в живых чувствуют себя так, словно они совершили убийство. И сами уходят, спасаясь от чувства вины.

На припухшем от слез лице Рэйчел отразилось безумное облегчение.

— Да, она была очень придирчивой... и всех ненавидела. Иногда она специально писалась в постель. Мама спрашивала, не сводить ли ее в туалет... а потом, когда она уже не вставала, мама спрашивала, не подать ли ей судно... и Зельда отвечала «нет»... а потом писалась в постель, и маме или нам с мамой приходилось менять белье... и Зельда говорила, что она не нарочно, но в ее глазах было злорадство, Луис. Оно там было. У нее в комнате вечно пахло мочой и лекарствами, у нее были какие-то капли... по запаху — точно сироп от кашля «Дикая вишня», и этой вишней пропахло все... иногда я просыпаюсь посреди ночи... даже теперь, когда я просыпаюсь посреди ночи, мне чудится этот запах... «Дикая вишня»... и я думаю... в полусне... я думаю: «Зельда уже умерла? Может, она уже умерла?» Я думаю...

У Рэйчел перехватило дыхание. Луис взял ее за руку, и она стиснула его пальцы так крепко, что ему стало больно.

— Когда мы меняли ей постель, я видела, что стало с ее спиной... Ее всю скрючило, Луис, уже под конец... под конец стало казаться, что ее... что ее задница сдвинулась на середину спины.

Теперь глаза Рэйчел как будто остекленели. Ее застывший, испуганный взгляд напоминал взгляд ребенка, вспоминающего свой самый жуткий ночной кошмар.

— Иногда она прикасалась ко мне... своими руками... этими птичьими лапками... и мне хотелось кричать... я просила ее так не делать, а однажды я пролила ее суп себе на руку, когда она прикоснулась к моему лицу... суп был горячим, я обожглась, и на этот раз я *закричала*... я закричала, а в ее глазах снова было злорадство. В самом конце обезболивающие перестали действовать. И тогда уже кричала *она*. Она все время кричала, и никто из нас больше не помнил, какой она была раньше... никто, даже мама. Сестра превратилась в вечно кричащее *чудовище*, ненавидевшее всех и вся... наш грязный секрет в задней комнате.

Рэйчел тяжело сглотнула. Ее горло судорожно дернулось.

— Родителей не было дома, когда она наконец... когда она... ты понимаешь, когда она... — Неимоверным усилием воли Рэйчел все же заставила себя произнести это: — Когда она *умерла*, родителей не было дома. Они ушли и оставили меня с ней. Дело было в Песах, и они ушли в гости к друзьям. Совсем ненадолго. Я сидела в кухне, читала журнал. Ну, не читала, а просто листала. Я ждала, когда можно будет дать ей лекарство, чтобы она не кричала. Зельда начала кричать, как только родители вышли из дома. Я не могла читать из-за этих криков. А потом как-то вдруг... в общем... она замолчала. Луис, мне было восемь... мне каждую ночь снились кошмары... Я начала думать, что она ненавидит меня за то, что у *меня* прямая спина, что у *меня* ничего не болит, что *я* могу ходить, что *я* буду жить... Мне представлялось, что она хочет меня убить. И даже теперь, Луис, даже теперь мне кажется, что так и было. Я до сих пор убеждена, что Зельда меня ненавидела. Вряд ли бы она меня убила, но если бы она могла захватить мое тело... если бы она могла поменяться со мной телами, как в сказке, она бы не преминула так сделать. Но когда она перестала кричать, я пошла посмотреть, все ли с ней в порядке... может, она перевернулась на бок или сползла с подушек. Я вошла, увидела ее, и сначала мне показалось, что она подавилась собственным языком и теперь задыхается. Луис... — Голос Рэйчел по-детски звенел от слез, словно она снова переживала те страшные минуты. — Луис, я не знала, *что делать*! Мне было *восемь*!

— Конечно, не знала. Откуда тебе было знать? — Луис придвинулся к ней и обнял, и Рэйчел вцепилась в него, как утопающий — в спасательный круг. — Неужели кто-то тебя в этом винил, малыш?

— Нет, меня никто не винил. Но никто и не смог мне помочь. Никто не смог ничего изменить. Никто не мог сделать так, чтобы этого *не было*, Луис. Она не подавилась собственным языком. Она начала издавать звуки. Даже не знаю, на что похоже... *га-а-а-а-а-а*... как-то так... — Луис невольно вздрогнул. Этот звук напомнил ему о Викторе Паскоу, умиравшем у него на руках. Он еще крепче обнял жену. — И у нее по подбородку текла слюна...

— Рэйчел, не надо, — перебил ее Луис не совсем твердым голосом. — Я знаю симптомы.

— Я пытаюсь *объяснить,* — упрямо проговорила Рэйчел. — Я пытаюсь объяснить, почему не пойду на похороны Нормы и почему мы с тобой поругались в тот день...

— Тсс, я уже все забыл.

— А я не забыла, — сказала она. — Я все помню, Луис. Хорошо помню. Так же хорошо, как и смерть моей сестры Зельды четырнадцатого апреля тысяча девятьсот шестьдесят пятого года.

Потом они долго молчали.

— Я перевернула ее на живот и похлопала по спине, — наконец продолжила Рэйчел. — Я не знала, что еще можно сделать. Она брыкалась... своими скрюченными ногами... и я помню, был звук, как будто кто-то пукнул... я подумала, это пукнула Зельда, или, может быть, я сама, но это порвалась моя блузка... разошлась по швам под мышками, когда я ее переворачивала. Зельда забилась в судорогах... и уткнулась лицом в подушку, и я подумала: она задыхается, Зельда сейчас задохнется, и мама с папой придут и скажут, что я убила ее, задушила подушкой, они скажут, *ты ее ненавидела, Рэйчел*, и это правда, они скажут, *ты же хотела, чтобы она умерла*, и это тоже было правдой. Потому что, Луис, понимаешь... когда она начала биться в судорогах, моей первой мыслью было: *Господи, ну наконец-то. Зельда сейчас задохнется, и все закончится.* Я перевернула ее на спину, и ее лицо было *черным*, Луис... глаза навыкате, шея раздута. А потом она умерла. Я попятилась, через всю комнату. Наверное, я хотела выйти в дверь, но наткнулась на стену, и со стены упала картина. Картинка из книжки про волшебника страны Оз, которую Зельда любила еще до болезни. Изображение Оза, Великого и Ужасного, только Зельда всегда называла его Великим и Узясным, потому что не выговаривала букву «ж» и говорила, как Элмер Фадд. Мама вставила картинку в рамку, потому что... потому что она очень нравилась Зельде... и вот картина упала, стекло разбилось, и я закричала, потому что я знала: она умерла. И еще я думала... я подумала, что картина упала не просто так, что ее сбросил дух Зельды, что теперь ее дух будет преследовать меня и ненавидеть, как ненавидела Зельда, только дух не прикован к постели, и мне от него не убежать... И я закричала и выбежала из дома с криком: *Зельда умерла! Зельда умерла! Зельда умерла!* И наши соседи... они вышли на улицу посмотреть, что происходит... они видели, как я бегу... в блузке, рваной под мышками... как я бегу и кричу: *Зельда умерла!* Луис, они, наверное, думали, что я плачу, но я... кажется, я смеялась, Луис. Кажется, я смеялась.

— И правильно делала, — заметил Луис.

— Ты сейчас не всерьез это сказал, — произнесла Рэйчел с абсолютной уверенностью человека, который не раз доходил до последней черты и даже переступал эту черту. Луис не стал отвечать. Он подумал, что, возможно, она постепенно избавилась от кошмарных воспоминаний, что донимали ее столько лет, — но не от этого конкретного воспоминания. Луис Крид не был психиатром, однако он знал, что в жизни каждого человека есть такое, о чем не хочется вспоминать, но об этом все равно вспоминают и возвращаются мысленно вновь и вновь, хотя это очень болезненно. Сегодня Рэйчел извлекла на свет божий почти всю свою боль, как гнилой зуб — почерневший, с инфицированным нервом и дурно пахнущим корнем. Но теперь его вырвали. Даже если осталась последняя зараженная клетка, ее лучше не трогать; даст Бог, она никогда не проявит себя, разве что в самых глубоких снах. Сегодня Рэйчел смогла освободиться почти от всего, что ее угнетало, — и это говорило не только о смелости, но и о невероятной силе духа. Луис искренне восхищался женой. И искренне за нее радовался.

Он сел и включил свет.

— Ты все правильно сделала, — сказал он. — Но твои родители... Если бы мне были нужны дополнительные причины, чтобы их не любить, сегодня они бы у меня появились. Они не должны были оставлять тебя с ней одну, Рэйчел. *Никогда.*

Словно ребенок — та восьмилетняя девочка, которая пережила весь этот невообразимый ужас, — она укоризненно произнесла:

— Лу, это был Песах...

— Да хоть второе пришествие, — хрипло проговорил он с такой яростью, что Рэйчел слегка отпрянула. Луис вспомнил двух молоденьких медсестер-волонтерок, которым не повезло оказаться в студенческой поликлинике именно в то утро, когда туда принесли умирающего Паскоу. Одна из них, крутая барышня по имени Карла Шейвез, вернулась на следующий день и осталась работать, причем работала так хорошо, что это произвело впечатление даже на Чарлтон. А вот вторую никто из них больше не видел. Луиса это не удивляло, и он ее не винил.

А где была сиделка? У них дома должна была постоянно дежурить дипломированная медсестра... они, стало быть, ушли в гости и оставили восьмилетнюю девочку присматривать за умирающей сестрой, которая к тому времени вполне могла повредиться рассудком. Почему? Потому что у них был Песах, и элегантная Дори Гольдман не могла нюхать вонь в это светлое пасхальное утро, и ей было необходимо хоть ненадолго сбежать из дома. А Рэйчел оставили на дежурстве. Так, друзья и соседи? Рэйчел оставили на дежурстве. Восемь лет, два смешных хвостика, блузка-матроска. Рэйчел оставили дома, чтобы она нюхала вонь и присматривала за сестрой. Зачем ее каждое лето отправляли на полтора месяца в детский лагерь в Вермонте, как не за тем, чтобы она стойко нюхала вонь своей умирающей и, возможно, безумной сестры? Десять новых комплектов одежды для Гейджа, и шесть новых платьев для Элли, и «я оплачу тебе все обучение в медицинском колледже, если ты оставишь в покое мою дочь»... где была твоя всемогущая чековая книжка, когда одна твоя дочь умирала от цереброспинального менингита, а вторая сидела с ней совершенно одна, ты, старый козел? Где была медсестра?

Луис встал с постели.

— Ты куда? — встревожилась Рэйчел.

— Принесу тебе валиум.

— Ты знаешь, я не принимаю...

— Сегодня примешь, — сказал он.

Рэйчел выпила таблетку и рассказала ему остальное. Теперь ее голос звучал спокойно и ровно. Успокоительное подействовало.

Соседка из дома напротив нашла восьмилетнюю Рэйчел под деревом, где та сидела, съежившись, и кричала: «Зельда умерла!» У Рэйчел из носа шла кровь. Она была вся в крови. Та же соседка позвонила в «Скорую помощь», а потом родителям Рэйчел; остановив кровотечение из носа и успокоив девочку чашкой горячего чая и двумя таблетками аспирина, соседка все же сумела добиться, чтобы Рэйчел сказала ей, куда ушли родители: к мистеру и миссис Каброн, жившим на другом конце города. Питер Каброн работал бухгалтером в фирме отца.

Уже к вечеру в доме Гольдманов произошли большие перемены. Зельды не стало. Ее комнату вычистили и продезинфицировали. Всю мебель вынесли. Осталась пустая коробка. Позже — гораздо позже — Дори Гольдман устроила там швейную комнату.

В ту же ночь Рэйчел приснился кошмар. Она проснулась около двух часов, стала звать маму и хотела вскочить с кровати, но вдруг с ужасом поняла, что ей трудно передвигаться. Спина страшно болела. Она надорвалась, когда переворачивала Зельду. Выброс адреналина придал ей сил, и она подняла Зельду так резко, что даже порвала блузку.

То, что Рэйчел надорвалась, пытаясь не дать Зельде задохнуться, было вполне очевидно и ясно для всех. Элементарно, Ватсон! Для всех, кроме самой Рэйчел. Рэйчел была уверена, что это Зельда мстит ей с того света. Зельда знала, что Рэйчел обрадовалась ее смерти; Зельда знала, что когда Рэйчел выскочила из дома, крича во весь голос: *Зельда умерла! Зельда умерла!* — она смеялась, а не рыдала; Зельда знала, что ее убили, и передала Рэйчел свой цереброспинальный менингит, и уже очень скоро ее спина скрючится, и Рэйчел тоже не будет вставать с постели, она будет лежать, медленно, но верно превращаясь в чудовище, и ее руки станут похожи на птичьи лапки.

Пройдет какое-то время — совсем немного, — и Рэйчел будет кричать от боли, как кричала Зельда, а потом начнет мочиться в постель и в конечном итоге подавится собственным языком и умрет. Это будет месть Зельды.

Никто не мог разубедить в этом Рэйчел — ни мама, ни папа, ни доктор Маррей, который диагностировал легкое растяжение мышц спины и бесцеремонно (а по мнению Луиса, так и вовсе жестоко) велел ей взять себя в руки и не огорчать маму с папой своим отвратительным поведением. Он сказал, что у нее только что умерла сестра, ее родители убиты горем, и Рэйчел надо бы их поберечь, а не капризничать и не требовать к себе внимания. Боль в спине постепенно прошла, и только тогда Рэйчел поверила, что это была не месть Зельды и не Божья кара. Несколько месяцев (так Рэйчел сказала Луису; на самом деле лет восемь) ей почти каждую ночь снились кошмары, в которых ее сестра умирала опять и опять, и Рэйчел просыпалась в холодном поту и ощупывала свою спину, чтобы убедиться, что с ней все в порядке. После этих кошмаров она еще долго не могла заснуть, ей чудилось, что дверца шкафа сейчас распахнется и оттуда выскочит Зельда, вся посиневшая, скрюченная, с закатившимися глазами, с вывалившимся наружу черным распухшим языком: Зельда придет, чтобы убить убийцу, которая съежилась под одеялом, прижимая обе руки к пояснице...

Рэйчел не ходила на похороны сестры. С тех пор она вообще не ходила ни на чьи похороны.

— Если бы ты рассказала все раньше, это бы многое объяснило, — заметил Луис.

— Лу, я не могла, — произнесла Рэйчел сонным голосом. — После случившегося у меня... у меня развилась небольшая фобия.

Ну да, подумал Луис. *Совсем-совсем крошечная*.

— Я не могу это преодолеть. Умом я понимаю, что ты прав и что смерть — это вполне естественно... и даже неплохо, в каком-то смысле... но после всего, что случилось... когда оно у тебя внутри...

— Да, — сказал он.

— В тот день, когда я на тебя сорвалась, — продолжила Рэйчел, — я знала, что Элли плачет из-за самой мысли... что ей надо свыкнуться с этим... но я ничего не могла с собой сделать. Прости меня, Луис.

— Тебе не за что просить прощения, — заверил он, гладя ее по волосам. — Но я принимаю твои извинения, если тебе от этого легче.

Она улыбнулась.

— А знаешь, действительно легче. Как будто меня наконец стошнило какой-то отравой, сидевший во мне много лет.

— Может, так оно и есть.

Глаза Рэйчел закрылись, потом снова открылись... медленно и сонно.

— И не вини во всем моего отца, Луис. Пожалуйста. Для них это было ужасное время. Лечение Зельды обошлось ему в изрядную сумму. Отец упустил возможность расширить свой бизнес в пригородах, а магазин в центре почти прогорел. И мама тогда чуть не сошла с ума, в прямом смысле слова. Но потом все наладилось. Как будто смерть Зельды стала сигналом, что пора возвращаться хорошим временам. После кризиса папа сумел подняться, он получил ссуду, дела пошли в гору, и с тех пор он уже никогда не оглядывался на прошлое. Но они слишком сильно меня опекали. И не только потому, что я осталась единственным ребенком...

— Они так заглаживали чувство вины, — сказал Луис.

— Да, наверное. Ты не рассердишься, если я заболею в день похорон Нормы?

— Нет, малыш, не рассержусь. — Он помедлил и взял ее за руку. — Можно мне взять с собой Элли?

Ее рука напряглась.

— Ох, Луис, я даже не знаю. Она еще маленькая...

— Но она уже знает, откуда берутся дети, — снова напомнил ей Луис.

Она долго молчала, глядя в потолок и кусая губы.

— Если ты думаешь, что ее можно взять... — наконец проговорила она. — Если ты думаешь, что это... что это ей не повредит.

— Иди ко мне, Рэйчел, — сказал Луис, и в эту ночь они заснули, обнявшись, на его половине кровати, а когда Рэйчел проснулась, дрожа, посреди ночи — когда кончилось действие успокоительного, — Луис обнял ее и шептал ей на ухо, что все будет хорошо, пока она не заснула опять.

33

— *Ибо всякий мужчина — и всякая женщина — подобны цветам в долине, что сегодня цветут, а завтра будут брошены в печь. Время человеческое преходяще; как придет, так и уйдет.* Помолимся.

Элли, настоящая маленькая красавица в темно-синем платье, купленном специально для этого случая, так резко склонила голову, что сидевший рядом Луис услышал, как хрустнули ее позвонки. Элли редко бывала в церкви, и, конечно, она впервые присутствовала на похоронах; все это вместе так на нее повлияло, что сегодня она непривычно притихла.

Для Луиса это был редкий случай, когда он мог посмотреть на дочь словно со стороны. Всегда ослепленный любовью к ней и к Гейджу, он редко наблюдал за Элли беспристрастно; но сегодня, глядя на дочь, подумал, что перед ним — хрестоматийный пример ребенка, приближающегося к завершению первого в жизни, очень важного переходного периода, когда маленький человек почти целиком состоит из неуемного любопытства и впитывает информацию в невероятных количествах. Она промолчала даже тогда, когда Джад, такой непривычный, но элегантный в черном костюме и ботинках на шнурках (Луис подумал, что впервые видит Джада в обычных ботинках, а не в стоптанных мокасинах или резиновых сапогах), наклонился к ней, поцеловал и сказал:

— Молодец, что пришла, малышка. Обрадовала старика. Думаю, Норма тоже рада.

Элли только смотрела на него широко раскрытыми глазами.

Методистский священник, преподобный Лафлин, уже читал заключительную отходную молитву, прося у Господа смилостивиться над нами и даровать нам всем мир и покой.

— Прошу подойти ко мне тех, кто несет гроб, — сказал он.

Луис поднялся на ноги, но Элли схватила его за руку.

— *Папа!* — испуганно прошептала она. — Ты куда?

— Я понесу гроб. — Луис присел и обнял дочь за плечи. — Нужно вынести Норму. Мы вчетвером понесем: я, двое племянников Джада и брат Нормы.

— А как я потом тебя найду?

Луис поднял голову. Остальные трое носильщиков уже собрались у кафедры, вместе с Джадом. Прихожане начали расходиться, некоторые из них вытирали слезы.

— Иди на крыльцо и жди меня там, — сказал Луис. — Хорошо, Элли?

— Да, — кивнула она. — Только ты про меня не забудь.

— Не забуду.

Он снова поднялся, и Элли снова схватила его за руку.

— Папа?

— Что, солнышко?

— Не уроните ее, — прошептала она.

Луис подошел к остальным, и Джад представил его племянникам, которые на самом деле были то ли двоюродными, то ли троюродными внучатыми племянниками... потомками брата отца Джада. Здоровенные молодые парни лет двадцати с небольшим, очень похожие друг на друга. Брату Нормы было под шестьдесят, насколько мог судить Луис, и, несмотря на большое горе, держался он молодцом.

— Рад познакомиться со всеми вами, — сказал Луис, чувствуя себя немного неловко — посторонний в семейном кругу.

Они молча кивнули ему.

— Как Элли? Нормально?– спросил Джад и кивнул ей. Она замешкалась в вестибюле и наблюдала за ними.

Ну да, ей же надо убедиться, что я не испарюсь в клубах дыма, подумал Луис и почти улыбнулся. Но следом за этой мыслью возникла другая: *Как Оз, Великий и Узясный.* Улыбка тут же погасла.

— Да вроде нормально. — Луис помахал ей рукой. Она помахала ему в ответ и вышла на улицу. Луис поразился тому, какой взрослой выглядела его дочь в это мгновение. Вот такие иллюзии, пусть даже и мимолетные, заставляют задуматься о скоротечности жизни.

— Ну что, все готовы? — спросил один из племянников.

Луис кивнул, и брат Нормы тоже.

— Осторожнее с ней, — хрипло проговорил Джад. Потом отвернулся и, склонив голову, медленно побрел к выходу.

Луис подошел к левому заднему углу серо-стального гроба «Американский предвечный», который Джад выбрал для жены. Они вчетвером взялись за ручки и медленно вынесли гроб с Нормой из церкви, в февральский мороз и яркий солнечный свет. Кто-то — наверное, церковный сторож — посыпал золой скользкий утоптанный снег на дорожке. У тротуара стоял катафалк, черный «кадиллак» с уже включенным двигателем, выдыхавшим белые выхлопы в зимний воздух. Рядом с машиной держались распорядитель похорон и его рослый сын, готовые броситься на помощь и поддержать гроб, если кто-то из носильщиков (возможно, брат Нормы) вдруг поскользнется или лишится сил.

Джад стоял вместе с ними и наблюдал, как гроб устанавливают в машину.

— До свидания, Норма, — сказал он, закуривая. — Скоро свидимся, старушка.

Луис приобнял его за плечи, а брат Нормы подошел с другой стороны, оттеснив назад распорядителя похорон и его сына. Здоровяки-племянники (или троюродные внучатые племянники, или кем они приходились Джаду) потихоньку слиняли, выполнив свой скорбный долг. Они выросли вдали от этой ветви семьи; лицо женщины, которую хоронили сегодня, они помнили только по фотографиям и, возможно, редким «официальным» визитам, когда они угощались печеньем Нормы, пили пиво с Джадом и, может быть, с удовольствием слушали его рассказы о временах, в которых не жили, и людях, которых не знали, но при этом все время держали в голове, что в этот день можно было заняться чем-нибудь поинтереснее (к примеру, вымыть машину, или сходить поиграть в боулинг, или просто засесть перед телевизором в компании друзей и посмотреть бокс), и с облегчением вздыхали, когда можно было откланяться.

С точки зрения этих парней, ветвь семьи Джада теперь отошла в прошлое, словно побитый эрозией астероид, покинувший родное скопление — улетающий прочь, тающий на глазах, крошечная песчинка в необозримом пространстве. Прошлое. Фотографии в старом альбоме. Истории о былых временах, рассказанные в комнатах, в которых им, вероятно, было душно и жарко — *они*-то еще не состарились; *их* суставы не поразил артрит, *их* кровь была горяча. Прошлое — это прошлое. И если тело человека есть конверт для души, писем Бога к Вселенной, как учит нас большинство религий, значит, гроб «Американский предвечный» — просто конверт, куда вложено тело, и для этих крепких молодых парней прошлое — не более чем мертвое письмо, которое можно сдавать в архив.

Боже, храни прошлое, подумал Луис и вздрогнул, представив себе, что когда-то наступит день, когда он сам станет таким же чужим и далеким для своих собственных кровных родственников — для своих внуков, если у Элли и Гейджа будут дети и он сам до этого доживет. Приоритеты сместились. Род угас. Юные лица смотрели со старых выцветших фотографий.

Боже, храни прошлое, подумал он снова и еще крепче сжал плечи Джада.

Цветы и венки сложили в задней части катафалка. Заднее окно с электрическим приводом плотно закрылось. Луис поднялся на крыльцо церкви, где его ждала Элли, и они вместе пошли к машине. Луис держал дочку за руку, чтобы она не поскользнулась в своих нарядных сапожках с кожаными подошвами. Люди уже заводили машины, готовясь ехать на кладбище следом за катафалком.

— Папа, а почему они включают фары? — спросила Элли. — Сейчас же светло!

— Чтобы почтить память покойной, Элли. — Голос Луиса дрогнул. Он завел двигатель микроавтобуса и протянул руку к кнопке, включавшей фары. — Поехали.

Уже по дороге домой — прощальная церемония прошла в маленькой кладбищенской часовне, могилу для Нормы смогут выкопать только весной — Элли вдруг разрыдалась.

Луис взглянул на нее, удивленный, но не особо встревоженный.

— Элли, ты чего?

— Больше не будет печенья, — проговорила она сквозь слезы. — Она пекла самое лучшее в мире овсяное печенье, я такого больше нигде не ела. Но больше она его не испечет, потому что она *умерла*. Папа, зачем люди умирают?

— Я не знаю, — ответил Луис. — Наверное, чтобы освободить место для новых людей. Для детишек, как вы с Гейджем.

— Я никогда не выйду замуж, не займусь сексом и не заведу детей! — объявила Элли, расплакавшись еще сильнее. — И тогда я, может быть, не умру! Это *ужасно*! Это так *г-г-гадко*!

— Зато это конец всем страданиям, — тихо ответил Луис. — Я врач, я видел, как люди страдают. Потому и хотел получить работу в университете... Потому что устал смотреть на людские страдания. У молодых часто что-то болит... и болит сильно. Но страдание — это совсем другое. — Он помолчал и добавил: — Хочешь — верь, хочешь — нет, но когда люди стареют, смерть их уже не пугает. А у тебя впереди еще много-много-много лет.

Элли плакала еще долго, потом зашмыгала носом, а потом замолчала. Когда они уже подъезжали к дому, она спросила, можно ли включить радио. Луис сказал, что можно, и она нашла «This Ole House» в исполнении Шейкин Стивенса на WACZ. Вскоре она начала подпевать. Дома Элли сразу же пошла к Рэйчел и рассказала о похоронах; к чести Рэйчел, она выслушала дочь спокойно, благожелательно и сочувственно, хотя Луис заметил, что жена была бледной и задумчивой.

Когда Элли спросила, умеет ли Рэйчел печь овсяное печенье, та отложила вязанье и тут же поднялась на ноги, словно ждала чего-то подобного.

— Да, — ответила она. — Хочешь, прямо сейчас испечем?

— Хочу! — воскликнула Элли. — Можно прямо сейчас, да, мама?

— Можно, если твой папа присмотрит за Гейджем.

— Присмотрю, — заверил Луис. — С удовольствием.

Луис провел вечер, читая большую статью в «Дюкенском медицинском дайджесте» и делая пометки для себя; давний спор о рассасывающихся нитях для швов вспыхнул с новой силой. В относительно узком кругу специалистов, чья работа связана с зашиванием мелких ран, этот спор был таким же извечным и нескончаемым, как и распри психологов о том, что важнее — природа или воспитание.

Луис собирался сегодня же вечером написать разгромное письмо и доказать, что основная идея автора статьи в корне ошибочна, его наглядные примеры притянуты за уши, его изыскания настолько неряшливы, что это уже отдает почти преступной халатностью. Иными словами, Луис собирался — и был настроен весьма решительно — разбить в пух и прах все концепции этого напыщенного идиота. Он как раз искал у себя на полках экземпляр «Хирургической обработки ран» Тротмена, когда Рэйчел заглянула к нему в кабинет.

— Лу, ты идешь?

— Да, сейчас. — Он посмотрел на нее. — Все хорошо?

— Они уже спят и видят десятый сон.

Луис присмотрелся к жене внимательнее.

— Они-то спят, а ты нет.

— Со мной все хорошо. Я читала.

— Точно все хорошо?

— Точно-точно, — улыбнулась она. — Я люблю тебя, Луис.

— Я тебя тоже, малыш. — Луис взглянул на книжные полки и сразу увидел Тротмена. Именно там, где он всегда и стоял. Луис взял книгу в руки.

— Пока вас с Элли не было, Черч притащил в дом крысу, — сказала Рэйчел, пытаясь улыбнуться. — Такая гадость...

— Господи, Рэйчел, мне очень жаль. — Луис надеялся, что его голос звучит не так виновато, как он себя чувствовал в это мгновение. — Представляю твою реакцию.

Рэйчел села на ступеньку лестницы. В розовой фланелевой ночной рубашке, без макияжа, с волосами, стянутыми в хвостик резинкой, она была похожа на ребенка.

— Я ее выкинула, но знаешь... мне пришлось отгонять его щеткой от пылесоса. Он его охранял... в смысле, труп. И *рычал* на меня. Раньше Черч никогда на меня не рычал. В последнее время он изменился. Может быть, у него чумка или что-то еще, а, Луис?

— Нет, — медленно проговорил Луис. — Но если хочешь, я свожу его к ветеринару.

— Наверное, не надо. — Она посмотрела ему прямо в глаза. — Ну так что? Ты идешь? Я просто... я знаю, что тебе надо работать, но...

— Я иду. — Луис поднялся из-за стола, как будто у него не было никаких важных дел. Собственно, их действительно не было, хотя он понимал, что уже никогда не напишет это письмо, потому что завтра появится что-то новое. Но он отвечает за эту крысу, разве не так? За эту крысу, которую притащил Черч, наверняка разодранную в клочки, с вывалившимися внутренностями, возможно, с оторванной головой. Да. Он за нее отвечает. Это была *его* крыса. — Пойдем спать, — сказал он и выключил свет. Они с Рэйчел вместе поднялись по лестнице. Луис обнял жену и постарался любить ее с полной отдачей... но даже когда он вошел в нее, крепкий и возбужденный, он все равно прислушивался к вою зимнего ветра за окном в морозных узорах и думал о Черче, который раньше был котом Элли, а теперь стал *его* котом, думал о том, где сейчас бродит Черч и кого еще он убьет. Земля в человеческом сердце, она еще тверже, подумал он, а вечер за окном пел свою горькую темную песню, и не так далеко отсюда Норма Крэндалл, когда-то связавшая его детям одинаковые шапочки, лежала в своем серо-стальном гробу «Американский предвечный» в подземной часовне на кладбище Горней надежды; и белая вата, которую бальзамировщик подложил ей под щеки, уже наверняка почернела.

34

Элли исполнилось шесть. В свой день рождения она пришла из садика в бумажной шляпе набекрень и с кучей рисунков, которые ей подарили друзья (на лучшем из них Элли была похожа на дружелюбное огородное пугало). Эпидемия гриппа миновала. Двух студентов пришлось отправить в бангорскую больницу, и, возможно, Суррендра Харду спас жизнь одному первокурснику с жутким имечком Питер Хампертон, у которого внезапно начался припадок. Рэйчел увлеклась блондинистым упаковщиком на кассе «Эй энд Пи» в Брюэре и тем же вечером восторженно рассказала Луису, что у парня штаны прямо распирает.

— Хотя, может быть, это просто рулон туалетной бумаги, — добавила она.

— А ты его при случае ухвати за это самое, — предложил Луис. — Если завопит, значит, не бумага.

Рэйчел смеялась до слез. Февральские холода миновали. Март принес легкие заморозки и дожди, выбоины на дорогах и ярко-оранжевые дорожные знаки, маленькие алтари великого божества Ухаба. Джад Крэндалл постепенно справлялся со своим горем — с тем лютым горем, которое, как утверждают психологи, начинается дня через три после смерти любимого человека и продолжается в большинстве случаев от четырех до шести недель — как время года, которое в Новой Англии иногда называют «глубокой зимой». Но время идет, боль притупляется, чувства сменяют друг друга, словно цвета в радуге. Сильное горе превращается просто в горе, уже не такое пронзительное и неизбывное; горе превращается в тихую скорбь, и в конечном итоге скорбь превращается в воспоминания — этот процесс занимает от полугода до трех лет. Наступил и миновал день первой стрижки Гейджа, и когда Луис увидел, что отросшие волосы сына темнее, чем были раньше, он шутил по этому поводу, но и горевал тоже — впрочем, лишь про себя.

Пришла весна и задержалась на время.

35

Луис Крид пришел к мысли, что последним по-настоящему счастливым днем в его жизни было 24 марта 1984 года. До события, что нависло над ними убийственным грузом, оставалось еще больше семи недель, но тогда Луис об этом не знал. Уже потом, мысленно перебирая в памяти эти последние семь недель, он не нашел ничего, что могло бы сравниться с тем радостным днем. Наверное, даже если бы ничего не случилось, тот день все равно запомнился бы ему навсегда. Потому что действительно хорошие дни — хорошие во всех отношениях — выпадают не так уж часто. При самом лучшем раскладе, размышлял Луис, в жизни обычного человека таких дней наберется от силы на месяц. Луису уже начинало казаться, что Господь в своей безграничной мудрости проявляет значительно больше щедрости, когда речь идет о раздаче боли.

Дело было в субботу. После обеда Луис остался с Гейджем, а Рэйчел с Элли уехали в магазин. Они поехали вместе с Джадом на его стареньком дребезжащем пикапе — не потому, что у них сломалась машина, а потому, что старику искренне нравилась их компания. Рэйчел попросила Луиса посидеть с Гейджем, и тот, конечно же, согласился. Он был рад, что Рэйчел собралась куда-то поехать; после мэнской зимы, почти безвылазно проведенной в Ладлоу, ей не помешает проветриться. Рэйчел не жаловалась и вообще держалась молодцом, но Луису иной раз казалось, что она скоро взвоет от скуки.

Гейдж проснулся около двух часов, явно не в духе. У него уже начинался кризис двух лет, со всеми положенными истериками и приступами беспричинной злости. Луис попытался заинтересовать сына различными играми, но тот упорно не желал играть. В довершение ко всем радостям капризный ребенок изрядно обкакался, и когда Луис менял ему подгузник, он заметил среди какашек синий стеклянный шарик. Шарик из коллекции Элли. Гейдж ведь мог подавиться! Надо будет сказать Элли, чтобы не разбрасывала свои шарики где придется. В последнее время малыш тащил в рот все, что попадалось ему в руки. Луис уже потихоньку впадал в отчаяние, не зная, чем занять сына, пока не вернется Рэйчел.

Вокруг дома гулял свежий весенний ветер, и Луис вдруг вспомнил про воздушного змея, которого случайно купил по дороге домой из университета месяца полтора назад. А как насчет бечевки? Ее он тоже купил!

— Гейдж! — позвал он. Гейдж нашел под диваном зеленый мелок и теперь самозабвенно калякал в одной из любимых книжек Элли — *еще один повод для разжигания соперничества между братом и сестрой*, подумал Луис и усмехнулся. Если Элли по-настоящему разозлится, когда увидит каракули в «Там, где живут чудовища», Луис просто напомнит ей о сокровище, которое обнаружил в подгузнике Гейджа.

— Что? — отозвался Гейдж. Он уже разговаривал вполне внятно.

— Хочешь, пойдем погуляем?

— Погуляем! — радостно согласился Гейдж. — Пойдем погуляем. Где мои ксофки, папа?

В переводе на нормальный английский язык это означало: *Где мои кроссовки, папа?* Луиса всегда поражала речь Гейджа, и даже не потому, что его детский лепет звучал трогательно и мило, а потому, что Луису казалось, будто маленькие дети разговаривают, как иностранцы, которые учат язык без всякой системы. Он знал, что малыши произносят *любые* звуки, которые способны производить человеческие голосовые связки... вибрирующее «р», вызывающее такие трудности у тех, кто первый год учит французский, гортанные щелчки австралийских аборигенов, резкие, твердые согласные немецкого языка. Изучая родной английский, дети теряют эту способность, и Луис подумал (уже не в первый раз), что, может быть, детство — это не столько пора обучения, сколько пора забывания.

Ксофки Гейджа в конечном итоге нашлись под диваном. Луис был искренне убежден, что в семьях с маленькими детьми пространство под диваном в гостиной обладает загадочной электромагнитной силой и засасывает в себя все, что попадает в поле его притяжения: от детских бутылочек и булавок для подгузников до зеленых мелков и старых выпусков журнала «Улица Сезам».

Впрочем, куртки Гейджа под диваном не обнаружилось — она валялась на лестнице. Его бейсболку «Ред сокс», без которой он вообще никогда не выходил из дома, найти оказалось сложнее всего, потому что она была там, где ей и положено: в шкафу. Естественно, в шкаф они заглянули в последнюю очередь.

— Куда мы идем, папа? — спросил Гейдж, схватившись за руку отца.

— На поле миссис Винтон. Будем запускать воздушного змея.

— Змея? — с сомнением переспросил Гейдж.

— Тебе понравится, — сказал Луис. — Вот увидишь, малыш.

Они вошли в гараж. Луис достал из кармана ключи, открыл дверь чуланчика и включил свет. Порывшись на полках, нашел воздушного змея, все еще в магазинном пакете с приколотым к нему чеком. Луис купил его в середине февраля, когда душа, истосковавшаяся по солнцу, хотела хоть как-то себя обнадежить.

— Что? — спросил Гейдж, что в переводе с его языка означало: «Что там у тебя, папа? Покажи мне скорее».

— Это воздушный змей, — сказал Луис и вытащил его из пакета. Гейдж с интересом наблюдал за тем, как Луис расправляет пластикового грифа с размахом крыльев около пяти футов. Выпученные, налитые кровью глаза глядели на них с маленькой головы на тощей голой розовой шее.

— Птиса! — воскликнул Гейдж. — Птиса, папа! У тебя птиса!

— Да, это птица, — ответил Луис, устанавливая распорки в пазы на боках змея. Он взял катушку с бечевкой, которую купил в тот же день, когда покупал воздушного змея. Потом обернулся к сыну и повторил: — Тебе понравится, парень.

Гейджу и вправду понравилось.

Они отнесли змея на поле миссис Винтон, и Луис запустил его в небо с первого раза, хотя не запускал змеев с тех пор, как ему было... сколько? Двенадцать? Значит, девятнадцать лет назад? Господи, какой ужас.

Миссис Винтон была почти ровесницей Джада, но явно слабее здоровьем. Она жила в кирпичном доме на краю поля, однако в последнее время почти не выходила на улицу. За домом поле кончалось и начинался лес, где было кладбище домашних животных, а еще дальше за ним — древний микмакский могильник.

— Змей летит, папа! — закричал Гейдж.

— Да, смотри, как летит! — крикнул Луис в ответ и рассмеялся от радости. Он дернул бечевку так резко, что она обожгла ладонь. — Смотри, Гейдж, какой гриф! Он всех победит!

— *Победит!* — закричал Гейдж, весело хохоча. Из-за серых облаков выглянуло солнце, и сразу же словно потеплело на пять градусов. Они стояли в высокой сухой траве на поле миссис Винтон, залитом ярким, ненадежно теплым солнечным светом позднего марта, который вот-вот станет апрелем, а над ними в пронзительной синеве парил змей; раскинув пластиковые крылья, он поднимался все выше и выше, и Луису казалось, что он и сам воспаряет в небо — как в детстве — и смотрит на мир с высоты птичьего полета, и мир обретает свои истинные очертания: поле миссис Винтон, в начале весны белое и застывшее, как паутина, сейчас даже не поле, а просто большой параллелограмм, ограниченный с двух сторон каменными стенами, а дальше — дорога, черная прямая линия, и речная долина. Гриф, парящий в небе, видел все это своими налитыми кровью глазами. Он видел реку, холодную серую ленту, по которой еще плыли льдины; а за рекой он видел Хэмпден, Ньюбург, Уинтерпорт с кораблями в доках; возможно, он видел целлюлозно-бумажный завод в Бакспорте под облаками дыма и даже самый край земли, где волны Атлантического океана бились о прибрежные скалы.

— Смотри, Гейдж, как летит! — закричал Луис, смеясь.

Гейдж смотрел вверх, запрокинув голову так сильно, что Луис даже испугался, как бы он не упал. Лицо малыша расплылось в счастливой улыбке. Он махал змею рукой.

Луис слегка ослабил бечевку и попросил Гейджа дать ему руку. Не глядя, Гейдж протянул руку отцу. Его взгляд был прикован к воздушному змею, плясавшему на ветру высоко в небе.

Луис дважды обмотал бечевку вокруг руки Гейджа, и тот удивленно опустил взгляд, не понимая, что его тянет.

— Что?! — спросил он.

— Ты его держишь, — ответил Луис. — Ты сам его запускаешь. Это твой змей.

— Гейдж запускает? — переспросил Гейдж, словно обращаясь не к отцу, а к себе самому. Он для пробы дернул бечевку; змей в небе качнулся. Гейдж дернул сильнее; змей спикировал вниз. Луис и его сын рассмеялись. Гейдж протянул свободную руку, и Луис ее взял. Так они и стояли на поле миссис Винтон, держась за руки, глядя вверх на воздушного змея.

Луис никогда не забудет эти мгновения наедине с сыном. Точно так же, как он поднялся в небо вместе со змеем и отчасти сам превратился в змея, сейчас он словно стал Гейджем, своим собственным сыном. У него было чувство, что он уменьшился в росте, чтобы поместиться в крошечное тельце Гейджа, и он был там, внутри, и смотрел наружу сквозь маленькие окошки — глаза его сына, — смотрел на мир, который был невероятно огромным и ярким. Мир, где поле миссис Винтон разрастается до размеров соленого озера Бонневилль, где воздушные змеи парят на высоте в несколько миль, а бечевка у тебя в руке пляшет как будто живая и ветер ерошит волосы.

— Змей летит! — крикнул Гейдж отцу, и Луис обнял сына за плечи и поцеловал в щеку, раскрасневшуюся на ветру.

— Я люблю тебя, Гейдж, — сказал он.

Они были вдвоем, и этого больше никто не слышал.

И Гейдж, которому оставалось жить меньше двух месяцев, радостно рассмеялся.

— *Змей летит! Змей летит, папа!*

Они все еще запускали змея, когда Рэйчел с Элли вернулись домой. Змей поднялся так высоко, что у Луиса с Гейджем размоталась почти вся катушка. Теперь его птичью голову было не разглядеть, он превратился в маленький черный силуэт в небе.

Луис был рад возвращению жены и дочки. Он хохотал, наблюдая за тем, как Элли, которая сразу же упустила бечевку, мчится за ней вдогонку по сухой траве. Но теперь, когда они собрались все вчетвером, настроение слегка изменилось, и Луис не стал возражать, когда минут через двадцать Рэйчел сказала, что Гейджу пора домой. Он слишком долго пробыл на ветру, и она опасалась, как бы он не простудился.

Они смотали бечевку, спустив змея вниз. С каждым поворотом катушки тот резко дергался — рвался высь, боролся за право остаться в небе, — но в конечном итоге сдался. Луис сунул его под мышку и отнес обратно в чулан в гараже. В тот вечер Гейдж съел великанскую порцию сосисок с фасолью, и когда Рэйчел пошла укладывать его спать, Луис отвел Элли в сторонку, чтобы поговорить по душам и попросить ее не разбрасывать свои стеклянные шарики где попало. В другой день все могло бы закончиться тем, что он принялся бы орать на нее. Элли бывала ужасно противной — и даже грубила, — когда ее обвиняли в какой-то ошибке. Другого способа справляться с критическими замечаниями она не знала, но Луиса все равно это бесило, особенно когда Элли «упиралась рогом» или когда он приезжал с работы усталым. Однако в тот вечер, после запуска воздушного змея, Луис пребывал в замечательном настроении, да и Элли на удивление легко вняла голосу разума. Она пообещала впредь быть осторожнее и спустилась в гостиную — смотреть телевизор до половины девятого. Это было субботнее послабление, которым она с радостью пользовалась. *Ладно, одну проблему решили, может быть, даже надолго*, подумал Луис, не зная о том, что проблема — не в шариках и не в простуде, что проблема — в большом грузовике «Оринко» и в дороге у самого дома... о чем Джад Крэндалл предупреждал их еще в первый день.

В тот вечер он поднялся наверх минут через пятнадцать после того, как Рэйчел уложила Гейджа. Гейдж лежал тихо, но еще не спал. Он допивал молоко из бутылочки, задумчиво глядя в потолок.

Луис приподнял одну ножку Гейджа и поцеловал ее.

— Спокойной ночи, Гейдж, — сказал он.

— Змей летал, папа, — ответил Гейдж.

— Да, он летал. — У Луиса вдруг защипало глаза, безо всякой причины. — Он летал высоко-высоко.

— Змей летал, — повторил Гейдж. — Высоко-высоко.

Он перевернулся на бок, закрыл глаза и мгновенно заснул.

Уже выходя в коридор, Луис оглянулся и увидел, что из приоткрытого шкафа Гейджа на него смотрят желто-зеленые глаза. Все внутри у Луиса оборвалось, его губы скривились в гримасе.

Он открыл дверцу шкафа, думая

(Зельда, там в шкафу Зельда, с вывалившимся наружу черным распухшим языком)

...он сам не знал, что подумал, но, конечно же, это был всего-навсего Черч. В шкафу сидел кот. Увидев Луиса, он выгнул спину, как кот на хэллоуинской открытке, оскалился и зашипел.

— А ну брысь, — прошептал Луис. Черч опять зашипел. И не сдвинулся с места. — Я сказал, *брысь* отсюда.

Луис схватил первое, что подвернулось под руку в ящике с игрушками Гейджа. Яркий пластмассовый паровозик, который сейчас, в полутьме, казался бурым, как засохшая кровь. Он замахнулся на Черча. Но кот упрямо сидел на месте. И он опять зашипел.

Внезапно, почти неосознанно, Луис швырнул паровозик в кота, не дурачась и не играя, швырнул *со всей силы*. Черч его разозлил, но в то же время и напугал — тем, что сидел в темноте, прячась в шкафу его сына, и не хотел уходить, словно был в своем праве.

Паровозик ударил кота прямо в бок. Черч пронзительно взвизгнул и бросился прочь. Он задел дверцу шкафа и чуть не свалился, когда спрыгивал на пол.

Гейдж шевельнулся, что-то пробормотал во сне, перевернулся на другой бок и снова затих. Луиса подташнивало. Лоб покрылся испариной.

— Луис? — донесся снизу встревоженный голос Рэйчел. — Что там у вас? Гейдж упал с кровати?

— У нас все хорошо. Просто Черч уронил пару игрушек.

— А, тогда ладно.

Наверное, точно так же Луис чувствовал бы себя, если бы увидел, что в кровать сына забралась змея или большая зубастая крыса. Он сам понимал, что это глупо. Но когда кот зашипел на него из шкафа...

(Зельда, ты думал, что это Зельда? Или, может быть, Оз, Великий и Узясный?)

Он закрыл дверцу шкафа, кое-как запихнув в него ногой вывалившиеся игрушки. Услышал, как щелкнул замочек. Секунду подумав, запер шкаф на задвижку.

Он подошел к кроватке Гейджа. Ворочаясь во сне, малыш сбросил с себя одеяло. Луис укрыл его и потом еще долго стоял, глядя на своего сына.

Часть вторая

МОГИЛЬНИК МИКМАКОВ

Когда Иисус пришел в Вифанию, то обнаружил, что Лазарь уже четыре дня в гробе. Марфа, услышав, что идет Иисус, поспешила навстречу ему.

— Господи! — сказала она. — Если бы ты был здесь, не умер бы брат мой. Но вот ты здесь, и я знаю: чего ты попросишь у Бога, то даст тебе Бог.

И Иисус ей ответил:

— Воскреснет брат твой.

Евангелие от Иоанна (парафраз)

Раз-два, марш вперед!

«Ramones»

36

Наверное, было бы ошибочным полагать, что существует некий предел ужаса, который способен испытать человек. Наоборот, создается стойкое впечатление, что кошмар нарастает в геометрической прогрессии, когда тьма все сгущается, ужасы множатся, одно несчастье влечет за собой другое, еще более страшное и безысходное, пока тебе не начинает казаться, что весь мир погрузился во мрак. И, может быть, самый страшный вопрос в данном случае таков: сколько ужаса может выдержать человеческий рассудок, оставаясь при этом здоровым и твердым? Понятно, что в самых ужасных событиях есть своя доля абсурда в стиле Руба Голдберга. В какой-то момент все начинает казаться смешным. Видимо, это и есть та поворотная точка, когда окончательно определяется, сохранишь ты рассудок или потеряешь; та поворотная точка, когда чувство юмора принимается восстанавливать свои позиции.

Возможно, подобные мысли пришли бы в голову Луиса Крида, если бы он мог мыслить здраво после похорон его сына, Гейджа Уильяма Крида, преданного земле семнадцатого мая, но все здравые мысли сошли на нет в траурном зале, где драка с тестем (что само по себе уже скверно) завершилась событием еще более страшным — последним актом скандальной мелодрамы, лишившим Рэйчел остатков самообладания. События того дня, вполне подходящие для низкопробного бульварного романа, завершились тем, что Рэйчел, бьющуюся в истерике, вывели из Восточного зала похоронной конторы Брукингса и Смита, где лежал в своем закрытом гробу Гейдж, и Суррендра Харду вколол ей изрядную дозу успокоительного.

Злая ирония судьбы заключалась в том, что Рэйчел не пришлось бы пережить этот финальный эпизод, этот *предельный* ужас, если бы драка между Луисом Кридом и мистером Ирвином Гольдманом из Дирборна случилась во время утренних часов прощания (с 10:00 до 11:30), а не дневных (с 14:00 до 15:30). Но утром Рэйчел была не в состоянии куда-то идти. Она сидела дома с Джадом Крэндаллом и Стивом Мастертоном. Луис даже не представлял, как бы он в последние два дня обошелся без Джада и Стива.

Для Луиса — для всех троих оставшихся членов семьи — было настоящим спасением, что Стив сразу приехал к ним, отложив все дела, потому что Луис на время утратил способность принимать любые решения и не сообразил вколоть жене успокоительное, чтобы хоть чуть-чуть заглушить ее горе. Он даже не заметил, что она собралась идти на утреннюю церемонию в домашнем халате, застегнутом не на те пуговицы. Ее волосы были нечесаными и немытыми. Глаза — совершенно пустые — запали в глазницы так глубоко, что бледное, одутловатое лицо стало похоже на череп. Рэйчел сидела за столом в кухне, жевала тост без масла и выдавала бессвязные фразы, лишенные всякого смысла. В какой-то момент она вдруг сказала:

— Кстати, Лу, насчет «виннебаго», который ты хочешь купить...

В последний раз Луис заводил разговор о покупке жилого прицепа в 1981 году.

Луис только кивнул и продолжил завтракать. Он положил себе целую миску залитых молоком шоколадных хлопьев в виде маленьких медвежат. Это были любимые хлопья Гейджа, и в то утро Луису хотелось именно их. На вкус — отвратительно, но Луис все равно съел всю миску. В то утро он надел свой лучший костюм: не черный — черных костюмов у него не было, — а темно-серый. Перед завтраком Луис побрился, принял душ и причесался. Выглядел он очень даже неплохо, несмотря на потрясение.

Элли была в джинсах и желтой блузке. Она пришла на завтрак, держа в руке фотографию. На фотографии, снятой на «Полароид», который Луис подарил Рэйчел на прошлый день рождения, Гейдж улыбался из глубин своего зимнего пуховика, сидя на санках, которые тянула Элли. Рэйчел подловила момент, когда Элли обернулась через плечо и улыбнулась Гейджу. А тот улыбнулся в ответ.

Элли держала снимок в руке и почти ничего не говорила.

Убитый горем, Луис не замечал, в каком состоянии пребывают жена и дочь; он ел шоколадные хлопья, вновь и вновь проигрывая в голове это жуткое происшествие, но в его мысленном фильме все заканчивалось иначе. В его мысленном фильме Луис оказался проворнее, и Гейджа просто отшлепали за то, что он не остановился, когда ему кричали.

А потом пришел Стив и сразу заметил, что творится с Рэйчел и Элли. Он запретил Рэйчел идти на утреннее прощание (хотя «прощание» — не совсем верное слово, потому что гроб был закрыт; если бы он был открыт, подумал Луис, то все, включая его самого, с криками выбежали бы из зала) и сказал, что Элли тоже останется дома. Рэйчел принялась возражать. Элли просто сидела, серьезная и молчаливая, держа в руке фотографию Гейджа.

Именно Стив сделал Рэйчел укол, который был ей необходим, и дал Элли ложку какой-то бесцветной микстуры. Обычно Элли громко протестовала, когда ей давали лекарство — любое лекарство, — но на этот раз выпила микстуру молча, даже не поморщившись. Около десяти утра она заснула у себя в кровати (по-прежнему держа в руке фотографию Гейджа). Рэйчел сидела перед телевизором и смотрела «Колесо Фортуны». Стив задавал ей вопросы, и она медленно отвечала ему. Она была заторможенной после укола, но ее лицо утратило задумчивое выражение, будто у безумной, которое так встревожило — и напугало — Стива, когда он приехал к Кридам в четверть девятого утра.

Организацией похорон занимался, конечно же, Джад. Он был так же спокоен и собран, как и три месяца назад, когда устраивал погребение своей жены. Но именно Стив Мастертон отвел Луиса в сторонку как раз перед тем, как тот вышел из дома, чтобы ехать на утреннюю церемонию.

— Я позабочусь о том, чтобы она смогла прийти днем. Если будет понятно, что она справится, — сказал Стив Луису.

— Хорошо.

— К тому времени действие укола пройдет. Твой друг, мистер Крэндалл, говорит, что посидит с Элли днем...

— Да.

— ...поиграет с ней в «Монополию»...

— Ага.

— Но...

— Да, хорошо.

Стив умолк на полуслове. Они стояли в гараже, вотчине Черча, куда тот приносил своих мертвых птиц и разодранных крыс. Тех самых, за которых Луис был в ответе. На улице светило майское солнце, по подъездной дорожке пропрыгала малиновка, словно спеша по какому-то важному делу. Возможно, так оно и было.

— Луис, — сказал Стив, — тебе надо взять себя в руки.

Луис вопросительно посмотрел на Стива. Он не воспринял и половины того, что говорил ему Стив — его мысли были заняты совсем другим: будь он тогда чуть быстрее, сумел бы спасти сыну жизнь, — но эту последнюю фразу он все же услышал.

— По-моему, ты не заметил, — продолжал Стив, — но за все утро Элли не сказала ни слова. И Рэйчел пережила такой шок, что, похоже, утратила всякое представление о времени.

— Да! — согласился Луис и сам удивился тому, с какой горячностью он это произнес.

Стив положил руку ему на плечо.

— Лу, сейчас ты им нужен как никогда в жизни. Я тебя очень прошу, дружище... твоей жене я могу сделать укол, но... ты... понимаешь, Луис, тебе нужно... о *Господи*, Луис, это просто какая-то катастрофа!

Луис увидел, что Стив расплакался. Ему почему-то стало тревожно.

— Да, конечно, — сказал он и снова, словно воочию, увидел, как Гейдж бежит по лужайке к дороге. Они кричали ему, чтобы он возвращался, но Гейдж их не слушал... они же играли в «убеги от мамы-папы», он убегал, а они догоняли. Луис быстро обогнал Рэйчел, но Гейдж был уже далеко, Гейдж смеялся, Гейдж убегал от папы... это была такая игра... и Луис сокращал расстояние между ними, но слишком медленно, Гейдж бежал вниз по пологому склону, прямо к шоссе номер 15, и про себя Луис молился, чтобы Гейдж упал — малыши почти *всегда* падают, когда быстро бегут, потому что способность к нормальной координации движений оформляется годам к семи или восьми. Луис молился, чтобы Гейдж упал, да, упал, разбил нос, раскроил череп так, что пришлось бы накладывать швы — все, что угодно, — но сейчас пусть упадет, потому что Луис слышал грохот приближавшегося грузовика, одной из этих десятиколесных громадин, что вечно мотались туда-сюда между Бангором и заводом «Оринко» в Бакспорте, и он выкрикнул имя Гейджа, веря, что тот услышит и попытается остановиться. Гейдж, кажется, понял, что это уже не игра, что родители *так* не кричат, когда просто играют, и он попытался затормозить, но к тому времени грохот грузовика сделался *очень* громким, по-настоящему оглушительным. Казалось, этот грохот заполнил собой весь мир. Луис рванулся вперед, длинным полупрыжком-полувыпадом, его тень летела под ним, как тень воздушного змея по сухой белой траве на поле миссис Винтон в тот мартовский день, и ему показалось, что кончики его пальцев скользнули по легкой курточке Гейджа, а потом инерция вынесла Гейджа прямо на дорогу, и там был грузовик — он был грохочущим громом, он был ослепительным солнечным светом, он был пронзительным воем клаксона, и все это было в субботу, три дня назад.

— Я в порядке, — заверил он Стива. — Мне пора ехать.

— Если ты сможешь взять себя в руки и помочь жене и дочери, — ответил Стив, вытирая глаза рукавом пиджака, — ты и себе тоже поможешь. Вам троим надо пройти через это вместе, Луис. Только так. Другого способа нет.

— Да, — согласился Луис, и у него в голове снова возникла картина случившегося, только на этот раз он прыгнул чуть дальше и сумел ухватить Гейджа за полу куртки, и ничего этого не было.

Когда в Восточном зале случилась та страшная сцена, Элли сидела дома с Джадом Крэндаллом и бесцельно — и молча — передвигала по доске «Монополии» свою фишку. Она бросала кубик одной рукой, а в другой по-прежнему держала фотографию Гейджа на санках.

Стив Мастертон решил, что Рэйчел можно пойти на дневное прощание — в свете того, что случилось потом, он тысячу раз пожалел о своем решении.

Гольдманы прилетели в Бангор этим утром и остановились в гостинице. До полудня отец Рэйчел успел позвонить четыре раза, и Стиву пришлось разговаривать со стариком очень твердо, а на четвертом звонке — чуть ли не угрожающе. Ирвин Гольдман хотел приехать и заявил, что все псы ада не удержат его вдали от дочери, когда она в нем нуждается. Стив ответил, что сейчас Рэйчел нужен покой, что у нее шок, и ей надо прийти в себя перед тем, как отправиться на церемонию прощания. Не знаю насчет псов ада, сказал он, но знаю одного американского фельдшера шведского происхождения, который твердо намерен никого не пускать к Рэйчел, пока она сама не найдет в себе силы появиться на публике. После дневной церемонии прощания, сказал Стив, он с радостью препоручит Рэйчел заботам родных и близких. Но сейчас ее надо оставить в покое.

Старик обругал его на идише и бросил трубку. Стив опасался, что Гольдман все равно приедет, но тот, очевидно, решил подождать. К полудню Рэйчел чуть-чуть полегчало. По крайней мере ее восприятие времени восстановилось, и она пришла в кухню посмотреть, нет ли там сандвичей или еще чего-нибудь съестного. «Потом все, наверное, приедут сюда?» — спросила она Стива.

Стив кивнул.

Колбасы или холодной говядины в доме не было, но в морозилке нашлась индейка, и Рэйчел положила ее оттаивать на подставку для сушки посуды. Через пару минут Стив заглянул в кухню и увидел, что Рэйчел стоит возле раковины и плачет, глядя на тушку индейки.

— Рэйчел?

Она обернулась к нему.

— Гейдж очень-очень любил индейку. Особенно белое мясо. Мне просто подумалось, что он уже никогда не съест ни одного кусочка индейки.

Стив отправил ее наверх одеваться — последний тест на способность владеть собой, — и когда она спустилась в гостиную в простом черном платье с поясом и маленькой черной сумочкой (вечерней, на самом деле), Стив решил, что с ней все в порядке, и Джад с ним согласился.

Стив отвез ее в город. Он стоял вместе с Суррендрой Харду в вестибюле Восточного зала, наблюдая за тем, как Рэйчел, словно призрачное видение, движется по проходу к утопавшему в цветах гробу.

— Как оно, Стив? — тихо спросил Суррендра.

— Очень хреново, — хрипло ответил Стив. — А ты как думал?

— Так и думал, — вздохнул Суррендра.

На самом деле неприятности начались еще на утренней церемонии, когда Ирвин Гольдман отказался пожать руку своему зятю.

При виде стольких друзей и родных Луису волей-неволей пришлось встряхнуться, выбраться из паутины шока и включиться в происходящее. Он дошел до той стадии переживания горя, когда человек делается уступчивым и покладистым, о чем хорошо знают владельцы похоронных контор и вовсю этим пользуются. Луис чувствовал себя фишкой, которую чья-то невидимая рука передвигает по игровому полю.

Перед Восточным залом располагался небольшой вестибюль, где можно было покурить и посидеть в мягких глубоких креслах. Кресла выглядели так, словно их приобрели на распродаже имущества в каком-нибудь разорившемся старом английском клубе. Перед входом в траурный зал стоял невысокий металлический пюпитр — черный с золотой гравировкой, — на нем была маленькая табличка с простой надписью: «ГЕЙДЖ УИЛЬЯМ КРИД». Если пройти чуть дальше в глубь этого просторного белого здания, обманчиво напоминавшего старый уютный дом, можно было обнаружить точно такой же вестибюль перед Западным залом, где надпись на табличке у входа гласила: «АЛЬБЕРТА БЕРНЕМ НЕДО». В задней части здания, выходившей на реку, располагался еще один зал, который так и назывался: Зал-С-Видом-На-Реку. На пюпитре слева от двери не было никакой таблички; в этот вторник Зал-С-Видом-На-Реку пустовал. Внизу были выставлены образцы гробов, каждую модель освещал крошечный прожектор, закрепленный на потолке. Если посмотреть вверх, запрокинув голову — что Луис и сделал, и владелец похоронной конторы неодобрительно нахмурился, — эти прожекторы были похожи на стайку странных животных, примостившихся под потолком.

В воскресенье, на следующий день после гибели Гейджа, Луис поехал выбирать гроб, и Джад поехал вместе с ним. Они спустились вниз, но вместо того чтобы сразу идти в зал с образцами, Луис, пребывавший в прострации, двинулся дальше по коридору, к простой белой створчатой двери типа тех, что соединяют обеденный зал с ресторанной кухней. Джад и владелец похоронной конторы окликнули его в один голос: «Не туда», — и Луис послушно развернулся и пошел следом за ними. Но он знал, что находится за этой белой дверью. Его дядя владел похоронным бюро.

В Восточном зале стояли ровные ряды складных стульев — дорогих стульев, с мягкими сиденьями и спинками. Впереди в небольшой нише наподобие церковного нефа или эркера стоял гроб с телом Гейджа. Луис выбрал модель «Вечный покой» из палисандрового дерева, с внутренней отделкой из бархатистого розового шелка. Владелец конторы одобрил его выбор и извинился за то, что у них нет такого же гроба с голубой отделкой. Луис ответил, что они с Рэйчел никогда не делили цвета на мальчишечьи и девчоночьи. Владелец конторы кивнул. Он спросил, как Луис будет оплачивать похороны. У них существует несколько способов оплаты, и если Луис еще не думал, какой из них предпочесть, можно прямо сейчас пройти в кабинет и ознакомиться...

В голове Луиса вдруг зазвучал радостный голос диктора: *Гроб сына достался мне бесплатно, я расплатился купонами «Рэли»!*

Как во сне он произнес:

— Я оплачу все кредитной картой.

— Хорошо, — сказал владелец конторы.

Гроб был не более четырех футов длиной — гроб лилипута. Однако за него все равно заломили шестьсот с лишним долларов. Видимо, он стоял на платформе, но ее не было видно из-за обилия цветов, а подходить ближе Луис не хотел. От смешанного аромата всех этих цветов его мутило.

В начале прохода, сразу за дверью в зал, стояла подставка, на которой лежала книга для записей. Там же лежала и ручка, прикованная к подставке цепочкой. Распорядитель похорон велел Луису встать именно здесь, чтобы «принимать соболезнования от родных и друзей».

Родным и друзьям следовало расписаться в книге и оставить свои адреса. Луис никогда не понимал, зачем это надо — с его точки зрения, это был совершенно безумный обычай, — но он не стал спрашивать. Видимо, когда все закончится, им с Рэйчел придется забрать эту книгу домой. Вот оно, настоящее безумие, подумал Луис. У него где-то был школьный альбом, и альбом из колледжа, и альбом выпускников медицинского факультета; был и свадебный альбом с надписью «НАША СВАДЬБА» фальшивой позолотой по искусственной коже, он начинался с фотографии Рэйчел, примеряющей фату перед зеркалом, и заканчивался снимком двух пар туфель перед закрытой дверью гостиничного номера. Был еще детский альбомчик Элли — впрочем, они с Рэйчел быстро устали добавлять туда новые фотографии; этот альбом с его страничками вроде «МОЯ ПЕРВАЯ СТРИЖКА» (добавлен локон детских волос) и «ОЙ!» (добавлена фотография ребенка, плюхнувшегося на попу) казался невероятно милым.

А теперь к ним добавится еще и этот. Как мы его назовем? — размышлял Луис, стоя в тупом оцепенении у входа в зал в ожидании начала действа. «МОЯ КНИГА СМЕРТИ»? «ПОХОРОННЫЕ АВТОГРАФЫ»? «ДЕНЬ, КОГДА МЫ ХОРОНИЛИ ГЕЙДЖА»? Или более возвышенно, вроде «СМЕРТЬ В НАШЕЙ СЕМЬЕ»?

Он закрыл книгу, чтобы посмотреть на обложку, которая, как и обложка «НАШЕЙ СВАДЬБЫ», была сделана из искусственной кожи.

Никаких надписей не было.

Как и следовало ожидать, самой первой пришла Мисси Дандридж, добросердечная Мисси, которая столько раз сидела с Элли и Гейджем. Луису вдруг вспомнилось, что именно Мисси забрала к себе детей на весь вечер в тот день, когда умер Виктор Паскоу. Мисси забрала детей, а Луис с Рэйчел занимались любовью, сначала в ванне, потом в постели.

Мисси плакала, плакала навзрыд, а увидев спокойное, неподвижное лицо Луиса, расплакалась еще сильнее и бросилась к нему. Луис обнял ее, осознавая, что именно так оно и бывает, во всяком случае, должно быть: сила человеческой доброты и сочувствия размягчает твердую землю невосполнимой утраты, разбивает ее на кусочки, дробит камни горя и потрясения обжигающим жаром скорби.

Мне так жаль, сбивчиво говорила Мисси, убирая светлые волосы с мертвенно-бледного лица. Такой замечательный мальчик. Я так любила его, Луис. Мне так жаль, а все эта *ужасная* дорога, надеюсь, водителя грузовика засадят в тюрьму на всю жизнь, зачем он так гнал, такой хороший, такой умный и славный мальчик, почему Бог забрал Гейджа, не знаю, мы никогда этого не поймем, но мне очень жаль, очень-очень.

Луис успокаивал ее, обнимал и успокаивал. Он чувствовал, как ее слезы капают ему на воротник, чувствовал, как она прижимается к нему грудью. Мисси спросила, где Рэйчел, и Луис ответил, что она отдыхает. Мисси пообещала ее навестить и сказала, что если нужно, она всегда посидит с Элли. Луис поблагодарил ее.

Она отошла от него, все еще шмыгая носом и вытирая покрасневшие глаза краешком черного носового платка. Направилась к гробу, но Луис ее окликнул. Распорядитель похорон, чьего имени Луис даже не помнил, сказал, что все гости должны расписаться в книге, и он, черт возьми, проследит, чтобы они расписались.

Таинственный гость, будь любезен, поставь свою подпись, подумал он и чуть было не рассмеялся пронзительным, истерическим смехом.

Но когда он увидел скорбные, убитые горем глаза Мисси, смеяться сразу же расхотелось.

— Мисси, ты не распишешься в книге? — спросил он и добавил, потому что ему показалось, что надо сказать что-то еще: — Для Рэйчел.

— Конечно, — ответила она. — Бедный Луис, бедная Рэйчел.

И Луис вдруг понял, что она скажет дальше, и почему-то ему стало страшно; но они все равно будут сказаны, эти слова, неотвратимые, как черная пуля из пистолета убийцы, и он знал, что в ближайшие бесконечные полтора часа эта пуля сразит его еще не раз, а потом снова и снова, днем, когда раны, полученные утром, еще не прекратят кровоточить.

— Слава Богу, он хотя бы не мучился, Луис. Все случилось так быстро.

Да, быстро. Ему хотелось произнести это вслух и посмотреть, каким будет лицо у Мисси, когда она это услышит. *Все было быстро, даже не сомневайся, поэтому Гейдж и лежит в закрытом гробу, с ним уже ничего нельзя было сделать, даже если бы мы с Рэйчел не возражали против того, чтобы наряжать мертвых родственников, как манекены в универмаге, и разрисовывать им лица. Все было быстро, моя дорогая Мисси, вот он выскочил на дорогу, а уже в следующую минуту лежал на асфальте, толь-*

ко дальше, у дома Рингеров. Он ударил его и убил, а потом протащил по дороге, но ты лучше верь, что все было быстро. Ярдов сто, если не больше. Длина футбольного поля. Я бежал за ним, Мисси, я его звал, как будто думал, что он еще жив, а ведь я врач! Я пробежал десять ярдов, и там была его бейсболка, я пробежал двадцать ярдов, и там была его кроссовка со «Звездными войнами», я пробежал сорок ярдов, и к тому времени грузовик уже съехал с дороги, прямо на поле за сараем Рингеров. Люди выбегали из домов, а я все выкрикивал его имя, Мисси, я пробежал пятьдесят ярдов, и там был его свитер, вывернутый наизнанку, семьдесят ярдов — и там была вторая кроссовка, а потом уже Гейдж.

Внезапно мир сделался серым, как голубиные перья. Перед глазами все поплыло. Очень смутно Луис осознавал, что угол подставки, на которой лежала книга, врезался ему в ладонь, но это было единственное ощущение.

— Луис? — Голос Мисси. Откуда-то издалека. В ушах шумело, и этот шум был похож на воркование голубей. — Луис? — Теперь уже ближе. Встревоженный голос. Мир вновь обрел четкие очертания. — Что с тобой?

Он улыбнулся.

— Все нормально. Со мной все в порядке, Мисси.

Она расписалась за себя и своего мужа — мистер и миссис Дэвид Дандридж, — круглым старательным почерком; потом добавила адрес — дом 67, Олд-Бакспорт-роуд, — взглянула на Луиса и тут же отвела глаза, словно жить рядом с дорогой, на которой погиб Гейдж, само по себе преступление.

— Держись, Луис, — прошептала она.

Дэвид Дандридж пожал ему руку и пробормотал что-то нечленораздельное, его большое, выпирающее наружу адамово яблоко ходило вверх-вниз. Потом он поспешил вслед за женой, чтобы, как положено по ритуалу, подойти к гробу, сделанному в Сторивиле, штат Огайо, где Гейдж никогда не бывал и где его никто не знал.

Следом за Дандриджами пришли все, потянулись скорбной колонной, и Луис встречал их, принимал их рукопожатия, их объятия и слезы. Воротник его рубашки и верхняя часть рукавов его темно-серого пиджака очень скоро весьма ощутимо намокли. Запах цветов — запах похорон — заполнил собой все пространство. Этот запах Луис помнил с детства: сладкий, насыщенный, погребальный аромат цветов. Ему сказали, что Бог милосерден и Гейдж не мучился, тридцать два раза (он считал про себя). Ему сказали, что *неисповедимы пути Господни, и чудеса Его нам неведомы*, двадцать пять раз. Шествие замыкало *он сейчас с ангелами на небесах* — в общей сложности двенадцать раз.

Луиса начало пронимать. Вместо того чтобы потерять всякий смысл от многочисленных повторений (как это бывает с твоим собственным именем, если повторить его сто раз подряд), эти слова с каждым разом проникали все глубже и глубже, пробирая его до печенок. К тому времени, когда приехали его тесть с тещей, Луис уже чувствовал себя измордованным боксером на ринге.

Его первой мыслью было, что Рэйчел права — еще как права! Ирвин Гольдман действительно постарел. Ему исполнилось... сколько? Пятьдесят восемь? Пятьдесят девять? Сегодня он выглядел на все семьдесят. Он был до смешного похож на премьер-министра Израиля Менахема Бегина с его лысиной и очками с толстыми стеклами. Вернувшись домой после Дня благодарения, Рэйчел сказала Луису, что ее отец сильно сдал, но Луис не думал, что тесть сдал *настолько*. Хотя, наверное, тогда все было еще не так плохо. Тогда старик еще не потерял внука.

Дори шла рядом с ним, ее лицо скрывалось под двумя — может быть, даже тремя — слоями черной вуали. Ее волосы были выкрашены в модный платиновый цвет с синеватым отливом — любимый цвет пожилых леди из американского высшего общества. Она держала мужа под руку. Из-под плотной вуали Луису был виден только блеск ее слез.

Внезапно он решил, что настало время забыть о прошлом. Что было, то прошло. Луис больше не мог выносить груз былых обид и вражды. Он вдруг сделался слишком тяжелым — груз всех этих банальностей, накопленных за долгие годы.

— Ирвин. Дори, — пробормотал он. — Спасибо, что пришли.

Он протянул руки вперед, как бы желая одновременно пожать руку отцу Рэйчел и обнять ее мать, или, может быть, даже обнять их обоих. Как бы там ни было, он почувствовал, что глаза защипало от слез — впервые за все это время он готов был расплакаться, — и в голове промелькнула безумная мысль, что сейчас они забудут все прошлые разногласия, что Гейдж в своей смерти подтолкнул их в объятия друг друга, как это бывает в сентиментальных дамских романах, где смерть примиряет давних врагов, где она предполагает нечто более конструктивное, чем эта страшная, неизбывная боль, что терзает тебя и никак не уймется.

Дори шагнула к нему и даже начала поднимать руки, словно тоже хотела обнять Луиса.

— Ох, Луис... — сказала она и добавила что-то еще, но Луис не расслышал, что именно, а потом Ирвин Гольдман оттащил жену назад. На мгновение все трое застыли живой картиной, которую никто не заметил (кроме, может быть, распорядителя похорон, скромно стоявшего в самом дальнем углу зала; Луис подумал, что дядя Карл тоже наверняка бы заметил): Луис с протянутыми руками, Ирвин и Дори Гольдман — прямые и окостеневшие, как фигурки жениха и невесты на свадебном торте.

Луис увидел, что в глазах тестя не было слез; сухие глаза Ирвина Гольдмана полыхали ненавистью (*Уж не считает ли он, что я убил Гейджа назло ему?* — подумал Луис). Эти глаза словно измерили Луиса, нашли его тем же ничтожным и мелким человечишкой, который похитил его дочь и принес ей такое огромное горе... измерили, взвесили и отбросили прочь. Взгляд старика переместился на гроб Гейджа и только тогда смягчился.

Луис все-таки попытался еще раз:

— Ирвин. Дори. Пожалуйста. Нам сейчас надо держаться вместе.

— Луис, — снова произнесла Дори — *сердечно*, как показалось Луису, — а потом они пошли дальше, возможно, Ирвин Гольдман потащил жену за собой, не глядя по сторонам и уж точно не глядя на Луиса Крида. Они приблизились к гробу, и Гольдман достал из кармана маленькую черную кипу.

Вы не расписались в книге, подумал Луис, и вдруг обжигающе едкая тошнота подкатила к горлу, и ему пришлось стиснуть зубы от боли.

* * *

Наконец утреннее прощание завершилось. Луис позвонил домой. Трубку взял Джад и спросил, как все прошло. Хорошо, сказал Луис и попросил позвать к телефону Стива.

— Если она сможет одеться, я разрешу ей пойти на дневное прощание, — сказал Стив. — Ты не возражаешь?

— Нет, — ответил Луис.

— Как ты сам, Лу? Только давай начистоту... как ты сам?

— Нормально. Держусь.

Я проследил, чтобы они все расписались в книге. И все расписались. Все, кроме Дори и Ирвина, но они и не станут расписываться.

— Хорошо, — сказал Стив. — Слушай, может быть, сходим куда-нибудь пообедать?

Пообедать. Сходить куда-нибудь пообедать. Эта мысль показалась Луису настолько *чужой*, что ему сразу вспомнились фантастические романы об инопланетянах, которыми он зачитывался в юности, — романы Роберта Хайнлайна, Мюррея Лейнстера, Гордона Диксона. *У туземцев с планеты Кварк есть один странный обычай, лейтенант Абельсон, когда умирает кто-то из их детей, они «ходят обедать». Я знаю, это звучит дико и варварски, но не забывайте, что эту планету еще не терраформировали.*

— Да, конечно, — ответил Луис. — Знаешь какой-нибудь неплохой ресторанчик, где можно скоротать время между погребальными церемониями?

— Перестань, Лу, — сказал Стив, но без всякой обиды или раздражения. В своем нынешнем состоянии безумного спокойствия Луис вдруг стал разбираться в людях гораздо лучше, чем когда-либо. Возможно, это была лишь иллюзия, но Луис не сомневался, что знает, о чем сейчас думает Стив: что даже этот внезапный сарказм, извергшийся, словно желчная рвота, был предпочтительнее полной прострации, в которой Луис пребывал утром.

— Все нормально, — заверил он Стива. — Может быть, «Бенджамин»?

— Да, — ответил ему Стив. — Давай «Бенджамин».

Луис звонил из кабинета владельца конторы. На обратной дороге он прошел мимо Восточного зала. Заглянув внутрь, увидел, что зал почти пуст, только Ирвин и Дори сидели в переднем ряду, склонив головы. Луис подумал, что у них был такой вид, словно они собирались сидеть здесь вечно.

«Бенджамин» оказался вполне подходящим выбором. В Бангоре обедали рано, и около часа дня ресторан был практически пуст. Вместе со Стивом и Рэйчел пришел Джад, и все четверо заказали жареную курицу. В какой-то момент Рэйчел отлучилась в дамскую комнату и не возвращалась так долго, что Стив забеспокоился. Он уже собирался попросить официантку сходить и проверить, но тут Рэйчел вернулась за столик с красными, заплаканными глазами.

Луис лишь ковырял еду вилкой. Зато он пил много пива. И Джад от него не отставал.

Их тарелки унесли почти нетронутыми, и Луис в своей внезапно открывшейся сверхъестественной проницательности заметил, что официантка, толстая девушка с симпатичным лицом, размышляла, не спросить ли у клиентов, все ли было нормально с их блюдами, но, взглянув еще раз на заплаканные глаза Рэйчел, решила, что лучше не надо. За кофе Рэйчел сказала, так неожиданно и прямолинейно, что все вздрогнули, особенно Луис, которого от пива клонило в сон:

— Я собираюсь отдать его вещи Армии спасения.

— Да? — спросил Стив после секундной заминки.

— Да, — ответила Рэйчел. — Их еще можно носить. Все его свитера... и вельветовые брючки... его рубашки. Они еще пригодятся кому-нибудь. Они хорошие, крепкие. Кроме тех, конечно, что были на нем. Те... уже никуда не годятся.

Последнюю фразу она договорила сдавленным голосом. Попыталась отпить кофе, но не смогла. Закрыла лицо руками и разрыдалась.

Это был очень неловкий момент. Невидимые линии напряжения протянулись в пространстве. И все они сосредоточились на Луисе. Он это чувствовал, и все остальные — тоже. Даже официантка что-то почувствовала. Луис увидел, как она замерла на мгновение над столиком в глубине зала, на котором раскладывала столовые приборы. Луис озадаченно нахмурился, и только потом до него дошло: все ждали, чтобы он утешил жену.

Он не мог этого сделать. Очень хотел, но не мог. Он знал, что должен ее утешить. Но все равно не мог. Ему мешал кот. Вот так внезапно, без причины и смысла. Кот. Чертов кот. Черч с его разодранными мышами и убитыми птицами. Когда Луис их находил, он выбрасывал трупики и вычищал все без единого слова протеста. В конце концов, это были *его* мыши и птицы. Он их заслужил. Но разве он заслужил еще и *это*?

Он увидел свои пальцы. Луис увидел свои пальцы. Увидел, как они скользнули по ткани на спине курточки Гейджа. А потом курточки Гейджа не стало. И Гейджа тоже не стало.

Луис смотрел в свою чашку с кофе, а рядом плакала его жена, которую никто не утешил.

После минутной заминки — если смотреть по часам, прошло совсем мало времени, но Луису показалось, что целая вечность, — Стив приобнял Рэйчел за плечи. Он смотрел на Луиса укоризненно и сердито. Луис повернулся к Джаду, но тот сидел, опустив взгляд, словно ему было стыдно. Ждать помощи не приходилось.

37

— Я знал, что случится нечто подобное, — сказал Ирвин Гольдман. С этих слов все и началось. — Я знал это еще тогда, когда она выходила за тебя замуж. Я ей сразу сказал, что ее ждут все печали и беды, которые только можно вообразить, и еще чуть-чуть сверх того. И посмотри, что получилось. *Черт знает что* получилось.

Луис медленно поднял голову и посмотрел на тестя, который возник рядом с ним, словно злой чертик из табакерки с кипой на голове; потом безотчетно взглянул туда, где стояла подставка с книгой для записей, и там же должна была стоять Рэйчел, но Рэйчел там не было.

На дневной церемонии народу было значительно меньше, и уже через полчаса Луис опустился на стул в первом ряду и сидел, тупо глядя в пространство и почти ничего не соображая (лишь изредка отмечая приторный, удушающий запах цветов). Он ужасно устал и хотел спать. И дело было не только в пиве, выпитом за обедом. Его мозг наконец приготовился отключиться. Наверное, это и к лучшему. Наверное, если поспать часов двенадцать-шестнадцать, он сможет хотя бы немного утешить Рэйчел.

Его голова склонилась на грудь, и теперь он видел только свои руки, безвольно повисшие между колен. Гул голосов действовал усыпляюще. Когда Луис пришел, он с облегчением отметил, что Ирвина и Дори не было в зале, но ему следовало бы догадаться, что их отсутствие — это слишком хорошо, чтобы быть правдой.

— Где Рэйчел? — спросил Луис.

— С матерью. Где и должна быть, — ответил Гольдман торжествующим голосом, будто только что заключил крупную сделку. От него пахло виски. Причем сильно. Он стоял перед Луисом, как окружной прокурор перед заведомо виновным обвиняемым. Было заметно, что он нетвердо держится на ногах.

— Что вы ей сказали? — Луис начал тревожиться. Он знал, что Гольдман ей что-то сказал. Это читалось у него на лице.

— Ничего, кроме правды. Сказал, что так всегда и бывает, когда девочка выходит замуж против родительской воли. Я ей сказал...

— Вы так сказали? — недоверчиво переспросил Луис. — Нет, вы не могли ей такого сказать.

— Сказал даже больше, — отозвался Ирвин Гольдман. — Я всегда знал, что этим все и закончится... или чем-то подобным. Я сразу понял, что ты за тип. Понял с первого взгляда. — Он наклонился к Луису, обдав его парами виски. — Я тебя видел насквозь, жалкий ты докторишка. Сам ничто, ноль без палочки, а гонору выше крыши. Ты соблазнил мою дочь на идиотский, никчемный брак, потом превратил ее в посудомойку, а потом допустил, чтобы твоего сына задавила машина, словно... словно какого-то бурундука.

Большинство слов прошли мимо ушей Луиса. Он все еще думал о том, что этот старый козел мог сказать собственной дочери...

— Вы так *сказали*? — вновь спросил он. — Вы действительно так *сказали*?

— Надеюсь, ты будешь гореть в аду! — рявкнул Гольдман, повысив голос, и несколько человек обернулись к нему. Из налитых кровью глаз Ирвина Гольдмана брызнули слезы. Его лысина блестела в приглушенном, мягком свете флуоресцентных ламп. — Ты превратил мою славную девочку в посудомойку... лишил ее будущего, забрал от родителей... и допустил, чтобы мой внук погиб на дороге, под колесами грузовика. — Его голос сорвался на крик: — *Где ты был? Не мог оторвать задницу от стула, когда он играл на дороге? Думал о своих паршивых статейках? Чем ты был занят, говнюк? Вонючий засранец! Убийца детей! Убий...*

Вот тогда все и случилось. У переднего ряда стульев в Восточном зале. Луис увидел, как поднимается его рука. Увидел, как задирается рукав пиджака, и из-под него выползает манжет белой рубашки. Увидел мягкий блеск запонки. Рэйчел подарила ему эти запонки на третью годовщину свадьбы, не подозревая о том, что когда-нибудь муж наденет их на похоронную церемонию еще не родившегося тогда сына. Его собственный кулак казался чужим — какая-то странная штука, прикрепленная к его руке. Кулак ударился о губы Гольдмана. Луис почувствовал, как они сплющились. Мерзкое ощущение. Как будто раздавил слизня. Удовлетворения не было никакого. Под губами тестя Луис ощутил твердо стиснутые зубные протезы.

Гольдман качнулся и сделал шаг назад. Задел рукой гроб Гейджа и слегка его сдвинул. Одна из набитых цветами ваз с грохотом свалилась на пол. Кто-то закричал.

Это была Рэйчел, рвавшаяся из рук матери, которая пыталась ее удержать. Все присутствовавшие в зале — человек десять — пятнадцать — замерли в страхе и замешательстве. После обеда Стив отвез Джада обратно в Ладлоу, за что Луис был ему благодарен. Он не хотел, чтобы Джад наблюдал эту сцену. Совершенно немыслимую.

— Не бей его! — закричала Рэйчел. — Луис, не бей моего отца!

— Поднять руку на старика — это мы можем, да? — пронзительно выкрикнул Ирвин Гольдман, обладатель всемогущей чековой книжки. Его разбитые до крови губы кривились в усмешке. — Поднять руку на старика — это мы запросто. Меня это не удивляет, гаденыш. Совершенно не удивляет.

Луис обернулся к нему, и Гольдман ударил его по шее. Это был неуклюжий, несильный, скользящий удар, но Луис его не ожидал. Горло взорвалось болью, и, как потом оказалось, еще часа два после этого Луису было больно глотать. Голова запрокинулась назад, и он упал на одно колено в проходе между рядами стульев.

Сначала цветы, потом я, подумал он. *Как там у «Ramones»? Раз-два, марш вперед!* Ему хотелось смеяться, но смеха не было. Из больного горла вырвался лишь слабый стон.

Рэйчел опять закричала.

Ирвин Гольдман с окровавленными губами шагнул к Луису, который так и стоял на одном колене, и со всей силы пнул его по почкам. Боль напоминала яркую вспышку. Луис уперся руками в пол, чтобы не растянуться на животе.

— Ты не справишься даже со стариком, мальчишка! — кричал Гольдман в горячечном возбуждении. Он пнул Луиса еще раз, снова целясь в почки, но промахнулся и попал в левую ягодицу. Луис вскрикнул от боли и на этот раз все же упал на ковровую дорожку, ударившись подбородком о пол и прикусив язык.

— Вот! — крикнул Гольдман. — Что-то я припозднился. Надо было отвесить тебе пинка, когда ты в первый раз заявился к нам в дом, скотина. Вот тебе! — Он снова пнул Луиса в зад и на этот раз попал по другой ягодице. Он плакал и ухмылялся. Только теперь Луис заметил, что Гольдман не брит — в знак траура. Распорядитель похорон уже бежал к ним. Рэйчел вырвалась из объятий миссис Гольдман и тоже бежала к ним, не переставая кричать.

Луис неуклюже перекатился на бок и сел. Тесть попытался пнуть его снова, но Луис схватил его за ногу двумя руками — схватил крепко-крепко, словно футбольный мяч — и со всей силы оттолкнул от себя.

Гольдман с ревом отлетел назад, бешено размахивая руками, чтобы удержать равновесие. Он упал на гроб Гейджа, гроб модели «Вечный покой», сделанный в Сторивиле, штат Огайо, и стоивший очень недешево.

Оз, Великий и Узясный, упал на гроб моего сына, ошеломленно подумал Луис. Гроб свалился с подставки с оглушительным грохотом. Сначала упал левый край, потом правый. Замок открылся. Даже сквозь крики и плач, даже сквозь рев Гольдмана Луис услышал, как щелкнул открывшийся замок.

Гроб не распахнулся, изувеченные останки Гейджа не вывалились на всеобщее обозрение, но Луис хорошо понимал — и от этих мыслей ему стало дурно, — что все они были избавлены от этого страшного зрелища исключительно потому, что гроб упал на дно, а не на бок. А ведь он мог упасть и на бок. Гроб лишь чуть-чуть приоткрылся и тут же захлопнулся снова, но Луис успел разглядеть промельк серого — костюм, который они купили, чтобы предать земле вместе с телом Гейджа. И что-то розовое. Может быть, руку сына.

Сидя на полу, Луис закрыл лицо руками и разрыдался. Он потерял всяческий интерес к своему тестю, к ракетам МХ, к спору сторонников постоянных и рассасывающихся швов, к тепловой смерти Вселенной. В эту минуту Луис Крид хотел умереть. Перед глазами вдруг встала картина: Гейдж с ушами Микки-Мауса, Гейдж хохочет и пожимает огромную лапу Гуфи на Мэйн-стрит в Диснейуорлде. Он видел это словно наяву.

Одна из опор помоста упала; другая накренилась и привалилась, как пьяная, к низенькой кафедре, за которой обычно стоит священник, произносящий траурную речь. Гольдман, распластавшийся среди цветов, тоже плакал навзрыд. Цветы — частично раздавленные, искалеченные — пахли еще сильнее.

Рэйчел все кричала и кричала.

Луис не мог ответить на ее крики. Образ Гейджа с ушами Микки-Мауса постепенно бледнел, но прежде чем он пропал окончательно, Луис успел услышать голос, объявлявший, что вечером будет фейерверк. Он сидел, пряча лицо в ладонях. Он не хотел, чтобы кто-то видел его: его заплаканное лицо, его потерю, его вину, его боль, его стыд и, самое главное, его трусливое желание умереть, чтобы вырваться из этого ужаса.

Распорядитель похорон и Дори Гольдман увели Рэйчел. Она все еще кричала. Позже, в другой комнате (отведенной специально для тех, кто не мог справиться с горем, — Зал-Для-Истерик или что-нибудь в этом роде, подумал Луис) она замолчала. На этот раз Луис — ошеломленный, но вменяемый и спокойный — сам сделал ей укол, предварительно выгнав из комнаты всех посторонних.

* * *

Дома он уложил ее в постель и сделал еще один укол. Потом укрыл ее одеялом и присел рядом, глядя на ее бледное, восковое лицо.

— Рэйчел, мне очень жаль, — сказал он. — Я отдал бы все, что угодно, лишь бы этого не случилось.

— Все нормально, — ответила она странным безжизненным голосом и повернулась на бок, спиной к Луису.

На языке вертелся идиотский вопрос: *С тобой все в порядке?* Но Луис его не задал. Это был не совсем тот вопрос, а вернее — совсем не тот. Луис хотел знать не это.

— Тебе очень плохо? — спросил он наконец.

— Очень плохо, Луис, — ответила она и издала странный звук, похожий на смех. — На самом деле ужасно.

Кажется, надо было сказать что-то еще, но у Луиса не нашлось подходящих слов. Он вдруг разозлился. На Рэйчел, на Стива Мастертона, на Мисси Дандридж и ее мужа с выпирающим кадыком, на всех и вся. Почему он должен всех утешать? Какого черта?!

Он выключил свет и вышел из спальни. Теперь надо было поговорить с дочерью, но Луис вдруг понял, что для нее у него тоже нет подходящих слов.

Когда он вошел в ее полутемную комнату, в первый миг ему показалось, что это не Элли, а Гейдж. Совершенно безумная, дикая мысль. Настоящий кошмар наподобие той прогулки во сне, когда Виктор Паскоу увел его в лес. Но сознание Луиса ухватилось за эту мысль, подкрепленную неверным мигающим светом от портативного телевизора, который Джад принес Элли, чтобы помочь ей скоротать время. Долгое-долгое время.

Конечно же, это был никакой не Гейдж. Это была Элли, которая теперь не только держала в руке фотографию Гейджа на санках, но и сидела на его стульчике. Она забрала стульчик из комнаты Гейджа и притащила к себе. Маленький складной стульчик с брезентовым сиденьем и брезентовой спинкой. На спинке была надпись, сделанная по трафарету: «ГЕЙДЖ». Рэйчел заказала по почтовому каталогу четыре таких стула. У каждого члена семьи был свой стул с его именем на спинке.

Стульчик Гейджа был явно мал Элли. Она еле втиснулась в него, и брезентовое сиденье опасно провисло под ней. Она прижимала к груди фотографию и таращилась на экран телевизора, где шло какое-то кино.

— Элли, пора спать, — сказал Луис и выключил телевизор.

Она поднялась со стульчика и сложила его. Похоже, она собиралась взять его с собой в кровать.

Луис помедлил, думая, как лучше сказать ей о стульчике, и в итоге спросил:

— Тебя уложить?

— Да, если можно, — сказала она.

— Ты не хочешь... не хочешь сегодня спать с мамой?

— Нет, спасибо.

— Точно?

Она слегка улыбнулась.

— Да. Она вечно стягивает на себя одеяло.

Луис тоже улыбнулся.

— Ну, тогда давай ложиться.

Элли не стала тащить стульчик в постель. Она разложила его и поставила в изголовье кровати, и у Луиса мелькнула совершенно нелепая мысль: вот кабинет самого юного в мире психотерапевта.

Элли разделась, положив фотографию Гейджа на подушку. Надела свою «кукольную» пижаму, взяла фотографию Гейджа и пошла с ней в ванную. Пристроив снимок на полочке, умылась, причесалась, почистила зубы и выпила свою ежедневную витаминку. Потом снова взяла фотографию и улеглась с ней в постель.

Луис присел рядом с дочерью и сказал:

— Элли, я хочу, чтобы ты знала: мы это переживем, если будем любить друг друга и друг друга поддерживать.

Каждое слово давалось с трудом, словно он не говорил, а ворочал набитые чем-то тяжелым тюки, и, закончив фразу, Луис почувствовал себя выжатым как лимон.

— Я буду хотеть сильно-сильно, — спокойно проговорила Элли, — и буду молиться, чтобы Бог вернул Гейджа.

— Элли...

— Бог может вернуть его, если захочет, — сказала Элли. — Он может все. Все, что захочет.

— Элли, Бог такого не делает, — неловко ответил Луис, и перед его мысленным взором встала картина: он лежит в ванне, а на крышке унитаза сидит Черч и таращится на него мутными, совершенно пустыми глазами.

— Он так делает, — не отступала Элли. — Учитель в воскресной школе рассказывал нам про Лазаря. Лазарь умер, а Иисус его оживил. Он сказал: «Лазарь, иди вон». И учитель нам объяснил, что если бы он просто сказал: «Иди вон», — то, наверное, ожили бы все мертвецы на том кладбище, а Иисус хотел оживить только Лазаря.

У Луиса вырвалась совершенно абсурдная фраза (впрочем, весь этот день был до краев переполнен абсурдом):

— Это было давно, Элли.

— Я буду следить, чтобы все было готово к его возвращению, — сказала она. — У меня есть его фотография, и я буду сидеть на его стульчике...

— Элли, ты слишком большая для стульчика Гейджа, — сказал Луис, взяв ее за руку. Рука была горячей. — Ты его сломаешь.

— Бог поможет мне его не сломать. — Голос Элли был совершенно спокойным, но Луис заметил у нее под глазами темные круги. Ему было так больно на это смотреть, что он отвернулся. Может быть, когда стульчик Гейджа сломается, она начнет понимать, что произошло. — Я буду носить с собой его фотографию и сидеть на его стульчике. И есть его хлопья на завтрак.

Гейдж и Элли ели на завтрак разные хлопья. Элли однажды заявила, что шоколадные медвежата Гейджа напоминают по вкусу засохшие сопли. Если в доме не было других хлопьев, кроме этих самых медвежат, Элли могла съесть на завтрак вареное яйцо... или не ела вообще ничего.

— Я буду есть зеленую фасоль, хотя я ее ненавижу, и буду читать книжки Гейджа, я буду... я буду следить, чтобы все было готово... если вдруг он...

Она расплакалась. Луис не пытался ее успокоить, а лишь убрал со лба дочери прядь волос. В том, что она говорила, был свой чудовищный смысл. Держать двери открытыми. Вести себя так, словно Гейдж просто вышел куда-то и скоро вернется. Не отпускать Гейджа из настоящего, не давать ему уйти в прошлое; помнить, что Гейдж делал так... и вот так... да, это было здорово... такой замечательный мальчик Гейдж. И тогда будет уже не так больно, уже не так беспросветно. Луис подумал, что Элли, наверное, понимает, как легко разрешить Гейджу быть мертвым.

— Элли, не плачь, — сказал Луис. — Нельзя плакать вечно.

Но она плакала вечно... пятнадцать минут. И заснула еще до того, как закончились слезы. Все же заснула, и в тихом доме часы пробили десять.

Не давай ему уходить, Элли, если тебе так легче, подумал Луис, целуя спящую дочь. *Психиатры, возможно, сказали бы, что это нездоровый подход, но я только за. Потому что я знаю, что когда-нибудь — может быть, даже в ближайшую пятницу — ты забудешь взять его фотографию, и она так и останется лежать на постели в твоей пустой комнате, пока ты сама будешь кататься на велосипеде, или пойдешь гулять в поле за домом, или отправишься в гости к Кэти Макгаун шить одежду для кукол на ее швейной машинке. Гейджа больше не будет с тобой, он все-таки уйдет и превратится в «то, что случилось в тысяча девятьсот восемьдесят четвертом году». Призрак из прошлого.*

Луис вышел из комнаты и на миг задержался у лестницы, задумавшись — не всерьез, — не пойти ли ему спать.

Он знал, что ему сейчас нужно, и спустился вниз.

Луис Альберт Крид решил напиться и подошел к этому делу ответственно и обстоятельно. В погребе у него было припасено пять упаковок светлого пива «Шлиц». Луис пил пиво, Джад тоже пил пиво, и Стив Мастертон, и Мисси Дандридж иногда выпивала бутылочку, пока присматривала за детьми (за *ребенком*, мысленно поправился Луис, спускаясь в погреб). Даже Чарлтон, когда приходила к ним в гости, предпочитала пиво — но только светлое — бокалу вина. Так что прошлой зимой Рэйчел купила десять упаковок светлого «Шлица» на распродаже в «Эй энд Пи» в Брюэре. *Это чтобы тебе не мотаться в Оррингтон всякий раз, когда кто-то приходит в гости*, сказала она тогда. *Ты мне вечно цитируешь Роберта Паркера. «Любое пиво, какое найдешь у себя в холодильнике, когда закрыты все магазины, — хорошее пиво», так? Так что пей и думай о том, какая выходит экономия.* Прошлой зимой. Когда все было хорошо. *Когда все было хорошо.* Забавно, как легко и быстро человеческий разум проводит это критическое разделение на *до* и *после*.

Луис взял упаковку пива, пошел в кухню и поставил ее в холодильник. Вытащил одну банку и закрыл дверцу. Услышав возню у холодильника, из кладовой вышел Черч и вопросительно уставился на Луиса. Кот держался поодаль: в последнее время Луис слишком часто его пинал.

— Тебе уже ничего не будет, — сказал Луис коту. — Ты сегодня сожрал целую банку консервов. Если тебе мало, пойди убей птицу.

Черч стоял и смотрел на него. Луис выпил половину банки и почувствовал, как пиво почти мгновенно ударило в голову.

— Ты ведь их даже не ешь, да? — спросил он. — Ты их просто убиваешь.

Черч ушел в гостиную, поняв, что еды ему не дадут, и Луис пошел следом за ним.

Ему почему-то опять вспомнилась строчка из песни: *Раз-два, марш вперед!*

Он уселся в кресло и снова посмотрел на Черча. Кот развалился на ковре перед телевизором и настороженно поглядывал на Луиса, вероятно, готовясь бежать, если Луис вдруг решит его пнуть.

Вместо этого Луис поднял банку с пивом.

— За Гейджа, — сказал он. — За моего сына, который мог бы стать художником, или олимпийским чемпионом по плаванию, или вообще гребаным президентом Соединенных Штатов. Что скажешь, говнюк?

Черч смотрел на него своими странными, мутными глазами.

Луис допил пиво большими глотками, отозвавшимися болью в горле, поднялся, сходил на кухню и взял из холодильника вторую банку.

И только допив третью банку, он впервые за этот день более-менее успокоился. Прикончив первую упаковку из шести банок, он подумал, что, наверное, все-таки сможет заснуть, где-нибудь через часок. Вернувшись от холодильника с восьмой или девятой банкой (он уже потерял им счет и ходил, заметно пошатываясь), он взглянул на Черча; кот спал на ковре — или притворялся, что спит. Мысль пришла в голову так легко и естественно, словно все время таилась в глубинах сознания и лишь ждала подходящей минуты, чтобы выйти на свет:

Когда ты собираешься это сделать? Когда ты похоронишь Гейджа на том филиале Клатбища домашних жывотных?

И следом за ней:

Лазарь, иди вон.

Сонный, медленный голос Элли:

Учитель нам объяснил, что если бы он просто сказал: «Иди вон», — то, наверное, ожили бы все мертвецы на том кладбище.

Луиса пробрал озноб такой сокрушительной силы, что он действительно содрогнулся. Ему вспомнился первый день в садике Элли. Тогда Гейдж заснул у него на коленях, пока они с Рэйчел слушали восторженные рассказы Элли о миссис Берримен и «У старика Макдональда была ферма»; и Луис сказал дочке: «Сейчас я его уложу, и ты мне все расскажешь», — а когда он нес Гейджа наверх, у него вдруг возникло дурное предчувствие, и теперь он понял: еще тогда, в сентябре, где-то в глубине души он знал, что Гейдж скоро умрет. В глубине души он знал, что Оз, Великий и Узясный, уже где-то рядом. Да, это бред, идиотское суеверие, чушь… и чистая правда. Он знал, еще тогда. Луис пролил пиво себе на рубашку, и Черч устало приподнял голову — убедиться, что это был не сигнал к началу вечернего котопинания.

Луис вдруг вспомнил вопрос, который задал Джаду; вспомнил, как дернулась рука старика, сбив со стола две пустые бутылки. Одна из них разбилась. *Даже не заводи разговор о подобных вещах, Луис!*

Но ему *хотелось* о них говорить — или хотя бы думать. О Клатбище домашних жывотных. И о том, другом кладбище. Мысль была очень заманчивой. И в ней имелась своя логика, которую нельзя отрицать. Черч погиб на дороге; и Гейдж тоже погиб на дороге. Вот он, Черч, снова здесь — конечно, он изменился, в чем-то стал неприятным, но он *здесь*. Элли, Гейдж и Рэйчел нормально к нему относились. Да, он убивал птиц и мышей, но подобное поведение вообще свойственно кошкам. Черч ни в коем случае не превратился в коточудовище Франкенштейна. Во многом он остался таким же, как прежде.

Не ищи оправданий, шепнул внутренний голос. *Он совсем не такой, как прежде. Это не кот, а ходячая жуть. Ворона, Луис... помнишь ворону?*

— Боже правый, — произнес Луис вслух и не узнал собственный голос.

Боже правый, ну да, конечно. Самое время помянуть Господа не в романе о призраках и вампирах, а в самой что ни на есть реальной жизни. *Господи Боже*, о чем он думает?! О темном богохульстве, в которое ему не верится даже теперь. Хуже того, он сейчас лгал себе. Не просто искал оправданий, а именно *лгал*.

А в чем тогда правда? Ты так отчаянно хочешь правды, и в чем же правда?

Ну, для начала хотя бы в том, что Черч больше не кот. Он *похож* на кота, он *ведет себя* как кот, но в действительности это лишь жалкое подражание. Люди этого не замечают, но могут *почувствовать*. Луису вспомнился вечер, когда к ним в гости пришла Чарлтон. Это была небольшая предрождественская вечеринка. После ужина они все сидели в гостиной, и Черч запрыгнул к ней на колени. Чарлтон тут же его согнала, и ее губы скривились в безотчетной гримасе отвращения.

Подумаешь, большое дело. Никто не стал заострять на этом внимание. Но... Чарлтон и вправду скривилась. Она почувствовала, что это *не кот*. Луис выпил пиво и пошел за следующей банкой. Если Гейдж так же изменится, когда вернется, это будет кошмар.

Он открыл банку и жадно выпил. Он и вправду напился, напился в хлам, и завтра он будет явно не в лучшей форме. «Как я хоронил сына с большого бодуна», бестселлер Луиса Крида, автора «Как я его упустил в самый ответственный момент» и ряда других работ.

Пьяный. Да. И Луис даже знал, для чего он напился: чтобы трезво обдумать эту безумную идею.

Несмотря ни на что, эта идея казалась убийственно привлекательной, болезненно заманчивой и *обольстительной*. Да, прежде всего *обольстительной*.

В голове зазвучал голос Джада:

Ты это делаешь, потому что оно тебя не отпускает. Это кладбище — тайное место, и тебе хочется поделиться с кем-

нибудь этой тайной, и ты ищешь причины... они кажутся убедительными и правильными... но основная причина в том, что тебе хочется это сделать. Или приходится сделать.

Тихий голос Джада с его тягучим выговором янки пробирал до костей, так, что по коже бежали мурашки, а волосы на голове шевелились.

То, что в сердце, — великая тайна, Луис... Сердце, оно каменистое... как земля на том старом микмакском кладбище. Человек растит что может... и заботится о посевах.

Луис принялся вспоминать, что еще Джад рассказывал о старом микмакском кладбище. Он принялся сопоставлять данные, сортировать информацию, отбирать самое главное — точно так же, как делал, когда готовился к экзаменам.

Пес. Спот.

Я рассмотрел те места, где его зацепила проволока. Там не было шерсти, а на коже виднелись ямки.

Бык. Еще одна информация к размышлению.

Лестер Морган схоронил там своего призового быка. Черного ангуса по кличке Ханратти... Лестер оттащил его на холм на санях... а спустя две недели он его застрелил. Бык сделался злобным, по-настоящему злобным. Но это был единственный случай, о котором я знаю. Обычно-то звери не злобятся.

Он сделался злобным.

Земля в человеческом сердце, она еще тверже.

По-настоящему злобным.

Это единственный случай, о котором я знаю.

Это твое место, оно в тебе навсегда.

На коже виднелись ямки.

Ханратти. Дурацкое имечко для быка, да?

Человек растит что может и заботится о посевах.

Это мои крысы. И мои птицы. Я их заслужил.

Это твое место, тайное место, оно принадлежит тебе, а ты — ему.

Он сделался злобным, но это единственный случай, о котором я знаю.

Что еще ты хочешь заслужить, Луис, когда ветер дует в вышине и луна мостит белым светом дорожку среди лесов к этому тайному месту? Хочешь снова подняться по этим ступеням? Когда смотришь фильм ужасов, все зрители в зале знают, что герою или героине не стоит туда подниматься, что это будет большая глупость, но в реальной жизни мы упорно лезем на эту лестницу: курим, ездим в машине непристегнутыми, селимся вместе с семьей у дороги, по которой денно и нощно ездят большие грузовики. Ну, Луис, что скажешь? Хочешь подняться по этой лестнице? Хочешь сберечь своего мертвого сына или увидеть, что там за дверью номер один, номер два или номер три?

Раз-два, марш вперед!

Сделался злобным... единственный случай... на коже виднелись... человек растит... и заботится...

Остатки пива Луис вылил в раковину. У него было стойкое ощущение, что его сейчас стошнит. Комната вертелась бешеной каруселью.

В дверь постучали.

Какое-то время — ему самому показалось, очень-очень долго — он был уверен, что это просто галлюцинация. Но стук продолжался, терпеливый и неумолимый. Луису вдруг вспомнился рассказ об обезьяньей лапке, и его сковал ледяной ужас. Он ощущался буквально физически — словно мертвая рука, хранившаяся в морозилке, вдруг ожила сама по себе, забралась ему под рубашку и легла на грудь прямо над сердцем. Это был глупый образ, дурацкий и глупый, но от этого не менее жуткий.

Не чуя под собой ног, Луис подошел к двери и отодвинул задвижку онемевшими пальцами. Открывая дверь, он подумал: *Это Паскоу. Как говорили про Джима Моррисона, вернулся из мертвых еще круче прежнего. Там на пороге стоит Паскоу в его спортивных трусах, еще круче прежнего, весь заплесневелый, как хлеб месячной давности, Паскоу с его развороченной головой, Паскоу, снова пришедший предупредить: Не ходи туда. Как там пели «Animals»? Детка, прошу тебя, не уходи, ну пожалуйста, не уходи, детка, ты знаешь, как я люблю тебя, не уходи, я прошу тебя, не уходи...*

Дверь открылась, и в ветреном сумраке этой ночи между днем прощания в траурном зале и днем похорон его сына Луис увидел

Джада Крэндалла, стоявшего на пороге. Прохладный полуночный ветер раздувал редкие белые волосы на голове старика.

Луис попробовал рассмеяться. Время как будто повернулось вспять. Снова был вечер Дня благодарения. Скоро они с Джадом засунут в полиэтиленовый мешок одеревеневшее, неестественно тяжелое тело кота его дочери Уинстона Черчилля и понесут его в лес. *Не спрашивай, что это; пойдем-ка лучше в гости.*

— Можно войти, Луис? — спросил Джад. Он достал из нагрудного кармана пачку «Честерфилда» и сунул в рот сигарету.

— Скажу тебе так, — ответил Луис. — Время позднее, и я изрядно набрался пивом.

— Да, по запаху чувствуется, — кивнул Джад и чиркнул спичкой. Ветер сразу ее задул. Джад зажег вторую спичку, прикрывая ее ладонями, но его руки тряслись, и ветер снова задул крошечный огонек. Джад достал третью спичку, но не стал ее зажигать, а посмотрел на Луиса, стоявшего в дверях.

— Никак не зажгу, — сказал Джад. — Так ты впустишь меня или нет, Луис?

Луис посторонился, и Джад вошел в дом.

38

Они сидели за кухонным столом — *а ведь мы в первый раз выпиваем у нас на кухне*, удивленно подумал Луис. Наверху Элли вскрикнула во сне, и оба застыли, как морские фигуры в детской игре. Крик не повторился.

— Ну, рассказывай, — сказал Луис, — что ты здесь делаешь в четверть первого ночи накануне похорон моего сына? Джад, ты, конечно, мой друг, но всему есть предел.

Джад отпил пива, вытер рот рукой и посмотрел на Луиса в упор. Твердый взгляд старика был исполнен такой недвусмысленной ясности, что Луис не выдержал и отвел глаза.

— Ты знаешь, зачем я здесь, — сказал Джад. — Ты думаешь о том, о чем думать не следует, Луис. И я боюсь, что ты думаешь об этом всерьез.

— Я думал только о том, чтобы пойти спать, — ответил Луис. — Завтра похороны.

— Это я виноват, что тебе сегодня так плохо, Луис, — тихо произнес Джад. — И почем знать, может быть, я виноват и в смерти твоего сына.

Луис испуганно уставился на него:

— Что? Джад, не говори ерунды!

— Ты думал о том, чтобы отнести его туда, — сказал Джад. — И не пытайся меня убедить, что у тебя не было таких мыслей, Луис. — Луис не ответил. — Как далеко простирается его влияние? — спросил Джад. — Можешь сказать? Нет, не можешь. Вот и я не могу, хотя прожил здесь всю жизнь. Я знаю о микмаках и знаю, что это место всегда было для них святыней... но нехорошей святыней. Стэнни Би говорил мне об этом. И мой отец говорил мне об этом, потом. Когда Спот умер во второй раз. Сейчас микмаки, администрация штата Мэн и правительство Соединенных Штатов судятся друг с другом за то, кому принадлежит эта земля. Кто ей владеет? Никто не знает, Луис. Уже никто. В разное время на нее предъявляли права разные люди, но их притязания так и остались лишь притязаниями. Например, Ансон Ладлоу, правнук основателя нашего города. Возможно, из белых он имел больше всех прав на эти земли, поскольку Джозеф Ладлоу-старший получил их в дар от короля Георга еще в те времена, когда Мэн был большой провинцией колонии Массачусетского залива. Только Ансону они не достались, он потом до конца жизни за них судился, там сразу же объявились другие претенденты, другие Ладлоу и некий Питер Диммарт, утверждавший, что он тоже Ладлоу по внебрачной линии и что у него есть на то неопровержимые доказательства. А Джозеф Ладлоу-старший под конец жизни изрядно поиздержался, землей был богат, а деньгами — нешибко, и в приступах пьяной щедрости нередко раздаривал собутыльникам по две, а то и по четыре сотни акров.

— А что, никаких записей не велось? — спросил Луис, невольно заинтересовавшись рассказом старика.

— Наши деды не любили вести записи, — сказал Джад, прикуривая новую сигарету от кончика старой. — В первой дарственной на твою землю было указано так. — Он закрыл глаза и процитировал по памяти: — «От большого старого клена на горе Квинсбери до Оррингтонского ручья; вдоль проезжего тракта с севера на юг». — Джад невесело усмехнулся. — Но большой старый клен рухнул году этак в тысяча восемьсот восемьдесят втором и к тысяча девятисотому сгнил окончательно, а Оррингтонский ручей пересох и зарос — как раз в промежутке между Первой мировой войной и крахом на бирже. В общем, все окончательно перепуталось. Только Ансону было уже все равно. В тысяча девятьсот двадцать первом году его убило молнией, как раз там, на холмах. Неподалеку от старого кладбища.

Луис не мигая смотрел на Джада. Тот отпил пива.

— Но это не важно. Есть много мест, на которые претендует куча народу, там все так запутано, что сам черт ногу сломит, и только законники делают деньги на тяжбах. Черт, еще Диккенс об этом писал. Думаю, что в конечном итоге эти земли вернутся к индейцам, как и должно быть. Но сейчас это не важно, Луис. Я пришел, чтобы рассказать тебе про Тимми Батермэна и его отца.

— Кто такой Тимми Батермэн?

— Один из тех двадцати парней из Ладлоу, которые отправились за океан воевать с Гитлером. Он ушел в сорок втором, а в сорок третьем вернулся в накрытом флагом гробу. Погиб в Италии. Его отец, Билл Батермэн, прожил в этом городе всю жизнь. Он чуть с ума не сошел, когда получил телеграмму... а потом вдруг успокоился. Понимаешь, он знал о старом микмакском могильнике. И уже все для себя решил.

Луиса снова пробрал озноб. Он долго смотрел на Джада, пытаясь понять, лжет старик или нет. В глазах Джада не было лжи. Но сам факт, что он решил рассказать эту историю только сейчас, вызывал подозрения.

— Почему ты не сказал мне об этом в тот вечер? — наконец спросил он. — Когда мы... когда мы закопали кота? Я тебя спрашивал, не хоронили ли там людей, и ты ответил, что никогда.

— Тогда тебе не нужно было об этом знать, — возразил Джад. — А теперь нужно.

Луис долго молчал.

— Он был единственным?

— Единственным, кого я знал лично, — мрачно ответил Джад. — Но единственным *за все время*? Я сомневаюсь, Луис. Очень сильно сомневаюсь. Тут я солидарен с Книгой Екклесиаста. Нет ничего нового под солнцем. Точнее, внешние проявления меняются, но суть остается. Что было сделано раз, делалось и прежде… и прежде… и прежде.

Он посмотрел на свои руки в старческих пятнах. Часы в гостиной негромко пробили половину первого.

— Я решил, что человек твоей профессии знает, как определить болезнь по симптомам… и решил поговорить с тобой напрямую, когда Мортонсон из похоронной конторы сказал мне, что ты заказал могильную коробку, а не запечатанную камеру.

Луис долго молчал, пристально глядя на Джада. Джад густо покраснел, но не отвел глаз.

Наконец Луис сказал:

— Похоже, Джад, ты суешь нос в чужие дела. Это меня огорчает.

— Я не спрашивал у него, что именно ты заказал.

— Напрямую, может быть, и не спрашивал.

Джад ничего не ответил и, хотя покраснел еще больше — теперь его лицо цветом напоминало почти созревшую сливу, — все-таки не отвел взгляд.

Луис тяжело вздохнул. На него вдруг навалилась усталость.

— Да хрен бы с ним. Ладно. Может быть, ты и прав. Может быть, мне приходили такие мысли. Но на подсознательном уровне. Я не думал о том, что заказывать. Я думал о Гейдже.

— Да, я знаю, ты думал о Гейдже. Но ты должен знать разницу. Твой дядя владел похоронным бюро.

Да, Луис знал разницу. Запечатанная камера — это целая строительная конструкция, предназначенная для того, чтобы служить очень долго. Она представляет собой врытую в землю прямоугольную форму, залитую бетоном и укрепленную стальными прутьями. После того как туда опускают гроб, вся конструкция закрывается слегка изогнутой бетонной плитой, которую перемещает подъемный кран. Плиту запечатывают специальным герметиком типа того, каким заливают выбоины на асфальтовых дорогах. Дядя Карл говорил Луису, что этот герметик схватывает намертво.

Дядя Карл, который, как и всякий живой человек, любил поболтать (во всяком случае, в компании близких родственников, к коим относился и Луис, несколько лет подрабатывавший в конторе у дяди во время летних каникул), однажды рассказал племяннику об эксгумации, которую они проводили по распоряжению окружного прокурора. Дядя Карл поехал на кладбище, чтобы лично присутствовать при эксгумации. Вскрыть могилу не так уж просто, говорил он. Это совсем не похоже на фильмы ужасов с Борисом Карлоффом в роли монстра Франкенштейна и Дуайтом Фраем в роли Игоря. У людей, насмотревшихся таких фильмов, совершенно неверные представления об эксгумации. Два человека с лопатами и кирками в принципе могут вскрыть запечатанный склеп, но на это у них уйдет месяца полтора. Поначалу все было нормально. С могилы убрали землю, и кран подцепил бетонную крышку склепа. Только крышка не оторвалась, хотя если тянуть ее краном, она должна оторваться. Вместо этого из земли начала вылезать вся конструкция, уже слегка отсыревшая и поблекшая. Дядя Карл крикнул крановщику, чтобы тот перестал тянуть, а сам пошел в контору при кладбище — поискать что-нибудь, чем можно расковырять герметик.

Крановщик то ли не слышал, то ли решил довести начатое до конца с азартом ребенка, который пытается вытащить приз в автомате-хваталке с дешевенькими плюшевыми игрушками. Дядя Карл говорил, что этот придурок тоже чуть было не вытащил приз. Камера вышла наружу уже на три четверти — дядя Карл и его помощник слышали, как с ее стен на дно ямы стекает вода (в Чикаго тогда всю неделю лил дождь), — а потом кран опрокинулся прямо в развороченную могилу. Крановщик въехал лицом в стекло и сломал себе нос. Та эксгумация вышла окружной прокуратуре в 3000 долларов: на 2100 больше обычной цены за подобную процедуру. Но больше всего дядю Карла повеселило, что через шесть лет этого крановщика выбрали председателем местного отделения профсоюза.

Могильная коробка делалась проще. Это была простая бетонная коробка, открытая сверху. Ее помещали в могилу утром, в день погребения. После заупокойной службы в нее опускали гроб и накрывали двумя бетонными плитами, каждая из которых весила шестьдесят, может быть, семьдесят фунтов, но уж точно не больше восьмидесяти. Их укладывали вручную, с помощью цепей. Просто укладывали, не запечатывали.

Один человек мог без труда вскрыть такую могилу; вот что имел в виду Джад.

Человек мог без труда вскрыть такую могилу, забрать тело сына и похоронить его в другом месте.

Тсс... тсс. Мы не говорим об этом. Это великая тайна.

— Да, я знаю, в чем разница между запечатанным склепом и могильной коробкой, — сказал Луис. — Но я не думал о... о том, о чем я, по-твоему, думал.

— Луис...

— Уже поздно. Уже поздно, я пьян, у меня большое горе. Если ты так уверен, что я должен выслушать твою историю, давай рассказывай, и покончим с этим.

Наверное, надо было начать с мартини, подумал он. *Я бы тогда отрубился еще до того, как пришел Джад.*

— Хорошо, Луис. Спасибо.

— Давай уже, начинай.

Джад мгновение помедлил, собираясь с мыслями, и начал рассказ.

39

— Тогда... в смысле, во время войны... поезда еще останавливались в Оррингтоне, и Билл Батермэн приехал в депо на катафалке, чтобы встретить поезд, в котором прибыло тело его сына Тимми. Гроб выгружали из вагона четверо железнодорожников. Одним из них был я. Гроб нам передал парень из отдела армейской похоронной службы — есть у них и такая в военное время, Луис, — только из поезда он не выходил. Сидел пьяным в товарном вагоне, где стояла еще дюжина гробов.

Мы погрузили Тимми в катафалк. В то время такие вагоны с гробами называли «поспешными», потому что тела надо было доставить на место как можно скорее, чтобы их похоронили еще до того, как они начнут разлагаться. Билл Батермэн стоял рядом, лицо у него было каменное и... даже не знаю... сухое. Да, сухое. Он не плакал, вообще ни слезинки не проронил. Хью Гарбер, который был машинистом в том поезде, сказал нам, что парень из армейской похоронной службы уже проделал немалый путь. Гробы привезли на самолете в Преск-Айл, а оттуда отправили на юг.

Этот парень из похоронной службы подошел к Хью, достал из кармана бутылку виски и сказал с мягким, тягучим южным акцентом: «Господин машинист, а вы знали, что сегодня ведете таинственный поезд?» Хью покачал головой. «Вот, теперь знаете. Так у нас в Алабаме называют похоронные поезда». Хью сказал, что военный достал из кармана список и, прищурившись, стал читать. «Начнем с Хоултона, где надо выгрузить два гроба, потом один — в Пассадумкиге, два — в Бангоре, один — в Дерри, еще один — в Ладлоу и так далее. Чувствую себя гребаным молочником. Хотите выпить?»

Хью пить не стал, по той причине, что и в Бангоре, и во всем Арустуке общественность очень не одобряет, когда машинисты выходят на смену, приняв на грудь, и парень из армейской похоронной службы на него не обиделся. Хью тоже не сердился на этого парня за то, что тот так напился. Сказал, что они просто пожали друг другу руки и на том разошлись.

Так они и ехали, по пути выгружая накрытые флагами гробы чуть ли не на каждой станции. В общей сложности восемнадцать или двадцать гробов. Хью говорил, что на всем пути до Бостона их повсюду встречали плачущие родные, обезумевшие от горя, на всех станциях, кроме Ладлоу... в Ладлоу их встретил Билл Батерман, который, по словам Хью, сам выглядел так, словно он уже мертвый внутри. Когда Хью закончил тот рейс, он разбудил парня из похоронной службы, и они с ним на пару напились вдрызг. Хью никогда в жизни так не напивался. А потом пошел к шлюхе, впервые в жизни, и подцепил от нее мандавошек, таких огромных и лютых, что в дрожь бросало, и позже говорил, что никогда больше не захочет водить «таинственные поезда».

Тело Тимми отвезли в похоронную контору Гринспана на Фернстрит — она была прямо через дорогу от дома, где сейчас прачечная Франклина, — и через два дня предали земле со всеми воинскими почестями.

В общем, Луис, смотри: миссис Батермэн умерла за десять лет до того, когда рожала второго ребенка, ребенок тоже не выжил, и это сыграло немалую роль в том, что случилось дальше. Второй ребенок мог бы облегчить боль утраты, как думаешь? Второй ребенок мог бы напомнить старине Билли, что рядом есть еще кто-то, кому тоже больно и кто нуждается в утешении. Наверное, в этом смысле тебе повезло больше. Я имею в виду, у тебя есть еще один ребенок. У тебя есть дочь и жена, которые живы и здоровы.

Из письма лейтенанта, командовавшего взводом Тимми, Билл узнал, что его сын погиб на подступах к Риму пятнадцатого июля тысяча девятьсот сорок третьего года. Через два дня его тело отправили домой, девятнадцатого оно прибыло в Преск-Айл, и на следующий день его погрузили в «таинственный поезд», который вел Хью Гарбер. Большинство американских солдат, погибших в Европе, там же и похоронены, но все ребята, которые вернулись домой на том поезде, отличились в бою. Тимми погиб во время штурма вражеской пулеметной точки и был награжден «Серебряной звездой» посмертно.

Тимми похоронили... я точно не помню, но, по-моему, двадцать второго июля. А дней через пять Марджори Уошберн, которая тогда была почтальоншей, увидела, как Тимми идет по дороге к платной конюшне. Ее чуть удар не хватил, сам понимаешь. Она вернулась в контору, швырнула сумку со всей недоставленной почтой на стол Джорджу Андерсону и сказала, что идет домой. «Марджи, ты что, заболела? — спрашивает ее Джордж. — Ты белая как полотно». «Я испугалась как никогда в жизни, но не хочу говорить об этом, — отвечает Марджи. — Вообще ни с кем: ни с тобой, ни с Брайаном, ни с мамой — ни с кем. Вот когда попаду на небеса, если Иисус меня спросит, то ему, может быть, и расскажу. Но мне что-то не верится». С тем она и ушла.

Все знали, что Тимми мертв; некролог напечатали в бангорской «Дейли ньюс» и в эллсуортской «Американ», с фотографией и всем прочим, и полгорода собралось на его похоронах. И вдруг Марджи видит, как он идет по дороге — идет, *шатаясь как пьяный*. Она все-таки рассказала об этом Джорджу Андерсону, только лет через двадцать, когда уже знала, что умирает, и Джордж потом мне говорил, что, как ему показалось, ей *хотелось* кому-нибудь рассказать. Джордж говорил, что тот случай, кажется, не давал ей покоя всю жизнь.

Он был бледный, сказала она, и одет в старые холщовые штаны и фланелевую рубаху, хотя в тот день было жарко, девяносто по Фаренгейту* в тени. Марджи сказала, что волосы у него на затылке стояли дыбом. «А глаза были словно изюминки в тесте. В тот день я видела призрака, Джордж. Вот что меня напугало. В жизни не думала, что увижу такое, но вот довелось».

Тем временем по городу поползли слухи. Тимми видели и другие люди. Миссис Страттон — ну, мы называли ее «миссис», хотя мужа у нее не было, и никто даже не знал, то ли она разведенка, то ли соломенная вдова, то ли вообще никогда не была замужем. Она жила в маленьком доме на пересечении Педерсен-роуд и Хэнкок-роуд, у нее была куча джазовых пластинок, и к ней можно было зайти скоротать вечерок, если вдруг у тебя заводились лишние десять долларов. В общем, она увидела Тимми с крыльца и потом говорила, что он подошел к самому краю дороги и остановился.

Миссис Страттон говорила, что его руки свисали, как плети, и он просто стоял, наклонив голову, и был похож на побитого боксера, который сейчас упадет. Она говорила, что замерла на крыльце и не могла пошевелиться от страха, а ее сердце бешено колотилось в груди. Потом он обернулся точно пьяный, который выполняет команду «кругом». Он едва не упал, запутавшись в собственных ногах. Она говорила, что он посмотрел прямо на нее, и у нее вдруг ослабели руки, и она уронила корзину с бельем, а оно вывалилось и снова испачкалось.

Она сказала, что его глаза... сказала, они были мертвыми и мутными, как запылившиеся стеклянные шарики, Луис. Но он увидел ее... ухмыльнулся... и она сказала, он с ней заговорил. Спросил, остались ли у нее те пластинки, потому что он был бы не прочь зайти к ней поплясать. Может быть, даже сегодня вечером. Миссис Страттон убежала в дом и не выходила почти неделю, но к тому времени все уже закончилось.

Многие видели Тимми Батермэна. Большинство уже умерли... та же миссис Страттон... кто-то уехал, но остались еще старики

* 32,2°C.

вроде меня, которые помнят и могут тебе рассказать. Если их хорошо попросить.

Мы его видели, видели, как он бродил туда-сюда по Педерсен-роуд, в миле к востоку от дома отца, в миле к западу. Туда-сюда, туда-сюда — целыми днями, да и ночами, как говорили, тоже. Рубаха навыпуск, весь бледный, волосы дыбом, ширинка расстегнута иной раз, и его лицо... это *лицо*...

Джад прервался, чтобы прикурить сигарету. Погасив спичку, посмотрел на Луиса сквозь облако сизого дыма. И хотя вся история напоминала полный бред, в глазах старика не было лжи.

— Ты, может быть, видел кино о зомби на Гаити, все эти фильмы... не знаю, сколько в них правды. В этих фильмах они неуклюжие, ходят медленно, еле волоча ноги, смотрят прямо вперед совершенно пустыми глазами. Так вот, Тимми Батермэн был таким же, Луис, как зомби в фильмах, но *не только* таким. В нем было что-то *еще*. Что-то *происходило* в глубине его глаз, иногда это было заметно, иногда — нет. *Что-то в глубине его глаз, Луис*. Я не знаю, что это было. Точно не проблески мысли. А что именно — не представляю.

Это *что-то*, оно было дерзким и наглым. Как в тот раз, когда он сказал миссис Страттон, что хочет зайти к ней вечерком поплясать. Что-то там *было*, Луис, и, мне кажется, что-то отдельное от самого Тимми Батермэна. Как будто... как будто радиосигнал, приходивший откуда-то извне. Ты смотрел на него и думал: «Если он ко мне прикоснется, я закричу». Вот как-то так.

Так он и ходил по дороге туда-сюда, и однажды, когда я вернулся с работы... это было... кажется, тридцатого июля... да, наверное, так... в общем, подхожу я к дому и вижу, что у меня на крыльце сидит Джордж Андерсон, наш почтмейстер, сидит, попивает холодный чай, а вместе с ним — Ганнибал Бенсон, который тогда служил в городском управлении, и Алан Перинтон, начальник пожарной команды. Норма тоже сидела с ними, но в разговоре участия не принимала.

Джордж все потирал свою культю. Он потерял правую ногу, когда работал на железной дороге, и ходил на деревянном протезе. В особенно жаркие, душные дни культя люто его беспокоила. Но он все равно пришел вместе со всеми.

«Слишком все далеко зашло, — говорит мне Джордж. — Во-первых, мой почтальон боится ходить на Педерсен-роуд. К тому же правительство подняло шум, и это уже серьезно». «В каком смысле, подняло шум?» — спросил я.

Ганнибал объяснил, что ему звонили из военного ведомства. Какой-то лейтенант по фамилии Кинсмэн, чья работа — разбираться с общественностью и отделять злонамеренное вредительство от шутливого дурачества. «Четверо или пятеро человек написали анонимные письма в военное ведомство, — говорит Ганнибал, — и этот лейтенант Кинсмэн уже начал тревожиться. Если бы письмо было только одно, они посмеялись бы и забыли. Если бы все эти письма написал один человек, Кинсмэн позвонил бы в полицию Дерри, чтобы предупредить, что у них там завелся психопат, одержимый ненавистью к семье Батермэнов из Ладлоу. Но письма писали разные люди. Кинсмэн сказал, это сразу понятно по почерку, и во всех этих письмах говорилось о совершенно невероятных происшествиях: о том, что геройски погибший Тимоти Батермэн не желает спокойно лежать в могиле, а разгуливает по Педерсен-роуд, пугая мирных граждан». «Этот Кинсмэн, — говорит Ганнибал, — собирается прислать сюда проверяющего или даже приехать лично, если первая проверка ничего не прояснит. Им надо знать, умер ли Тимми, или он дезертировал, или что... потому что им очень не нравится думать, что у них там такой бардак с документацией. И еще им хочется знать, кто лежит в гробу Тимми Батермэна, если не Тимми».

В общем, ты понимаешь, Луис, как оно все обстояло. Мы почти час сидели и обсуждали, как быть. Норма спросила, не хотим ли мы сандвичей, но никто не захотел.

Мы все это обмозговали и так и сяк и в конечном итоге решили пойти к Батермэну. Я никогда не забуду тот вечер, даже если проживу вдвое дольше. Было жарко, жарче, чем в преисподней, и заходящее солнце напоминало ведро с потрохами. Никому не хотелось идти, но пойти было нужно. Норма сразу почуяла неладное. Раньше всех нас. Под каким-то предлогом она увела меня в дом и сказала: «Не дай им замяться и отступить, Джадсон. Надо с этим кончать. Это не человек, а ходячая гнусь».

Джад внимательно посмотрел на Луиса.

— Так и сказала, Луис. Это ее слова. Ходячая гнусь. И она прошептала мне на ухо: «Если вдруг что-то случится, беги. Не думай об остальных, Джад, пусть они позаботятся о себе сами. Думай обо мне и уноси ноги, если что-то случится».

Мы поехали на машине Ганнибала Бенсона — у этого прохиндея всегда были талоны на бензин, уж не знаю, где он их добывал. Говорили мы мало, но всю дорогу дымили как паровозы, все четверо. Нам было страшно, Луис, очень страшно. Но только Алан Перинтон высказал вслух эти страхи. Он сказал Джорджу: «Билл Батермэн ходил в это чертово место в лесу к северу от шоссе номер пятнадцать, я даже не сомневаюсь». Никто ничего не ответил, но Джордж, помню, кивнул.

В общем, приехали мы к Батермэну, Алан постучал в дверь, но никто не отозвался, и тогда мы зашли со двора и увидели там их обоих. Билл Батермэн сидел на заднем крыльце с кружкой пива, а Тимми стоял в дальнем конце двора, просто стоял и смотрел на кровавое заходящее солнце. Его лицо озарялось оранжевым светом, и казалось, будто с него заживо содрали кожу. А Билл... у него был такой вид, словно дьявол приходил по его душу и таки ее заполучил. Одежда висела на нем, как на вешалке, и я, помню, еще подумал, что он сбросил фунтов этак сорок. Глаза ввалились и стали похожи на двух зверьков в темных пещерах... и у него дергались губы, левый уголок рта.

Джад на секунду задумался и еле заметно кивнул.

— Да, Луис, выглядел он *кошмарно.* Тимми обернулся к нам и ухмыльнулся. От одной этой ухмылки хотелось орать благим матом. Потом он опять отвернулся и стал смотреть на заходящее солнце. Билл говорит: «Я не слышал, как вы стучали», — но это, конечно, была откровенная ложь, потому что Алан стучал громко, достаточно громко, чтобы разбудить и... и глухого.

Похоже, никто не собирался начинать разговор, и тогда я сказал: «Билл, я слышал, твой сын погиб в Италии». «Это была ошибка», — говорит он, глядя на меня в упор. А я ему в ответ: «Правда?» А он мне: «Ну, ты же сам его видишь, вот он стоит прямо перед тобой». «А кто же тогда похоронен на кладбище в том гробу?» — спрашивает Алан Перинтон. «Не знаю и знать не хочу», — отвечает Билл, достает сигарету из пачки, но роняет ее, рассыпает все сигареты, а потом ломает две или три, пытаясь их собрать. «Наверное, они будут настаивать на эксгумации, — говорит Ганнибал. — Мне звонили из проклятого военного ведомства, Билл. Они хотят знать, не похоронили ли они кого-то другого под именем Тимми». «Ну, а мне что за дело? — говорит Билл, повышая голос. — Меня это вообще не касается. Мой сын со мной, он вернулся домой. Его там контузило или что, я не знаю. Он сейчас чуть не в себе, но скоро поправится».

И тут я уже по-настоящему разозлился. «Хватит, Билл, — говорю я ему. — Если они выкопают этот гроб... когда они выкопают этот гроб, им сразу станет понятно, что он пустой, если, конечно, ты не додумался насыпать туда камней, когда забирал тело сына, но почему-то мне кажется, что не додумался. Я знаю, что произошло. И Ганнибал, Джордж и Алан это знают, и ты тоже знаешь. Ты ходил туда, в лес, Билл, и теперь и у тебя самого, и у всего города могут быть крупные неприятности». «Думаю, вы, ребята, знаете, где тут выход, — говорит он. — Я не должен оправдываться перед вами, не должен вам ничего объяснять, я вообще никому ничего не должен. Когда я получил ту телеграмму, из меня вышла вся жизнь. Я прямо чувствовал, как она вытекает, будто моча по ноге, если вдруг обоссышься. Но мой мальчик вернулся. У них не было права его забирать. Ему было всего семнадцать. Мой сын — это все, что у меня осталось от его матери, и забирать его было вообще незаконно. Так что в задницу армию, в задницу это военное ведомство, в задницу Соединенные Штаты Америки, а заодно и вас тоже, ребята. Он вернулся. Он скоро поправится. И больше я вам ничего не скажу. Так что возвращайтесь туда, откуда пришли».

Уголок его рта дергался в нервном тике, на лбу блестел пот. Вот тогда я и понял, что он свихнулся. Я бы тоже свихнулся на его месте. Жить с этой... *тварью*.

Луиса мутило. Он выпил слишком много пива за короткое время. Очень скоро все это пиво полезет обратно. Судя по ощущениям в желудке, уже совсем скоро.

— Больше мы ничего не могли сделать. Мы собрались уходить. Ганнибал говорит: «Помоги тебе Бог, Билл». А Билл отвечает: «Бог никогда мне не помогал. Я все делал сам».

И тут Тимми вдруг развернулся и подошел к нам. Он даже *ходил* как-то неправильно, Луис. Он ходил, как совсем старый дед. Высоко поднимал одну ногу, ставил ее перед собой и подтягивал к ней другую, шаркая по земле. Так ходят крабы. Его руки висели как плети. Когда он подошел ближе, стали ясно видны красные пятнышки у него на лице... косой линией... вроде прыщей или мелких ожогов. Следы от пулеметных пуль. Удивительно, как ему голову не оторвало.

И от него пахло могилой. Мерзко так пахло, как будто он гнил изнутри. Я заметил, что Алан Перинтон закрыл рукой нос и рот. Воняло и вправду ужасно. Прямо-таки представлялось, как у него в волосах копошатся могильные черви...

— Хватит, — хрипло сказал Луис. — Я достаточно выслушал.

— Нет, не достаточно, — с нажимом произнес Джад. — *Еще не достаточно.* На самом деле все было еще страшнее, словами этого не передать. Чтобы это представить, надо было видеть все своими глазами. Он был *мертвым*, Луис. Но и живым тоже. И он... он... он *знал* обо всем.

— Знал обо всем? — Луис резко подался вперед.

— Ага. Он долго смотрел на Алана и вроде как улыбался... ну, то есть зубы были видны... а потом заговорил, очень тихо, и приходилось напрягать слух, чтобы хоть что-то расслышать. И голос был странным, будто у него в горле пересыпался гравий. «Твоя жена, Перинтон, трахается с тем мужиком, который работает с ней в аптеке, — сказал он. — Как тебе это? Она кричит, когда кончает. Как тебе это, а?»

У Алана буквально отвисла челюсть, и было видно, что эти слова его очень задели. Алан сейчас в Гардинере, в доме престарелых... ну то есть был там, когда я в последний раз о нем слышал... сейчас ему уже под девяносто. А тогда ему было чуть-чуть за сорок, и в городе ходили разные слухи о его второй жене. Она была его дальней родственницей, если не ошибаюсь, троюродной сестрой. Приехала в Ладлоу перед самым началом войны и поселилась в доме Алана и его первой жены, Люси. Потом Люси умерла, а через полтора года Алан взял и женился на этой девице. Ее звали Лорин. Когда они поженились, ей было всего двадцать четыре. И о ней говорили *всякое*, ну, ты понимаешь. Мужчина назвал бы ее девушкой свободных нравов. А женщины прямо говорили, что она потаскушка. И Алан, надо думать, тоже что-то такое подозревал, потому что сказал: «Заткнись! Заткнись, или я за себя не отвечаю, кем бы ты ни был!»

«Тише, Тимми, не надо, — говорит Билл, и видок у него еще хуже, чем был, словно его сейчас вырвет, или он упадет замертво, или и то и другое сразу. — Не надо, Тимми».

Но Тимми не обращал на него внимания. Повернулся к Джорджу Андерсону и говорит: «Твой обожаемый внук только и ждет, когда ты умрешь, старик. Ему нужны деньги, которые, как он считает, ты держишь в сейфе в Бангорском восточном банке. Вот почему перед тобой он так заискивает, а за глаза насмехается вместе со своей сестрицей. Старая деревяшка, вот как они тебя называют», — говорит Тимми, и знаешь, Луис, его голос... он *изменился*. Стал злым и язвительным. Точно таким же, каким мог бы быть голос внука Джорджа, если бы... если бы все это было правдой. «Старая деревяшка, — говорит Тимми. — Они оба говном изойдут, когда узнают, что ты беден как церковная мышь и потерял все свои сбережения еще в тридцать восьмом. Точно говном изойдут, да, Джордж?»

Джордж попятился, его деревянная нога подогнулась, он упал на крыльцо Билла и опрокинул его кружку с пивом, и он был белым как полотно, Луис.

Билл кое-как поднял его на ноги и заорал на сына: «Перестань, Тимми! Не надо!» Но Тимми не перестал. Он сказал кое-что нехорошее о Ганнибале, а потом обо мне, и к тому времени он... словно бредил. Да, бредил. Кричал. И мы начали потихонечку отступать, а потом побежали, волоча на себе Джорджа, потому что крепления на его деревянном протезе слетели и он почти отвалился с одной стороны, так что мысок ботинка смотрел в другую сторону и волочился по траве.

А Тимми Батермэн стоял на лужайке под бельевой веревкой, с алым в лучах заходящего солнца лицом, на котором выделялись отметины, его волосы растрепались и были какими-то пыльными... и он кричал нам вслед, не умолкая: «Старая деревяшка! Старая деревяшка! И рогоносец! И развратник! До свидания, джентльмены! До свидания! До свидания!» А потом он рассмеялся, только этот смех напоминал вопль… что-то внутри у него кричало… все кричало и кричало.

Джад замолчал. Он дышал учащенно и тяжело.

— Джад, — сказал Луис. — То, что говорил Тимми Батермэн… это была правда?

— Это была правда, — пробормотал Джад. — Господи! Чистая правда. По молодости я захаживал в публичный дом в Бангоре. Не я один, хотя многие, думается, все же не сворачивают со стези добродетели. А вот мне иной раз хотелось чего-нибудь новенького. Или хотелось заплатить какой-нибудь женщине, чтобы сделать с ней то, чего не повернется язык попросить у собственной жены. У мужчин тоже есть свои тайны, Луис. Ничего страшного в этом нет… в том, что я делал… и к тому времени я уже лет восемь-девять как перестал ходить к этим барышням, да и Норма не ушла бы от меня, если бы узнала. Но что-то в ней умерло бы навсегда. Что-то нежное и дорогое.

Красные, воспаленные глаза Джада затуманились влагой. *Слезы стариков особенно отвратительны*, подумал Луис. Но когда Джад потянулся через стол, ища его руку, крепко стиснул ладонь старика.

— Он говорил нам только плохое, — сказал Джад. — Только плохое. Видит Бог, в жизни каждого человека достаточно грязи. Два или три дня спустя Лорин Перинтон покинула Ладлоу навсегда, и те, кто видел ее на станции, когда она садилась в поезд, говорили, что у нее под каждым глазом красовалось по фонарю, а обе ноздри были заткнуты ватой. Алан о ней больше не вспоминал. Джордж умер в тысяча девятьсот пятидесятом, и если что и оставил своим внукам, мне об этом неизвестно. Ганнибала с позором прогнали со службы. Именно за то, в чем его обвинял Тимми Батермэн. Не скажу, за что именно — подробности тебе неинтересны, — но если вкратце, то это была растрата общественных средств. Его даже пытались отдать под суд за злоупотребление общественным положением, но до этого все-таки не дошло. Потеря должности была сама по себе наказанием. Он всю жизнь был большой шишкой, а потом в одночасье потерял все.

Но ведь в каждом из них было что-то хорошее. Только люди об этом не помнят, а помнят лишь плохое. Ганнибал основал благотворительный фонд в пользу Восточной больницы прямо перед началом войны. Алан Перинтон был одним из самых великодушных и щедрых людей, которых я знал. А старина Джордж Андерсон хотел лишь спокойно работать на почте.

Но *оно* говорило о них только плохое. *Оно* хотело, чтобы мы помнили только плохое, потому что *оно* было злым... и *оно* знало, что мы собирались его извести. Тимми Батермэн, который ушел воевать, был обычным, славным парнишкой, может быть, чуть туповатым, но добрым. Однако то, что мы видели в тот вечер, то, что смотрело на заходящее красное солнце... это было чудовище. Может быть, зомби, или диббук, или демон. Может быть, у этой твари вообще нет названия, но микмаки знали, что это такое, с именем или без.

— И что? — оцепенело спросил Луис.

— Нечто, к чему прикоснулся вендиго, — произнес Джад невыразительным голосом. Он сделал глубокий вдох, на миг задержал дыхание, потом медленно выдохнул и посмотрел на часы: — Ох ты, черт. Время-то уже позднее, Луис. Что-то я заболтался. Рассказал даже больше, чем собирался.

— Сомневаюсь, — сказал Луис. — Ты был очень красноречив. Расскажи, чем все закончилось.

— Через два дня в доме Батермэна случился пожар. Все сгорело дотла. Алан Перинтон говорил, это был явный поджог. По всему дому разлили керосин. Его запах чувствовался и через три дня после пожара.

— Значит, они оба сгорели.

— Ага, оба сгорели. Только сначала умерли. Тимми был застрелен из пистолета, из старого «кольта» Билли Батермэна. Две пули в грудь. Пистолет был в руке Билла, когда их нашли. Похоже, вот что он сделал: застрелил сына, уложил его на кровать, потом разлил в доме керосин, сел в кресло у радиолы, чиркнул спичкой и пустил себе пулю в лоб.

— Господи, — пробормотал Луис.

— Обгорели они изрядно, но окружной медицинский эксперт говорил, что, по его мнению, Тимми Батермэн был мертв уже две-три недели.

Потом они долго молчали.

Джад поднялся из-за стола.

— Я нисколько не преувеличивал, когда говорил, что, возможно, это я убил твоего сына, Луис, или приложил к этому руку. Микмаки знали про это место, но это не значит, что именно они сделали его таким. Микмаки жили здесь не всегда. Они пришли из Канады, или, может быть, из России, или из Азии. Они прожили здесь, в Мэне, тысячу лет. Или две тысячи. Сложно сказать, потому что от них не осталось следов на земле. А теперь они снова исчезли… как когда-нибудь исчезнем и мы, хотя, думается, наши следы все же задержатся, к добру или к худу. Но это место… оно будет всегда, Луис, независимо от того, кто здесь живет. Им никто не владеет и, покидая эти края, никто не заберет с собой его тайну. Это гиблое место, плохое… И я не должен был вести тебя туда хоронить этого кота. Теперь я это понимаю. В этом месте заключается сила, которой надо остерегаться, если ты знаешь, что хорошо для твоей семьи и что хорошо для тебя самого. Я не смог одолеть эту силу. Ты спас Норме жизнь, и я хотел сделать что-то хорошее для тебя, чем и воспользовалось это место, превратив мои добрые помыслы в инструмент для своих черных целей. В нем заключается сила… и, по-моему, она то убывает, то прирастает, как фазы Луны. Когда-то она была полной, потом иссякла — сила этого места. И боюсь, что теперь оно вновь набирает силу. Я боюсь, что оно использовало меня, чтобы подобраться к тебе через твоего сына. Ты понимаешь, о чем я? — Джад смотрел на Луиса умоляющим взглядом.

— Наверное, ты говоришь о том, что оно, это место, знало, что Гейдж скоро умрет, — сказал Луис.

— Нет, я говорю о том, что, возможно, оно *сделало* так, чтобы Гейдж умер. Потому что я тебя туда привел, и оно о тебе узнало. Я говорю, что, возможно, я убил твоего сына своими благими намерениями, Луис.

— Я не верю, — сказал Луис с дрожью в голосе.

Не верил и никогда не поверит. *Не сможет* поверить.

Он крепко сжал руку Джада.

— Завтра мы похороним Гейджа. В Бангоре. И в Бангоре он и останется. Я не собираюсь туда возвращаться, в лес за кладбищем домашних животных.

— Дай мне слово! — строго проговорил Джад. — Дай честное слово.

— Честное слово, — сказал Луис.

Однако в глубине сознания все же осталась мысль — пляшущий проблеск надежды, который никак не хотел исчезать.

40

Но ничего этого не было.

Все это: грохочущий грузовик «Оринко», пальцы, скользнувшие по курточке Гейджа, но не сумевшие за нее уцепиться, Рэйчел, собравшаяся идти на церемонию прощания в домашнем халате, Элли, держащая в руке фотографию Гейджа и ставящая его стульчик рядом со своей кроватью, слезы Стива Мастертона, драка с Ирвином Гольдманом, ужасный рассказ Джада Крэндалла о Тимми Батермэне — все это лишь промелькнуло в сознании Луиса за те несколько секунд, что он догонял своего смеющегося сына, бежавшего прямо к дороге. У него за спиной Рэйчел опять закричала: *Гейдж, стой! Не БЕГИ!* — но сам Луис не тратил дыхание. Он знал, что может случиться, и бежал изо всех сил, и — да — одно из этих событий действительно произошло: Луис услышал грохот приближавшегося грузовика, и в голове у него словно замкнулась цепь памяти, и он вспомнил, что говорил Джад Крэндалл Рэйчел в их первый день в Ладлоу: *Вы только следите, чтобы они не подходили к дороге, миссис Крид. Это плохая дорога, и для детей, и для домашних животных.*

И вот теперь Гейдж бежал по пологому склону лужайки, выходившей прямо к обочине шоссе номер 15, его крепкие ножки работали как заведенные; по всем законам природы он давно должен был растянуться на животе, но продолжал бежать, а грохот грузовика был уже совсем рядом, низкий, рокочущий звук, который Луис иногда слышал по вечерам, когда засыпал. Тогда этот рокот его убаюкивал; сейчас — ужасал.

Господи, Господи Боже, дай мне поймать его, не давай ему выбежать на дорогу!

Луис рванулся вперед длинным полупрыжком-полувыпадом, его тень летела под ним, как тень воздушного змея по сухой белой траве на поле миссис Винтон, и в тот самый миг, когда инерция вынесла Гейджа прямо на дорогу, пальцы Луиса скользнули по курточке сына... и сомкнулись на ткани.

Он рванул Гейджа назад и упал, не устояв на ногах, лицом в гравий обочины. Из разбитого носа хлынула кровь. Промежность вспыхнула болью, и эта боль была явно серьезнее боли в носу — *Ох, если бы я знал, что мы будем играть в футбол, надел бы защиту*, — однако вся боль растворилась в чувстве безумного облегчения, когда Луис услышал рев Гейджа, который плюхнулся попой на гравий и завалился назад, ударившись головой о траву. А уже в следующую секунду его истошные вопли утонули в грохоте грузовика, промчавшегося мимо.

Луис все же сумел подняться, несмотря на жуткую пульсацию между ног, и взял сына на руки. К ним подбежала Рэйчел, заливаясь слезами и крича на Гейджа:

— Никогда не выбегай на дорогу, Гейдж! Никогда! Никогда! Это плохая дорога! Плохая!

Гейдж так удивился, увидев маму в таком состоянии, что перестал плакать и вытаращился на нее.

— Луис, ты разбил нос, — сказала она и вдруг обняла его так внезапно и крепко, что у него на миг перехватило дыхание.

— Это не самое страшное, — ответил он. — Похоже, я стал импотентом, Рэйчел. Черт, до чего больно.

Она истерически рассмеялась, и Луис даже слегка за нее испугался, у него в голове промелькнула мысль: *Если бы Гейдж и вправду погиб, это свело бы ее с ума.*

Но Гейдж не погиб; все это только привиделось Луису — с ужасающей, дьявольской ясностью, — когда он сумел обогнать смерть своего сына на зеленой лужайке в солнечный майский день.

Гейдж пошел в школу и с семи лет начал ездить в детские летние лагеря, где неожиданно проявил удивительные способности к плаванию. Также он удивил родителей — не слишком приятно, — доказав, что вполне может расстаться с ними на целый месяц без каких-либо заметных психологических травм. В десять лет он все лето провел в лагере в Раймонде, а в одиннадцать выиграл две синие и одну красную ленту на соревнованиях по плаванию, в которых участвовали воспитанники четырех лагерей. Он вырос высоким, но оставался все тем же Гейджем, добрым и славным парнишкой, который продолжал удивляться миру и всему, что тот мог ему предложить... а, надо сказать, мир предлагал Гейджу лишь самое лучшее.

В старших классах он был одним из лучших учеников и членом команды пловцов приходской школы Иоанна Крестителя, куда он перешел из-за их плавательного бассейна. Рэйчел расстроилась, а Луис не особенно удивился, когда в семнадцать лет Гейдж объявил им о том, что собирается перейти в католицизм. Рэйчел считала, что это все из-за девчонки, с которой Гейдж тогда встречался; Рэйчел уже предвидела скорую свадьбу («Если эта шлюшка с медалькой Святого Христофора не пытается его окрутить, я съем твои трусы, Луис», — сказала она), полный крах всех олимпийских надежд вкупе с планами на дальнейшее образование и десяток мелких католиков, шныряющих по дому Гейджа, когда ему будет сорок. К тому времени (как это виделось Рэйчел) он превратится в дальнобойщика с пивным брюшком, который курит сигары и потихонечку, с «Отче наш» и «Аве Мария», приближается к предынфарктному забытью.

Луис считал побуждения сына более благородными, и хотя Гейдж принял католическое крещение (в день крестин Луис отправил Ирвину Гольдману откровенно хамскую открытку; в ней говорилось: *Может, ваш внук еще станет иезуитом. Ваш зять-гой, Луис*), он не женился на той милой девочке (уж точно не шлюшке), с которой встречался в выпускном классе.

Он поступил в Университет Джонса Хопкинса, вошел в олимпийскую сборную США по плаванию, и в один ослепительный, исполненный родительской гордости день через шестнадцать лет после того майского утра, когда Луис мчался наперегонки с грузовиком «Оринко», спасая жизнь сына, они с Рэйчел — которая уже почти полностью поседела, хотя и закрашивала седину оттеночным шампунем — смотрели по телевизору, как их сыну вручают золотую медаль на Олимпиаде. Когда заиграл национальный гимн и камеры Эн-би-си показали Гейджа крупным планом, с чуть запрокинутой головой, с широко открытыми спокойными глазами, сосредоточенными на флаге, с красной лентой на шее и золотой медалью на гладкой коже груди, Луис прослезился. Они с Рэйчел оба расплакались.

— Не зря он в детстве носил чемпионскую бейсболку, — хрипло проговорил Луис и повернулся, чтобы обнять жену. Но она смотрела на него с нарастающим ужасом, ее лицо, казалось, старилось на глазах, иссеченное долгими годами горя; звук национального гимна затих, и когда Луис взглянул обратно на экран, там был совсем другой человек, чернокожий парень с шапкой курчавых волос, в которых еще поблескивали капельки воды.

В детстве он носил бейсболку.

Его бейсболка.

Его бейсболка...

о Боже, его бейсболка, она вся в крови.

Луис проснулся в холодном, мертвенном свете дождливого утра, сжимая в руках подушку. Глухие удары сердца отдавались в голове чудовищной болью, которая то нарастала, то отступала. В едкой отрыжке явственно ощущался привкус прокисшего пива, желудок грозил вывернуться наизнанку. Луис плакал во сне; подушка была мокрой, словно в своем сновидении он очутился в одной из слащаво-сентиментальных, жалобных песенок кантри, призванных выжимать у слушателей слезу. Он подумал, что даже во сне его сознание помнило правду и рыдало над ней.

Он сполз с кровати и поплелся в ванную, почти ничего не соображая, в полуобморочном состоянии из-за лютого похмелья. Еле успел грохнуться на колени перед унитазом и изверг из себя все вчерашнее пиво, не принятое организмом.

Закрыв глаза, он стоял на полу на коленях, пока не почувствовал, что сможет подняться. Нащупал ручку на бачке унитаза, спустил воду. Потом подошел к зеркалу, чтобы посмотреть, красные ли у него глаза, но зеркало было завешено простыней. Только теперь Луис вспомнил. Рэйчел, не признававшая старых обычаев и, по ее собственному утверждению, мало что помнившая о них, теперь завесила все зеркала в доме и снимала обувь перед входной дверью.

Никакой олимпийской сборной по плаванию, тупо подумал Луис, вернувшись в спальню и сев на кровать. Привкус прокисшего пива еще держался во рту и в горле, и Луис поклялся (не в первый и не в последний раз), что никогда больше не прикоснется к этой отраве. Ни олимпийской сборной по плаванию, ни университета, ни обращения в католичество, ни летнего лагеря — ничего. Его кроссовки сорвало с ног; свитер вывернулся наизнанку; его ладное тельце крепенького карапуза почти разорвало в клочья. Его бейсболка была вся в крови.

И сейчас, сидя на кровати, под шум дождя за окном, Луис, мучимый кошмарным похмельем, с раскалывающейся головой, еще сильнее ощущал свое горе. Оно пришло словно серый призрак уныния из чистилища. Пришло и разъяло его на части, лишило последних остатков мужества, повергло в безысходную тоску, и Луис разрыдался, закрывая лицо руками и раскачиваясь взад-вперед, и в голове билась мысль: он отдал бы все, чтобы вернуть себе сына. Все, что угодно.

41

Гейджа хоронили в два часа дня. К тому времени дождь прекратился. Небо было по-прежнему затянуто тучами, и большинство скорбящих пришли с черными зонтами, предоставленными похоронным бюро.

Сама церемония была светской, однако по просьбе Рэйчел распорядитель похорон прочел отрывок из Евангелия от Матфея, начинавшийся со слов «пустите детей и не препятствуйте им приходить ко Мне». Луис стоял на краю могилы и смотрел на своего тестя, стоявшего на другой стороне ямы. На мгновение их глаза встретились, но Гольдман тут же отвел взгляд. Сегодня в нем уже не было боевого задора. Мешки под глазами напоминали почтальонские сумки, тонкие белые волосы, выбивавшиеся из-под кипы, были похожи на ниточки паутины на ветру. Седая щетина на щеках как никогда придавала ему сходство с пьяницей. Он производил впечатление человека, который не совсем понимает, где он находится и что происходит вокруг. Луис пытался найти в своем сердце хоть каплю жалости к этому старику, но жалости не было.

Белый гробик Гейджа — замок, видимо, починили — стоял на двух хромированных полозьях над могильной коробкой. Края могилы были выложены искусственным дерном такого свирепо-зеленого цвета, что он резал Луису глаза. На этом неуместно веселом и ярком газоне стояло несколько корзин с цветами. Луис оглядел кладбище поверх плеча распорядителя похорон. Этот участок располагался на низком, пологом холме, покрытом надгробиями и семейными склепами, среди которых был монумент в римском стиле с высеченным на нем именем ФИППС. Над скатом крыши ФИППСА виднелось что-то желтое. Луис смотрел и никак не мог сообразить, что это такое. Он продолжал разглядывать это странное желтое нечто, даже когда распорядитель похорон объявил: «А теперь склоним головы и почтим память усопшего тихой молитвой в наших сердцах». Лишь через пару минут Луис разгадал загадку. Бульдозер. Бульдозер, припаркованный у подножия холма, чтобы его не видели скорбящие. Когда все закончится и гроб Гейджа опустят в могилу, Оз затушит сигарету о подошву своего узясного ботинка (могильщиков и подсобных рабочих, разбрасывающих окурки на кладбище, почти всегда увольняли без промедления; окурки на кладбище — дурной тон, слишком много клиентов умерло от рака легких), заберется в кабину бульдозера, заведет свою адскую машину и засыплет Гейджа землей, навсегда отрезав его от света солнца… по крайней мере до второго пришествия, когда воскреснут мертвые во Христе.

Воскреснут, да… ты опять о воскрешении

(хотя сам, черт возьми, знаешь, что думать об этом не стоит).

Когда распорядитель похорон сказал: «Аминь», — Луис взял Рэйчел за руку и увел прочь. Она пыталась возражать — ей хотелось побыть там подольше, пожалуйста, Луис, — но Луис был тверд. Они подошли к машинам. Луис увидел, как распорядитель забирает у скорбящих черные зонты с названием похоронной конторы на ручках и передает их помощнику. Тот составлял зонты в большую подставку, которая выглядела совершенно сюрреалистично на фоне мокрого искусственного газона. Луис держал

Рэйчел под локоть правой рукой, а левой сжимал руку Элли в белой перчатке. Элли была в том же самом платье, которое она надевала на похороны Нормы Крэндалл.

Джад подошел к ним, когда Луис уже усадил своих дам в машину. Выглядел старик так, словно у него тоже была тяжелая ночь.

— Ты как, Луис? Нормально?

Луис кивнул.

Джад наклонился и заглянул в машину.

— Как вы, Рэйчел?

— Нормально, Джад, — прошептала она.

Джад бережно прикоснулся к ее плечу и повернулся к Элли.

— А ты, малышка?

— Нормально. — В подтверждение Элли продемонстрировала улыбку до ушей.

— А что там у тебя за снимок?

Сначала Луис подумал, что Элли не станет показывать фотографию Джаду, но она все-таки отдала ему карточку, хотя было видно, что девочка страшно стесняется. Джад держал снимок в своих огромных руках с неуклюжими на вид пальцами — пальцами, предназначенными для того, чтобы перебирать механизмы гигантских локомотивов или сцеплять вагоны в железнодорожном депо, — но эти же самые пальцы извлекли пчелиное жало из шеи Гейджа с отработанной ловкостью фокусника... или хирурга.

— Какая хорошая фотография, — сказал Джад. — Ты катаешь его на санках. Ему, наверное, нравилось, когда ты катала его на санках, да, Элли?

Элли кивнула и расплакалась.

Рэйчел хотела что-то сказать, но Луис сжал ее руку: *пожалуйста, помолчи.*

— Я его много катала, — произнесла Элли сквозь слезы. — А он смеялся. А потом мы возвращались домой, и мама делала нам какао и говорила: «Несите ботинки в прихожую», — и Гейдж хватал все ботинки и кричал: «Тинки! Тинки!» — так громко, что уши потом болели. Помнишь, мама?

Рэйчел кивнула.

— Да, хорошее было время, — сказал Джад, возвращая карточку Элли. — Пусть он умер, Элли, но он останется в твоей памяти.

— Я буду его помнить, — ответила она, вытирая слезы. — Я любила Гейджа, мистер Крэндалл.

— Я знаю, малышка. — Он наклонился, поцеловал Элли в щеку, а когда выпрямился, сурово посмотрел на Луиса и Рэйчел. Рэйчел нахмурилась, озадаченная и немного обиженная. Она не понимала, что означал этот взгляд. Но Луис понял сразу. *Что ты сделаешь для нее?* — вопрошали глаза старика. *Твой сын умер, но дочь-то жива. Что ты сделаешь для нее?*

Луис отвел взгляд. Он ничего не мог сделать для Элли, сейчас — ничего. Ей придется справляться с горем самой. Все мысли Луиса были заняты сыном.

42

К вечеру небо вновь затянули тучи и поднялся сильный ветер. Луис надел легкую куртку, застегнул молнию и снял с крючка на стене ключи от «сивика».

— Ты куда, Лу? — спросила Рэйчел без особого интереса. После ужина она снова расплакалась, и хотя плакала тихо, но никак не могла остановиться. Луис заставил ее принять валиум. Сейчас она сидела с газетой, раскрытой на странице с едва начатым кроссвордом. В другой комнате сидела перед телевизором Элли и тихо смотрела «Маленький домик в прериях», держа на коленях фотографию Гейджа.

— Думаю съездить за пиццей.

— А что, днем не наелся?

— Мне тогда не хотелось есть, — сказал он правду и добавил ложь: — А теперь захотелось.

В тот день, с трех до шести, в доме Кридов в Ладлоу проходили поминки по Гейджу. Ритуальная трапеза. Стив Мастертон с женой принесли запеканку из макарон с мясом. Чарлтон принесла киш. «Он может храниться сколько угодно, если его не съедят раньше, — сказала она Рэйчел. — И его легко разогреть». Денникеры, соседи с той же улицы, принесли буженину. Гольдманы тоже пришли на поминки — они не разговаривали с Луисом и даже близко к нему не подходили, что его нисколько не огорчало, — с мясными закусками и сырами. Джад тоже принес сыр — целую головку домашнего чеддера, своей любимой «крысиной радости». Мисси Дандридж пришла с лаймовым пирогом. Сурендра Харду принес яблоки. Поминки свели на нет все религиозные различия.

Это была тихая поминальная трапеза, но она не особенно отличалась от обычного приема гостей. Да, алкоголя было меньше, но он был. После нескольких кружек пива (еще вчера ночью он зарекся пить пиво отныне и впредь, но в этот холодный и хмурый день вчерашняя ночь казалась невероятно далекой) Луис подумал, а не рассказать ли гостям несколько занимательных фактов из похоронной практики, которые он узнал от дяди Карла: что на сицилийских похоронах незамужние женщины иной раз отрывают кусочек от савана покойного и кладут его под подушку, веря, что это приносит удачу в любви; что в Ирландии на похоронах иногда происходят потешные свадьбы, а покойникам связывают пальцы на ногах, потому что, по древним кельтским поверьям, это не дает духам умерших бродить по миру живых. Дядя Карл говорил, что обычай привязывать бирки к большим пальцам трупов в моргах пошел из Нью-Йорка, поскольку в самом начале все владельцы нью-йоркских моргов были ирландцами, и эти бирки — явный отголосок того суеверия. Однако, взглянув на лица гостей, Луис понял, что сейчас не самое подходящее время для подобных историй. Его просто не так поймут.

Рэйчел держалась неплохо и сорвалась лишь однажды, но рядом с ней была мать, которая поспешила ее утешить. Рэйчел прижалась к Дори Гольдман и рыдала, уткнувшись лицом ей в плечо; рыдала в голос, целиком погрузившись в свое безысходное отчаяние, рыдала так, как ни разу — с Луисом, может быть, потому, что считала их обоих виноватыми в смерти Гейджа, или, может быть, потому, что Луис, потерявшийся в призрачном мире своих собственных горестей, не был способен унять ее горе. Как бы там ни было, она обратилась за утешением к матери, и Дори утешала ее как могла, смешивая свои слезы со слезами дочери. Ирвин Гольдман стоял рядом с ними, положив руку на плечо Рэйчел, и с тошнотворным триумфом смотрел на Луиса.

Элли ходила среди гостей с серебряным подносом, на котором лежали крошечные бутерброды на шпажках. Фотографию Гейджа она держала под мышкой.

Луис принимал соболезнования. Он кивал и благодарил. И если его взгляд был отсутствующим, а манеры — холодными и сухими, люди предполагали, что он думает о прошлом, о страшной гибели сына, о будущей жизни без Гейджа, и никому (даже Джаду) не могло прийти в голову, что Луис обдумывает план действий по разграблению могилы… разумеется, чисто теоретически; он вовсе не собирался этого *делать*. Это был только способ занять свои мысли.

Он вовсе не собирался этого *делать*.

Луис остановился у маленького продуктового магазина в Оррингтоне, купил две упаковки холодного пива и позвонил в «Наполи», чтобы заказать пиццу с грибами и пепперони.

— Как мне вас записать, сэр?

Оз, Великий и Узясный, подумал Луис.

— Лу Крид.

— Хорошо, Лу. У нас сейчас вал заказов. Ваша пицца будет готова минут через сорок-сорок пять. Вас это устроит?

— Конечно, — ответил Луис и повесил трубку. Когда он садился в машину, до него вдруг дошло, что из всех двадцати пиццерий Бангора он выбрал именно ту, что была ближе всего к кладбищу, где похоронен Гейдж. *И что с того?* — смущенно подумал он. *У них отличная пицца. Только свежее тесто, никаких замороженных полуфабрикатов. Они его месят прямо при тебе, подкидывают и ловят, и Гейдж все время смеялся, когда…*

Он оборвал эту мысль.

Луис проехал мимо «Наполи» и направился к кладбищу. Почему бы туда не зайти, раз уж он рядом? Что в этом плохого? Ничего.

Он припарковал машину на другой стороне улицы, перешел дорогу и остановился перед воротами из кованого железа, которое тускло поблескивало в лучах заката. Над воротами полукругом шла надпись из металлических букв: «ОТРАДНЫЙ ВИД». С точки зрения Луиса, вид был не то чтобы отрадным, но и не безотрадным.

Кладбище живописно раскинулось на нескольких пологих холмах; проходы между участками напоминали парковые аллеи (хотя сейчас, в последних лучах заходящего солнца, густые тени деревьев казались черными и зловещими, как стоячая вода в глубоком омуте), кое-где виднелись одинокие плакучие ивы. Это было не самое тихое место. Рядом проходило шоссе — гул автотранспорта доносился сюда с каждым порывом прохладного вечернего ветра, — и в сгущавшихся сумерках на горизонте сияли огни Бангорского международного аэропорта.

Луис протянул руку к воротам с мыслью: *Они будут заперты.* Но они были открыты. Возможно, было еще слишком рано, и их запрут ближе к ночи, причем исключительно для того, чтобы защитить территорию от пьяных, вандалов и влюбленных парочек. Дни диккенсовских похитителей трупов, «воскресителей мертвых», как их называли,

(опять это слово)

давно миновали. Правая створка ворот с тихим скрежетом отворилась. Луис быстро глянул через плечо, убедился, что за ним никто не наблюдает, и вошел внутрь. Он прикрыл за собой створку и услышал щелчок замка.

Он стоял в этом скромном предместье города мертвых, осматриваясь.

Прелестный край, уединенный край, подумал Луис, *но здесь в объятиях любовных не сольешься.* Это откуда? Из Эндрю Марвелла? Сколько же у человека в голове разного бесполезного хлама?

А потом у него в голове прозвучал голос Джада, встревоженный и... испуганный? Да. Испуганный.

Луис, что ты здесь делаешь? По этой дороге уж точно ходить не стоит.

Он отогнал от себя этот голос. Если кому-то от этого будет хуже, то только ему самому. Никто даже и не узнает, что он был здесь в угасающем свете дня.

Он пошел к могиле Гейджа по узкой извилистой тропинке. Не прошло и минуты, как тропинка вывела его на аллею. Молодые листья деревьев таинственно шуршали над головой. Сердце бешено колотилось в груди, и его громкий стук отдавался в ушах.

Надгробия располагались неровными рядами. Где-то неподалеку должна быть кладбищенская контора с картой всей территории кладбища площадью двадцать акров, аккуратно разделенной на сектора, и в каждом из них обозначены занятые могилы и свободные участки. Недвижимость на продажу. Однокомнатные квартиры. Спальные места.

Совсем не похоже на Клатбище домашних жывотных, подумал Луис, и эта мысль так его удивила, что он даже остановился, чтобы обдумать ее. Да, совсем не похоже. Казалось, на кладбище домашних животных порядок каким-то неведомым образом рождается из хаоса. Эти грубые концентрические круги, сходящиеся к центру, шершавые плиты, кресты, сколоченные из досок. Как будто дети, хоронившие там своих питомцев, создавали узор, взятый из их коллективного бессознательного, как будто...

Луис вдруг подумал, что кладбище домашних животных было своего рода рекламой... вроде завлекательных представлений, которые устраивают на ярмарках. Глотатель огня выходит на улицу и дает представление бесплатно, потому что владелец цирка знает, что ты не купишь бифштекс, пока не увидишь, как он шкварчит в масле, и не выложишь денежки за билет, пока тебе не покажут...

Эти могилы, их почти друидические круги...

Могилы на кладбище домашних животных повторяли один из древнейших религиозных символов: сужавшиеся к центру круги олицетворяли спираль, ведущую в бесконечность, от порядка к хаосу или от хаоса к порядку, в зависимости от того, как работало твое сознание. Этот символ древние египтяне высекали на гробницах фараонов, финикийцы рисовали его на курганах своих павших царей; его обнаружили на стенах пещер в древних Микенах; Стоунхендж, часы для измерения времени Вселенной, был выстроен в форме спирали; Господь Бог, говоривший с Иовом в иудейско-христианской Библии, принял форму спирального вихря.

Спираль — древнейший на свете знак власти, древнейший символ извилистого моста, который, возможно, соединяет наш мир и Бездну.

Луис наконец добрался до могилы Гейджа. Бульдозер давно уехал. Искусственный дерн убрали: скатали в рулоны — рабочий, который этим занимался, тихонько насвистывал себе под нос и думал о том, как вечером будет пить пиво с друзьями в баре, — и сложили в сарай для инвентаря. Там, где лежал Гейдж, виднелся аккуратный прямоугольник голой, рыхлой земли размером пять на три фута. Надгробие еще не поставили.

Луис встал на колени. Ветер развевал его волосы. Небо было уже почти черным. По нему мчались тучи.

Никто не посветил фонариком мне в лицо и не спросил, что я здесь делаю. Ни один сторожевой пес не залаял. Ворота были не заперты. Дни «воскресителей мертвых» давно миновали. Если я приду сюда с киркой и лопатой...

Луис вздрогнул и очнулся. Это опасное заблуждение — думать, что кладбище не охраняется по ночам. Допустим, кто-то из сторожей застанет его стоящим по пояс в разрытой могиле Гейджа. Возможно, в газеты это не попадет... а может, и попадет. Возможно, ему предъявят обвинения. Но в каком преступлении? В разграблении могилы? Вряд ли. Скорее уж в злонамеренном повреждении имущества или вандализме. И пойдут слухи, не важно — в газетах или просто так. Люди станут шептаться; такую «сочную» историю просто нельзя обойти вниманием: под покровом ночи местный врач раскапывал могилу своего двухлетнего сына, недавно погибшего в результате несчастного случая на дороге. Он потеряет работу. Но даже если не потеряет, Рэйчел вряд ли выдержит такой груз, и дети начнут изводить Элли в садике. Возможно, чтобы снять с себя обвинения, ему придется пройти унизительное психиатрическое обследование.

Но я могу вернуть Гейджа к жизни! Гейдж опять будет жить!

Он действительно в это верил?

На самом деле да. Верил. Сколько раз он пытался себя убедить — и до смерти Гейджа, и после, — что Черч не умер, а просто был оглушен. Что Черч выбрался из-под земли и вернулся домой. Детская сказка с элементами ужастика — этакий Винни-По. Хозяин хоронит питомца, не зная, что тот жив. Преданный зверь выбирается из могилы и приходит домой. Замечательно. Только это неправда. Черч был *мертвым*. Микмакское кладбище вернуло его к жизни.

Луис сидел у могилы сына, пытаясь выстроить все известные ему компоненты в разумном, логичном порядке, если эта темная магия вообще допускала какую-либо логику.

Итак, Тимми Батермэн. Во-первых, верит ли Луис в эту историю? И во-вторых, что это меняет?

История была совершенно невероятной, но Луис в нее верил. Можно не сомневаться, что если место, подобное старому микмакскому кладбищу, существует (а оно существует) и если люди о нем знают (старики в Ладлоу знают), то рано или поздно кто-нибудь попытается сделать что-то подобное. Луис неплохо понимал человеческую природу, и ему с трудом верилось, что все ограничилось несколькими домашними питомцами и призовыми животными-производителями.

Ладно, но верит ли он, что Тимми Батермэн превратился в некоего всезнающего злого духа?

Этот вопрос был сложнее и больше тревожил Луиса, потому что он *не хотел* в это верить, но хорошо знал, к чему приводят подобные умонастроения.

Нет, он не хотел верить в то, что Тимми Батермэн стал злым духом, но он не позволит себе — *не может позволить* — выдавать желаемое за действительное.

Луис подумал о быке Ханратти. Джад говорил, что Ханратти сделался злобным. Тимми Батермэн тоже сделался злобным. Потом быка пристрелил тот же человек, который каким-то непостижимым образом оттащил на санях его тушу на старое микмакское кладбище. Тимми Батермэна пристрелил его собственный отец.

Но если Ханратти сделался злобным, это еще не значит, что так происходит со всеми животными. Правильно? Да. Случай с Ханратти еще ничего не доказывает; это скорее *исключение* из правила. Другие животные: пес Джада Спот, старухин попугайчик, да тот же Черч — они изменились, причем изменились заметно, но все-таки не настолько, по крайней мере в случае Спота, чтобы не дать Джаду спустя столько лет предложить своему другу...

(*воскрешение*)

Да, *воскрешение*. Разумеется, старик пытался приводить доводы, пытался быть убедительным, но запинался, и мямлил, и в целом нес сумбурную, зловещую чушь, которая никак не тянула на философское обоснование.

Можно ли отказаться от шанса, данного ему судьбой — от этого единственного, невероятного шанса, — из-за истории с Тимми Батермэном? Одна ласточка весны не делает.

Ты искажаешь все факты в пользу решения, которое хочешь принять, воспротивился голос разума. *По крайней мере скажи себе правду о Черче. Он изменился. Даже если не принимать во внимание всех этих убитых мышей и птиц — ты посмотри на него самого. Посмотри, какой он мутный... да, вот верное слово. Мутный, и этим все сказано. Тот день, когда мы запускали змея. Помнишь, каким был Гейдж в этот день? Помнишь, как он весь сиял, такой радостный и живой? Не лучше ли запомнить его таким? Или ты хочешь поднять из могилы зомби, как в плохих фильмах ужасов? Даже если не зомби, а просто умственно отсталого ребенка, который ест руками, тупо таращится в экран телевизора и никогда не научится писать свое собственное имя? Что там говорил Джад про своего пса? «Как будто моешь кусок мяса». Ты этого хочешь? Ходячий кусок мяса? И даже если ты сам сможешь с этим смириться, как ты объяснишь возвращение сына из мертвых своей жене? Своей дочери? Стиву Мастертону? Всем остальным? Что будет, когда Мисси Дандридж заглянет к вам и увидит, как Гейдж катается по двору на трехколесном велосипеде? Ты представляешь, как она закричит, Луис? Как она расцарапает ногтями свое лицо? Что ты скажешь газетчикам? Что ты скажешь съемочной группе из «Реальных людей», которые примчатся снимать фильм о твоем воскресшем сыне?*

Но действительно ли это имело значение, или то был голос трусости? Неужели он думает, что это непреодолимо? Неужели он думает, что Рэйчел не обрадуется возвращению сына?

Да, была вероятность, что Гейдж вернется... ну, скажем так, с ограниченными возможностями. Но станет ли Луис от этого любить сына меньше? Родители любят своих слепых от рождения детей, и сиамских близнецов, и детей со всевозможными умственными и физическими отклонениями. Родители рыдают в суде и просят о снисхождении к своим детям, которые выросли и стали насильниками, убийцами и мучителями.

Неужели он станет любить Гейджа меньше, даже если Гейдж будет ходить в подгузниках до восьми лет? Если худо-бедно освоит программу первого класса только к двенадцати годам? Если не освоит ее вообще? Неужели он просто откажется от своего сына, как... как от какого-нибудь уродца, когда есть возможность его вернуть?

Но Господи, Луис, ты живешь не в вакууме. Люди начнут говорить...

Он оборвал эту мысль, грубо и яростно. Сейчас его меньше всего беспокоило то, что скажут люди.

Луис взглянул на рыхлую землю на могиле сына и вздрогнул, охваченный ужасом. Неосознанно, словно пальцы двигались сами по себе, безо всякого участия с его стороны, он нарисовал на земле фигуру — нарисовал спираль.

Луис поспешно провел по земле обеими руками, стирая рисунок. Потом поднялся и направился к выходу. Он шел быстрым шагом, ощущая себя нарушителем, вторгшимся в чьи-то чужие владения. В любую минуту его могли увидеть, остановить и призвать к ответу.

Он приехал за пиццей с большим опозданием, и хотя ее держали на печи, она успела остыть, и была еле теплой, и подернулась пленкой жира, и по вкусу напоминала запеченный клей. Луис съел один кусок, а остальное выкинул в окно — прямо с коробкой — на обратном пути в Ладлоу. Обычно он не разбрасывал мусор где попало, но ему не хотелось, чтобы Рэйчел увидела дома в мусорном ведре почти нетронутую пиццу. Рэйчел могла заподозрить, что пицца была лишь предлогом и Луис ездил в Бангор совсем не за этим.

Теперь Луис задумался о времени и обстоятельствах.

Время. Время имеет большое значение, а может, и вовсе решающее. Тимми Батермэн был мертв достаточно долгое время, прежде чем отец отнес его на микмакское кладбище. *Тимми погиб девятнадцатого... Тимми похоронили — я точно не помню, — но, по-моему, двадцать второго июля. А дней через пять Марджори Уошберн... увидела, как Тимми идет по дороге.*

Ладно, допустим, что Билл Батермэн сделал то, что он сделал, через четыре дня после того, как тело сына доставили в Ладлоу...

нет. Если уж притягивать доводы за уши, то притягивать со всей силы. Скажем, через три дня. Предположим, что Тимми Батермэн вернулся из мертвых двадцать пятого июля. Таким образом, между смертью и возвращением прошло шесть дней, причем шесть — это самое меньшее. Могло быть и десять. У Гейджа прошло четыре. Время уже поджимает, но пока оно лучше, чем было у Билли Батермэна. Возможность еще не упущена. Если...

Если суметь повторить обстоятельства, при которых произошло воскрешение Черча. Черч умер в очень удобное время, верно? Семья Луиса была в Чикаго, когда Черч попал под машину. И о его смерти не знал никто, кроме самого Луиса и Джада.

Его семья была в Чикаго.

Теперь все встало на свои места.

— Ты хочешь, чтобы мы *что*? — переспросила Рэйчел, с изумлением глядя на мужа.

Была четверть десятого. Элли уже пошла спать. Рэйчел приняла еще одну таблетку валиума после того, как убрала со стола все, что осталось от приема гостей на поминках («прием гостей на поминках» — еще одна ужасная фраза, заключавшая в себе убийственный парадокс, как и «церемония прощания», но никакая другая фраза не подходила к тому, как они провели этот день), и казалась слегка заторможенной и полусонной, когда Луис вернулся из Бангора... но его предложение тут же ее разбудило.

— Чтобы вы с Элли отправились в Чикаго вместе с твоими родителями, — терпеливо повторил Луис. — Они улетают завтра. Если ты позвонишь им сейчас, а потом сразу закажешь билет, возможно, у вас получится полететь одним рейсом.

— Луис, ты что, *рехнулся*? После драки с моим отцом...

Луис заметил, что говорит преувеличенно бойко и красноречиво, что было совершенно ему несвойственно. Его охватило какое-то странное возбуждение. Он чувствовал себя вышедшим на замену футболистом, который вдруг неожиданно завладел мячом и ведет его через все поле, уворачиваясь от противников, норовящих сбить его с ног, мчится к воротам соперников, как в бреду, с удивительной ловкостью, которая бывает раз в жизни. Он никогда не умел врать и не готовился к этому «выступлению», но сейчас из него без труда изливалась смесь убедительной лжи, полуправды и вдохновенных аргументов.

— В частности, из-за той драки я и хочу, чтобы вы с Элли поехали с ними в Чикаго. Пришло время зашить эту рану, Рэйчел. Я это понял... почувствовал... в траурном зале. Когда началась драка, я пытался с ним помириться.

— Но эта поездка... Думаю, это не самая лучшая мысль, Луис. Ты нам нужен. А тебе нужны мы. — В ее глазах промелькнуло сомнение. — По крайней мере я *надеюсь*, что мы тебе нужны. И мы сейчас не в том состоянии, чтобы...

— ...чтобы здесь оставаться, — проговорил Луис с нажимом. Его лихорадило, как это бывает, когда начинается жар. — Я рад, что нужен вам, и вы мне тоже *нужны*. Но конкретно сейчас вам нельзя здесь оставаться. Гейдж здесь повсюду, везде в этом доме. Нам с тобой тяжело. Но Элли, я думаю, еще тяжелее.

Он увидел в глазах жены боль и понял, что задел ее за живое. Отчасти ему было стыдно за эту легкую победу. Во всех прочитанных им книгах о том, как справляться со смертью близких, говорилось, что первое побуждение человека, понесшего утрату, — уехать подальше от места, где это случилось... и что этому побуждению лучше не поддаваться, поскольку в конечном итоге получится только хуже, и нежелание человека примириться с новой реальностью лишь окрепнет. В книгах говорилось, что лучше всего оставаться на месте и бороться с горем на «своем поле», пока скорбь не утихнет и не превратится в светлую память. Но Луис не решился бы исполнить задуманное, если бы жена и дочка остались дома. Ему надо было избавиться от их присутствия по крайней мере на несколько дней.

— Я знаю, — сказала Рэйчел. — Он здесь... он здесь повсюду. Пока ты был в Бангоре, я передвинула диван... решила пропылесосить, чтобы отвлечься от мыслей о... от разных мыслей... и нашла под диваном четыре его машинки... они словно ждали, что он вернется и... будет с ними играть... — Ее дрожащий голос сорвался. По щекам потекли слезы. — И я приняла второй валиум, потому что опять разревелась, вот как сейчас... как в какой-то дурацкой мыльной опере, правда... обними меня, Луис. Пожалуйста.

Он обнял ее, обнял как надо, но при этом чувствовал себя самозванцем. Он уже прикидывал про себя, как использовать эти слезы для своей выгоды. *Славный парень, просто душка. Раз-два, марш вперед.*

— Сколько это будет продолжаться? — спросила она сквозь слезы. — Закончится это когда-нибудь или нет? Если бы можно было вернуть его, Луис, клянусь, я бы следила за ним лучше, и ничего бы не произошло, да, тот водитель ехал слишком быстро, но это не отменяет моей вины... нашей вины. Я не знала, что бывает такая боль. Но теперь знаю. И она возвращается снова и снова, и от нее нет спасения, Луис, от этой боли, даже когда я сплю. Он постоянно мне снится. Снится, как он бежит к дороге... и я кричу ему...

— Тише, — сказал Луис. — Рэйчел, не надо.

Она подняла к нему лицо, опухшее от слез.

— И ведь он даже не думал, что ведет себя *плохо*, Луис. Это была просто игра... грузовик появился не вовремя... Мисси Дандридж звонила, когда я еще плакала... и сказала, она прочитала в эллсуортской «Американ», что тот водитель пытался покончить с собой.

— Что?

— Он пытался повеситься у себя в гараже. Он сейчас в шоке и в глубокой депрессии, в газете написано...

— Как-то он плохо пытался, — яростно произнес Луис, но его собственный голос доносился словно издалека. Внутри все как будто заледенело. *В нем заключается сила, Луис, в этом месте... Когда-то она была полной, и боюсь, что теперь оно вновь набирает силу.* — Мой сын умер, а этот мужик освобожден под залог и впал в депрессию из-за того, что его могут лишить прав на три месяца и заставить уплатить символический штраф.

— Мисси говорит, от него ушла жена, забрала детей и ушла, — невыразительно сказала Рэйчел. — В газете об этом не писали, но Мисси узнала от какой-то своей приятельницы, у которой есть знакомые в Эллсуорте. Он не был пьяным. Не принимал никаких наркотиков. До этого случая у него не было никаких нарушений, никаких превышений скорости. Он сказал, что когда въехал в Ладлоу, ему вдруг захотелось втопить педаль в пол. Он сам не знает почему. Его словно что-то заставило.

Его словно что-то заставило.

В этом месте заключается сила...

Луис отогнал эти мысли. Нежно сжал руку жены.

— Звони родителям. Прямо сейчас. Вам с Элли лучше уехать отсюда. И как можно скорее.

— Без тебя мы никуда не поедем, — сказала Рэйчел. — Луис, я хочу, чтобы мы... мне *нужно*, чтобы мы были вместе.

— Я прилечу к вам через три дня. Ну или через четыре. — Если все получится, Рэйчел с Элли, возможно, вернутся домой уже через сорок восемь часов. — Мне нужно найти того, кто подменит меня на работе. Можно было бы взять больничный или отпуск за свой счет, но мне не хочется бросать Суррендру одного. Джад присмотрит за домом, пока нас не будет, но я хочу отключить электричество и отнести все продукты в холодильник к Дандриджам.

— Но садик Элли...

— Да черт бы с ним. Все равно осталось всего три недели. Они поймут, они знают, какие у нас обстоятельства. Ей разрешат закончить занятия пораньше. Все будет...

— Луис?

Он осекся.

— Что?

— Что ты скрываешь?

— Скрываю? — Он посмотрел на жену совершенно честными глазами. — Не понимаю, о чем ты.

— Не понимаешь?

— Нет, не понимаю.

— Ну ладно, проехали. Я сейчас им позвоню... если ты действительно этого хочешь.

— Да, — сказал он, и слово отозвалось у него в голове металлическим звоном.

— Может быть, так действительно будет лучше... для Элли. — Она подняла на него заплаканные глаза, еще слегка затуманенные после валиума. — Какой-то ты возбужденный, Луис. Как будто что-то задумал.

Не дожидаясь ответа, она подошла к телефону и позвонила в гостиницу, где остановились ее родители.

Гольдманы были в восторге от предложения Рэйчел. Гораздо меньше им понравилась мысль о том, что дня через три или четыре к ним присоединится Луис, но, разумеется, им вовсе не стоило беспокоиться по этому поводу. Луис не собирался лететь в Чикаго. Пока что все шло по плану, и теперь могло помешать только отсутствие билетов на самолет. Однако удача не изменила ему и здесь. На рейс «Дельты» Бангор — Цинциннати еще были свободные места. Нашлось и два места на рейс Цинциннати — Чикаго. Кто-то в последний момент отменил бронь. Это значило, что Рэйчел и Элли полетят вместе с Гольдманами только до Цинциннати, но все равно прибудут в Чикаго лишь на час позже.

Словно по волшебству, подумал Луис, вешая трубку. И голос Джада немедленно отозвался у него в голове: *Когда-то она была полной, сила этого места, и боюсь, что теперь...*

Иди в задницу, мысленно выругался Луис. *За последние десять месяцев со мной много странного приключилось, друг мой. Но поверить в то, что какой-то колдовской клочок земли может влиять на наличие авиабилетов?! Извини, не могу.*

— Пойду собираться, — произнесла Рэйчел, изучая информацию от авиакомпании, которую Луис записал в блокноте, лежавшем у телефона.

— Возьми только один большой чемодан, — сказал Луис.

Она изумленно посмотрела на него:

— Для нас обеих?! Луис, ты шутишь!

— Ладно, возьми еще пару сумок. Только не надрывайся и не набирай вещей на три недели вперед, — сказал он и добавил про себя: *Тем более что, возможно, уже очень скоро ты вернешься в Ладлоу.* — Возьми столько, чтобы хватило на семь — десять дней. У тебя есть чековая книжка и кредитная карта. Если что-то понадобится, купишь там.

— Но мы не можем себе позволить... — начала она с сомнением. Похоже, теперь она сомневалась во всем и пребывала в полном замешательстве. Он вспомнил ее странное, повисшее в воздухе замечание о «виннебаго», который он собирался купить несколько лет назад.

— У нас есть деньги, — сказал он.

— Ну... наверное, если понадобится, можно будет воспользоваться счетом Гейджа, хотя на переоформление уйдет день-два и обналичить вексель получится только через неделю...

Ее лицо снова скривилось, глаза заблестели. Луис обнял жену. *Она права. Боль никуда не уходит. Она повсюду, и она тебя не отпускает.*

— Рэйчел, не надо. Не плачь.

Но она, конечно, расплакалась. А как иначе?

Рэйчел ушла наверх собираться, и тут зазвонил телефон. Луис схватил трубку, подумав, что это, наверное, кто-то из «Дельты». Звонят сообщить, что произошла досадная ошибка и билетов на ближайшие рейсы нет. *Надо было догадаться, что все идет слишком гладко.*

Но это был не оператор из «Дельты». Это был Ирвин Гольдман.

— Я позову Рэйчел, — сказал Луис.

— Нет. — И тишина. *Наверное, сидит и решает, как тебя обозвать для начала.*

Когда Гольдман все-таки заговорил, его голос был напряженным. Он как будто выталкивал из себя слова, преодолевая могучее внутреннее сопротивление.

— Я хочу поговорить с тобой. Дори хотела, чтобы я позвонил и извинился за мое... за мое поведение. Наверное... Луис, наверное, я и сам тоже хотел извиниться.

Господи, Ирвин! Как благородно! Уссаться можно!

— Вам не за что извиняться, — проговорил Луис сухим, механическим голосом.

— Я вел себя непростительно, — сказал Гольдман. Теперь он уже не выталкивал слова, а как будто *отхаркивал* их. — Твое предложение, чтобы Рэйчел и Эйлин поехали к нам, открыло мне глаза. Ты повел себя благородно, а я... недостойно.

В этих словах было что-то знакомое, что-то очень знакомое...

Потом Луис понял, что именно, и скривился, как будто съел лимон. Точно так же Рэйчел говорила: *Прости, что я была такой стервой*, — когда этой самой стервозностью добивалась, чего хотела. Сама она этого не замечала, но Луис замечал. И сейчас он слышал тот же голос — лишенный живости и мягкости Рэйчел, но все равно тот же голос. *Прости, что я был такой сволочью, Луис.*

Старик вернул себе дочь и внучку; они сбежали из дома в Мэне, сбежали к папочке. Благодаря «Дельте» и «Юнайтед эйрлайнз» они возвращаются туда, где, с точки зрения Ирвина Гольдмана, им и положено быть. Теперь можно позволить себе проявить великодушие. Как это виделось Ирвину Гольдману, он победил. *Так что, Луис, забудем, как я избивал тебя у гроба твоего сына, как я пинал тебя ногами, когда ты лежал на полу, как я опрокинул гроб, и он приоткрылся, и ты в последний раз мельком увидел — или подумал, что видишь — руку своего ребенка. Давай все забудем. Кто старое помянет, тому глаз вон.*

Вот старый козел. Как бы жутко это ни звучало, но я прямо сейчас пожелал бы тебе умереть на месте, если бы это не помешало моим планам.

— Все в порядке, мистер Гольдман, — сказал он ровным голосом. — Это был... очень тяжелый день для всех нас.

— Нет, все *не в порядке*, — возразил Гольдман с нажимом, и Луис понял (хотя ему очень этого не хотелось), что тесть не просто налаживает «дипломатические отношения», что он извиняется за свое отвратительное поведение вовсе не потому, что добился желаемого. Старик чуть не плакал, его голос дрожал по-настоящему. — Это был *ужасный* день для всех нас. Из-за меня. Из-за старого упрямого осла. Я сделал больно собственной дочери, когда она так нуждалась в моей помощи и поддержке... Я сделал больно тебе, Луис, хотя ты, может быть, тоже нуждался в моей помощи и поддержке. И то, что ты сделал потом... после всего, что сделал *я*... я себя чувствую просто ничтожеством. Наверное, именно так я и *должен* себя чувствовать.

Пусть он замолчит, пусть замолчит прямо сейчас, пока я не начал на него орать и не испортил все дело.

— Рэйчел, наверное, тебе говорила, что у нас была еще одна дочь...

— Зельда, — сказал Луис. — Да, она мне рассказывала о Зельде.

— Это было трудно, — проговорил Гольдман все тем же дрожащим голосом. — Трудно для всех нас. И, наверное, труднее всего было Рэйчел... Рэйчел была дома, когда Зельда умерла... но и нам с Дори было непросто. У Дори едва не случился нервный срыв...

А у Рэйчел, по-твоему, его не случилось? — чуть не выкрикнул Луис. *Думаешь, у ребенка не может быть нервного срыва? Прошло уже двадцать лет, а она до сих пор вздрагивает при любом упоминании о смерти. А теперь еще это... весь этот ужас... наш собственный сын... Я бы сказал, это чудо, что она сейчас не в больнице под капельницей. Так что не надо рассказывать мне, как вам с женой было трудно, старый козел.*

— После смерти Зельды мы с Дори... наверное, мы слишком оберегали Рэйчел... мы хотели ее защитить... и компенсировать случившееся. Компенсировать ее проблемы со... спиной... которые растянулись на несколько лет. Компенсировать то, что нас не было рядом, когда это случилось.

Да, старик действительно плакал. Спрашивается — зачем? Теперь Луису было труднее его ненавидеть. Однако «трудно» не значит «невозможно». Он умышленно вызвал в памяти образ Гольдмана, лезущего в карман за всемогущей чековой книжкой... но вдруг увидел у него за спиной Зельду Гольдман, неупокоенный призрак в вонючей постели, с бледным лицом, искаженным от боли и злости, с пальцами, скрюченными наподобие когтей. Фамильный призрак Гольдманов. Оз, Великий и Узясный.

— Пожалуйста, — сказал Луис. — Пожалуйста, мистер Гольдман. Ирвин. Больше не надо. Давайте не будем усугублять.

— Теперь я понимаю, что ошибался в тебе, Луис. Ты хороший человек. Послушай, я знаю, о чем ты думаешь. Я не такой глупый. Глупый, да, но не *настолько*. Ты думаешь, я говорю все это потому, что теперь могу это сказать, ты думаешь, да, он добился своего, и однажды он уже пытался меня купить, но... но, Луис, клянусь...

— Не надо, — тихо произнес Луис. — Я не могу... я больше не выдержу. — Теперь его голос тоже дрожал. — Хорошо?

— Хорошо. — Гольдман вздохнул. Луис подумал, что это был вздох облегчения. — Но позволь мне сказать еще раз: я извиняюсь. Можешь не принимать моих извинений. Но я позвонил тебе, Луис, чтобы извиниться. И я извиняюсь.

— Хорошо. — Луис закрыл глаза. У него разболелась голова. — Спасибо, Ирвин. Ваши извинения приняты.

— Спасибо *тебе*, — сказал Гольдман. — И спасибо, что ты... разрешил им уехать. Может быть, это именно то, что им нужно. Мы будем ждать их в аэропорту.

— Хорошо, — отозвался Луис, и ему в голову вдруг пришла одна мысль, совершенно безумная и в то же время предельно нормальная и тем привлекательная. Что было, то прошло... А ведь можно и вправду забыть о прошлом и оставить Гейджа лежать в могиле на бангорском кладбище. Вместо того чтобы пытаться открыть захлопнувшуюся дверь, можно запереть ее на замок и выбросить ключ. Да, так он и поступит. Именно так, как сказал жене: доделает здесь все дела и прилетит в Чикаго. Может быть, они останутся там на все лето, он, жена и дочь. Они будут ходить в зоопарк и планетарий, будут кататься на лодке по озеру. Он сводит Элли на Сирс-тауэр и покажет ей расстилающийся под ними Средний Запад, похожий на огромную плоскую игровую доску, мечтательный и роскошный. А потом, в середине августа, они вернутся сюда, в этот дом, который теперь кажется таким печальным и мрачным, и попробуют начать все сначала. Может быть, они сумеют. Сумеют перевернуть эту кошмарную страницу, забрызганную засыхающей кровью, и начать все с чистого листа.

Но не значит ли это, что он убьет своего сына? Убьет его еще раз?

Внутренний голос пытался спорить, но Луис не стал слушать. Заткнул его сразу.

— Ирвин, мне надо идти. Хочу убедиться, что Рэйчел собрала все, что нужно, а потом уложить ее спать.

— Хорошо. До свидания, Луис. И еще раз...

Если он еще раз попросит прощения, я закричу.

— До свидания, Ирвин, — сказал он и повесил трубку.

Когда Луис поднялся наверх к Рэйчел, комната напоминала разгромленный магазин одежды. Блузки — горой на кровати, бюстгальтеры — на спинках стульев, брюки — на вешалках, прицепленных к дверной ручке. Под окном выстроились в ряд туфли, как солдаты на плацу. Рэйчел собиралась медленно, но основательно. Луис уже понял, что вещей наберется чемодана на три (если не на четыре), но не видел смысла спорить с женой. Вместо этого он принялся ей помогать.

— Луис, — произнесла она, когда они закрыли последний чемодан (Луису пришлось сесть на него, чтобы Рэйчел смогла застегнуть замки), — ты ничего не хочешь мне сказать?

— Господи, Рэйчел, ты *о чем*?

— Я не знаю, — отозвалась она ровным голосом. — Потому и спрашиваю.

— Что я, по-твоему, собрался сделать? Ломануться в бордель? Сбежать с бродячим цирком? Что?

— Я не знаю. Но все как-то неправильно. У меня такое ощущение, что ты пытаешься нас сплавить.

— Рэйчел, это *смешно*! — проговорил он с горячностью, в которой сквозило раздражение. Ему было досадно, что его так легко раскусили.

Рэйчел улыбнулась бледной улыбкой.

— Ты никогда не умел врать, Луис.

Он снова принялся возражать, но она перебила его:

— Элли приснилось, что ты умер. Вчера ночью. Она проснулась в слезах, и я легла с ней. Проспала у нее часа два или три, а потом вернулась к тебе. Она сказала, что в этом сне ты сидел за кухонным столом с открытыми глазами, но она знала, что ты мертвый. И еще она слышала, как кричит Стив Мастертон. Она так сказала.

Луис испуганно посмотрел на жену.

— Рэйчел, — наконец сказал он, — у нее только что умер брат. И это, в общем, нормально, что ей снятся сны, будто и другие члены семьи...

— Да, я тоже об этом подумала. Но то, как она это рассказывала... с подробностями... как будто это был вещий сон. — Рэйчел невесело рассмеялась. — Может, у меня просто богатое воображение.

— Да, вполне может быть, — сказал Луис.

Как будто это был вещий сон.

— Давай ляжем вместе, — сказала Рэйчел. — Действие валиума прошло, и я не хочу принимать его снова. Но мне страшно. Мне и самой снятся сны...

— Что тебе снится?

— Зельда, — ответила она прямо. — После смерти Гейджа мне уже несколько раз снилась Зельда. Вот и последние две ночи... Она говорит, что пришла за мной и что на этот раз она меня заберет. Они с Гейджем оба меня заберут. За то, что я позволила им умереть.

— Рэйчел, это...

— Я знаю. Всего лишь сон. И это, в общем, нормально. Но все равно ляг со мной, Луис, и прогони этот сон, если можешь.

Они лежали в темноте, тесно прижавшись друг к другу, на половине кровати Луиса.

— Рэйчел, ты спишь?

— Еще нет.

— Хочу задать тебе один вопрос.

— Задавай.

Он на секунду замялся, не желая причинить жене новую боль, но ему надо было спросить.

— Помнишь, как он нас перепугал, когда ему было девять месяцев?

— Конечно, помню. А что?

Когда Гейджу было девять месяцев, Луиса сильно тревожил размер черепа сына. Он значительно превышал все пределы, указанные в таблице с нормами окружности головы в соответствии с месяцем жизни ребенка. К четырем месяцам череп Гейджа приблизился к верхнему краю нормы, а потом перевалил через него. Гейдж без проблем держал голову — если бы были проблемы, то все стало бы ясно сразу, — так что поводов для беспокойства вроде бы не имелось, но Луис все равно показал сына Джорджу Тардиффу, возможно, лучшему неврологу на всем Среднем Западе. Рэйчел, конечно, спросила, что не так с Гейджем, и Луис сказал ей правду: он боялся, что у сына гидроцефалия. Рэйчел вся побелела, но держалась спокойно.

— Мне кажется, он нормальный, — сказала она.

Луис кивнул:

— Мне тоже так кажется. Но лучше проверить, на всякий случай. Я хочу убедиться, что все нормально.

— Да, — ответила она. — *Мы* должны убедиться.

Тардифф измерил голову Гейджа и нахмурился. Ткнул двумя пальцами в лицо Гейджа, «забодаю-забодаю». Гейдж отпрянул. Тардифф улыбнулся. У Луиса слегка отлегло от сердца. Тардифф вручил Гейджу мячик. Гейдж подержал его и уронил. Тардифф поднял мячик и принялся стучать им о пол, наблюдая за Гейджем. Гейдж следил взглядом за мячиком.

— Я бы сказал, вероятность того, что у него гидроцефалия, пятьдесят на пятьдесят, — объявил Тардифф Луису чуть позже у себя в кабинете. — Нет... на самом деле чуть больше пятидесяти. Но даже если она и присутствует, то в легкой форме. Реакции у него нормальные. Сейчас у нас новые методы, очень хорошие. Проблема решается простым шунтированием... если вообще *есть* проблема.

— Шунтирование — все равно хирургическое вмешательство, — сказал Луис. — Операция на головном мозге.

— *Малая* операция.

Луис изучил этот вопрос сразу после того, как его обеспокоил размер головы Гейджа, и мозговое шунтирование — операция по откачке излишней жидкости, — с *его* точки зрения, было вовсе не малостью. Но он промолчал, убеждая себя, что надо быть благодарным судьбе за саму возможность такой операции.

— Разумеется, — продолжал Тардифф, — велика вероятность того, что у вашего сына просто очень большая голова для девятимесячного ребенка. Думаю, для начала ему надо сделать компьютерную томографию. Вы согласны?

Луис был согласен.

Гейдж провел ночь в Больнице сестер милосердия, а на следующий день ему сделали общий наркоз. Пока он спал, его голову поместили внутрь прибора, похожего на огромную сушилку. Луис и Рэйчел ждали внизу, а Элли провела день у дедушки с бабушкой, где без остановки смотрела «Улицу Сезам» на новом дедушкином видеомагнитофоне. Для Луиса часы ожидания тянулись долго, и все это время он перебирал в голове всевозможные ужасы и вероятные последствия. Смерть под общим наркозом, смерть в ходе шунтирования, задержка в развитии из-за гидроцефалии, умственная отсталость, эпилепсия, слепота... всякое могло случиться. *Полный список катастрофических осложнений можно получить у лечащего врача*, подумал он тогда.

Тардифф вышел к ним около пяти часов. Он принес три сигары. Одну он сунул в рот Луису, вторую — Рэйчел (она так удивилась, что даже не стала протестовать), а третью — себе.

— С мальчиком все хорошо. Гидроцефалии нет.

— Зажгите мне эту штуку, — сказала Рэйчел, смеясь и плача одновременно. — Я буду курить, пока меня не стошнит.

Тардифф расплылся в улыбке и поднес огонек к ее сигаре.

Бог берег его для шоссе номер 15, доктор Тардифф, подумал Луис теперь.

— Рэйчел, а если бы у него *была* гидроцефалия, если бы шунтирование не дало результатов... ты бы все равно его любила?

— Ну и вопрос, Луис!

— Так *что*?

— Да, конечно. Я любила бы Гейджа каким угодно.

— Даже если бы он был умственно отсталым?

— Да.

— Ты бы не захотела отдать его в интернат?

— Нет, не думаю, — медленно проговорила она. — С теми деньгами, что ты сейчас получаешь, мы бы, наверное, смогли себе это позволить... в смысле, найти ему очень хороший интернат... но я бы не стала его отдавать, я бы оставила его с нами... Луис, а почему ты об этом спросил?

— Ну, наверное, у меня никак не идет из головы твоя сестра Зельда, — ответил Луис и вновь поразился своей бойкости. — И я подумал... смогла бы ты пройти через это еще раз?

— С Гейджем все было бы по-другому, — сказала Рэйчел и даже почти улыбнулась. — Гейдж был... ну, Гейдж — это Гейдж. Наш сын. Вот в чем разница. Да, это было бы тяжело, но... а *ты* захотел бы отправить его в интернат? В лечебницу типа «Соснового бора»?

— Нет.

— Давай спать.

— Хорошая мысль.

— Кажется, теперь я *смогу* заснуть, — сказала Рэйчел. — Хочется, чтобы этот день наконец кончился.

— Согласен, — отозвался Луис.

Чуть позже она сонно проговорила:

— Да, Луис, ты прав... всего лишь сны и химеры...

— Конечно, — согласился он и поцеловал ее в мочку уха. — Спи.

Как будто это был вещий сон.

Сам Луис еще долго не мог заснуть, и луна, глядевшая в окно спальни, была похожа на изогнутую кость.

43

Следующий день выдался хмурым и облачным, но очень теплым, и Луис вспотел, пока сдавал в багаж чемоданы Рэйчел и Элли и получал их билеты. Он был рад, что ему есть чем заняться, чтобы не зацикливаться на воспоминаниях о том, как он в последний раз провожал семью в Чикаго накануне Дня благодарения.

Элли казалась слегка отрешенной и странной. Сегодня утром Луис уже несколько раз замечал на лице дочери выражение необычной задумчивости.

У тебя разыгрался комплекс конспиратора, приятель, сказал он себе.

Она ничего не ответила, когда ей сообщили, что они едут в Чикаго, возможно, на все лето: сначала вдвоем с мамой, а папа приедет чуть позже. Элли молча доела свой завтрак (шоколадные хлопья-медвежата), а потом молча поднялась наверх и надела платье и туфли, которые ей приготовила Рэйчел. Она взяла с собой в аэропорт фотографию Гейджа на санках и тихо сидела на пластиковом стуле в зале ожидания, пока Луис стоял в очереди за билетами, а по громкоговорителю объявляли вылеты и прибытия.

Мистер и миссис Гольдман приехали за сорок минут до вылета. Ирвин Гольдман был весьма элегантен (и, похоже, нисколечко не вспотел) в своем кашемировом пальто, не очень уместном в такую теплую погоду; он пошел к стойке «Ависа», чтобы сдать машину, а Дори Гольдман осталась с Рэйчел и Элли.

Луис и Гольдман присоединились к ним одновременно. Луис слегка опасался, что тесть разыграет проникновенную сцену *«сын мой, сын мой»*, но все обошлось. Гольдман ограничился вялым рукопожатием и невнятным приветствием. Быстрый, смущенный взгляд, брошенный им на зятя, подтвердил догадку, с которой Луис проснулся сегодня утром: вчера вечером Гольдман был пьян.

Они поднялись на эскалаторе и сели в зале у выхода на посадку. Они почти не разговаривали. Дори Гольдман вертела в руках роман Эрики Йонг, но так и не открыла книжку. Она то и дело нервно поглядывала на фотографию, которую держала Элли.

Луис спросил у дочери, не хочет ли она прогуляться до книжного магазинчика и взять что-нибудь почитать в самолете.

Элли смотрела на него все с тем же задумчивым видом. Луису это не нравилось. Его это пугало.

— Слушайся дедушку с бабушкой, — сказал он по пути к магазинчику.

— Да, — отозвалась она. — Папа, а меня не заберет полицейский? Энди Пасьоса говорит, что есть специальный полицейский, он забирает детей, которые прогуливают занятия.

— Не бойся, никто тебя не заберет, — заверил Луис. — Я все улажу в саду, а осенью ты уже пойдешь в школу.

— Надеюсь, мне там понравится, — сказала Элли. — Я ведь еще никогда не ходила в школу. В садик ходила, а в школу — нет. Даже не знаю, что дети там делают. Домашние задания, да?

— Все будет хорошо, вот увидишь.

— Папа, а ты еще бесишься на дедушку?

Луис уставился на нее.

— Почему ты решила, что я... что я не люблю твоего дедушку, Элли?

Она пожала плечами, словно этот вопрос был ей не так уж и интересен.

— Когда ты о нем говоришь, у тебя всегда такой вид, будто ты на него бесишься.

— Элли, это нехорошее слово.

— Извини.

Она посмотрела на него все тем же странным, задумчивым взглядом, а потом отвернулась и принялась изучать детские книжки: Мерсер Майер, Морис Сендак, Ричард Скарри, Беатрис Поттер и старый добрый Доктор Сьюз. *Как они все это узнают? Или они просто знают? Что еще знает Элли? И как эти знания на ней отразятся? Элли, что скрывается за твоим бледным личиком? Бесишься на дедушку... Господи!*

— Можно, я возьму эти две, папа? — Она держала в руках книжку Доктора Сьюза и еще одну книжку, которую Луис не видел со времен своего детства: историю о маленьком Черном Самбо, который отдал тиграм свой яркий наряд.

Я думал, ее давно уже не издают, удивился Луис.

— Да, — ответил он, и они встали в короткую очередь к кассе. — Мы с твоим дедушкой замечательно ладим, — добавил он и опять вспомнил, как мама ему говорила, что если женщина очень хочет ребенка, она «находит» его. Он вспомнил, как клялся себе никогда не лгать своим детям. За последние несколько дней он изрядно поднаторел в искусстве вранья, но сейчас ему не хотелось об этом думать.

— Угу, — отозвалась она и опять замолчала.

От этого молчания Луису стало не по себе. Чтобы нарушить его, он сказал:

— Как думаешь, в Чикаго тебе будет весело?

— Нет.

— Почему нет?

Она посмотрела на него все с той же мрачной задумчивостью.

— Я боюсь.

Он погладил ее по голове.

— Боишься? Чего, солнышко? Ты же не боишься летать на самолетах, да?

— Летать не боюсь, — сказала она. — Я сама не знаю, чего боюсь. Папа, мне снилось, что мы были на похоронах Гейджа, и там был такой похоронный дяденька, он открыл гроб, и гроб был пустой. Потом мне приснилось, что я уже дома и смотрю на кроватку Гейджа, и она тоже пустая. Но в ней была грязь.

Лазарь, иди вон.

В первый раз за несколько месяцев Луису вспомнился сон, который приснился ему после смерти Паскоу, — тогда он проснулся с грязными ногами и постель тоже была вся в грязи и сосновых иголках.

Волосы у него на затылке зашевелились.

— Это всего лишь сны, — сказал он Элли, и его голос звучал нормально. По крайней мере на его собственный слух. — Это пройдет.

— Я хочу, чтобы ты полетел с нами, — умоляла она, — или чтобы мы остались. Давай мы останемся, папа! Пожалуйста! Я не хочу ехать к дедушке с бабушкой... Я хочу в садик. Ладно?

— Это все ненадолго, Элли. Мне нужно... — он тяжело сглотнул, — сделать кое-какие дела, и потом я сразу приеду к вам. А там уж все вместе решим, что делать дальше.

Он ждал, что она будет спорить, может быть, даже изобразит свою фирменную вспышку гнева. Наверное, он даже хотел чего-то такого: все, что угодно, лишь бы не это пугающее, непонятное молчание. Но Элли молчала. Он мог бы спросить ее о чем-то еще, но не решился. Она и так сказала ему больше, чем он хотел услышать.

Вскоре после того как они с Элли вернулись в зал, объявили их рейс. Рэйчел с Элли и Гольдманы встали в очередь на посадку. Луис обнял жену и крепко поцеловал. Она на мгновение прижалась к нему, а потом отпустила, и он подхватил Элли на руки и чмокнул ее в щечку.

Элли смотрела на него все так же серьезно и странно.

— Я не хочу уезжать, — проговорила она так тихо, что только Луис расслышал ее слова в гомоне пассажиров, стоявших в очереди на посадку. — И не хочу, чтобы мама уезжала.

— Элли, да ладно тебе, — сказал Луис. — Все будет хорошо.

— Со мной — да, а с тобой? Папа, что будет с тобой?

Очередь начала двигаться. Стоявшие впереди уже выходили в посадочный коридор, ведущий к самолету. Рэйчел взяла Элли за руку и повела за собой, но та на мгновение заупрямилась, задерживая очередь. Она не сводила взгляда с Луиса, а он вспоминал ее последнюю вспышку ярости, вспоминал, как она топала ногами и кричала.

— Папа?

— Иди, Элли. Пожалуйста.

Рэйчел посмотрела на дочь и только теперь, в первый раз, заметила ее мрачный, задумчивый взгляд.

— Элли? — спросила она встревоженно и, как показалось Луису, немного испуганно. — Доченька, ты задерживаешь всю очередь.

Губы Элли задрожали и побледнели. Потом она отвернулась и дала матери увести себя в посадочный коридор. Она оглянулась, и Луис увидел в ее глазах неприкрытый ужас. Он помахал ей рукой, старательно изображая веселье.

Элли не помахала в ответ.

44

Луис вышел из здания аэропорта с холодной головой, очень четко осознавая, что все-таки доведет начатое до конца и исполнит задуманное. Он сделает все как надо. Он всегда соображал очень неплохо, и это позволило ему закончить медицинский колледж преимущественно на стипендию и на те деньги, которые жена зарабатывала в закусочной, где трудилась шесть дней в неделю с пяти до одиннадцати утра. Луис умел видеть проблему, разбирать ее на составляющие, анализировать их и находить правильное решение. Это всегда помогало ему на экзаменах. Сейчас ему предстояло сдать еще один экзамен — самый важный экзамен в жизни. И Луис был твердо намерен сдать его на «отлично».

Он поехал в Брюэр, маленький город рядом с Бангором, на другом берегу реки Пенобскот. Поставил машину напротив хозяйственного магазина, перешел дорогу и вошел внутрь.

— Ищете что-то конкретное? — спросил продавец.

— Да, — ответил Луис. — Мне нужен мощный фонарь... лучше прямоугольный... и что-то, чем его можно прикрыть.

Продавец — невысокий щуплый мужчина с высоким лбом и колючими глазами — улыбнулся, но не особенно дружелюбно.

— Браконьерить собираетесь?

— Прошу прощения?

— Говорю, намечается ночной браконьерский отстрел оленей?

— Ни в коем случае, — ответил Луис без улыбки. — У меня нет лицензии на браконьерство.

Продавец моргнул и решил рассмеяться.

— Иными словами, не суйся не в свое дело, да? В общем, смотрите... на больших фонарях нет колпачков, но можно взять кусок фетра и проколоть дырочку в середине. Луч получится узким, как у тонкого фонарика.

— Да, так сгодится. Спасибо.

— Всегда пожалуйста. Еще что-нибудь?

— Да, — сказал Луис. — Мне нужна кирка, лопата и заступ. Заступ с длинной ручкой, лопата — с короткой. Восемь футов веревки. Пара рабочих перчаток. Кусок брезента, наверное, восемь на восемь футов.

— Имеется, — ответил продавец.

— Мне надо выкопать выгребную яму. Кажется, я нарушаю какое-то там районное постановление, а соседи у нас бдительные и скандальные. Не знаю, поможет прикрытый фонарь или нет, но попробовать стоит. Иначе мне выставят немалый штраф.

— Ага, — сказал продавец. — И не забудьте прищепку для носа, когда будете там копаться.

Луис покорно рассмеялся. Общая сумма составила пятьдесят восемь долларов шестьдесят центов. Он расплатился наличными.

Когда выросли цены на бензин, Луис почти перестал ездить на микроавтобусе. У старого динозавра разбились подшипники колес, их давно пора было менять, но Луис все никак не мог собраться отдать машину в ремонт. Отчасти из-за того, что не хотел расставаться с двумя сотнями долларов, но в основном ему просто было лень возиться. И теперь, когда микроавтобус действительно понадобился, Луис не мог им воспользоваться — не хотел рисковать. Ему было не очень уютно от мысли, что придется возвращаться в Ладлоу на «сивике» с лопатой, заступом и киркой. У Джада Крэндалла зоркие глаза, и мозги у него работают как надо. Он сразу поймет, что к чему.

Потом ему вдруг пришло в голову, что возвращаться в Ладлоу вовсе не обязательно. Он поехал обратно в Бангор и снял номер в мотеле «Ховард Джонсон» на Олдин-роуд — опять же недалеко от аэропорта и кладбища, где был похоронен его сын. Назвался Д. Д. Рамоуном и расплатился наличными.

Он попытался вздремнуть, рассудив, что надо как следует отдохнуть перед ночными трудами. Сегодня ночью ему предстояло совершить безумный, *дикий* поступок, выражаясь языком викторианских романов.

Но его мозг никак не хотел отключаться.

Подложив руки под голову, Луис лежал на безликой кровати в гостиничном номере, под невзрачной картиной с живописными кораблями, стоящими у живописного причала в живописной новоанглийской гавани. Он лег не раздеваясь, снял только ботинки, а ключи и бумажник выложил из кармана на тумбочку у кровати. Он по-прежнему ощущал внутренний холод и чувствовал себя оторванным от всего: от дорогих ему людей, от мест, ставших знакомыми и родными, даже от своей работы. Это мог быть любой «Ховард Джонсон» в любой точке мира — в Сан-Диего, Дулуте, Бангкоке или Шарлотте-Амалии. Он был везде и нигде, и ему в голову вдруг пришла странная мысль: прежде чем он снова увидит эти знакомые места и лица, он увидит своего сына.

Он перебирал в голове все детали своего плана. Вертел его так и этак, рассматривая со всех сторон, проверяя на прочность и выискивая уязвимые места. У него было чувство, что он и вправду идет по шаткому узкому мостику над бездной безумия. Безумие было повсюду, оно шелестело, как мягкие крылья ночных охотников-сов с огромными золотистыми глазами: он шел прямо в безумие.

Голос Тома Раша отозвался у него в голове задумчивым эхом: *О, смерть, какие холодные у тебя руки... я чувствую их у себя на коленях... ты забрала мою мать... а когда ты вернешься за мной?*

Безумие. Безумие рядом, повсюду, все ближе и ближе.

Он шел по узкому мостику здравого смысла, он прорабатывал свой план.

Сегодня около одиннадцати вечера он раскопает могилу сына, достанет тело из гроба, завернет Гейджа в брезент и погрузит в багажник «сивика». Положит гроб на место и засыплет могилу землей. А потом вернется в Ладлоу, вытащит из багажника тело Гейджа и... пойдет прогуляется. Да, пойдет прогуляется на природе.

Если Гейдж вернется, тут есть два варианта. Либо он вернется самим собой, может, чуть-чуть заторможенным, вялым или даже умственно неполноценным (только в самых потаенных глубинах души Луис позволял себе надеяться, что Гейдж вернется нормальным, точно таким же, как был, — ведь такая возможность не исключена, правда?), но все равно прежним Гейджем, его сыном, сыном Рэйчел, братом Элли.

Либо из леса вернется не Гейдж, а чудовище в облике Гейджа. После всех странных и жутких событий последних месяцев Луис уже не отвергал мысль о чудовищах, демонах, бесплотных злых духах из потустороннего мира, способных вселиться в воскресшее тело, расставшееся со своей изначальной душой.

В любом случае они с сыном будут одни. И он...

Я поставлю диагноз.

Да. Именно так он и поступит.

Я поставлю диагноз не только его телу, но и душе. С поправкой на травму после несчастного случая, который он может помнить, а может и не помнить. Имея перед собой пример Черча, я буду готов к проявлениям умственной отсталости, как в легкой степени, так и в тяжелой. Я оценю, есть ли возможность вернуть Гейджа в семью, исходя из того, как он проявит себя за период от двадцати четырех до семидесяти двух часов. И если урон будет слишком большим — или если он вернется таким же, как Тимми Батермэн, не человеком, а злом в облике человека, — я его убью.

Как врач он чувствовал, что способен убить Гейджа, если тот будет лишь оболочкой для чего-то иного. Его не остановят никакие мольбы и уловки. Он убьет это *нечто*, как убил бы крысу — разносчицу бубонной чумы. И не надо делать из этого трагедию. Одна таблетка. Ну, может быть, две или три. Если необходимо — укол. В его докторской сумке есть морфий. Следующей ночью он опять проберется на кладбище и вернет бездыханное тело в могилу, вновь положившись на свою удачу (*ты еще не знаешь, повезет ли тебе в первый раз*, напомнил он себе). Да, удобнее и безопаснее было бы отнести тело на Клатбище домашних жывотных. Луис думал об этом, но решил, что не хочет, чтобы его сын лежал там. На то было много причин. Лет через пять, десять и даже двадцать какой-нибудь ребенок придет туда похоронить своего питомца и случайно наткнется на останки — вот одна из причин. Но основная причина была намного проще. Клатбище домашних жывотных... оно находилось слишком близко.

Завершив перезахоронение, он полетит в Чикаго и присоединится к семье. Ни Рэйчел, ни Элли никогда не узнают о его неудавшемся эксперименте. Им вовсе не обязательно об этом знать.

Но если все будет так, как надеялся Луис — вложив в эту отчаянную надежду всю любовь к своему сыну, — они с Гейджем уедут отсюда, как только закончится период проверки. Уедут тихонько, под покровом ночи. Он возьмет с собой все документы и уже никогда не вернется в Ладлоу. Они с Гейджем остановятся на ночь в мотеле — может быть, в этом же самом.

На следующее утро он снимет деньги со всех счетов, переведет их в дорожные чеки «Американ экспресс» (*отправляясь в дорогу с воскресшим сыном, непременно возьмите дорожные чеки*, подумал он), а часть оставит наличными. Они с Гейджем возьмут билеты на самолет и полетят куда-нибудь... скорее всего во Флориду. Оттуда он позвонит Рэйчел, скажет ей, где он, скажет, чтобы взяла Элли и летела к нему, не сообщая отцу и матери, куда едет. Луис был уверен, что сможет ее убедить сделать так, как он просит. *Не спрашивай ни о чем, Рэйчел. Просто приезжай. Как можно быстрее. Прямо сейчас.*

Он скажет ей, где остановился (где *они* остановились). В каком мотеле. Рэйчел с Элли приедут на взятой напрокат машине. Когда они постучат, он подведет Гейджа к двери. Может быть, Гейдж будет в плавках.

А потом...

Он не дерзнул думать об этом; вместо этого он вернулся к началу своего плана и принялся прорабатывать его снова. Если все пойдет хорошо, им придется сменить имена и зажить новой жизнью, чтобы никакой Ирвин Гольдман с его всемогущей чековой книжкой не смог их найти. Эта задача вполне выполнима.

Он вспомнил, как впервые приехал в Ладлоу, напряженный, усталый и изрядно напуганный, и как размышлял о том, что хорошо бы поехать дальше, до самого Орландо, и устроиться врачом в Диснейуорлд. Может быть, эти мечты были не такими уж недостижимыми.

Он представил себя в белом халате, склонившимся над беременной женщиной, которая сдуру решила прокатиться на «Волшебной горе» и потеряла сознание. *Отойдите, все отойдите, ей нужен воздух*, услышал он собственный голос, и женщина открыла глаза и благодарно ему улыбнулась.

С этой приятной фантазией он и заснул. Он спал, когда его дочь проснулась в самолете где-то над Ниагарским водопадом, с криком вырвавшись из кошмара, в котором ей снились тянущиеся к ней руки и остекленевшие, но безжалостные глаза; он спал, когда стюардесса бегом бросилась по проходу, чтобы выяснить, что происходит; спал, когда Рэйчел, которая и сама еле держалась, пыталась успокоить дочь; спал, когда Элли кричала снова и снова: *Это Гейдж! Мама! Это Гейдж! Это Гейдж! Гейдж живой! Гейдж взял ножик из папиной сумки! Не подпускай его ко мне! Не подпускай его к папе!*

Он спал, когда Элли наконец успокоилась и прижалась к матери, дрожа мелкой дрожью, с широко открытыми сухими глазами, а Дори Гольдман думала о том, как все это ужасно для Эйлин и как она напоминает ей Рэйчел после смерти Зельды.

Он спал и проснулся в четверть шестого, когда на улице уже смеркалось.

Дикий поступок, тупо подумал он и поднялся с кровати.

45

К тому моменту как рейс 419 «Юнайтед эйрлайнз» приземлился в Чикаго в десять минут четвертого, Элли Крид впала в состояние тихой истерики, и Рэйчел была очень напугана.

Если она случайно прикасалась к плечу дочери, та вздрагивала и смотрела на мать широко открытыми глазами, ее трясло, и эта дрожь никак не унималась. Как будто Элли была вся заряжена электричеством. Сначала кошмар в самолете, теперь это... Рэйчел просто не знала, что делать.

Уже в здании аэропорта Элли споткнулась о собственную ногу и упала. Она не стала подниматься, а просто лежала на ковре, и люди обходили ее (глядя с отстраненным сочувствием пассажиров, спешащих на пересадку и вообще занятых собственным делом), пока Рэйчел не взяла ее на руки.

— Что с тобой, Элли? — спросила она.

Но Элли не отвечала. Они прошли через зал прилета к багажным конвейерам, где их уже ждали Гольдманы. Рэйчел помахала родителям свободной рукой.

— Нам сказали не выходить, а ждать здесь, — объяснила Дори, — и мы подумали... Рэйчел? Что с Эйлин?

— Ей плохо.

— Мама, здесь есть туалет? Меня тошнит.

— О Боже, — в отчаянии произнесла Рэйчел и взяла Элли за руку. Туалет располагался на другом конце зала, и Рэйчел быстро повела дочку туда.

— Рэйчел, мне пойти с тобой? — окликнула ее Дори.

— Нет, вы пока получите багаж. Вы знаете, какие у нас чемоданы. А мы справимся сами.

К счастью, в туалете никого не было. Рэйчел подвела Элли к кабинкам, роясь в сумочке в поисках десятицентовика, но потом — слава Богу! — заметила, что замки на дверях трех кабинок сломаны. Над одним из сломанных замков кто-то написал восковым карандашом: «СЭР ДЖОН КРЭППЕР* — ЖЕНОНЕНАВИСТНИК».

Рэйчел быстро открыла дверцу ближайшей кабинки. Элли уже стонала и держалась за живот. Она несколько раз рыгнула, но ее так и не стошнило; это были рвотные спазмы от нервного истощения.

Когда Элли сказала, что ей стало чуть-чуть лучше, Рэйчел подвела ее к раковинам и умыла. Лицо у девочки было болезненно белым, под глазами лежали темные круги.

— *Что с тобой*, Элли? Ты можешь сказать?

— Я не знаю. Но мне сразу стало нехорошо, когда папа сказал о поездке. С ним что-то не так.

Луис, что ты скрываешь? Ты ведь что-то скрываешь. Я это видела, и Элли тоже заметила.

Рэйчел вдруг поняла, что она тоже нервничает и дергается весь день, словно ждет удара непонятно с какой стороны. Она чувствовала себя точно так же, как за два-три дня до начала месячных: вся напряженная, готовая в любой момент истерически рассмеяться, или расплакаться без причины, или свалиться с жуткой головной болью.

— *Что?* — спросила она у отражения Элли в зеркале над раковинами. — Что может быть не так с папой?

---

* Крэппер, Томас (1836–1910) — водопроводчик, основал в Лондоне компанию «Томас Крэппер и К°». Вопреки всеобщему мнению, второе имя Крэппера было не Джон и он не был изобретателем унитаза в его современном виде. Однако он разработал другие предметы сантехники, например, сливной бачок. — *Примеч. ред.*

— Я не знаю, — ответила Элли. — Мне приснился сон. Что-то про Гейджа. Или про Черча. Я не помню. *Не знаю.*

— Элли, что тебе снилось?

— Что я оказалась на кладбище домашних животных, — сказала Элли. — Пакскоу привел меня на кладбище домашних животных и сказал, что папа собрался пойти туда и что произойдет что-то страшное.

— Пакскоу? — Рэйчел охватил смутный, но пронзительный ужас. Что за странное имя и почему оно кажется знакомым? Вроде бы она где-то слышала это имя — или очень похожее, — но никак не могла вспомнить где. — Тебе снилось, что какой-то Пакскоу отвел тебя на кладбище домашних животных?

— Да, он сказал, что его так зовут. И он... — Элли вдруг замолчала, ее глаза расширились.

— Ты еще что-то помнишь?

— Он сказал, что его послали *предупредить*, но *вмешиваться* он не может. Он сказал, что... я не знаю... что он рядом с папой, потому что они были вместе, когда его душа от... от... *Я не помню!* — выкрикнула Элли со слезами в голосе.

— Солнышко, — сказала Рэйчел. — Я думаю, тебе снилось кладбище домашних животных, потому что ты думаешь о Гейдже. И я уверена, что с папой все хорошо. Ты как себя чувствуешь? Тебе лучше?

— Нет, — прошептала Элли. — Мама, мне страшно. А тебе разве не страшно?

— Ну нет, — ответила Рэйчел, быстро тряхнув головой и улыбнувшись. Но ей было страшно, да, ей было страшно; и это имя, Пакскоу, знакомое имя. У нее было стойкое ощущение, что она его слышала при каких-то пугающих обстоятельствах несколько месяцев или даже лет назад. И это никак не давало ей покоя.

Она чувствовала приближение чего-то ужасного, чего-то, что нужно предотвратить. Оно было уже совсем рядом, оно разрасталось и набухало, готовое прорваться в любую секунду, но что это? *Что?*

— Я уверена, что все хорошо, — сказала она Элли. — Ну что, пойдем к дедушке с бабушкой?

— Наверное, — вяло отозвалась Элли.

В туалет зашла пуэрториканка. Она вела за руку маленького сынишку и что-то сердито ему выговаривала. Спереди на шортах мальчика темнело большое влажное пятно. Рэйчел вспомнила Гейджа, и это острое воспоминание, отозвавшееся болью в сердце, сняло ее нервное возбуждение, подобно новокаину.

— Пойдем, — сказала она. — Мы позвоним папе из дома дедушки.

— Он был в шортах, — внезапно проговорила Элли, глядя на малыша.

— Кто, солнышко?

— Паксбоу, — ответила Элли. — Во сне он был в красных шортах.

Когда Рэйчел снова услышала это имя, ее опять охватил страх, от которого подгибались колени… но потом он отступил.

Они не смогли подойти к багажному конвейеру; Рэйчел разглядела в толпе только верх шляпы отца — шляпы с пером. Дори Гольдман сидела на стуле у стены и держала два места для Рэйчел и Элли. Она помахала им рукой, и Рэйчел подвела Элли к ней.

— Тебе лучше, малышка? — спросила Дори.

— Немножко, — ответила Элли. — Мама…

Она повернулась к Рэйчел и умолкла на полуслове. Рэйчел сидела, выпрямившись, зажав рот рукой, с белым как мел лицом. Она вспомнила. Воспоминание обрушилось как удар. Конечно, она должна была понять сразу, но упорно гнала от себя эту мысль. Ну конечно.

— *Мама?*

Она медленно повернулась к дочери, и Элли услышала, как что-то щелкнуло в маминой шее. Рэйчел отняла руку ото рта.

— Эйлин, тот человек в твоем сне, он тебе называл свое имя?

— Мама, ты…

— *Он тебе называл свое имя?*

Дори смотрела на дочь и внучку как на двух ненормальных.

— Да, но я не помню… Мама, мне *больно…*

Рэйчел опустила взгляд и увидела, что стиснула рукой запястье дочери, словно наручником.

— Случайно, не Виктор?

Элли с шумом втянула в себя воздух.

— Да, Виктор! Он говорил, что его зовут Виктор! Мама, он тебе тоже снился?

— Не Паксоу, — проговорила Рэйчел. — *Паскоу.*

— Я так и *сказала*. Паксоу.

— Рэйчел, что происходит? — спросила Дори. Она взяла Рэйчел за руку и невольно поморщилась. Рука была ледяной. — И что с Эйлин?

— Это не с Эйлин, — ответила Рэйчел. — Кажется, это с Луисом. Что-то случилось с Луисом. Или может случиться. Посиди с Элли, мама. Мне нужно позвонить домой.

Она встала и подошла к телефонам-автоматам, роясь в сумке в поисках четвертака. Позвонила за счет вызываемого абонента, но абонент вызов не принял. Никто не взял трубку.

— Будете перезванивать позже? — спросил оператор.

— Да, — сказала Рэйчел и повесила трубку.

Она застыла на месте, глядя на телефон.

Он сказал, что его послали предупредить, но вмешиваться он не может. Он сказал, что... я не знаю... что он рядом с папой, потому что они были вместе, когда его душа от... от... Я не помню!

— Отделилась от тела, — прошептала Рэйчел. Ее пальцы впились в ткань сумочки. — О Боже.

Она попыталась собраться с мыслями, привести их в порядок. Что происходит? Что происходит, помимо их общего естественного потрясения смертью Гейджа и этого странного перелета через полстраны, больше похожего на бегство? Что Элли могла знать о молодом человеке, умершем на руках у Луиса в его первый рабочий день?

Ничего, непреклонно ответил ей внутренний голос. *Ты же ее от всего бережешь, от всего, что хоть как-то связано со смертью — даже с возможной смертью ее кота. Помнишь ту идиотскую ссору на кухне? Ты хотела ее оградить. Потому что тебе было страшно тогда, и тебе страшно теперь. Его звали Паскоу, Виктор Паскоу, и похоже, что все очень плохо, Рэйчел. Но насколько все плохо? И что вообще* происходит*?*

У нее так сильно дрожали руки, что ей удалось вложить монету в прорезь автомата только со второй попытки. На это раз она позвонила в университетскую поликлинику. Трубку взяла Чарлтон, слегка озадаченная. Нет, сегодня Луиса не было на работе, и она удивилась бы, если бы он был. Она еще раз выразила соболезнования Рэйчел. Рэйчел поблагодарила ее и попросила передать Луису — если он все же появится, — чтобы тот перезвонил ей на домашний номер ее родителей. Да, он знает номер, ответила она на вопрос Чарлтон, не желая говорить ей (хотя та наверняка знала; Рэйчел всегда казалось, что от Чарлтон вообще ничего не скроешь), что ее родители живут на другом конце страны.

Она повесила трубку, дрожа как в лихорадке.

Она могла услышать имя Паскоу где-то еще, вот и все. Господи, твой ребенок растет не в стеклянном аквариуме, как... как какой-нибудь хомячок. Она могла услышать по радио. Или кто-нибудь из детишек в саду ей сказал, а она запомнила. Может быть, она даже не поняла, о чем речь. Пишут же в воскресных приложениях, что человеческое подсознание — как липучка для мух: что к нему только не липнет!

Она вспомнила, как преподаватель психологии в колледже рассказывал им на лекции, что при определенных условиях наша память способна воспроизвести имена всех людей, с которыми мы были знакомы, все съеденные нами блюда, погоду в любой из дней нашей жизни. В это трудно поверить, но это правда. Преподаватель сравнил человеческий разум с компьютером, оснащенным совершенно невероятным объемом памяти: не 16 килобайт, не 32 килобайта и даже не 64, а *миллиард* килобайт, точнее, тысяча миллиардов. И сколько всего может храниться в этих живых «микросхемах»? Никто не знает. Но их так много, этих ячеек памяти, что мозгу нет необходимости что-либо стирать, чтобы использовать их повторно. Места хватает с лихвой. На самом деле сознанию приходится отключать некоторые блоки памяти, чтобы не перегореть от избытка информации. «Вы не сумели бы вспомнить, куда положили свои носки, — говорил преподаватель, — если бы постоянно держали в голове все содержимое “Британники”».

В этом месте студенты добросовестно рассмеялись.

Но это не лекция по психологии в хорошо освещенной аудитории, с умником-преподавателем, который любил при случае пошутить. Что-то происходит, что-то очень нехорошее, ты это знаешь — ты это чувствуешь. Не знаю, при чем тут Паскоу, или Гейдж, или Черч, но оно точно связано с Луисом. Но что? А вдруг...

Рэйчел похолодела от мысли, пришедшей ей в голову. Она опять сняла трубку и достала монетку из окошка возврата. Не замышляет ли Луис покончить с собой? Потому и выпроводил их из дома, чуть ли не вытолкал за дверь? И Элли как-то почувствовала... нет... к чертям психологию! Неужели у Элли случилось внезапное экстрасенсорное озарение?

На этот раз она позвонила Джаду Крэндаллу. Пять длинных гудков... шесть... семь. Она уже собиралась повесить трубку, и тут он ответил:

— Алло?

— Джад! Джад, это...

— Минуточку, мэм, — перебил ее оператор. — Вы примете звонок от миссис Луис Крид за ваш счет?

— Ну, — сказал Джад.

— Прошу прощения, сэр, это да или нет?

— Ну да.

После короткой заминки оператор все-таки перевел слова Джада с языка янки на нормальный английский.

— Благодарю вас. Можете говорить, мэм.

— Джад, вы сегодня видели Луиса?

— Сегодня? Нет, Рэйчел, сегодня не видел. Но я с утра ездил в Брюэр за продуктами. А после обеда копался в саду за домом. А что?

— Может, и ничего, просто Элли приснился плохой сон в самолете, и я хотела ее успокоить.

— В самолете? — Судя по голосу, Джад насторожился. — Вы где сейчас, Рэйчел?

— В Чикаго. Мы с Элли приехали погостить у моих родителей.

— А Луис с вами не поехал?

— Он прилетит сюда в конце недели, — сказала Рэйчел. Ей было непросто сохранять спокойствие. Что-то в голосе Джада ее пугало.

— Это он предложил вам уехать?

— Ну... да. Джад, что происходит? Ведь что-то же происходит, да? И вы что-то знаете.

— Может быть, вы перескажете мне ее сон? — проговорил Джад после долгой паузы. — Мне бы хотелось узнать, что ей снилось.

46

Поговорив с Рэйчел, Джад надел плащ — ближе к вечеру небо затянули тучи и поднялся ветер — и направился к дому Луиса. Прежде чем ступить на дорогу, он внимательно поглядел по сторонам, нет ли там грузовиков. Во всем виноваты эти проклятые грузовики.

Хотя виноваты вовсе не грузовики.

Он чувствовал зов кладбища домашних животных — и того, что лежало за ним. Когда-то этот призрачный голос звучал как чарующая колыбельная, как обещание покоя и силы, но сейчас он стал жестким и не просто сердитым, а угрожающим и зловещим. *Не вмешивайся, ты.*

Но он должен вмешаться. В том, что случилось, была немалая доля его вины.

Он увидел, что «хонды-сивик» Луиса нет в гараже. Там стоял только микроавтобус «форд», весь пыльный и явно давно не использовавшийся. Джад толкнул дверь, которая вела из гаража в дом. Она была не заперта.

— Луис?– позвал Джад, заранее зная, что ответа не будет, но ему нужно было хоть как-то нарушить гнетущую тишину, поселившуюся в этом доме. Да уж, старость — не радость, руки и ноги словно налиты свинцом, спина трещит после всего двух часов работы в саду, а в левое бедро как будто ввинтили сверло.

Он скрупулезно осматривал дом в поисках знаков, которые подтвердили бы его наихудшие опасения, — *самый дряхлый в мире домушник*, подумал он без особого юмора, продолжая искать. Он не нашел ничего такого, что могло бы встревожить его всерьез: ящики с игрушками, которые не отправились в Армию спасения, одежда для мальчика возле двери, и в шкафу, и под кроватью...

и, наверное, самое худшее — маленькая кроватка, снова стоявшая в комнате Гейджа. Ничего подозрительного, и все-таки в доме царило тревожное ощущение пустоты, которая словно ждала, что ее наполнят... чем-нибудь.

Наверное, надо бы съездить на бангорское кладбище. Посмотреть, что там и как. Может быть, я там встречу Луиса Крида. Угощу его ужином, что ли.

Но опасность таилась не на бангорском кладбище; она была здесь, в этом доме и за ним.

Джад вернулся к себе. Достал из холодильника упаковку пива, уселся в гостиной у окна, выходившего на дом Кридов, открыл первую банку и закурил сигарету. День потихоньку клонился к вечеру, и, как это часто бывало в последние годы, Джад погрузился в воспоминания о прошлом. Если бы он знал, о чем сегодня размышляла Рэйчел Крид, то сказал бы ей, что, возможно, ее преподаватель психологии был прав, вот только с возрастом этот защитный механизм памяти постепенно изнашивается, как изнашивается и весь организм, и ты с поразительной ясностью вспоминаешь события, лица и имена из далекого прошлого. Поблекшие старые фотокарточки воспоминаний снова становятся четкими, яркие краски проступают сквозь тусклую сепию, голоса — смутное эхо сквозь толщу времени — вновь обретают свою изначальную силу. И никакой это не информационный сбой, сказал бы Джад. Это самая обыкновенная старость.

Перед мысленным взором Джада вновь встал Ханратти, бык Лестера Моргана, зверь с налитыми кровью глазами, который бросался на все, что видел, на все, что двигалось. Даже на деревья, когда ветер шевелил листву. Пока Лестер не сдался и не пристрелил быка, тот успел отметить все деревья вокруг огражденного пастбища знаками бездумной животной ярости; рога Ханратти были расколоты, а голова вся в крови. Убивая его, Лестер был напуган до полусмерти — точно так же, как сам Джад сейчас.

Он пил пиво и курил. На улице смеркалось. Джад не зажигал свет. Постепенно огонек его сигареты превратился в крошечную красную точку в темноте. Он сидел у окна, пил пиво и наблюдал за подъездной дорожкой у дома Луиса Крида. Когда Луис вернется оттуда, где он сейчас, Джад выйдет к нему, чтобы поговорить.

Чтобы убедиться, что тот не планирует чего-то такого, чего ему делать не надо.

И он все еще чувствовал тихий настойчивый зов, голос той скверной силы, что населяла это дьявольское место, — голос, тянувшийся к нему с каменного холма истлевших костей и курганов.

Не вмешивайся, ты. Не вмешивайся, а то пожалеешь. Еще как пожалеешь.

Стараясь не слушать его, Джад сидел у окна, курил и пил пиво. И ждал.

47

Пока Джад Крэндалл сидел у окна в старом кресле-качалке и высматривал Луиса, сам Луис поглощал обильный безвкусный ужин в ресторане при мотеле.

Еда была очень простой, и ее было много — именно в этом сейчас и нуждался его организм. На улице уже стемнело. Фары проезжавших мимо машин ощупывали темноту словно пальцы. Луис сосредоточенно ел. Бифштекс. Печеный картофель. Неестественно яркий зеленый горошек. Кусок яблочного пирога с тающим сверху шариком мороженого. Луис сидел в самом дальнем углу, наблюдал, как люди входят и выходят, и размышлял, не встретит ли он здесь знакомых. В глубине души он даже на это надеялся. Знакомые непременно начнут задавать вопросы (*где Рэйчел, что ты здесь делаешь, как дела?*), вопросы, возможно, вызовут осложнения, и, может быть, осложнения — это именно то, что ему сейчас нужно. Путь к отступлению. Выход.

Кстати сказать, знакомых он увидел. Когда он уже доедал пирог и допивал вторую чашку кофе, в ресторан вошли Роб Гриннелл, врач из Бангора, и его хорошенькая жена Барбара. Луис ждал, что они заметят его, одиноко сидящего за столиком в углу, но официантка провела их к кабинкам в дальнем конце зала, и Луис потерял их из виду.

Ему принесли счет. Он расписался, поставив под подписью номер комнаты, и вышел на улицу через боковую дверь.

На улице поднялся ветер. Электрические провода монотонно гудели под его непрестанными порывами. Звезд было не видно, но казалось, что по небу стремительно мчатся тучи. Луис немного постоял на дорожке у входа, держа руки в карманах и подставляя лицо ветру. Потом вернулся в мотель, поднялся к себе в номер и включил телевизор. Было еще слишком рано, чтобы браться за исполнение задуманного, и в этом почти штормовом ночном ветре таилось слишком много возможностей и вариантов. Луиса это пугало.

Он смотрел телевизор четыре часа, восемь получасовых выпусков юмористических программ. Он уже очень давно не смотрел телевизор так долго: несколько часов кряду, без перерыва. Он подумал, что все актрисы, игравшие главные роли, были вполне ничего; как они с приятелями говорили в старших классах, «такой я бы вдул».

В Чикаго Дори Гольдман причитала:

— Лететь *обратно*? Дорогая, зачем тебе лететь *обратно*? Ты только что прилетела *сюда*!

В Ладлоу Джад Крэндалл сидел у окна, курил и пил пиво, мысленно перелистывая альбом воспоминаний, и ждал, когда Луис вернется домой. Рано или поздно Луис должен вернуться, точно как Лесси в том старом фильме. Есть и другие дороги к кладбищу домашних животных и к тому месту, что лежит за ним, но Луис их не знал. Если он собирался туда идти, ему придется начать от порога собственного дома.

Не зная об этих далеких приготовлениях, подобных тихоходным снарядам, нацеленным не в ту точку, где он находился сейчас, а, по всем правилам баллистики, в ту, где он окажется чуть погодя, Луис смотрел телевизор в номере мотеля. Никогда раньше он не смотрел эти программы, но слышал о них краем уха: черная семья, белая семья, ребенок в сто раз умнее богатых взрослых, с которыми он жил, одинокая женщина, замужняя женщина, разведенная женщина. Он смотрел все подряд, то и дело поглядывая на ветреную ночь за окном.

Когда начался одиннадцатичасовой выпуск новостей, Луис выключил телевизор и вышел на улицу, чтобы приступить к исполнению своего плана, который родился у него в голове, возможно, уже в то мгновение, когда он увидел валявшуюся на дороге окровавленную бейсболку Гейджа. Его вновь охватил леденящий холод, сильнее, чем прежде, но за ним скрывалось что-то еще: крошечный уголек пыла, или страсти, или, может быть, одержимости. Не важно. Главное, он согревал его и придавал ему уверенности. Заводя машину, Луис подумал, что Джад, возможно, был прав насчет прирастающей силы этого места, потому что теперь он чувствовал ее, эту силу. Она была рядом, она вела его (или толкала?) вперед, и он спросил себя:

Смогу ли я остановиться? Смогу ли я остановиться, даже если захочу?

48

— Зачем тебе это? — в который раз спросила Дори. — Рэйчел... ты сама не своя... тебе надо выспаться...

Рэйчел лишь покачала головой. Она не могла объяснить матери, зачем ей нужно вернуться. Она просто чувствовала, что так надо. Ощущение крепло, как ветер: вот он тихонько колышет траву, еле заметно; потом нарастает, дует сильнее, и от былой тихой погоды не остается следа; и вот уже под порывами ветра скрипят карнизы, и весь дом трясется, и ты понимаешь, что начинается ураган, и если ветер усилится еще немного, он сметет все на своем пути.

В Чикаго было шесть часов вечера. В Бангоре Луис как раз приступил к своему обильному безвкусному ужину. Рэйчел и Элли почти не притронулись к еде. Каждый раз, когда Рэйчел смотрела на дочь, ее встречал мрачный насупленный взгляд, вопрошавший, что она собирается сделать, чтобы помочь папе. Она вообще что-нибудь собирается сделать?

Рэйчел вся извелась в ожидании, когда Джад позвонит ей и скажет, что Луис вернулся домой, и когда телефон все-таки зазвонил, она вскочила из-за стола — Элли чуть не опрокинула свой стакан с молоком, — но это была всего лишь приятельница Дори по бридж-клубу, которая звонила спросить, нормально ли та добралась до дому.

Когда они пили кофе, Рэйчел резко швырнула салфетку на стол и сказала:

— Папа... мама... простите, но мне нужно вернуться домой. Если будут билеты, я полечу уже сегодня.

Мать с отцом удивленно уставились на нее, а Элли с облегчением закрыла глаза, как это делают взрослые; на ее детском личике это смотрелось бы забавно, если бы не его восковая бледность.

Родители не понимали, что происходит, и Рэйчел ничего не могла объяснить. Она не могла объяснить, как легкий ветерок, едва шевелящий травинки, вдруг превращается в сокрушительный ураган, сметающий все на своем пути. Она не верила, что Элли услышала сообщение о смерти Виктора Паскоу в выпуске новостей и это известие отложилось в ее подсознании.

— Рэйчел. Милая. — Ее отец говорил медленно, ласково, как разговаривают с человеком, пребывающим в состоянии временной, но опасной истерии. — Это просто реакция на смерть сына. Вы с Элли переживаете, и это понятно. Но ты просто сломаешься, если...

Рэйчел ничего не ответила. Она подошла к телефону в прихожей, нашла в «Желтых страницах» АВИАКОМПАНИИ и набрала номер «Дельты». Дори стояла рядом и все твердила, что нужно как следует все обдумать, надо все обговорить, может быть, составить список... а за спиной Дори стояла Элли, все такая же мрачная, но теперь в ее взгляде теплилась надежда, придававшая Рэйчел решимости.

— «Дельта эйрлайнз», — произнес в трубке радостный голос. — Меня зовут Ким. Я могу вам помочь?

— Надеюсь, что сможете, — сказала Рэйчел. — Мне очень нужно попасть из Чикаго в Бангор, уже сегодня. У меня... боюсь, это срочно. Посмотрите, пожалуйста, есть ли стыковочные рейсы.

С сомнением:

— Да, мэм, но на сегодня билетов может не быть.

— Пожалуйста, *посмотрите.* — Голос Рэйчел дрогнул. — Хотя бы внесите меня в лист ожидания.

— Хорошо, мэм. Подождите минутку. — На линии стало тихо.

Рэйчел закрыла глаза и через мгновение почувствовала у себя на руке чью-то холодную ладошку. Она открыла глаза и увидела, что это Элли. Ирвин и Дори стояли поодаль и о чем-то шептались, то и дело поглядывая на них. *Так смотрят на ненормальных*, устало подумала Рэйчел. Она нашла в себе силы улыбнуться Элли.

— Не дай им удержать тебя, мама, — тихо проговорила Элли. — Пожалуйста.

— Ни в коем случае, старшая, — ответила Рэйчел и прикусила язык... Когда родился Гейдж, они с Луисом стали называть Элли «нашей старшей». Но теперь у нее уже не было младшего брата.

— Спасибо, — сказала Элли.

— Это важно, да? Очень важно?

Элли кивнула.

— Малышка, я знаю. Но мне очень поможет, если ты расскажешь больше. Причина только в том сне?

— Нет, — сказала Элли. — Это... теперь оно повсюду. И во мне тоже. Ты не чувствуешь, мама? Что-то такое, как будто...

— Как будто ветер.

Элли судорожно вздохнула.

— Но ты не знаешь, что это? Ты еще что-нибудь помнишь из того сна?

Элли надолго задумалась, а потом неохотно покачала головой.

— Папа. Черч. И Гейдж. Это все, что я помню. Я не помню, почему они были вместе, мама!

Рэйчел крепко ее обняла.

— Все будет хорошо, — сказала она, но тяжесть на сердце осталась.

— Мэм? — раздался голос в трубке.

— Да? — Рэйчел еще сильнее стиснула трубку и еще крепче обняла дочь.

— Я нашла для вас рейс с пересадками до Бангора, но вы прилетите туда очень поздно.

— Это не важно, — сказала Рэйчел.

— У вас есть ручка? Это сложный маршрут.

— Да, конечно. — Рэйчел достала из ящика под телефоном огрызок карандаша и какой-то старый конверт.

Она внимательно слушала и записывала. Когда девушка из отдела бронирования билетов закончила диктовать, Рэйчел улыбнулась и показала Элли пальцы, сложенные колечком, мол, все получилось. *Возможно, получится*, мысленно поправилась она. Некоторые из пересадок стыковались буквально впритык... особенно в Бостоне.

— Пожалуйста, забронируйте мне все билеты, — сказала Рэйчел. — И огромное вам спасибо.

Ким спросила фамилию Рэйчел и номер кредитной карты. Рэйчел повесила трубку и повернулась к отцу:

— Папа, ты отвезешь меня в аэропорт?

— Наверное, надо бы сказать «нет», — отозвался Гольдман. — Кто-то же должен остановить это безумие.

— *Не смей!* — пронзительно закричала Элли. — Это совсем не безумие! *Нет!*

Гольдман моргнул и попятился, ошеломленный таким всплеском ярости.

— Отвези ее, Ирвин, — тихо произнесла Дори, нарушая неловкое молчание. — Что-то я тоже разнервничалась. Я хочу убедиться, что с Луисом все в порядке.

Гольдман долго смотрел на жену, наконец повернулся к Рэйчел.

— Я тебя отвезу, если ты этого хочешь, — сказал он. — Я... Рэйчел, я поеду с тобой, если нужно.

Рэйчел покачала головой:

— Спасибо, папа, но я забрала последние билеты. Как будто Бог приберег их для меня.

Ирвин Гольдман вздохнул. В это мгновение он выглядел очень старым, и Рэйчел вдруг подумалось, что сейчас ее отец похож на Джада Крэндалла.

— У тебя будет время собраться, — сказал он. — Доедем до аэропорта минут за сорок, если я буду гнать, как гонял в молодости, когда мы с твоей мамой только поженились. Дори, дай ей свою сумку.

— Мама, — сказала Элли.

Рэйчел обернулась к ней. Лицо Элли блестело от пота.

— Что, малышка?

— Мама, будь осторожнее.

49

Деревья были всего лишь тенями на фоне затянутого тучами неба, подсвеченного огнями аэропорта, что располагался не так далеко отсюда. Луис припарковался на Мейсон-стрит, проходившей вдоль южной ограды кладбища. Здесь ветер был таким сильным, что когда Луис выходил из машины, у него чуть не вырвало дверцу из рук. Ветер трепал полы его куртки, когда он открывал багажник и доставал инструменты, завернутые в кусок брезента.

Он припарковался на темном участке между двумя уличными фонарями. Луис встал у обочины, прижимая к груди брезентовый сверток, и посмотрел по сторонам, прежде чем направиться к кованой ограде, обозначавшей границы кладбища. Он не хотел, чтобы кто-то его увидел — пусть даже случайный прохожий, который скользнет по нему взглядом и тут же забудет. Неподалеку ветви старого вяза поскрипывали на ветру и наводили на мрачные мысли о виселицах и линчевателях. Господи, как ему было страшно. Это был не дикий поступок, а совершенно безумное дело.

Машин на улице не было. На той стороне, где стояли дома, горели уличные фонари, круги белого света лежали на тротуаре, где ученики местной школы носятся после уроков, мальчишки катаются на велосипедах, а девчонки прыгают со скакалкой и играют в классики, совершенно не замечая кладбища по соседству — разве что на Хэллоуин, когда оно приобретает определенное празднично-жуткое очарование. Тогда они, может быть, и осмеливаются перейти дорогу и развесить на прутьях ограды бумажные скелеты, хихикая над старыми шуточками. *Куда никто не торопится, но все успевают? Правильно, на кладбище. Почему на кладбище всегда тихо? Потому что все спят мертвым сном.*

— Гейдж, — пробормотал он. Гейдж был там, спал мертвым сном за кованой оградой, безвинно приговоренный лежать под одеялом из темной земли, и это вовсе не шутка. *Я тебя вытащу, Гейдж*, подумал Луис. *Умру, но вытащу.*

Луис перешел дорогу, прижимая к груди инструменты, завернутые в брезент, еще раз огляделся по сторонам и просунул сверток сквозь прутья ограды. Сверток упал на землю с другой стороны, тихо звякнув. Луис отряхнул руки и пошел прочь. Место он запомнил. Даже если память его подведет, ему надо будет всего лишь пройти вдоль ограды с внутренней стороны, пока он не окажется прямо напротив своего «сивика» и не наткнется на сверток.

Но не заперты ли ворота в такой поздний час?

Он прошелся по Мейсон-стрит до знака «СТОП», ветер гнался за ним и хватал за пятки. На дороге плясали тени, сплетаясь друг с другом.

Он свернул за угол на Плезант-стрит, продолжая идти вдоль ограды. Впереди показался свет фар, и Луис не спеша шагнул в сторону, спрятавшись за стволом вяза. Это была не полицейская машина, а просто какой-то фургон, ехавший в сторону Хаммонд-стрит, видимо, к съезду на автостраду. Когда машина скрылась из виду, он пошел дальше.

Конечно, не заперты. Должны быть не заперты.

Он подошел к кованым воротам, чьи очертания напоминали готический собор, изящный и тонкий в пляшущих тенях этой ветреной ночи. Протянул руку и толкнул створку ворот.

Все-таки заперто.

Ты придурок, разумеется, заперто — неужели ты думал, что после одиннадцати вечера кто-то оставит открытым кладбище в черте города? Таких доверчивых идиотов еще поискать, друг мой. И что ты теперь будешь делать?

Теперь ему придется лезть через забор и надеяться, что никто не оторвется от «Вечернего шоу Джонни Карсона» и не выглянет в окно, пока он будет карабкаться на ограду, словно самый старый и неуклюжий мальчишка в мире.

Алло, полиция? Я только что видел, как самый старый и неуклюжий мальчишка в мире лезет через ограду на кладбище. Похоже, ему туда очень надо. Прямо-таки до смерти надо. Нет, я не шучу. Какие тут шутки?! Наверное, вам стоит приехать и разъяснить это дело.

Луис прошелся по Плезант-стрит до следующего перекрестка и свернул направо, продолжая шагать вдоль высокой кованой ограды. Ветер остудил и высушил пот у него на висках и на лбу. Его тень то удлинялась, то уменьшалась в свете уличных фонарей. На ходу он то и дело поглядывал на ограду, а потом остановился и заставил себя *посмотреть* на нее по-настоящему.

Ты собираешься через нее перелезть? Не смеши меня.

Луис Крид был довольно высоким, шесть футов два дюйма, но высота ограды составляла футов девять, если не больше, и на конце каждого прута красовалась декоративная стрелка, похожая на наконечник копья. Декоративная, да — пока ты нечаянно не сорвешься, занося над ней ногу, и не сядешь на нее прямо яйцами. И будешь вертеться, как поросенок на вертеле, и орать благим матом, пока кто-нибудь не позвонит в полицию, и они приедут, и снимут тебя, и отправят в больницу.

Пот стекал с него градом, рубашка намокла и прилипла к спине. Вокруг было тихо, лишь с Хаммонд-стрит доносился приглушенный гул позднего уличного движения.

Но ведь должен быть способ проникнуть внутрь.

Должен быть.

Да ладно, Луис, давай реально смотреть на вещи. Может быть, ты и свихнулся, но все-таки не настолько. Может быть, ты и залезешь на эту ограду, но надо быть хорошо подготовленным гимнастом, чтобы перемахнуть через нее и не напороться на эти копья. И даже если тебе повезет и ты все-таки перелезешь, как ты потом переберешься обратно с телом Гейджа?

Он пошел дальше, смутно осознавая, что обходит кладбище по кругу, но никак не сподобится что-либо предпринять.

А вот еще такой вариант. Сейчас ты едешь домой в Ладлоу и возвращаешься сюда завтра, после обеда... Заходишь на кладбище, скажем, часа в четыре и прячешься где-нибудь здесь до полуночи. Иными словами, откладываешь на завтра то, что тебе не хватило ума сделать сегодня.

Хорошая мысль, о великий свами Луис... А как быть со свертком, который ты уже пропихнул на ту сторону? Кирка, лопата, фонарь... надо было еще пришпилить к нему ярлычок: «НАБОР ГРАБИТЕЛЯ МОГИЛ».

Он приземлился в кустах. Кто его там найдет, скажи на милость?

Если подумать, то в этом был свой резон. Но сердце подсказывало Луису, что, уехав, он уже не вернется. Либо он сделает все сейчас, либо никогда. Он никогда не решится на такое безумие снова. Если он собирается что-то делать, надо делать это немедленно. Другого раза не будет.

С этой стороны домов было меньше — редкие прямоугольники желтого света поблескивали через дорогу, и один раз Луис увидел серо-сизое мерцание черно-белого телевизора. Посмотрев за ограду, он заметил, что надгробия здесь были старыми и сглаженными, многие накренились вперед или назад от многолетних зимних морозов и летней жары. Впереди показался еще один знак «СТОП» у очередного поворота направо, на улицу, параллельную Мейсон-стрит, откуда Луис начал свой путь. И что он будет делать, когда вернется к старту? Получит двести долларов и пойдет на второй круг? Или признает свое поражение?

На улицу вырулила машина. Луис укрылся за ближайшим деревом, дожидаясь, пока она проедет. Эта машина ехала очень медленно, и в следующее мгновение белый луч фонаря вырвался из переднего окна и осветил прутья ограды. У Луиса екнуло сердце. Это была полицейская машина, и они проверяли кладбище.

Он вжался в ствол, щекой прямо в грубую кору. Только бы его не заметили, только бы дерево оказалось достаточно толстым, чтобы скрыть его целиком. Луч уже приближался. Луис пригнул голову, чтобы спрятать лицо, белевшее в темноте. Луч добрался до дерева, на мгновение исчез и вновь появился с другой стороны. Луис слегка сдвинулся в противоположную сторону. Машина проехала мимо. Луис ждал, что сейчас загорятся красные тормозные огни, откроется дверца, луч вернется назад и уткнется в него, как большой белый палец. *Эй, ты! Там, за деревом! Выходи, чтобы мы тебя видели. И чтобы в руках у тебя ничего не было! ВЫХОДИ!*

Полицейская машина доехала до перекрестка, посигналила поворотником, как положено, и свернула налево. Луис привалился спиной к дереву, тяжело дыша, во рту у него пересохло. Он подумал, что они проедут мимо его припаркованной «хонды», но это было не страшно. С шести вечера до семи утра парковка на Мейсон-стрит разрешена. Там стояли и другие машины. Скорее всего их владельцы жили в соседних домах.

Луис вдруг осознал, что стоит, задрав голову, и смотрит на дерево, за которым прятался.

Прямо над его головой ствол раздваивался. Наверное, можно...

Не давая себе времени на раздумья, он схватился за эту развилку двумя руками и подтянулся, упираясь в ствол ногами, обутыми в легкие теннисные туфли. Из-под подошв посыпались кусочки коры. Уже в следующую секунду он стоял на развилке ствола. Если полиция вдруг вернется, они обнаружат на этом дереве весьма странную птицу. Надо действовать быстро.

Луис забрался на ветку, нависавшую над оградой. Он чувствовал себя двенадцатилетним мальчишкой. Дерево раскачивалось на ветру — плавно, почти усыпляюще. Листья тихо шелестели. Луис оценил обстановку и быстро, пока его не одолел страх, соскользнул вниз и повис на ветке, держась за нее двумя руками. Ветка была не намного толще предплечья мускулистого мужчины. Перебирая руками, Луис продвигался к ограде, его ноги болтались футах в восьми над землей. Ветка прогнулась, но ломаться вроде бы не собиралась. Его тень на бетонной дорожке внизу была похожа на тень большой обезьяны. Ветер холодил разгоряченные подмышки, Луиса бил озноб, хотя пот ручьями стекал по лицу и по шее. Ветка опасно раскачивалась. И чем дальше Луис продвигался, тем сильнее она качалась и провисала. Руки уже начали уставать, и он боялся, что потные ладони могут соскользнуть.

Он добрался до ограды. Подошвы его теннисных туфель болтались где-то на фут ниже наконечников прутьев. С такого ракурса они не казались тупыми. Они казались очень даже острыми. Луис вдруг понял: острые они или не очень, он рискует не только своими яйцами. Если он упадет на одну из этих штуковин, она точно достанет до легких. И полицейские, когда вернутся, обнаружат на кладбищенской ограде заблаговременное и до жути реалистичное украшение к Хэллоуину.

Дыша сбивчиво и тяжело, он попытался встать на вершину ограды, чтобы немного передохнуть. Его ноги плясали в воздухе, не находя опоры.

В конце улицы забрезжил свет.

О Господи, это машина, она едет сюда...

Он попытался сдвинуться вперед, но ладони скользили. Сцепленные в замок пальцы начали разжиматься.

Продолжая нащупывать ногами опору, он повернул голову влево. Да, это была машина, но она проехала перекресток на полном ходу и скрылась из виду. Повезло. Если бы она свернула сюда...

Руки опять заскользили. Он чувствовал, как ему на голову сыпется кора.

Одна нога все-таки нашла опору, но теперь он зацепился штаниной за один из металлических наконечников. Он уже понимал, что долго так не провисит. В отчаянии Луис дернул ногой. Ветка качнулась и прогнулась еще сильнее. Руки опять заскользили. Раздался треск рвущейся ткани, и вот Луис уже стоит на двух остриях. Они впивались в подошвы его теннисных туфель, это было неприятно и даже больно, но он все равно стоял. Облегчение в руках перекрывало боль в стопах.

Наверное, со стороны я отлично смотрюсь, подумал Луис не без мрачного веселья. Держась за ветку левой рукой, он вытер правую о пиджак, потом поменял руки и вытер левую.

Он еще пару секунд постоял на ограде и сдвинул руки вперед по ветке. Теперь она стала тоньше, и держаться было удобнее. Он качнулся вперед, как Тарзан, и оторвал ноги от наконечников на вершине ограды. Ветка опасно качнулась, и Луис услышал треск. Он разжал пальцы и полетел вниз, надеясь, что с приземлением ему повезет.

Но приземлился он неудачно. Ударился коленом о каменное надгробие, и боль пронзила ногу до бедра. Луис перекатился на траву, держась за колено и стиснув зубы. Оставалось только надеяться, что он не разбил коленную чашечку. Наконец боль немного утихла, и Луис обнаружил, что нога сгибается. Все должно быть нормально. Если он будет двигаться и не даст суставу окостенеть, все должно быть нормально. Наверное.

Он поднялся и пошел вдоль ограды обратно к Мейсон-стрит и своим инструментам. Поначалу идти было больно, и он хромал, но боль постепенно утихла. В аптечке в машине был аспирин. Надо было взять его с собой. Но теперь уже поздно. Он следил за движением на улице, и когда там показалась машина, отступил в глубь кладбища.

На Мейсон-стрит, где машин и прохожих могло быть больше, чем в прилегающих переулках, он старался держаться подальше от ограды, пока не подошел к месту точно напротив «сивика». Уже собирался нырнуть в кусты и забрать свой сверток, как вдруг услышал шаги на дорожке с той стороны. Шаги и тихий женский смех. Присев на корточки за высоким надгробием — согнутое колено тут же отозвалось болью, — он следил за парой, которая шла по дальней стороне улицы. Они шли в обнимку, и что-то в их передвижении от одного пятна белого света к другому напомнило Луису старое телешоу. Да, точно! «Шоу Джимми Дюранте». Интересно, что они сделают, если он сейчас выпрямится в полный рост — дрожащая тень в этом тихом городе мертвых — и выкрикнет зычным голосом: «Доброй ночи, миссис Калабаш, где бы вы ни были!»

Они остановились в круге света в двух шагах от его машины и обнялись. Наблюдая за ними, Луис испытывал что-то похожее на гадливое изумление вкупе с ненавистью к себе. Вот он сидит, скрючившись, за могильной плитой, как какая-то нечисть из дешевого комикса, и подглядывает за влюбленными. *Неужели так просто переступить эту черту?* — подумал он, и эта мысль тоже показалась ему знакомой. *Неужели она так тонка, что ее можно переступить запросто, без хлопот и заморочек? Влезать на деревья, перебираться по веткам, спрыгивать на кладбища, подглядывать за влюбленными... рыть ямы? Так просто? Это и есть сумасшествие? Восемь лет я учился, чтобы стать врачом, а потом в одночасье сделался осквернителем могил — упырем, как сказали бы некоторые.*

Он зажал рот руками, чтобы ни один звук не вырвался наружу, и попытался нащупать внутри этот парализующий холод, это ощущение отрыва от внешнего мира. Оно тут же нашлось, и Луис погрузился в него с головой.

Когда парочка наконец собралась идти дальше, Луис провожал их взглядом с нарастающим нетерпением. Они подошли к подъезду одного из домов, мужчина достал из кармана ключи, открыл дверь, и влюбленные скрылись внутри. На улице вновь стало тихо, если не считать непрестанного воя ветра, тревожившего листья деревьев и волосы, липшие к потному лбу Луиса.

Луис подбежал к ограде, наклонился и принялся шарить руками в кустах в поисках своего свертка. Тот был на месте. Когда Луис его поднимал, внутри опять тихо звякнуло. Прижав сверток к груди, Луис вышел на гравийную дорожку, ведущую от ворот в глубь территории, и остановился на миг, чтобы сориентироваться. Сейчас пока прямо, потом на развилке — налево. Все просто.

Он пошел вдоль края дорожки, держась в тени вязов, чтобы сразу же отступить дальше в сумрак, если на кладбище все-таки есть ночной сторож, которому не сидится в сторожке.

На развилке он повернул налево и уже приближался к могиле Гейджа, когда вдруг с ужасом понял, что не помнит, как выглядел его сын. Он помедлил, глядя на ряды надгробий и суровые фасады склепов, и попробовал вызвать в памяти образ Гейджа. Ему вспоминались отдельные черты: светлые волосы, по-детски легкие и пушистые, сияющие глаза, мелкие белые зубки, маленький шрамик на подбородке, оставшийся после того, как Гейдж грохнулся со ступенек в их доме в Чикаго. Да, отдельные черты Луис помнил, но они не желали сливаться в единое целое. Он видел, как Гейдж мчится к дороге, мчится на встречу с грузовиком «Оринко», но не видел его лица. Луис попробовал вспомнить Гейджа в кроватке, каким он был в тот день, когда они запускали воздушного змея, но увидел лишь темноту.

Где ты, Гейдж?

А ты не думал, Луис, что, возможно, своими стараниями сослужишь Гейджу плохую службу? Может, ему хорошо там, где он сейчас... Может быть, это не бред воспаленного воображения, как ты всегда думал. Может быть, он сейчас среди ангелов или просто спит. И если он спит, ты уверен, что знаешь, кого ты разбудишь?

Где ты, Гейдж? Я хочу, чтобы ты вернулся домой.

Но точно ли он сам управляет своими действиями? Почему он не может вспомнить лицо Гейджа и почему так упорно не слушает, когда его пытаются предостеречь: Джад, Паскоу в том сне, смятение в собственном встревоженном сердце?

Он подумал о надгробиях на кладбище домашних животных, об этих неровных кругах, уходящих спиралью в Великую тайну, и все внутри вновь сковал холод. Зачем он стоит и пытается вспомнить, как выглядел Гейдж?

Совсем скоро он его увидит.

На могиле уже установили плиту. С простой надписью «ГЕЙДЖ УИЛЬЯМ КРИД» и двумя датами. Сегодня сюда кто-то приходил — на могиле лежали свежие цветы. Интересно кто? Мисси Дандридж?

Сердце Луиса билось тяжело, но спокойно. Ну что же, если он собирается это сделать, то пора начинать. Ему надо успеть до утра.

Луис в последний раз заглянул к себе в сердце и увидел, что да — он намерен исполнить задуманное. Еле заметно кивнув головой, он достал из кармана складной нож и разрезал скотч, которым был скреплен сверток. Потом развернул кусок брезента на земле и разложил на нем все принадлежности, как хирургические инструменты перед легкой амбулаторной операцией.

Вот фонарь, закрытый фетром, как советовал продавец в хозяйственном магазине. Кусок фетра Луис закрепил скотчем, а круглую дырочку посередине вырезал скальпелем по монетке. Вот кирка с короткой ручкой, которая скорее всего ему не понадобится — он купил ее на всякий случай. Вряд ли он наткнется на камни в недавно засыпанной могиле, и на могильной коробке нет запечатанной крышки. Вот лопата, вот заступ, моток веревки, пара рабочих перчаток. Он надел перчатки, взял заступ и приступил к делу.

Земля была мягкой, копать было легко. Края могилы четко выделялись, и грунт, который Луис вынимал из ямы, был мягче окружающей почвы. Луис машинально сравнил эту рыхлую землю с каменистой, суровой землей того места, где, если все будет нормально, он заново похоронит своего сына сегодня ночью. Там ему точно понадобится кирка. Но сейчас он старался об этом не думать. Он старался не думать вообще ни о чем. Мысли только мешали.

Он работал в размеренном ритме, поддерживать который стало труднее, когда яма сделалась глубже. Луис спустился в могилу, вдыхая сырой запах свежей земли, который он помнил со времен подработок в конторе дяди Карла.

Гробокопатель, подумал он, остановившись на миг, чтобы стереть пот со лба. Дядя Карл говорил, что это традиционное прозвище кладбищенских работников по всей Америке. Друзья зовут их гробокопателями или могильщиками.

Он продолжил копать.

Прервался еще один раз, чтобы взглянуть на часы. Двадцать минут первого. Время шло. Его становилось все меньше и меньше.

Через сорок минут заступ царапнул что-то твердое, и Луис до крови прикусил губу. Взял фонарик и посветил себе под ноги.

Из-под темной земли проступала диагональная серебристо-серая полоса. Верхняя сторона крышки могильной камеры. Луис осторожно убрал оставшуюся землю, стараясь не задевать заступом крышку; шуметь было нельзя, а что может быть громче, чем скрежет металла о бетон на тихом кладбище посреди ночи?

Он выбрался из ямы, взял веревку и пропустил ее сквозь железные кольца на одной половине бетонной крышки. Снова вылез наверх, расправил расстеленный на земле брезент, лег на него и взялся за концы веревки.

Подумай еще раз, Луис. Это твой последний шанс.

Да, все верно. Это мой последний шанс. И я, черт возьми, им воспользуюсь.

Он намотал на руки концы веревки и потянул. Поскрипывая, бетонный квадрат поднялся и встал вертикально над открывшимся темным провалом: уже не крышка, но надгробие.

Луис вытащил веревку из колец и отшвырнул ее в сторону. Для второй половины она не понадобится. Вторую половину можно будет поднять руками.

Он снова спустился в могилу — очень осторожно, чтобы не свалить поднятую плиту, и не раздробить себе пальцы на ногах, и не разбить саму крышку, которая была достаточно тонкой. В яму посыпались камешки, и Луис услышал, как они глухо ударились о крышку гроба.

Он нагнулся, схватился за край второй половины крышки и поднял ее. При этом он почувствовал, как у него между пальцами шевелится что-то мягкое и холодное. Когда Луис отпустил крышку и взглянул на руку, он увидел жирного дождевого червя. Вскрикнув от отвращения, Луис тряхнул рукой, и червяк отлетел прочь.

Луис взял фонарик и посветил вниз.

Вот он, гроб сына, который Луис в последний раз видел на похоронах. Тогда он стоял над могилой на хромированных полозьях, окруженный зеленым, до жути зеленым искусственным газоном. Это был сейф, в котором, казалось бы, навсегда похоронены все надежды, связанные с сыном. Сейф, который не вскроешь. Ярость — пронзительная, обжигающая — вспыхнула в сердце в противовес прежнему холоду. Что за бред?! Нет, нет и нет!

Луис на ощупь схватил заступ, занес и обрушил на замок гроба. Один раз, второй, третий. Четвертый. Его губы скривились в свирепой гримасе.

Я тебя вытащу, Гейдж, вот увидишь!

Замок сломался после первого же удара, и можно было остановиться, но Луис продолжал лупить заступом, ему хотелось не просто открыть гроб, а разнести его в щепки. Однако рассудок наконец вернулся, и Луис опустил заступ.

Полотно заступа погнулось по краю и покрылось царапинами. Луис отшвырнул его в сторону и выбрался из могилы на ватных ногах. Его мутило, жгучая ярость сошла на нет, и прежний холод вернулся. Никогда в жизни Луис не чувствовал себя таким одиноким и отрезанным от всего; он чувствовал себя космонавтом, который вышел в открытый космос и оторвался от корабля, а теперь парит в безбрежной черноте, и воздуха в баллоне скафандра остается все меньше и меньше. *Интересно, Билл Батермэн тоже ощущал нечто подобное?* — подумал он.

Он лег на землю, на этот раз — на спину, и попытался понять, достаточно ли владеет собой и готов ли продолжать. Когда слабость в ногах прошла, Луис сел и спустился обратно в могилу. Посветив фонариком на замок, он увидел, что тот не просто сломан, а сбит. Он лупил по замку в слепой ярости, но каждый удар попадал точно в цель, как будто что-то его направляло. Дерево вокруг замка было расколото в щепки.

Луис сунул фонарик под мышку и присел на корточки. Пошевелил пальцами, разминая их, как воздушный гимнаст на трапеции, готовящийся поймать своего товарища, — смертельный номер под куполом цирка.

Он подцепил крышку пальцами. Помедлил секунду — не то чтобы в сомнении, нет — и открыл гроб своего сына.

50

Рэйчел Крид почти успела на самолет из Бостона в Портленд. Почти. Самолет из Чикаго вылетел вовремя (что само по себе чудо), прибыл в Нью-Йорк без опозданий (еще одно чудо), а из

Нью-Йорка он вылетел всего лишь с пятиминутной задержкой. В Бостон они прибыли с опозданием в пятнадцать минут — в 23:12. У нее оставалось тринадцать минут.

Она могла бы успеть на пересадку, если бы автобус, развозивший транзитных пассажиров, пришел вовремя. Но он опаздывал. Рэйчел ждала, потихоньку впадая в панику и нетерпеливо переминаясь с ноги на ногу, как будто ей хотелось в туалет, перекидывая сумку, которую ей дала мать, с одного плеча на другое.

В 23:25 автобуса все еще не было, и Рэйчел пустилась бежать. Она была в туфлях на низком каблуке, но бежать все равно было не очень удобно. Она чуть не подвернула лодыжку, остановилась, чтобы снять туфли, и помчалась дальше, превозмогая боль в боку.

Впереди уже показалась треугольная эмблема «Дельты».

Рэйчел рванула дверь, чуть было не уронила туфлю, но подхватила ее на бегу и влетела внутрь. Было уже 23:37.

Один из двух дежурных обернулся к Рэйчел.

— Рейс сто четыре, — выпалила она. — В Портленд. Уже улетел?

Дежурный взглянул на экран у себя за спиной.

— Еще нет, — сказал он. — Но посадка закончилась пять минут назад. Я их предупрежу. Багаж есть?

— Нет, — выдохнула она, убирая волосы, прилипшие к вспотевшему лбу. Сердце бешено колотилось в груди.

— Тогда не ждите, пока я им позвоню. Я позвоню... а вы бегите со всех сил.

Рэйчел уже не могла бежать со всех сил — сил попросту не осталось. Но она сделала все, что могла. На ночь эскалаторы отключили, и ей пришлось бежать вверх по ступенькам, ощущая во рту привкус меди. На контрольно-пропускном пункте она буквально швырнула сумку испуганной сотруднице службы безопасности. Пока сумка ползла по ленте, Рэйчел стояла, сжимая и разжимая кулаки. Как только сумка выехала из рентгеновской камеры, Рэйчел схватила ее за ремешок и помчалась дальше.

На бегу она посмотрела на светящееся табло.

«РЕЙС 104 ПОРТЛЕНД 23:25 ВЫХОД 31 ИДЕТ ПОСАДКА».

Выход 31 располагался в дальнем конце зала, и когда Рэйчел снова взглянула на табло, надпись «ИДЕТ ПОСАДКА» сменилась быстро мигающим «ОТПРАВЛЕНИЕ».

У нее вырвался крик отчаяния. Подбежав к выходу 31, она увидела, как сотрудник аэропорта убирает табличку «РЕЙС 104 БОСТОН – ПОРТЛЕНД 23:25».

— Он улетел? — спросила она, не желая в это поверить. — Он правда улетел?

Сотрудник аэропорта посмотрел на нее с сочувствием.

— Он вышел на взлетно-посадочную в двадцать три сорок. Мне очень жаль, мэм. Вы сделали все, что могли, если это вас утешит. — Он указал на большое окно. Рэйчел увидела «Боинг-727» с эмблемой «Дельты», который уже разгонялся перед взлетом. Его бортовые огни сверкали, словно гирлянда на рождественской елке.

— Вас разве не предупредили, что я иду? — воскликнула Рэйчел.

— Когда мне позвонили, сто четвертый уже выруливал на взлетную полосу. Если бы я их отозвал, они бы перекрыли выезд с тридцатой дорожки, и пилот сожрал бы меня потрохами. Не говоря уж о том, что на борту сто с лишним пассажиров. Мне очень жаль. Если бы вы подошли раньше хоть на четыре минуты...

Она пошла прочь, не дослушав. На обратном пути к контрольно-пропускному пункту на нее вдруг навалилась ужасная слабость. Ей показалось, что она сейчас потеряет сознание. Рэйчел свернула в ближайший зал вылета и села на стул, дожидаясь, пока пройдет эта слабость. Она снова надела туфли, предварительно стряхнув с подошвы изорванного чулка прилипший к ней раздавленный окурок. *У меня грязные ноги, а мне плевать*, уныло подумала она.

Поднялась и пошла к выходу в главный зал.

Сотрудница службы безопасности на контрольно-пропускном пункте посмотрела на нее с сочувствием:

— Не успели?

— Не успела, — ответила Рэйчел.

— А куда вы летели?

— В Портленд. А дальше — в Бангор.

— Тогда почему бы вам не взять напрокат машину? Если вам действительно нужно туда попасть. Обычно я в таких случаях советую отель неподалеку от аэропорта, но у вас такой вид... сразу ясно, что ждать до утра вы не можете.

— Не могу, — отозвалась Рэйчел. Она на секунду задумалась. — Да, наверное, я так и сделаю. Если в агентстве будет машина.

Женщина рассмеялась.

— Машина будет. Машин не бывает, когда здесь туман и погода нелетная. В общем, достаточно часто.

Рэйчел слушала ее вполуха. Она уже мысленно просчитывала варианты.

Даже если гнать по шоссе с самоубийственной скоростью, она все равно не успеет в Портленд к бангорскому рейсу. Значит, надо ехать прямо домой. Сколько это займет? Все зависит от расстояния. Двести пятьдесят миль, в голове всплыло это число. Наверное, Джад что-то такое говорил. Допустим, она сможет выехать отсюда в четверть первого или в половину. Дорога хорошая, скоростная магистраль. Можно нестись на скорости шестьдесят пять миль в час и не бояться, что ее оштрафуют за превышение. Она быстро разделила в уме двести пятьдесят на шестьдесят пять. Получается меньше четырех часов. Ну ладно... скажем, ровно четыре. Как минимум один раз ей придется остановиться, чтобы сходить в туалет. И хотя спать совсем не хотелось — сама мысль о том, чтобы заснуть, казалась невероятно далекой, — Рэйчел знала свои пределы и понимала, что по пути ей обязательно надо будет выпить большую чашку крепкого кофе. Но даже с учетом всех остановок она сможет быть в Ладлоу еще до рассвета.

Обдумав все это, она направилась к эскалаторам — агентства проката автомобилей располагались в нижнем зале.

— Удачи вам, милая, — окликнула ее женщина из службы безопасности. — Берегите себя.

— Спасибо, — ответила Рэйчел. Немного удачи ей сейчас точно не помешает.

51

Сначала в ноздри ударил запах, и Луис отпрянул, зажимая нос. Он стоял на краю могилы, хватая ртом воздух, и когда уже думал, что справился с тошнотой, весь его плотный безвкусный ужин извергся наружу неудержимой струей. Его стошнило прямо в могилу. Он положил голову на землю, дыша часто и тяжело. Наконец тошнота прошла. Стиснув зубы, он вытащил фонарик и направил луч в открытый гроб.

Его охватил парализующий ужас, как это бывает в кошмарных снах, которые ты едва помнишь при пробуждении.

У Гейджа не было головы.

У Луиса так сильно дрожали руки, что ему пришлось держать фонарик двумя руками, как полицейские держат револьвер на стрельбищах. Но тоненький луч все равно прыгал туда-сюда, и направить его обратно в могилу удалось далеко не сразу.

Этого не может быть, уговаривал он себя. *Тебе показалось. Этого не может быть.*

Он медленно провел лучом по всей длине трехфутового гроба Гейджа, от новых туфель до костюмных брюк, крошечного пиджачка (Господи, это неправильно, чтобы двухлетних детей одевали в костюмы), воротника рубашки...

У Луиса перехватило дыхание, он яростно втянул в себя воздух, и гнев на судьбу за смерть Гейджа вновь охватил все его существо, заглушая все страхи: страх перед сверхъестественным и потусторонним, страх перед растущей уверенностью, что он сошел с ума.

Луис запустил руку в задний карман и достал носовой платок. Держа фонарик в одной руке, он снова склонился над гробом, опасно балансируя на краю ямы. Если бы сейчас обвалилась одна из бетонных плит, ему наверняка перебило бы шею. Он опустил руку с платком и осторожно стер влажный мох, выросший на коже Гейджа, — мох такой темный, что Луису на миг показалось, будто у Гейджа нет головы.

Влажный мох напоминал склизкую пенку. Чего-то такого и следовало ожидать; шли дожди, а могильная коробка не была водонепроницаемой. Поводив лучом фонарика из стороны в сторону, Луис увидел, что гроб стоит в мелкой лужице. Под тонким слоем мха открылось лицо его сына. Даже зная, что после такого ужасного несчастного случая гроб не станут открывать, бальзамировщик, работавший с телом Гейджа, все равно постарался. Как правило, бальзамировщики всегда стараются выполнить свою работу как можно лучше. Но Гейдж все равно был похож на плохо сделанную куклу. На голове выпирали какие-то странные шишки, глаза под закрытыми веками глубоко ввалились. Что-то белое высовывалось изо рта, как язык альбиноса, и Луис сначала подумал, что в тело закачали слишком много бальзамирующего состава. Даже для взрослого нелегко рассчитать точную дозу, а для ребенка — практически невозможно.

Потом он понял, что это всего лишь вата. Он протянул руку и вынул ее изо рта сына. Губы Гейджа — вялые и какие-то слишком темные и пухлые — сомкнулись с едва различимым, но явственным звуком. Луис выкинул вату в могилу, она упала в лужу, выделяясь в темноте омерзительным белым пятном. Теперь одна щека Гейджа ввалилась, как у старика.

— Гейдж, — прошептал Луис, — сейчас я тебя заберу отсюда, ладно?

Он молился, чтобы никто не пришел: кладбищенский сторож с ночным обходом или кто-то еще. Он уже не боялся, что его поймают; если чей-то чужой фонарь выхватит его из темноты — его, стоящего в разрытой могиле сына, — он схватит свой погнутый заступ и не задумываясь размозжит незваному гостю череп.

Он обхватил Гейджа двумя руками. Тело казалось размякшим и вялым, словно бескостным, и Луис вдруг преисполнился жуткой уверенности: сейчас он поднимет Гейджа, и тот разломится на куски. И он будет стоять над могилой, держа в руках эти куски и крича во весь голос. Так его и найдут.

Давай, ты, слюнтяй, просто бери и делай!

Он взял Гейджа под мышки, не обращая внимания на зловонную сырость, и поднял его, как много раз поднимал из ванны. Голова Гейджа запрокинулась назад, почти касаясь затылком спины. Луис увидел у него на шее ожерелье из швов, удерживавших голову на плечах.

Ему все-таки удалось вытащить сына из гроба, несмотря на тошноту, вызванную запахом и ощущением дряблой, размякшей плоти в руках. Он уселся на краю могилы, свесив ноги в яму и держа тело на коленях, с серым, мертвенно-бледным лицом, с глазами, напоминавшими черные дыры, с дрожащими губами, искривленными от ужаса, горя и жалости.

— Гейдж, — сказал он и принялся укачивать сына на руках. Волосы Гейджа лежали на его запястье, безжизненные, как проволока. — Гейдж, все будет хорошо, честное слово, Гейдж, все будет хорошо, все скоро закончится, это просто сон, просто ночь, Гейдж, пожалуйста, я люблю тебя, папа любит тебя.

Луис укачивал своего сына.

В четверть второго Луис собрался с силами, чтобы покинуть кладбище. На самом деле труднее всего было достать тело из гроба — в этот момент его внутренний астронавт, его разум улетел совсем далеко в необъятную пустоту. Но теперь, когда он отдыхал, чувствуя, как спину крутит от боли, ему казалось, что еще можно вернуться. Еще можно вернуться назад.

Он завернул тело Гейджа в брезент. Замотал сверток обвязочной лентой, потом разрезал веревку надвое и аккуратно завязал концы. С виду — как будто свернутый ковер, не более того. Он закрыл гроб, но, немного подумав, открыл опять и положил туда погнутый заступ. Пусть на бангорском кладбище останется этот сувенир; его сына оно не получит. Луис закрыл гроб и опустил одну половину бетонной крышки. Теперь надо было придумать, как опустить вторую. Луис боялся, что плита может разбиться, если просто бросить ее вниз. Поразмыслив, он снял ремень, пропустил его сквозь железные кольца и с его помощью аккуратно опустил бетонный квадрат на место. Потом взял лопату и забросал яму землей. Земли не хватило. Это могли заметить. А могли и не заметить. Или могли заметить, но не заострить внимания. Он запретил себе думать об этом сейчас, ему и так есть о чем побеспокоиться — сегодня ночью еще предстояло немало работы. Еще один дикий поступок. А он уже очень устал.

Раз-два, марш вперед!

— Вот именно, — пробормотал Луис.

Снова поднялся ветер, прошелестел среди деревьев и заставил Луиса встревоженно оглядеться по сторонам. Он положил рядом со свертком лопату, кирку, которая сегодня еще пригодится, перчатки и фонарик. Искушение взять фонарик с собой было велико, но Луис решил не рисковать. Оставив тело и инструменты, он пошел обратно по той же дороге и минут через пять вышел к высокой кованой ограде. Там, на другой стороне улицы, стоял его «сивик». Так близко и все-таки так далеко.

Луис мгновение помедлил и зашагал вдоль ограды.

На этот раз он пошел прочь от ворот, до того места, где кладбищенская ограда отходила от Мейсон-стрит под прямым углом. Там была водосточная канава, и Луис в нее заглянул. То, что он увидел, заставило его содрогнуться. Целая груда гниющих цветов, смытых в эту канаву дождями и талыми водами.

Господи.

Нет, при чем тут Господь? Это были подношения Богу намного более древнему, чем христианский. В разное время люди давали Ему разные имена, но, мне кажется, самое верное имя придумала сестра Рэйчел: Оз, Великий и Узясный, Бог мертвых, преданных земле, Бог гниющих цветов в водосточных канавах, Бог Великой тайны.

Луис стоял и смотрел в канаву как зачарованный. Наконец он отвел взгляд с легким вздохом — вздохом человека, который очнулся от гипнотического транса.

Он пошел дальше и очень скоро нашел то, что искал. Видимо, информация сама собой отложилась у него в памяти в день похорон Гейджа.

Впереди, в продуваемой ветром темноте, вырисовывались очертания кладбищенского склепа.

Зимой здесь складывали гробы, когда стояли сильные морозы и земля промерзала настолько, что не поддавалась даже экскаваторам. Склеп также использовали в качестве временного хранилища при «сезонных наплывах».

Луис знал, что такие «наплывы» случаются постоянно; всегда бывают периоды, когда по непонятным причинам умирает особенно много людей.

«Одно уравновешивает другое, — говорил ему дядя Карл. — Если в мае за две недели не случится ни одной смерти, можно не сомневаться, что в ноябре за те же две недели я похороню десятерых. Правда, в ноябре это редкость, как и на Рождество, хотя люди думают, что на Рождество многие умирают. Придумали тоже какую-то рождественскую депрессию... Бред. Спроси любого владельца похоронной конторы. В Рождество людям радостно, они празднуют, веселятся и хотят жить. И, что характерно, живут. Обычно всплеск смертности начинается в феврале. Старики умирают от гриппа и пневмонии, но это еще не все. Есть люди, которые год-полтора сражаются с раком, как берсеркеры. А потом наступает февраль, и их словно одолевает усталость, и они прекращают бороться. Тридцать первого января у них ремиссия, и все хорошо, и они себя чувствуют прекрасно, а двадцать четвертого февраля их несут хоронить. Сердечные приступы часто случаются в феврале, и инсульты, и острая почечная недостаточность. Февраль — плохой месяц. В феврале людей одолевает усталость. Мы, в нашем бизнесе, к этому уже привыкли. То же самое происходит в июле или октябре. Почему, непонятно. А вот в августе — никогда. Август — месяц затишья. Если где-то не взорвется газопровод или автобус не свалится с моста, кладбищенский склеп в августе не заполняется никогда. А вот в феврале... в иные годы мы выставляли гробы в три ряда и надеялись только на скорую оттепель, чтобы закопать хоть какую-то часть, пока не пришлось арендовать целый склад».

Дядя Карл рассмеялся. И Луис, ощущавший свою сопричастность чему-то, чего не знали даже его преподаватели в медицинском колледже, тоже рассмеялся.

Двойные двери склепа располагались на склоне поросшего травой холма, который своей привлекательной формой напоминал женскую грудь. Вершина холма (Луис подозревал, что это было не естественное возвышение, а насыпное) лишь на пару футов не доходила до наконечников на прутьях ограды.

Оглядевшись по сторонам, Луис поднялся на холм. С другой стороны простирался пустырь площадью около двух акров. Хотя нет... не совсем пустырь. Там стояло какое-то здание, вроде заброшенного сарая. *Наверное, тоже принадлежит кладбищу*, подумал Луис. Видимо, там хранили садовый и прочий инвентарь.

Свет уличных фонарей проникал сквозь густую листву старых вязов и кленов, отделявших кладбище от Мейсон-стрит. Ветви деревьев раскачивались на ветру. Никакого другого движения Луис не заметил.

Он съехал вниз на заднице, боясь упасть и снова ударить больное колено, и вернулся к могиле сына. В темноте чуть не споткнулся о брезентовый сверток. Луис понял, что за один раз он все не утащит, так что придется ходить два раза: сначала с телом, потом с инструментами. Он нагнулся, сморщившись от боли в спине, и поднял сверток с земли. Почувствовал, как под брезентом сдвинулось тело Гейджа, и запретил себе слушать внутренний голос, который упорно нашептывал, что он рехнулся.

Он принес тело сына к подножию холма, внутри которого был оборудован кладбищенский склеп с раздвижными стальными дверями (такие двери обычно ставят на въезде в гараж). Веревки у Луиса уже не было, но он понял, что надо сделать, чтобы втащить сорокафунтовый сверток на холм по крутому склону, — и приготовился это сделать. Он отступил для разбега, а потом резко сорвался с места и побежал вверх по склону, наклонившись вперед, чтобы собственное ускорение унесло его как можно дальше. Он добрался почти до вершины, но поскользнулся на мокрой траве и уже в падении швырнул сверток, вложив в этот бросок все силы. Сверток упал у самой вершины холма. Луис вскарабкался наверх, еще раз огляделся, никого не увидел, переложил сверток поближе к ограде и пошел за остальными вещами.

Он снова поднялся на холм, надел рабочие перчатки и сложил кирку, лопату и фонарь рядом с брезентовым свертком. Потом сел отдохнуть, привалившись спиной к прутьям ограды. Новые электронные часы — подарок Рэйчел на прошлое Рождество — показывали 02:01.

Он позволил себе пять минут передышки, потом поднялся и перебросил лопату через ограду. Услышал, как она глухо ударилась о траву. Попытался засунуть фонарь в штаны, но он туда не помещался. Тогда Луис просунул фонарь между прутьями ограды и отпустил. Фонарь покатился вниз по склону. Оставалось только надеяться, что он не ударится о камень и не разобьется. Луис пожалел, что не взял с собой рюкзак.

Он достал из кармана упаковочный скотч и как можно плотнее прикрутил кирку к брезентовому свертку. Он наматывал скотч, пока тот не закончился, а потом убрал пустую катушку обратно в карман и поднял сверток над прутьями ограды (спина отозвалась протестующей болью; Луис уже понял, что за сегодняшнюю ночь ему предстоит расплачиваться всю следующую неделю). Он отпустил сверток, давая ему упасть, и поморщился при звуке глухого удара.

Луис перекинул ногу через ограду, схватился за два декоративных острия и перекинул вторую ногу. Потом соскользнул вниз по прутьям, а уже в самом конце отпустил их и спрыгнул на землю.

Он спустился по дальнему склону холма и принялся шарить в траве. Лопату он нашел сразу — она тускло поблескивала в свете уличных фонарей, пробивавшемся сквозь густую листву. Ему пришлось пережить несколько неприятных мгновений, когда он не мог отыскать фонарь — далеко ли тот укатился по траве? Луис встал на четвереньки и принялся ощупывать землю вокруг. Удары сердца отдавались в его ушах громким стуком.

Наконец он увидел фонарь — бледную тень правильной геометрической формы в пяти футах от того места, где ему следовало находиться по прикидкам Луиса. Он схватил фонарь и попробовал включить, прикрыв рукой отверстие, вырезанное в куске фетра. Тонкий луч света ударил ему в ладонь, и Луис тут же выключил фонарь. Все нормально. Работает.

Он достал складной нож, срезал кирку со свертка, потом собрал все инструменты и пошел к деревьям. Там он остановился, спрятавшись за самым толстым стволом, и оглядел обе стороны Мейсон-стрит. В такой поздний час здесь не было ни души. Свет горел только в одном окне — одном-единственном на всю улицу, — золотисто-желтый квадратик под самой крышей. Наверное, кто-то страдал бессонницей.

Быстрым шагом, но не бегом Луис вышел из-под деревьев на тротуар. После сумрака кладбища он чувствовал себя уязвимым под ярким светом фонарей: вот он стоит в двух шагах от городского кладбища, держа в охапке лопату, кирку и фонарь. Если кто-то увидит его сейчас, сразу станет понятно, что все это значит.

Он быстро перешел на другую сторону улицы. Его «сивик» стоял в каких-то пятидесяти ярдах отсюда. Но Луису они казались пятью милями. Обливаясь потом, он шел к машине и настороженно прислушивался, не раздастся ли шум подъезжающего автомобиля, звуки чьих-то чужих шагов, скрип открываемого окна.

Он подошел к своей «хонде», прислонил кирку и лопату к дверце и полез в карман за ключами. Ключей там не было, и в другом кармане — тоже. Его снова бросило в жар. Сердце бешено застучало в груди. Луис стиснул зубы, борясь с приступом паники.

Он их потерял. Скорее всего они выпали из кармана, когда он катался по земле, после того как спрыгнул с дерева и ударился коленом о край каменного надгробия. Его ключи лежат где-то в траве, и если он с таким трудом разыскал фонарь, то ключи уж точно найти не сумеет. Вот и все. Это конец. Одно невезение — и все.

Нет, черт возьми, подожди. Проверь карманы еще раз. Мелочь на месте. Если она не высыпалась, значит, и ключи не должны были выпасть.

Он еще раз обшарил карманы, вытащил мелочь, даже вывернул оба кармана наизнанку.

Ключей не было.

Луис прислонился к машине и стал думать, что делать дальше. Наверное, придется опять лезть на кладбище. Оставить сына там, где он сейчас, взять фонарь, перелезть через ограду и провести остаток ночи в бесплодных поисках...

На него вдруг снизошло озарение.

Он наклонился и заглянул в машину. Ключи торчали в замке зажигания.

Тихо вздохнув с облегчением, Луис обошел машину, открыл дверцу с водительской стороны и забрал ключи. В голове вдруг прозвучал строгий голос носатого Карла Молдена в старомодной фетровой шляпе: *Запирай машину. Ключи забирай с собой. Не сбивай хороших ребят с пути истинного.*

Он открыл багажник, сложил туда кирку, фонарь и лопату и захлопнул крышку. И лишь отойдя от машины шагов на двадцать, вспомнил про ключи. На этот раз он оставил их в замке багажника.

Идиот! — отругал он себя. *Если будешь таким идиотом, лучше сразу бросай это дело!*

Он вернулся к машине и забрал ключи.

Он взял Гейджа на руки и уже подходил к Мейсон-стрит, как вдруг где-то залаяла собака. Нет, не просто залаяла, а завыла. Ее хриплый голос заполнил всю улицу. *Ав-в-в-У-У-У-У-У! Ав-в-в-У-У-У-У-У-У!*

Луис встал за деревом, размышляя, что будет дальше. Что делать дальше. Он ждал, что сейчас по всей улице в окнах домов начнет зажигаться свет.

На самом деле свет зажегся только в одном окне: на торце дома прямо напротив того места, где стоял Луис, прячась в сумраке среди деревьев. Через мгновение раздался резкий оклик:

— Фред, заткнись!

— *А-в-в-в-У-У-У-У-У!* — отозвался Фред.

— Заткни его, Сканлон, или я вызываю полицию! — крикнул кто-то с той стороны улицы, где стоял Луис, и он испуганно вздрогнул, сообразив, какой хрупкой оказалась иллюзия пустоты и безлюдности. Повсюду были люди, сотни глаз и ушей, и этот пес своим лаем мог нарушить их сон и тем самым лишить Луиса его единственного союзника. *Чтоб тебе провалиться, Фред,* подумал он. *Чтоб тебе провалиться.*

Фред опять подал голос; *А-в-в-в-в* он вытянул до конца, но едва собрался перейти к затяжному *У-У-У-У-У-У-У*, как раздался звук тяжелого удара, за которым последовал визг и скулеж.

Послышался тихий хлопок двери, а потом наступила тишина. Свет в окне дома Фреда погас.

Луису очень хотелось выждать подольше; разумеется, так было бы лучше — подождать, пока все не уляжется. Но время уже поджимало.

Он перешел улицу, прижимая сверток к груди, и направился к своей машине. Вокруг не было ни души. Фред молчал. Придерживая сверток одной рукой, Луис достал из кармана ключи и открыл багажник.

Гейдж туда не помещался.

Луис попытался пристроить сверток сперва вертикально, потом горизонтально, потом диагонально. Сверток не помещался никак. Можно было бы согнуть его пополам и запихнуть в багажник — Гейджу ведь все равно, — но Луис просто не мог этого сделать.

Пора ехать, давай, ты и так слишком долго испытывал свою удачу.

Но он стоял, растерянный, без единой ценной мысли, и сжимал в руках сверток с телом сына. Потом он услышал шум приближавшейся машины и, совершенно не думая, бросился к пассажирской дверце, открыл ее и засунул сверток внутрь.

Захлопнув дверцу, он вернулся к багажнику и поспешно его закрыл. Машина, которая его напугала, проехала через перекресток. До Луиса донеслись пьяные вопли. Он сел за руль, завел двигатель и уже собрался включить фары, как вдруг ему в голову пришла ужасная мысль. А вдруг Гейдж сидит спиной вперед, с коленями и бедрами, вывернутыми не в ту сторону, и его ввалившиеся глаза смотрят в заднее окно, а не в лобовое стекло?

Какая разница, отозвался внутренний голос с истерической яростью, вызванной утомлением. *Пойми уже: разницы нет никакой.*

Разница есть. Она есть. Это Гейдж, а не тюк с полотенцами!

Он наклонился и принялся осторожно ощупывать брезентовый сверток, словно слепой, пытающийся понять, что за предмет перед ним. Наконец нащупал какой-то выступ, который мог быть только носом; Гейдж сидел правильно.

Лишь после этого Луис заставил себя включить передачу и поехал обратно в Ладлоу. Ехать было недолго, минут двадцать пять.

52

В час ночи у Джада Крэндалла зазвонил телефон, разорвал тишину в пустом доме и разбудил старика. Джад задремал, и ему снилось, что ему вновь двадцать три, он сидит на скамейке в бытовке железнодорожного депо вместе с Джорджем Чепином и Рене Мишо и они передают по кругу бутылку виски — самогон, но с этикеткой, — а снаружи беснуется северо-восточный ветер, и его пронзительный вой заглушает все остальные звуки, даже грохот подвижных составов на железной дороге. А они втроем сидят вокруг печки, глядя на красные угольки за мутным стеклом, пьют виски и рассказывают истории — истории, которые носишь в себе годами, хранишь, как мальчишки хранят под кроватью свои неказистые сокровища, и приберегаешь именно для таких вечеров. Они были темными, эти истории, темными, как сама ночь, и внутри каждой из них светился крошечный красный уголек, а взбешенный ветер создавал им обрамление. Джаду было двадцать три года, и Норма была очень даже жива и здорова (хотя сейчас она наверняка легла спать; вряд ли она станет ждать, что он вернется домой в эту дикую ночь), и Рене Мишо рассказывал о еврее-разносчике из Бакспорта, который...

Тут зазвонил телефон, и Джад проснулся, резко дернувшись в кресле. Затекшая шея болела, и тяжесть всех этих шестидесяти лет, всех этих лет, отделявших тогдашние двадцать три года от теперешних восьмидесяти трех, разом обрушилась на него. А в голове билась мысль: *Ты заснул, парень. Так у нас на железной дороге дела не делаются... И уж тем более сегодня ночью.*

Он поднялся на ноги, кое-как распрямил затекшую спину и подошел к телефону.

Это была Рэйчел.

— Джад? Он вернулся домой?

— Нет, — сказал Джад. — Рэйчел, где вы? Такое ощущение, что вы где-то близко.

— Я уже близко, да, — отозвалась Рэйчел. И хотя ее голос действительно звучал ближе, в трубке слышался тихий гул. Это был шум ветра, где-то между Ладлоу и тем местом, где сейчас находилась Рэйчел. Сегодня ночью ветер просто взбесился. Этот звук всегда наводил Джада на мысли о далеких голосах мертвых, поющих какую-то свою песню. — Я на шоссе, на стоянке на въезде в Биддефорд.

— В Биддефорд!

— Я не могла оставаться в Чикаго. У меня нехорошее предчувствие, как и у Элли. Я не знаю, что это, но оно не дает мне покоя. И вы тоже что-то такое чувствуете. Я слышу по голосу.

— Да. — Джад вытащил из пачки сигарету и сунул ее в рот. Зажег спичку и стал смотреть, как огонек дрожит в его руке. У него никогда в жизни не тряслись руки — до того как начался весь этот кошмар. Снаружи выл темный ветер. Ветер сотрясал дом.

Сила растет. Я это чувствую.

Сумрачный ужас пробрал его до мозга костей. Его старые кости были словно стеклянное волокно — тонкие, хрупкие.

— Джад, пожалуйста, скажите мне, что происходит!

Он подумал, что у нее есть право знать... что ей *нужно* знать. И, наверное, он ей расскажет. Он расскажет ей все. Покажет всю цепочку, звено за звеном. Сердечный приступ Нормы, смерть кота, вопрос Луиса — не хоронили ли там людей? — смерть Гейджа... и бог знает какое еще звено сейчас выковывает Луис. Он расскажет ей все. Но только не по телефону.

— Рэйчел, а как получилось, что вы на шоссе, а не в самолете?

Она объяснила, что опоздала на пересадку в Бостоне.

— Пришлось брать в прокате машину. Но я еду медленнее, чем рассчитывала. Я слегка заплутала в Логане, пока искала съезд на шоссе, и вот только сейчас въехала в Мэн. Вряд ли я попаду домой до рассвета. Но, Джад... пожалуйста. Скажите мне, что происходит. Мне очень страшно, и я даже не знаю *почему*.

— Рэйчел, послушайте, — сказал Джад. — Сейчас вы доедете до Портленда и там остановитесь, вы меня слышите? Устройтесь в мотеле и попытайтесь...

— Джад, я не могу...

— ...и попытайтесь немного поспать. Не волнуйтесь, Рэйчел. Возможно, сегодня здесь что-то произойдет, а может, и не произойдет. Если да... если это то, что я думаю... лучше, чтобы вас здесь не было. Я сам обо всем позабочусь. Наверное, я справлюсь. *Должен* справиться, потому что это моя вина. Если же ничего не случится, вы приедете днем, и все будет нормально. Думаю, Луис будет рад вас увидеть.

— Я не смогу заснуть, Джад.

— Сможете, Рэйчел, — ответил Джад. Он тоже думал, что не заснет. Черт, и Петр, наверное, думал, что не заснет в ту ночь, когда Иисуса взяли под стражу. Все твердо убеждены, что не заснут в карауле. — Сможете. Рэйчел, а если вас срубит прямо за рулем и вы во что-нибудь врежетесь и убьетесь? Что тогда будет с Луисом? И с Элли?

— Скажите мне, *что происходит*! И тогда, может быть, я последую вашему совету, Джад. Но мне надо *знать*!

— Когда доберетесь до Ладлоу, езжайте прямо сюда, ко мне, — сказал Джад. — Не к себе домой, а сначала — ко мне. Я расскажу все, что знаю, Рэйчел. И я дождусь Луиса.

— Расскажите *сейчас*.

— Нет, мэм. Только не по телефону. По телефону не буду, Рэйчел. *Не могу*. Пожалуйста, сделайте, как я прошу. Езжайте в Портленд и ложитесь спать.

Рэйчел надолго задумалась.

— Хорошо, — сказала она наконец. — Может быть, вы и правы. Джад, скажите мне только одно. Все очень плохо?

— Я с этим справлюсь, — спокойно произнес Джад. — Да, я с этим справлюсь.

На улице показался свет фар медленно подъезжавшей машины. Джад привстал, глядя в окно, но машина проехала мимо, и он сел на место.

— Ладно, — сказала Рэйчел. — Наверное. Но у меня все равно камень на сердце.

— Выбросьте этот камень, моя дорогая, — ответил Джад. — Я вас очень прошу. Поберегите себя для завтра. Здесь все будет в порядке.

— Вы обещаете, что все мне расскажете?

— Да. Мы с вами сядем, возьмем по пиву, и я вам все расскажу.

— Ну тогда до свидания, — сказала Рэйчел. — До скорого.

— До скорого, — согласился Джад. — Увидимся завтра, Рэйчел.

Прежде чем она успела сказать что-то еще, Джад повесил трубку.

Он был уверен, что в аптечке должен быть кофеин, но не смог его найти. Он убрал в холодильник недопитое пиво — не без сожаления — и сварил себе крепкий кофе. Вернулся с кружкой в гостиную, снова сел у окна и стал ждать.

Кофе — и разговор с Рэйчел — взбодрили его на три четверти часа, а потом он опять стал клевать носом.

Не спи в карауле, старик. Ты сам взвалил на себя это бремя, ты кое-что прикупил, и теперь пришло время платить по счетам. Так что не спи в карауле.

Он закурил очередную сигарету, глубоко затянулся и закашлялся скрипучим стариковским кашлем. Положил сигарету на краешек пепельницы и потер кулаками глаза. По шоссе за окном прогрохотал грузовик, рассекая фарами темноту этой ветреной тревожной ночи.

Джад понял, что засыпает, резко выпрямился в кресле и с размаху ударил себя по щеке, так, что зазвенело в ушах. В сердце шевельнулся ужас — непрошеный гость, ворвавшийся в самое потаенное место.

Оно меня усыпляет... оно меня гипнотизирует... Оно хочет, чтобы я заснул. Потому что он скоро вернется домой. Да, я чувствую, что уже скоро. И оно не хочет, чтобы я ему помешал.

— Нет, — твердо проговорил он. — Ничего у тебя не выйдет. Слышишь меня? Я это остановлю. Слишком далеко все зашло.

За окном свистел ветер, деревья на другой стороне дороги усыпляюще покачивали ветвями. Джад снова вспомнил ту ночь в бытовке, стоявшей там, где сейчас большой мебельный магазин в Брюэре. Тогда они проговорили до рассвета: он сам, Джордж и Рене Мишо. Теперь остался только он, Джад. Рене раздавило между вагонами ветреной ночью в марте тридцать девятого, а Джордж Чепин умер от сердечного приступа в прошлом году. Из всей старой компании остался лишь он один, старый дурак. Иногда глупость маскируется под доброту, а иногда — под гордыню, когда тебя тянет выбалтывать старые тайны, передавать свои знания, переливать из старого стакана в новый...

И вот этот торговец, еврей, подходит и говорит: «У меня есть кое-что интересное. Такого вы в жизни не видели. Видите, барышни на открытках в купальниках, но если их потереть влажной тряпицей...»

Голова Джада медленно склонилась на грудь.

«...они станут голыми, в чем мать родила. А когда высохнут, снова одетыми! И это еще не все! У меня есть...»

Рене рассказывает историю, сидя в теплом вагончике, смеется, наклонившись вперед, а Джад держит бутылку — он ее *чувствует*, и его рука сжимается в воздухе, обхватив невидимое горлышко.

На краю пепельницы дымилась сигарета, на ее кончике рос столбик пепла. Наконец он упал в пепельницу и рассыпался странным узором, напоминавшим какую-то руну.

Джад заснул.

И когда сорок минут спустя темнота за окном озарилась светом фар и Луис медленно въехал к себе во двор и загнал машину в гараж, Джад не услышал и не проснулся, как Петр не услышал и не проснулся, когда римские солдаты пришли за бродягой по имени Иисус.

53

Луис взял в кухне новый рулон упаковочного скотча, а в гараже — в том углу, где лежали зимние шины, — нашелся моток веревки. Скотчем Луис скрепил кирку и лопату в аккуратную связку, а из веревки соорудил что-то похожее на заплечную перевязь.

Инструменты — за плечи. Гейдж — на руках.

Приладив перевязь за спину, Луис открыл переднюю дверцу «сивика» и вытащил брезентовый сверток. Гейдж был значительно тяжелее Черча. Возможно, последнюю часть пути до микмакского кладбища придется преодолевать чуть ли не ползком — а ведь ему еще надо будет копать могилу в этой каменистой, суровой земле.

Ничего, как-нибудь справимся. Как-нибудь.

Луис Крид вышел из гаража, на миг задержавшись в дверях, чтобы погасить локтем свет, и остановился в том месте, где асфальт сменялся травой. Впереди виднелась тропинка, ведущая к кладбищу домашних животных; было темно, но тропинка как будто светилась.

Налетел ветер, растрепал волосы Луиса, и на мгновение его охватил детский страх темноты, он почувствовал себя маленьким, слабым, испуганным. Неужели он вправду собирался идти в этот лес, с трупом в руках, под деревья, где гуляет ветер, из одной темноты в другую? И на этот раз — совершенно один?

Не раздумывай. Просто иди.

Луис пошел.

Через двадцать минут он добрался до кладбища домашних животных. Руки и ноги тряслись от усталости. Луис сел на землю, положив сверток себе на колени, хватая ртом воздух. Еще двадцать минут он отдыхал и даже чуть не задремал. Он уже не боялся — похоже, усталость прогнала страх.

Наконец он поднялся, не очень веря, что у него получится перелезть через валежник, но твердо зная, что должен попытаться. Сверток у него в руках весил, казалось, не сорок фунтов, а двести.

Но то, что случалось однажды, случилось вновь; он словно вспомнил давний сон. Даже не вспомнил, а *пережил заново.* Как только Луис поставил ногу на первый сухой ствол, его снова охватило это странное, необъяснимое возбуждение, близкое к ликованию. Усталость никуда не делась, но стала терпимой — несущественной.

Просто иди за мной. Иди следом за мной и не смотри вниз, Луис. Не сомневайся, ни о чем не думай и не смотри вниз. Я знаю, как здесь пройти, но идти надо быстро и уверенно.

Быстро и уверенно, да, — как Джад вынул пчелиное жало.

Я знаю, как здесь пройти.

Но здесь только одна дорога, подумал Луис. И тебя либо пропустят, либо нет. Однажды он попытался самостоятельно перейти через валежник и не смог. А сейчас поднимался быстро и уверенно, как в ту ночь, когда Джад показывал ему путь.

Все выше и выше, не глядя вниз, прижимая к себе тело сына, завернутое в брезентовый саван. Все выше и выше, пока снова не налетел ветер: он растрепал и взъерошил волосы Луиса.

Луис на мгновение застыл на вершине, а потом быстро спустился — как будто сбежал вниз по лестнице. Кирка и лопата глухо позвякивали, ударяя о спину. Буквально через минуту он уже стоял на упругой земле, усыпанной сосновыми иглами. Тропа уходила вперед, а позади громоздился валежник — выше кладбищенской ограды.

Луис пошел по тропе с сыном на руках, слушая, как ветер стонет среди деревьев. Его уже не пугал этот звук. Ночная работа была почти завершена.

54

Рэйчел Крид проехала указатель «СЪЕЗД 8. ПОРТЛЕНД УЭСТБРУК – НАПРАВО», включила правый поворотник и перестроилась в правый ряд. Впереди показалась зеленая вывеска мотеля «Холидэй инн», сиявшая на фоне ночного неба. Постель, сон. Конец этого непрестанного, беспричинного, мучительного напряжения. И конец — пусть лишь ненадолго — этой убийственной пустоты, оставшейся на месте ребенка, которого больше нет. Это горе, она поняла, было похоже на удаление больного зуба. Сначала — лишь онемение после наркоза, но и сквозь онемение ты чувствуешь боль, что свернулась, как кошка, дергающая хвостом, и ждет, когда ей дадут проявиться. И когда действие новокаина пройдет, мало тебе не покажется, можешь не сомневаться.

Он сказал ей, что его послали предупредить... но вмешиваться он не может. Он сказал, что был рядом с папой, потому что они были вместе, когда его душа отделилась от тела.

Джад знает, но не говорит. Что-то явно происходит. Но что?

Самоубийство? Луис замышляет самоубийство? Нет, только не Луис. Я в это не верю. Но он что-то скрывал. Он мне лгал. Это читалось в его глазах... черт, да у него на лице было написано крупными буквами, он как будто хотел, чтобы я разглядела обман, чтобы я его остановила... потому что в душе он боялся, он так боялся...

Боялся? Луис никогда *ничего не боялся!*

Она резко вывернула руль влево, и машину начало заносить, шины заскрипели по асфальту. На миг Рэйчел показалось, что она сейчас перевернется. Но все обошлось, и она поехала дальше на север, съезд номер 8 и зеленая вывеска «Холидэй инн» остались за спиной. Впереди показался новый указатель, жутковато сверкавший отражающей краской. «СЛЕДУЮЩИЙ СЪЕЗД ШОССЕ 12 КАМБЕРЛЕНД КАМБЕРЛЕНД ЦЕНТР ДЖЕРУСАЛЕМС-ЛОТ ФАЛМУТ». *Джерусалемс-Лот,* рассеянно подумала Рэйчел, *странное название. Какое-то оно неприятное, даже не знаю почему... Приходи спать в Джерусалемс.*

Но этой ночью ей не до сна; вопреки настоятельному совету Джада она решила ехать домой. Джад знал, что происходит, и пообещал, что он этого не допустит, но старику восемьдесят с чем-то лет и он потерял жену всего лишь три месяца назад. Рэйчел не могла полагаться на Джада. Она ругала себя за то, что послушалась Луиса, когда он чуть ли не пинками выгнал ее из дома, но после смерти Гейджа у нее совсем не было сил. Элли с ее фотографией Гейджа, с ее измученным лицом — лицом ребенка, пережившего торнадо или внезапную бомбежку. Иногда, долгими бессонными ночами, ей хотелось возненавидеть Луиса за то, что он причинил ей столько горя, за то, что он не может утешить ее, когда она так нуждается в утешении (и не дает ей утешить его самого), но возненавидеть не получалось. Она по-прежнему очень сильно его любила, и его лицо было таким бледным... таким настороженным...

Стрелка спидометра подрагивала чуть правее отметки шестьдесят миль в час. Одна миля в минуту. Может быть, через два с четвертью часа она будет в Ладлоу. Может быть, она успеет еще до рассвета.

Она включила радио и нашла портлендскую рок-н-ролльную станцию. Сделала звук погромче и принялась подпевать, чтобы не заснуть за рулем. Через полчаса портлендская станция начала пропадать, и Рэйчел переключилась на Огасту. Она открыла окно, впустив внутрь ночной ветер.

Кончится ли когда-нибудь эта ночь?

55

Луис заново переживал свой сон, и этот сон захватил его целиком; он то и дело поглядывал вниз, чтобы убедиться, что у него в руках — тело, завернутое в брезент, а не зеленый пакет для мусора. Он вспомнил, как, проснувшись наутро после той ночи, когда Джад отвел его в лес хоронить Черча, он почти ничего не мог вспомнить — зато сейчас все события ожили перед глазами. И еще ему вспомнилась та пронзительная острота ощущений, которую он испытывал по дороге, когда все чувства как будто протянулись вовне и соприкоснулись с лесом, словно лес тоже живой, и между ними установилась некая телепатическая связь.

Он шагал по тропе, узнавая места, где она была широкой, как шоссе номер 15, где она сужалась настолько, что ему приходилось передвигаться боком, чтобы сверток у него в руках не запутался в густых зарослях кустарника, и где она проходила среди высоких деревьев, чьи ветви смыкались над головой. Он вдыхал резкий запах сосновой смолы и прислушивался к странному тихому хрусту хвои под ногами — это было скорее ощущение, чем звук.

Наконец тропа пошла под уклон. Вскоре одна нога Луиса ступила в мелкую воду и начала вязнуть в топкой грязи... зыбучем песке, если верить Джаду. Луис огляделся и увидел участки стоячей воды между зарослями камышей и каких-то низких, неприглядных кустов с широкими листьями, какие бывают разве что в тропиках. Он вспомнил, что и в *ту* ночь здесь было светлее. В воздухе как будто разливалось некое электрическое свечение.

Следующая часть пути, она как валежник — надо ступать уверенно и легко. Просто иди за мной и не смотри вниз.

Да, хорошо... и кстати, ты когда-нибудь видел в Мэне такие растения? В Мэне или где-то еще? Что это?

Это не важно, Луис. Просто... просто иди.

Он пошел дальше, глядя на влажную, заболоченную землю прямо перед собой, чтобы видеть, где будет следующая кочка, его ноги переступали с одного травянистого холмика на другой — *мы принимаем силу тяжести за аксиому, это и есть вера*, подумал он. Эту фразу он услышал не в колледже на занятиях по теологии или философии, ее произнес его школьный учитель физики на одном из уроков под конец четверти... и она накрепко врезалась Луису в память.

Он принял за аксиому способность микмакского кладбища воскрешать мертвых и теперь шел по Духовой топи с сыном на руках, шел, не оглядываясь назад и не глядя вниз. Сейчас на болоте было более шумно, чем тогда, в конце осени. В камышах непрестанно кричали птицы, их пронзительные голоса казались Луису неприветливыми и недобрыми. Иногда раздавалось кваканье лягушек, похожее на звон натянутой резинки. Он не прошел и двадцати шагов в глубь Духовой топи, как у него над головой пронеслось что-то темное... наверное, летучая мышь.

Туман, стелившийся по болоту, начал сгущаться, закручиваться клубами; сперва он скрыл туфли Луиса, потом — колени и наконец заключил его в светящуюся белую капсулу. Луису показалось, что свет стал ярче — пульсирующее сияние, подобное огромному сердцу. Никогда раньше он так явственно не ощущал близость природы как цельной силы, живого существа... может быть, даже разумного. Болото было живым, но эта жизнь определялась не голосами ночных животных. Если бы Луиса попросили описать суть и качество этой жизни, он бы не смог. Он знал только, что она заключает в себе миллионы возможностей и вся пронизана силой. Рядом с ней Луис чувствовал себя маленьким и ничтожным.

А потом из тумана донесся звук, который Луис хорошо помнил по прошлому разу: высокий, захлебывающийся смех, переходящий в рыдания. Мгновение тишины — и смех раздался снова. В этот раз он сорвался на истерический вопль, от которого у Луиса заледенела кровь. Вокруг сонно ворочались клубы тумана. Смех затих, растворившись в гудении ветра, который лишь слышался, но уже не ощущался. Да, все верно. Здесь, в низине, ветра, наверное, не бывает вообще. Если бы он мог проникнуть сюда, он разогнал бы туман... а Луис не был уверен, что ему хочется видеть то, что скрывается за этой белесой пеленой.

Еще тебе могут послышаться голоса, звуки, похожие на голоса... но это всего лишь гагары летят на юг. Звуки разносятся далеко. Так что не обращай внимания.

— Гагары, — произнес Луис вслух и с трудом узнал собственный голос, надтреснутый, хриплый и какой-то чужой. Но он звучал чуть ли не весело. Господи Боже, он звучал почти весело.

Луис секунду помедлил и пошел дальше. Словно в наказание за эту заминку его нога соскользнула со следующей кочки, и он едва не потерял туфлю, увязшую в липкой тине, скрытой под водой.

Голос — если это был голос — послышался вновь, на этот раз слева. Через мгновение он звучал уже сзади... казалось, *прямо* за спиной Луиса, буквально в шаге от него, и если сейчас обернуться, он увидит кошмарную тварь с оскаленными зубами и горящими глазами... но в этот раз Луис не стал медлить. Он смотрел прямо перед собой и шел вперед.

Внезапно туман потускнел, и Луис осознал, что перед ним в воздухе висит лицо с губами, растянутыми в зловещей ухмылке. Глаза, раскосые, как на классических китайских рисунках, были желтовато-серыми, запавшими, блестящими. Широко раскрытый рот застыл в пугающей гримасе, нижняя губа вывернулась наружу, обнажая черные зубы, стертые почти до корней. Но больше всего Луиса поразили уши, которые были даже не ушами, а изогнутыми рогами... не как у дьявола, а как у барана.

Эта парящая в воздухе кошмарная голова, кажется, что-то говорила — говорила со смехом. Рот шевелился, хотя вывернутая наружу губа так и не возвращалась на место. Вены пульсировали черной кровью. Ноздри раздувались и выдыхали белый пар.

Когда Луис подошел ближе, изо рта головы вывалился язык. Длинный и заостренный, грязно-желтого цвета. Он был покрыт шелушащимися чешуйками, и пока Луис смотрел, одна из чешуек откинулась, как крышка люка, и оттуда выполз белый червяк. Кончик языка лениво покачивался в воздухе, где должно было быть адамово яблоко... чудовище смеялось.

Луис еще крепче прижал к себе Гейджа, словно хотел защитить, его ноги начали соскальзывать с кочки.

Может быть, ты увидишь огни святого Эльма, моряки называют их огнями духов. Они иногда принимают необычную форму, но бояться не надо. Если вдруг станет не по себе, просто не смотри на них, и все...

Голос Джада у него в голове придал ему уверенности. Он решительно шагнул вперед, пошатнулся, но быстро восстановил равновесие. Он не смотрел на лицо — если это действительно было лицо, а не плод его воображения и не сгусток тумана, — но заметил, что оно движется следом за ним, держась всегда на одном расстоянии. А какое-то время спустя оно попросту растворилось в тумане.

Это не огни святого Эльма.

Конечно, нет. Это место заполнено духами; буквально забито ими. Стоит лишь оглядеться по сторонам, и ты увидишь такое, от чего точно рехнешься. Но он не станет об этом думать. Ему вовсе незачем об этом думать. Ему вовсе незачем...

Что-то зашевелилось в тумане.

Луис застыл на месте, прислушиваясь... да, что-то двигалось там, в тумане, и оно приближалось. У Луиса в прямом смысле отвисла челюсть, все державшие ее сухожилия вмиг ослабели.

Он в жизни не слышал подобного звука: звук был живым и *громадным*. Где-то рядом — и с каждой секундой все ближе — трещали ветки. Мелкий кустарник ломался под невообразимыми ногами. Земля под ногами Луиса тряслась, как желе. Он вдруг понял, что стонет,

(*Господи, Господи Боже, что там такое, что там в тумане?*)

и снова прижал Гейджа к груди; только теперь до него дошло, что лягушки и птицы умолкли, а в сыром воздухе разлилось густое, тошнотворное зловоние тухлого мяса.

Что бы это ни было, оно было огромным.

Объятый ужасом, Луис запрокинул голову, как человек, следящий за траекторией взлетающей ракеты. Земля содрогалась от топота приближавшегося существа. Раздался треск дерева — не ветки, а целого дерева, — упавшего где-то неподалеку.

Луис что-то увидел.

На миг в белесом тумане проступил сизо-серый неясный силуэт, но он был выше шестидесяти футов. И это была не тень, не бесплотный дух; Луис чувствовал движение воздуха, потревоженного проходом этого существа, слышал грохот его великанских ног и хлюпанье влажной грязи.

На миг ему показалось, что высоко-высоко сверкнули две желто-оранжевые искры. Искры, похожие на глаза.

А потом звук стал затихать. Когда он отдалился, где-то неуверенно вскрикнула птица. Ей ответила другая. Потом в их беседу вступила третья, четвертая, пятая, шестая — настоящий птичий базар. Топот гигантского существа (медленный, но уверенный; и это, наверное, было страшнее всего: ощущение осмысленного продвижения) удалялся на север. Все тише... и тише... и вот его больше не слышно.

Луис наконец сдвинулся с места. В спине и плечах застыла адская боль. Он весь вспотел, от шеи до пяток. Первые весенние комары, только что вылупившиеся и голодные, почуяли его и слетелись на ночной пир.

Вендиго, о Господи, это был вендиго — существо, что проходит по северным землям, и если оно прикоснется к тебе, ты превращаешься в людоеда. Да, это был он. Вендиго прошел в шестидесяти ярдах от меня.

Он велел себе не глупить. Надо брать пример с Джада и не задумываться о том, что можно увидеть или услышать на этих болотах за Клатбищем домашних жывотных, будь то гагары, огни святого Эльма или вся команда «Нью-Йорк янкиз». Пусть это будет что угодно, лишь бы не твари, проникающие в наш мир из каких-то запредельных пространств. Пусть будет Бог, пусть будет воскресное утро, пусть будут улыбчивые священники-англиканцы в ослепительно белых одеждах... но только не эти ночные ужасы, выходцы с темной стороны Вселенной.

Луис шел вперед с сыном в руках, и земля у него под ногами вновь обретала твердость. Вскоре он вышел к упавшему дереву, чья крона вырисовывалась в редеющем тумане подобно серо-зеленой метелке из перьев, брошенной великаншей-домохозяйкой.

Дерево было сломано — словно щепка, — и слом был таким свежим, что желтовато-белая древесина еще сочилась теплой смолой; Луис прикоснулся к ней, перелезая через поваленный ствол... на той стороне обнаружилась огромная вмятина, и хотя можжевельник и низкие заросли лавра были втоптаны в землю, Луис не позволил себе поверить, что это — отпечаток ноги. Можно было бы оглянуться и посмотреть, действительно ли эта вмятина похожа на след, но он не стал этого делать. Он шел, глядя только вперед, его кожа застыла в ознобе, во рту было жарко и сухо, сердце бешено колотилось в груди.

Хлюпанье грязи под ногами вскоре прекратилось, сменившись хрустом сосновых иголок. Потом иголки сменились камнем. Луис уже приближался к цели.

Тропа круто пошла в гору. Луис больно ударился ногой о выступ в скале. Но это был *не просто* выступ. Луис протянул руку (затекший локоть пронзила боль) и прикоснулся к нему.

Здесь ступеньки. Вырубленные в скале. Просто иди за мной. Поднимемся на вершину, и мы на месте.

Он начал подниматься, и это странное радостное возбуждение вернулось, снова прогнав усталость... пусть даже на время. В уме он считал ступени, поднимаясь в холод и тьму, в этот непрестанный поток ледяного ветра, дувший здесь со всей силы, трепавший одежду Луиса; брезент, в который было завернуто тело Гейджа, хлопал, как поднятый парус.

Один раз Луис запрокинул голову и увидел черное небо в безумной россыпи звезд. Он не узнал ни одного созвездия и отвел взгляд, встревоженный и сбитый с толку. Скала была выщербленной и неровной, иной раз выбоины принимали причудливые очертания: вот там — лодка, а там — барсук, а здесь — лицо человека с нахмуренными бровями. Только ступени, вырубленные в скале, были гладкими.

Поднявшись на вершину, Луис какое-то время стоял, опустив голову и пытаясь отдышаться. Легкие болели, словно их долго пинали ногами, а в бок как будто вонзилась заноза.

Ветер плясал у него в волосах и ревел ему в уши, как взбешенный дракон.

Сегодня здесь было светлее; может быть, в прошлый раз небо затягивали облака, или Луис просто не обратил внимания? Это не важно. Главное, ему было все видно. И от того, что он увидел, его снова бросило в дрожь.

Это кладбище было устроено так же, как Клатбище домашних жывотных.

И ты, конечно, об этом знал, прошептал внутренний голос, пока Луис обозревал груды камней, которые раньше были курганами. *Ты знал об этом или должен был знать: не концентрические круги, а спираль...*

Да. Здесь, на вершине каменистого плато, повернувшись к холодному звездному свету и черным пространствам между звездами, лежала гигантская спираль, сооруженная общими стараниями, как выразились бы старики. Но Луис видел, что настоящих курганов здесь нет; все они были раскиданы теми, кого похоронили под ними... и кто вернулся из мертвых и выбрался из-под земли. И все-таки камни рассыпались так, что форма спирали сохранилась.

Видел ли кто-нибудь это сверху? — рассеянно спросил себя Луис, вспомнив картины в пустыне, сделанные индейцами Южной Америки. *Видел ли кто-нибудь это сверху, а если видел, то что подумал?*

Он встал на колени и со стоном облегчения положил тело Гейджа на землю.

Наконец Луис немного пришел в себя. Достал из кармана нож и перерезал скотч, скреплявший перевязь с киркой и лопатой. Они со звоном упали на землю. Луис лег на спину, раскинув в стороны руки и ноги, и на мгновение застыл, глядя на звезды.

Что это было в лесу? Луис, Луис, неужели ты думаешь, что из этого выйдет что-то хорошее — в кульминации пьесы, в которой участвуют подобные персонажи?

Но отступать было поздно, и он это знал.

К тому же, размышлял он, *все еще может закончиться хорошо; кто не рискует, тот ничего не получает. А не рискует тот, кто не любит. У меня есть моя сумка, не та, что лежит в кабинете, а та, что хранится в ванной на верхней полке, та, за которой я послал Джада, когда у Нормы был сердечный приступ. Там есть шприцы, и если что-то случится... что-то плохое... об этом не узнает никто, кроме меня.*

Его мысли расплылись, превратились в бессвязную, монотонную молитву, но руки сами взялись за кирку... и Луис принялся долбить землю, по-прежнему стоя на коленях. С каждым ударом он наклонялся вперед, нависая над киркой, как древний римлянин, готовый упасть на меч. Мало-помалу яма делалась глубже и обретала форму. Луис выковыривал из земли камни и большую часть просто отбрасывал в сторону. Но несколько штук он оставил.

Для кургана.

56

Рэйчел била себя по лицу до тех пор, пока щеки не начало жечь, но все равно продолжала клевать носом. Однажды она проснулась полностью (это произошло у Питсфилда; на шоссе не было никого, кроме нее), и ей показалось на долю секунды, что на нее смотрят дюжины безжалостных серебристых глаз, мигая, словно голодные ледяные огни.

Потом они превратились в крошечные отражатели на столбиках ограждения.

Машина заехала далеко на обочину.

Рэйчел крутанула руль влево, шины взвизгнули, и ей показалось, что она услышала слабый стук, как будто ее передний бампер задел правым краем один из столбиков. Сердце подпрыгнуло и заколотилось так сильно, что у нее перед глазами заплясали темные пятнышки, расширявшиеся и сжимавшиеся в такт биению. Но не прошло и минуты, как — несмотря на испуг, на едва не случившуюся аварию, на Роберта Гордона, орущего по радио «Red Hot» — она вновь начала клевать носом.

В голову пришла безумная, параноидальная мысль.

— Ага, обычная паранойя, — пробормотала Рэйчел под грохот рок-н-ролла. Попробовала засмеяться, но не смогла. Сейчас — не смогла. Потому что мысль никуда не делась, и в ночной темноте она представлялась до жути правдоподобной. Рэйчел чувствовала себя картонной фигуркой, попавшей в резинку огромной рогатки. Бедняжка тщится бежать вперед, но с каждым шагом бежать становится все труднее и труднее, и в конце концов потенциальная энергия резинки становится равной энергии бегуна... и инерция переходит во что?.. элементарная физика... что-то пыталось ее удержать... *не вмешивайся, слышишь, ты...* всякое тело, находящееся в состоянии покоя, сохраняет состояние покоя... *например, тело Гейджа...* если на него не действуют другие тела...

На этот раз скрип шин по асфальту был громче, и машина со скрежетом царапнула боком дорожное ограждение, сдирая верхний слой краски; в какой-то момент руль перестал слушаться, и Рэйчел, рыдая, вдавила в пол педаль тормоза; она заснула, не задремала за рулем, а заснула по-настоящему, на скорости шестьдесят миль в час, и если бы здесь не было ограждения... если бы здесь была опора эстакады...

Она съехала на обочину, остановила машину и разрыдалась, закрывая лицо руками, ошеломленная и испуганная.

Что-то пытается не пустить меня к нему.

Более-менее успокоившись и взяв себя в руки, она поехала дальше — машина вроде бы не пострадала, но Рэйчел уже поняла, что завтра, когда она будет ее сдавать, у сотрудников прокатной конторы возникнут очень серьезные вопросы.

Не думай об этом. Будем решать проблемы по мере их поступления. Сейчас самое главное — выпить кофе.

Впереди показался съезд на Питсфилд, и Рэйчел свернула. Через милю увидела у дороги горящую вывеску автозаправки. Заехала туда, заправила машину («А кто-то неплохо чиркнул ее по боку», — чуть ли не с восхищением произнес один из работников автозаправки) и вошла в кафе-закусочную, где пахло жиром для жарки, яичницей... и, слава Богу, крепким кофе.

Рэйчел выпила три чашки крепкого и очень сладкого кофе, одну за другой, как лекарство. Несколько водителей-дальнобойщиков сидели у стойки или в кабинках и заигрывали с официантками, которые все как одна напоминали усталых медсестер тяжелой ночной смены.

Рэйчел расплатилась и вернулась к машине. Машина не заводилась. Ключ в замке зажигания проворачивался с сухим щелчком, но двигатель молчал.

Рэйчел принялась бить по рулю кулаками, медленно и слабо. Что-то пыталось ее удержать. Не было никаких объективных причин, чтобы эта машина — новая, с пробегом меньше пяти тысяч миль — вдруг умерла. Но она умерла, и теперь Рэйчел застряла в Питсфилде, почти в пятидесяти милях от дома.

Она слушала гул больших грузовиков, и ей вдруг подумалось, что среди них может быть и грузовик, убивший ее сына... и среди рокота мощных двигателей ей послышался злобный смех.

Уронив голову на руки, Рэйчел расплакалась.

57

Луис обо что-то споткнулся и растянулся на земле во весь рост. На миг ему показалось, что он не сможет подняться — просто не сможет, и все, — а будет лежать здесь и слушать, как кричат птицы на Духовой топи и как каждая клеточка его тела кричит от боли. Он будет лежать здесь, пока не заснет. Или пока не умрет. Что вероятнее.

Он помнил, как опускал брезентовый сверток в яму, которую вырыл, и как забрасывал ее землей — голыми руками. Ему казалось, он помнил, как складывал из камней пирамиду, от широкого основания до верхушки...

А после этого он не помнил почти ничего. Очевидно, он спустился вниз по каменным ступеням, иначе сейчас не оказался бы... а кстати, где? Оглядевшись по сторонам, Луис вроде бы узнал рощу из старых сосен неподалеку от кучи валежника. Неужели он прошел через всю Духову топь и даже этого не заметил? Да, похоже на то.

Это уже достаточно далеко. Можно заснуть прямо здесь.

Но именно эта мысль, такая обманчиво утешительная, заставила его подняться и идти дальше. Если он останется здесь, его может найти то существо из тумана... возможно, оно где-то рядом и наблюдает за ним. Прямо сейчас.

Луис провел рукой по лицу и удивился, увидев кровь... похоже, в какой-то момент у него пошла кровь из носа.

— И черт бы с ним, — хрипло пробормотал он и, вяло пошарив рукой по земле, нашел и поднял кирку и лопату.

Через десять минут впереди показался валежник. Луис перебрался через него, спотыкаясь на каждом шагу, но все же не падая — почти до самого низа. Там он взглянул себе под ноги, и у него под подошвой тут же хрустнула ветка (*не смотри вниз*, говорил Джад), другая ветка просела, так что Луис едва не вывихнул ногу. Он упал, больно ударившись боком о землю и выбив весь воздух из легких.

Сегодня ночью я грохнулся аж на двух кладбищах... как-то оно, черт возьми, многовато для одной ночи.

Он снова принялся ощупывать землю в поисках кирки и лопаты и наконец их нашел. Огляделся — света звезд хватало, чтобы кое-что разглядеть. Вот могила СМАКИ. *Он был послушным*, устало подумал Луис. А вон там — ТРИКСИ, ПАГИБ НА ШОССЕ. Ветер все не унимался, и Луис слышал тихое *дзинь-дзинь-дзинь* — дребезжание кусочка металла, возможно, бывшей консервной банки, которую безутешный хозяин питомца с трудом разрезал отцовскими ножницами, распрямил молотком и прибил гвоздем к деревянной палке, — и от этого звука вернулся страх. Луис слишком устал, чтобы бояться. У него просто не было сил. Но это непрестанное *дзинь-дзинь-дзинь* из темноты проняло его до печенок.

Он прошел через кладбище домашних животных, мимо могилы МАРТЫ, НАШЕЙ ЛЮБИМОЙ КРАЛЬЧИХИ, УМИРШЕЙ 1 МАРТА 1965, мимо ГЕНЕРАЛА ПАТТОНА; он переступил полусгнивший кусок доски, обозначавший место последнего упокоения ПОЛИНЕЗИИ. Дребезжание металла сделалось громче, Луис остановился и огляделся. На покосившейся доске, врытой в землю, висел жестяной прямоугольник. В свете звезд Луис разобрал надпись: «РИНГО НАШ ХОМЯЧОК, 1964–1965». Именно эта жестянка и дребезжала, ударяясь о доску. Луис протянул руку, чтобы поплотнее прижать металлическую табличку к доске... и оцепенел, его волосы встали дыбом.

Там что-то двигалось. Что двигалось там, с другой стороны валежника.

Оттуда доносились едва различимые, крадущиеся звуки: тихий хруст опавших сосновых иголок, сухой треск ветки, шорох в кустах. Они почти терялись в завываниях ветра среди деревьев.

— Гейдж? — хрипло позвал Луис.

От самой мысли о том, что он сейчас делает — стоит здесь, в темноте, и зовет своего мертвого сына, — Луиса пробрал озноб. Он задрожал мелкой дрожью, словно в убийственной лихорадке.

— Гейдж?

Звуки затихли.

Нет, еще рано. Не спрашивай, откуда я знаю. Я просто знаю. Это не Гейдж. Это... что-то другое.

Он вдруг вспомнил, что ему говорила Элли: *Он сказал: «Лазарь, иди вон»... потому что если бы он просто сказал: «Иди вон» — и не назвал бы Лазаря по имени, то, наверное, ожили бы все мертвецы на том кладбище.*

С той стороны кучи валежника вновь послышались звуки. С той стороны барьера. Почти — но все-таки не совсем — заглушенные воем ветра. Словно что-то слепое подкрадывалось к нему, гонимое древним инстинктом. Его усталый, перевозбужденный разум создавал совершенно ужасные, отвратительные картины: гигантский крот, огромная летучая мышь, которая не летит, а ползет по подлеску.

Луис попятился к выходу с кладбища домашних животных, не решаясь повернуться спиной к валежнику — к этому бледно мерцавшему нагромождению стволов и ветвей, белесому шраму на теле ночной темноты, — и развернулся только тогда, когда вышел на тропинку. Он пошел прочь быстрым шагом и где-то за четверть мили до того, как тропа вышла из леса на поле за его домом, нашел в себе силы пуститься бегом.

Луис забросил кирку и лопату в гараж и немного постоял на подъездной дорожке, глядя сначала на лес, откуда только что вышел, а потом — в небо. Было четверть пятого, и Луис подумал, что скоро рассвет. Солнце уже вставало над Атлантикой, но здесь, в Ладлоу, ночь еще прочно держала свои позиции. Ветер все не стихал.

Он пошел в дом, пробираясь на ощупь вдоль стены гаража, и отпер заднюю дверь. Прошел через кухню, не зажигая света, и открыл дверь маленькой ванной между кухней и столовой. Здесь он включил свет, и первым, что он увидел, был Черч, свернувшийся калачиком на бачке унитаза и глядевший на него этими тусклыми желто-зелеными глазами.

— Черч, — произнес Луис. — Мне казалось, что кто-то выставил тебя из дома.

Черч только смотрел на него с бачка унитаза. Да, кто-то выставил его из дома; сам Луис и выставил. Это он помнил точно. И еще он помнил, как говорил себе, когда заменил разбитое стекло в подвале: эта проблема решена. Но кого он пытался обмануть? Если Черч хочет войти, он войдет. Потому что теперь Черч другой.

Впрочем, это не важно. Луис так отупел от усталости, что его уже ничто не волновало.

Сейчас он чувствовал себя каким-то недочеловеком, одним из дурацких киношных зомби Джорджа Ромеро или, может быть, беглецом из поэмы Томаса Элиота о полых людях. *О, быть бы парою мне скрюченных клешней, скребущихся о дно Духовой топи и вверх ползущих на погост микмакский*, подумал он и хохотнул.

— А вместо мозгов — пук соломы, увы, Черч, — хрипло проговорил он и принялся расстегивать рубашку. — Это про меня. Правда-правда.

На левом боку наливался изрядный синяк, заходивший на ребра. Спустив штаны, Луис увидел, что колено, которым он ударился о надгробный камень, раздулось, словно воздушный шар. Оно уже сделалось почти черным, и Луис подумал, что если не двигать ногой, сустав вообще перестанет сгибаться, как будто схваченный цементом. Подобные травмы не проходят бесследно — они напоминают о себе в дождливые дни до конца жизни.

Он протянул руку, чтобы погладить Черча и получить хоть какое-то утешение, но кот спрыгнул с бачка и вышел из ванной, шатаясь как пьяный — в своей новой, совсем не кошачьей манере. Перед тем как уйти окончательно, он обернулся и посмотрел на Луиса пустыми желтыми глазами.

В аптечке была мазь от ушибов. Луис опустил сиденье унитаза, сел и смазал колено. Потом выдавил на ладонь еще немного мази и растер поясницу, медленно и неуклюже.

Он вышел из ванной и пошел в гостиную. Включил свет в коридоре и застыл у подножия лестницы, тупо глядя по сторонам. Все казалось таким странным, таким чужим! Вот здесь он стоял в канун Рождества, когда дарил Рэйчел сапфир. Подарок лежал в кармане его халата. Вот его кресло, где он сидел, когда разговаривал с Элли о смерти после фатального сердечного приступа Нормы Крэндалл; он тогда говорил дочери то, во что сам не верил и категорически не принимал. Вон в том углу стояла елка, вон к тому окну Элли прилепила скотчем свою поделку — бумажную индейку, которая напоминала Луису какую-то футуристическую ворону, — а еще раньше комната была совершенно пустой, не считая картонных коробок с вещами, собранными к переезду и проехавшими полстраны. Он вспомнил, каким жалким и незначительным казалось все их имущество, распиханное по коробкам, — крошечный бастион, защищавший его семью от чужого, холодного мира, где никто их не знал.

Как все это странно... и как ему хочется, чтобы ничего этого не было. Лучше бы он никогда даже не слышал о Мэнском университете, о Ладлоу, о Джаде и Норме Крэндалл и обо всем прочем.

Он поднялся наверх, в одних трусах и майке, вошел в ванную на втором этаже, подтащил к шкафчику с аптечкой низенький табурет, взгромоздился на него и достал с верхней полки маленькую черную сумку. Отнес ее в спальню, сел на кровать и принялся осматривать содержимое. Да, там были шприцы, если они вдруг понадобятся... и среди рулонов пластыря, хирургических ножниц и хирургических нитей лежало несколько ампул с очень сильным, смертельным веществом.

Если понадобится.

Луис закрыл сумку и поставил ее возле кровати. Потом погасил свет и лег, положив руки под голову. Это была настоящая роскошь: лежать, вытянувшись на кровати. Его мысли вновь обратились к Диснейуорлду. Он представил себя в простой белой форме, за рулем белого микроавтобуса с логотипом в виде ушей Микки-Мауса на боку — никаких красных крестов, никаких надписей, ничего, что могло бы встревожить или напугать посетителей.

Гейдж сидел рядом с ним, дочерна загорелый, пышущий здоровьем, с сияющими глазами. Вон там, слева, плюшевый Гуфи пожимает руку какому-то малышу; парнишка буквально оцепенел от восторга. А вот Винни-Пух позирует с двумя смеющимися бабулями, а третья смеющаяся бабуля их фотографирует. Маленькая девочка в нарядном платье кричит: «Я люблю тебя, Тигра! Я люблю тебя, Тигра!»

Они с сыном вышли в дозор. Они были стражами этой волшебной страны и обходили ее — объезжали — в белом микроавтобусе с красным огоньком на приборной панели, аккуратно и благоразумно прикрытым от посторонних глаз. Они не искали беды, но были готовы к тому, что она может грянуть. Потому что беда может случиться всегда и везде, даже здесь, в этой стране радости и веселья; мужчина, покупающий сувениры на Мэйн-стрит, мог схватиться за грудь и свалиться с сердечным приступом, у беременной женщины могли внезапно начаться схватки прямо на выходе с «Небесной колесницы», девочка-подросток, хорошенькая, как на картинах Нормана Роквелла, могла упасть и забиться в эпилептическом припадке, колотясь туфельками об асфальт. С любым посетителем парка мог приключиться солнечный или тепловой удар, а под конец особенно жаркого и душного летнего дня в Орландо — возможно, даже удар молнии; Оз, Великий и Узясный, он где-то здесь — может быть, топчется у выхода с монорельса, прибывающего из волшебного королевства, или таращится своим пустым, застывшим взглядом сверху, с одного из летающих слонят Дамбо. Здесь, внизу, Луис с Гейджем знают его как одного из ряженых, вроде Гуфи, или Микки-Мауса, или Тигры, или важного мистера Дональда Дака. Но с ним никто не желает фотографироваться, никто не хочет подходить к нему близко и подпускать к нему своих детей. Луис с Гейджем его знали; они с ним встречались — лицом к лицу — не так давно, в Новой Англии. Он только и ждал, чтобы заставить тебя подавиться стеклянным шариком или задохнуться в пластиковом пакете, отправить тебя в вечность быстрым, смертоносным ударом тока — всегда в наличии в ближайшей розетке или пустующем электропатроне. Смерть таилась в каждом пакетике арахиса, в каждой порции бифштекса, в каждой пачке сигарет. Он все время был рядом, он отслеживал все контрольно-пропускные пункты между миром смертных и вечностью. Грязные иглы, ядовитые насекомые, оборвавшиеся провода, лесные пожары. Стремительные роликовые коньки, выносящие неосторожных детишек прямо на проезжую часть. Когда ты забираешься в ванну, чтобы принять душ, Оз не преминет составить тебе компанию — душ вдвоем. Когда ты садишься в самолет, Оз собирает посадочные талоны. Он — в воде, которую ты пьешь, и в еде, которую ты ешь. *Кто здесь?* — кричишь ты в темноте, когда тебе страшно и одиноко, и это *он* отвечает тебе: Не бойся, это всего лишь я. Привет, как жизнь молодая? У тебя рак кишечника, вот такая досада! Заражение крови! Лейкоз! Атеросклероз! Тромбоз коронарных артерий! Энцефалит! Остеомиелит! Раз-два, марш вперед! Наркоман с ножом в подворотне. Телефонный звонок посреди ночи. Кровь вперемешку с аккумуляторной кислотой на съезде с автомагистрали где-нибудь в Северной Каролине. Полная пригоршня таблеток, ешь на здоровье. Синие ногти умерших от удушья — мозг пытается выжить и забирает весь оставшийся кислород, даже из клеток у нас под ногтями. Привет, ребята, меня зовут Оз, Великий и Узясный, но вы можете звать меня просто Оз — мы же старые друзья, черт возьми. Я просто зашел на минутку, забросить вам острую сердечную недостаточность, или краниальный тромбоз, или еще что-нибудь; я бы рад задержаться, но не могу, надо проведать одну роженицу с тазовым предлежанием плода, а потом еще провернуть одно дельце с отравлением дымом в Оклахоме.

И этот тоненький голосок все кричит: «Я люблю тебя, Тигра! Я люблю тебя! Я в тебя верю, Тигра! Я всегда буду тебя любить и в тебя верить, я останусь молодой, и единственный Оз, кто будет вечно жить в моем сердце, это тот нежный обманщик из Небраски! Я люблю тебя...»

Мы патрулируем территорию... мы с сыном... потому что весь смысл не в войнах, не в сексе, а в этой кошмарной, благородной и безнадежной битве с Озом, Великим и Узясным. Мы с сыном патрулируем территорию, в нашем белом микроавтобусе, под ослепительно синим небом Флориды. И красная лам-

почка на приборной панели прикрыта, но она замигает, если кому-то понадобится наша помощь... и никому, кроме нас, не нужно об этом знать, потому что земля в человеческом сердце, она еще тверже; человек растит что может... и заботится о посевах.

С такими тревожными, полусонными мыслями Луис Крид погружался в сон, отключая все линии связи с реальностью, одну за другой, пока мысли не стихли и усталость не затянула его в черное забытье без сновидений.

Перед самым рассветом на лестнице раздались шаги. Они были медленными, неуклюжими, но целеустремленными. Тень скользила среди теней в коридоре. Вместе с ней пришел запах — зловоние. Луис, даже в таком крепком сне, застонал и перевернулся на другой бок, прочь от этого запаха.

Тень неподвижно застыла на пороге спальни. Потом вошла внутрь. Луис лежал, уткнувшись лицом в подушку. Белые руки протянулись из темноты, раздался слабый щелчок. Это открылся замок черной сумки, стоявшей у кровати.

Перебираемые принадлежности тихонько стукались друг о друга.

Руки рылись в сумке, безо всякого интереса отодвигая в сторону лекарства, ампулы и шприцы. Вот они нашли, что искали, и схватили предмет. В первых бледных лучах рассвета сверкнула серебристая вспышка.

Тень вышла из комнаты.

Часть третья

ОЗ, ВЕЛИКИЙ И УЖАСНЫЙ

Иисус же, скорбя и стеная в сердце своем, пришел ко гробу. То была пещера, и камень лежал на ней. Иисус сказал:

— Отнимите камень.

Сестра умершего, Марфа, сказала:

— Господи, он, должно быть, уже смердит, ибо четыре дня, как он во гробе.

Помолившись, как должно, Иисус воззвал громким голосом:

— Лазарь, иди вон!

И вышел умерший, обвитый по рукам и ногам погребальными пеленами, и лицо его было обвязано платком.

Иисус сказал им:

— Развяжите его, пусть идет.

Евангелие от Иоанна (парафраз)

— Я только сейчас сообразила! — истерически сказала она. — Почему же я раньше о ней не подумала?! Почему ты не подумал?!

— О чем не подумал? — не понял он.

— У нас есть еще два желания, — отозвалась она. — Мы использовали только одно.

— Тебе этого мало? — яростно рявкнул он.

— Нет, — торжествующе сказала она. — Мы загадаем второе желание. Скорее найди ее и загадай, чтобы наш мальчик ожил.

Уильям Джекобс. Обезьянья лапа

58

Джад Крэндалл проснулся, резко вздрогнув всем телом и едва не свалившись со стула. Он не знал, сколько спал; может, пятнадцать минут, а может, и три часа. Он взглянул на часы: пять минут пятого. У него было стойкое ощущение, что в комнате что-то переменилось, как будто все слегка сдвинулось с места. Спина ныла, как это бывает, когда засыпаешь сидя.

Старый дурень, что ты натворил?!

Но он понимал, в чем тут дело; в глубине души он все понимал. Дело не в нем самом. Он не просто заснул в дозоре; его *усыпили*.

Эта мысль напугала его, но еще больше его напугало другое: почему он проснулся? Ему казалось, он слышал какой-то звук, какое-то...

Он затаил дыхание и прислушался, стараясь хоть что-то различить сквозь грохот сердца.

Звук действительно был, но другой — не тот, что его разбудил. Тихий скрип двери.

Джад знал все звуки в своем доме: как скрипит каждая половица и каждая ступенька на лестнице, как ветер свистит в водосточных трубах, когда разгуляется в полную силу, как это было сегодня ночью. Он узнал этот звук. Это открылась тяжелая входная дверь между верандой и прихожей. Как только Джад это понял, он сразу вспомнил звук, который его разбудил. Скрип пружины сетчатой двери, ведущей на веранду.

— Луис? — позвал он без особой надежды. Это не Луис. Что бы там ни было, оно пришло наказать старика за тщеславие и гордыню.

Звук шагов в коридоре. Шаги медленно приближались к гостиной.

— Луис? — Джад попытался позвать еще раз, но сумел выдавить лишь слабый хрип, потому что теперь он почувствовал запах того, что пришло в его дом под конец ночи. Грязный запах — зловоние отравленных, гниющих болот.

Джад различал в темноте очертания предметов: гардероб, сервант, высокий комод, — но лишь очертания, без деталей. Он попытался подняться на ватных ногах. В голове билась всего одна мысль: что ему нужно время, он уже слишком стар, чтобы вновь встретиться с *этим* без подготовки, Джад хорошо помнил кошмар с Тимми Батермэном, а ведь он тогда был моложе.

Дверь распахнулась, впустив в комнату тени. Одна из теней была плотнее остальных.

Господи, как же воняет.

Шаркающие шаги в темноте.

— Гейдж? — Джад наконец смог подняться. Краем глаза он заметил аккуратный завиток пепла на донце пепельницы. — Гейдж, это ты...

В ответ раздалось омерзительное мяуканье, и Джад на мгновение похолодел. Это не сын Луиса, восставший из мертвых. Это какое-то другое чудовище.

Нет. Не чудовище.

Это Черч, припавший к полу в дверях. Его глаза тускло светились, как залепленные грязью фары. Потом взгляд кота сместился и обратился к тому, что вошло в комнату вместе с ним.

Джад начал пятиться, пытаясь собраться с мыслями, пытаясь сохранить рассудок в присутствии этой кошмарной вони. В комнате сделалось холодно — тварь принесла с собой стужу.

Джад споткнулся и чуть не упал — это кот путался у него под ногами, терся о них и мурлыкал. Джад отпихнул кота ногой. Тот оскалил зубы и зашипел.

Думай! Думай, ты, старый дурень, может быть, еще не поздно, даже сейчас — еще не поздно... оно вернулось, но его можно убить еще раз... если ты сможешь... если сможешь придумать, как...

Он пятился в сторону кухни и вдруг вспомнил, что в ящике рядом с раковиной лежит топорик для рубки мяса.

Джад уперся спиной в дверь кухни и открыл ее ногой. Тварь, пробравшаяся к нему в дом, все еще оставалась неразличимой, но Джад слышал, как она дышит. Он видел белую руку, которая раскачивалась в темноте; в этой руке что-то было, но Джад не мог разглядеть, что именно. Он вошел в кухню, дверь закрылась за ним, и только тогда Джад развернулся и бросился к шкафчику, где лежали ножи. Рывком выдвинув ящик, он нащупал деревянную рукоятку топорика. Схватил его и повернулся обратно к двери; даже сделал два шага в ее направлении. Он все-таки собрался с духом.

Помни, это не ребенок. Оно может кричать и хныкать, когда поймет, что ты его раскусил; оно может расплакаться. Но тебя это не одурачит. Тебя и так одурачили столько раз, старый пень. Это твой последний шанс.

Дверь открылась, но сначала вошел только кот. Джад проследил за ним взглядом и опять повернулся к двери.

Окна кухни выходили на восток, и первые лучи солнца уже окрасили небо бледным белесым свечением. Света было не много, но вполне достаточно. Более чем.

Гейдж Крид вошел в кухню. Он был в костюме, в котором его похоронили. Плечи и лацканы пиджака поросли мхом. Мох зеленел на белой рубашке. Светлые волосы Гейджа слиплись под коркой грязи. Один глаз косил вбок, уставившись в пространство с жуткой сосредоточенностью. Второй смотрел прямо на Джада.

Гейдж ухмылялся.

— Привет, Джад, — пропищал он тоненьким детским голоском, но вполне внятно. — Я пришел по твою старую вонючую душу, чтобы отправить ее прямиком в ад. Один раз ты меня обдурил. Но неужели ты думал, что я не вернусь и не поимею тебя по полной программе?

Джад поднял топорик.

— Ну давай, вынимай свой причиндал. И мы посмотрим, кто кого поимеет.

— Норма мертва, и скорбеть по тебе некому, — сказал Гейдж. — Дешевая шлюха, вот кем была твоя женушка. Перетрахалась со всеми твоими друзьями, Джад. Давала им заправлять себе в зад. Так ей нравилось больше всего. Сейчас она горит в аду, с артритом и всеми делами. Я ее *видел* там, Джад. Я ее *видел*.

Тварь приблизилась на два шага, оставляя грязные следы на потертом линолеуме. Протянула вперед одну руку, словно для рукопожатия; другая рука была спрятана за спиной.

— Слушай, Джад, — прошептала она и широко распахнула рот, обнажив мелкие молочные зубы. И хотя ее губы не двигались, изо рта вырвался голос Нормы:

— *Я смеялась над тобой! Мы все смеялись над тобой! Как же мы все смея-а-а-а-а-лись...*

— Прекрати! — Топорик дрогнул в руке Джада.

— *Мы делали это в нашей постели, мы с Герком, мы с Джорджем, с ними со всеми, я знала про твоих шлюх, но ты-то не знал, что женился на шлюхе, Джад! Мы сношались, и мы смея-а-а-а-а-лись над...*

— ПРЕКРАТИ! — закричал Джад. Он бросился на крошечную фигурку в грязном костюмчике, купленном для похорон, но тут ему под ноги кинулся кот, прятавшийся в темноте под разделочным столом. Черч шипел, прижав уши к голове, и Джад споткнулся о него и упал. Топорик вылетел из руки, заскользил по линолеуму, с тихим звоном ударился о плинтус и исчез под холодильником.

Джад понял, что его снова оставили в дураках, и единственным утешением было то, что этот раз станет последним. Кот уселся у него на ногах, сверкая глазами и шипя, как чайник. А потом Гейдж набросился на него, со злорадной ухмылкой, с налитыми кровью глазами, теперь он вытащил правую руку из-за спины, и Джад увидел, что в ней был скальпель — скальпель из черной сумки Луиса.

— Господи, — сумел выдавить Джад и поднял правую руку, чтобы закрыться от удара. Видимо, у него что-то сдвинулось в голове, потому что ему показалось, что скальпель находится сразу с двух сторон от его ладони. А потом что-то теплое закапало сверху ему на лицо, и он все понял.

— Я поимею *тебя*, старикашка! — расхохоталась тварь в облике Гейджа, дыша в лицо Джада смрадной отравой. — Я поимею *тебя*... я буду иметь *тебя*... *сколько захочу*!

Джад все же сумел схватить Гейджа за запястье. Он почувствовал, как у него под рукой рвется кожа — тонкая, как пергамент.

Скальпель выдернули у него из ладони, оставив на ней вертикальный разрез, похожий на окровавленный рот.

— *Сколько ЗАХОЧУ!*

Скальпель обрушился снова.

И еще раз.

И еще.

59

— Попробуйте теперь, мэм, — сказал водитель грузовика, глядя на двигатель машины Рэйчел.

Рэйчел повернула ключ. Двигатель сразу завелся. Водитель закрыл капот и подошел к водительскому окну, вытирая руки большим синим носовым платком. У водителя было приятное румяное лицо. Его кепка с эмблемой придорожной закусочной «Дисартс» была лихо сдвинута на затылок.

— Огромное вам спасибо, — сказала Рэйчел, чуть не плача. — Не знаю, что бы я без вас делала.

— Ну, поломка-то пустяковая, с ней бы справился даже ребенок, — ответил водитель. — Но вообще странно. Ни разу не видел, чтобы новая машина вот так ломалась.

— А что с ней было?

— Один провод от аккумулятора отвалился. Специально ж его выдернуть не могли?

— Не могли, — сказала Рэйчел и снова вспомнила то ощущение, словно она попала в резинку самой большой в мире рогатки.

— Наверное, просто слетел на ходу. Но теперь с проводами проблем не будет. Я хорошо их закрепил.

— Я что-нибудь вам должна? — смущенно спросила Рэйчел.

Водитель расхохотался.

— Ничего не должны, леди, — ответил он. — Мы же рыцари дорог, вы не знали?

Она улыбнулась.

— Ну, тогда... Спасибо.

— Не за что! — Он одарил ее солнечной, яркой улыбкой, такой странной в глухой ночной час.

Рэйчел улыбнулась в ответ и осторожно двинулась к выезду со стоянки. Посмотрев в обе стороны, нет ли машин, она выехала на дорогу и уже через пять минут вновь была на шоссе. Кофе помог даже лучше, чем она смела надеяться. Сон как рукой сняло, глаза открылись, в голове прояснилось. Но ее все-таки не покидало тревожное, совершенно абсурдное ощущение, будто ею управляют. Отвалившийся аккумуляторный провод...

Словно что-то пыталось ее задержать, пока...

Она нервно рассмеялась. Пока — что?

Пока не случится что-то непоправимое.

Это глупо. Смешно. Но Рэйчел все равно прибавила газу.

В пять утра, когда Джад Крэндалл пытался отбиться от скальпеля, украденного из сумки его доброго друга, доктора Луиса Крида, когда дочь Рэйчел с криком проснулась, вырвавшись из кошмара, которого она, к счастью, не помнила, Рэйчел свернула с шоссе, проехала по Хаммонд-стрит неподалеку от кладбища, где в гробу ее сына теперь лежал только погнутый заступ, и пересекла мост между Бангором и Брюэром. В четверть шестого она уже была на шоссе номер 15 и мчалась в Ладлоу.

Она решила сначала заехать к Джаду; хотя бы в этом она выполнит свое обещание. Все равно их «сивика» не было на подъездной дорожке — да, он мог стоять в гараже, но дом казался пустым. Интуиция не подсказала Рэйчел, что Луис сейчас дома.

Она поставила машину за пикапом Джада и вышла, внимательно осмотревшись. Роса на траве искрилась в первых лучах солнца. Где-то запела птица и тут же умолкла. Иногда — чаще в детстве, но и потом тоже, хотя значительно реже, — когда Рэйчел встречала рассвет в одиночестве, она испытывала удивительное ощущение новизны и сопричастности миру, и на душе сразу делалось радостно и хорошо. Однако этим утром она не чувствовала ничего подобного. Сердце ныло от тревоги, которую нельзя было списать только на усталость после бессонной ночи и на горе от тяжелой потери.

Рэйчел поднялась на крыльцо и открыла сетчатую дверь на веранду. Хотела позвонить в звонок у второй двери, ведущей с веранды в дом. Она была очарована этим звонком, когда Луис в первый раз привел ее в гости к Крэндаллам; нужно было повернуть его по часовой стрелке, и он издавал громкий, но мелодичный звон, старомодный и очень приятный для слуха.

Она потянулась к звонку, но тут ее взгляд скользнул по полу веранды. Рэйчел нахмурилась. На коврике виднелись грязные следы. Оглянувшись, Рэйчел увидела, что следы вели от передней сетчатой двери к двери в дом. Очень маленькие следы. Детские, судя по виду. Но она ехала всю ночь, и дождя не было нигде. Ветер — да, но не дождь.

Она долго смотрела на эти следы — слишком долго — и вдруг поймала себя на том, что ей приходится чуть ли не заставлять себя повернуть звонок. Она прикоснулась к нему... и отдернула руку.

Я просто боюсь, что может получиться неловко. В такой тишине он зазвонит очень громко. Может, Джад все же лег спать, и звонок его разбудит...

Но она боялась вовсе не этого. Плохие предчувствия и смутные страхи не отпускали ее с тех самых пор, когда она поняла, что засыпает за рулем, однако этот новый, пронзительный страх был связан с маленькими следами на полу. *Следами того же размера...*

Рэйчел попыталась прогнать эту мысль, но ее разум был слишком усталым, слишком медленным.

...что был у Гейджа.

Прекрати, слышишь? Немедленно прекрати.

Она подняла руку и крутанула звонок.

Он прозвенел даже громче, чем ей запомнилось, и на этот раз его звук был вовсе не мелодичным — в тишине он напоминал хриплый, сдавленный вопль. Рэйчел отскочила от двери, издав нервный смешок, хотя ей было совсем не до смеха. Она ждала, что сейчас с той стороны раздадутся шаги Джада, но он все не шел и не шел. В доме по-прежнему было тихо, и пока Рэйчел решала, стоит ли позвонить еще раз, из-за двери донесся звук, который она меньше всего ожидала услышать здесь.

Мяу... Мяу!.. Мяу!

— Черч? — спросила она, озадаченная и испуганная. Придвинулась поближе к двери, но не смогла заглянуть внутрь. Стекло было закрыто белой занавеской. Работа Нормы. — Черч, это ты?

Мяу!

Рэйчел нажала на ручку двери. Дверь была не заперта. Черч сидел на полу в прихожей, аккуратно обернув лапы хвостом. Его шерсть была испачкана чем-то темным. *Грязь*, подумала Рэйчел, но потом увидела, что капельки жидкости на усах Черча были красными.

Кот поднял лапу и принялся ее вылизывать, не сводя взгляда с Рэйчел.

— Джад? — позвала она, встревожившись по-настоящему. И шагнула внутрь.

Ответом была тишина.

Рэйчел попыталась собраться с мыслями, но в голову лезли только воспоминания о Зельде — яркие образы, путавшие все мысли. Зельда с ее скрюченными руками. Зельда, которая, когда злилась, иногда билась головой о стену — обои в том месте были разодраны, штукатурка под ними крошилась. Сейчас было некогда думать о Зельде. Сейчас, когда Джад, возможно, нуждался в помощи. А вдруг он упал? Он же совсем старый.

Думай об этом, а не о детских кошмарах, в которых Зельда выскакивала из шкафа и набрасывалась на тебя с этой жуткой усмешкой на черном лице, о кошмарах, в которых ты забираешься в ванну, а Зельда смотрит на тебя из сливного отверстия, о кошмарах, в которых Зельда прячется в подвале за печкой, в которых...

Черч открыл пасть, показав острые зубы, и снова издал это жуткое мяу!

Луис был прав, не надо было его кастрировать, он с тех пор стал каким-то другим. Но Луис говорил, что после кастрации у него пропадут все агрессивные инстинкты. Вот здесь он ошибся, Черч продолжает охотиться. Он...

Мяу! — снова Черч. Потом он развернулся и бросился вверх по лестнице.

— Джад? — позвала Рэйчел еще раз. — Вы наверху?

Мяу! — Черч подал голос с верхней ступеньки, словно подтверждая догадку Рэйчел, а потом исчез в коридоре.

Как он вообще здесь оказался? Джад впустил его в дом? Но зачем?

Рэйчел нерешительно переминалась с ноги на ногу, не зная, что делать дальше. И хуже всего было ощущение, что все это... все это как бы *подстроено*, словно что-то толкает ее сюда, хочет, чтобы она находилась здесь и чтобы...

А потом сверху донесся стон, глухой стон, исполненный боли, — голос Джада, да, несомненно, голос Джада. *Он упал в ванной, может быть, обо что-то споткнулся, может быть, сломал ногу или даже бедро, кости у стариков хрупкие. Господи, девочка, о чем ты думаешь, топчешься тут на месте, а ему нужна помощь, Черч весь испачкан в крови, да, в крови, Джад ранен, а ты стоишь тут столбом! Что с тобой происходит?!*

— Джад!

Сверху снова донесся стон, и Рэйчел бросилась к лестнице.

Она никогда раньше не поднималась наверх в доме Крэндаллов. Единственное окно в коридоре выходило на запад, на реку, и там еще было темно. Сам коридор был прямым и широким. Отполированные деревянные перила мягко поблескивали в полумраке. На стене висела картина с Акрополем, и

(это Зельда, все эти годы она охотилась за тобой, и теперь ее время пришло, открой дверь, она будет там, с ее искривленной, скрюченной спиной, пахнущая мочой и смертью, это Зельда, ее время пришло, она все-таки до тебя добралась)

стон раздался снова, из-за второй двери справа.

Рэйчел направилась к этой двери, ее каблуки стучали по дощатому полу. Ей казалось, она проходит сквозь какое-то искривление — искривление не времени или пространства, а искривление размера. Она уменьшалась. Картина с Акрополем поднималась все выше и выше, и если так пойдет дальше, то скоро стеклянная дверная ручка окажется на уровне ее глаз. Она протянула к ней руку... но не успела коснуться ее, как дверь распахнулась.

Там стояла Зельда.

Сгорбленная и скрюченная, она и вправду превратилась в карлицу ростом не больше двух футов; и почему-то на Зельде был тот самый костюмчик, в котором похоронили Гейджа. Но это действительно была Зельда, ее глаза горели безумным весельем, а лицо — лихорадочным багровым румянцем, и Зельда кричала: *Я все же пришла за тобой, Рэйчел, я согну твою спину, и она будет как у меня, и ты никогда больше не встанешь с постели, никогда больше не встанешь с постели, НИКОГДА БОЛЬШЕ НЕ ВСТАНЕШЬ С ПОСТЕЛИ...*

У нее на плече сидел Черч, и лицо Зельды вдруг поплыло и изменилось, и Рэйчел с ужасом поняла, что это была никакая не Зельда — как она могла так ошибиться?! Это был Гейдж. И его лицо было вовсе не черным, а просто испачканным. Испачканным грязью и кровью — и распухшим, словно его сначала разбили, а потом собрали обратно грубыми, равнодушными руками.

Она выкрикнула его имя и протянула к нему руки. Он подбежал к ней и обнял одной рукой, а вторую держал за спиной, словно пряча букет цветов, сорванных в чьем-то чужом саду.

— *Я принес тебе кое-что, мамочка!* — закричал он. — *Я принес тебе кое-что, мамочка! Я принес тебе кое-что, я принес кое-что!*

60

Луис Крид проснулся от того, что солнце светило прямо в глаза. Он попытался встать и скривился от боли в спине. Болело кошмарно. Луис упал обратно на постель и оглядел себя. Он заснул одетым. О Боже.

Он пролежал еще долго, морально готовясь к тому, чтобы все-таки встать, а потом сел на кровати.

— Черт, — пробормотал он. Комната закачалась перед глазами, не сильно, но ощутимо. Спина ныла, как больной зуб, а когда Луис повернул голову, по всем ощущениям казалось, что сухожилия в шее заменили ржавыми ножовочными полотнами. Но хуже всего дело обстояло с коленом. Мазь от ушибов не помогла. Надо было вколоть кортизон. Колено распухло так, что натянуло штанину; под ней словно надулся воздушный шарик.

— Плохо дело, — пробормотал он. — Совсем погано.

Луис медленно согнул больное колено, чтобы спустить ноги вниз и сесть на край кровати. Сжал губы так, что они побелели. Потом начал тихонько сгибать и разгибать ногу, прислушиваясь к своим ощущениям и пытаясь понять, так ли все плохо, как ему показалось, и не надо ли...

Гейдж! Гейдж вернулся?

От этой мысли он сразу же вскочил на ноги, несмотря на боль. Бросился к двери, как Честер, старый друг Мэтта Диллона в «Дымке из ствола». Выбежал в коридор и ворвался в комнату Гейджа. Но комната была пуста. Хромая, Луис доковылял до комнаты Элли, которая тоже была пуста, потом — до комнаты для гостей. Эта комната, выходившая окнами на шоссе, тоже была пуста. Только...

На той стороне дороги стояла незнакомая машина. Рядом с пикапом Джада.

И что с того?

Незнакомая машина у дома могла означать крупные неприятности, вот что.

Луис отодвинул занавеску и присмотрелся внимательнее. Маленький синий автомобиль, «шевроле-шеветт». И на его крыше, свернувшись калачиком, лежал Черч. Лежал и, судя по всему, спал.

Луис долго смотрел на машину, а потом отпустил занавеску. У Джада гости, и что с того? И, наверное, еще рано думать о том, что стало или не стало с Гейджем; Черч вернулся домой не раньше часа, а сейчас только девять утра. Кстати, чудесное майское утро. Сейчас он спустится вниз, сварит себе кофе, достанет электрическую грелку, приложит ее к больному колену и...

и с чего бы Черч вдруг улегся на той машине?

— Да ладно тебе, — сказал Луис вслух и заковылял к лестнице. Кошки спят где им вздумается, везде, где можно и где нельзя, такова их кошачья природа.

Вот только Черч больше не ходит через дорогу, ты что, забыл?

— Не заморачивайся, — пробормотал он и остановился на середине лестницы (по которой спускался чуть ли не боком, крепко держась за перила). Он разговаривает сам с собой — это уже никуда не годится. Это...

Что это было в лесу, прошлой ночью?

Эта внезапная мысль буквально обрушилась на него, заставив сжать губы, как от боли в колене, когда он пытался подняться с кровати. Ночью она ему снилась, та тварь из леса. Сон о Диснейуорлде как-то сам собой перешел в сон о той твари. Луису снилось, что она прикоснулась к нему и тем самым навсегда испортила все хорошие сны, испоганила все добрые намерения. Это был вендиго, и он превратил его не просто в людоеда, а в отца всех людоедов. Там, во сне, Луис опять оказался на Клатбище домашних жывотных, но уже не один. Там были Билл и Тимми Батермэны. Там был Джад, казавшийся мертвым и призрачным, с его псом Спотом на поводке, сделанном из бельевой веревки. Там был Лестер Морган с быком Ханратти на цепи. Ханратти лежал на боку, глядя по сторонам с тупой, одурманенной яростью. И почему-то там была и Рэйчел, и ее платье было забрызгано чем-то красным, как будто она опрокинула на себя кетчуп или уронила тарелку с клюквенным желе.

А потом с той стороны кучи валежника вдруг поднялся вендиго во весь свой великанский рост, с шелушащейся желтой чешуйчатой, как у змеи, кожей, с глазами, горящими словно противотуманные фары, с огромными закрученными рогами вместо ушей — зверь, похожий на ящера, рожденного женщиной. Он указывал на них пальцем с длинным загнутым когтем, а они смотрели на него, задрав головы кверху...

— Прекрати, — прошептал он и вздрогнул от звука собственного голоса. Он решил пойти в кухню и приготовить себе завтрак, как будто это был самый обычный день. Завтрак холостяка с избытком бодрящего холестерина. Парочка сандвичей с яичницей, политой майонезом, и колечком красного лука на каждом. От него жутко воняло потом, но Луис решил, что примет душ чуть позже; сейчас сама мысль о том, чтобы раздеться, казалась почти непосильной задачей, и он боялся, что придется взять скальпель из докторской сумки и разрезать штанину, чтобы освободить распухшее колено. Конечно, с хорошими инструментами так не обращаются, но ни один нож в доме не разрежет плотную джинсовую ткань, а портновские ножницы Рэйчел в данном случае не помогут.

Но сначала — завтрак.

Луис прошел через гостиную, но прежде чем отправиться в кухню, завернул в прихожую. Он выглянул в окно, чтобы еще раз посмотреть на синий автомобиль, стоявший у дома Джада. Автомобиль покрылся росой; это значит, что он стоял там уже давно. Черч по-прежнему лежал на крыше, но уже не спал. Луису показалось, что кот смотрит прямо на него своими мутными желто-зелеными глазами.

Луис быстро отступил от окна, словно его застукали за подглядыванием.

Он пошел в кухню, взял сковородку, поставил ее на плиту, достал из холодильника яйца. Кухня буквально сияла чистотой. Луис попытался насвистывать — чтобы лишний раз подчеркнуть, что это самое обыкновенное утро, — но не смог. Все казалось нормальным, но не было таковым. Дом казался пугающе пустым, а на душе лежал груз вчерашних ночных похождений. Все было неправильно, не так, как должно быть; над ним как будто нависла какая-то черная тень, и ему было страшно.

Он проковылял в ванную и принял две таблетки аспирина, запив их апельсиновым соком. Когда возвращался обратно к плите, зазвонил телефон.

Луис не сразу взял трубку, сначала он просто стоял и смотрел на трезвонящий телефон, ощущая себя идиотом, ввязавшимся в игру, правил которой совершенно не понимает.

Не бери трубку, тебе не надо брать трубку, потому что это плохие новости, это конец цепи, уходящей за угол в темноту, и тебе совершенно не нужно знать, что находится на другом конце этой цепи, да, Луис, совершенно не нужно, поэтому не бери трубку, беги, беги сейчас же, машина стоит в гараже, садись в машину и уезжай, только не бери трубку...

Он подошел к телефону и взял трубку, положив одну руку на сушилку, как делал всегда, когда разговаривал по телефону на кухне, и это был Ирвин Гольдман, и он еще не успел поздороваться, как Луис увидел следы на полу — маленькие грязные следы, — и сердце как будто застыло в груди, и глаза в прямом смысле слова полезли на лоб; Луис подумал, что если бы сейчас посмотрел на себя в зеркало, то увидел бы лицо с картины семнадцатого века, изображавшей дом умалишенных. Это следы Гейджа, Гейдж был здесь, *он приходил сюда ночью*, но где он сейчас?

— Это Ирвин, Луис... Луис? Ты меня слышишь? Алло!

— Привет, Ирвин, — проговорил Луис, уже зная, что скажет ему тесть. Он понял, кому принадлежала синяя машина у дома Джада. Он понял все. Цепь... цепь, уходящая в темноту... он шел, держась за нее, шел все быстрее и быстрее... Если бы только он мог ее бросить, прежде чем дойдет до конца и увидит, что там! Но это была его цепь. Он заслужил ее.

— Мне показалось, нас разъединили, — сказал Гольдман.

— Нет, просто трубка упала, — ответил Луис. Его голос звучал спокойно.

— Рэйчел вчера нормально добралась?

— Да, нормально, — сказал Луис, думая о синей машине, о Черче, спящем на крыше этой машины, маленькой синей машины, которая тихо стояла у дома напротив. Он проследил взглядом за направлением грязных следов на полу.

— Мне надо с ней поговорить, — настаивал Гольдман. — Это срочно. Насчет Эйлин.

— Элли? Что с Элли?

— Я думаю, Рэйчел...

— Рэйчел сейчас нет, — отрезал Луис. — Она пошла в магазин за хлебом и молоком. Что с Элли? Скажите мне, Ирвин.

— Нам пришлось отвезти ее в больницу, — неохотно проговорил Ирвин. — Ей снились кошмары. Она впала в истерику и никак не могла успокоиться. Она...

— Ей дали седативы?

— Что?

— Седативные препараты, — нетерпеливо объяснил Луис. — Успокоительные.

— А, да. Ей дали таблетку, и она уснула.

— Она что-нибудь говорила? Что ее напугало? — Луис так сильно сжимал телефонную трубку, что у него побелели костяшки пальцев.

Ирвин долго молчал. На этот раз Луис не стал его торопить, как бы ему ни хотелось.

— Это сильнее всего напугало Дори, — наконец сказал Ирвин. — Она много чего говорила, пока ее не... пока она не начала рыдать так сильно, что мы уже ничего не могли разобрать. Дори сама чуть было не... ну, ты понимаешь.

— Что она говорила?

— Что Оз, Великий и Ужасный, убил ее маму. Только она сказала не так. Она сказала... она сказала «Великий и Узясный», как говорила наша другая дочь. Наша дочь Зельда. Луис, я хотел бы задать этот вопрос Рэйчел, но раз ее нет, то спрошу у тебя: что вы с Рэйчел рассказывали Эйлин о Зельде и о том, как она умерла?

Луис закрыл глаза. Пол под ногами легонько покачивался, а голос Ирвина долетал словно сквозь плотный туман.

Еще тебе могут послышаться голоса, звуки, похожие на голоса... но это всего лишь гагары летят на юг. Звуки разносятся далеко.

— Луис, ты слушаешь?

— С ней все будет в порядке? — спросил Луис, и его собственный голос тоже звучал будто издалека. — С Элли все будет в порядке? Что говорят врачи?

— Отсроченный шок после похорон, — сказал Гольдман. — Приехал мой личный врач. Лэтроп. Хороший человек. Сказал, что у нее жар и что когда она проснется, может вообще ничего не помнить. Но мне кажется, Рэйчел надо вернуться. Луис, мне страшно. Мне кажется, тебе тоже надо приехать.

Луис ничего не ответил. Бог приглядит и за малой птахой; так сказал король Яков. Однако Луис не был Богом, и его взгляд был прикован к грязным следам на полу.

— Луис, Гейдж мертв, — сказал Гольдман. — Я знаю, с этим трудно смириться... и тебе, и Рэйчел... но твоя дочь жива, и ты ей нужен.

Да, смириться трудно. Но я смирился. Хоть ты и старый козел, Ирвин, но, возможно, жуткий кошмар, что случился с твоими дочерьми в тот апрельский день шестьдесят пятого года, все-таки кое-чему тебя научил. Я ей нужен, но я не могу к ней приехать, потому что боюсь — очень сильно боюсь, — что на моих руках кровь ее матери.

Луис смотрел на свои руки. Смотрел на грязь под ногтями, так похожую на грязь от следов на полу.

— Хорошо, — согласился он. — Я понял. Мы постараемся приехать как можно скорее. Может быть, даже сегодня вечером. Спасибо.

— Мы сделали все, что могли, — сказал Гольдман. — Может быть, мы слишком старые, Луис. Может быть, мы всегда были такими.

— Она еще что-нибудь говорила? — спросил Луис.

Ответ Гольдмана отозвался в сердце Луиса звоном похоронного колокола:

— Она много чего говорила, но я разобрал только одно: «Паскоу говорит, что уже слишком поздно».

Он повесил трубку и, как в тумане, шагнул к плите, собираясь то ли продолжить готовить завтрак, то ли, наоборот, прекратить, он так и не понял, что именно, но где-то на середине кухни на него вдруг обрушилась страшная слабость, глаза застлала серая пелена, и он упал в обморок — вернее, не упал, а *падал* и *падал*, падал целую вечность, погружаясь в туманную сумрачную глубину; ему казалось, что он кувыркается на лету, выписывает в воздухе фигуры высшего пилотажа вплоть до петли Иммельмана. А потом он ударился об пол больным коленом, и боль прошила все тело насквозь, но зато прогнала дурноту. Луис закричал, из глаз брызнули слезы.

В конце концов он все же поднялся и встал на месте, пошатываясь и еле держась на ногах. Но в голове полностью прояснилось. Что не могло не радовать, правда?

Ему опять захотелось бежать без оглядки, захотелось еще сильнее, чем прежде, — он даже нащупал в кармане ключи от машины. Можно сесть в «сивик» и поехать в Чикаго. Там он заберет Элли, и они вместе поедут дальше. Наверняка к тому времени Гольдман уже заподозрит неладное, но Луис все равно заберет дочь... похитит ее, если так будет нужно.

А потом его рука отдернулась от кармана с ключами. Порыв бежать пресекло не чувство вины, не ощущение, что все равно ничего не получится, не отчаяние и не усталость, накрепко поселившаяся внутри. Его остановили эти грязные следы на полу. Он представил, как они тянутся за ним через всю страну — сперва в Иллинойс, потом во Флориду, — по всему миру. Что заслужил, то твое, а что твое, все равно до тебя доберется.

Однажды Луис откроет дверь, и за ней будет Гейдж, безумная пародия на себя прежнего, с ввалившимся ртом, искривленным в усмешке, с тусклыми желтыми глазами, которые раньше были совсем другими — голубыми и ясными. Или же Элли пойдет утром чистить зубы и увидит Гейджа, лежащего в ванне, с телом, исчерченным бледными шрамами и синяками после гибели на дороге, чистого, но воняющего могилой.

Да, однажды такое случится — Луис в этом не сомневался.

— Как же я так сглупил? — спросил он у пустой комнаты. Он опять разговаривал сам с собой, но ему было уже все равно. — Как?!

Это не глупость, Луис, а горе. Разница есть... небольшая, но очень существенная. Аккумулятор, от которого питается это древнее кладбище. Оно вновь набирает силу, сказал Джад, и, конечно, был прав... и ты теперь тоже часть этой силы. Она питается твоим горем... нет, не просто питается. Она его приумножает, в квадрате, в кубе, в энной степени. И она пожирает не только горе. Рассудок. Она сожрала твой рассудок. Да, невозможно смириться со смертью близких. В этом и заключается наша слабость. Она стоила тебе жены, она стоила тебе сына и — почти наверняка — твоего лучшего друга. Да, так оно и бывает. Именно так и бывает, когда не успеваешь от всей души пожелать, чтобы то, что стучит в твою дверь посреди ночи, ушло прочь, — и тогда наступает полная темнота.

Теперь я покончу с собой, подумал он, *и, наверное, так и предполагалось. В моей сумке есть все необходимое. Оно обо всем позаботилось, это старое кладбище, все было подстроено с самого начала. Старое кладбище или вендиго, как его ни назови. Оно выгнало на дорогу кота, и Гейджа, наверное, тоже, оно привело домой Рэйчел, но только в свой срок. И теперь оно хочет, чтобы я покончил с собой... и я сам этого хочу.*

Но сначала надо закончить дела.

Да, их надо закончить.

Нужно что-то решить с Гейджем. Гейдж все еще здесь. Где-то здесь.

Он пошел по следам через столовую, через гостиную и вверх по лестнице. На ступеньках следы были смазаны, потому что Луис, когда спускался, прошелся по ним, не заметив. Следы вели в спальню. Он был здесь, удивленно подумал Луис, он был *прямо* здесь, а потом он увидел, что его черная сумка открыта.

Ее содержимое, которое Луис всегда укладывал тщательно и аккуратно, теперь пребывало в полном беспорядке. Но Луис все равно почти сразу заметил, что скальпель исчез. Он закрыл лицо руками и долго сидел так, постанывая от отчаяния.

Наконец он снова открыл сумку и принялся рыться в ней.

Опять вниз по лестнице.

Скрип открываемой двери в кладовку. Скрип дверцы шкафа, глухой удар — дверца захлопнулась. Деловито вжикнул консервный нож. Открылась и закрылась дверь гаража. А потом дом опустел — этим солнечным майским утром, — стал таким же пустым, как в тот день в августе, год назад, когда он дожидался приезда новых жильцов... как уже совсем скоро опять будет ждать других новых жильцов. Может быть, это будет молодая семейная пара без детей (но с надеждами и планами). Веселые, полные жизни молодые люди, любящие вино «Мондави» и пиво «Левенброй». Он будет начальником отдела изучения кредитоспособности клиентов в Северо-восточном банке, у нее будет диплом стоматолога-гигиениста или, может быть, трехлетний опыт работы медсестрой в офтальмологическом кабинете. Он будет рубить дрова для камина, она будет носить вельветовые брюки с завышенной талией и гулять по полю миссис Винтон, собирая ноябрьские сухие травы для букета, которым можно украсить обеденный стол; ее волосы будут завязаны в хвост, она будет самым ярким пятном под хмурым серым небом и даже не заподозрит, что высоко в небе над ней парит невидимый гриф. Они будут гордиться тем, что совершенно не суеверны и живут в этом доме, несмотря на его историю; они будут рассказывать друзьям, что купили его по дешевке, и шутить насчет привидения на чердаке, и все они выпьют еще по стаканчику «Мондави» или по кружке «Левенброя» и будут играть в триктрак или в «Тысячу миль».

И, возможно, они заведут собаку.

61

Луис остановился на обочине, пропуская грузовик «Оринко», груженный химическими удобрениями, перешел дорогу и направился к дому Джада. В руках он держал открытую банку кошачьих консервов.

Черч увидел Луиса и сел, настороженно глядя на него.

— Привет, Черч, — сказал Луис, рассматривая тихий дом. — Не хочешь позавтракать?

Он поставил банку на багажник «шеветта». Черч легко спрыгнул с крыши и начал есть. Луис запустил руку в карман куртки. Черч обернулся к нему, насторожившись, как будто прочтя его мысли. Луис улыбнулся и отошел от машины. Черч опять начал есть, и Луис достал из кармана шприц. Сорвал бумажную упаковку и набрал в шприц семьдесят пять миллиграммов морфия. Убрал пустую ампулу в карман и подошел к Черчу. Тот опять с подозрением обернулся к нему. Луис улыбнулся коту и сказал:

— Кушай, Черч, кушай. Раз-два, марш вперед, правильно?

Он погладил кота, чувствуя, как выгибается его спина под рукой, а когда Черч опять повернулся к банке, Луис схватил его под живот и всадил иглу шприца ему в бедро.

Черч как будто взбесился, он вырывался, плюясь и царапаясь, но Луис держал его крепко — держал, пока не вкатил всю дозу. И только тогда отпустил. Кот спрыгнул на землю, шипя, как паровоз, его желто-зеленые глаза горели дикой злобой. Шприц так и торчал из его лапы, а потом вывалился и разбился. Луиса это нисколько не огорчило. У него был запас.

Кот направился было к дороге, но развернулся и пошел назад к дому, словно что-то вспомнив. На середине двора он вдруг начал шататься как пьяный. Он добрался до крыльца и даже попытался запрыгнуть на первую ступеньку, но сорвался и упал. Он лежал на боку на земле у крыльца и еле-еле дышал.

Луис заглянул в «шевett». Если ему нужно было еще какое-то подтверждение, кроме тяжелого камня на сердце, он его получил: сумка Рэйчел на сиденье, ее шарф и билеты на самолет, выпавшие из папки с логотипом «Дельты».

Когда Луис подходил к крыльцу, бока Черча уже не дрожали. Черч был мертв. Снова.

Луис перешагнул кота и поднялся на веранду.

— Гейдж?

В прихожей было прохладно. Прохладно и темно. Слово упало в тишину, как камень в глубокий колодец. Луис бросил еще один камень:

— Гейдж?

Тишина. Не тикали даже часы в гостиной. Сегодня утром их никто не завел.

Но на полу были следы.

Луис вошел в гостиную. В комнате пахло застарелым сигаретным дымом. Кресло Джада стояло у окна. Стояло косо, как будто Джад поднялся с него в спешке. В пепельнице на подоконнике серел завиток пепла.

Джад сидел у окна и наблюдал. Наблюдал, конечно же, за моим домом. Ждал, когда я вернусь. Но он меня пропустил. Почему-то он меня пропустил.

Луис взглянул на четыре банки из-под пива, аккуратно составленные в ряд. Этого мало, чтобы усыпить старика, но, может, ему пришлось отлучиться в туалет? Как бы там ни было, все сложилось слишком хорошо, чтобы быть простым совпадением, правда?

Грязные следы доходили почти до кресла у окна. Среди отпечатков человеческих ног были и бледные, призрачные отпечатки кошачьих лап. Как будто Черч прошелся туда-сюда по могильной грязи, оставленной маленькими ботиночками Гейджа. Потом следы вели к двери в кухню.

С колотящимся сердцем Луис пошел по следам.

Он толкнул дверь и сразу увидел раскинутые ноги Джада, его старые зеленые штаны и клетчатую фланелевую рубашку. Старик лежал в большой луже засыхающей крови.

Луис закрыл лицо руками, словно пытаясь отгородиться от этой жуткой картины. Но отгородиться не получилось. Он уже все увидел; увидел глаза Джада, открытые мертвые глаза, которые осуждали его, Луиса... и, может быть, осуждали себя самого за то, что он запустил эту адскую машину.

Но точно ли это он? — подумал Луис. *Точно ли это он?*

О старом кладбище Джаду рассказал Стэнни Би, Стэнни Би рассказал его отец, а отцу Стэнни Би — его собственный отец, последний делец, торговавший с индейцами, француз из северной страны, в те далекие времена, когда президентом был Франклин Пирс.

— Ох, Джад, мне так жаль, — прошептал он.

Невидящие глаза Джада смотрели прямо на него.

— Мне очень жаль, — повторил Луис.

Его ноги, казалось, двигались сами по себе, и ему вдруг очень живо вспомнился последний День благодарения, не поздний вечер, когда они с Джадом отнесли кота в лес за Клатбищем домашних жывотных, а праздничный обед с индейкой, приготовленный Нормой, когда они все втроем сидели за столом, разговаривали и смеялись, Луис с Джадом пили пиво, а Норма налила себе стаканчик белого вина, и на столе была белая батистовая скатерть, которую Норма достала из нижнего ящика кухонного буфета, откуда Луис достает ее прямо сейчас, только Норма постелила скатерть на стол и поставила на нее красивые оловянные подсвечники, ну а он...

Луис смотрел, как она опускается на тело Джада — опускается, словно падающий парашют, и милосердно скрывает это мертвое лицо. Почти мгновенно на белой ткани начали проступать темно-красные пятна.

— Мне очень жаль, — повторил он еще раз. — Очень жа...

Что-то сдвинулось наверху, что-то скрипнуло, и Луис умолк на полуслове. Звук был тихим, таящимся, но явно *намеренным*. Да, Луис даже не сомневался. Кто-то хотел, чтобы он это услышал.

Его руки чуть было не затряслись, но он подавил дрожь усилием воли. Он подошел к кухонному столу, застеленному клетчатой клеенкой, достал из кармана три новых шприца, вытащил их из бумажной упаковки и разложил в ряд на столе. Потом достал еще три ампулы и набрал в каждый шприц дозу морфия, достаточную, чтобы убить лошадь — или быка Ханратти, если на то пошло. Наполненные шприцы Луис снова убрал в карман.

Он вышел из кухни, прошел через гостиную и встал у подножия лестницы.

— Гейдж?

Откуда-то из сумрака наверху донесся смешок — хмурый, холодный смех, от которого у Луиса по спине побежали мурашки.

Он пошел наверх.

Путь по этим ступеням был долгим. Луис подумал, что так же долго (и так же до жути быстро) поднимается на эшафот осужденный на смерть — его руки связаны за спиной, и он бравурно насвистывает, зная, что обоссытся от страха, как только перестанет свистеть.

Наконец он поднялся наверх и встал, держа руки в карманах и глядя в стену. Сколько он так простоял? Он не знал. У него было ощущение, будто он сходит с ума. В прямом смысле слова. Рассудок не выдержал и надломился. Это было интересное ощущение. Наверное, что-то похожее чувствует обледеневшее дерево — если деревья вообще что-то чувствуют — перед тем, как его опрокинет буря. Да, интересное ощущение... в чем-то даже забавное.

— Гейдж, поедешь со мной во Флориду?

Снова этот смешок.

Луис повернулся и увидел свою жену, которой однажды вручил розу, держа ее в зубах, свою жену, лежавшую посреди коридора. Мертвую. Ее ноги были раскинуты, как у Джада. Ее голова и верхняя часть спины привалились к стене. Она напоминала женщину, которая заснула, читая в постели.

Он подошел к ней.

Привет, дорогая, подумал он, *вот ты и дома.*

Кровь забрызгала обои безумным узором. На теле Рэйчел виднелась дюжина ран... или две дюжины, впрочем, это уже не важно. Ран, нанесенных его собственным скальпелем.

Внезапно Луис увидел ее, увидел *по-настоящему* и закричал.

Его крики разносились пронзительным эхом по этому дому, где теперь поселилась смерть. Луис кричал и кричал — глаза выпучены, лицо пылает, волосы на голове стоят дыбом; его крики рвались из саднящего горла, словно звон адских колоколов, страшные крики, обозначавшие конец не только любви, но и психического здоровья; у него в голове разом всплыли все жуткие образы. Виктор Паскоу, умирающий у него на руках, Черч, вернувшийся домой с кусочками зеленого пластика на усах, бейсболка Гейджа, лежащая на дороге, вся в крови, и самое главное — та кошмарная тварь, которую он видел в лесу у Духовой топи, тварь, повалившая дерево, тварь с горящими желтыми глазами, вендиго, тварь, пришедшая с севера, тварь, чье прикосновение порождает немыслимые желания.

Рэйчел не просто убили.

Что-то... что-то над ней надругалось.

(*! ЩЕЛК!*)

Этот щелчок раздался у него в голове. Это был звук полетевшего предохранителя, звук реле, перегоревшего навсегда, звук молнии, бьющей прямым попаданием, звук открывшейся двери.

Луис тупо обернулся, с криком, все еще рвущим горло, и наконец-то увидел Гейджа. Его рот был испачкан в крови, кровь капала с подбородка, губы кривились в дьявольской усмешке. В одной руке он держал скальпель Луиса.

Когда он замахнулся, Луис отскочил, не успев даже задуматься о том, что происходит. Скальпель просвистел в воздухе у него перед лицом, и Гейдж пошатнулся, потеряв равновесие. *Он такой же неуклюжий, как Черч*, подумал Луис. Он пнул Гейджа по ногам, и тот упал. И прежде чем он успел встать, Луис уселся на него верхом, коленом придавив к полу руку, державшую скальпель.

— *Нет*, — выдохнуло существо, бившееся под ним. Его лицо сморщилось и исказилось. Глаза сверкали бездумной звериной злобой. — *Нет, нет, нет...*

Луис достал из кармана шприц. Он понимал, что надо действовать быстро. Тварь под ним была скользкой, как рыба, и не выпускала скальпель, как бы сильно Луис ни давил ей на запястье. Ее лицо пошло рябью и стало меняться буквально у Луиса на глазах. Вот перед ним лицо Джада с мертвым, остекленевшим взглядом; вот разбитое в кашу лицо Виктора Паскоу с закатившимися глазами; а вот, словно в зеркале, лицо самого Луиса, бледное и совершенно безумное. А потом оно вновь изменилось и превратилось в лицо того существа из леса — низкий лоб, мертвые желтые глаза, длинный раздвоенный язык, — оно ухмылялось и шипело.

— *Нет, нет, нет-нет-нет...*

Тварь под ним извивалась и брыкалась. Шприц вылетел из руки Луиса и покатился по полу. Он быстро достал из кармана второй шприц и всадил его прямо в поясницу Гейджа.

Тварь закричала и забилась еще сильнее, едва не сбросив Луиса. Но тот удержался, достал третий шприц и вколол все его содержимое Гейджу в предплечье. Потом отпустил его и начал медленно пятиться по коридору. Гейдж поднялся на ноги и, шатаясь, двинулся на него. Пять шагов — и скальпель выпал у него из руки.

Воткнулся в дощатый пол и там и остался. Десять шагов — и желтый свет в налитых злобой глазах начал меркнуть. Дюжина шагов — и Гейдж упал на колени.

Теперь он смотрел на Луиса снизу вверх, и на мгновение Луис увидел в нем своего сына — своего настоящего сына — с несчастным лицом, искаженным от боли.

— *Папа!* — вскрикнул он и упал вниз лицом.

Еще секунду Луис не шевелился, а потом подошел к Гейджу — медленно и осторожно, ожидая подвоха. Но никакого подвоха не было, никакого внезапного прыжка, никаких скрюченных рук, норовящих вцепиться в горло. Он со знанием дела положил пальцы на горло Гейджа и нащупал пульс. Сейчас Луис вновь был врачом — в последний раз в жизни, — он держал пальцы на пульсе, держал, пока тот не затих, пока не осталось вообще ничего.

Когда все закончилось, Луис поднялся и прошел в дальний конец коридора. Там он лег на пол, свернувшись калачиком в углу, и вжался в стену. Он понял, что может сделаться меньше, если сунет в рот большой палец, и так и сделал.

Он пролежал так больше двух часов… а потом мало-помалу ему в голову стала закрадываться одна мысль. Темная мысль, но такая заманчивая… Он вынул палец изо рта. Тот вышел наружу с тихим хлопком. Луис заставил себя

(*раз-два, марш вперед!*)

подняться.

В комнате, где прятался Гейдж, Луис снял с кровати простыню и вынес ее в коридор. Он завернул в простыню тело жены — бережно, нежно, с любовью. Он напевал себе под нос, но сам этого не замечал.

Он нашел бензин в гараже Джада. Пять галлонов в красной канистре, рядом с газонокосилкой. Хватит с лихвой. Он начал с кухни, где лежал Джад под праздничной скатертью. Потом Луис прошелся по гостиной, поливая бензином ковер, диван, кресла, газетницу. Дальше — по коридору, до дверей дальней спальни. Густой запах бензина наполнил весь первый этаж.

Спички Джада лежали на подоконнике рядом с креслом, в котором старик нес свою бесполезную вахту. Луис взял коробок. У входной двери он бросил горящую спичку через плечо и шагнул за порог. Полыхнуло мгновенно, волна жара была такой яростной, что у Луиса защипало кожу на шее. Он аккуратно закрыл дверь и на миг задержался, глядя на оранжевые языки пламени, пляшущие за белой занавеской, которую повесила Норма. Потом он прошел через веранду, вспоминая, как они с Джадом пили здесь пиво миллион лет назад, и на секунду замешкался на крыльце, слушая, как в доме трещит набирающий силу огонь.

Затем он вышел на улицу.

62

Стив Мастертон выехал из-за поворота перед домом Луиса и сразу увидел дым — не от дома Луиса, а от дома напротив, где жил старик.

Он приехал в Ладлоу прямо с утра, потому что беспокоился за Луиса — беспокоился не на шутку. Чарлтон рассказала ему о вчерашнем звонке Рэйчел, и Стив тоже задался вопросом, где сейчас Луис... и что у него на уме.

Тревога была смутной, но она не давала ему покоя, и Стив решил съездить к Луису и убедиться, что у него все в порядке... насколько это вообще возможно при сложившихся обстоятельствах.

Из-за теплой весенней погоды университетская поликлиника опустела словно по волшебству, и Суррендра его отпустил; сказал, что управится сам. Так что Стив оседлал свою «хонду», которую выкатил из гаража только в прошлые выходные, и поехал в Ладлоу. Может быть, он гнал мотоцикл чуть быстрее, чем следовало, но беспокойство никак не отпускало. А вместе с ним пришло абсурдное ощущение, что он уже опоздал. Глупо, конечно, но внутри у него поселилось чувство, сходное с тем, которое он испытал прошлой осенью, когда случилась эта история с Паскоу: чувство ужасного удивления и почти невыносимой утраты иллюзий. Стив не был религиозным (в колледже он записался в Общество атеистов и состоял в нем на протяжении двух семестров, пока его научный руководитель не сказал ему по секрету — *строго межу нами*, — что в дальнейшем это может резко снизить его шансы на получение стипендии в медицинском училище), но, как и всякий живой человек, он был подвержен влиянию биоритмов или каких-то других биологических процессов, выражающихся в неясных предчувствиях, и смерть Паскоу, кажется, задала тон всему году, последовавшему за ней. Год был на редкость поганым. Двое родственников Суррендры угодили на родине в тюрьму по каким-то политическим причинам, и Суррендра сказал Стиву, что одного из них — дяди, которого он очень любил, — возможно, уже нет в живых. Суррендра плакал, и слезы обычно спокойного, невозмутимого индуса испугали Стива. Матери Чарлтон сделали радикальную мастэктомию, и Чарлтон не питала никаких иллюзий по поводу маминых шансов прожить еще хотя бы пять лет. За время, прошедшее после смерти Паскоу, сам Стив побывал уже на четырех похоронах: сестры жены, погибшей в автомобильной аварии; двоюродного брата, погибшего по нелепой случайности и по пьяни (его ударило током, когда он на спор полез на верхушку опоры линии электропередачи); родного деда и, конечно, сынишки Луиса.

Ему очень нравился Луис, и он хотел убедиться, что с ним все в порядке. В последнее время Луису крепко досталось.

Когда Стив увидел клубы дыма, он первым делом подумал, что это еще одно подношение Виктору Паскоу, чья смерть, казалось, опрокинула некое аварийное заграждение между обычной жизнью обычных людей и исключительной полосой неудач. Но это была идиотская мысль, и дом Луиса служил тому подтверждением. Он стоял тихий и белый, симпатичный образчик новоанглийской архитектуры под ясным утренним солнцем.

Люди сбегались к дому старика, и когда Стив ставил свой мотоцикл на подъездной дорожке у дома Луиса, он увидел, как какой-то мужчина поднялся на веранду горящего дома, подошел к входной двери, но потом отступил. И правильно сделал; в следующую секунду стекло в двери раскололось, брызнув осколками, и в пролом вырвались языки пламени. Если бы этот придурок открыл дверь, он бы сварился живьем, как омар.

Стив слез с мотоцикла и откинул подставку. Он на мгновение забыл про Луиса, захваченный древней мистерией огня. Возле горящего дома собралось полдесятка человек; кроме несостоявшегося героя, замешкавшегося на лужайке у входа, все держались на почтительном расстоянии. В доме начали лопаться окна, выходившие на веранду. Осколки стекол искрились в воздухе. Неудавшийся герой пригнулся и бросился прочь со всех ног. Языки пламени неуверенно поднимались по внутренней стене веранды словно руки слепого, от прикосновений которого белая краска пузырилась. На глазах у Стива одно из плетеных кресел вспыхнуло и взорвалось снопом пламени.

Сквозь треск огня Стив услышал пронзительный крик неудавшегося героя, исполненный совершенно абсурдного оптимизма:

— Сгорит все к чертям! Все сгорит! Если Джад там внутри, ему крышка! Сто раз ему говорил, чтобы не держал креозот в доме!

Стив открыл рот, чтобы спросить, вызвали ли пожарных, но тут же услышал рев приближающихся сирен. Пожарных вызвали, да, но этот горе-герой был прав: дом уже не спасти. Пламя рвалось из полудюжины разбитых окон, а передний свес крыши превратился в почти прозрачную пленку огня, пожиравшего ярко-зеленые доски.

Стив обернулся, вспомнив про Луиса, — но если Луис был дома, то почему не прибежал на пожар вместе с другими соседями?

А потом он увидел... вернее, не увидел, а уловил краем глаза.

За домом Луиса простиралось большое поле, поднимавшееся на длинный, пологий холм. Тимофеевка в этом году выросла рано, но сквозь высокие стебли травы Стив сумел разглядеть тропинку, выкошенную почти так же аккуратно, как лужайка на поле для гольфа. Она змеилась по полю, поднималась на холм и ныряла в густой лес, начинавшийся чуть ниже линии горизонта. И именно там, на границе луговых трав и леса, Стив уловил какое-то движение — что-то белое на фоне зелени. Оно мелькнуло и тут же исчезло, но Стиву показалось, что он разглядел человека, несущего в руках белый сверток.

Это Луис, подсказал ему внутренний голос со странной, необъяснимой уверенностью. *Это Луис, и тебе надо его догнать, причем догнать быстро, потому что случилось что-то очень плохое, и если ты его не остановишь, случится уже совсем страшное.*

Он застыл в нерешительности, переминаясь с ноги на ногу.

Стив, малыш, ты боишься. Прямо до смерти боишься, да?

Да. Он боялся. Боялся до смерти, а почему — непонятно. Но было еще и какое-то... какое-то...

(*притяжение*)

да, какое-то притяжение; было что-то влекущее в этой тропе, ведущей на вершину холма и, наверное, дальше в лес — надо думать, раз есть тропа, значит, она куда-то ведет, правильно? Да, конечно. Все тропинки куда-то ведут.

Луис. Не забывай про Луиса, дубина! Ты приехал сюда повидаться с Луисом, ты не забыл? Ты приехал в Ладлоу вовсе не для того, чтобы бродить по лесам.

— Что там, Рэнди? — крикнул горе-герой. Его пронзительный голос, исполненный неуместного оптимизма, был хорошо слышен.

Ответ Рэнди почти утонул в реве пожарных сирен:

— Дохлый кот.

— Сгорел котяра?

— Да вроде бы нет, — сказал Рэнди. — Просто дохлый.

В голове Стива вновь поселилась неумолимая мысль, словно этот обмен репликами у горящего дома имел какое-то отношение к тому, что он видел — или думал, что видит: *Это был Луис.*

Он все-таки сдвинулся с места и пошел по тропе в сторону леса, оставив пожар за спиной. Он весь взмок, пока поднимался, но на опушке под сенью деревьев было прохладно и хорошо. Там пахло хвоей, корой и смолой.

Войдя в лес, он пустился бегом, не понимая, зачем бежит и почему его сердце бьется в два раза быстрее обычного. Дыхание со свистом рвалось из груди. Когда дорога пошла под гору, бежать стало легче — тропа была на удивление ровной, — но ко входу на кладбище домашних животных Стив подошел быстрым шагом. Бежать просто не было сил. В боку под правой подмышкой колотилась острая боль.

Он не смотрел на круги могил — на жестяные пластины, старые доски и куски шифера. Его взгляд был прикован к тому, что происходило на дальнем конце поляны. Там Луис поднимался на кучу валежника с очень серьезным, сосредоточенным видом. Шаг за шагом, вверх по крутому уклону — взгляд устремлен прямо вперед, как у человека под гипнозом или как у лунатика. В руках он держал белый сверток, который Стив уже видел издалека. Теперь, вблизи, стало ясно, что это такое — чье-то тело. Из свертка торчала нога в черной туфле на низком каблуке. И Стив вдруг понял с ужасающей ясностью, что Луис несет тело Рэйчел.

Волосы Луиса были седыми.

— *Луис!* — закричал Стив.

Луис не обернулся, не остановился. Он добрался до вершины кучи валежника и начал спускаться с другой стороны.

Он упадет, подумал Стив в панике. *Пока что ему везло, невероятно везло, но сейчас он упадет, и если сломает себе только ноги...*

Но Луис не упал. Он спустился на землю с той стороны, на мгновение пропал из виду, а потом вновь появился на тропе, уходившей в глубь леса.

— Луис! — опять крикнул Стив.

На этот раз Луис остановился и обернулся.

Увидев его лицо, Стив на миг лишился дара речи. Седина — это еще полбеды. У Луиса было лицо древнего старика.

Поначалу Луис его не узнал. Но потом на его лице медленно проступило узнавание, словно кто-то повернул реостат у него в голове. Рот Луиса скривился. До Стива не сразу дошло, что Луис пытается улыбнуться.

— Стив, — сказал он надтреснутым, неуверенным голосом. — Привет, Стив. Вот, собираюсь ее похоронить. Боюсь, придется рыть землю голыми руками. Наверное, провожусь до темноты. Земля там твердая, каменистая. Как я понимаю, ты мне помочь не захочешь?

Стив открыл рот, но не смог выдавить из себя ни слова. Несмотря на потрясение, несмотря на страх, он *хотел* помочь Луису. Почему-то здесь, в чаще леса, это казалось правильным... и естественным.

— Луис, — наконец выдавил он, — что случилось? Господи, что случилось? Она... она погибла в пожаре?

— С Гейджем я ждал слишком долго, — сказал Луис. — Что-то в него вселилось, потому что я ждал слишком долго. Но с Рэйчел все будет иначе, Стив. Я знаю.

Его язык заплетался, и Стив вдруг понял, понял очень четко, что Луис сошел с ума. Луис сошел с ума и страшно устал. Но почему-то значение имело лишь последнее обстоятельство.

— Я бы не отказался от помощи, — сказал Луис.

— Луис, даже если бы я и хотел помочь, я все равно не смогу перебраться через эту кучу.

— Сможешь, — ответил Луис. — Ты сможешь. Если будешь идти уверенно и не станешь смотреть вниз. В этом весь секрет, Стив.

Он развернулся и пошел прочь, не обращая внимания на окрики Стива. Еще пару секунд было видно, как белый сверток мелькает среди деревьев. Потом он исчез.

Стив подбежал к куче валежника и полез вверх, не думая ни о чем. Сперва он пытался хвататься за ветки руками, чтобы было удобнее, но потом ему удалось твердо встать на ноги. И как только это произошло, его охватило странное, радостное возбуждение, словно он вдохнул чистый кислород. Он *поверил*, что сможет перейти на ту сторону, — и он шел. Ступая быстро и уверенно, он поднялся на вершину кучи. Там он на мгновение остановился, глядя, как Луис идет по тропинке — по тропинке, что возобновлялась с той стороны валежника.

Луис обернулся к нему. В руках он держал тело жены, завернутое в окровавленную простыню.

— Тебе могут послышаться голоса, — сказал Луис. — Звуки, похожие на голоса. Но это всего лишь гагары летят на юг. Звуки разносятся далеко. Не обращай внимания.

— Луис...

Но Луис уже отвернулся.

Я помогу ему, если он этого хочет... и я сам хочу ему помочь, да. Здесь что-то не так, здесь что-то происходит, и я хочу знать, что именно. Кажется, это... это действительно важно. Здесь какая-то тайна. Какой-то секрет.

А потом у него под ногами сломалась ветка. Она издала сухой, тихий щелчок, похожий на выстрел из стартового пистолета. Этот звук вернул Стива к реальности, он вдруг осознал, где находится и что делает. Объятый ужасом, он неловко развернулся кругом, раскинув руки, во рту пересохло от страха, лицо исказила гримаса, как у человека, который проснулся и обнаружил, что во сне выбрался на карниз небоскреба.

Она мертва, и, мне кажется, это Луис ее убил, Луис сошел с ума, по-настоящему сошел с ума, но...

Но здесь было что-то похуже безумия — намного хуже. Как будто где-то в лесу скрывался мощный магнит, и Стив чувствовал, как этот магнит притягивает его, притягивает к себе что-то в его голове. К тому месту, куда Луис понес Рэйчел.

Давай же, иди по тропинке... иди по тропинке, иди и увидишь, куда она приведет. У нас есть что тебе показать, Стиверино, ты увидишь такое, о чем тебе точно не говорили в твоем Обществе атеистов.

А потом — может быть, потому, что сегодня оно, это тайное место, уже получило свою добычу и утратило интерес к Стиву, — притяжение разом ослабло, и зов у него в голове затих. Стив сделал два неуверенных шага вниз. Еще несколько веток с хрустом сломалось, и его левая нога провалилась в яму под сплетением ветвей; острые щепки вонзились в кроссовку и впились в кожу, когда он выдернул ногу. Кроссовка так и осталась в яме. Стив упал на землю на стороне кладбища домашних животных, только чудом не напоровшись на обломок деревянного ящика, который точно пробил бы ему живот.

Он поднялся на ноги и растерянно огляделся по сторонам, не понимая, что с ним произошло... и *произошло ли* вообще. Ему уже начинало казаться, что это был сон.

А потом из чащи леса с той стороны валежника, леса такого густого, что свет там был тусклым и темно-зеленым даже в самый солнечный день, донесся раскатистый хохот. Хохот, заполнивший все пространство. Стив боялся даже представить, что за создание может так хохотать.

Он побежал прочь в одной кроссовке. Он пытался кричать, но не мог. Он бежал со всех ног до самого дома Луиса и все еще пытался кричать, когда забрался на мотоцикл, завел его и погнал по шоссе номер 15. Он едва не столкнулся с пожарной машиной, ехавшей из Брюэра. Его волосы под шлемом стояли дыбом.

Когда Стив добрался до дома в Ороно, он не мог толком вспомнить, что вообще ездил в Ладлоу. Он позвонил на работу, сказался больным, принял таблетку и лег в постель.

Стив Мастертон и вправду напрочь забыл этот день... и вспоминал о нем разве что в самых глубоких снах, глухой ночью. В этих снах к нему подступало что-то огромное, страшное... оно тянулось к нему и пыталось схватить, но в последний момент все же отдергивало свою нечеловеческую руку.

Что-то с огромными желтыми глазами, горящими словно противотуманные фары.

Иногда после таких сновидений Стив просыпался с криком, просыпался с дикими, выпученными глазами, просыпался и думал: *Тебе кажется, ты кричишь, но это всего лишь кричат гагары, летящие на юг. Звуки разносятся далеко. Не обращай внимания.*

Но он не знал, не мог вспомнить, откуда пришла эта мысль и что она означает. На следующий год он устроился на работу в другом конце страны, в Сент-Луисе.

За время, прошедшее между тем днем, когда он в последний раз видел Луиса Крида, и его отъездом на Средний Запад, Стив Мастертон больше ни разу не ездил в Ладлоу.

ЭПИЛОГ

Полиция приехала ближе к вечеру. Они задавали вопросы, но не высказали никаких подозрений. Угли еще не остыли, их пока никто не разгребал. Луис ответил на все вопросы. Полицейские вроде бы удовольствовались услышанным. Они беседовали на улице, и Луис был в шляпе. Это и к лучшему. Если бы они увидели, что он весь седой, вопросов было бы больше. Это было бы нехорошо. Луис надел садовые перчатки, что тоже к лучшему. Его руки были разбиты до крови.

В тот вечер он раскладывал пасьянс и засиделся далеко за полночь.

Он как раз собирался разложить карты снова и вдруг услышал, как скрипнула задняя дверь.

Что ты заслужил, то твое, а что твое, все равно до тебя доберется, подумал Луис Крид.

Он не обернулся, он продолжал смотреть на карты, пока к нему приближались медленные, шаркающие шаги. Он увидел даму пик. И накрыл ее рукой.

Шаги затихли у него за спиной.

Тишина.

Холодная рука легла на плечо Луиса. Голос Рэйчел был скрипучим, землистым.

— Дорогой, — произнесла она.

Февраль 1979 г. — декабрь 1982 г.

Исключительные права на публикацию книги
на русском языке принадлежат издательству AST Publishers.
Любое использование материала данной книги,
полностью или частично, без разрешения
правообладателя запрещается.

Литературно-художественное издание

Кинг Стивен

Клатбище домашних жывотных

Роман

Ответственный редактор *А. Батурина*
Редакторы *С. Тихоненко, К. Егорова*
Технический редактор *Т. Полонская*
Компьютерная верстка: *Р. Рыдалин*

Подписано в печать 07.04.2022. Формат 60x90 1/16.
Печать офсетная. Гарнитура Adonis. Усл. печ. л. 26.
Доп. тираж 5000 экз. Заказ №2898.

Общероссийский классификатор продукции ОК-034-2014 (КПЕС 2008);
58.11.1 – книги, брошюры печатные

Произведено в Российской Федерации
Изготовлено в 2022 г.
Изготовитель: ООО «Издательство АСТ»
129085, г. Москва, Звёздный бульвар, дом 21, строение 1, комната 705, пом. I, 7 этаж.
Наш электронный адрес: **www.ast.ru.** Интернет-магазин: **www.book24.ru.**
E-mail: **ask@ast.ru.** ВКонтакте: **vk.com/ast_neoclassic.**

«Баспа Аста» деген ООО
129085, г. Мәскеу, Жұлдызды гүлзар, д. 21, 1 құрылым, 705 бөлме, пом. 1, 7-қабат
Біздің электрондық мекенжаймыз: **www.ast.ru** E-mail: **ask@ast.ru.**
Интернет-магазин: **www.book24.kz** Интернет-дүкен: **www.book24.kz**
Импортер в Республику Казахстан и Представитель по приему претензий
в Республике Казахстан — ТОО РДЦ Алматы, г. Алматы.
Қазақстан Республикасына импорттаушы және Қазақстан Республикасында наразылықтарды қабылдау бойынша өкіл — «РДЦ-Алматы» ЖШС, Алматы
қ., Домбровский көш., 3«а», Б литері офис 1. Тел.: 8(727) 2 51 59 90,91,
факс: 8 (727) 251 59 92 ішкі 107; E-mail: **RDC-Almaty@eksmo.kz, www.book24.kz**
Тауар белгісі: «АСТ» Өндірілген жылы: 2022
Өнімнің жарамдылық; мерзімі шектелмеген.

Отпечатано с готовых файлов заказчика
в АО «Первая Образцовая типография»,
филиал «УЛЬЯНОВСКИЙ ДОМ ПЕЧАТИ»
432980, Россия, г. Ульяновск, ул. Гончарова, 14

ISBN 978-5-17-118359-2

9 785171 183592 >

16+

book 24.ru

Официальный
интернет-магазин
издательской группы
"ЭКСМО-АСТ"